वर्मा

ऐलोपैथिक निघंटु

अर्थात्

मैटीरिया मेडिका

डा० रामनाथ वर्मा
मुजफ्फरनगर

मोतीलाल बनारसीदास
दिल्ली वाराणसी पटना मद्रास

मुख्य कार्यालय : बंगलो रोड, जवाहरनगर, दिल्ली ११० ००७
शाखाएं : चौक, वाराणसी २२१ ००१
अशोक राजपथ, पटना ८०० ००४
६ अप्पर स्वामी कोइल स्ट्रीट, मैलापुर, मद्रास ६०० ००४

छठा : संस्करण, १९७०
पुनर्मुद्रण : दिल्ली, १९८५

मूल्य : Rs 195.00

नरेन्द्र प्रकाश जैन, मोतीलाल बनारसीदास, दिल्ली ७
द्वारा प्रकाशित तथा शान्तिलाल जैन, श्री जैनेन्द्र प्रेस, ए-४५,
फेज-१, नारायणा, नई दिल्ली २८ द्वारा मुद्रित।

समर्पण

आर्य समाज के उत्साही कार्य-कर्त्ता, मेरे परम हितैषी,

पूज्य स्वर्गीय महाशय मुकुन्दलाल

जी वानप्रस्थी

की

सेवा में

भूमिका

पांचवां संस्करण

ऐलोपैथिक निघंटु का प्रथम संस्करण अब से कई वर्ष पूर्व छपा था। अब यह पांचवां संस्करण पाठकों के हाथ में है। इसमें यद्यपि मैटर चतुर्थ संस्करण की अपेक्षा अधिक है तथापि पृष्ठ संख्या कुछ कम है। इसका कारण यह है कि कहीं-कहीं टाइप छोटा लगा दिया गया है और कम्पोजीशन की विधि भी नई अपनाई गई है। कुछ पेटन्ट औषधियाँ जो या तो भारत में आनी बन्द हो गयी हैं या उनका प्रयोग बंद हो गया है, निकाल दी गई हैं और उनके स्थान पर नवीन और अधिक उपयोगी औषधियाँ शामिल कर ली गयी हैं।

यद्यपि इस बार छपाई और कागज के मूल्य में डेढ़ गुना के लगभग खर्चा हुआ है तथापि मूल्य में एक पैसे की भी वृद्धि नहीं की गई।

टैक्नीकल पुस्तकों में कहीं-कहीं अशुद्धियों का रहना कोई अस्वाभाविक बात नहीं है। ऐसा प्रस्तुत पुस्तक के सम्बन्ध में भी ठीक है। खास-खास अशुद्धियों का मैंने एक पृथक् शुद्धि पत्र दे दिया है। आशा है पाठकगण पुस्तक पढ़ने से पूर्व इसे अवश्य देख लेंगे।

अन्त में मैं पाठकों से उन कमियों के लिए जो इस पुस्तक में रह गई हैं क्षमा चाहता हूँ।

—रामनाथ वर्मा

छठे संस्करण
की
भूमिका

यह एलोपैथिक निघंटु का छठा संस्करण है। पाठक देखेंगे कि जहाँ पांचवें संस्करण में पृष्ठ संख्या कुल ८०९ थी वहाँ इस संस्करण में पृष्ठ संख्या ८८९ हो गई है। इस बार कई ऐसी औषधियाँ निकाल दी गई हैं जो या तो मिलनी बंद हो गई हैं अथवा उन्हें अब प्रयोग नहीं किया जाता उनके स्थान पर नई नई औषधियां बढ़ा दी गई है। प्रस्तुत संस्करण में एक और विशेषता है। इसमें लगभग ७८ पृष्ठ ऐसे बढ़ा दिये गये हैं जिनमें २३ प्रमुख रोगों में प्रयुक्त होने वाली प्रसिद्ध औषधियों का वर्णन है। मुझे पूरा विश्वास है कि पाठकों को इससे विशेष लाभ होगा।

जैसा कि आप जानते हैं कि भरसक प्रयत्न करने के बावजूद भी पुस्तक की छपाई में अनेक गल्तियाँ रह जाती हैं विशेषतया टैक्नीकल पुस्तक में। ऐसा इस पुस्तक के संबंध में भी ठीक है। अनेक स्थानों पर छोटी मोटी मात्रा, ब्रैकट, कौमा इत्यादि की गल्तियाँ रह गई हैं। कहीं कहीं अक्षर छपने से रह गये हैं। इन्हें छोड़कर जो प्रमुख गल्तियाँ हैं मैंने उन्हें एक पृथक् शुद्धिपत्र में दे दिया है। पाठकों से मेरा अनुरोध है कि पुस्तक आरंभ करने से पूर्व शुद्धिपत्र के अनुसार पुस्तक में उन गल्तियों को ठीक कर लें।

इस बार कागज के मूल्य और छपाई में बहुत वृद्धि हो गई है इसके अतिरिक्त पुस्तक की जिल्द कागज की बजाय कपड़े की बनाई गई है। तीसरे जैसा कि ऊपर लिखा जा चुका है पृष्ठों में ८० की वृद्धि हुई है। इन सब को ध्यान में रखते हुये इस बार पुस्तक का मूल्य १२) की बजाय १५) कर दिया गया है जो बिल्कुल उचित है।

अंत में मेरा पाठकों से निवेदन है कि इस पुस्तक में जो कमियाँ रह गई हैं उनके लिये मुझे क्षमा करें।

रामनाथ वर्मा

विषय-सूची

मैटीरिया मेडिका

अर्थात्

निघंटु

Materia Medica

चिकित्सा के लिए जिन औषधियों तथा पदार्थों का प्रयोग किया जाता है उनके ज्ञान को मैटीरिया मेडिका कहते हैं । इसकी कई शाखायें हैं ।

(१) औषधियों के प्राकृतिक इतिहास और उनके भौतिक तथा रासायनिक गुणों के ज्ञान को **मैटीरिया मेडिका प्रोपर** (Materia Medica Proper) कहते हैं ।

(२) **फार्मेसी** (Pharmacy) **औषधि निर्माण शास्त्र** :—उस कला और ज्ञान को कहते हैं जिससे औषधियों को तैयार करके और परस्पर मिलाकर इस योग्य बनाया जाता है कि वे प्रयोग में आ सकें ।

(३) **डिस्पैंन्सिग** (Dispensing) :—उस कला को कहते हैं जिसके द्वारा औषधियां नाप तोल कर परस्पर मिला कर और लेबिल लगाकर रोगी को दी जाती हैं ।

(४) **फार्मेकौलोजि** (Pharmacology) **औषध-प्रभाव-विज्ञान** :—उस विद्या को कहते हैं जिससे हमें इस बात का ज्ञान हो कि स्वस्थता में अमुक औषध समस्त शरीर या उसके किसी भाग पर क्या प्रभाव पैदा करती है ।

(५) **थेराप्युटिक्स** (Therapeutics) **चिकित्सा-शास्त्र** :—रोग की

चिकित्सा के लिए औषधियां किस प्रकार प्रयोग की जाती हैं उस विद्या को थेराप्युटिक्स कहते हैं।

औषधियाँ (DRUGS)

जो औषधियाँ हम प्रयोग करते हैं वे उसी रूप में नहीं पाई जातीं बल्कि जन्तुओं, वनस्पतियों, धातुओं आदि से भिन्न २ विधियों से तैयार की जाती हैं। वनस्पतियों के भिन्न २ भागों में विशेष प्रकार के रासायनिक पदार्थ उपस्थित रहते हैं जिन्हें "सक्रिय अवयव" कहते हैं। जिस भाग में इस प्रकार के अवयव पाये जाते हैं उसी भाग को प्रयोग में लाया जाता है। कभी-२ ये पौधों के प्रत्येक भाग में मिलते हैं। ऐसी दशा में समस्त पौधा ही प्रयोग में लाया जाता है। कभी ऐसा भी होता है कि पौधों के पत्तों के रसों में ही ऐसे अवयव पाये जाते हैं और उन्हीं से औषधियां तैयार की जाती हैं जैसे "एलुवा"।

(A) **साधन** (Source)—औषधियों को साधनों के अनुसार निम्नलिखित श्रेणियों में विभक्त किया जा सकता है।

(१) **औगॅनिक** (Organic) **कार्बनिक** :—(अ) जो वानस्पतिक वर्ग से तैयार होती हैं जैसे कौलबा, नवसवांमिका इत्यादि। इनमें फल, फूल, बीज, पत्ते, जड़, छाल सभी सम्मिलित हैं। (आ) जो प्राणीवर्ग से तैयार होती हैं जैसे लिवर ऐक्सट्रैक्ट, पैप्सीन, मसिल ऐक्सट्रैक्ट, इन्सुलीन इत्यादि।

(२) **इनऔर्गेनिक** (Inorganic) **अकार्बनिक** :—जैसे खनिजाम्ल (गंधक का तेजाब, नमक का तेजाब इत्यादि), गंधक, अमोनिया इत्यादि।

(३) **मैटॅलिक** (Metallic) **धात्विक** :—अर्थात् ऐसी औषधियां जो धातुओं से तैयार होती हैं जैसे सिल्वर नाइट्रेट, कौपर सल्फ, फैरमफौस्फेट इत्यादि।

(४) **सिन्थेटिक** (Synthetic) **संश्लिष्ट** :—अर्थात् ऐसी औषधियां जो भिन्न-भिन्न तत्वों को मिलाकर तैयार की जाती हैं। जैसे ईथर, एमिल नाइट्राइट, क्लोरोफॉर्म इत्यादि।

यहाँ ये तैरते हुये जर्रे बहुत धीरे धीरे पात्र की तली पर बैठ जाते हैं।

(८) **एक्सप्रेशन** (Expression)—इस क्रिया द्वारा वानस्पतिक पदार्थों को दबाकर रस या तेल निकाल लेते हैं। जैसे तिल या सरसों का तेल।

(९) **फिल्ट्रेशन** (Filtration) **निस्यन्दन** :—इस क्रिया द्वारा तले पदार्थों से मैल पृथक् कर दिया जाता है। इस काम के लिये ब्लाटिंग पेपर, कोयला, रेत आदि का प्रयोग किया जाता है।

(१०) **फ्युजन या लिक्वीफैक्शन** (Fusion or Liquefaction) **संगलन** :—इस क्रिया के द्वारा ठोस पदार्थों को उपयुक्त पात्र में रखकर गर्मी देकर पिघला लेते हैं।

(११) **ग्रैनुलेशन** (Granulation) **कणिकायन** :—इस क्रिया के द्वारा ऐसे लवणों को जिनकी मोटी-मोटी कल्में हों, जल में घोल लिया जाता है और अग्नि पर चढ़ाकर पूर्णतः सुखा लेते हैं और महीन दानेदार चूर्ण अर्थात् सफूफ बना लेते हैं।

(१२) **लेवीगेशन** (Levigation) :—किसी ठोस पदार्थ को खरल में जल या अन्य पदार्थ जिसमें वह घुलता नहीं, के साथ पीस लेते हैं। ऐसा करने से पदार्थ के सूक्ष्म कण जल में मिल जाते है और शेष भाग तली पर बैठ जाता है। इस तरल भाग को दूसरे पात्र में डाल देते हैं और जो सूक्ष्म कण जल के साथ मिल गये थे, उन्हें तली पर बैठने दिया जाता है। जो भाग खरल में नीचे बैठ गया था उसे फिर जल आदि के साथ रगड़ते हैं और दूसरे पात्र में एकत्रित करते रहते हैं। इस प्रकार सबका सब ठोस पदार्थ साफ कर लिया जाता है।

(१३) **लिक्सीविएशन** (Lixiviation) **विक्षालन** :—इस क्रिया द्वारा किसी मिश्रित या संयोजित पदार्थ को जल में घोल कर और फिर उसको दूसरे पात्र में नितार कर, तत्पश्चात् अग्नि पर चढ़ाकर सुखा लेते हैं। इस प्रकार उस पदार्थ का घुलनशील भाग पृथक् हो जाता है।

(१४) **मैस्रेशन** (Maceration) **द्रवसमर्दन** :—इस क्रिया द्वारा किसी

औषध को अल्कोहल या अन्य पदार्थ में डाल देते हैं कुछ दिनों के बाद उसे छान लेते हैं । इस प्रकार उस पदार्थ के घुलनशील अवयव घुल जाते हैं ।

(१५) **परकोलेशन** (Percolation) **क्षरण** :—इस विधि द्वारा किसी पदार्थ के चूर्ण के साथ अल्कोहल आदि मिलाकर फिर उसे एक विषेश यन्त्र में डाल कर और फिल्टर करके उसके घुलनशील भाग का सार निकाल लिया जाता है ।

(१६) **प्रिसिपिटेशन** (Precipitation) **अवक्षेपण** :—इस विधि द्वारा किसी औषध के घोल के साथ दूसरी औषध मिलाकर एक तीसरी औषध जो तली पर बैठ जाती है तैयार कर ली जाती है जैसे सल्फर प्रिसिपिटेटम ।

(१७) **स्केलिंग** (Scaling) **परतकरण** :—औषध के घोल को ग्लास की प्लेट पर कागज के सदृश महीन तह में फैला देते हैं और फिर सुखा लेते हैं । अन्त में इसके टुकड़े कर दिये जाते हैं । फैरी एट अमोनिया साइट्रास इसी प्रकार तैयार किया जाता है ।

(१८) **सिफ्टिंग** (Sifting) **क्षरण** :—इस विधि द्वारा हम मोटे चूर्ण से महीन चूर्ण तैयार करते हैं । भिन्न-भिन्न नम्बरों की बाल, मलमल या तारों की बनी हुई छलनी होती है उन्हीं में चूर्णों को छान लिया जाता है ।

(१९) **सब्लीमेशन** (Sublimation) **ऊर्ध्वपातन** :—इस क्रिया द्वारा ठोस पदार्थ को अग्नि द्वारा भाप के रूप में परिणत करके किसी दूसरे पात्र में जमा लेते हैं । सल्फर सब्लीमेटम इसी प्रकार तैयार की जाती है ।

(२०) **सौल्युशन** (Solution) **विलयन** :—औषधियों को किसी तरल पदार्थ में घोल लेते हैं ।

(२१) **ट्रिटुरेशन** (Trituration) **संपेषण** :—ठोस पदार्थों को चीनी के खरल में महीन पीस लिया जाता है ।

नाप तोल
(MEASURES & WEIGHTS)

Gr =Grain (ग्रेन)=१/६० ड्राम=½ रत्ती (लगभग)

ʒ =Scruple (स्क्रुपिल)=२० ग्रेन=१/३ ड्राम]

ʒ =Drachm (ड्रैम)=६० ग्रेन=१/८ औंस=४ माशे (लगभग)

℥ =Ounce (औंस)=८ ड्रैम=२½ तोले (लगभग)

♏ =Minim (मिनिम) एक ड्रैम का १/६० भाग

Gtt =Gutta (गटा) बूँद

O =Octarius (ऑक्टेरियस)=पाइन्ट=२० तरल औंस

C =Congius (कौन्जियस)=गैलन=८ पाइन्ट्स=१० पौंड (लगभग)

G =Gramme (ग्रैम)=१५.४३२ ग्रेन=१ माशा (लगभग)=१००० मिलिग्रैम

M G =Milligramme (मिलिग्रैम)=१/६० ग्रैन

MCG =MICROGRAMME=ग्रैम का दस लाखवा भाग

Quart (क्वार्ट)=२४ औंस=१½ पौंड।

lb =Pound (पौंड)=०.४५ Kg (किलोग्रैम)

Kg =Kilogramme (किलोग्रैम=२.२१ Lb (Pound) पौंड, १००० ग्रैम

Pt =Pint (पाइन्ट)=०.५७ Ltr (Litre) लीटर

Ltr =Litre (लीटर)=१.७६ Pt (Pint)=०.२२ गैलन

Gal =Gallon (गैलन)=४.५५ Ltr (Litres) लीटर्स

नोट—[१] चूर्णों (Powders) और ठोस पदार्थों (Solids) को काँटे में ग्रेन, ड्रैम, ग्रैम, औंस, पौंड तथा किलोग्रैम, में तोला जाता है और तरल पदार्थों को मेजर ग्लास में मिनिम, ड्रैम औंस, पौंड, पाइन्ट्स तथा क्वार्टों में नापा जाता है।

[२] मिनिम के अर्थ गलती से बूँद के लिए जाते है परन्तु वास्तव में किसी औषधि की बूँद बड़ी होती है और किसी की छोटी । किसी औषधि की १ मिनिम १ बूँद के लगभग होती है किसी की दो बूँदके

बराबर और किसी की इससे भी अधिक। उदाहरणतः क्लोरोफार्म की एक मिनिम में कई बूँद होती हैं।

[३] यदि स्रवित जल (डिस्टिल्ड वाटर) को १५°C तापमान पर ट्यूब से बूँद बूँद टपकाया जाय तो १ ग्राम में २० बूँद निकलती हैं।

[४] १ औंस में ४३७.५ ग्रेन (एपोथेकेरीस-Apothecaries) और ४८० ग्रेन (ट्रॉय-Troy) होते हैं।

इसी प्रकार १ पौंड में ७००० ग्रेन (Apoth) और ७६८० ग्रेन (Troy) होते है।

[५] कुछ विलायती औषधियां ७००० ग्रन प्रति पौंड के हिसाब से तुलकर आती हैं और कुछ ७६८० ग्रेन प्रति पौंड के हिसाब से; हावर्ड की क्वीनीन १ पौंड में ७००० ग्रेन के हिसाब से आती है अर्थात् १५ औंस से भी कम।

अन्य तोल

28.4 C.C. (२८.४ सी० सी०)=१ तरल औंस

1C.C (१ सी० सी०)=१७ मिनिम्स (17 minims)

1000 C.C. (१००० सी० सी०)=१ लीटर 1 Litre=35.196 Ounces (३५.१९६ औंस)

15 Minims (१५ मिनिम्स)=१ मिल=1 Mil

60 Minims (६० मिनिम्स)=४ मिल्स=4 Mils=1 dram (१ ड्रैम)

1 Kilogram (१ किलोग्रैम)=१००० ग्रैम=२.२० पौंड=१.०७ सेर

1 Pound (१ पौंड)=१६ औंस=७००० ग्रेन=०.४८६१ सेर

1 Stone (१ स्टोन)=१४ पौंड=६.८०४ सेर

1 Quarter (१ क्वार्टर)=२ स्टोन=१३.६०८ सेर

1 Hunderweight (१ हंडरवेट) = I Cwt = ४ क्वार्टर = १ मन १४ सेर ६ १/९ छटाँक

1 Ton (१ टन) = २० हंडरवेट = २७.२ मन

500 Grammes (५०० ग्रैम्स) = १ पौंड १ ५/८ औंस

100 Grammes (१०० ग्रैम्स) = ३ १/२ औंस

25 Grammes (२५ ग्रैम्स) = ७/८ औंस

१/२ Gramme (१/२ ग्रैम्स) = ५०० मिली ग्रैम

1 Kilometre (१ किलोमीटर) = ०.६२१४ मील = १ ०९३.६ गज नाप

1 Metre (१ मीटर) = ३९.३७०१ इंच = १.०९३६ गज

1 Centimetre (१ सैन्टीमीटर) = ०.३९३७ इंच

1 Millimetre (१ मिलीमीटर) = ०.०३९४ इंच

1 Inch (१ इंच) = २.५४ सैन्टीमीटर

1 Foot (१ फुट) = ३०.४८ सैन्टीमीटर

1 Yard (१ गज) = ९१.४४ सैंटीमीटर

1 Mile (१ मील) = १.६०९३ किलोमीटर

अंग्रेजी घरेलू नाप

A Tea-Spoonful (टी स्पूनफुल) = १ चाय का चमचा = १ तरल ड्रैम

A Dessert-Spoonful (डैजर्ट स्पूनफुल) = २ चाय के चमचे = २ तरल ड्रैम

A Table-Spoonful (टेबिल स्पूनफुल) = ४ चाय के चमचे = १/२ औंस

A Wine-Glassful (वाइन ग्लासफुल) = २ औंस = लगभग १ छटांक

A Gill (गिल) = ४ तरल औंस = लगभग २ छटांक

A Tea-Cupful (टी कपफुल) = ७ तरल औंस (या कुछ अधिक)

A Breakfast-Cupful (ब्रेकफास्ट कपफुल)=८ तरल औंस=लगभग ४ छटाँक

A Glassful (ग्लासफुल)=१२ तरल औंस=लगभग ६ छटाँक

A Tumblerfull (टम्बलरफुल)=१५ से २० तरल औंस

A Quart (क्वार्ट)=२४ तरल औंस

नोट—[१] कर्नल चौपड़ा के मतानुसार एक टी कपफुल ५ औंस का टम्बलर-फुल ८ औंस का और क्वार्ट ३२ औंस का होता है

[२] गोल्ड्स मैडिकल डिक्शनरी के अनुसार १ गिल ५ औंस का और क्वार्ट $\frac{1}{4}$ गैलन का होता है।

देशी घरेलू तोल

१ मन=४० सेर=८२ पौंड २ औंस ३ ड्राम
१ सेर=१६ छटाँक=८० तोले=२ पौंड १३ ड्राम
१ छटाँक=५ तोले=२ औंस से कुछ अधिक
१ तोला=१२ माशे=३ ड्राम=१८० ग्रेन (लगभग)
१ माशा=८ रत्ती=१५ ग्रेन=१ ग्राम (लगभग)

नोट—फैक्ट्री का १ मन बराबर होता है ७४ पौंड १० औंस ११ ड्राम के
,, १ सेर ,, ,, १ पौंड १३ औंस १४ ,,
रेलवे का मन बराबर होता है ८२$\frac{6}{7}$ पौंड के
बम्बई का एक मन बराबर होता है २८ पौंडके
मदरास का एक मन बराबर होता है २५ पौंड के

ब्रिटिश फार्मेकोपिया में वर्णित औषधियाँ

जहाँ हमारे देश में असंख्य औषधियां ऐसी हैं जिन्हें देशी चिकित्सक उन की प्राकृतिक दशा में ही प्रयोग करते हैं वहाँ बी० पी० में इस प्रकार की औषधियों की संख्या बहुत कम है।

बी० पी० में ऐसी विधियों का वर्णन है जिनसे औषधियाँ भिन्न-भिन्न रूप में तैयार की जा सकें ताकि उन्हें आसानी से सेवन किया जा सके, और वे दीर्घकाल तक बिना खराब हुए रह सकें।

यहां बी०पी० में दर्ज की हुई भिन्न-भिन्न प्रकार की औषधियों का वर्णन दिया जाता है—

ऐसिटा या विनिगर्स (Aceta or Vinegars) :—ये, औषधियों को, एसेटिक एसिड (सिरकाम्ल) में घोलकर बनाये जाते हैं । बी० पी० में केवल १ एसीटम है अर्थात् एसीटम सिल्ला ।

ऐसिडा डाइल्यूटा (Acida Diluta) :—ये तीव्र तेजाब होते हैं जिन्हें आसुत जल के साथ हलका कर लिया जाता है । जैसे ऐसिड एसेटिक डिल, ऐसिड हाइड्रोक्लोरिक डिल इत्यादि ।

नोट—बी० पी० में कुल ५ एसिड हैं

ऐक्वी एरोमेटिक या एरोमेटिक वाटर्स (Aquae Aromatic or Aromatic Waters) :—इन्हें भबके में खींच कर, या तेलों को जल में घोल कर और फिर फिल्टर करके, या तेलों को पिसे हुए टाल्क के साथ रगड़ क, स्रवित जल के साथ मिला कर और अन्त में फिल्टर करके, या तेज स्रवित जलों को उनमें ३९ गुना स्रवित जल के साथ हलका करके, तैयार किया जाता है । बी० पी० में इसकी संख्या ६ है अर्थात् ऐक्वा, कैम्फर, ऐक्वा सिनेमन, ऐक्वा ऐनेथि, ऐक्वा मैन्य पिप, ऐक्वा क्लोरीफार्म, ऐक्वा डेस्टिलेटा ।

कैटेप्लाजमेटा (Cataplasmata) **अर्थात् पुल्टिस** ;—ये गाढ़ी लपसी-सी होती हैं जिन्हें ठण्डा या गर्म करके स्थानिक रूप से प्रयोग किया जाता है । ऐन्टीफ्लोजिस्टीन, ऐन्टीफ्लेमीन इत्यादि सब कैटेप्लाज्मा है । बी०पी० में केवल १ कैटेप्लाज्मा है अर्थात् कै० केओलीन ।

कौलोडियन्स (Collodions) :—ये औषधियों के कौलोडियन में, या पाइरोक्सीलीन के ईथर और अल्कोहल में, बने हुए घोल (Solutions) होते है जैसे कौलोडियन फ्लेक्साइल ।

कन्फेक्शन (Confections) **अर्थात् माजून** :—ये शक्कर या शहद से बनी हुई होती हैं जैसे कन्फैक्शियो सलफ्यूरिस ।

क्रीम्स (Creams) :—ये कोमल या कुछ सख्त मरहम सी होती हैं जिन्हें त्वचा पर लगाया जाता है ।

एफरवेसैन्ट्स ग्रैनुलर (Effervescents Granular) —ये दानेदार चूर्ण होते हैं जिन्हें जल के साथ मिलाने से झाग उठते हैं। इन्हें अम्ल (Acids) और क्षार (Alkalies) को शक्कर के साथ या इसके बिना परस्पर मिला कर तैयार किया जाता है जैसे सोडियम फौस्फेट एफरवेसैंट।

इलिक्सर्स (Elixirs) :—ये औषधियों के कम शक्ति वाले टिंकचर्स होते हैं जिन्हें शक्कर और सुगन्धित पदार्थों द्वारा स्वादिष्ट कर लिया जाता है जैसे इलिक्सर कैस्करा सग्रेडा।

एम्प्लास्ट्रा (Emplastra) **अर्थात् प्लास्टर्स** :—ये चिपकने वाली औषधियों से तैयार होते हैं जिन्हें कपड़े या चमड़े पर फैला कर लगाया जाता है जैसे एम्प्लास्ट्रम बैलाडोना, एम्प्लास्ट्रम रेजिन।

नोट—नई बी० पी० में कोई प्लास्टर नहीं रहा।

इमलशन्स (Emulsions) :—तेलदार या रालदार पदार्थों को गोंद या ट्रैगेकन्थ आदि चिपकने वाली औषधियों तथा जल के साथ गाढ़ा मिक्सचर सा बना लेते हैं जैसे कौडलिवर ऑइल इमलशन। बी० पी० में केवल ४ इमलशन्स हैं।

ऐक्सट्रैक्ट्स (Extracts) **सत या सार** :—इन्हें वनस्पतियों या प्राणियों के तन्तुओं के घुलनशील अवयवों को, जल, अल्कोहल या अन्य घोलक, की सहायता से पृथक् करके तैयार किया जाता है। ये निर्माण–विधि के अनुसार ३ प्रकार के होते हैं।

(१) **मुलायम या कुछ सख्त** (Soft or Semisolid) :—इन्हें औषधियों को शीतल या गर्म आसुत जल में घोल कर, या भिगो कर या उबाल कर और फिर अग्नि पर इतना उड़ा कर कि वे मुलायम या कुछ सख्त बन जायें, तैयार किया जाता है। जैसे ऐक्स० जंशिअन। बी० पी० में इनकी संख्या ४ है।

(२) **तरल ऐक्सट्रैक्ट्स** (Liquid Extracts) :—ये जल या अल्कॉहल मिश्रित तरल ऐक्सट्रैक्ट्स होते हैं जैसे ऐ० कैस्करा सग्रेडा लिक्विड, ऐ० अर्गट लिक्विड इत्यादि। बी० पी में १४ तरल ऐक्सट्रैक्ट्स हैं।

नोट—ऐक्स० फिलिसिस लि० ईथर से तैयार होता है।

ऐक्स० माल्ट और ऐ० माल्ट विद कौडलिवर आयल गाढ़े लेसदार द्रव होते हैं।

(३) **शुष्क ऐक्सट्रैक्ट्स** (Dry Extracts):—ये अल्कॉहल या जल मिश्रित ऐक्सट्रेक्ट्स होते हैं जिन्हें सुखा कर पीस लिया जाता है। जैसे ऐ० बैलाडौना सिक्कम, ऐ० नक्सवौमिका सिक्कम इत्यादि। बी० पी० में इनकी संख्या ९ है

जेलेटिन पेस्ट्स (Gelatin Pastes)—ये जलेटिन, ग्लीसरीन और जल के भिन्न-भिन्न अनुपात में तैयार किये हुए, मिश्रण होते हैं जिन्हें चर्म पर ब्रुश से लगाया जाता है। जैसे जेलेटिनम जिन्की (Gelatinum Zinci) अर्थात् अन्नाज (Unna's Paste)। बी० पी० में केवल यही एक पेस्ट है।

ग्लीसरीन्स (Glycerins)—ये औषधियों ग्लीसरीन या ग्लीसरीन और जल के साथ बने हुए घोल होते हैं। इन्हें प्रायः मुँह और कंठ के रोगों में लगाने के काम में लाया जाता है। जैसे ग्लीसरीन बोरेक्स, ग्लीसरीन एसिड टैनिक इत्यादि। बी० पी० में इनकी संख्या ५ है।

इन्फ्युजा रीसेन्स (Infusa Recens):—अर्थात् ताजा बने हुए शीतक्वाथ; वनस्पतियों के मोटे मोटे टुकड़े करके १५-३० मिनट तक शीतल या खौलते हुए जल में किसी बंद पात्र में भिगो देते हैं और फिरछान लेते हैं। इन्हें तैयार करने से १२ घण्टे के अन्दर अन्दर प्रयोग में लाना चाहिए।

नोट—बी० पी० में इनकी संख्या केवल २ है।

इन्फ्युजा कन्सन्ट्रेटा (Infusa Concentrata):—अर्थात् तेज बने हुए शीतक्वाथ: ये औषधियों के अल्कोहलमें घोल होने हैं जिन्हें पर्कोलेशन या मैसरेशन द्वारा तैयार किया जाता है और फिर इन्हें सात गुना जल के साथ हलका कर लिया जाता है जैसे इन्फ्युजन कौलंबा कन्सन्ट्रैटेड।

नोट—बी० पी० में इनकी संख्या केवल ५ है।

इन्जेक्शियो, इन्जेक्शन्स (Injectio, Injections):—ये औषधियों के आसुत जल या जैतून के तेल में तैयार किये हुये घोल होते हैं। इन्हें शरीर

में पिचकारी द्वारा प्रविष्ट किया जाता है—(चर्म, मांस या शिरा द्वारा)।

जैसे इंजेक्शियो विस्मथी, इंजेक्शियो पैनिसिलीन इत्यादि ।

नोट—बी० पी० में इनकी संख्या ७५ है।

लैमिली (Lamellae)—कुछ औषधियों के जौहरों को जेलेटिन और ग्लीसरीन के साथ मिलाकर अत्यन्त सूक्ष्म टिकियाँ बना ली जाती है जिन्हें आँखों में डालने के काम लाया जाता है। इनमें १८ भाग जेलेटिन २ भाग ग्लीस–रीन और ८८भाग जल होता है । जैसे लैमिला एट्रोपीन, लैमिला कोकेन इत्यादि । बी० पी० में इनकी संख्या ४ है

लिनिमैन्ट्स, एम्ब्रोकेशन्स (Liniments, Embrocations)—ऐसे तरल द्रव्यों को कहते हैं जिन्हें तेल या स्पिरिट द्वारा तैयार किया जाता है। बी० पी० में जितने लिनिमेन्ट्स हैं प्रायः सभी में कैम्फर होता है।

जैसे लि० एकोनाइट, बैलाडोना इत्यादि। बी० पी० में कुल ६ लिनि-मेन्ट्स है।

इन्हें मालिश के काम में लाया जाता है।

लिकर्स, सौल्युशन्स (Liquors Solutions):—ये वनास्पतिक, जान्तविक या अकार्बनिकपदार्थों के आसुत जल में, अकेले या दूसरे द्रवयकों के साथ, घोल होते हैं । इनमें से लिकर एड्रीनेलीन क्लोराइड और लिकर एपिस्पैस्टिकस प्राणिवर्ग से प्राप्त किये जाते हैं और अधिकांश वानस्पतिक घोलोंमें में एल्कोहल पड़ती है। बी०पी० में २८ लिकर्स हैं।

जैसे लिकर एड्रीनेलीन क्लोराइड, लि० अमोनिया एसिटेटिस इत्यादि ।

लोशियो, लोशन्स (Lotio, Lotions):—ये ओषधियों के घोल होते हैं जिन्हें केवल बाह्य प्रयोग में लाया जाता है । बी० पी० में केवल एक लोशन है जिसका नाम लोशियो कैलेमाइना है ।

मेला, हनीज (Mella Honeys):—ये ऐसे तरल मिश्रण होते है जिनमें शहद मिला होता है । बी० पी० में केवल ६ मेला हैं ।

मिस्चुरि, मिक्सचर्स (Misturae, Mixtures):—उन तरल मिश्रणों को

कहते हैं जिनमें औषधियाँ या तो जल में घोल दी जाती हैं या म्युसीलेज द्वारा मिला दी जाती हैं। बी० पी० में केवल २ मिस्चुरि हैं, मिस्चुरा सैना को और मिस्चुरा मैग्नेशियाई हाईड्रौक्साइडी।

म्युसिलेजेज (Mucilages):—इन्हें गोंददार औषधियों को जल में घोल कर बनाया जाता है। बी० पी० में केवल दो म्युसिलेज हैं।
म्युसिलेज अकेशिया और म्युसिलेज ट्रैगेकन्थ।

औकुलेन्टा (Oculenta):=आंख में डालने की मरहमों को कहते हैं। इनके तैयार करने की विधि यह है; ९० भाग पीली वैसलीन और १० भाग वूलफैट लेकर पिघला लो और गर्म ही छान लो। फिर १५०°F के तापमान पर १ घण्टे तक उबाल कर शुद्ध कर लो। जितनी औषध १०० ग्राम में मिलानी हो उसे एक शुद्ध किये हुए खरल में डालकर पिघली हुई वैसलीन आदि के साथ खूब मिला लो।
जैसे औकुलेन्टम एट्रोपीन, औकुलेन्टम कोकेन। बी० पी० में इनकी संख्या ७ है।

ओलिएटा, ओलिएट्स (Oleata, Oleates):—ऐसे पदार्थों को कहते हैं जो ओलिइक ऐसिड द्वारा बनाये जाते हैं। बी० पी० में केवल एक ओलियेटम है अर्थात हाइड्राजिरम ओलियेटम।

ओलिआ, औयल्स (Olea, Oils) अर्थात् तेल—इन्हें दो श्रेणियों में विभक्त किया गया है।

(१) **फिक्स्ड या ऐक्सप्रैस्ड** (Fixed or Expressed):—अर्थात ऐसे तेल जिन्हें दबाकर निकाला जाता है। बी० पी० में इनकी संख्या ११ है।

जैसे ओलियम ऐमिग्डली	(बादाम का तेल)
,, गोसीपिआई सेमिनिस	(बिनौलों का तेल)
,, अरेकिस	(मूँगफली का तेल)
,, लाइनी	(अलसी का तेल)

(२) **वौलेटाइल, अशंशल या डिस्टिल्ड** (Volatile, Essential or Distilled):—अर्थात् ऐसे तेल जिन्हें भबके में खींचा जाता है। बी० पी० में इनकी संख्या १८ है।

जैसे औलियम एनेथि (सोये का तेल)
,, एनिसी (सौंफ का तेल)
,, सिनेमन (दारचीनी का तेल)

पेस्टा, पेस्ट्स (Pasta, Pastes):—ये मरहम की तरह बनाये जाते हैं और उसी तरह प्रयोग किये जाते हैं। बी॰ पी॰ में केवल एक पेस्ट है। पेस्टा जिन्की ऑक्साइडी को।

पिलुली, पिल्स (Pilulae, Pills) **अर्थात गोलियां;**—एक या एक से अधिक औषधियों को अन्य पदार्थों की सहायता से परस्पर मिलाकर गोलाकार बना लेते हैं। इन्हें इस प्रयोजन से तैयार करते है कि सुगमतापूर्वक निगली जा सकें। इन्हें न तो अधिक सख्त और न अधिक मुलायम होना चाहिए। इन पर कभी २ चांदी का वर्क या चीनी चढ़ा लेते हैं। ऐसा करने से ये देखने में सुन्दर प्रतीत होने लगती है और मुँह का स्वाद भी नहीं बिगड़ता। सामान्यतया प्रत्येक गोली का भार ५ ग्रेन से अधिक नहीं होना चाहिये। बी॰ पी में जितनी गोलियां हैं उन सब की मात्रा ४–८ ग्रेन है और कुल संख्या केवल ५ है।

जैसे पिल एलोज
पिल हाइड्रार्जिरि

नोट—निम्नलिखित पदार्थ गोलियां बनाने के काम आते हैं।
सीरप ऑफ ग्लुकोस, ग्लीसरीन ऑफ ट्रैगेकन्थ, ग्लुकन्थ, कर्ड सोप, कैल्सियम फौस्फेट, लिकरस पाउडर।

पल्वर्स-पाउडर्स (Pulveres-Powders) **अर्थात् चूर्ण:**—ये सूखी औषधियों को कूट छानकर तैयार किये जाते हैं। बी॰ पी॰ में ऐसे, ७ पाउडर्स हैं।

सीरा, सीरम्स, एन्टी-टौक्सीन्स (Sera, Serums, Anti-toxins):—ये तरल इंजैक्शन्स होते हैं जिनमें ऐसी विषघ्न वस्तुएं उपस्थित रहती हैं जो यदि किसी रोगी के शरीर में सूईदार पिचकारी द्वारा प्रविष्ट की जायें तो उस रोगी को निष्क्रिय रोग-क्षमता (Passive Immunity) प्राप्त हो जाती है और रोग अच्छा हो जाता है। जैसे ऐन्टी डिप्थीरिया सीरम, ऐन्टीटैटेनस सीरम इत्यादि।

स्पिरिट्स (Spirits) :—स्पिरिट के अर्थ प्रायः खींची हुई शराब के लिये जाते हैं परन्तु बी० पी० में जितनी स्पिरिटे दर्ज हैं वे सब, सिवाय मेथीलेटेड स्पिरिट के, उडनशील तेलों और ईथर्स के अल्कोहल में बने हुए घोल हैं। ये दो प्रकार की होती हैं।

(१) सादा (Simple)

(२) मिश्रित (Compound)

(१) सादा स्पिरिट वे हैं जो ९० प्रतिशत अल्कोहल में उड़नशील तेल या ईथर या कैम्फर और या क्लोरोफार्म को घोल कर तैयार की जाती हैं । इनमें से कुछ जल मिलाने से गदली हो जाती हैं जैसे स्पिरिट कैम्फर । बी० पी० में कुल ५ सादा स्पिरिट है

(२) मिश्रित स्पिरिट वे हैं जिनमें एक से अधिक अवयव होते हैं। बी० पी० में केवल स्पिरिट ईथर नाइट्रोसी और स्पिरिट अमोनिया एरोमेटिक २ ही मिश्रित स्पिरिट हैं ।

सक्कस (Succus)—किसी फल, फूल अथवा वनस्पति को दबाकर जो रस निकाला जाता है उसे सक्कस अर्थात् रस कहते हैं ।

जैसे सक्कस स्कोपेराई ।

नोट—नई बी० पी० में कोई सक्कस नहीं है।

सपोजीटरीज (Suppositories)—ऐसी औषधि-मिश्रित चीजों को कहते हैं जो ठोस और नोकदार हों। इन्हें गुदा में चढ़ाया जाता है। सिवाय ग्लीसरीन सपोजीटरी के अन्य जितनी सपोजीटरी हैं उन सब में ऑयल ऑफ थ्योब्रोमा मिला रहता है जिस कारण वे धीरे-धीरे पिघलती हैं । प्रत्येक का भार लगभग १५ ग्रेन होता है।

नोट :—ग्लीसरीन सपोजीटरी बजाय ऑयल आफ थ्योब्रोमा के जेलेटिन से बनती हैं। ये या तो मलाशय और निकटस्थ अंगों जैसे गर्भाशय, मूत्राशय आदि पर प्रभाव डालने के लिए प्रयुक्त होती हैं या जब किसी कारणवश आमाशय किसी औषध को ग्रहण करने के अयोग्य हो तब इनके द्वारा औषध शरीर में प्रविष्ट की जाती है।

जैसे सपोजीटरी मौर्फीन (मलाशय आदि के शूल को हरने के लिए और नींद लाने के लिए), सपोजीटरी ग्लीसरीन (दस्त लाने के लिये) इत्यादि। बी० पी० में कुल १० सपोजीटरी हैं।

सीरप्स (Syrups) **अर्थात् शर्बत** :—ये औषधियों के तरल मिश्रण होते हैं जिनमें पर्याप्त परिमाण में चीनी पड़ी होती है। जैसे सीरप सिम्पिल, सीरप औरंशाई। बी० पी० में १० सीरप हैं।

टैब्लेट्स, टैबेली (Tablets, Tabellae) **अर्थात् टिकियां** : ये छोटे-छोटे चपटे टुकड़े होते हैं जिनमें औषधियाँ मिली होती हैं। बाजार में सैंकड़ों प्रकार की टिकियां बिकती हैं। परन्तु बी० पी० में कुल ४९ टैब्लेट्स है। जैसे टैब्लेट पोटास क्लोरेट।

टिङ्क्चर्स (Tinctures) :—ये अल्कोहल से तैयार किये हुए घोल होते हैं जिनमें औषधियों के मुख्य अवयव उपस्थित रहते हैं। इनके तैयार करने में भिन्न-भिन्न शक्ति की अल्कोहल प्रयोग की जाती है जैसे ९० प्रतिशत ७० प्रतिशत, ६० प्रतिशत और ४५ प्रतिशत।

इनके तैयार करने की ३ विधियां हैं :—

(१) **पर्कोलेशन** (Percolation) **अर्थात् क्षरण** :—एक विशेष यन्त्र में जिसे पर्कोलेटर (Percolator) कहते हैं औषधियों को पीस कर भर दिया जाता है, फिर उसमें आवश्यक शक्ति की अल्कोहल भर दी जाती है। इस प्रकार औषधियों के घुलनशील अवयव छन छन कर नीचे टपकते रहते हैं।

जैसे बैलाडोना का टिन्कचर, डिजिटेलिस का टिन्कचर।

(२) सौल्युशन (Solution) अर्थात् विलयन :—औषधियों को साधारण विधि से अल्कोहल में घोल लिया जाता है।
जैसे सिन्कोना, हायोसाइमस, नक्सवौमिका आदि के टिन्कचर्स।

(३) मैसरेशन (Maceration) अर्थात् द्रवसंमर्दन :—औषध को कुछ समय के लिए अल्कोहल में भिगो दिया जाता है फिर उसे निचोड़ कर छान लिया जाता है।

जैसे ऐसेफिटीडा, औरंशाई, कोलंबा, सिल्ला आदि के टिन्कचर्स।

बी० पी० में जो टिन्कचर्स हैं उनमें से २४ सादा (Simple) हैं अर्थात् जिनमें केवल १ औषध और १ द्रवक प्रयुक्त होते हैं और ४ मिश्रित (Compound) हैं अर्थात् जिनमें एक से अधिक औषधियाँ

पड़ती हैं। इनके अतिरिक्त ४ टिन्कचर्स ऐसे हैं जिन्हें कम्प्लैक्स (Complex) कहते हैं।

ट्रौकिस्काई या लौजेन्जेज (Trochisci or Lozenges) :—ये चपटी ठोस टिकियां होती हैं जो एक या अधिक औषधियों को चीनी, गोंद और जल के साथ मिलाने से तैयार होती हैं। इन्हें मुँह में रखकर चूसा जाता है। बी० पी० में इनकी संख्या ७ है।

अनग्वन्टा, ऑइन्टमेंट्स (Unguenta or Ointments) **अर्थात् मरहम** :—किसी एक या एक से अधिक औषधियों को चर्बी, तेल या वैसलीन के साथ मिलाकर मुलायम या कुछ सख्त मिश्रण तैयार कर लिये जाते हैं। इन्हें त्वचा पर लगाया जाता है।

ये दो प्रकार की होती हैं—[१] साधारण (General)
[२] पारामिश्रित (Mercurial)

पारा-मिश्रित मरहम में पारा (मर्करी) किसी न किसी रूप में अवश्य होता है। बी० पी० में १७ साधारण और ८ पारा मिश्रित मरहम हैं।

वैक्सिना, वैक्सीन्स (Vaccina, Vaccines) :—उन औषधियों को कहते हैं जो किसी रोग के जीवित अथवा मृत जीवाणुओं से नौर्मल सेलाइन में विशेष विधि द्वारा तैयार की जाती हैं। इनके इंजेक्शन लगाये जाते हैं।

ये दो प्रकार की होती हैं :—[१] रोग-निरोधक (Prophylactic)
[२] रोग-निवारक (Curative)

पहली प्रकार की वैक्सीन रोग को पैदा होने से रोकती है अर्थात् उससे रक्षा करती है। दूसरी प्रकार की वैक्सीन रोग को शान्त करने के लिए प्रयुक्त होती है। बी० पी० में कुल ११ वैक्सीन हैं।

नोट :—कुछ वैक्सीन ऐसी होती हैं जो गोली के रूप में आती हैं इन्हें निगला जाता है और ये हमेशा, रोग से बचने के लिए ही सेवन की जाती हैं।

वाइना, वाइन्स, (Vina, Wines) :—पुरानी बी० पी० के अनुसार वाइना उन पदार्थों को कहते थे जो अल्कोहल की बजाय शेरी वाइन या औरंज वाइन से तैयार किये जाते थे जैसे वाइनम इपिकाक, वाइनम ऐन्टीमनी इत्यादि। सन् १९४८ की प्रकाशित बी० पी० में कोई वाइनम नहीं है।

बी० पी० के बाहर के अन्य उपकरण

Adeps	एडेप्स	चर्बी
Ampoules	ऐम्पूल्स	काँच के टियूब जिनमें इंजेक्शन की तरल औषधियां भरी जाती हैं।
Baths	बाथ्स	स्नान
Blistering	ब्लिस्ट्रिंग	आबला डालना
Bolus	बोलस	बड़ी गोली
Bougics	बूजीज	औषधमिश्रित नोकीले पदार्थ जो जेलेटिन या आॅयल आफ थ्योब्रोमा से तैयार किये जाते हैं। उन्हें मूत्रमार्ग, नाक या कान में प्रविष्ट किया जाता है।
Cachets	कैचेट्स	गोलाकार डिबियाँ जिनमें कड़वी या अस्वादिष्ट औषधियां भर कर रोगी को दी जाती है।
Capsules	कैप्स्यूल्स	जेलेटिन की बनी हुई लम्बाकार डिबियां जिनमें खुश्क औषध या तेल भर कर रोगी को दी जाती हैं।
Catheterization	कैथेटरिजेशन	रबड़ अथवा धातु की नली द्वारा मूत्राशय से मूत्र बाहर निकालना।
Cerata	सरेटा	ऐसी मरहम जिनमें मोम पड़ता है।
Charta	चार्टा	औषध-मिश्रित कागज जिसमें पुड़िया बना कर दी जाती हैं।
Collunaria	कौल्युनेरिया	ऐसी तरल औषधियां जो नाक धोने के काम आती हैं।
Collyria	कौलीरिया	ऐसी तरल औषधियां जो आंख धोने के काम आती हैं।

Cremora	क्रीमोरा	ऐसी मुलायम औषधियाँ जो ग्लीसरीन,
Creams	क्रीम्स	वैसलीन आदि से तैयार होती है और जिन्हें बालों या चर्म पर मला जाता है।
Cupping	कपिंग	सिंघी लगाना
Decoction	डिकोक्शन	जोशांदा, क्वाथ, काढ़ा ; किसी औषध को पानी में उबाल कर छान लेना।
Depilatory	डेपीलेटरी	बाल सफा करने वाली औषध
Douche	डूश	नाक, कान, योनि या अन्य किसी स्थान को विशेष यंत्र से धोना।
Dragee	ड्रेजे	चीनी चढ़ी हुई गोली।
Draught	ड्राफ्ट	ऐसी औषधि जिसे एक बार में ही पी लिया जाता है।
Electuary	इलैक्टयुरी	माजून चटनी
Elixir	इलिक्सर	मीठी, सुगंधित, अल्कोहल-मिश्रित औषधि
Enema	एनीमा	पिचकारी या किसी विशेष यंत्र द्वारा मलाशय में तरल औषधि प्रविष्ट करना।
Essence	एसंस	सत, जौहर
Fomentation	फोमेन्टेशन्स	सेक, गर्म जल या औषध मिश्रित जल में वस्त्र निचोड़ कर सेकना।
Fumigations	फ्यूमीगेशन्स	औषधियों की भाप से स्नान करना
Gargle, Gargarisma	गार्गिल, गार्गेरिज्मा	कंठ को धोना, गरारे करना।
Gutta	गटा	बूँद, नेत्रों में टपकाने वाली औषध।
Haustus	हौस्टस	एक बार में पी जाने वाली औषध

Hot-water Bag	हौट-व्राटर बैग	रबड़ की बनी हुई चपटी बोतल जिसमें गर्म जल भर कर सेका जाता है।
Ice-Bag	आइस-बैग	रबड़ की थैली जिसमें बरफ डाल कर सिर पर रखा जाता है।
Inhalations	इन्हेलेशन्स	वायु या किसी औषध की भाप को सूँघना।
Insufflations	इनसफ्लेशन्स	सफूफ जिन्हें कण्ठ या स्वरयंत्र में विशेष यन्त्र द्वारा फूँका जाता है।
Inunction	इनन्कशन	मरहम को चरम में मलना।
Lamella	लैमेला	आँखों में डालने के लिए बाज औषधियों के जौहर से तैयार की हुई अत्यन्त सूक्ष्म टिकियाँ।
Leeching	लीचिंग	जोंक लगाना।
Linctus	लिंक्टस	चटनी, ऐसी औषध जिसमें शहद, शीरा आदि पड़ते हैं।
Lozenges	लौजेन्जेज	मीठी, औषध-मिश्रित चूसने की टिकियां।
Nebulae	नैबुली	ऐसी तरल औषधियाँ जिन्हें विशेष यंत्र (एटोमाइजर) द्वारा गले में स्प्रे किया जाता है।
Oleo-Resin	औलिओ-रेजिन	रालदार तेल जैसे कोपेबा।
Pastil, Pastille	पेस्टिल	मुंह में चूसने की औषध मिश्रित टिकियाँ।
Pearls	पर्ल्स	छोटे-छोटे जेलेटिन के बने हुए कैप्स्यूल्स या छोटी-छोटी गोलियां।
Pessaries	पैसरीज	योनि में प्रविष्ट करने के हेतु सपोजीटरीज के सदृश ठोस पदार्थ।
Pigments	पिग्मेन्ट्स	ऐसी औषधियाँ जिन्हें फुरेरी से चर्म अथवा मुख आदि में लगाया जाता है।

Poultice	पुल्टिस	फ़ोड़े, सूज़न आदि पर लगाने के लिये आटा, अलसी आदि से तैयार किया हुआ मोटा लेप।
Solution	सौल्युशन	घोल।
Sprays	स्प्रेज	ऐसे तरल पदार्थ जिनको विशेष यंत्र द्वारा भाप के रूप में कण्ठ और स्वर यंत्र में लगाया जाता है।
Tapping	टैपिंग	पेट में से नली द्वारा पानी निकालना।
Triturations	ट्रिटुरेशन्स	सूखी औषधियों को मिल्क शूगर के साथ रगड़ कर हल्का कर लेना।
Vapors	वेपर्स	उड़नशील पदार्थ जिनकी भाप को सूँघा जाता है।
Wafer-Papers	वेफर पेपर्स	आटे के बने हुए पदार्थ जिनमें कड़वी या अस्वादिष्ट औषधियों को लपेट कर, दिया जाता है।

औषधियाँ को शरीर में प्रविष्ट करने की भिन्न भिन्न विधियाँ और मार्ग

(१) **मुँह द्वारा** :—जैसे कुल्ले, चूसने की टिकियां, गले में लगाने के लेप, स्प्रे, खाने और पीने की औषधियां जैसे इमलशन्स, मिक्सचर्स, गोलियां, चूर्ण (सफूफ), चटनी इत्यादि।

(२) **मलाशय द्वारा** :—जैसे सपोजीटरीज, एनिमा (दस्त कराने के लिए या कीड़े मारने के लिए, या शक्ति प्रदान करने के लिए जैसे ग्लूकोस और नमक का एनिमा) या जल में घोल कर या कैप्स्यूल्स में भरकर औषध को मलाशय में प्रविष्ट करना।

(३) **श्वास मार्ग** :—[अ] नाक द्वारा औषधियाँ सुंघाना, लेप करना, स्प्रे करना, धोना या फूँकना ।

(आ) स्वरयन्त्र द्वारा औषधियों को सुँघाना, स्प्रे करना, लेप करना या फूँकना ।

[इ] औषधियों को यन्त्र द्वारा अबखरात के रूप में सुंघाना या गर्म जल में डालकर उनकी भाप को सुँघना।

(४) **त्वचा या चर्म द्वारा**—औषधि को लेप, मरहम, सेक, पुल्टिस, प्लस्तर, क्रीम आदि के रूप में प्रयोग करना या त्वचा में मलना या बिजली द्वारा उसे त्वचा के भीतर प्रविष्ट करना, या चेचक के टीके की तरह चर्म में प्रविष्ट करना या चर्म के नीचे या चर्म में सूईदार पिचकारी द्वारा इंजेक्ट करना ।

(५) मांस के अन्दर पिचकारी द्वारा प्रविष्ट करना ।

(६) शिरा अर्थात् नस में पिचकारी द्वारा प्रविष्ट करना ।

(७) शरीर के भिन्न-भिन्न कोष्ठों द्वारा प्रविष्ट करना **जैसे फुफ्फुसावरण,** उदरकला, पर्य्याडिका द्वारा

(८) आंखों में औषध टपकाना या छिड़कना या मरहम के रूप में लगाना ।

(९) मूत्राशय और मूत्र मार्ग को पिचकारी से धोना ।

(१०) कान में औषध टपकाना या फूँकना ।

(११) योनि और गर्भाशय में डूश, लेप, पैसरी या औषध-मिश्रित रुई लगाना या औषध मिश्रित टिकिया रखना ।

(१२) सुषुम्ना में पिचकारी द्वारा औषध प्रविष्ट करना ।

(१३) खोपड़ी में छिद्र करके मस्तिष्क के भीतर औषध का इन्जेक्शन लगाना ।

(१४) हृदय के अन्दर एड्रिनेलीन आदि का इन्जेक्शन लगाना ।

औषधियों की मात्रा तथा कार्य पर प्रभाव डालने वाले तथ्य

प्रत्येक औषध की कोई न कोई मात्रा होती है। वह बड़ी से बड़ी मात्रा जो शरीर को बिना किसी प्रकार की हानि पहुंचाये हुए दी जा सकती है, अधिकतम मात्रा (Maximum Dose) कहलाती है। इस प्रकार वह छोटी से छोटी मात्रा जो शरीर के अंगों के कार्यों पर प्रभाव डालने के लिये आवश्यक है न्यूनतम मात्रा (Minimum Dose) कहलाती है। यदि औषध को उसकी अधिकतम मात्रा से अधिक परिमाण में दिया जाय तो स्वास्थ्य को हानि पहुंचने का भय रहता है। प्रत्येक औषध भिन्न भिन्न मात्रा में भिन्न भिन्न प्रभाव रखती है। उदाहरणतः क्वीनीन $\frac{१}{२}$—१ ग्रेन की मात्रा में दीपन और बलकारक होती है परन्तु बड़ी मात्रा में (५—१५ग्रे) ज्वर को हरती है। इपिकाक $\frac{१}{२}$—२ ग्रेन की मात्रा में बलगम निकालती है परन्तु २५—३० ग्रेन की मात्रा में वमन लाती है।

बी० पी० में जो मात्रायें दी गई हैं वे जवान व्यक्ति के लिए औसत मात्रा हैं। उन्हें अपनी बुद्धि और अनुभव के अनुसार न्यूनाधिक किया जा सकता है।

औषधियाँ देते समय निम्नलिखित बातें ध्यान में रखने योग्य हैं :—

१. आयु (Age):—औषध की मात्रा आयु के अनुसार होनी चाहिये। पूरी मात्रा के अर्थ हैं ऐसी मात्रा जो १८ से ६० वर्ष तक की आयु वाले व्यक्ति को दी जाती है। इससे कम आयु वाले व्यक्ति के बालक को औषध किस मात्रा में देनी चाहिये इसके जानने की विधि डाक्टर यंग ने बतलाई है कि जितने वर्ष की आयु हो उमें उतने ही वर्ष में १२ जमा करके जो संख्या आये उससे भाग दे देना चाहिये। जैसे ४ वर्ष की आयु के बालक के लिये औषध की मात्रा पूरी मात्रा का $\frac{४}{४+१२}=\frac{१}{४}$ भाग होना चाहिये। १२—१६ वर्ष के लिये मात्रा $\frac{१}{२}$ से $\frac{२}{३}$ और १७ से २० वर्ष तक के लिये $\frac{२}{३}$ से $\frac{४}{५}$ होनी चाहिये। ५० वर्ष के बाद औषध की मात्रा घटा देनी चाहिये।

२. **लिंग** (Sex) : स्त्रियों को पुरुषों की अपेक्षा औषध कम मात्रा में देनी चाहिये।

३. **प्रकृति** (Idiocyncrasy): कुछ व्यक्तियों को कोई विशेष औषध किसी भी मात्रा में भी बिल्कुल अनुकूल नहीं पड़ती। जैसे क्वीनीन बाज व्यक्तियों को किसी भी मात्रा में देने से कानों में घूँ घूँ के शब्द उत्पन्न कर देती है। कुछ रोगी ऐसे मिलेंगे जिन्हें पोटास आयोडाइड १-२ ग्रेन की मात्रा में देने से जुकाम और दूसरे उपद्रव पैदा हो जाते हैं परन्तु वे ५-१० ग्रेन को बिना किसी हानि के सहन कर लेते हैं। कुछ व्यक्तियों को सल्फा श्रेणी की औषधि देने से दिल धड़कने लगता है पैनिसिलीन के इंजेक्शन से बाज़ रोगियों की मृत्यु तक हो जाती है।

४. **शरीर का डील डौल और स्वास्थ्य** (Constitution etc) हृष्ट पुष्ट और भारी डील डौल के रोगियों को दुबले पतले रोगियों की अपेक्षा औषध की अधिक मात्रा में आवश्यकता पड़ती है।

५. **आदत** (Habit) : कुछ औषधियाँ ऐसी होती हैं जिनकी कुछ समय के प्रयोग के बाद आदत पड़ जाती है और फिर उनकी मात्रा को बढ़ाना पड़ता है। उदाहरण के तौर पर अफीम, कोकेन, शराब आदि ऐसी चीजें हैं जिन्हें दीर्घ काल तक सेवन करने के बाद उनका पूर्व जैसा प्रभाव नहीं पड़ता जब तक कि उनकी मात्रा को बढ़ाया न जाय।

६. **मानसिक अवस्था** (Mental State): यदि रोगी के मस्तिष्क पर यह प्रभाव डाल दिया जाय कि अमुक औषध सेवन करने के बाद उसे नींद आ जायेगी, तो निःसन्देह उसे औषध की साधारण मात्रा से ही नींद आ जायेगी इत्यादि।

७. **उपवास** (Fast): भरे पेट की अपेक्षा खाली पेट औषध शीघ्र असर करती है यद्यपि कुछ औषधियों को खाली पेट दिया ही नहीं जाता जैसे आर्सेनिक, स्ट्रिक्नीन इत्यादि।

८. **जलवायु** (Climate) : जलवायु का औषध की क्रिया पर पर्याप्त

असर पड़ता है जैसे ठंडे देशों में शराब को गर्म देशों की अपेक्षा अधिक परिमाण में सेवन किया जा सकता है।

९. **ऋतु**(Season): बलकारक और गर्म औषध को ग्रीष्म ऋतु की अपेक्षा शरद ऋतु में अधिक सुगमतापूर्वक सेवन किया जा सकता है जैसे मछली का तेल, नक्सवॉमिका आदि को यदि गर्मी के दिनों में इन्हें कराया जाय तो खुश्की पैदा कर देंगे परन्तु जाड़े के दिनों में इन्हें सेवन पर्याप्त परिमाण में बिना किसी हानि के सेवन किया जा सकता है।

१०. **स्वभाव**(Temperament) : नाजुक मिजाज वाले रोगी को औषध अल्प मात्रा में ही पर्याप्त होती है।

११. **रोग**(Disease): बाज रोगों में औषध बड़ी मात्रा में भी सेवन की जा सकती है जैसे दर्द गुर्दे में मौर्फीन के इंजेक्शन काफी बड़ी मात्रा में बर्दाश्त हो जाते हैं परन्तु यदि स्वस्थ व्यक्ति को मौर्फीन का इंजेक्शन लगाया जाय तो उसे खुश्की और बेचैनी मालूम होने लगेगी। इसी प्रकार आत्शक के रोगी को पारा (मर्करी) बड़ी मात्रा में सेवन कराया जा सकता है परन्तु स्वस्थ व्यक्ति को उसे सेवन कराने से हानि पहुँच जाती है।

१२. **औषध सेवन करने का समय**(Time of Administraton) : कुछ औषधियां ऐसी हैं जिन्हें खाली पेट नहीं देना चाहिए जैसे एस्पिरीन, मछली का तेल, आर्सेनिक इत्यादि। इसके विपरीत कुछ औषधियाँ ऐसी हैं जो खाली पेट देने से ही अधिक प्रभाव दिखलाती हैं जैसे दस्तावर औषधियां (कैस्टर ऑयल, मैंगसल्फ इत्यादि)। बलकारक औषधियाँ जैसे आर्सेनिक, आयरन, मछली का तेल इत्यादि, हमेशा खाने के बाद सेवन करनी चाहियें। पैरेल्डी-हाइड, क्लोरल हाइड्रेट आदि निद्राजनक औषधियों को सोते समय ही देना उचित है; दिन में देने से शायद ही अच्छी नींद आयेगी। दस्तावर गोलियों को रात्रि में सोने से पूर्व ही सेवन करना चाहिए।

१३. **रूप**(Form) : औषधियों के सतों (Extracts) और अल्कलौयड्स (Alkaloids)को अल्प मात्रा में देने से उतना ही असर होता है जितना कि उन पदार्थों को बड़ी मात्रा में देने से होता है जिनसे वे तैयार किये

जाते हैं। जैसे बैलाडोना की बजाय एट्रोपीन, नक्सवॉमिका की बजायस्ट्रिक्नीन इत्यादि ।

१४. औषध देने का मार्ग (Method): औषध मुँह द्वारा देने की अपेक्षा यदि इन्जेक्शन द्वारा दी जाय तो उसका प्रभाव जल्दी होता है जैसे मोर्फीन खाने के रूप में इतनी जल्दी प्रभाव नहीं दिखलाती जितना कि इन्जेक्शन के रूप में। और इन्जेक्शनों का असर जितना जल्दी नस द्वारा देने से होता है उतना और किसी मार्ग से देने से नहीं होता। कुछ औषधियां मुँह द्वारा देने से या तो अजीर्ण पैदा कर देती हैं या आमाशय में पहुँचकर उनका प्रभाव नष्ट हो जाता है; ऐसी औषधियों को इन्जेक्शन द्वारा देना पड़ता है।

१५. शरीर मे औषध का एकत्रित होना (Cumulative action): जो औषध सेवन की जाती है वह बाद में शरीर से किसी न किसी मार्ग द्वारा धीरे धीरे या शीघ्रता से बाहर आ जाती है परन्तु यदि हम इसे बार बार दीर्घकाल तक सेवन करें तो एक समय आयेगा कि वह पूर्ण रूप से बाहर न निकल सकेगी और शरीर में धीरे धीरे एकत्रित होती रहेगी और अन्त में वह शरीर में विषैले लक्षण उत्पन्न करने लगेगी। उदाहरणत: लैड और मर्करी; ये दोनों वृक्क द्वारा धीरे धीरे बाहर आती हैं और तंतुओं में जब पर्याप्त परिमाण में एकत्रित हो जाती हैं तो विषैले लक्षण प्रगट होने लगते हैं। डिजिटेलिस के साथ भी यही बात हैं।

१६. निर्माण विधि (Manufacture): जो औषध प्रसिद्ध निर्माता की विधि पूर्वक तैयार की हुई होगी वह उस औषध की अपेक्षा जो साधारण छोटे मोटे कारखाने की बनी हुई है, साधारण मात्रा में भी अधिक लाभदायक होगी। अतः सदा प्रसिद्ध कारखाने की तैयार की हुई औषध प्रयोग में लानी चाहिये।

१७. तापमान (Temperature) : ज्वरग्रस्त रोगियों पर ज्वर उतारने वाली औषधियों का बहुत प्रभाव पड़ता है। परन्तु यदि ऐसी औषधियां उन व्यक्तियों को सेवन कराई जायें जिन्हें ज्वर नहीं है तो उन परे इनका कोई प्रभाव नहीं पड़ता। जैसे फिनेस्टीन को यदि ज्वर वाले रोगी को दिया

जाय तो पसीना आकर ज्वर कम हो जायगा परन्तु स्वस्थ व्यकित पर उसका कोई प्रभाव नहीं पड़ेगा ।

१८. जो औषधियाँ शरीर से धीरे-धीरे बाहर निकलती हैं उन्हें उन औषधियों की अपेक्षा जो शरीर से शीघ्रता पूर्वक बाहर निकलती है कम मात्रा में देना पड़ता है ।

१९. जिन औषधियों पर तारीख पड़ी होती है उन्हें यदि तारीख के बाद प्रयोग किया जाय तो उनका प्रभाव उतना नहीं होता जितना समय के अन्दर प्रयोग करने से । बाज़ हालतों में तो उनके प्रयोग से लाभ की बजाय हानि पहुंच जाती है ।

परस्पर विरोधी गुण रखने वाली औषधियाँ
(Incompatibles)

जो औषधियां परस्पर मिलने से एक दूसरे के प्रभाव को शिथिल या नष्ट कर देती हैं या जिनके संयोग से किसी रासायनिक क्रिया के उत्पन्न होने का भय रहता है या जो परस्पर एक दूसरे से मिल नहीं सकतीं उन्हें अंग्रेजी में इन्कौम्पेटिबिल्स और उनके इस गुण या भाव को इन्कौम्पेटिबि-लिटी कहते हैं ।

इन्कौम्पेटिबिलिटी अर्थात् गुण-विरुद्धता तीन प्रकार की होती है :—

१. **भौतिक** (Physical) : जैसे तेल, अनघुल चूर्ण, कुछ ऐक्सट्रैक्ट्स, कुछ स्पिरिटें, रालदार टिंकचर्स, मिक्सचर्स में देने से नहीं घुलते ; या तो शीशी की तली पर बैठ जाते हैं और या सतह पर तैरते रहते हैं ।

रासायनिक (Chemical) : अर्थात् जिनके संयोग से कोई रासायनिक क्रिया उत्पन्न हो। यह भी दो प्रकार की होती है—

(अ) जब रंग रूप में कोई अन्तर नहीं आता अर्थात् न तो गैस बनती है और न कोई वस्तु शीशी की तली पर बैठती है। जैसे डाइल्यूट हाइड्रोक्लोरिक ऐसिड और स्पिरिट अमोनिया एरोमेटिक को मिक्सचर में मिलाने से न तो गैस बनती है और न कोई प्रेसिपिटेट (तलछट) बनता है ।

(आ) जब रंगरूप में कोई अन्तर उत्पन्न होता है अर्थात् गैस बन जाती है या प्रैसिपिटेट बन जाता है जैसे सोडा बाइकार्ब को टार्टेरिक ऐसिड के साथ मिक्सचर में मिलाने से गैस बन जाती है और बिस्मथ सबनाइट्रेट को सोड़ा बाइकार्ब के साथ मिक्सचर में देने से गैस भी बनती है और प्रैसिपिटेट भी बन जाता है ।

३. **शरीरक्रियात्मक** (Physiological) : अर्थात् जब औषधियाँ शरीर में प्रविष्ट होकर एक दूसरे के विपरीत क्रिया उत्पन्न करती हैं । यह क्रिया रक्त अथवा तन्तुओं में उत्पन्न होती है। उदाहरणतः टिं० ओपियम शरीर में प्रविष्ट होकर पुतलियों को संकुचित करता है और श्वासकेन्द्र को शिथिल करता है। इसके विपरीत टिं० बैलाडोना पुतलियों को फैलाता है और श्वासकेन्द्र को उत्तेजित करता है। पिलोकार्पीन थूक और पसीने को बढ़ाती है और एट्रोपीन इन दोनों को कम करती है ।

नोट :—इस प्रकार की औषधियां कभी-कभी परस्पर मिलाकर प्रयोग की जाती हैं जैसे मौर्फीन के साथ एट्रोपीन का इन्जेक्शन ।

निम्नलिखित औषधियों को एक दूसरे के साथ मिक्सचर के रूप में नहीं देना चाहिये :—

ऐस्पिरीन	अल्कलीज जैसे सोडा बाइकार्ब, ऐसिड्स, आयरन साल्ट्स ।
ऐसिड्स	अल्कलीज, ब्रोमाइड्स, आयोडाइड्स, एक्सट्रैक्ट ग्लीसराइजा लिक्विड ।
ऐड्रिनेलीन क्लोराइड	अल्कलीज, अमोनिया, बोरेक्स, टैनिक ऐसिड, सिल्वर नाइट्रेट, आयरन साल्ट्स ।
ऐन्टीपायरीन	क्वीनीन, आयरन साल्ट्स, कैलोमल, स्पिरिट ईथर नाइट्रोसी, ऐसिड्स, आयोडाइड्स, सिन्कोना, टैनिकऐसिड ।
अमोनिया कार्ब	ऐसिड्स, लाइम वाटर, आयरन साल्ट्स, सीरप सिल्ला, अल्कलौयड्स ।

बिस्मथ सबनाइट्रेट	सोडा बाइकार्ब, पोटास बाइकार्ब कैलोमल, आयोडाइड्स, गैलिक ऐसिड टैनिक ऐसिड ।
ब्रोमाइड्स	ऐसिड्स, मर्करी, स्ट्रिक्नीन (लिकर) स्पिरिट ईथर नाइट्रोसी (यदि ऐसिड हो गई हो) ।
बोरेक्स	मिनरल ऐसिड्स, म्युसिलज अकेशिया ।
बीटिल क्लोरल हाइड्रेट	ऐन्टीपायरीन, अल्कलीज ।
कैफीन	पोटास आयोडाइड, टैनिक ऐसिड ।
कैल्सियम क्लोराइड	फौस्फेट्स, सल्फेट्स टार्टरेट्स ।
क्लोरल हाइड्रेट	स्पिरिट अमोनिया एरोमेटिक, अल्कलीज, पोटास आयोडाइड ।
डिजिटेलिस	आयरन और ऐसी औषधियाँ जिनमें टैनिक ऐसिड हो ।
फैरि एट अमोनिया साइट्रेट	मिनरल ऐसिड्स ।
फैरि एट क्वीनीन साइट्रेट	अल्कलीज, पोटास साइट्रास, टैनिक ऐसिड ।
हाइड्रोजन परऔक्साइड	लाइम वाटर ।
लिकर स्ट्रिक्नीन हाइड्रोक्लोर	आयोडाइड्स, ब्रोमाइड्स, अलकलीज, स्पिरिट अमोनिया एरोमेटिक ।
लिकर अमोनिया एसिटेटिस	एसिड्स, पोटास कार्ब, सोडा कार्ब ।
मैग सल्फ	सोडा टार्टरेट, सोडा बाइकार्ब पोटास बाइकार्ब ।
म्युसिलेज	ऐसिड्स, आयरन साल्ट्स ।
ओपियम	अमोनिया, अलकलीज, ऐसिडटैनिक, आयरन और आर्सेनिक के साल्ट्स ।
पोटास क्लोरेट	सल्फर, चार्कोल, टैनिक ऐसिड, अमोनियम क्लोराइड, फैरस सल्फ ।

पोटास आयोडाइड	कैलोमल, स्पिरिट ईथर नाइट्रोसी, पोटास क्लोरेट, ऐसिड्स, बिस्मथ सबनाइट्रास, ऐसिड हाइड्रोक्लोरिक डिल, लिकर स्ट्रिक्नीन ।
पोटास परमैंगनेट	ग्लीसरीन, शूगर (रगड़ने से) आयोडाइड्स ।
पैप्सीन	अल्कलीज ।
	कोकेन, डायोनीन, एट्रोपीन ।
प्रोटार्गल, आर्जिरोल	सोडा सैलिसिलास, अल्कलीज,
क्वीनीन साल्ट्स	कार्बोनेट्स ऐस्ट्रिन्जेन्ट इन्फ्युजन्स ।
स्पिरिट ईथर नाइट्रोसी	फैरस सल्फ, टिन्कचर ग्वीकम, पोटास आयोडाइड, ऐन्टीपायरीन, सोडा सैलिसिलास, टैनिक और गैलिक ऐसिड्स, इमल्शन्स ।
सोडा सैलिसिलास	ऐसिड्स, आयरन साल्ट्स, क्वीनीन, ऐन्टीपायरीन, स्पिरिट ईथरनाइट्रोसी ।
टिन्कचर फैरिपर्क्लोराइड	अल्कलीज, कार्बोनेट्स, एन्टीपायरीन, सोडा सैलिसिलास, आयोडाइड्स, बोमाइड्स ।
जिन्क सल्फ	सिल्वर नाइट्रेट ।

नोट :—उपरोक्त औषधियों में से कुछ ऐसी हैं जिन्हें परस्पर विरोधी गुण रखने के बावजूद भी प्रयोग में लाते हैं जैसे मौर्फीन के साथ एट्रोपीन, सोडा सैलिसिलास के साथ स्पिरिट ईथर नाइट्रोसी, मैग सल्फ के साथ सोडा बाइकार्ब, ऐन्टीपाइरीन के साथ सोडा सैलिसिलास ।

जब मैग सल्फ के साथ सोडा बाईकार्ब देना हो तो दोनों को शीशी में डालने से पूर्व खरल में, पानी के साथ अच्छी तरह घोल लेना चाहिये ।

स्पष्टीकरण—

अल्कलीज =जैसे सोडा बाइकार्ब, पोटास बाइकार्ब

ऐसिड्स =जैसे ऐसिड सल्फ्युरिक, ऐसिड नाइट्रिक

आयोडाइड्स =जैसे पोटास आयोडाइड, सोडा आयोडाइड

ब्रोमाइड्स =जैसे पोटास ब्रोमाइड, सोडा ब्रोमाइड

आयरन साल्ट्स=जैसे फैरस सल्फैट, फैरि एट अमोनिया साइट्रास

कुछ औषधियां ऐसी होती हैं जिनमें ओषजन (Oxygen) अधिक प्रमाण में उपस्थित होती है और आसानी से इसका परित्याग कर देती है जैसे क्लोरेट्स, नाइट्रेट्, परमैंगनेट, सिल्वर औक्साइड इत्यादि।

बिस्फोटक सम्मिश्रण
(Explosive Combinations)

कुछ औषधियां ऐसी होती हैं जिनका ओषदीकरण (Oxidisation) आसानी से हो जाता है। इस श्रेणी में सल्फर, चारकोल, आयोडीन, कैम्फर, फैरी आयोडाइड, अशंशल ऑयल्स सम्मिलित हैं। जब इन दोनों श्रेणियों की किसीं दो औषधियों को परस्पर मिलाया जाता है तब एक धमाका सा उत्पन्न होता है इसलिए इन दोनों श्रेणियों की औषधियों को कदापि परस्पर न मिलाना चाहिये।

नीचे कुछ ऐसी औषधियों की सूची दी जाती है:—

(१) कैल्सियस क्लोराइड को सल्फर के साथ रगड़ने से धमाका उत्पन्न होता है।

(२) टिंकचर आयोडीन को लिकर अमोनिया फोर्ट के साथ मिलाने से आयोडाइड ऑफ नाइट्रोजन उत्पन्न हो जाता है जिससे धमाका पैदा होता है।

(३) यदि क्लोरल हाइड्रेट के साथ स्पिरिट अमोनिया अरोमेटिक मिला दी जाय तो इतना क्लोरोफॉर्म पृथक् होता है कि धमाका हो जाता है।

(४) लिकर फैरी पर्क्लोराइड ग्लीसरीन और पोटास क्लोरेट के मिश्रण गर्म करने से फट जाते हैं।

(५) जेब में पोटास क्लोरेट की टिकिया औरसेफ्टी दियासलाई साथ-साथ रखने से कभी-कभी धमाका उत्पन्न हो जाता है।

(६) ऑयल टर्पन्टाइन और सल्फ्युरिक ऐसिड के मिश्रण, अवश्य धमाका उत्पन्न करेंगे ।

(७) सोडा बाइकार्ब और बिस्मथ सब नाइट्रेट को मिक्सचर के रूप में कदापि न देना चाहिए, क्योंकि दोनों के मेल से कभी-कभी इतनी गैस उत्पन्न होती है कि शीशी पटक जाती है यदि दोनों को साथ-साथ देना ही है तो जब तक गैस निकल न जाय तब तक शीशी में डाट न लगायें ।

(८) खरल में पोटास क्लोरेट के साथ कैटेशु, टैनिक ऐसिड, गैलिपा ऐसिड या मौर्फीन सल्फ कदापि न रगड़ने चाहियें ।

(९) क्रूओसोट और सिल्वर नाइट्रेट को परस्पर मिलाने से एक ऐसा पदार्थ बन जाता है जिसमें गर्मी पहुँचने से आग लग जाती है।

(१०) पोटास परमैंगनेट के साथ ग्लीसरीन न मिलानी चाहिये, और न ही इसकी बानस्पतिक ऐक्सट्रेक्टों के साथ गोली बनानी चाहिये ।

(११) इरिथ्रोल टैट्रानाइट्रेट का मिल्क शूगर के साथ खरल में रगड़ने से धमाका उत्पन्न होकर मृत्यु तक हो गई है।

(१२) कैल्सियम हाइपोफौस्फाइट को कभी ग्लीसरीन के साथ गर्म नहीं करना चाहिये ।

कई औषधियों को परस्पर मिलाकर प्रयोग करना

ऐसा बहुत कम होता है जब नुस्खे में केवल एक ही औषध लिखी जाती है । अनुभव से यही परिणाम निकलता है कि यदि एक रोग की कई औषधियों को परस्पर मिलाकर दिया जाय तो उसका प्रभाव अधिक होता है जैसे ऐस्पिरीन के साथ यदि कैफीन मिला दी जाये तो प्रभाव बढ़ जाता है और ऐस्पिरीन का हृदय पर हानिकारक प्रभाव नहीं पड़ने पाता । पोटास ब्रोमाइड के साथ क्लोरल हाइड्रेट मिला देने से प्रभाव बढ़ जाता है ।

कभी-कभी हमें दो ऐसी औषधियों को एक साथ देना पड़ता है जिनके

प्रभाव भिन्न भिन्न हों। जैसे ओपियम के साथ टिंचर बैलाडोना या मौर्फीन के साथ एट्रोपीन। ऐसा करने से जहां ओपियम और एट्रोपीन के विषैले प्रभाव पैदा नहीं होने पाते वहां दोनों औषधियों के प्रभाव भी बढ़ जाते है।

हमें रेचक औषधियों के साथ वायु खारिज करने वाली और मरोड़ या ऐंठन को रोकने वाली औषधियां मिलानी पड़ती है जैसे टिंचर बैलाडोना, टिं० हायोसाइमस इत्यादि। कई रेचक औषधियों को एक साथ मिलाकर देने से उनका प्रभाव बढ़ जाता है जैसे मैगसल्फ के साथ सोडा सल्फ।

मिक्सचर्स में हम शर्बत मिलाते हैं ताकि उनका स्वाद बढ़ जाय। कुछ औषधियों के साथ हमें ऐसे पदार्थ मिलाने पड़ते हैं जिनमें कि उनकी घुलनशीलता अथवा जज्ब होने की शक्ति बढ़ जाय। जैसे सैलीसिलिक ऐसिड स्वयं जल में नहीं घुलता परन्तु यदि उसके साथ किञ्चित् बोरेक्स मिला दिया जाय तो वह शीघ्र घुल जाता है। इसी प्रकार ऐक्सट्रैक्ट बैलाडोना को ग्लीसरीन में हल करके चर्म पर मलने से वह शीघ्र जज्ब हो जाता है।

पोटास आयोडाइड के साथ अल्कलीज जैसे बाइकार्ब या पोटास बाइकार्ब मिलाकर देना अच्छा है क्योंकि ऐसा करने से पोटास आयोडाइड के विषैले प्रभाव उत्पन्न नहीं होने पाते। सोडा सैलिसिलास के साथ सोडा बाइकार्ब अथवा पोटास बाइकार्ब मिलाकर देने से पेट में जलन, अजीर्ण आदि उत्पन्न नहीं होते।

औषधियों की सेवन विधि

चिकित्सक और रोगी के लिये यह जानना अत्यावश्यक है कि कौनसी औषध किस समय सेवन करनी चाहिये। अतः हम नीचे कुछ प्रसिद्ध औषधियों की सेवन विधि लिखते है:—

(१) ऐसिड्स जैसे हाइड्रोक्लोरिक, नाइट्रिक, सल्फ्युरिक इत्यादि को भोजन के बाद सेवन करना चाहिये। हां हैजे के दिनों में ऐसिड सल्फ्युरिक एरोमेटिक को प्रातः खाली पेट पी सकते हैं।

(२) अल्कलीज (क्षार) जैसे सोडा बाइकार्ब, पोटास बाइकार्ब, इत्यादि, को जब इन्हें अम्लत्व को नष्ट करने के लिये प्रयोग किया जाय, भोजन के बाद खाना चाहिये।

(३) पाचक औषधियों को जैसे टेका डायस्टेस, पैपेन, पैपसीन इत्यादि, भोजन के साथ या तुरन्त बाद, सेवन करना चाहिये।

(४) गैन्शियारीन को भोजन के १-२ घण्टे बाद सेवन करना चाहिये

(५) बलकारक औषधियाँ जैसे कौडलिवर आंयल, आर्सेनिक, नक्स-वौमिका, आयरन, क्वींनीन स्ट्रिक्नीन, फौसफोरस इत्यादि सदा भोजन के बाद सेवन करनी चाहियें।

(६) नींद लाने वाली औषधियों जैसे ल्यूमीनल, ट्रायोनल, एडेलीन, डायल, इत्यादि को सोने के आध घण्टे पूर्व खाना चाहिये।

(७) अग्निसंदीपक औषधियों को जैसे कौलंबा, चिरायटा, जंशियन इत्यादि, भोजन से १५-३० मिनट पूर्व प्रयोग करना चाहिये।

(८) रेचक औषधियों को जैसे कैस्टर आयल, मैगसल्फ, सोडा सल्फ इत्यादि, प्रातः खाली पेट खाना अच्छा है परन्तु रेचक गोलियां जैसे लैक्सेटिव पिल्स, कैस्टोफीन, बैडपिल्स इत्वादि सोते समव सेवन करनी चाहियें।

(९) जो औषधियां मासिक धर्म जारी करने के लिये या उसके परिमाण को बढ़ाने के लिये प्रयोग की जाती हैं उन्हें मासिक धर्म प्रारम्भ होने से १ सप्ताह पूर्व आरम्भ करना चाहिये।

(१०) ज्वर उतारने वाली या पसीना लाने वाली औषधियों का प्रभाव उस समय अधिक होता है जब रोगी बिस्तर में कपड़े ओढे पड़ा हो।

(११) मूत्र लाने वाली औषधियां उस समय अधिक असर दिखलाती है जब रोगी को ठण्डा रखा जाये।

(१२) ब्रांडी, पोर्ट वाइन आदि को जब इन्हें भूख बढ़ाने या हाजमे के लिये प्रयोग किया जाये, भोजन से पूर्व या भोजन के साथ इस्तेमाल करना चाहिये।

(१३) क्लोरोमाइसेटीन (क्लोरम्फेनीकल) के साथ विटेमिन बी-कॉम्पलैक्स देने से उसका आंतों पर हानिकारक प्रभाव नहीं होने पाता।

(१४) ऐस्पिरीन को खाली पेट नहीं देना चाहिये।

(१५) जो औषधियाँ आंतों के कृमि मारने के लिये दी जाती हैं उन्हें खाली पेट अर्थात् उपवास के बाद प्रयोग करना चाहिये।

बच्चों के नुस्खे

बच्चों के लिये औषध लिखने और उसके तैयार करने में बड़ी सावधानी की आवश्यकता है अतः चिकित्सक को बच्चों के लिये नुस्खा लिखते समय यह बात ध्यान में रखनी चाहिये कि जो औषध वह तजवीज करे वह यथा सम्भव ऐसी हो जिसे बच्चा सुगमतापूर्वक सेवन कर सके।

नीचे कुछ आदेश लिखे जाते हैं जो लाभदायक सिद्ध होंगे

(१) मात्रा आयु के अनुसार होनी चाहिये।

(२) तरल औषध परिमाण में १-२ चाय के चमचे से अधिक नहीं होनी चाहिये क्योंकि इससे अधिक बच्चे पीना पसन्द नहीं करते।

(३) बच्चे आर्सेनिक, बैलाडोना और हायोसायमस को बडी मात्रा में बिना किसी हानि के सहन कर सकते हैं।

(४) कैस्टर ऑयल बच्चों के लिये बड़ा उपयोगी है। नवजात शिशु को १ ड्राम कैस्टर ऑयल बिना किसी भय के दिया जा सकता है।

(५) जो औषध बच्चों को दी जाय वह यथा सम्भव मीठी और स्वादिष्ट होनी चाहिये (मिक्सचर में ग्लीसरीन, शर्बत, ऐक्वा क्लोरोफार्म आदि मिला देने चाहियें)। कैस्टर ऑयल के साथ शहद मिला देने से वह जहां कुछ स्वादिष्ट हो जाता है वहां उसका प्रभाव भी बढ़ जाता है।

(६) बच्चे गोली नहीं निगल सकते अतः उन्हें मिक्सचर या पुड़िया ही देनी चाहिये। पुड़िया माता के दूध में या ग्लुकोस, शहद, शर्बत या जल में मिलाकर दे सकते हैं।

(७) बच्चों को कैलोमल खूब अनुकूल पड़ता है। वे इसे दीर्घकाल तक

बिना किसी हानि के सेवन कर सकते हैं। ६ मास के बच्चे को १ ग्रेन कैलोमल दिन में २-३ बार दिया जा सकता है।

(८) बच्चों पर अफीम का प्रभाव बहुत जल्दी पड़ता है अतः अफीम और उसके मिश्रणों की सूक्ष्म मात्रा में और बड़ी सावधानी के साथ देना चाहिये। इसे यथा संभव बच्चों को नहीं देना चाहिये।

(९) यदि कौडलिवर ऑयल देना हो तो उसे माल्ट ऐक्सट्रैक्ट के साथ मिलाकर देना चाहिये। यदि इसके प्रयोग से मतली या वमन उत्पन्न हो तो भोजन से पूर्व सोडा बाइकार्ब और इन्फ्युजन जंशियन और भोजन के बाद कौडलिवर ऑयल प्रयोग करें।

(१०) बच्चों को सोडा सलिसिलास के साथ सीरप लैमन नहीं देना चाहिये।

(११) बच्चों को नक्सवॉमिका, स्ट्रिक्नीन यथा सम्भव न देने चाहियें।

(१२) मलेरिया के लिये क्वीनीन की बजाय यूक्वीनीन देना अच्छा है।

(१३) बच्चो को क्लोरोमाइसेटीन या क्लोरमफेनीकल कैप्सूल की बजाय इनका सीरप देना चाहिये क्योंकि कैप्सूल के अन्दर का पाउडर अत्यंत कड़वा होता है।

बच्चों के लिये भिन्न भिन्न औषधियों की मात्रा

नाम औषध	आयु	मात्रा
ऐन्टीफेब्रिन	२ वर्ष	½-१ ग्रेन
ऐस्पिरीन	२-५ ,,	१-३ ,,
ऐसिड हाइड्रोक्लोरिक डिल	१ ,,	१ मि०
,, हाइड्रोसायेनिक डिल	३ ,,	१ ,,
,, नाइट्रो-हाइड्रोक्लोरिक डिल	१ ,,	१ ,,
,, सल्फ्युरिक एरोमेटिक	१ ,,	१ ,,
,, ,, डिल	१ ,,	१ ,,
अमोनियम ब्रोमाइड	१ ,,	२ ग्रेन

नाम औषध	आयु	मात्रा
अमोनियम कार्ब	१ ,,	१/२ ,,
बिस्मथ कार्ब	१ ,,	२ से १० ग्रेन
,, सबनाइट्रास	१ ,,	,, ,,
ब्रोमोफॉर्म	१ मास	१ मि०
,,	१ वर्ष	२-३ मि०
कैल्सियम क्लोराइड, लैक्टेट	५ ,,	५ ग्रेन
कैल्सियम सल्फाइड	१ ,,	१/१० ,,
कैलोमल	१ ,,	१ ,,
क्लोरल हाइड्रास	१ मास	१/२ ,,
,,	१ वर्ष	२ ,,
,,	५ ,,	३ ,,
कोडीन	६ मास	१/२४ ,,
क्रुओसोट	१ वर्ष	१ मि०
यूनीमिन	५ ,,	१ ग्रेन
ऐक्स० कैस्करा सैग्रेडा लि०	६ मास	५ मि०
ऐक्स० कैस्करा सैग्रेडा लि०	१ वर्ष	१० ,,
ऐक्स० अर्गट लि०	६ ,,	१० ,,
,, फिलिसिस लि०	५ ,,	१/२ ड्राम
फैरि एँट अमोनिया साइट्रास	३ ,,	३ ग्रेन
,, ,, क्वीनीन ,,	३ ,,	३ ,,
फैरस सल्फ	१ ,,	१ ,,
ग्लीसरीन	१ ,,	१ मि०
,,	५ ,,	२ ,,
हैक्सेमाइना	१ ,,	४ ग्रेन
हाइड्रार्ज कम क्रीटा	१ ,,	१/४-१ ,,
इपिकाक पाउडर	६ मास	१/२ ,,
लिकर अमोनिया एसिटेटिसडिल	२ वर्ष	१५ मि०

नाम औषध	आयु	मात्रा
,, ,, ,,	७ वर्ष	१ ड्राम
,, आर्सेनिकेलिस	६ ,,	३-५ मि०
,, डोनोवन्स	१ ,,	५ मि०
,, विस्मथी एँट अमोनिया-साइट्रास	१ ,,	५ ,,
हाइड्रार्जिरी पर्क्लोराइड	१ ,,	३-५ मि०
,, मोर्फीन हाइड्रोक्लोर	५ ,,	३ मि०
,, स्ट्रिक्नीन हाइड्रोक्लोर	३ ,,	१/४ ,,
मैग सल्फ (मैग्नेसिया)	७ ,,	१५-३० ग्रेन
मोर्फीन हाइड्रोक्लोर	३ ,,	१/१५ ग्रेन
,, ,,	१ ,,	१/४२ ,, (कम्हेड़ों के लिये)
ऑयल कजुपुटि	६ मास	१/२ मि०
,, कौडलिवर	१ वर्ष	१० ,,
,, ,,	१ ,,	३० ,, (रिकेट्स के लिये)
ऑयल कैस्टर	१ वर्ष	एक ड्राम एक बार
,, ,,	२ ,,	१५-मि० (बार २)
ऑक्सिमल सिल्ला	५-१० ,,	२५ मि०
फिनैस्टीन	२ ,,	२ ग्रेन
फिनेजोनम (ऐन्टीपायरीन)	१ ,,	१ ,,
पोटास बाइकार्ब	३ मास	१ ,,
,, ,,	५ वर्ष	१० ,,
,, ब्रोमाइड	१ ,,	३ से ५ ग्रेन
,, क्लोरेट	१ ,,	२ ग्रेन
,, आयोडाइड	१ ,,	२ ,,
पल्व क्रीटा एरोमेटिकस	६ मास	५ ,,
पल्व क्रीटा एरोमेटिकस कम ओपियो	१ वर्ष	१ ,,
,, इपिकाक कं० (डोवर्स पाउडर)	१ ,,	१/४ ,,

नाम औषध	आयु	मात्रा
,, ,, ,,	२ वर्ष	१ ग्रेन
,, जैलप कं०	६ ,,	१० ,,
,, रूबर्ब	१ ,,	१ ,,
,, रिआई कं०	१ ,,	५ ,,
क्वीनीन सल्फ	१ ,,	½ ,,
,, ,,	३ ,,	१ ,,
सैलिसीन	६ ,,	२ ,,
सैलोल	१ ,,	१ ,,
सैन्टोनीन	१ ,,	½ से ¾ ग्रेन
सोडा टार्टरेट	१ ,,	१० ,,
सौडिआई ब्रोमाइड	१ ,,	१ ,,
,, फौस्फेट	६ मास	५-१० ,,
,, सैलिसिलास	५ वर्ष	५-८ ,,
स्पिरिट ईथर	३ ,,	३ से ५ मि०
स्पिरिट ईथर नाइट्रोसी	५ ,,	१० मि०
स्पिरिट अमोनिया एरोमेटिक	१ ,,	२ मि०
सल्फोनल	१ ,,	२ से ४ ग्रेन
सल्फर सब्लीमेटम	१ ,,	२ से ५ ,,
सीरप क्लोरल	५ ,,	½ ड्राम
,, ईस्टन	६ ,,	१५ मि०
,, फैरी फौस्फेट कं०	२ ,,	½ ड्राम
,, हाइपो फौस्फाइट्स कं०	३-६ ,,	१५ मि०
,, रिआई	१ ,,	१५ मि०
,, सिल्ला	१ ,,	१०–१५ मि०
थाइरॉयड ग्लैंड	६ मास	¼ ग्रेन
टि० एकोनाइट	१ वर्ष	½-१ मि०

नाम औषध	आयु	मात्रा
टि० एकोनाइट	५ ,,	१ मि० (बार-बार)
टि० बैलाडोना	१-२ वर्ष	३ से ५ मि०
,, ,,	६ मास	१०-२० मि० मरोड़ों के लिए
टि० कैम्फर कं०	१ वर्ष	२-४ मि०
टि० क्लोरोफार्म एट्मौर्फीन कं०	५ ,,	२-५ ,,
,, डिजिटेलिस	१ ,,	१/२ ,,
,, ,,	६ ,,	३ ,,
,, फेरी पर्क्लोराइड	७ ,,	५ ,,
,, हायोस्यामी	१ ,,	५ ,,
,, नक्सवॉमिका	१ ,,	१/२ ,,
,, ओपिआई	६ सप्ताह	१/३६ ,,
,, ,,	४ मास	१/४ ,,
,, ,,	१ वर्ष	१ ,,
टि० रिआई	६ मास	४ ,,
टि० सिल्ला	२ वर्ष	२ मि०
,, स्ट्रोफैन्थी	१ ,,	१/२ ,,
,, जिन्जिबेरिस	१ ,,	५ ,,
यूरीथेन	१ ,,	५ ग्रेन
वाइनम ऐन्टीमनि	१ ,,	२ मि० (ज्वर)
,, ,,	१ ,,	१० मि० (वमन लाने के लिए)
,, इपिकाक	१ ,,	५ मि० (खांसी)
,, ,,	१ ,,	१/२ ड्राम (वमन लाने के लिए)
जिन्क ऑक्साइड	१ ,,	१ ग्रेन

प्रमुख औषधियों की घुलनशीलता

नाम	जल में ६०°F पर	९०% अल्कोहल में
एसिटेनिलाइड या ऐन्टिफेब्रिन	१:२००	१:१
एसिड आर्सेनिक	१:१००	१:१४०
,, बैन्जोइक	१:४००	१:२$\frac{3}{4}$
,, बोरिक	१:३०	१:१८
,, कार्बोलिक	१:१२	तुरन्त
, साइट्रिक	१०:६	१०:१५
,, ऑग्जेलिक	१:८	१:६
,, टार्टेरिक	१०:८	१:८
,, गैलिक	१:१००	१:५
,, सैलिसिलिक	१:५००	१:३
एसिड टैनिक	१:१	५:३
एक्रिफ्लेवीन	१:३	१:३
ईथर	१:८ (वौल्यूम)	तुरन्त
एलोइन	१:१२०	१:१८
अमोनिया बाइकार्ब	१·५$\frac{1}{2}$	अनघुल
अमोनियम ब्रोमाइड	१.७$\frac{1}{2}$	१:१३
अमोनियम क्लोराइड	१:३	१:६०
अमोनियम कार्ब	१:४	
ऐन्टिमनि टार्टर	१:१७	अनघुल
ऐन्टिपाइरीन	१:१	तुरन्त
आर्जेन्टि नाइट्रास	(२:१)	
आर्जेन्टो प्रोटीनम फोर्ट (प्रोटार्गल)	शीघ्र घुलने वाला (१:२)	

आर्जेन्टो प्रोटीनम मिटिस (आर्जिरोल)	शीघ्र घुलने बाला	
ऐरिस्टोल	अनघुल	
ऐस्पिरीन	१:४००	१:५
ऐट्रोपीन	१:३००	१:८
औरि-ऐट-सोडिआइ क्लोराइड	शीघ्र	
बार्बिटोन	१:१७०	
बेरियम सल्फेट	अनघुल	
बेरियम सल्फ़ाइड	अनघुल	
बेंजोनैपथौल	अनघुल	
बीटा—नेफ्थौल	१:१०००	१:२
बिस्मथ साल्ट्स	अनघुल	
ब्लीचिंग पाउडर	बहुत कम	
बोरेक्स	१:२५	अनघुल
ब्रिल्लियन्ट ग्रीन	शीघ्र	
ब्रोमोफार्म	बहुत कम	शीघ्र क्लोरोफार्म और ईथर में
ब्युटिल क्लोरल हाइड्रेट ...	१:५०	१:१
कैफीन	१:८०	शीघ्र
कैफीन साइट्रास	१:३२	१:२२
कैम्फर	१:७००	शीघ्र
कैफीन एट सोडिआइ बैन्जोअस	१:४	कम
कैल्सियम कार्ब ...	अनघुल	
,, क्लोराइड	१:१.५	१:३
,, लैक्टेट	१:१८.५	
,, सोडियम लैक्टेट	१:१५	

कैल्सियम हाइपोफौस्फाइट	१:८	
,, फौस्फ़ेट	अनघुल	
केन शूगर	शीघ्र	
कार्बन टैट्राक्लोराइड	बहुत कम	
कास्टिक पोटाश	१:०.९५	१:३
क्लोरोफार्म	१:२००	शीघ्र
क्लोरल हाइड्रेट	शीघ्र	शीघ्र
क्राइसेरोबिन	अनघुल	कुछ
कोकेन हाइड्रोक्लोराइड	२:१	१:३
कोडीन	१:१२०	शीघ्र
कोडीन फौस्फेट	१:३.५	१:३५०
क्रूओसोट	बहुत कम	शीघ्र घुल जाता है
क्रूओसोट कार्ब	अनघुल	
कौपर सल्फ	१:३	
डैक्सट्रोस (ग्लुकोस)	१:१	१:५०
डायोनीन	शीघ्र	
डाइयुरेटीन	१:१	अनघुल
इमेटिन हाइड्रोक्लोराइड	घुलनशील	घुलनशील २०% अल्कोहल में]
इमेटिन बिस्मथ आयोडाइड	अनघुल	
इफेड्रीन हाइड्रोक्लोराइड	घुलनशील	घुलनशील
ईथर	८.५ (बौ-ल्यूम)	घुलनशील
यूक्वीनीन	बहुत कम	१:२
फैरि आयोडाइड	घुलनशील	
फैरम रिडेक्टम	अनघुल	अनघुल
फैरि सल्फ	१:१½	

फैरी सल्फ ऐक्सीकेटस	घुलनशील	अनघुल
फेरि-एट अमोनिया साइट्रास	१:½	
,, ,, क्वीनीन ,,	१:½	
,, ,, पोटास टार्टरास	घुलनशील	
गाडिनल	१:१०००	घुलनशील
जेलेटिन	१:५० (गर्मजल)	अनघुल
जेंशिअन वॉयलेट	घुलनशील	
ग्लीसरीन	जल में मिलने वाली	मिलने वाली
क्वीआकौल	१:८०	शीघ्र
गम अकेशिया	घुलनशील	अनघुल
हीरोइन हाइड्रोक्लोराइड	१:३	१:११
हैक्सेमीन (यूरोट्रोपीन)	१:१½	१:८
होमेट्रोपीन हाइड्रोब्रोमाइड	१:६	१:१८
हाइड्राजिरम (मर्करी)	अनघुल	
हाइड्राजिरि आयोडाइड रूब्रम	अनघुल	
हाइड्राजिरि पर्कलोराइड	१:१८	१:४
,, सबक्लोराइड (कैलोमल)	अनघुल	अनघुल
हाइड्रोजन पर औक्साइड	घुलनशील	
इक्थ्यौल	घुलनशील	कम
आयोडोन	कम	क्लोरोफार्म और ईथर में
आयडोफार्म	बहुतकम	१:१००

केओलीन	अनघुल	
लैक्टोस (मिल्क शूगर)	१:७	
लैड एसिटेट	१:३	१:३०
,, ऑक्साइड	अनघुल	
लेसिथिन	अनघुल	
लिथियम साइट्रेट	१:२½	
,, कार्ब	१:७०	[अनघुल
,, सैलिसिलेट	शीघ्र	शीघ्र
मैग सल्फ (साल्ट)	१:१	
मैन्थौल	बहुत कम	शीघ्र
मेथिल सैलिसिलेट	कम	शीघ्र
मेथिलीन ब्लू	घुलनशील	घुलनशील (२० अल्कोहाल में)
मौर्फीन हाइड्रोक्लोराइड	१:२५	१:५०
मौर्फीन सल्फेट	शीघ्र (गर्म जल में)	
नोवोकेन	१:१	१:८
औथोंफार्म	कम	१:७
पैन्क्रियाटीन	घुलनशील	अनघुल
पैप्सीन	साधारण	१:१००
फिनैस्टीन	कम	१:२०
फिनौल्फ्थेलीन	लगभग अनघुल	घुलनशील
फौस्फोरस	अनघुल	१:३५०
फिनेल्जिन	१:११०	अनघुल
पिलोकार्पीन नाइट्रेट	१;९	कम
प्लंबाइ एसिटास	१:३	१:३०

पोटास ऐसिटास	२:१	१:२
,, बाइकार्ब	१:३	अनघुल
पोटास ब्रोमाइड	१:२	१:९०
,, क्लोरेट	१:१६	
,, साइट्रेट	१०:६	अनघुल
,, आयोडाईड	४:३	१:१६
,, नाइट्रास	१:४	
,, परमंगनेट	१:२०	
,, टार्टरेट एसीडस	१:२२०	अनघुल
प्रोटार्गल	१:२	
क्वीनीन सल्फ	१:८००	
क्वीनीन बाइसल्फ	१:१०	१:२३
क्वीनीन हाइड्रोब्रोमाइड	१:४०	
क्वीनीन लैक्टेट	घुलनशील	
क्वीनीन बाइ-हाइड्रोक्लोराइड	१:$\frac{3}{4}$	१:५
क्वीनीन हाइड्रोक्लोराइड	१:३५	१:३
रिसौर्सीन	१:१	१:१
सैक्रीन	१:४००	१:३०
सैलिसीन	१:२८	१:६०
सैलोल	अनघुल	१:१५
सैन्टोनीन	अनघुल	१:५०
स्कार्लेट रेड	अनघुल	कम
सिल्वर नाइट्रेट	२:१	
सोडा आर्सिनास	१:६	कम
,, बैन्जोयस	१:२	१:२५
,, बाइक़ार्ब	१:११	
,, ब्रोमाइड	१:५$\frac{1}{2}$	१:१६

,, कार्ब	१:२	
,, कैकोडाइलेट	१:२	१:१
सोडा साइट्रास	१:१	अनघुल
,, आयोडाइड	१:$\frac{४}{५}$	१:३
,, नाइट्राइट	१:१$\frac{१}{२}$	
,, फ़ौस्फेट	१:७	
,, सैलिसिलास	१:१	१:६
,, थायोसल्फ	शीघ्र	
,, सल्फ	१:३ (गर्म जल में)	
,, सल्फोकार्ब	१:६	१:१५०
,, टार्टरेट	१:२	अनघुल
स्ट्रिक्नीन हाइड्रोक्लोराइड	१:३५	१:६०
,, सल्फ	१:३१	१:६५
सल्फोनल	१:४५०	१:५०
टैनोफार्म	अनघुल	
टार		१:१०
टैरीबीन	लगभग अनघुल	
थ्योसीन सोडियम एसिटेट	१:२५	अनघुल
टोटाक्वीन	अनघुल	गर्म अल्कोहल मे
टर्पन्टाइन आयल	अनघल	१:७
यूरिया	१:१	१:५
यूरिया क्वीनीन	घुलनशील	
यूरीथेन	घुलनशील	
जिन्क सल्फ	१०:७	अनघुल

,, सल्फोकार्ब	१:२	१:२½
,, वैलेरियन	गर्म जल में	घुलनशील

नोट (१) :—१:२ के अर्थ हैं २ भाग में १ भाग या २ ड्राम में १ ड्राम घुलने वाली ; इसी प्रकार यदि किसी औषध के सामने लिखा है १०:७ जैसा कि जिन्क सल्फ के सामने, तो उसके अर्थ ये हैं कि जिन्क सल्फ ७ भाग जल में १० भाग घुल जाता है अर्थात् उसकी घुलने की शक्ति बहुत है ।

नोट (२) :—कैल्शियम लैक्टेट गर्म जल में शीघ्र घुल जाता है ।
कार्बन टैट्राक्लोराइड ईथर के साथ मिल जाता है ।
यूक्वीनीन हल्के तेजाबों में शीघ्र घुल जाती है।
हाइड्रार्जिरम (मर्करी) नाइट्रिक ऐसिड में घुल जाती है।
हाइड्रार्जिरि आयोडाइड रूब्रम, पोटास आयोडाइड के घोल में घुल जाती है ।

घोल (LOTIONS)

इस अध्याय में केवल ऐसे लोशनों का वर्णन है जो केवल एक औषधि से तैयार होते हैं । जिनमें एक से अधिक औषधियां पड़ती हैं वे इस सूची में नहीं हैं ।

ये सब लोशन्स ज़ख्म और घाव धोने, आंख या कान में डालने, कुल्ले करने, या मूत्रमार्ग, योनि या गर्भाशय को धोने के काम आते हैं ।

आंख में टपकाने वाले लोशनों को हमेशा आसुत जल (Distilled water) से तैयार करना चाहिये । इसी प्रकार अन्य ऐसे सब लोशनों को आसुत जल से तैयार करना चाहिये जिन्हें कुछ दिनों तक रखना पड़ता है ।

लोशनों को हमेशा कांच की डाट वाली शीशी में रखना चाहिये ताकि उनके अन्दर धूल मिट्टी इत्यादि न जा सके ।

नाम	शक्ति	गुण
एक्रिफ्लेवीन Acri flavine	५०० में १	कान में टपकाने के लिए ।
	१००० में १ अर्थात् २ औंस में १ ग्रेन	घाव और जख्म धोने के लिए या गौज भिगो कर लगाने के लिए ।
	४ औंस में १ ग्रेन	दुखती हुई आंखों में टपकाने के लिए ।
	५००० में १ अर्थात् १० औंस में १ ग्रेन	सोजाक आदि में मूत्रमार्ग और मूत्राशय धोने के लिए।
आर्गोनीन Argonin	१०% अर्थात् ४५ ग्रेन प्रति औंस	सोजाक में मूत्राशय धोने के लिए ।
एट्रोपीन Atropine	½ से १ प्रतिशत	नेत्र रोगों में पुतली फैलाने के लिए ।
ऐसिड बोरिक Acid Boric	५-१० ग्रेन प्रति औंस	आंख, नाक, कर्ण, योनि गर्भाशय, मूत्रमार्ग आदि के लिये ।
	५ प्रतिशत	लिंट भिगो कर जख्मों पर लगाने के लिए ।

ऐसिड कार्बोलिक Acid Carbolic	२ प्रतिशत	जलन और खुजली के लिए।
	२½ प्रतिशत	हाथ, औजार, जख्म, घाव आदि के लिये।
	८० में एक भाग	श्वेत-प्रदर और योनि और गर्भाशय के जख्मों के लिये (बतौर डूश)।
ऐसिड टैनिक Acid Tannic	½ ग्रेन प्रति औंस	नेत्र में टपकाने के लिये।
	५ से २५ प्रतिशत	रोहों पर लगाने के लिये।
	१ से ४ प्रतिशत	जले हुये स्थान पर लगाने के लिये।
ऐसिड क्रोमिक Acid Chromic	२ प्रतिशत	आतशक और गठिया के कारण पैदा शुदा जीभ और कंठ के रोगों में।
	३ प्रतिशत	तलुओं पर ब्रुश से लगाने के लिये। (पसीना रोकने के लिये)
ऐलम Alum	½ से १ प्रतिशत	नेत्र रोगों के लिये।
	४० में १	कंठ रोगों में कुल्ले करने के लिये, सोजाक और श्वेत प्रदर में (धोने के लिये)।

आर्जन्टि नाइट्रास Argenti Nitras	१ से २ ग्रेन प्रति औंस	नेत्र में टपकाने के लिए ।
	५ से २० ग्रेन प्रति औंस	रोहों पर लगाने के लिये ।
	१ ग्रेन प्रति औंस	सोजाक में मूत्र-मार्ग में पिचकारी लगाने के लिए ।
	२० से ३० ग्रेन प्रति औंस	जख्मों पर पेन्ट करने के लिये और कंठ रोगों में फुरैरी से लगाने के लिये ।
आर्जिरोल Argyrol	१० ग्रेन प्रति औंस	फुंसी, अंजनयारी, खुजली पर लगाने के लिये ।
	२० से ४० ग्रेन प्रति औंस	दुखती आंखों में टपकाने के लिये ।
	१२० से २०० ग्रेन प्रति औंस	रोहों पर लगाने के लिये ।
ऐसिड पिक्रिक Acid Picric	१ प्रतिशत	जले हुए स्थान पर लगाने के लिये ।
	४०० में १	सोजाक में पिचकारी लगाने के लिये ।
	½ प्रतिशत	स्त्रियों के सोजाक में बतौर डूश ।
बोरेक्स Borax	२ प्रतिशत	आतशकी और साधारण मुखरोग में कुल्ले करने के लिए ।

	३ प्रतिशत	भाग और गदा की खुजली में लिन्ट भिगो कर रखने के लिये।
ब्रिल्लिअन्ट ग्रीन Brilliant Green	१००० में १	जख्म, घाव आदि के लिए।
कोकेन हाइड्रोक्लोराइड Cocaine-Hydro-chloride	१ से २ प्रतिशत	नेत्र शूल के लिये।
	४ प्रतिशत	नेत्र को सुन्न करने के लिए (शस्त्र क्रिया से पूर्व)
	५ से १० प्रतिशत	नाक, कान, गर्भाशय, योनि, मूत्र-मार्ग और मलाशय के औप्रेशन करने से पूर्व स्थानिक रूप से प्रयोग करने के लिये।
क्लोरेमीन टी Chloramine T.	२ प्रतिशत	गन्दे जख्म, घाव इत्यादि के लिए।
	$\frac{1}{4}$ से २ प्रतिशत	योनि, मुँह, नाक और मूत्र मार्ग के लिए।
	ढाई लाख में १	जल को शुद्ध करने के लिये।
कौपर सल्फेट Copper Sulphate	$\frac{1}{2}$ से २ ग्रेन प्रति औंस	नेत्र में टपकाने के लिये और सोजाक में पिचकारी लगाने के लिये।
कौलार्गल Collargol	१ से १० प्रतिशत	नेत्र रोगों के लिये।

चोलिवल Choleval	१/४ से १ प्रतिशत	सोजाक और श्वेतप्रदर के लिये ।
डायोनीन Dionin	४, ८, २० या ४० ग्रेन प्रति औंस	नेत्र रोगों में (जैसे सब्ज मोतिया, जख्म, आइराइटिस फोड़ा, इत्यादि) टपकाया जाता है शूल को शांत करता है।
ईस्रीन (Eserine)	१/४-१/२, १, २ या ४ ग्रेन प्रति औंस	नेत्र रोगों में पुतली सुकेड़ने के लिये प्रयुक्त होती है । ग्लोकोमा (सब्ज मोतिया) में विशेष उपयोगी है।
इलेक्ट्रोलाइटिक क्लोरीन Electrolytic-Chlorine	१० औंस में १ औंस	जख्म और घाव पर गौज भिगो कर लगाने के लिये ।
	१०० गैलन में १/२ औंस	पीने के जल को शुद्ध करने के लिए।
	१ डोल जल में ३ औंस	रोगी के कमरे को धोने के लिये ।
फार्मेलिन Formalin	१/२ प्रतिशत	सोजाक में बतौर पिचकारी
	१ प्रतिशत	डिफ्थीरिया में बतौर स्प्रे ।

	$\frac{1}{20}$ प्रतिशत	आँख धोने के लिये ।
	२ औंस में १ बूँद	रोहों के लिये ।
	४ औंस में १ बूँद	नाक धोने के लिये ।
	१० प्रतिशत	गंज पर लगाने के लिए ।
	१ प्रतिशत	जुकाम में सूँघने के लिये ।
	४० प्रतिशत	सिर के दाद पर लगाने के लिये ।
जंशिअन वायलेट Gention Violet	२ से ५ प्रतिशत	जले हुये स्थान तथा एग्निगा-चर्मप्रदाह आदि पर लगाने के लिये ।
हाइड्राजिरी सायेनाइड Hydrargyri-Cyanide	१०००० में १	सोजाक में मूत्रमार्ग द्वारा पिचकारी, कुल्ले करने के लिये (डिपथीरिया) ।
	५००० में १	आंख दुखने में ।
	५०० में १	नवजात शिशु के नेत्रों में टपकाने के लिये ।
	१० ग्रेन प्रति औंस	आतशकी जख्मों के लिये ।
हाइड्राजिरि बिन-आयोडाइड Hydragyri-Bin-Iodide	५००० में १	हाथ धोने और नेत्रों में टपकाने के लिए ।
	७००० में १	घाव, जख्म आदि के लिये ।

पोटास क्लोरेट Pot. Chlorate	१० से १५ ग्रेन प्रति औंस	मुख रोग में कुल्ले करने के लिये ।
पोटास परमंगेनेट Pot. Pcrmanganate	१५० में १	बंडपैन, नली आदि साफ करने के लिये और हाथों और वस्तुओं को शुद्ध करने के लिये ।
	५ औंस में १ ग्रेन	जख्म घाव, गर्भाशय और योनि के लिये ।
पिलोकार्पीन नाइट्रेट Pilocarpine Nitrate	८०००में १ से ३००० में १ तक	सोजाक में बतौर पिचकारी ।
	½-१ प्रतिशत	पुतली सुकेड़ने के लिये (आइराइटिस और ग्लोकोमा में) .।
प्रोटार्गल Protargol	½ १ प्रतिशत	सोजाक में बतौर पिचकारी
	५ से १० प्रतिशत	नेत्ररोग में बतौर नेत्रबिंदु ।
	१००० में १	मूत्रमार्ग और मूत्राशय को धोने के लिये (सोजाक में।
	१२० से २०० ग्रेन प्रति औंस	रोहों पर लगाने के लिये ।

रिसौंसिन Resorcin	४ प्रतिशत	मुँह के छालों में (कुल्ले), डिफ्थीरिया में (स्प्रे), सोराइसिस, ऐक्जिमा और अन्य चर्म-रोगों में (लगाने के लिये)।
सिल्वॉल Silvol	५ से १० प्रतिशत	आँखों में टपकाने के लिये।
	५० प्रतिशत	रोहों पर लगाने के लिए।
सोडियम क्लोराइड Sodium Chloride	३० में १ }	कंठ रोगों में कुल्ले करने के लिये।
	१०० में १ }	जुकाम में नाक धोने के लिये।
जिन्क क्लोराइड Zinc Chloride	१० में १	शिथिल व्रणों (जख्मों) को उत्तेजित करने के लिये।
	२० औंस में २ ग्रेन	सोजाक में बतौर पिचकारी।
	½ १ या २ ग्रेन प्रति औंस	नेत्र में टपकाने के लिए।
जिन्क सल्फेट Zinc Sulphate	२ ग्रेन प्रति औंस	जख्म और घाव पर लगाने के लिए।
		कर्णशोथ, सोजाक, श्वेत प्रदर और नेत्र में टपकाने के लिए।

जिन्क सल्फोकार्ब Zinc Sulphocarb	१/२ प्रतिशत	श्वेतप्रदर और सोजाक के लिये।
जिन्क परमंगेनेट Zinc Permanganate	१/२ ग्रेन ३ औंस में	सोजाक में बतौर पिचकारी।
	२००० में १	नेत्र धोने के लिये।

पारिभाषिक शब्द

Antiseptics (ऐन्टिसैप्टिक्स) **रोगाणुरोधक** : वे पदार्थ जो जीवाणुओं की उत्पत्ति को रोकते हैं जैसे आयडोफार्म।

Antizymotics (**ऐन्टिजाइमोटिक्स**) : वे पदार्थ जो खमीर की उत्पत्ति को रोकते हैं जैसे बोरिक ऐसिड, सैलिसिलिक ऐसिड इत्यादि। इन्हें शर्बत, फल, भोज्य पदार्थ आदि को सड़ने से रोकने के लिये इस्तेमाल किया जाता है।

Anthelmintics (**ऐन्थिलमिन्टिक्स**) **कृमिहर** : अर्थात् वे औषधियां जो पेट के कीड़ों को मारती हैं। इन्हें उदर-कृमिहर कहते हैं जैसे सेन्टोनीन, ऐक्सट्रैक्ट फिलिसिस लिक्विड, पिप्रेजीन इत्यादि।

Antiparasitics (**ऐन्टिपैरेसाइटिक्स**) **परजीवीरोधी** : वे औषधियां जो त्वचा के कीटाणुओं को मारती हैं जैसे सल्फर, सैलिसिलिक ऐसिड इत्यादि।

Antiperiodics (**ऐंटिपीरियोडिक्स**) **कालिक ज्वर रोधी** : वे औषधियां जो ज्वरों के आक्रमणों को रोकती हैं जैसे क्वीनीन, आर्सेनिक इत्यादि।

Astringents (**ऐस्ट्रिन्जेन्ट्स**) **संकोचक** : संकोचक या काबिज औषधियां, जैसे विस्मथ, ओपियम इत्यादि।

Anhidrotics (**ऐन्हाइड्रोटिक्स**) : स्वेदहर अर्थात् पसीना रोकने वाली औषधियाँ, जैसे एट्रोपीन, बैलाडोना इत्यादि।

Antipyretics (ऐन्टीपाइरेटिक्स) **ज्वरहर** : अर्थात् ज्वर उतारने वाली औषधियाँ, जैसे फिनेस्टीन, क्वीनीन, ऐन्टिपाइरीन इत्यादि ।

Anti-emetics (ऐन्टि-ऐमेटिक्स) **वमनरोधी** : अर्थात् वे औषधियां जो वमन को रोकती हैं जैसे बिस्मथ, ऐसिड हाइड्रोसाइनिक डिल इत्यादि ।

Anodynes (ऐनोडाइन्स) **शूलहर** : शूल को हरने वाली औषधियाँ जैसे एकोनाइट, ओपियम, मौर्फीन इत्यादि ।

Anaesthetics (ऐनेस्थैटिक्स) **संवेदनाहारी** : सुन्न करने वाली औषधियाँ या पदार्थ जैसे कोकेन, प्रोकेन, क्लोरोफार्म इत्यादि ।

Aphrodisiacs (एफ्रोडीसियक्स) **बाजीकर** : अर्थात् कामवासना को बढ़ाने वाली औषधियाँ जैसे डमियाना, कोका, स्ट्रिक्नीन इत्यादि ।

Anaphrodisiacs (एनेफ्रोडीसियक्स) **अबाजीकर** : अर्थात् ऐसीं औषधियाँ जो कामवासना को शिथिल करती हैं जैसे पोटास ब्रोमाइड, बैलाडोना इत्यादि ।

Anti-galactagogues (ऐन्टि गैलेक्टेगौग्स) **स्तन्यरोधी** : अर्थात् ऐसी औषधियाँ जो छाती के दूध की उत्पत्ति को कम करती हैं जैसे आयोडाइड्स ।

Alteratives (आल्टरेटिब्ज) **परिवर्तक** : रक्तशोधक अर्थात् रक्त को साफ करने वाली औषधियां जैसे मर्करी, सारसप्रेला इत्यादि ।

Analgesics (ऐनल्जेसिक्स) **पीड़ाहर** : अर्थात् शूल नाशक औषधियाँ जैसे ऐन्टिपाइरीन, ऐस्पिरीन, मौर्फीन इत्यादि ।

Antacids (ऐन्टेसिड्स) **प्रत्यम्ल** : तुर्शी अर्थात् अम्लत्व को हरने वाली औषधियाँ जैसे सोडा बाइकार्ब, अमोनियम कार्ब इत्यादि ।

Antidotes (ऐन्टिडोट्स) **प्रतिकारक** : विषघ्न औषधियाँ अर्थात् विष के प्रभाव को नष्ट करने वाली औषधियाँ । उदाहरणतः ओपियम के लिये बैलाडोना ।

Antispasmodics (ऐन्टिस्पाजमोडिक्स) **उद्वेष्टरोधी** : अर्थात् ऐसी

औषधियाँ जो ऐंठन, बाँवटे या तशन्ननुज को हरती हैं जैसे हायोसाइमस, बैलाडोना, क्लोरोफार्म इत्यादि ।

Antidiabetics (ऐन्डिडायबेटिक्स) : मधुमेह रोग को हरने वाली औषधियां जैसे कोडीन, ऐक्सट्रैक्ट जंबल इत्यादि ।

Antiphlogistics (ऐन्टिफ्लोजिस्टिक्स) शोथहारी : ऐसी औषधियाँ जो सूजन को हरती हैं जैसे आयोडीन, इक्थियोल इत्यादि ।

Aperients (एपीरिअन्ट्स) मृदुविरेचक : अर्थात् मुलैयन औषधियां जैसे कैस्करा सग्रेडा, एलोज इत्यादि ।

Antilithics (एन्टिलिथिक्स) अश्मरीहर : अर्थात् पथरी की उत्पत्ति को रोकने वाली औषधियां जैसे पिप्रेजाइन ।

Abortifacients (अबौर्टीफेशन्ट्स) गर्भस्रावक : अर्थात् ऐसी औषधियां जिनके प्रयोग से गर्भस्थ बालक बाहर आ जाता है जैसे सबाइना, क्वीनीन, अर्गट इत्यादि ।

Analeptics (एनेलेप्टिक्स) संजीवक : ऐसी औषधियाँ जो रोग के अच्छा होने के बाद शक्ति प्रदान करने के लिये प्रयुक्त होती हैं जैसे फौस्फोरस, आर्सेनिक इत्यादि ।

Aromatics (एरोमेटिक्स) : सुगंधित औषधियाँ जैसे आयल पेपरमिन्ट, स्पिरिट अमोनिया एरोमेटिक इत्यादि ।

Absorbents (एब्जौर्बेन्ट्स) अवशोषक : औषधियाँ जैसे पोटास आयोडाइड ।

Antisialagogues (एन्टिसायलेगौग्स) लालास्रावरोधी : अर्थात् थूक की उत्पत्ति कम करने वाली औषधियाँ जैसे बैलाडोनाँ ।

Anti-rheumatics (एन्टि-रूमेटिक्स) आमवातरोधी : वाय को हरने वाली औषधियां जैसे सोडा सैलिसिलास, ऐस्पिरीन इत्यादि ।

Antiscorbutics (एन्टिस्कौर्ब्युटिक्स) स्कर्वीरोधी : स्कर्वी रोग को हरने वाली औषधियां जैसे विटेमिन "सी" ।

Bitter Tonics (बिटर टौनिक्स) तिक्त पौष्टिक : अथात् अग्निवर्द्धक औषधियां जैसे कौलंबा, जंशिअन इत्यादि ।

Caustics (**कास्टिक्स**) : दाहक: अर्थात् ऐसी ओषधियां जो त्वचा पर लगाने से त्वचा को जला देती हैं जैसे जिक क्लोराइड।

Carminatives (**कार्मिनेटिव्ज**) **वायुसारी** : वायु को बाहर निकालने वाली अर्थात् रियाह को खारिज करने वाली औषधियाँ, जैसे सोडा बाइकार्ब, कार्डेमम, स्पिरिट अमोनिया एरोमटिक इत्यादि।

Cathartics (**कैथार्टिक्स**) **रेचक औषधियां** : जैसे कोलोसिन्थ, मैग्नेसिया इत्यादि।

Cholagogues (**कौलेगौग्स**) **पित्तवर्द्धक औषधियां** : पित्त को बहाने वाली औषधियां जैसे यूनीमीन, आइरिडीन इत्यादि।

Counter-Irritants (**काउन्टर-ईरिटेन्ट्स**) **प्रतिक्षोभक औषधियां** : यानी **बाह्य जलन उत्पन्न** करने वाली औषधियाँ जैसे टिंकचर आयोडीन।

Desiccants (**डेसिकैन्ट्स**) : जख्म को सुखाने वाली औषधियाँ।

Deodorants (**डिऔडोरेन्ट्स**) गंधहर **औषधियां** : जो दुर्गन्ध हरती हैं **जैसे** फिनाइल, सिलीन बगैरा।

Demulcents (**डिमल्सेन्ट्स**) **शमक औषधियां** : ऐसी औषधियाँ जो **कोमल** और लुआबदार होती हैं जैसे ग्लीसरीन, लिकरिस इत्यादि।

Diaphoretics (**डायफौरेटिक्स**) **स्वेदकारी औषधियां** : अर्थात् पसीना लाने वाली औषधियाँ जैसे पोटास साइट्रास, लिकर अमोनिया ऐसिटेटिस इत्यादि।

Diuretics (**डायुरेटिक्स**) **मूत्रल औषधियां** : अर्थात् मूत्र लाने वाली औषधियाँ जैसे ज्युनीपर, पोटास एसिटास इत्यादि।

Depressants (**डिप्रेसेन्ट्स**) **अवसादक औषधियां** : सुस्ती या शिथिलता लाने वाली औषधियाँ जैसे पोटास ब्रोमाइड, ओपियम इत्यादि।

Disinfectants (**डिस्इन्फैक्टेन्ट्स**) **रोगाणुनाशक औषधियां** : ऐसी औषधियाँ जो रोगों के कीड़ों (रोगाणुओं) को नष्ट करती हैं जैसे फौर्मेलीन, सल्फर, लाइसौल इत्यादि।

Digestives (**डिजेस्टिव्ज**) **पाचक औषधियां** : हाजिम औषधियां जैसे पैपेन, पैप्सीन इत्यादि।

Drastic Purgatives (**ड्रास्टिक पर्गेटिव्ज) तीव्र विरेचक** : अर्थात् तेज जुलाव जैसे क्रोटन ऑयल।

Epispastics (**एपिस्पैस्टिक्स) फुटका-कारक औषधियां** : छाबला डालने वाली औषधियां जैसे कैन्थरिडीन।

Emollients (**इमौलियन्ट्स) मृदुताकारक औषधियां** : ऐसी औषधियां जो त्वचा को कोमल बनाती हैं जैसे ग्लीसरीन, लैनोलीन इत्यादि।

Emetics (**एमेटिक्स) वमन कारक औषधियां** : वमन अथवा कै लाने वाली औषधियाँ जैसे टार्टर एँमेटिक, एपोमोर्फीन इत्यादि।

Ecbolics (**एक्बौलिक्स) गर्भ स्रावक औषधियां** अर्थात् गर्भ को बाहर निकालने वाली औषधियाँ जैसे अर्गट।

Emmenagogues (**इमेनेगौग्स) आर्तव जनक औषधियां** : मासिक स्राव (हैज) को जारी करने वाली औषधियाँ जैसे एलोज, मिर्ह इत्यादि।

Errhine (**एराइन) छक्का कारक औषधियां** : छींक लाने वाली औषधियाँ जैसे टोबेको, कैप्सीकम इत्यादि।

Expectorants (**ऐक्स्पैक्टोरेन्ट्स) कफ निःसारक औषधियां** : बलगम निकालने वाली औषधियां जैसे इपिकाक, सिल्ला वगैरह।

Escharotics (**एस्केरोटिक्स) दाहक औषधियां** : दाग देने वाली या जला देने वाली औषधियां जैसे जिंक क्लोराइड, कास्टिक पोटास इत्यादि।

Evacuants (**इवेक्वैन्ट्स) मृदुविरेचक** : दस्त साफ लाने वाली औषधियां जैसे कैस्करा सग्रेडा, पैरेफीन लिक्विड।

Febrifuge (**फेब्रिफ्यूज) ज्वर हर** : ज्वर को कम करने वाली औषधियां जैसे सिन्कोना, क्वीनीन इत्यादि।

General Anaesthetics (**जनरल एनिस्थैटिक्स) व्यापकसंवेदनहारी** : बेहोश करने वाली औषधियां जैसे क्लोरोफार्म।

Galactagogues (**गैलेक्टेगौग्स) स्तन्यवर्धक औषधियां** : छाती का दूध बढ़ाने वाली औषधियां जैसे पिट्युट्री ऐक्सट्रैक्ट, माल्ट ऐक्सट्रैक्ट, इत्यादि।

Haematinics **(हीमेटिनिक्स) रुधिर वर्द्धक औषधियां** : ऐसी औषधियां जो रक्त के लाल कणों की संख्या बढ़ाती है और इस प्रकार ताकत में वृद्धि करती है जैसे आयरन, आर्सेनिक इत्यादि।

Haemostatics **(हीमोस्टेटिक्स) रक्तरोपण औषधियां** : अर्थात् बहते हुए खून को बन्द करने वाली औषधियां, जैसे अर्गट, हाइड्रास्टिस आदि।

Hypnotics **(हिप्नौटिक्स) निद्राजनक औषधियां** : अर्थात् नींद लाने वाली औषधियां जैसे पोटास ब्रोमाइड, क्लोरल हाइड्रेट इत्यादि।

Hydragogue Purgatives **(हाइड्रेगौग परगेटिव्ज) जलरेचकः** : पानी के समान दस्त लाने वाली औषधियां जैसे सोडा सल्फ, मैग सल्फ इत्यादि।

Irritants **(इर्रीटेन्ट्स) क्षोभकर औषधियां** : खराश पैदा करने वाली औषधियां जैसे टिंकचर आयोडीन।

Lactagogues **(लैक्टेगौग्स)** .: छाती का दूध पैदा करने वाली औषधियां जैसे पिट्युट्री ग्लैण्ड इत्यादि।

Lithontriptics **(लिथौन्ट्रिप्टिक्स)** : मूत्राशय की पथरी को घोल कर निकालने वाली औषधियां जैसे पिप्रेजाइन।

Laxatives **(लैक्सेटिव्ज) मृदुविरेचक औषधियां** : अर्थात् दस्त साफ लाने वाली औषधियां जैसे पैरेफीन लिक्विड।

Mydriatics **(माइड्रियेटिक्स) तारा विस्फारक औषधियां** : आँख की पुतली को फैलाने वाली औषधियां जैसे एट्रोपीन, हौमेट्रोपीन इत्यादि।

Myotics **(मायोटिक्स) तारा संकोचक औषधियां** : आँख की पुतली को सुकोड़ने वाली औषधियां जैसे ईसरीन, पिलोकार्पीन इत्यादि।

Narcotics **(नार्कोटिक्स) स्वापक औषधियां** : बेहोश करने वाली औषधियाँ जसे औपियम, कैनेबिस इण्डिका, मौर्फीन इत्यादि।

Nutritives **(न्यूट्रिटिव्ज) पुष्टिकारक औषधियां** : जैसे माल्ट ऐक्सट्रैक्ट, कौडलिवर आयल इत्यदि।

Oxytocics **(औक्सिटौसिक्स) गर्भाशय संकोचक औषधियां** : ऐसी

औषधियां जो गर्भाशय की मांस पेशियों को सुकेड़ कर गर्भ को बाहर निकाल देती हैं जैसे अर्गट, आगल सबाइना।

Parasiticides (पेरेसाइटिसाइड्स) परजीवी कृमिनाशक औषधियां : ऐसी औषधियाँ जो त्वचा के कीटाणुओं को नष्ट करती हैं जैसे कार्इसोफेनिक ऐसिड।

Purgatives (पर्गेटिव्ज) रेचक अर्थात् दस्तावर औषधियां : जैसे कैलोमल, मैगसल्फ, इत्यादि

Pustulants (पस्टुलेन्ट्स) पूयस्फोटिकोत्पादक औषधियां : ऐसी औषधियां जो त्वचा पर लगाने से छोटी-छोटी फुंसियां पैदा कर देती हैं जैसे क्रोटन आयल।

Refrigerants (रेफ्रिजरेन्ट्स) प्रशीतक अर्थात् प्यास बुझाने और ठंडक पहुंचाने वाली औषधियां : जैसे लेमनेड, ऐसिड्स इत्यादि।

Rubefacients (रुबिफेशन्ट्स) : ऐसी औषधियाँ जो लगाने से त्वचा को सुर्ख कर देती है और जलन और शूल पैदा करती हैं जैसे कैप्सिकम, टर्पन्टाइन इत्यादि।

Sialagogues (सायलेगौग्स) लालावर्द्धक औषधियां : थूक पैदा करने वाली औषधियां जैसे ऐसिड्स, मर्करी इत्यादि।

Sedatives (सेडेटिव्ज) शमक अर्थात् तसकीन देने वाली औषधियां : जैसे पोटास ब्रोमाइड।

Soporofics (सोपोरोफिक्स) निद्राकारक औषधियां : जैसे पोटास ब्रोमाइड, क्लोरल हाइड्रेट इत्यादि।

Sudorifics (स्युडोरिफिक्स) स्वेदक औषधियां : अर्थात् पसीना लाने वाली औषधियाँ जैसे पोटास साईट्रास।

Stimulants (स्टिमुलैन्ट्स) उद्दीपक औषधियां : जैसे ब्रांडी, स्पिरिट अमोनिया या एरोमेटिक इत्यादि।

Stomachics (स्टमेकिक्स) अग्नि संदीपक औषधियां : अर्थात् मेदे को ताकत देने वाली औषधियां जैसे कौलंबा, जिन्जर इत्यादि।

Styptics (स्टिप्टिक्स) **रक्तस्तंभक औषधियां** : अर्थात् बहते हुए खून को बन्द करने वाली औषधियां जैसे टैनिक ऐसिड, एड्रिनेलीन क्लोराइड इत्यादि ।

Tonics (टौनिक्स) **बलवर्द्धक औषधियां** : अर्थात् ताकत देने वाली औषधियां, जैसे आयरन, क्वीनीन इत्यादि ।

Urinary Antiseptics (यूरीनरी ऐंटिसैप्टिक्स) **मूत्र कृमिनाशक औषधियां** : अर्थात् मूत्र के कीटाणुओं को नष्ट करने वाली औषधियाँ जैसे यूरोट्रोपीन, एसिड बैन्जोइक इत्यादि ।

Vermicides (बर्मीसाइड्स) **अन्त्रकृमिनाशक औषधियां** : अर्थात् ऐसी औषधियां जो आंतों के कीड़ों को मारती हैं जैसे सैन्टोनीन, कार्बन टैट्राक्लोराइड इत्यादि ।

Vermifuges (वर्मीफ्युजेज) **अन्त्रकृमिहारक औषधियां** : जो आँतों के कीड़ों को बाहर निकाल देती है।

Vesicants (वेसिकैन्ट्स) **स्फोटिकोत्पादक औषधियां** : अर्थात् आबला डालने वाली औषधियाँ जैसे कन्थेरिडीज ।

Vulneraries (वल्नेरेरीज) . घाव को भरने वाली औषधियाँ जैसे स्कारलेट रेड ।

औषधियों

का

वर्गीकरण

CLASSIFICATION
OF
DRUGS

पहला समूह

ऐसी औषधियाँ जिनका प्रभाव तंत्रिका तंत्र (Nervous System) पर पड़ता है।

पहली श्रेणी

ऐसी औषधियां जिनका प्रभाव मस्तिष्क अर्थात् दिमाग (Brain) पर पड़ता है।

(१) **सेरिब्रल स्टिमुलैन्ट्स** (Cerebral Stimulants) अर्थात् ऐसी औषधियां जिनके प्रयोग से मस्तिष्क का कार्य उत्तेजित (तेज) होता है। जब इनके प्रभाव से मस्तिष्क का कार्य अनियमित हो जाय और रोगी वहकने लगे तब इन्हें **डैलीरियेन्ट्स** (Deliriants) अर्थात् प्रलापकारक या उन्मादक कहते हैं और जव इनके प्रयोग से आनन्द और शक्ति सी प्रतीत हो तब इन्हें **इग्जीलेरेन्ट्स** (Exhilarants) अर्थात् हर्षदायक कहते हैं। इस श्रेणी की कुछ औषधियाँ निम्नलिखित हैं—

चाय, काफी, ईथर, क्लोरोफार्म, अल्कोहल, कोकेन, कैनेविस इण्डिका (भांग), अफीम, कैम्फर, तम्बाकू इत्यादि।

नोट—इनमें से अधिकांश औषधियाँ ऐसी हैं जिन्हें यदि बड़ी मात्रा में प्रयोग किया जाय तो वे मस्तिष्क के कार्य कों शिथिल कर देंगी।

(२) **सेरिब्रल डिप्रेसेन्ट्स** (Cerebral Depressants) अर्थात् ऐसी औषधियाँ जो मस्तिष्क के काय को शिथिल (सुस्त) करती हैं। ये निम्न प्रकार की होती हैं—

(क) हिप्नौटिक्स (Hypnotics) : अर्थात् निद्राकारक—इनके प्रयोग से नींद आ जाती है उदाहरणतः क्लोरल हाइड्रेट, ब्रीमाइड्स, मौर्फीन, ओपियम, कैनेबिस इण्डिका इत्यादि।

(ख) **नार्कोटिक्स** (Narcotics) : ऐसी औषधियों को कहते हैं जो बेहोशी पैदा करती हैं। सूक्ष्म मात्रा में इनके प्रयोग से कुछ शांति सी प्रतीत होती है और बड़ी मात्रा में ये गनूदगी, नींद और बेहोशी उत्पन्न करती हैं।

(ग) **जनरल एनोडाईन्स** (General Anodynes) **या जनरल एनेल्जेसिक्स** (General Analgesics) : ऐसी औषधियों को कहते हैं जो केन्द्रीय तंत्रिका तंत्र की तेजी को शिथिल करके शूल को नष्ट करती हैं।

उदाहरणत: ओपियम, मौर्फीन, बैलाडोना, फिनेस्टीन, ऐन्टीपायरीन, कैनेबिस इंडिका, क्लोरल हाइड्रास इत्यादि।

इन्हें ऐसी दशा में प्रयोग किया जाता है जब शूल के कारण रोगी बैचेन हो और नींद न आती हो जैसे दर्द गुर्दा में मौर्फीन का इंजेक्शन लगाने से रोगी का दर्द शांत हो जाता है और नींद भी आ जाती है।

(घ) **जनरल एनेस्थेटिक्स** (General Anaesthetics) : इनके प्रयोग से बेहोशी हो जाती है और किसी प्रकार का कष्ट या शूल मालूम नहीं होता। इन्हें औप्रेशन करने से पूर्व सुंघाया जाता है। जैसे क्लोरोफार्म, ईथर।

दूसरी श्रेणी

ऐसी औषधियां जिनका प्रभाव मेरूरज्जु पर पड़ता है। ये दो प्रकार की होती हैं :—

(१) वे जो मेरूरज्जु को उत्तेजित करके तशन्नुज उत्पन्न करती है। इन्हें **स्पाइनल स्टिमुलैन्ट्स** (Spinal Stimulants) कहते हैं जैसे स्ट्रिक्नीन, नक्सवामिका इत्यादि।

वे जो मेरूरज्जु को शिथिल (सुस्त) करके तशन्नुज को रोकती हैं उन्हें **स्पाइनल डिप्रेसेन्ट्स** (Spinal Depressants) कहते हैं। जैसे टैटेनस रोग में क्लोरल हाइड्रेट, ब्रोमाईड्स, कैनेबिस इंडिका आदि के देने से या क्लोरोफार्म, ईथर आदि को सुंघाने से तशन्नुज (आक्षेप, कम्हेड़े) कम हो जाते हैं।

तीसरी श्रेणी

ऐसी औषधियां जिनका प्रभाव सिम्पेथेटिक सिस्टम (Sympathetic system) अर्थात् पिंगल तंत्रिका-तंत्र पर पड़ता है :—

(१) औषधियां जो पिंगल तंत्रिकाओं के सिरों (Sympathetic endings) को उत्तेजित करती हैं—जैसे इफेड्रिन, एड्रिनेलीन, टाइरेमीन इत्यादि।

इनके प्रभाव से हृदय की गति तेज होती है, रक्त वाहिनियां संकुचित होती हैं, पुतली फैलती है लाला (थूक) की उत्पत्ति बढ़ती है इत्यादि।

(२) औषधियां जो पिंगल तंत्रिकाओं के सिरों (Sympatheti cendings) को शिथिल करती हैं जैसे अर्गोटौक्सीन, अर्गोटेमीन इत्यादि।

इनका प्रभाव मुख्यतया आमाशय, आंत, पित्ताशय और मूत्राशय पर पड़ता है।

ऐसी औषधियां जिनका प्रभाव पैरा-सिम्पेथेटिक सिस्टम (Parasympathetic System) अर्थात् सपिंगल तंत्रिका तंत्र पर पड़ता है।

(१) औषधियां जो सपिंगल तंत्रिकाओं के सिरों (Parasympathetic endings) को उत्तेजित करती हैं जैसें पिलोकार्पीन, मस्केरीन, फिजौस्टिग्मीन, इत्यादि।

इनके प्रभाव से हृदय की गति मंद पड़ जाती है, पुतलियां संकुचित हो जाती हैं, वायु-प्रणालियों की माँस पेशियां सिकुड़ जाती हैं, पसीना और थूक बढ़ जाता है और आमाशय और क्लोम ग्रंथि से रस अधिक पैदा होने लगता है। आंत और गर्भाशय की माँस पेशियां सिकुड़ जाती हैं।

(२) औषधियां जो सपिंगल तंत्रिकाओं के सिरों (Parasympathetic endings) को शिथिल (सुस्त) करती हैं जैसे एट्रोपीन, हायोसीन इत्यादि।

इनका प्रभाव उपरोक्त प्रभाव से बिल्कुल विपरीत होता है अर्थात् पुतलियां फैल जाती हैं पसीना और थूक कम हो जाता है।

ऐसी औषधियां जिनका प्रभाव नेत्र पर पड़ता है।

(१) जिनका प्रभाव कन्जंक्टाइवा (Conjunctiva) अर्थात् चक्षु-श्लैष्मिक कला पर पड़ता है ।

(अ) ऐसी औषधियां जिनका प्रभाव संकोचक होता है जैसे एड्रिनेलीन, फिटकरी, जिन्क सल्फ, सिल्वर नाइट्रेट इत्यादि ।

(आ) ऐसी औषधियां जिनका प्रभाव शान्तिदायक या शूलहर होता हैं। जैसे कोकेन, प्रोकेन, एट्रोपीन इत्यादि ।

(इ) ऐसी औषधियां जिनका प्रभाव कीटाणु नाशक होता है । जैसे कौरोसिव सब्लीमेट, बोरिक एसिड इत्यादि ।

(ई) ऐसी औषधियां जो जलन पैदा करती हैं। जैसे आयोडीन, कौपर सल्फ, कैलोमल इत्यादि ।

(२) ऐसी औषधियां जो आंसुओं के परिमाण को बढ़ाती हैं। जैसे पिलोकार्पीन, कौपर, सल्फ, आयोडीन इत्यादि।

(३) पुतली फैलाने वाली औषधियां (Mydriatics) : जैसे एट्रोपीन, होमेट्रोपीन, जल्सीमाइन, कोकेन इत्यादि ।

(४) पुतली सिकोड़ने वाली औषधियां (Myotics) : जैसे पिलोकार्पीन, मस्केरीन, फिसौस्टिगमीन, ओपियम, क्लोरोफार्म सूंघना (आरम्भ में)।

चौथी श्रेणी

ऐसी औषधियां जो गति-सम्बन्धी (Motor) तंत्रिकाओं के अन्तिम सिरों और नाड़ीगंड (Ganglions) पर असर करती हैं।

जैसे कुरारा, कौनियम, स्पार्टीन, जल्सीमियम इत्यादि ।

पांचवी श्रेणी

(१) ऐसी औषधियां जो सांवेदनिक (Sensory) तंत्रिकाओं के अन्तिम सिरों को शिथिल करती हैं।

जैसे कोकेन, बैन्जोकेन, एकोनाइट, प्रोकेन, औथोंकेन इत्यादि।

ये या तो स्थानीय शूलहर (Local Anodynes) या स्थानीय संज्ञाहर (Local Anaesthetics) होती हैं। इन्हें स्थानिक रूप से शूल हरने, या खुजली को शांत करने या किसी स्थान को सुन्न करने के लिए प्रयोग किया जाता है।

(२) ऐसी औषधियां जो सांवेदनिक (Sensory) तंत्रिकाओं के अन्तिम सिरों को उत्तेजित करती हैं जैसे अल्कोहल, आयोडीन, अमोनिया, कैम्फर इत्यादि।

दूसरा समूह

ऐसी औषधियां जिनका प्रभाव हृदय और रक्तवाहिनियों (Heart & Blood Vessels) पर पड़ता है।

पहली श्रेणी

ऐसी औषधियां जिनका प्रभाव हृदय पर पड़ता है।

(अ) जो हृदय को शक्ति देती है (Cardiac Tonics) : जैसे डिजिटेलिस, स्ट्रोफैन्थस, सिल्ला इत्यादि।

इनमें से कुछ ऐसी होती हैं जो हृदय के सिकुड़ने की शक्ति को बढ़ाती हैं परन्तु नब्ज की गति को शिथिल करती हैं जैसे डिजिटेलिस, स्ट्रोफैन्थस, सिल्ला, कैफीन इत्यादि।

कुछ ऐसी होती हैं जो हृदय के सिकुड़ने की शक्ति का बढ़ाती हैं परन्तु नब्ज पर इनका कोई प्रभाव नहीं पड़ता जैसे कैम्फर।

(आ) ऐसी औषधियां जो हृदय की गति को तेज करती हैं और हृदय को शक्ति भी प्रदान करती हैं (Cardiac Stimulants) कहलाती हैं।

जैसे क्लोरोफार्म, ईथर, स्पिरिट अमोनिया एरोमेटिक, स्ट्रिक्नीन, मुश्क, शराबें जैसे ब्रांडी, रम, जिन, विस्की इत्यादि।

नोट:—बैलोडोना, स्ट्रैमोनियम, हायोसाइमस, सैपोनीन, इत्यादि औषधियां ऐसी हैं जो केवल हृदय की गति को तेज करती हैं।

(इ) एसी औषधियां जो हृदय की गति या शक्ति को, या दोनों को, शिथिल (सुस्त) करती हैं (Cardiac Depressants) कहलाती हैं।

जैसे एकोनाइट, एसिड हाइड्रोस्यानिक डिल, क्लोरल हाइड्रास, सैलिसिलेट्स, एन्टीमनी, सैलिसिलिक एसिड, हल्के तेजाब, पिलोकार्पीन इत्यादि।

दूसरी श्रेणी

ऐसी औषधियां जिनका प्रभाव रक्त-वाहिनियों (Blood Vessels) पर पड़ता है।

(अ) ऐसी औषधियां जिनके प्रयोग से रक्त-वाहनियाँ सिकुड़कर रक्तचाप (Blood Pressure) बढ़ जाता है जैसे ऐड्रिनेलीन, स्ट्रिक्नीन, डिजिटेलिस, कैम्फर, एफेड्रिन, अर्गोटौक्सीन, पिट्यूट्री ऐक्सट्रैक्ट, वेरेट्रीन इत्यादि।

(आ) ऐसी औषधियां जो सूक्ष्म रक्त-वाहिनियों को फैलाकर रक्त चाप को कम करती हैं जैसे अल्कोहल, ईथर, क्लोरोफार्म, क्लोरल हाइड्रास, एमिल नाइट्राइट, कोलीन, थ्योब्रोमीन, हिस्टेमीन इत्यादि। इनके अतिरिक्त नस को काट कर रक्त निकालना, रक्तस्राव, जोंक लगाना, रेचक और स्वेदक औषधियों का प्रयोग आदि क्रियाओं से रक्त चाप कम हो जाता है।

ऐसी औषधियां जिनका रक्त वाहनियों पर स्थानिक प्रभाव पड़ता है।

(अ) जो स्थानिक रूप से प्रयोग किये जाने से धमनिकाओं अर्थात् सूक्ष्म रक्त की नालियों को फैला देती हैं जैसे अल्कोहल, अमोनिया, टार्टर इमेटिक, कैम्फर, कैन्थेरिडीन, कार्बोलिक एसिड, क्रोटन आयल, क्लोरोफार्म, राई का प्लास्टर, गर्म सेक, आयोडीन इत्यादि।

इन्हें अंग्रेजी में **लोकल वैस्कुलर स्टिमुलैन्ट्स** (Local Vascular Stimulants) कहते हैं।

(आ) जो धमनिकाओं अर्थात् सूक्ष्म रक्त-वाहिनियों को सुकेड़ती हैं जब इन्हें स्थानिक रूप से प्रयोग किया जाता है। जैसे ऐड्रिनेलीन, ईथिल क्लोराइड ऐलम, लैड, सिल्वर, आयरन, बर्फ इत्यादि।

इन्हें अंग्रेजी में **लोकल एस्ट्रिन्जैन्ट्स, या हिमौस्टेटिक्स** (Local Astringents or Haemostatics) कहते हैं। इन्हें रक्तस्राव को रोकने के लिये प्रयोग किया जाता है।

ऐसी औषधियां जो खाने या सूंघने से अपने स्थानिक प्रभाव से सूक्ष्म रक्तवाहिनियों को फैलाती हैं।

जैसे ऐमिल नाइट्राइट, सोडियम नाइट्राइट, स्पिरिट ईथर नाइट्रोसी इत्यादि। इन्हें जनरल वैस्कुलर स्टिमुलैंट्स (General Vascular Stimulants) कहते हैं।

ऐसी औषधियां जो रक्त में प्रविष्ट होकर अपने स्थानिक प्रभाव से रक्तवाहिनियों को सुकेड़ती हैं।

जैसे डिजिटेलिस, पिट्युट्री ऐक्सट्रैक्ट, अर्गट, ऐड्रिनेलीन क्लोराइड, इत्यादि। इन्हें **रिमोट लोकल ऐस्ट्रिन्जेण्ट्स** (Remote Local Astringents) कहते हैं।

इन्हें आंतरिक रक्तस्राव को रोकने के लिए प्रयोग किया जाता है।

तीसरा समूह

ऐसी औषधियाँ जिनका प्रभाव श्वासोच्छ्वास तंत्र (Respiratory System) पर पड़ता है।

इस श्रेणी में निम्न प्रकार की औषधियां सम्मिलित हैं :

तम्बाकू, पोटास परमंगनेट, इपिकाक, सैनेगा, लाल मिर्च, इफेड्रीन, एड्रीनेलीन, सोडा बैन्जोएट, कोडीन इत्यादि।

इनका प्रयोग निम्नलिखित हालतों में होता है।

(अ) जुकाम में छींक द्वारा बलगम बाहर निकालने के लिये।
(आ) श्वास मार्ग से किसी अटकी हुई वस्तु को बाहर निकालने के लिये।
(इ) सिर का दर्द शांत करने के लिये और हिचकी को रोकने के लिये।
(ई) फेफड़ों से बलगम निकालने के लिये।
(उ) श्वास-प्रणालियों को फैलाकर दमा का दौरा शांत करने के लिये।
(ऊ) मंद-श्वासक्रिया को उत्तेजित करने के लिये।

चौथा समूह

ऐसी औषधियां जिनका प्रभाव पोषण तंत्र (Digestive System) पर पड़ता है।

(१) ऐसी औषधियां जो थूक को बढ़ाती हैं **लालावर्द्धक** (Sialagogues) कहलाती हैं जैसे एसिड्स, उड़नशील तैल, अल्कोहल, ईथर, **क्लोरोफॉर्म**, चरपरी और कड़वी वस्तुएं, इपिकाक, टार्टर इमेटिक, **पिलोकार्पीन**, फिजौस्टिग्मीन, निकोटिन, एड्रिनेलीन, इफेड्रीन, मर्करी, आयोडाइड **आफ** पोटास इत्यादि।

(२) ऐसी औषधियां जो थूक को कम करती हैं **लाला-अबरोधक** (Antisialagogues) कहलाती हैं जैसे फटकरी, बोरक्स, पोटास **क्लोरेट**, ओपियम, **मौर्फीन**, एट्रोपीन इत्यादि।

(३) **ऐसी औ**षधियाँ जो आमाशयिक रस (Gastric Juice) को **बढ़ाती** हैं **अग्निवर्द्धक या मुकव्वी मेदा** (Stomachics) कहलाती हैं जैसे **मसाले**, मदिरा, कड़वी औषधियाँ जैसे कौलंबा, जंशियन, चिरायता इत्यादि (**भोजन** से पूर्व प्रयोग करने से) क्षारीय औषधियां (Alkalies) (भोजन **से पूर्व** प्रयोग करने से)।

इन औषधियों को भूख बढ़ाने के लिए प्रयोग किया जाता है।

(४) ऐसी औषधियाँ जो आमाशयिक रस को कम करती हैं जैसे संकोचक अर्थात् काबिज औषधियां (ओपियम, टैनीन वाली औषधियां) क्षारीय औषधियां (सोडा बाइकार्ब, मैगकार्ब, कैल्सियम कार्ब इत्यादि) बैलाडोना एट्रोपीन, चर्बियाँ, तेल जैसे जैतून, बादाम, अलसी, मूंगफली इत्यादि के।

इन औषधियों को उस दशा में प्रयोग किया जाता है जब आमाशयिक रस, आवश्यकता से अधिक बने या जब उसमें तेजाब का अंश अधिक होने के कारण खट्टी डकार आती हों।

(५) **पाचक पदार्थ** (Digestive Ferments) अर्थात् ऐसी चीजें जो

भोजन को पचाती हैं जैसे पैपेन, पैप्सीन, पैन्क्रियाटीन, टेका-डाइस्टेस, माल्ट इत्यादि।

(६) ऐसी औषधियाँ जिनका प्रभाव आमाशयिक रस (Gasrtic Juice) के संगठन पर पड़ता है। कभी रस में अम्ल (Acid) अधिक होता है और कभी कम। ज्वरों और अनेक रोगों में अम्ल कम होता है या बिल्कुल नहीं। आमाशय के व्रण में अम्ल अधिक पाया जाता है। जब आमाशय की पुरानी सूजन में बलगम एकत्रित हो जाता है तब अम्ल कम उत्पन्न होता है। भिन्न भिन्न हालतों में भिन्न–भिन्न औषधियाँ प्रयुक्त होती हैं जैसे अम्लत्व में अल्कलीज (सोडा बाइकार्ब आदि)। अम्ल को बढ़ाने के लिए ऐसिड हाइड्रो क्लोरिक डिल इत्यादि।

(७) ऐसी औषधियां जो आमाशय की गतियों पर प्रभाव डालती हैं :—

(अ) जो आमाशय की झिल्ली पर अवसादक प्रभाव डालकर वमन को रोकती हैं और शूल और जलन को कम करती हैं। इन्हें गैस्ट्रिक सिडेटिव्ज (Gastric Sedatives) कहते हैं। जैसे कोकेन, ऐसिड हाइड्रोसाइनिक डिल, बिस्मथ साल्ट्स, क्लोरेटोन इत्यादि।

(आ) जो आमाशय की अधिक गति को रोकती हैं जैसे एट्रोपीन, बैला–डोना इत्यादि। इनके प्रयोग से आमाशय की ऐंठन कम हो जाती है।

(८) ऐसी औषधियां जिनके प्रयोग से वमन उत्पन्न होती है वमन कारक (Emetics) कहलाती हैं। ये दो प्रकार की होती हैं :—

(अ) जो आमाशय पर अपने स्थानिक प्रभाव से वमन उत्पन्न करती हैं जैसे जिंक सल्फ, नमक (बड़ी मात्रा में), ऐलम (फिटकरी), इपिकाक, नीलाथोथा, टार्टर इमेटिक, राई, अमोनिया कार्ब इत्यादि।

(आ) ऐसी औषधियां जो रक्त में प्रविष्ट होकर वमन केन्द्र (Vomiting Centre) को उत्तेजित करके वमन लाती हैं। जैसे ऐपोमोर्फीन, लौबेलीन इत्यादि।

(९) ऐसी औषधियां जो वमन को रोकती हैं। इनका प्रभाव या तो स्थानिक होता है या केन्द्रीय। स्थानिक प्रभाव वाली औषधियों में से कुछ

ये हैं। ऐड्रिनेलीन, कैलोमल और आर्सेनिक (सब अल्प मात्रा में), विनम इपिकाक और टिंचर आयोडीन (१ बूंद की मात्रा में बार बार), क्रूओसोट, कार्बोलिक ऐसिड, कोकेन, सीरियम आंग्जेलेट, बिस्मथ साल्ट्स, क्लोरेटोन, ऐसिड हाइड्रोसाइनिक डिल इत्यादि ।

(१०) ऐसी औषधियां जो पदार्थों के तरल अंश को जज्ब कर लेती हैं जैसे चार्कोल, केओलीन।

(११) ऐसी औषधियां जो वायु (रीह) को निकालती हैं **कार्मीनेटिव्ज** (Carminatives) कहलाती हैं जैसे उड़नशील तैल (पीपरमिंट, सौंफ आदि के तैल) स्पिरिट अमोनिया ऐरोमेटिक, जिंजर आदि।

ऐसी औषधियाँ जिनका प्रभाव आंतों पर पड़ता है।

ये चार प्रकार की होती हैं :—

(१) **परगेटिव्ज** (Purgatives) अर्थात् रेचक (दस्तावर) औषधियां।

(२) **ऐस्ट्रिन्जेंट्स** (Astringents) अर्थात् संकोचक (काबिज) औषधियाँ।

(३) **गैस्ट्रो-इन्टेस्टाइनल इरीटेंट्स** (Gastro-Intcstinal Irritants) अर्थात् आमाशय और आतों में खराश पैदा करने वाली औषधियाँ।

(४) **इन्टैस्टाइनल एन्टी-सैप्टिक्स** (Intestinal Antiseptics) अर्थात् आंतों की गन्दगी को रोकने वाली औषधियां।

ऐन्थिलमिन्टिक्स (Anthelmintics) अर्थात् आंतों के कीड़े मारने या बाहर निकालने वाली औषधियां।

अब इन्हें क्रमानुसार वर्णित किया जाता है।

(१)

रेचक अर्थात् दस्तावर औषधियां

ये निम्न प्रकार की होती हैं :—

(अ) **लैक्सेटिव्ज** (Laxatives) यानि मृदुविरेचक :—इनके प्रयोग से दस्त साफ आ जाता है जैसे पैरेफीन लिक्विड।

(आ) **सिम्पिल परगेटिव्ज** (Simple Purgatives) अर्थात् साधारण

विरेचक :—इनका प्रभाव मृदुविरेचक से कुछ तेज़ होता है । उदाहरणतः कैस्टर आयल, एलोज, सनाय, कैस्करा-सग्रेडा (बड़ी मात्रा में) इत्यादि ।

(इ) **सैलाइन परगेटिव्ज** (Saline Purgatives) अर्थात् नमकीन विरेचक :—ये आँतों की रतूबत (स्राव) को बढ़ाकर पतले दस्त लाते हैं । उदाहरणतः सोडा सल्फ, सोडा फौस्फेट, मैगसल्फ, क्रीम आफ टार्टर इत्यादि ।

(ई) **कौलेगौग परगेटिव्ज** (Cholagogue Purgatives) अर्थात् ऐसी औषधियाँ जो आँतों के कृमिवत्-आकुंचन (Peristalsis) को उत्तेजित करके पित्त को जज्ब होंने से रोकती है । उदाहरणतः कैलोमल, पोडोफाइलम, यूनीमीन, आइरीडीन, रूबर्ब इत्यादि ।

(उ) **ड्रास्टिक परगेटिव्ज** (Drastic Purgatives) अर्थात् तीव्र **विरेचक** :—इनके प्रयोग से बड़ी संख्या में मरोड़ के साथ पतले दस्त आते हैं उदाहरणतः जमालगोटे का तेल, जैलप, स्कैमोनि, कौलोसिन्थ, निशोथ, काला दाना इत्यादि ।

(ऊ) ऐसी औषधियाँ जिन्हें यदि त्वचा के नीचे इंजेक्शन द्वारा प्रविष्ट किया जाय तो वे मांस पेशियों की नाड़ियों को उत्तेजित करके दस्त लाती हैं । उदाहरणतः पिलोकार्पीन, फिसौस्टिगमीन, कोलीन, पिट्युट्री ऐक्सट्रैक्ट, इत्यादि ।

रेचक औषधियों के गुण—

(१) कब्ज में दस्त लाने के लिए।

(२) ज्वरों में ज्वर कम करने के लिए।

(३) पित्त जारी करने और पित्त की पथरी को आगे बढ़ने में सहायता देने के लिए।

(४) ऐसे रोगियों को देने के लिए जिन्हें हर्निया (आंत उतरना), बवासीर आदि रोग हों।

(५) गठिया बाय के रोगियों के रक्त से यूरिया, यूरिक-ऐसिड आदि हानिकारक पदार्थों को बाहर निकालने के लिए।

(६) आंतों से हानिकारक पदार्थों जैसे सड़ा हुआ और अनपचा भोजन को बाहर निकालने के लिए।

(७) अतिरिक्त चाप (High Blood Pressure) को कम करने के लिए।

(८) हृदय, यकृत या वृक्क के रोगों के कारण पैदा होने वाले शोथ में रक्त के तरल भाग (Serum) को शरीर से बाहर निकाल कर शोथ को कम करने के लिए।

(२)

कब्ज करने वाली औषधियां

इनके प्रयोग से आंतों का कृमिवत् संकोचन कम होकर दस्त बन्द हो जाते हैं। उदाहरणत: ऐलम, लैडएसिटेट, बिस्मथ साल्ट्स, ओपियम, डोवर्स पाउडर, कत्था, दारचीनी, काइनो, क्रैमेरिया, सिल्वर नाइट्रेट, आयरन साल्ट्स इत्यादि।

(३)

आमाशय और आंतों में खराश पैदा करने वाली औषधियां

जैसे आर्सेनिक और फौस्फोरस (बड़ी मात्रा में) को देने से कै, दस्त, मरोड़े आदि लक्षण उत्पन्न हो जाते हैं।

(४)

आंतों में कीटाणुओं की उत्पत्ति को रोकने वाली औषधियां

ऐसी औषधियों के प्रयोग से आंतों में सड़ांध पैदा नहीं होने पाती। उदाहरणत: सैलोल, नैप्थौल, थाइमोल, कैलोमल, बैन्जो-नैप्थोल, ईस्ट इत्यादि।

(५)

आंतों के कीड़े मारने या बाहर निकालने वाली औषधियां

जो औषधियां कीड़ों को नष्ट करती हैं उन्हें **वर्मीसाइड्स** (Vermicides) और जो इन्हें बाहर निकालती हैं उन्हें **वर्मीफ्युजेज** (Vermifuges) कहते हैं।

ये निम्न प्रकार की होती हैं :—

(अ) जो केचुओं (Round worms) के लिए प्रयुक्त होती हैं। जैसे

सैन्टोनीन, आयल आफ केनोपोडियम, कार्बन टेट्रा-क्लोराइड, ढाक के बीज, पिप्रेजाइन साइट्रेट, बैनोसाइड इत्यादि ।

(आ) जो कद्दुदाने (Tape worms) के लिए प्रयुक्त होती हैं । जैसे मेलफर्न, कमेला, मीठे कद्दु के बीज, सुपारी कैमोक्विन इत्यादि ।

(इ) जो हुक वर्म्स (Hook-worms) के लिए प्रयुक्त होती हैं । जैसे थाइमौल, बीटा नैफ्थौल, कार्बन ट्रैटाक्लोराइड, आयल आफ केनोपोडियम, एल्कोपार इत्यादि ।

(ई) जो चुन्ने अर्थात् थ्रैड वर्म्स (Thread worms) के लिए प्रयुक्त होती है । जैसे कार्बन टैट्राक्लोराइड, या इन्फ्युजन कौलम्बा या इन्फ्युजन क्वाशिया के गुदा द्वारा इंजेक्शन्स, पिप्रेजाइन साइट्रैट इत्यादि ।

पाचवाँ समूह

ऐसी औषधियां जिनका प्रभाव यकृत अर्थात् जिगर (Livcr) पर पड़ता है।

(१) ऐसी औषधियाँ जो पित्त के स्राव को बढ़ाती हैं **कौलेगौग्स** (Cholagogues) अर्थात् पित्तवर्द्धक कहलाती हैं । ये दो प्रकार की होती हैं —

(अ) **डाइरेक्ट कौलेगौग्स** (Direct Cholagogues) अर्थात् जिनका प्रभाव प्रत्यक्ष पड़ता है जैसे बाइल-साल्ट्स, औक्स-बाइल, सोडासेलीसिलास, सोडा बैन्जोयेट, ऐसिड हाइड्रोक्लोरिक डिल इत्यादि ।

(आ) **इन्डाइरेक्ट कौलेगौग्स** (Indirect Cholagogues) अर्थात् जिनका प्रभाव अप्रत्यक्ष पड़ता है । ये पित्त की उत्पत्ति को नहीं बढ़ाते बल्कि पैदा शुदा पित्त को आँतों में धकेल देते हैं और उसे जज्ब होने से रोकते हैं । जैसे यूनिमस, इपिकाक, रूबर्ब, अमोनियम क्लोराइड, आइरीडीन, पोडोफाइलम इत्यादि ।

गुण :—इन दोनों प्रकार की पित्तवर्द्धक ओषधियों को यकृत के रोगों जैसे कमलवाइ, कब्ज, अजीर्ण, जिगर का बढ़ना इत्यादि में पयोग करते हैं।

(२) ऐसी औषधियां जो जिगर की पथरी को गलाती हैं **लिथोन्ट्रिप्टिक्स** (Lithontriptics) कहलाती हैं। ये कुछ संतोषजनक सिद्ध नहीं हुई। उदाहरणतः सोडियम सैलीसिलास, हैक्सेमीन, औलिव आयल इत्यादि।

(३) ऐसी औषधियां जिनका प्रभाव यकृत की उस क्रिया पर पड़ता है जिसके द्वारा ग्लाइकोजिन ग्लूकोस में परिवर्तित होती है जो इस क्रिया को उत्तेजित करती हैं उनमें से मुख्य ये है :—एड्रिनेलीन, पिट्युटीन, थाइरौक्सीन।

जो इस क्रिया को सुस्त करतीं हैं वे ये हैं :—ऐन्टीमनी, ओपियम, फौस्फोरस, आर्सेनिक इत्यादि।

छठा समूह

ऐसी औषधियां जिनका प्रभाव मूत्रवाहक तंत्र (Urinary System) पर पड़ता है।

१. जो मूत्र के परिमाण को बढ़ाती हैं वे **डायुरेटिक्स** (Diuretics) अर्थात् मूत्रल कहलाती हैं। जैसे कैफीन, थ्योब्रोमीन, बकु, कोपेबा, पोटास साइट्रास, मिल्क शूगर, अमोनियम क्लोराइड, कैन्थेरेडीन, स्पिरिट ईथर नाइट्रोसी इत्यादि।

इस श्रेणी की औषधियों को निम्नलिखित दशाओं में प्रयोग करते हैं :—

(अ) मूत्राशय और मूत्रप्रणाली के शोथ में मूत्र को पतला करने के लिए ताकि जलन उत्पन्न न हो।

(आ) जलोदर, प्लुरिसि आदि में द्रव (Fluid) सुखाने के लिए।

(इ) रक्त के विषैले पदार्थों को मूत्र द्वारा बाहर निकालने के लिए।

(ई) जब हृदय या फेफड़ों के रोगों के कारण मूत्र के परिमाण में कमी आ जाती है।

२. **यूरिनरी ऐन्टीसैप्टिक्स** (Urinary Antiseptics) अर्थात् मूत्र के कीटाणुओं को मारने वाली औषधियाँ :—

जैसे हैक्सेमीन, हल्मीटौल, बैन्जोयेट्स, सैलिसिलेट्स, सैलोल, एक्रिफ्लेवीन, मर्क्युरोक्रोम, मेथिलीन ब्लु, बोरिक ऐसिड, कौपेबा; सन्दल का तेल, बकु, सल्फेपाइरीडीन, सीवाजौल इत्यादि ।

३. **यूरिनरी लिथौन्ट्रिप्टिक्स** (Urinary Lithontriptics) अर्थात् ऐसी औषधियां जोपथरी को गलाकर निकालती हैं या उन्हें बनने से रोकती हैं। जैसे पिप्रेजाइन, बैन्जोयेट्स, अल्कलीज इत्यादि ।

४. जो मूत्र के परिमाण को कम करती है जैसे बैलाडोना और एट्रोपीन (बड़ी मात्रा में) आयल टर्पन्टाइन (बड़ी मात्रा में)

५. जो मूत्र को अम्ल अर्थात् तुर्श (Acid) करती हैं जैसे एसिड सोडियम फौस्फेट, ऐसिड बैन्जोइक इत्यादि ।

६. जो मूत्र को खारी (क्षारीय) करती हैं जैसे सोडियम नाइट्रेट, पोटास ऐसिटास इत्यादि ।

७. जो मूत्र की रंगत को बदल देती हैं :—

(अ) सैन्टोनीन के प्रयोग से अम्ल मूत्र हरा मायल पीला और क्षारीय मूत्र सुर्खी मायल हो जाता है

(आ) पिक्रिक ऐसिड के प्रयोग से मूत्र का रंग पीला हो जाता है।

(इ) क्राइसोफेनिक ऐसिड मूत्र को बैंगनी (Purple) रंग का कर देता है ।

(ई) सनाय मूत्र को सुर्ख कर देती है ।

(उ) मेथिलीन ब्लू मूत्र का रंग नीला मायल हरा कर देती है।

(ऊ) बीटा-नैपथोल के प्रयोग से मूत्र का रंग सुर्खी मायल भूरा हो जाता है ।

(ए) बिटेमिन बी. कॉम्पलैक्स के प्रयोग से मूत्र का रंग पीला सा हो जाता है ।

सातवाँ समूह

ऐसी औषधियां जिनका प्रभाव उत्पादक तंत्र (Generative System) पर पड़ता है।

(१) ऐसी औषधियां जो काम-वासना (Sexual power) को बढ़ाती हैं, इन्हें **एफ्रोडोसियक्स** (Aphrodisiacs) अर्थात् कामोद्दीपक कहते हैं। उदाहरणतः डमियाना, योहिम्बीन, स्ट्रिक्नीन, फौस्फोरस, टैस्टिकुलर ऐक्सटैक्ट इत्यादि।

(२) ऐसी औषधियां जो काम वासना को घटाती हैं, इन्हें **एनेफ्रोडीसियक्स** (Anaphrodisiaes) कहते है। उदाहरणतः बैलाडोना, ब्रोमाइड्स ओपियम, हायोसाइमस इत्यादि।

(३) ऐसी औषधियां जो गर्भ को गिराती हैं. इन्हें **एक्बोलिक्स या औक्सीटोसिक्स** (Echbolics or Oxytocics) कहते हैं। जैसे हिस्टेमीन, क्वीनीन, अर्गट, पिट्युट्री, फिसौस्टिग्मीन, हाइड्रास्टिस, तीव्र विरेचक, एलोज, आयल सेवीन, आयल पैनिरौयल, कैन्थेरिडीन इत्यादि।

(४) ऐसी औषधियां जो रुके हुए मासिक-धर्म को पुनः जारी करती हैं या उसके परिमाण को बढ़ाती हैं। बहुत सी गर्भ गिराने वाली औषधियां ऐसी हैं जिन्हें यदि ऐसी स्त्रियों को जो गर्भवती नहीं हैं सेवन कराया जाय तो उन्हें मासिक-धर्म जारी हो जाता है। इनके अतिरिक्त आयरन, क्वीनीन, और मछली का तेल और दूसरी बल वर्द्धक औषधियाँ भी रजअदर्शन में उपयोगी हैं। ऐसी औषधियों को **एमेनेगौग्स** (Emmenagogues) कहते हैं।

(५) ऐसी औषधियां जो गिरते हुए गर्भ को रोकने में सहायक होती हैं अथवा गर्भाशय के सिकुड़ने को काम करती हैं। इन्हें **यूट्रीन सेडेटिव्ज** (Uterine Sedatives) कहते हैं। जैसे ऐक्सट्रैक्ट वाईबर्नम प्रूनीफो लियम, ओपियम, ब्रोमाइड्स, क्लोरल हाइड्रेट, कैनेबिस इंडिका इत्यादि।

(६) ऐसी औषधियां जिनका प्रभाव **दुग्धग्रन्थि** (Mammary glands) पर पड़ता है। ये निम्न प्रकार की होती हैं—

(अ) जो दूध की उत्पत्ति को बढाती हैं इन्हें **गैलेक्टेगौग्स** (Galactagogues) कहते हैं।

जैसे पिट्युट्री ऐक्सट्रैक्ट, यूरिया इत्यादि।

(आ) जो दूध की उत्पत्ति जो कम करती हैं इन्हें **ऐन्टी-गैलेक्टेगौग्स** (Anti-Galactagogues) कहते हैं जैसे बैलाडोना (खाने और लगाने से), आयोडाइड्स इत्यादि।

(इ) जिनके प्रयोग से बच्चे की माता के दूध का संगठन बदल जाता है। जैसे सना, रूबर्ब, स्कैमानी, अरंडी का तेल, जैलप आदि को माता को देने से बच्चों को दस्त आने लग जाते हैं। माता को अफीम देने से बच्चों में विष के लक्षण प्रकट होने लगते हैं। हींग, तारपीन का तेल, कोपेवा आदि जब माता को दिये जाते हैं तो दूध का स्वाद बिगड़ जाता है। यदि बच्चे को आत्शक हो, तो उसकी माता को आत्शक के इंजेक्शन (न्यो सल्वर्सन, एन. ए. बी. इत्यादि) लगाने से अथवा मर्करी और आयोडाइड आफ पोटास का प्रयोग कराने से लाभ होता है। दूध पिलाने वाली स्त्रियों को आर्सेनिक, मर्करी, आयोडाइड्स, ब्रोमाइड्स, बिस्मथ, लैड आदि औषधियां बड़ी सावधानी से सेवन करानी चाहियें, क्योंकि इनका असर दूध पर पड़ता है।

आठवाँ समूह

(१) ऐन्टीपाइरेटिक्स (Antipyretics)

और

(२) ऐन्टीपीरियोडिक्स (Antiperiodics)

(१) **एन्टीपाइरेटिक्स** अर्थात् ऐसी औषधियाँ जो ज्वर को कम करती हैं। इनका प्रभाव भिन्न-भिन्न प्रकार से पड़ता है :—

(अ) मस्तिष्क-स्थित ताप सम्बन्धी केन्द्र पर प्रभाव डाल कर शरीर से ताप (गर्मी) को निकाल कर। जैसे फिनेस्टिन, पाइरेमिडौन, ऐन्टीपाइरीन ऐन्टिफैब्रिन इत्यादि।

(आ) पसीना लाकर। जैसे पोटास साइट्रेट, लिकर अमोनिया एसिटेटिस इत्यादि।

(इ) चर्म की रक्तवाहिनियों को फैला कर। जैसे अल्कोहॉल, सैलिसिलेट्स इत्यादि।

(ई) शरीर से गर्मी को प्रत्यक्ष रूप से निकाल कर; ठण्डक, उड़ने वाले लोशन, इत्यादि इस कार्य के लिये उपयोगी होते हैं।

(२) ऐन्टीपीरियोडिक्स : ये ऐसी औषधियाँ होती हैं जो मलेरिया के आक्रमण को रोकती हैं जैसे क्वीनीन, एटेब्रीन, पैलुड्रीन, मैपाक्रीन, सिन्कोना निवाक्विन कैमोक्विन, रेसोचीन इत्यादि।

नवाँ समूह

केमो थेराप्युटिक एजेन्ट्स

(Chemo Therapeutic Agents)

(१) मलेरिया को हरने वाली औषधियां : जैसे सिन्कौना, क्वीनीन, टोटाक्वीन, एटेब्रिन, प्लाज्मोकिन, मैपाक्रीन इत्यादि।

(२) आतशक को हरने वाली औषधियां : जैसे आयोडाइड्स, मर्करी, आर्सेनिक, बिस्मथ इत्यादि।

(३) लिशमेनियासिस रोग को हरने वाली औषधियां : जैसे ऐन्टीमनी।

(४) ट्राइपेनोसोमिआसिस रोग को हरने वाली औषधियां : जैसे ट्राइपर्सेमाइड, बेयर २०४, एटौक्सील इत्यादि।

(५) अमिबाजन्य रोगों (जैसे पेचिश) को हरने वाली औषधियां :—जैसे स्टोवर्सोल, एन्ट्रोवायफार्म, याट्रीन, कार्बर्सोन इत्यादि।

दसवां समूह

(१)

औषधियां जिनका प्रभाव त्वचा पर पड़ता है।

(१) **क्षोभक और प्रतिक्षोभक** (Irritants & Counterirritants) जैसे कैन्थेरिडीन, टिंचर आयोडीन इत्यादि।

ये ऐसी औषधियाँ होती हैं जिन्हें यदि चर्म पर लगाया जाय तो शरीर के अंदरूनी अंगों की सूजन (प्रदाह) और रक्तसंचय को लाभ पहुँचता है। इनका प्रयोग निम्न प्रकार है :—

(अ) सूजन के लिये :—जैसे निमोनिया, प्लुरिसि आदि में आवला डालना या ऐण्टीफ्लोजिस्टीन आदि लगाना।

(आ) तंत्रिका शूल को शान्त करना।

(इ) केन्द्रीय तंत्रिका तंत्र को उत्तेजित करके बेहोश रोगी को होश में लाना (आबला डालकर)।

(ई) हिस्टीरिया आदि वात रोगों में।

(उ) हैजे में पिंडलियों की ऐंठन को दूर करना।

(ऊ) वमन को रोकना (पेट पर राई का प्लास्टर लगाकर)

(२) **जलन को दूर करने वाली और त्वचा को कोमल बनाने वाली औषधियां** : जैसे तेल (बादाम, मूंगफली, जैतून, तिल, अलसी आदि के), पैरेफीन, ओलिइक एसिड, मोम, शहद, स्टार्च, साबुन, चर्बी इत्यादि। इन्हें **डिमलसन्ट्स** (Demulcents) और **एमोलियन्ट्स** (Emollients) कहते हैं।

(३) **डायफोरेटिक्स या स्युडोरिफिक्स** (Diaphoretics or Sudorifics) अर्थात् पसीना लाने वाली औषधियां।

इनका प्रभाव निम्न प्रकार होता है :

(आ) केन्द्र को प्रत्यक्ष रूप से उत्तेजित करके : जैसे लिकर अमोनिया ऐसिटेटिस, लिकर अमोनिया साइट्रेटिस, कैम्फर इत्यादि के प्रयोग से।

(आ) परिवर्तित क्रिया द्वारा केन्द्र को उत्तेजित करके : जैसे गले में अंगुलियाँ डालने से या वमनकारक औषधियाँ देने से कै आने के साथ-साथ पसीना भी आने लगता है।

(इ) त्वचा की रक्तवाहिनियों को फैलाने से : जैसे गर्म सेंक या गर्म स्नान या टर्किश बाथ द्वारा होता है या गर्म जल या चाय आदि देने से या सैलीसिलेट्स, अल्कोहॉल, ओपियम आदि औषधियां प्रयोग करने से होता है।

(ई) तंत्रिकाओं के अंतिम सिरों को उत्तेजित करने से जैसा कि पिलोकार्पीन के इंजेक्शन से होता है।

प्रयोग :—पसीना लाने वाली औषधियाँ ज्वर उतारने, त्वचा द्वारा विषैले पदार्थों को शरीर से बाहर निकालने, जुकाम को रोकने, शरीर में जल को एकत्रित होने से रोकने, और अनेक चर्मरोगों में त्वचा के रक्तसंचार को जारी रखने के लिए प्रयोग की जाती हैं।

(४) **एन हाइड्रोटिक्स** (Anhidrotics) अर्थात् पसीने को कम करने वाली औषधियाँ : जैसे एट्रोपीन, क्वीनीन, ठंडक आदि।

(२)

औषधियां जिनका प्रभाव बालों पर पड़ता है।

(अ) जो बालों को उगाने में सहायता करती हैं जैसे रोगों के बाद की दुर्बलता में आयरन, आर्सेनिक, कौडलिवर ऑयल इत्यादि का प्रयोग, टटरी पर रोजमर्रा क्वीनीन, कैप्सीकम, पिलोकार्पीन, आदि को लोशन या मरहम के रूप में प्रयोग करना।

(आ) जो बालों को सफा करती हैं इन्हें अंग्रेजी में **डैपिलेटरीज** (Depilatories) कहते हैं। जैसे बेरियम सल्फाइड को स्टार्च के साथ मिलाकर किंचित् जल में घोल कर त्वचा पर लगाने से बाल उड़ जाते हैं।

ग्यारहवां समूह

ऐसी औषधियां जो मिक्सचर्स आदि को स्वादिष्ट बनाने या उनमें रंग देने के लिए प्रयुक्त होती हैं।

जैसे कोचनील, सैक्रीन, ग्लुकोस इत्यादि।

बारहवां समूह

ऐसी औषधियां जो शरीर को पुष्टि प्रदान करती ह इन्हें अंग्रेजी में न्युट्रियन्ट्स (Nutrients) कहते हैं

जैसे विटेमिन्स, या विटेमिन्स वाले पदार्थ (कौडलीवर ऑयल, हैलिबट ऑयल इत्यादि), ईस्ट, लैक्टोस, ग्लुकोस, डैक्सट्रास, लेसिथिन इत्यादि।

तेरहवां समूह

औषधियां जिनका प्रभाव रक्त (Blood) पर पड़ता है।

(१) ऐसी औषधियां जो रक्त के लाल कणों की संख्या बढ़ाती हैं इन्हें **हीमेटिनिक्स** (Haematinics) अर्थात् रक्तवर्द्धक कहते हैं। ये दो प्रकार की होती हैं:—

(अ) जो प्रत्यक्ष रूप से लाल कणों की संख्या बढ़ाती हैं इन्हें **डाइरेक्ट हीमेटिनिक्स** (Direct Haematinics) कहते हैं। जैसे आयरन, आर्सेनिक, लिवर एक्सट्रैक्ट, स्टमक ऐंक्सट्रैक्ट इत्यादि।

(आ) जो अप्रत्यक्ष रूप से लाल कणों की संख्या बढ़ाती हैं इन्हें **इनडाईरेक्ट हीमेटिनिक्स** (Indirect Haematinics) कहते हैं जैसे जब मलेरिया में रक्ताल्पता अर्थात् पाण्डु रोग हो जाया करता है तो हम क्वीनीन का प्रयोग

करते हैं जिसके फलस्वरूप मलेरिया के कीटाणु नष्ट होकर रोग अच्छा हो जाता है और पाण्डु रोग भी धीरे-धीरे शांत हो जाता है।

(२) ऐंसी औषधियां जो रक्त के श्वेत कणों की संख्या बढ़ाती हैं जैसे पिलोकार्पीन, कड़वी औषधियाँ, उड़नशील तेल, रेडियम, मिल्क के इंजेक्शन इत्यादि।

(३) ऐसी औषधियाँ जो श्वेत कणों की गति को रोकती हैं :—इन कणों का स्वभाव होता है कि इधर-उधर चलते-फिरते रहते हैं। जब शरीर के किसी भाग में किसी कारण से प्रदाह अर्थात् वर्म हो जाता है तो ये कण सूक्ष्म रक्त-वाहिनियों की दीवारों से बाहर आ जाते हैं। सैलिसिलिक ऐसिड, क्वीनीन इत्यादि सूक्ष्म मात्रा में इनकी इस प्रकार की गति को रोकती हैं।

(४) ऐसी औषधियां जिनका प्रभाव कोएगुलेशन आफ ब्लड (Coagulation of Blood) अर्थात् रक्त के थक्का बन जाने या जम जाने पर पड़ता है। ये दो प्रकार की होती हैं :—

(अ) जो कोएगुलेशन हो बढ़ाती हैं। जैसे कैलसियम क्लोराइड, कैल्सियम लैक्टेट, नौर्मल सीरम इत्यादि।

(आ) जो कोएगुलेशन को कम करती हैं। जैसे साइट्रेट्स, औक्सेलेट्स, इत्यादि।

चौदहवां समूह

(A) उड़नशील तेल (Volatile Oils)

इनकी निम्नलिखित श्रेणियां हैं :—

(१) टरपन्टाइन जातीय : जैसे ऑयल टरपन्टाइन, ऑयल पाइन, ऑयल केड।

(२) जिनका चर्म पर उत्तेजक प्रभाव पड़ता है जैसे ऑयल कजुपट, ऑयल रोजमरी, ऑयल मस्टड इत्यादि।

(३) जिनका प्रभाव जननेन्द्रियों और मूत्र यंत्र पर पड़ता है जैसे ऑयल कोपेबा, ऑयल सन्दल, आयल सिनेमन इत्यादि।

(४) जो दुर्गन्धयुक्त और अस्वादिष्ट होते हैं जैसे असेफिटीडा, वैलेरियन (ये तेल नहीं होते)।

(५) स्वाद को बढ़ाने वाले और वायु को निकालने वाले तेल : जैसे ऑयल क्लौव्ज, ऑयल पेपरमिन्ट, ऑयल कौरियण्डर इत्यादि।

(B) ठोस उड़नशील तेल (Solid Volatile Oils)

ये ऐसे पदार्थ होते हैं जो ठोस होते हैं परन्तु रखने से उड़ जाते हैं। जैसे कैम्फर, मैन्थौल, थाइमौल इत्यादि। इन्हें सुविधा के लिये तेल की श्रेणी में ले लिया है।

पन्द्रहवां समूह

औषधियां जिनका प्रभाव मेटाबौलिज्म (Metabolism) पर पड़ता है।

शरीर के तन्तुओं में रक्त के द्वारा जो रासायनिक परिवर्तन होता रहता है उसे मेटाबौलिज्म (उपापचयन) कहते हैं।

शरीर के भिन्न-भिन्न तन्तु रक्त से औक्सिजन और अन्य आवश्यक पदार्थ अपने पोषण के लिए लेते रहते हैं और मूत्र, पाखाना, पसीना और सांस के द्वारा कार्बन, नाइट्रोजन, जल आदि पदार्थ त्यागते रहते हैं।

ऐसी औषधियां जो **मेटाबौलिज्म** को बढ़ाती हैं टौनिक्स (Tonics) कहलाती हैं जैसे विटेमिन्स, आयरन, आर्सेनिक, कैफीन, फौस्फोरस, मर्करी, कोका, कोला, नक्सवौमिका, स्ट्रिक्नीन, क्वीनीन, थाइरौयड इत्यादि।

नोट :—शरीर की भिन्न-भिन्न ग्रंथियों से जो सत निकाले जाते हैं जैसे थाइरौयड ग्लैण्ड, पैराथाइरौयड ग्लैण्ड, इन्सुलीन, सिन्येलीन, थाइमस, स्पिलीन इत्यादि, उनका मैटाबौलिज्म पर प्रमुख प्रभाव पड़ता है।

सोलहवां समूह

औषधियां जो रुमेटिज्म (Rheumatism) अर्थात् बाय में प्रयुक्त होती हैं।

जैसे ऐसिड सैलिसिलिक, ऐस्पिरीन, सोडियम सैलिसिलेट, सैलिसीन, मीथिल सैलिसिलेट इत्यादि।

सतरहवां समूह

औषधियां जो गाउट (Gout) अर्थात् गठिया में प्रयुक्त होती हैं।

जैसे ग्वीआकम, कौलचीकम, सिन्कोफीन इत्यादि।

अठारहवां समूह

औषधियां जिनका प्रभाव यांत्रिक (Mechanical) होता है।

जैसे पाइरोक्सीलीन, कौलोडियन फ्लैक्साइल, ऑयल ऑफ़ थियोब्रोमा इत्यादि।

उन्नीसवां समूह

एन्टीसैप्टिक्स (Antiseptics), डिस्इन्फैक्टेन्ट्स (Disinfectants) पैरेसाइटीसाइड्स (Parasiticides) और डिओडोरेन्ट्स (Deodorants)

(१) ऐन्टीसैप्टिक्स

ये ऐसी औषधियां या पदार्थ होते हैं जो जीवाणुओं की उत्पत्ति को रोकते हैं। ये निम्न प्रकार के होते हैं।

(अ) जनरल ऐन्टीसैप्टिक्स (General Antiseptics)

(आ) इन्टैस्टाइनल ऐन्टीसैप्टिक्स (Intestinal Antiseptics)

(इ) यूरीनरी एन्टीसैप्टिक्स (Urinary Antiseptics)

(ई) पल्मनरी एन्टीसैप्टिक्स (Pulmonary Antiseptics)

(अ) जनरल एन्टीसैप्टिक्स :—इन्हें घाव, चर्म, औजार, हाथ इत्यादि साफ करने के लिये काम में लाया जाता है।

मुख्य-मुख्य ऐन्टीसैप्टिक्स के नाम ये हैं। पोटास परमंग्नेट, हाइड्रोजन परआक्साइड, क्लोरेमाइन, डेकिन्स सौल्युशन, यूसौल, आयोडीन, आयोडोफार्म, मर्करी, कौपर सल्फ, सिल्वर साल्ट्स, जिन्क साल्ट्स, कार्बोलिक ऐसिड, क्रूसोल, टारकोल, बीटा नैफ्थौल, रिसौर्सीन, सैलौल, बोरिक एसिड, बोरेक्स, फौर्मेल्डीहाइड, मर्क्युरोक्रोम, एक्रिफ्लेवीन, ब्रिल्लियन्ट ग्रीन, जंशियन वॉयलेट, इत्यादि।

(आ) इन्टैस्टाइनल एन्टीसैप्टिक्स :—जो आंतों में जीवाणुओं की उत्पत्ति को रोकते हैं जैसे बीटा-नैफ्थौल, सैलोल इत्यादि।

(इ) यूरीनरी एन्टीसैप्टिक्स :—जो मूत्रयंत्र में जीवाणुओं की उत्पत्ति को रोकते हैं जैसे हैक्सेमीन, हल्मिटौल, सैलोल, बोरिक एसिड, बकु, कौपेबा, एसिड बैन्जोइक इत्यादि।

(ई) पल्मनरी एन्टीसैप्टिक्स :—जो श्वासयंत्र में जीवाणुओं की उत्पत्ति को रोकते हैं जैसे टैरीबीन, ऑयल यूकेलिप्टस, ग्वीआकौल, क्रूओसोट, ऑयल टर्पन्टाइन इत्यादि।

(२) डिस्इन्फ़ैक्टेन्ट्स

ये ऐंसो औषधियां हैं जो ऐसे जीवाणुओं को नष्ट करती हैं जिनके द्वारा रोग फैलते हैं। अधिकांश डिस्इन्फैक्टैन्ट्स के हल्के घोल एन्टीसैप्टिक्स का काम करते हैं लेकिन बहुत से एन्टीसैप्टिक्स अच्छे डिस्इन्फैक्टेन्ट्स नहीं होते ।

(३) पैरेसाइड्स

उन पदार्थों को कहते हैं जो चर्म पर निर्वाह करने वाले जीवाणुओं को नष्ट करते हैं। जैसे क्राइसोफेनिक एसिड, मर्करी, सल्फर, इक्थियौल, थाइमौल, आयोडीन, एसिड सैलीसिलिक इत्यादि ।

(४) डिओडोरेन्ट्स

ये ऐंसी औषधियाँ हैं जो दुर्गन्ध को हरती हैं जैसे फिनाइल, हाइकोल, इत्यादि ।

बीसवां समूह

एसी औषधियाँ जो रोग की परीक्षा के लिए प्रयोग की जाती हैं ।

जैसे एक्स-रे के लिये बरियम सल्फेट, आयडौफ्थेलीन, ऐब्रीडिल, लिप्योडोल इत्यादि ।

इक्कीसवां समूह

अल्कलीज और मैटल्स (Alkalies & Metals)— जैसे पोटासियम, सोडियम, अमोनियम, लीथियम, मैग्नेशियम, कैल्सियम और बेरियम के कार्बोनेट्स, औक्साइड्स, बाइकार्बोनेट्स, ऐसिटेट्स, ब्रोमाइड्स, साइट्रेट्स

टार्टरेट्स, सैलीसिलेट्स, क्लोरेट्स, नाइट्रेट्स, क्लोराइड्स, लैक्टेट्स, फौस्फैट्स, सल्फेट्स इत्यादि ।

बाईसवां समूह

तेजाब, अम्ल (Acids)—जैसे एसेटिक, साइट्रिक, टार्टरिक, हाइड्रोक्लोरिक, नाइट्रिक, फौस्फोरिक, हाइपोफौस्फोरस, सल्फ्युरिक, लैक्टिक इत्यादि ।

तेईसवां समूह

भारी धातु (Heavy Metals)— जैसे लैड, जिंक, कौपर, ऐलम, गोल्ड, थैलियम, सिल्वर इत्यादि ।

चौबीसवां समूह

बैक्टीरिया (Bacteria) तथा अन्य प्रकार के रोगाणुओं के विरुद्ध प्रयोग की जाने वाली औषधियां

(१)

इनमें ये सम्मिलित हैं : सल्फनिलेमाइड (Sulphanilamide), सल्फेथायेजोल (Sulphathiazole), सल्फेसिटेमाइड (Sulphacetamide), सल्फेग्वानिडीन (Sulphaguanidine), सल्फेपाइरिडिन (Sulphapyridin), प्रौन्टोसील (Prontosil), सौलुसैप्टेसीन (Soluseptasine), सल्फेमरेजीन (Sulphamerazine), सल्फेमीजेथीन (Sulphamezathine), सल्फेडा-

येजीन (Sulphadiazine), सल्फेसक्सीडीन (Sulphasuxidine), प्रोसेप्टेसीन (Proseptasine), इत्यादि।

(२)

इनमें ये सम्मिलित हैं : पेनिसिलीन (Penicillin), औरियोमाइसीन (Aureomycin), स्ट्रैप्टोमाइसीन (Streptomycin), क्लोरोमाइसेटीन (Chloromycetin), टैरामाइसिन (Terramycin), लैडरमाइसिन (Ledermycin), एक्रोमाइसीन (Achromycin) इत्यादि।

प्रमुख
एसिड्स, मिक्सचर्स,
लिनिमेन्ट्स, इमल्शन्स,
लोशन्स, इत्यादि
तैयार करने के नुस्खे

डायल्यूट ऐसिड्स [DILUTE ACIDS] हलके तेजाब

ऐसिड एसेटिक डिल (Acid Acetic Dil)

ऐसिड एसेटिक १५२.६
डिस्टिल्ड वाटर कुल १०००
दोनों को खूब मिलालें

ऐसिड हाइड्रोक्लोरिक डिल (Acid Hydrochloric Dil)

ऐसिड हाइड्रोक्लोरिक ३३०
डिस्टिल्ड वाटर कुल १०००
दोनों को खूब मिलालें

ऐसिड नाइट्रिक डिल (Acid Nitric Dil)

ऐसिड नाइट्रिक १५१
डिस्टिल्ड वाटर कुल १०००
दोनों को खूब मिलालें

ऐसिड नाइट्रो-हाइड्रोक्लोरिक डिल (Acid Nitro-Hydrochloric Dil)

ऐसिड नाइट्रिक ६०
ऐसिड हाइड्रोक्लोरिक ८०
डिस्टिल्ड वाटर ५००
दोनों तेजाबों को डिस्टिल्ड वाटर के साथ मिलालो और १४ दिन तक कांच की डाट वाली शीशी में रखने के पश्चात् प्रयोग में लाओ।

ऐसिड सल्फ्युरिक डिल (Acid Sulphuric Dil)

ऐसिड सल्फ्यूरिक ११२.५
डिस्टिल्ड वाटर ९४० या पर्याप्त
बोतल में आधा डिस्टिल्ड वाटर भर कर उसमें सल्फ्युरिक ऐसिड डालकर हिलालें फिर बोतल को ठंडा करके शेष जल मिलालें।

ऐक्वी, (Aquae) अर्क

ऐक्वा ऐनेथि (सोये का अर्क) (Aqua Anethi)	ऑयल ऐनेथि	७ बूंद
	स्पिरिट रैक्टीफाइड	चन्द बूंद
	ऐक्वा (जल)	२० औंस
	पहले ऑयल को स्पिरिट में घोल लें तत्पश्चात् धीरे २ जल मिलालें।	

ऐक्वा ऐनिसि (सौंफ का अर्क) (Aqua Anisi)	ऑयल ऐनिसि	७ बूंद
	स्पिरिट रैक्टीफाइड	चन्द बूंद
	ऐक्वा (जल)	२० औंस
	पहले ऑयल को स्पिरिट में घोल लें तत्पश्चात् धीरे२ जल मिलालें।	

ऐक्वा कैम्फर (काफूर का अर्क) (Aqua Camphor)	कैम्फर	१
	स्पिरिट रैक्टीफाइड	२
	डिस्टिल्ड वाटर	१००
	कैम्फर को स्पिरिट में हल करलें। इस घोल को थोड़ा २ लेकर वाटर में मिलालें और हर बार खूब हिलायें। बाद में कभी २ बोतल को हिलाते रहें ताकि सब कैम्फर घुल जाय।	

ऐक्वा क्लोरोफॉर्म (Aqua Chloroform)	क्लोरोफॉर्म	३० बूंद
	डिस्टिल्ड वाटर	२५ औंस
	दोनों को खूब मिलालें।	

ऐक्वा सिनेमन (दारचीनी का अर्क) (Aqua Cinnamon)	ऑयल सिनेमन	७ बूंद
	स्पिरिट रैक्टीफाइड	चन्द बूंद

	ऐक्वा (जल)	२० औंस
	ऑयल को स्पिरिट में हल करके धीरे २ जल में मिलालें ।	

ऐक्वा मेंथ पिप (पीपरमंट का अर्क)	ऑयल मैन्थ पिप	७ बूँद
(Aqua Menth Pip)	स्पिरिट रैक्टीफाइड	चन्द बूँद
	ऐक्वा (जल)	२० औंस
	ऑयल को स्पिरिट में हल करके धीरे २ जल के साथ मिलालें ।	

नोट :—(१) ऐक्वा बने बनाये तेज (कन्सन्ट्रेटड) भी आते हैं, १ भाग में ३९ भाग वाटर (जल) मिलाने से साधारण ऐक्वा बन जाते हैं ।

(२) प्राइवेट डिस्पैन्सरी के लिये डिस्टिल्ड वाटर की जगह साधारण जल प्रयोग किया जा सकता है ।

इमल्शन्स (Emulsions)

कैस्टर ऑयल इमल्शन	कैस्टर ऑयल	१-४ ड्राम
(Castor Oil Emulsion)	गम अकेशिया	३० ग्रेन
	टि० कार्डेमम कंपाउन्ड	१५ मि०
	स्पिरिट क्लोरोफॉर्म	१० मि०
	सीरप औरंशाई	१ ड्राम
	ऐक्वा मैन्थ पिप कुल	१ औंस

विधि :—गम को खरल में डाल कर थोड़ा २ कैस्टर ऑयल डालते रहें और रगड़ते रहें, बाद में और औषधियां मिलालें । इसमें ५-१० मि० प्रति मात्रा टि० औपियम मिला सकते हैं ।

मात्रा :—१ औंस दिन में ३ बार ।
गुण :—पेचिस में उपयोगी है।

कौडलिवर ऑयल इमल्शन
(Cod Liver Oil Emulsion)

कौडलिवर ऑयल १-२ ड्राम
गम ट्रैगेकन्थ १० ग्रेन
एक अण्डे की जर्दी
सीरप १ ड्राम
ऐक्वा क्लोरोफॉर्म कुल १ औंस

विधि :—पहले ट्रैगेकन्थ को खरल में डालकर उसके साथ थोड़ा सा कौडलिवर ऑयल रगड़ लें, फिर अन्डे की जर्दी और शेष ऑयल को मिलाकर खूब अच्छी तरह रगड़ लें। थोड़ा २ पानी भी मिलाते रहें।

मात्रा :—१ औंस २-३ बार

गुण :—पुरानी खाँसी, दमा, फेफड़ों की कमजोरी और आम कमजोरी में उपयोगी हैं।

ग्लीस्रीन्स (Glycerins)

ग्लीस्रीन बोरेसिस (बोरेक्स)
(Glycerin Boracis)

बोरक्स (सुहागा) २
ग्लीस्रीन १२

विधि :—बोरक्स को बारीक पीस कर गरम खरल में ग्लीस्रीन के साथ धीरे २ अच्छी तरह मिलालें।

गुण :—बच्चों के मुँह में लगाने के लिए (छालों के लिए)

ग्लीस्रीन ऐसिड बोरिक (Glycerin Acid Boric)

ऐसिड बोरिक ३
ग्लीस्रीन कुल १०

विधि :—दोनों को उबाल लें जब तक कि बोरिक ऐसिड अच्छी तरह न घुल जाय।

गुण :—त्वचा पर लगाने तथा कान में टपकाने के लिए।

एक्रीफ्लेवीन ग्लीस्रीन (Acriflavine Glycerin)

एक्रीफ्लेवीन २ ग्रेन
ग्लीसरीन १ औंस

गुण :—कान बहने में और घावों के लिए प्रयुक्त होती है।

मर्क्युरोक्रोम ग्लीस्रीन (Mercurochrome Glycerin)

मर्क्युरोक्रोम १० ग्रेन
ग्लीस्रीन १ औंस

विधि :—दोनों को खरल में रगड़ लें।

गुण :—बहते हुए कान में टपकाने के लिए।

ग्लीस्रीन ऐसिड कार्बोलिक (Glycerin Acid Carbolic)

एसिड कार्बोलिक १
ग्लीस्रीन कुल ५

विधि :—दोनों को गरम खरल में अच्छी तरह रगड़ लें।

गुण :—बहते हुए कान में टपकाने के लिए।

ग्लीस्रीन ऐसिड टैनिक (Glycerin Acid Tannic)

ऐसिड टैनिक १
ग्लीस्रीन कुल ५

विधि :—दोनों को गरम खरल में अच्छी तरह रगड़ कर मिलालें ।

गुण :—गले में लगाने के लिये ।

ग्लीसरीन बैलाडोना (Glycerin Belladonna)

एक्सट्रैक्ट बैलाडोना विरिडि (उत्तम)	१ औंस
खौलता हुआ पानी	१ ड्राम
ग्लीसरीन कुल	२ औंस

विधि :—पहले ऐक्सट्रैक्ट को जल में रगड़ लो बाद में धीरे धीरे ग्लीसरीन मिलालो ।

गुण :—हप्पु, दर्द, सूजन आदि पर मलने के लिये ।

नोट :—आम तौर पर इसे हलका बनाते हैं । अर्थात् १ भाग बैलाडोना ४ भाग ग्लीसरीन ।

ग्लीसरीन इक्थियौल (Glycerin Ichthyoli)

इक्थियौल	१ ड्राम
ग्लीसरीन कुल	१ औंस

विधि :—दोनों को खरल में डालकर खूब अच्छी तरह मिलालें :

गुण :—चर्म रोग तथा योनि आदि की सूजन के लिए।

ग्लीसरीन फैराइ (Glycerin Ferri)

लिकर फैराइ परक्लोराइड	४ ड्राम
ग्लीसरीन	४ ड्राम

विधि :—दोनों को शीशी में डाल कर मिला लें ।

गुण :—कण्ठ रोगों में लगाने के लिये।
नोट :—लिकर की बजाय टिन्चर फैराइ डाला जा सकता है।

इन्फ्युजन्स (Infusions) शीत क्वाथ

इन्फ्युजन बकु
(Infusion Buchu)

बकु की पत्तियाँ १ औंस
डिस्टिल्ड वाटर (खौलता हुआ) २० औंस
विधि :–१५ मिनट भिगोने के बाद छान लो।

इन्फ्युजन कौलंबा
(Infusion Calumba)

कौलंबा की जड़ के टुकड़े १ औंस
डिस्टिल्ड वाटर (ठंडा) २० औंस
विधि :—३० मिनिट भिगोने के बाद छान लो।

इन्फ्युजन कैर्योफाइली
(Infusion Caryophylli)

लौंग (कुटी हुई) १ औंस
डिस्टिल्ड वाटर (खौलता हुआ) ४० औंस
विधि :—१५ मिनट भिगोने के बाद छान लो।

इन्फ्युजन चिरैटा
(Infusion Chiretta)

चिरायटा के छोटे-छोटे टुकड़े १ औंस
डिस्टिल्ड वाटर (खौलता हुआ) २० औंस
विधि :—१५ मिनिट भिगौने के बाद छान लो।

इन्फ्युजन क्वॉशिया (Infusion Quassia)	क्वॉशिया की लकड़ी	१ औंस
	डिस्टिल्ड वाटर (ठण्डा)	१०० औंस

विधि :—१५ मिनट भिगोने के बाद छान लो

इन्फ्युजन सैनिगा (Infusion Senega)	सैनिगा की जड़ का नं० १० चूर्ण	१ औन्स
	डिस्टिल्ड वाटर (खौलता हुआ)	२० औन्स

विधि :—½ घण्टे भिगोने के बाद छान लो ।

इन्फ्युजन सैना (Infusion Senna)	सनाय की पत्तियां	२० औन्स
	सोंठ के टुकड़े	१ औन्स
	डिस्टिल्ड वाटर (खौलता हुआ)	२०० औन्स

विधि :—१५ मिनट भिगोने के बाद छान लो ।

नोट:—इन्फ्युजन साधारण जल से तैयार किये जा सकते हैं।

लिनिमेन्ट्स (Liniments (मालिश के तेल)

लि० अमोनिया (Lint Ammonia)	लिकर अमोनिया	१ औन्स
	रोगन बादाम	१ औन्स
	रोगन जैतून	२ औन्स

विधि :—तीनों को शीशी में डालकर हिला लो ।

लि० कैल्सिस (Lint Calcis)	लाइम वाटर (चूने का पानी)	१ औन्स
	औलिव ऑयल	१ औन्स

विधि:—दोनों को शीशी में डालकर हिला लो।

लि० ए० बी० सी० (Lint A. B. C.)	लि० एकोनाइट	१ औन्स
	लि० बैलाडोना	१ औन्स
	लि० क्लोरोफार्म	१ औन्स

विधि:—तीनों को शीशी में डाल कर हिलालो।

लि० कैम्फर (Lint Camphor)	कैम्फर (कपूर)	१ औन्स
	औलिव ऑयल	४ औन्स

विधि:—कैम्फर कोई बारीक पीसकर औलिव ऑयल के साथ गर्म खरल में रगड़ लो:

लि० क्लोरोफार्म (Lint Chloroform)	क्लोरोफार्म	१ औन्स
	लिनिमेन्ट आफ कैम्फर	१ औन्स

विधि:—दोनों को मिलालो।

लि० टैरेबिन्थ या टर्पन्टाइन (Lint Terebinth or Turpentine)	सौफ्ट सोप	३ औन्स
	कैम्फर	२ औन्स
	ऑयल टर्पन्टाइन	२६ औन्स
	डिस्टिल्ड वाटर	९ औन्स

विधि:—सोप को ४ औन्स जलमें घोल

लो और कैम्फर को ऑयल टर्पन्टाइन में घोल लो फिर इस कैम्फर के घोल को सोप के घोल के साथ मिला दो और गाढ़ा इमल्शन सा बना लो। अन्त में शेष जल मिला दो।

नोट:--अपनी डिस्पेंसरी के लिए डिस्टिल्ड वाटर को बजाय सादा पानी और औलिव ऑयल या रोगन बादाम की बजाय अलसी का तेल प्रयोग किया जा सकता है।

लिकर्स (Liquors)

लिकर अमौनिया (Liquor Ammonia)	लिकर अमोनिया फोर्ट	१ औन्स
	डिस्टिल्ड वाटर	२ औन्स
	विधि:—दौनों को शीशी में डाल कर मिला लो।	

लिकर अमोनिआई ऐसिटेटिस (Liquor Ammonii Acetatis)	लिकर अमोनिया ऐसिटेटिस कन्सन्ट्रेटेड	१ औन्स
	डिस्टिल्ड वाटर	७ औन्स
	विधि:—दोनों को शीशी में डाल कर हिला लो।	

लिकर कैल्सिस (लाइम वाटर) (Liquor Calcis, Lime Water)	कैल्सियम हाइड्रौक्साइड (बुझा हुआ चूना)	५० ग्राम
	डिस्टिल्ड वाटर पर्याप्त।	
	विधि:—चूने को पहले डिस्टिल्ड वाटर	

में घोल लो फिर इसे एक हरे रंग की काँच की डाट वाली शीशी में डाल कर उसमें १०० गुना डिस्टिल्ड वाटर मिलाकर २-३ मिनट तक खूब हिलाओ इसके बाद कुछ समय तक रख छोड़ो। जब घोल साफ हो जाय तब उसे नितार कर किसी दूसरी हरे रंग की बोतल में भर लो।

नोटः—साधारणतया लिकर्स बनाने में साधारण जल प्रयोग करते हैं।

लोशियो, लोशन्स (Lotio, Lotions)

एक्रिफ्लेवीन लोशन न० १
(Acriflavine Lotion No. 1)

एक्रिफ्लेवीन	१-२ ग्रेन
डिस्टिल्ड वाटर	४ औन्स

गुणः—आँखों में टपकाने के लिये और जख्मों और घावों पर लगाने के लिये।

एक्रिफ्लेवीन लोशन न०२
(Acriflavine Lotion No. 2)

एक्रिफ्लेवीन	१ ग्रेन
डिस्टिल्ड वाटर	१ औंस

गुणः—बहते हुए कान में टपकाने के लिये।

आर्जिरौल लोशन
(Argyrol Lotion)

आर्जिरौल	२० ग्रेन
डिस्टिल्ड वाटर	१ औन्स

गुणः—दुखती हुई आंखों में डालने के लिये।

बोरिक लोशन
(Boric Lotion)

ऐसिड बोरिक ५-१० ग्रेन
डिस्टिल्ड वाटर १ औन्स
गुणः—दुखती हुई आंखों में डालने के लिये।

कार्बोलिक लोशन
(Carbolic Lotion)

ऐसिड कार्बोलिक १० मिनिम्स
डिस्टिल्ड वाटर १ औन्स
गुणः—हाथ, औजार, जख्म, घाव आदि के लिये

लोशियो हाइड्रार्जिरि फ्लेवा
(यलो वाश)
(Lotio Hydrargyri Flava or Yellow wash)

हाईड्रार्जिरि पर्क्लोराइड ४० ग्रेन
लिकर कैल्सिस (लाइम वाटर) २० औन्स
गुणः—आतशकी जख्म धोने के लिये

लोशियो हाइड्रार्जिरि निग्रा
(ब्लैक वाश)
(Lotio Hydrargyri Nigra or Black Wash)

कैलोमल १ ड्राम
ग्लीस्रीन १ औन्स
म्युसीलेज ट्रैगेकन्थ २½ औन्स
लाइम वाटर कुल २० औन्स
गुणः—आतशकी जख्म धोने के लिये।

प्रोटार्गल लोशन
(Protargol Lotion)

प्रोटार्गल २० ग्रेन
डिस्टिल्ड वाटर १ औन्स
गुणः—दुखती हुई आँखों में टपकाने के लिये।

लैंड और ओपियम लोशन (Lead & Opium Lotion)	टिंचर ओपियम	१० मिनिम्स
	लिकर प्लम्बाई सब एसिटेटिस-डिल	१ ड्राम
	जल	१ ओन्स

गुण:—चोट, सूजन, मोच आदि पर इसमें लिंट या कोई वस्त्र भिगो कर रखने के लिये।

लोशियो रुब्रा या रैंड लोशन (Lotio Rubra or Red Lotion)	जिन्क सल्फ	२ ग्रेन
	टिंचर लैवन्डर कं०	५ मि०
	डिस्टिल्ड वाटर	१ औन्स

गुण:—दुखती आंखों में टपकाने के लिये।

मर्क्युरोक्रोम लोशन (Mercurochrome Lotion)	मर्क्युरोक्रोम	५ ग्रेन
	डिस्टिल्ड वाटर	१ औन्स

गुण:—दुखती हुई आंखों में टपकाने के लिए।

नोट:—कान में टपकाने तथा जख्मों और घावों आदि के लिये इसे १० ग्रेन प्रति औंस का प्रयोग कर सकते हैं।

सिल्वर नाइट्रेट लोशन नं० १ (Silver Nitrate Lotion No. 1)	सिल्वर नाइट्रेट	२-३ ग्रेन
	डिस्टिल्ड वाटर	१ औन्स

गुण:—दुखती हुई आँखों में टपकाने के लिये।

सिल्वर नाइट्रेट लोशन नं० २ (Silver Nitrate Lotion No. 2)	सिल्वर नाइट्रेट	२०-३० ग्रेन
	डिस्टिल्ड वाटर	१ औन्स

गुण:—रोहों, कण्ठशोथ, फुंसी जख्म वगैरा पर लगाने के लिए।

जिंक लोशन (Zinc Lotion)	जिंक सल्फ	२ ग्रेन
	डिस्टिल्ड वाटर	१ औन्स

गुण:—नेत्र रोग, जख्म और घावों के लिए।

मिक्सचर्स (Mixtures)

मिस्चुरा एल्बा या व्हाइट मिक्सचर (Mistura Alba or White Mixture)	मैग सल्फ	१ ड्राम
	मैग कार्ब (पौंड़)	१० ग्रेन
	ऐक्वा मैंथ पिप कुल	१ औन्स

विधि:—दोनों को जल के साथ खरल में अच्छी तरह रगड़ लें।

गुण:—साधारण कब्ज में ऐसी १ मात्रा २-३ घन्टे के अन्तर से प्रयोग करें।

एन्टी सिफिलटिक मिक्सचर (Anti-Syphilitic Mixture)	पोटाश आयोडाइड	५ ग्रेन
	टिंकचर नक्सवॉमिका	५ मि०
	लिकर हाइड्रार्जिरि पर्क्लोराइड	½ ड्राम
	क्लोरोफॉर्म वाटर कुल	१ औन्स

गुण:—आतशक में ऐसी एक मात्रा दिन में ३ बार दें।

ऐज्मा मिक्सचर	पोटास आयोडाइड	५ ग्रेन
(Asthma Mixture)	पौटास बाइकार्ब	१५ ग्रेन
	टि० लोबीलिया ईथर	१० मि०
	ऐक्स० कुट लिक्विड	३० मि०
	टि० स्ट्रैमोनियम	५ मि०
	स्पिरिट क्लोरोफार्म	१५ मि०
	ऐक्वा कुल	१ औन्स

गुणः—दमे के दौरे में ऐसी १ मात्रा २-२ घन्टे के अन्तर से दें। पुराने रोग में रोजाना २ मात्रा दें।

कार्मिनेटिव मिक्सचर	सोडा बाइकार्ब	१५ ग्रेन
(Carminative Mixture)	टि० कार्डेमम कं०	२० मि०
	स्पिरिट अमोनिया-एरोमेटिक	२० मि०
	स्पिरिट क्लोरोफॉर्म	१० मि०
	टि० जिन्जर	२० मि०
	ऐक्वा मैंथ पिप कुल	१ औन्स

गुणः—अफारा, अजीर्ण आदि में ऐसीं १ मात्रा आवश्यकतानुसार प्रयोग करें या रोजाना २-३ मात्रा दें।

कौलेगौग मिक्सचर	सोडा बेंजोयेट	१५ ग्रेन
(Cholagogue Mixture)	सोडा सल्फ	३० ग्रेन
	ऐक्स०कालमेघ लिक्विड	½-१ ड्राम
	टिंचर यूनीमीन	१० मि०
	टिंचर रिआई कं०	२० मि०
	स्पिरिट क्लोरोफॉर्म	१५ मि०
	ऐक्वा कुल	१ औन्स

गुण :—कब्ज, यकृतविकार, कमलबाई इत्यादि में ऐसी एक मात्रा दिन में ३ बार दें।

कॉफ मिक्सचर नं० १ (Cough Mixture No. 1)

वाइनम इपिकाक	१०मि०
वाइनम एन्टिमनी	५ मि०
सोडा बेंजोयेट	१५ ग्रेन
टिं०केम्फर कं०	२० मि०
सीरप वसाक कम टोलु	१ ड्राम
एक्वा ऐनिसि कुल	१ औंस

गुण :—हर प्रकार की खांसी में उपयोगी है।

कॉफ मिक्सचर नं०२ (Cough Mixture No. 2)

वाइनम इपिकाक	१० मि०
सोडा बैन्जोयेट	१० ग्रेन
टिंचर सिल्ला	१० मि०
टरपिन हाइड्रेट	३ ग्रेन
मैन्थौल	१/२४ ग्रेन
कोडीन फौस्फेट	१/८ ग्रेन
सीरप वसाक विद टोलु कुल	१ ड्राम

गुण:—हर प्रकार की खांसी के लिए १ ड्राम औषध को १ औंस जल के साथ ३-४ बार दें।

डायफ़ोरेटिक मिक्सचर (Diaphoretic Mixture)

सोडा सैलिसिलास	१० ग्रेन
लिकर अमोनिया ऐसिटेट्स डिल	२ ड्राम
स्पिरिट ईथर नइट्रोसी	२० मि०
पोटास साइट्रास	१५ ग्रेन

	सीरप	१ ड्राम
	ऐक्वा कुल	१ औंस

गुण :—चढ़े हुए ज्वर को कम करने के लिए ३-३ घण्टे में १ मात्रा दें।

डाइ-यूरेटिक मिक्सचर (Diuretic Mixture)	पोटास एसिटास	१५ ग्रेन
	टिंचर सिल्ला	१० मि०
	टिन्चर डिजिटेलिस	५ मि०
	स्पिरिट ईथर नाइट्रोसी	२० मि०
	इन्फ्युजन बकु कुल	१ औंस

गुण :—जलोदर, मूत्राशय की सूजन, मूत्राघात आदि में मूत्र लाने के लिये ३-३ घण्टे में दें।

मिस्टुरा ओलिआई मौहुंई को (Mi stura Olei Morrhuae Co)	सोडियम हाइपोफौस्फाइट	४ ग्रेन
	कैल्सियम हाइपोफौस्फाइट	४ ग्रेन
	ग्लीस्रीन	१ ड्राम
	ट्रैगेकन्थ पर्याप्त	
	कौडलिवर ऑयल	४ ड्राम
	एक्वा कुल	१ औंस

गुण :—इसका इमल्सन बना लो। क्षय रोग, सूखिया रोग, दौर्बल्य और पुरानी खांसी में दिन में ३ बार दो। २ वर्ष से कम आयु के बच्चे को १ ड्राम की नात्रा दो।

क्वीनीन मिक्सचर (Quinine Mixture)	क्वीनीन सल्फ	५ ग्रेन
	ऐसिड सल्फ्युरिक डिल	१०मि०

टिन्चर कार्डेमम कं०	१५ मि०
ऐक्वाकुल	१ औंस

गुण :—मलेरियां ज्वर को रोकने के लिये एक मात्रा दिन में ३ बार दें।

रैड मिक्सचर (Red Mixture)

मैग कार्ब (पौण्डरस)	३० ग्रेन
फ्ल्व रूबर्ब	१० ग्रेन
स्पिरिट अमोनिया एरोमेटिक	३० मि०
ऑयल ऐनिसि	२ बूंद
ऐक्वा कुल	२ औंस

गुण :—बच्चों के कब्ज में ३-३ घन्टे के अन्तर से १ ड्राम ½ औंस जल के साथ मिला कर देते रहें।

स्टीमुलेन्ट मिक्सचर (Stimulant Mixture)

स्पिरिट अमोनिया ऐरोमेटिक	३० मि०
स्पिरिट ईथर	३० मि०
स्पिरिट क्लोरोफार्म	१५ मि०
टिञ्चर डिजिटेलिस	१० मि०
टिञ्चर लैवन्डुला कं०	२० मि०
ऐक्वाकुल	१ औंस

गुण :—गशी, कमजोरी, नब्ज और हृदय का मन्द पड़ जाना आदि में ऐसी १ मात्रा दें। आवश्यकतानुसार इसमें ब्रांडी (२ ड्राम) या कोरोमीन (१५ मि०) प्रति मात्रा मिला सकते हैं।

सल्फट्स मिक्सचर (Sulphates Mixture)

क्वीनीन सल्फ	२-५ ग्रेन
एसिड सल्फ्युरिक डिल	१०मि०

	मेग सल्फ	१ ड्राम
	फैरस सल्फ	२ ग्रेन
	ऐक्वा कुल	१ औंस

गुण :–तिल्ली और बुखार के लिये दिन में २-३ बार भोजन के बाद दें।

टौम्बस मिक्चर (Tomb's Mixture)	ऑयल एनिसि या क्लोव्ज	५ मि०
	ऑयल कजुपुटी	५ मि०
	ऑयल जूनीपर	५ मि०
	एसिड सल्फ्युरिक एरोमेटिक	१५ मि०
	स्पिरिट ईथर	३० मि०

विधि :—तीनों आयल्स को स्पिरिटईथर में हल करके एसिड मिलालो।

गुण :—हैजे में इसे ½-१ ड्राम, १ औंस जल के साथ १५-१५ मिनट या ½-½ घंटे के अन्तर से दें। बड़ी उपयोगी औषध है। अतिसार में भी लाभदायक है।

नोटः—इसे इसंशियल ऑयल्स मिक्सचर भी कहते हैं।

टौनिक मिक्सचर (Tonic Mixture)	अमोनियम क्लोराइड	१० ग्रेन
	क्वीनीन सल्फ	½–१ ग्रेन
	ऐसिड नाइट्रो-हाइड्रो-क्लोरिक डिल	१० मि०
	लिकर स्ट्रिक्नीन हाइड्रोक्लोर	५ मि०
	लिकर आर्सेनिक हाइड्रोक्लोर	३ मि०

टिंचर फैरिफर्क्लोराइड	१० मि०
गेग राल्फ	१५ ग्रेन
ऐक्वा कूल	१ औंस

गुण:—बुखार या दूसरे रोगों के बाद की कमजोरी में यह नुस्खा बड़ा उपयोगी है। भोजन के बाद दें।

म्यूसिलेजेज (MUCILAGES)

म्युसिलेज अकेशिया (Mucilage Acacia)

गम अकेशिया	४ औंस
ऐक्वा	६ औंस

विधि :—दोनों को खरल में धीरे-धीरे रगड़ कर हल करलें।

गुण :— यह कैस्टर ऑयल, सैलोल, विस्मथ आदि का इमल्शन बनाने के काम आता है।

म्युसिलेज ट्रैगेकन्थ (Mucilage Tragacanth)

ट्रैगेकन्थ	१.१५ भाग
अल्कोहॉल	२.५ भाग
ऐक्वा	१०० भाग

विधि :—तीनों को खरल में डाल कर अच्छी तरह मिलालें।

गुण :—म्युसिलेज अकेशिया की तरह प्रयुक्त होता है।

पल्विस (PULVIS) चूर्ण या सफूफ

पल्व कैलोमल कम्पाउन्ड (Pulv Calomel Comp.)

केलोमल	१ ग्रेन
सोडा बाइकार्ब	२ ग्रेन
पल्व रिआई को	३ ग्रेन

गुण :—१ वर्ष के बच्चे को दिन में ३ बार दें। कब्ज और अफ़ारे के लिए

पल्वक्रीटा कम रूबर्ब (Pulv Creta Cum Rhubarb)

सोडा बाइकार्ब	२ ग्रेन
हाइ ड्रार्ज कम क्रीटा	$\frac{१}{२}$ ग्रेन
पल्व रूबर्ब	२ ग्रेन

गुण :—१ वर्ष के बच्चे के लिए दिन में ३ बार दें। अजीर्ण और कब्ज में उपयोगी है।
(हरे दस्तों को पीला करता है)

पल्व रूबर्ब एट सिनेमन कंपाउंड (PulvRhubarb et Cinnamcn Comp.)

पल्व सिनेमनकंपाउंड	२ ग्रेन
विस्मथ कार्ब	३ ग्रेन
डोवर्स पाउडर	$\frac{१}{२}$ ग्रेन

विधि :—१ वर्ष के बच्चे को दिन में ३ बार दें।

गुण :—दस्तों को रोकता है।

स्पिरिट्स (SPIRITS)

स्पिरिट ईथर (Spirit Acther)

ईथर	१ औंस
स्पिरिट रैक्टीफाइड	२ औंस

विधि :—दोनों को बोतल में डालकर खूब हिलालें।

स्पिरिट कैम्फर (Spirit Camphor)

कैम्फर (पिसा हुआ)	१ औंस
स्पिरिट रैक्टीफाइड कुल	२० औंस

विधि :—दोनों को बोतल में डालकर हिलालें।

स्पिरिट क्लोरोफार्म (Spirit Chloroform)	क्लोरोफॉर्म	१ औंस
	स्पिरिट रैक्टीफाइड कुल	२ औंस

विधि :—दोनों को कांच की डाट वाली शीशी में डालकर खूब हिलालें।

सीरप्स (Syrups) शर्बत

सीरप औरंशाइ (Syrup Aurantii)	टिंचर औरंशाइ	१ औंस
	सीरप सिम्पिल	७ औंस

विधि :—दोनों को बोतल में डाल कर हिलालें।

सीरप सिम्पिल (Syrup Simple)	शूगर (चीनी)	१ पौंड
	डिस्टिलड वाटर	१ पौंड

विधि :—दोनों को किसी वर्तन में डाल कर आग पर इतनी देर उबालो कि कुल डेढ़ पौंड रह जाय। सादा जल भी प्रयोग कर सकते हैं।

सीरप टोलू (Syrup Tolu)	लिकर टोलू	१ औंस
	सीरप सिम्पिल	७ औंस

विधि :—दोनों को बोतल में डाल कर हिलालो।

टिंचर आयोडीन (Tinc Iodine)	आयोडीन	४ ड्राम
	पोटास आयोडाइड	४ ड्राम
	जल	४ ड्राम
	स्पिरिट	२० औंस

विधि :—एक बोतल में पहली तीनों चीजें डाल कर खूब हिलालें। बाद में धीरे २ स्पिरिट मिलालें ।

अन्वन्टम्स (Unguentums) मरहम

अन्वन्टम बैला डोना (Unguentum Belladonna)	ऐक्स बैलाडोना लि०	१ औंस
	बैन्जोयटेड लार्ड	६ ड्राम
	वूल फैट	२ ड्राम

विधि :—पहले बैलाडोना को वाटर बाथ पर इतना उड़ालो कि चौथाई रह जाय ।बाद में दोनों चीजें मिलालो ।

अन्वन्टम् बोरिक (Unguentum Boric)	बोरिक एसिड	१ ड्राम
	वैसलीन या पैरेफीन ऑइन्टमेन्ट	९ ड्राम

अन्वन्टम् क्राइसेरोबिन (Unguentum Chrysarobin)	क्राइसो फैनिक ऐसिड	२० ग्रेन
	वैसलीन	१ औंस

अन्वन्टम् हाइड्रार्जिरि अमोनियेटी (Unguentum Hydrargyri Ammoniati)	हाइड्रार्जिरि अमोनियेटा	५ भाग
	बैन्जौयटेड लार्ड	९५ भाग

अन्वन्टम् हाइड्रार्जिरि औक्साइडी पलेवीं या यलो ऑइन्टमेन्ट (Unguentum Hydargyri oxidi flavi or Yellow Ointment)	हाइड्रार्जिरि औक्साइडो पलेवी	४ ग्रेन
	वैसलीन	१ औंस

नोट :—यह आंखों में डालने की प्रसिद्ध पीली मरहम है।

अन्वन्टम् हाइड्राजिरी सबक्लोराइडी या कैलोमल ऑइन्टमेंट (Unguentum Hydrargyri Subchloridi or Calomel Ointment)	कैलोमल	१ भाग
	बैन्जौयटेड लार्ड	४ भाग

अन्वन्टम् आयोडीन (Unguentum Iodine)	आयोडीन	४ ड्राम
	पोटास आयोडाइड	४ ड्राम
	ग्लीस्रीन	१२ ड्राम
	लार्ड	८० ड्राम

विधि :—पहले आयोडीन, पोटास और ग्लीसरीन को खरल में अच्छी तरह रगड़ कर बाद में लार्ड मिलायें। यह प्रसिद्ध पेटंट औषधि आयोडेक्स के समान गुणकारी है।

अन्वन्टम् आयडोफॉर्म (Unguentum Iodoform)	आयडोफॉर्म	१ ड्राम
	लार्ड	९ ड्राम

अन्वन्टम् पैरेफीन (Unguentum Paraffin)	हार्ड पैरेफीन	२७ ग्राम
	सौफ्ट पैरेफीन (वैसलीन)	७० ग्राम
	सफेद मोम	३ ग्राम

विधि :—तीनों को अग्नि पर पिघला लो और जब तक ठंडी न हो जाय हिलाते रहो।

अन्वन्टम् सैलिसिलिक (Unguentum Salicylic)	सैलिसिलिक ऐसिड.	१० ग्रेन
	वैसलीन या पैरेफीन ऑइन्टमेंट	१ औंस
अन्वन्टम् सल्फ्युरिस (Unguentum Sulphuris)	सल्फर सब्लीमेटम	१ ड्राम
	बैन्जोयटेड लार्ड या वैसलीन	९ ड्राम

यह गंधक की मरहम कहलाती है।

अन्य मिश्रण

सिडलिट्ज पाउडर (Seidlitz powder)

(१) सोडा टार्टरेट — २ ड्राम
सोडा बाइकार्ब — ४० ग्रेन
दोनों को मिलाकर नीले कागज में बाँध लो।

(२) ऐसिड टार्टरिक — ४० ग्रेन
इसे सफेद कागज में बाँध लो।

विधि :—न० १ को आधे ग्लास ठण्डे या गर्म जल में घोल लो और न० २ को १—२ औंस जल में घोल लो; फिर न० २ को न० १ में मिला कर झाग उठते हुये पी लो।

गुण :—यह हलका और स्वादिष्ट रेचक है। १½–२ घंटे में दस्त ले आता है।

बोरो आयडोफॉर्म (Boro-Iodoform)

आयडोफॉर्म — १ ड्राम
बोरिक ऐसिड — ३ ड्राम या अधिक

गुण :—जख्मों और घावों पर छिड़कने के लिये।

बिप्प
(B.I.P P.)

विस्मथ सबनाइट्रेट	१ ड्राम
आयडोफॉर्म	२ ड्राम
लिक्विड पैरेफीन १ ड्राम के लगभग	

विधि :—दोनों खुश्क दवाओं को पीस कर पैरेफीन के साथ अच्छी तरह मिलालो ।

गुण :—गन्दे घावों या नासूरों के लिये बड़ी उपयोगी है । पहले घाव को कार्बोलिक लोशन से साफ कर लो फिर स्पिरिट में रूई निचोड़ कर घाव को खुश्क कर लो । बाद में घाव के अन्दर बिप्प भर कर ऊपर से रूई और गौज ढक कर पट्टी बाँध दो । घाव को बिना ड्रैसिंग के कई दिन तक छोड़ा जा सकता है ।

क्लोरीन मिक्सचर
(Chlorine Mixture)

पोटास क्लोरेट	३० ग्रेन
ऐसिड हाइड्रोक्लोरिक	१ ड्राम
सीरप औरंज	१ औंस
जल कुल	१२ औंस

विधि :—एक कांच की डाट वाली बोतल में पिसा हुआ पोटास क्लोरेट और ऐसिड डाल कर शीशी को खूब हिलालो ।
ऐसा करने से गैस उत्पन्न होगी । फिर इसमें ११ औंस जल धीरे-

धीरे मिलाते रहो और हर बार शीशी को हिलाते रहो। अन्त में शर्बत मिलादो। यह क्लोरीन वाटर बन गया। यदि इसमें २४-३६ ग्रेन क्वीनीन सल्फ मिला दो तो क्लोरीन मिक्सचर तैयार हो जायगा

गुण :—मयादी ज्वर में इसे १ औंस की मात्रा में दिन में ३-४ बार देने से बड़ा लाभ होता है।

कार्बोलिक ऑयल (Carbolic Oil)

	ऐसिड कार्बोलिक	१ ड्राम
	जैतून या अलसी का तेल	१९ ड्राम

गुण :—जले हुये या घिसे हुये स्थान और घावों पर लगाने के काम आता है। इसके लगाने के बाद ऊपर से बोरोआयडो-फॉर्म छिड़क देते है।

फेहलिंग्स सौल्युशन न० १ (Fehling's Solution No. 1)

	कौपर सल्फ	३४.६३ ग्राम
	डिस्टिल्ड वाटर	½ लीटर

फेहलिंग्स सौल्युशन न० २ (Fehling's Solution No,2)

	कॉस्टिक पोटास	१०० ग्राम
	सोडा-पोटास टार्टरेट	१७३ ग्राम
	डिस्टिल्ड वाटर	½ लीटर

गुण :—यह दोनों सौल्युशन मूत्र में शर्करा की जांच करने के लिए प्रयोग किये जाते हैं।

विभिन्न औषधियों

का

संक्षिप्त वर्णन

इसमें औषधियों के अंग्रेजी-हिन्दी नाम, मात्रा, मुख्य अवयव (मु०अ०), गुण और प्रभाव संक्षिप्त रूप से दिये गये हैं। कई औषधियों के साथ २ योग (नुस्खे) भी दिये गये हैं जिससे पाठकों को विशेष लाभ होगा।

जिन औषधियों पर फूल जैसा या अन्य प्रकार का चिन्ह है वे पेटेंट औषधियां हैं जो किसी विशेष कारखाने की बनी होती हैं।

औषधियों का वणन अंग्रेजी वर्णमाला के अक्षरों के क्रमानुसार (Alphabetically) दिया है।

A.B.C. LINIMENT (ए० बी० सी० लिनिमेन्ट) देखो "लिनिमेंट ए० बी० सी०"।

ACACIA (अकेशिया-गोंद)

देखो "म्युसिलेज अकेशिया, सीरप अकेशिया"।

A.C.E. MIXTURE (ए० सी० ई० मिक्सचर)

मु० अ०—(अल्कोहॉल, क्लोरोफार्म, ईथर)

गुण—इसे औपरेशन से पहले बेहोश करने के लिये सुंघाते हैं।

ACETANILIDE (ANTIFEBRIN) ऐसिटेनीलाइड (एन्टीफैब्रिन)

मात्रा—२ से ५ ग्रेन।

गुण— शूलनाशक और स्वेदक ; हर प्रकार के नाड़ीशूल जैसे दन्तशूल, कर्णशूल शिरोशूल आदि में उपयोगी है। पसीना लाकर ज्वर को उतारती है। इसे हमेशा कैफीन के साथ देना चाहिये क्योंकि यह हृदय को कमजोर करती है। देखो "पल्व ऐसिटेनीलाइड को"। यह बहुत कम प्रयुक्त होती है।

योग

एन्टीफैब्रिन	१-३ ग्रेन
कैफीन साइट्रेट	१ ग्रेन
सोडा बाइकार्ब	५ ग्रेन

विधि—१ पुड़िया आवश्यकतानुसार (दर्द सर तथा दूसरे दर्दों में)

*ACETARSOL (STOVARSOL) एसिटार्सोल (स्टोवर्सोल)

मात्रा—१ से ४ ग्रेन।

गुण—इसमें २७ प्रतिशत आर्सेनिक होता है। यह अमीबिक डिसैन्ट्री (पेचिस) में लाभदायक है इसके अलावा मलेरिया, आत्शक (पैदायशी), रिलैप्सिंग ज्वर आदि में भी प्रयुक्त होता है :

ACETONE (एसिटोन)

मात्रा—६० से ९० मि० रोजाना ।

गुण—इसमें चर्बी (Fats) राल और सैल्युलोयड्स आसानी से घुल जाते हैं । क्लोरोफॉर्म बनाने के काम आती है । बलगम निकालती है और श्वास रोग को दमन करती है । खाने के रूप में बहुत कम प्रयोग की जाती है ।

ACETOPHENETIDIN (एसिटोफेनिटिडीन)

"फिनेस्टीन" को कहते हैं (देखो)

ACETOPYRIN (एसिटोपायरीन)

मात्रा—१० से १५ ग्रेन ।

गुण—शूलनाशक और स्वेदक ; गठिया बाय, आधाशीशी, इन्फ्लुयन्जा आदि में उपयोगी है । शायद ही कभी इस्तैमाल की जाती हो ।

ACETUM SCILLA (एसिटम सिल्ला)

मात्रा—१० से ३० मि० ।

गुण—खांसी में सीरप सिल्ला के समान गुण रखता है बहुत कम प्रयुक्त होता है ।

नोट—देखो 'सीरप सिल्खा' ।

ACETUM IPECAC (एसिटम इपिकाक)

मात्रा—१० से ३० मि०

गुण—खाँसी में उपयोगी है । बहुत कम प्रयुक्त होता है ।

ACETOMENAPHTHONUM (एसिटोमेनेफ्थोनम)

मात्रा—$\frac{१}{३०}$ से $\frac{१}{६}$ ग्रेन

गुण—कमलबाई, पुराना शीतपित्त और रक्तस्राव में उपयोगी है ।

नोट—यह विटेमिन 'के' का दूसरा नाम है । देखो विटेमिन "के"

*ACETYLARSAN "M.B." (ऐसिटिल आर्सन)

मात्रा—२ सी० सी० (बच्चों के लिए) ३ सी० सी० जवानों के लिये)

गुण—यह आर्सेनिक से तैयार होता है। आत्शक में इसके इन्जेक्शन (सप्ताह में दो बार माँस के अन्दर) उपयोगी हैं। इसके अतिरिक्त यह ह्प्पु, यौज, चूहे काटे का ज्वर और कुछ चर्म-रोगों में भी उपयोगी है।

ACETYL-SALICYLIC ACID (ASPIRIN)
ऐसिटिल- सैलिसिलिक-एसिड (ऐस्पिरीन)

मात्रा—५ से १५ ग्रेन।

गुण—शूलनाशक और ज्वरहर; गठिया बाय, आधाशीशी, दन्तशूल, कर्णशूल, शिरोशूल आदि में लाभदायक है। जुकाम और ज्वर में भी उपयोगी है। कैफीन, फिनैस्टीन, और कोडीन के साथ मिलाकर दे सकते हैं। दीर्घ-काल तक प्रयोग करने से हृदय को कमज़ोर करती है।

गठिया के दौरे से बचने के लिए इसे ५-१० ग्रेन की मात्रा में एक सप्ताह तक लगातार सेवन करना चाहिये। परन्तु इसके साथ साथ सोडा बाइकार्ब और जल काफी मिकदार में सेवन करना चाहिये। इसे यथा सम्भव खाली पेट नहीं देना चाहिये। जुकाम में ७–८ ग्रेन एस्पिरीन के साथ कभी-कभी ५ ग्रेन डोवर्स पाउडर मिला कर देना उपयोगी है। कभी-कभी ऐस्पिरीन को ५-१० ग्रेन की मात्रा में देने से ही भयानक लक्षण पैदा हो जाते हैं जैसे दृष्टि के विकार, कानों में घूँ-घूँ के शब्द, बहरापन, घुमेर इत्यादि।

ऐसी दशा में इसका प्रयोग बन्द कर देना चाहिये।

योग

ऐस्पिरीन	५ ग्रेन
फिनैस्टीन	२ ग्रेन
कैफीन साइट्रेट	१ ग्रेन

विधि—१ पुड़िया ३-४ घंटे के अन्तर से (दन्त शूल, शिरो शूल इत्यादि)। इसमें $\frac{१}{६}$ ग्रेन कोंडीन मिला सकते हैं।

नोट—देखो 'पल्व ए० पी० सी०'।

ACID ACETIC DIL (एसिड एसेटिक डिल)

मात्रा—३० से ६० मि०।

मु० अ०—(एसिड एसेटिक १८२ डिस्टिल्ड वाटर कुल १०००)

गुण—मूत्रकारक और प्यास बुझाने वाला। मुँह की खुश्की को दूर करने के लिये इसके गरारे किये जाते हैं। (१ औंस जल में १५ बूँद)। इसका प्रयोग नहीं के बराबर है।

ACID ACETIC FORT एसिड एसेटिक फोर्ट (सिरके का तेजाब)

गुण—जलन पैदा करने वाला; दाद पर लगाने से खुजली कम करता है यद्यपि कुछ देर के लिए जलन पैदा करता है। "लिकर अमोनिया एसीटेटिस" बनाने के काम आता है। दाद पर इसे दिन में १ बार से अधिक नहीं लगाना चाहिए।

ACID ACETIC GLACIAL (एसिड एसेटिक ग्लेशियल)

गुण—दाहक; मस्सों पर ४—५ बार लगाने से मस्से गिर जाते हैं। इसे लगाने से पूर्व मस्सों के इर्द गिर्द वैसलीन लगा लेनी चाहिये। रोजाना एक बार से अधिक नहीं लगाना चाहिए।

ACID ARSENIC एसिड आर्सेनिक [संखिया]

मात्रा—$\frac{१}{६०}$ से $\frac{१}{२०}$ ग्रेन।

गुण—बलकारक, रक्तवर्द्धक; पुराना दमा, मलेरिया, क्षयरोग, पाण्डुरोग, दुर्बलता, पुराना एक्जिमा, मुँहासे, ल्युकीमिया, कोरिया, हौड्जकिंस रोग आदि में उपयोगी है।

योग

एसिड आर्सेनिक	$\frac{१}{३२}$ ग्रेन
स्ट्रिक्नीन सल्फ	$\frac{१}{३२}$ ग्रेन
क्वीनीन सल्फ	$\frac{१}{२}$ ग्रेन
फैरम फौस्फेट	२ ग्रेन
ऐक्स० जंशियन	काफी

विधि—ऐसी एक गोली दिन में ३ बार भोजन के बाद (दुर्बलता, पुराना मलेरिया इत्यादि)।

नोट—देखो "लिकर आर्सेनिकेलिस"

ACID ASCORBIC (VITAMIN 'C') एसिड एस्कौर्बिक (विटेमिन सी)

मात्रा—$\frac{३}{५}$ से १$\frac{१}{४}$ ग्रेन रोजाना (रोग-अवरोधक)।
३ से ८ ग्रेन रोजाना (रोग-निवारक)।

गुण—देखो "विटेमिन सी"।

ACID BENZOIC एसिड बैन्जोइक (सत लोबान)

मात्रा—५ से १५ ग्रेन।

गुण—कीटाणुनाशक, मूत्रकारक, ज्वरहर, कफ निःसारक; खांसी, पथरी, बाय और मूत्र रोगों में उपयोगी है। दाद की मरहमों में पड़ता है। इसका घोल (२० भाग अल्कोहाल में १ भाग) शीत पित्त की खुजली को शांत करता है। यह खाने के लिए बहुत कम दिया जाता है क्योंकि यह पेट में जलन पैदा करता है। इसकी बजाय सोडा बैन्जोएट प्रयोग किया जाता है।

योग

ऐसिड बैन्जोइक	१५ ग्रेन
ऐसिड सैलिसिलिक	१५ ग्रेन

ऐसिड क्राइसोफेनिक	१५ ग्रेन
हाइड्रार्ज आयोडाइडि रूब्रम	१५ ग्रेन
मैन्थौल	२ ग्रेन
वैसलीन	१ औंस

विधि—इस मरहम को रोजाना लगायें (दाद, चंबल आदि के लिए)।

नोट—देखो "ट्रीकिस्कस एसिड बैन्जोइक"

ACID BORIC (ऐसिड बोरिक)

मात्रा—५ से १५ ग्रेन।

गुण—कीटाणुनाशक, मूत्रकारक; वरम और चोट पर सेक करने के लिए तथा फोड़े फुंसी और जख्मों पर (पाउडर या मरहम के रूप में) लगाने के लिए प्रयुक्त होता है। इसका लोशन (५ से १० ग्रेन प्रति औंस) नेत्रों में टपकाया जाता है। मयादी बुखार और मूत्राशय शोथ में इसे कीटाणुनाशक गुणों के लिए प्रयोग में लाते हैं। इसे रैक्टीफाइड स्पिरिट में घोल कर कान में पीप बंद करने के लिए डालते हैं। खाने के लिए बहुत कम प्रयुक्त होता है।

नोट—देखो "ग्लीसरीन एसिड बोरिक, अन्ग्वन्टम् एसिड बोरिक"।

ACID CARBOLIC (CRYSTALS) (एसिड कारबोलिक) (क्रिस्टल्स)

मात्रा—१ से ३ ग्रेन

ACID CARBOLIC (LIQUID) (एसिड कारबोलिक) (लिक्विड)

मात्रा—१ से ३ मि०

गुण—दाहक, कीटाणुनाशक; जख्म, घाव इत्यादि धोने के लिए (१·४०) गरारे करने के लिए (१·१५०), जख्मों पर लगाने के लिए (१० भाग औलिव आयल में १ भाग)। **मयादी ज्वर और प्लेग में इसे १ से २ मि० की मात्रा में २ से ३ मि० टि० आयोडीन रेक्टीफाइड के साथ मिक्सचर के**

रूप में देते हैं। गली हुई दाढ़ में इसकी फुरैरी लगाने से दर्द शांत हो जाता है। जले हुए स्थान पर इसे औलिव आयल में घोल कर लगाते हैं। इसके २ प्रतिशत घोल का अपरस रोग और हनुस्तम्भ में $\frac{१}{४}$—१ सी० सी० की मात्रा में चर्म के नीचे इंजेक्शन लगाया जाता है। फूली हुई नसों और बवासीर के मस्सों में इसके इंजेक्शन लगाये जाते हैं। श्वेत-प्रदर में इसका डूश (८० में १) लगाया जाता है। यह खालिस बहुत कम इस्तैमाल होता है।

नोट—देखो "ग्लीसरीन एसिड कार्बोलिक, अन्ग्वन्टम एसिड कार्बोलिक, सपोजीटरी और ट्रौकिस्कस।

योग

एसिड कार्बोलिक		१ भाग
टिंचर आयोडीन रेक्टी०		२ भाग
पल्व बोरेक्स		२ भाग
ऐक्वा कैम्फर	कुल	१०० भाग

विधि—मुख के रोगों में कुल्ले करने और योनि में डूश लगाने के लिए।

ACID CHOLIC (एसिड कौलिक)

मात्रा—$\frac{१}{६}$ से $\frac{१}{२}$ ग्रेन।

गुण—पित्तवर्द्धक, यकृत रोगों में इसे अन्य औषधियों के साथ मिला कर दिया जाता है।

ACID CHRYSOPHANIC (एसिड क्राइसोफेनिक)

गुण—गंज, सोराइसिस और दाद (विशेषतया) में मरहम (१० से १५ ग्रेन प्रति औस) के रूप में बहुत उपयोगी है। यह क्योंकि शरीर में जज्ब होकर विषैले प्रभाव उत्पन्न कर देता है अतः इसे एक बार में शरीर के बहुत बड़े भाग पर नहीं लगाना चाहिए। यह अन्दरूनी तौर पर कभी इस्तेमाल नहीं होता।

नोट—देखो 'अन्ग्वन्टम एसिड क्राइसोफेनिक'।

योग

एसिड क्राइसोफेनिक	१५ ग्रेन
एसिड सैलिसिलिक	२० ग्रेन
हाइड्रार्ज अमोनियेटा	१० ग्रेन
एसिड कार्बोलिक	१० बूँद
मैंथोल	२ ग्रेन
वैसलीन	१ औंस

विधि—इस मरहम को रोजाना एक बार लगाएँ (दाद के लिये)।

ACID CINNAMIC (एसिड सिनेमिक)

मात्रा—$\frac{1}{20}$ से $\frac{1}{4}$ ग्रेन (मुँह द्वारा)

$\frac{1}{50}$ से $\frac{1}{30}$ ग्रेन (मांस द्वारा)

गुण—क्षयरोग, मूत्राशय प्रदाह और इन्फ्लुन्जा में कभी-कभी प्रयुक्त होता है।

ACID CITRIC एसिड साइट्रिक (नींबू का सत)

मात्रा—५ से ३० ग्रेन।

गुण—दाह नाशक; प्यास; कमलबाई और बाय में उपयोगी है।

ACID FORMIC (एसिड फौर्मिक)

मात्रा—२ से १० मि०।

गुण—कोरिया, आक्षेप, इन्फ्लुयन्जा, गठिया और बाय में लाभदायक है। बहुत कम प्रयुक्त होता है।

ACID FOLIC (एसिड फौलिक)

मात्रा—$\frac{1}{12}$ से $\frac{1}{4}$ ग्रेन रोजाना।

गुण—खालिस या लिवर ऐक्सट्रैक्ट और विटेमिन बी१२ के साथ पाण्डु-रोग और दुर्बलता में प्रयोग किया जाता है। इसके इंजेक्शन भी आते हैं।

पुराने अतिसार में इसके प्रयोग से बड़ा लाभ होता है। यह विटेमिन बी०-कॉम्प्लैक्स का अंश है।

ACID GALLIC एसिड गैलिक (माजूफल का सत)

गुण—रक्तस्तंभक; संकोचक; रक्तप्रदर तथा अन्य प्रकार के रक्तस्राव को रोकता है। अब इसका प्रयोग कम है।

योग

पोटास ब्रोमाइड	१० ग्रेन
एसिड गैलिक	१० ग्रेन

विधि—ऐसी एक पुड़िया दिन में तीन बार (रक्तप्रदर)।

ACID GLYCEROPHOSPHORIC (एसिड ग्लीस्रोफौस-फौरिक

मात्रा—५ से १० ग्रेन।

गुण—बलवर्द्धक और उत्तेजक; हर प्रकार की दुर्बलता में लाभदायक है। प्रायः ग्लीस्रोफौस्फैट्स के रूप में प्रयोग किया जाता है।

ACID HYDRO-BROMICDIL (एसिड हाइड्रोब्रोमिकडिल)

मात्रा—१५ से ६० मि०।

गुण—हलका निद्राकारक, उपशामक; क्वीनीन को इसमें घोल कर देने से कानों में घूं-घूं के शब्द नहीं होने पाते। यही इसकी विशेषता है।

योग

एसिड हाइड्रोब्रोमिक डिल	१५ मि०
कुनीन सल्फ	५ ग्रेन
टिंचर कार्डेमम कं०	१५ मि०
ऐक्वा	कुल १ औंस

विधि:—दिन में तीन वार (मलेरिया के लिए)।

ACID HYDROCHLORIC (एसिड हाइड्रोक्लोरिक)

इसे "म्युरियेटिक एसिड" भी कहते हैं।

गुण—इसे हलका करके प्रयोग में लाते हैं।(देखो आगे)

ACID HYDROCHLORIC DIL (एसिड हाइड्रोक्लोरिक डिल)

(हलका नमक का तेजाब)

मू० अ०—(एसिड हाइड्रोक्लोरिक २७४, डिस्टिल्ड वाटर कुल १०००)

मात्रा—१० से १२० मि०।

गुण—दाहनाशक, क्षुधावर्द्धक; छोटे बच्चों के दस्तों में भी उपयोगी है। भोजन के पचाने में सहायता देता है और यकृत को उत्तेजित करता है। यह तेजाब आमाशयिक रस में पाया जाता है।

योग

एसिड हाइड्रोक्लोरिक डिल	१० मि०
टिं० जंशियन कं०	२० मि०
पैप्सीन	५ ग्रेन
लिकर स्ट्रिक्नीन हाइड्रो०	५ मि०
स्पिरिट क्लोरोफॉर्म	१० मि०
ऐक्वा मैंथ पिप	कुल १ औंस

विधि—ऐसी एक मात्रा दिन में २ बार भोजन के बाद (अजीर्ण, अग्निमाँद्य, अरूचि)

ACID HYDROCYANIC DIL (एसिड हाइड्रोसायनिक डिल)

मात्रा—२ से ५ मि०।

गुण—खांसी, वमन और अजीर्ण में अन्य औषधियों के साथ दिया जाता है।
(यह तेज विष है)

योग

सोडा बाइकार्ब		१५ ग्रेन
लिकर बिस्मथिएट अमोनिया साइट्रेटिस		३० मि०
स्पिरिट क्लोरोफॉर्म		१० मि०
ऐसिड हाइड्रोसायेनिक डिल		२ मि०
सीरप सिंपिल		१ ड्राम
ऐक्वा मैन्थ पिप	कुल	१ औंस

विधि—दिन में तीन बार भोजन के बाद या आवश्यकतानुसार।
(वमन, मतली और पेट के शूल के लिये)

ACID HYDROPFLUORIC DIL (एसिड हाइड्रोफ्लोरिक डिल)

मात्रा—५ से १५ मि०

गुण—घेघा रोग में उपयोगी है। (इसे गटापार्चा की शीशी में रखना चाहिए)। यह बहुत कम प्रयोग किया जाता है।

ACID HYPOPHOSPHOROSUM DIL (एसिड हाइपोफ़ौस्फोरोसम डिल)

मात्रा—५से १५ मि०।

मु० अ०—(बेरियम हाइपोफौस्फाइट और एसिड सल्फ्युरिक डिल)

गुण – इससे तैयार किये हुये हाइपोफौस्फाइट्स ही प्रयोग में आते हैं।

ACID IODIC (एसिड आयोडिक)

मात्रा—१से ५ ग्रेन।

गुण—दुर्गन्ध-नाशक है जले हुए स्थान पर इसका १:५०० की शक्ति का घोल लगाते हैं। म्यादी ज्वर में आंतों की सड़न रोकने के लिये इसे एक ड्राम की मात्रा में (१:१०० घोल) जल के साथ देते हैं। यह बहुत कम प्रयोग किया जाता है।

ACID LACTIC (एसिडलैक्टिक)

मात्रा—५ से २० मि०।

गुण—डिफ्थीरिया की झिल्ली नष्ट करने के लिये तथा अजीर्ण, क्षय रोग की खांसी और बच्चों के दस्तों में लाभदायक है। यदि छोटे बच्चों के दूध में इसे २० औंस में १ ड्राम के अनुपात से मिला कर दिया जाय तो दूध हलका हो जाता है।

ACID MANDELIC (एसिड मेन्डेलिक)

मात्रा—३० से ६० ग्रेन।

गुण—मूत्र-रोग जैसे वृक्क और मूत्राशय की सूजन, पीप आना इत्यादि में उपयोगी है। इसकी बजाय कैल्सियम मैन्डेलेट प्रयोग करना ज्यादा अच्छा है क्योंकि यह जलन पैदा करता है।

ACID NICOTINICUM (एसिड निकोटिनिकम)

मात्रा—$\frac{1}{4}$ से $\frac{1}{2}$ ग्रेन रोजाना (रोग-अवरोधक) $\frac{3}{4}$ से ४ ग्रेन रोजाना (रोग निवारक)। यह बिटेमिन बी, कॉम्पलैक्स का एक अंश है।

गुण—मुँह आना, जीभ की सूजन, अतिसार, शराब का पागलपन, थकावट, चर्म प्रदाह, धड़कन आदि विकारों में उपयोगी है। इसे सल्फेनिलेमाइड, सल्फेडायेजीन आदि के साथ मिलाकर देने से इन औषधियों के हानिकारक प्रभाव रुक जाते हैं। दमे में भी उपयोगी सिद्ध हुआ है। जब दौरे के लक्षण आरम्भ होने लगें तो इसका इंजेक्शन (मांस द्वारा) लगाने से कुछ लाभ होता है। इसके प्रयोग से कभी-कभी चेहरा और शरीर की त्वचा का रंग सुर्ख हो जाता है ऐसी दशा में इसका प्रयोग बन्द कर देना चाहिए।

ACID NITRIC एसिड नाइट्रिक (शोरे का तेजाब)

मात्रा—१ से ४ मि०।

गुण—दाहक; मस्सों और कौण्डीलोमा पर लगाया जाता है। पीने के लिए इसे जल के साथ हलका करके देना चहिये (देखो अगला)

ACID NITRIC DIL (एसिड नाइट्रिक डिल)

मात्रा—५ से २० मि०।

मु० अ०—(एसिड नाइट्रिक १५१, डिस्टिल्ड वाटर कुल १०००)

गुण—काविज, बलवर्द्धक और हाजिम है; यकृत रोग में लाभदायक है।

ACID NITRO-HYDROCHLORIC DIL
(एसिड नाइट्रो-हाइड्रोक्लोरिक डिल)

मात्रा—५ से २० मि० ।

मु० अ०—(एसिड नाइट्रिक ६० एसिड हाइड्रोक्लोरिक ८० डिस्टिल्ड वाटर ५००)

गुण—भूख बढ़ाता है और यकृत के कार्य को ठीक करता है। कुनीन को इसमें हल कर सकते हैं ।

योग

एसिड नाइट्रो हाइड्रो० डिल		१० मि०
अमोनियम क्लोराइड		१० ग्रेन
एक्सट्रैक्ट कालमेध लि०		१ ड्राम
सोडा सल्फ		३० ग्रेन
टि० जंशियन कं०		२० मि०
ऐक्वा	कुल	१ औंस

विधि—ऐसी एक मात्रा दिन में ३ बार भोजन के बाद (यकृत विकार, अजीर्ण, अरुचि)

ACID NUCLEINIC (एसिड न्युक्लीनिक)

मात्रा—१५ मि० ।

गुण—इसके इंजेक्शन प्रसूत-ज्वर, लालज्वर, क्षयरोग, और पाण्डुरोग आदि में उपयोगी हैं । इसका प्रयोग कम है ।

ACID OLEICUM (एसिड आलिकम)
HYDROGEN OLEATE (हाइड्रोजन ओलियेट)

मात्रा—७½-१५ मि० ।

गुण—यह मलने से त्वचा में शीघ्र जज्ब हो जाता है अतः बाज औषधियों को इसमें हल करके त्वचा पर मला जाता है । जिगर के कार्य को उत्तेजित करता है और जिगर में पथरी बनने को रोकता है। इसे खाली पेट, प्रातः ७½ मि० के १-२ कैप्स्यूल देने चाहिये । यह अंदरूनी तौर पर बहुत कम प्रयुक्त होता है ।

ACID OXALIC (एसिड औगँजेलिक)

बाह्य प्रयोग के लिए।

गुण—यह तीव्र विप है। चमड़ा और फर्श आदि साफ करने के काम आता है।

ACID PHOSPHORIC CONC (एसिड फौस्फोरिक कन्स)

मात्रा—१–४ मि०।

गुण—इसे हल्का करके देते हैं।

ACID PHOSPHORIC DIL (एसिड फौस्फोरिक डिल)

मात्रा—५–६० मि०।

मु० अ०—(एसिड फौस्फोरिक ११२ ग्राम. जल ८८८ ग्राम)

गुण—बलकारक, दाहनाशक और रक्तवर्द्धक। ज्वरों और मधुमेह में इसे जल से हलका करके प्यास बुझाने के लिए भी देते हैं।

योग

एसिड फौस्फोरिक डिल		१० मि०
क्वीनीन		१ ग्रेन
लिकर स्ट्रिक्नीन हाइड्रो०		५ मि०
लिकर आर्सेनिकेलिस		३ मि०
टि० फेरी पर्क्लोराइड		१० मि०
मैंग सल्फ		३० ग्रेन
ऐक्वा	कुल	१ औन्स

विधि—एक मात्रा २-३ बार भोजन के बाद (दुर्बलता विशेषतया मलेरिया के बाद)

ACID PANTOTHENIC (एसिड पेन्टोथेनिक)

देखो 'पेन्टोथेनिक एसिड'

ACID PICRIC (एसिड पिक्रिक)
TRINITROPHENOLIS (ट्रिनिटोफेनोलिस)

गुण—इसका घोल और मरहम (१ प्रतिशत) जले हुए स्थान, चंबल और खुजली पर लगाते हैं (सावधान)। पहले इसका प्रयोग बहुत होता था। यह केवल बाह्य प्रयोग के लिये है।

ACID PICRIC

योग

एसिड पिक्रिक	२
जल	२
वैसलीन	९६

विधि—इस मरहम को ऐक्जीमा और खुजली पर लगाये। जले हुये स्थान पर भी उपयोगी है।

ACID PYROGALLIC (एसिड पाइरोगैलिक)
PYRAGALLOL (पाइरेगैलोल)

मात्रा—½ से १½ ग्रेन।

गुण—मरहम के रूप में (२ से १० प्रतिशत) दाद, सोराइसिस और आत्शकी जख्मों पर लगाया जाता है। बालों को काला करने के लिये इसे सिल्वर नाइट्रेट के साथ मिलाकर लगाते हैं। (सावधान) इसे खाने के लिए शायद ही कोई इस्तेमाल करता हो।

ACID QUININE HYDROCHLORIDE (एसिड क्वीनीन हाइड्रोक्लाराइड)

नोट—देखो 'क्वीनीन बाइ-हाइड्रोक्लोराइड'।

ACID SALICYLIC (एसिड सैलिसिलिक)

मात्रा—५ से १० ग्रेन।

गुण—ज्वरहर, शूलनाशक; गठिया और वाय में उपयोगी है। दाद, मुंहासे चंबल आदि चर्म रोगों में इसे हाइड्रार्ज अमोनियेटा, एसिड क्राइसोफेनिक आदि के साथ मिला कर मरहम के रूप में (१५ से ६० ग्रेन प्रति औन्स) प्रयोग करते हैं। इसको मेथिलेटेड स्पिरिट में घोलकर (६० ग्रेन प्रति औन्स) एक्जिमा पर लगाते हैं। शर्बतों तथा खाद्य-पदार्थों में इसे मिला देने से वे सड़ते नहीं बाटन और मस्सों पर इसे ऐक्सट्रैक्ट कैनेबिस इन्डिया और कौलोडियन के साथ मिलाकर लगाते हैं। कुल्ले करने के लिए १ ग्रेन को १ औन्स गर्म

जल में घोलकर प्रयोग करना चाहिये। कुछ डाक्टर दाद के लिये इसकी २-३ ड्राम प्रति औन्स शक्ति की मरहम इस्तैमाल करते हैं।

नोट—देखो अन्वन्टम एसिड सैलिसिलिक"।

योग

एसिड सैलिसिलिक	४० ग्रेन
ऐक्स० कैनेबिस इन्डिका	५ ग्रेन
कौलोडियम फ्लैक्साइल	कुल १ औन्स

विधि—इसको रोजाना ब्रुश से लगायें (आटन और मस्सों के लिये)

ACID SULPHURIC CONC (एसिड सल्फ्युरिक कन्स)
(तेजाब गन्धक)

मात्रा—१ से २ मि०।

गुण—खुजली में १½ से २½ प्रतिशत शक्ति के घोल को४ ड्राम की मात्रा में २ से ३ घन्टे के अन्तर से देना लाभदायक कहा जाता है।

ACID SULPHURIC DIL)एसिड सल्फ्युरिकडिल)
(हलका गंधक का तेजाब)

मु० अ०—(एसिड सल्फ्युरिक १०४, डि० वाटर ८९६)

मात्रा—५ से ६० मि०

गुण—हाजिम और काबिज; कुनीन को हल करने में बहुत दिया जाता है। फोड़े फुंसी, शर्करार्बुद (कारबंकिल) और दूसरे इसी प्रकार के रोगों में इसे २० मि० की मात्रा में ३-४ बार रोजाना देने से कुछलाभ होता है.।

योग

एसिड सल्फ्युरिक डिल	१० मि०
क्वीनीन सल्फ	५ ग्रेन
मैग सल्फ	१ ड्राम

टि० कार्डेमम कं०	२० मि०
अमोनियम क्लोराइड	१० ग्रेन
ऐक्वा	कुल १औन्स

विधि—ऐसी एक मात्रा दिन में ३ बार, ज्वर चढ़ने से पहले (मलेरिया)

ACID SULPHURIC AROMATIC (एसिड सल्फ्युरिक एरोमेटिक)

मु० अ०--(टिंचर जिन्जर २५०, स्पिरिट सिनेमन १५, एसिड सल्फ्युरिक ७०, अल्कोहल ९० प्रतिशत कुल १०००)

मात्रा—५ से २० मि० ।

गुण—काबिज और हाजिम; हैजा और दस्तों में लाभदायक हैं ।

योग

एसिड सल्फ्युरिक एरोमेटिक	१० मि०
टिंचर कैप्सिकम	५ मि०
टिंचर ओपिआई	५ मि०
टिंचर कार्डेमम कं०	२० मि०
स्पिरिट क्लोरोफॉर्म	१० मि०
ऐक्वा टाइकोटिस या मैन्थपिप	कुल १ औन्स

विधि—ऐसी एक मात्रा दिन में ३ बार (अतिसार के लिए)

ACID TANNIC (एसिड टैनिक)

मात्रा—५ से १० ग्रेन।

गुण—संकोचक और रक्तस्तम्भक; रक्तस्राव (आन्तरिक और बाह्य दोनों) रक्तार्श, अतिसार, कण्ठरोग (ग्लीसरीन में हल करके या जल में घोल कर गरारे के रूप में) में उपयोगी है। जले हुए स्थान पर इसके ३-४ प्रतिशत लोशन का स्प्रे बहुत लाभदायक सिद्ध हुआ है।

नोटः—देखो (१) ग्लीसरीन एसिड टैनिक, (२) अन्ग्वन्टम एसिड टैनिक ।

ACID TARTARIC एसिड टार्टेरिक (इमली का सत)

मात्रा—५ से ३० ग्रेन।

गुण—प्यास बुझाने वाला; बिस्कुट, डबल रोटी इत्यादि में और फ्रूट साल्ट और सिडलिट्ज पाउडर में पड़ता है ।

ACIDOL (ऐसिडौल)

मात्रा—१–८ ग्रेन ।

गुण—पाचक है। आमाशय के विकारों में पेप्सीन के साथ देते है। "एसिडौलपेप्सीन" नामक पेटेंट दवा में पड़ता है।

ACRIFLAVINE (एक्रीफ्लेवीन)

मात्रा—बाह्य प्रयोग के लिये।

गुण—तीव्र कीटाणुनाशक; सोजाक में इसके घोल (१·४०००) से मसाने को धोया जाता है। कर्णस्राव के लिये १/२ प्रतिशत, जख्म, घाव, चोट, रगड़ आदि के लिये १/४—१/२ प्रतिशत, नेत्र रोगों के लिये २००० में १, की शक्ति के घोल इस्तेमाल होते हैं। सोजाक और मस्तिष्क के वरम में इसके शिरा द्वारा इन्जेक्शन लगाये जाते हैं । जख्म और कर्ण स्राव के लिये इसे ग्लीसरीन (१:५००) में मिलाकर प्रयोग में लाते हैं । जले हुए स्थान पर इसका घोल (१:१०००) उपयोगी सिद्ध हुआ है। इसे यूफ्लेवीन (EUFLAVINE) भी कहते हैं ।

*ADALIN "BAYER" (एडेलिन "बेयर")

मात्रा—५—१५ ग्रेन ।

गुण—शामक और निद्राजनक; अनिद्रा रोग में सोने से पहले इसे गम दूध या जल के साथ खाने से २०—३० मिनट के बाद नींद आ जाती है।

ADEPS BENZOINATUS (एडेप्स बेंजोयनेटस)

मु० अ०—(लार्ड १००० ग्राम, बेन्जोइन २० ग्राम) ।

गुण—मरहम में पड़ती है। यह सूअर की चर्बी और लोबान से तैयार होती है।

ADEPS LANAE (WOOL FAT) एडेप्सलेना (वूल फैट)

गुण—मरहम में पड़ती है। यह भेड़ के बालों से तैयार की जाती है। इसकी मरहम चर्म में शीघ्र जज्ब हो जाती है।

नोट—देखो "अन्वन्टम लेनी कं०"।

ADEPS LANAE HYDROSUS LANOLIN एडेप्स लेनी हाइड्रोसस (लैनोलीन)

मु० अ०—(वूल फैट ७०० ग्राम, डिस्टिल्ड वाटर ३०० मिल्स)

गुण—मरहम में पड़ती है यह भेड़ के बालों से तैयार की जाती है। इसकी मरहम चर्म में शीघ्र जज्ब हो जाती है।

ADHESIVE PLASTER (एड्हेसिव प्लास्टर)

गुण—जख्मों और फोड़े फुन्सियों आदि पर लगाया जाता है। यह आसानी से चिपक जाता है। यह प्रायः रील पर लिपटा आता है।

ADRENALINE (एड्रीनेलीन)
ADNEPHRINE (एडनेफ्रीन)

देखो "लिकर*एड्रीनेलीन"।

AETHER (ईथर)

मात्रा—१५ से ६० मि०।

गुण—उत्तेजक, अनुलोमक, संज्ञाहर और शूल नष्ट करके नींद लाने वाला; गशी और हृदय की कमजोरी में इसका इंजेक्शन लगाया जाता है। इसे सुंघाया भी जाता है और इसके इन्जेक्शन भी लगाये जाते हैं। इसे सल्फ्युरिक ईथर भी कहते हैं।

नोट—देखो (१) स्पिरिट ईथर, (२) स्पिरिट ईथर को।

AETHER ANAESTHETIC (ईथर एनेस्थेटिक)

गुण—औप्रेशन करने से पूर्व इसे बेहोश करने के लिये सुंघाते हैं।

AETHYL CHLORIDE (ईथिल क्लाराइड)

गुण—जिस स्थान को सुन्न करना हो वहां इसका स्प्रे करते हैं। छोटे-छोटे औप्रेशन के लिये विशेष कर दांत निकालने के लिये यह अत्यन्त उपयोगी है। इसे औप्रेशन करने के पूर्व क्लोरोफार्म और ईथर की तरह सुंघाते भी हैं। दाद पर इसें ५-६ दिन रोजाना स्प्रे करने से बहुत लाभ होता है। (स्प्रे से पूर्व स्थान को सोडा बाइकार्ब और स्पिरिट ईथर से धो लेना चाहिये) इसे मस्सों पर लगाने से लाभ होता है। यह बाज़ार में ट्यूबों में बिकती है।

AETHISTERON ईथिस्टरौन
PROGESTORAL प्रोजस्टोरल

मात्रा—$\frac{१}{१२}$—$\frac{२}{५}$ ग्रेन रोजाना।

गुण—बांझपन, रक्तप्रदर, गर्भस्राव, रज-अदर्शन आदि में उपयोगी है। यह बाजार में भिन्न भिन्न पेटंट नामों से बिकती है।

AETHYL IODIDE (ईथिल आयोडाइड)

गुण—इसके ५ मि० के कैंप्सियूल आते है जो रूई में लिपटे हुए होते हैं। अन्जाइना, काली खांसी, दमा, दमकशी आदि में एक कैंप्सियूल को तोड़कर सूंघने से दौरा शान्त हो जाता है और नींद आ जाती है। कुछ व्यक्तियों को यह अनुकूल नहीं पड़ता। इसे बहुत कम प्रयोग किया जाता है।

AGAR AGAR (अगर अगर)

मात्रा—६०-२४० ग्रेन।

गुण—जीवाणुओं को इसी पर पाला जाता है। यह सपोजीटरी बनाने के काम भी आता है। यह अनेक पेटेन्ट दस्तावर औषधियों में पड़ता है, जैसे एगेरौल, पेट्रोलांगर, बाई-एगेरौल इत्यादि।

ALBUCID (SULPHACETAMIDE) ऐल्बुसिड (सल्फेसिटेमाइड)

गुण—देखो 'सल्फेसिटेमाइड'।

ALBUTANNIN (TANNALBIN) ऐल्ब्युटेनीन (टैनेल्बीन)

मात्रा—८ से १५ ग्रेन।

गुण—दस्तों में लाभदायक है। इसे स्वयं या बिस्मथ कार्ब आदि के साथ दे सकते हैं (देखो टेनेल्बीन)। इसका प्रयोग बहुत कम है।

ALCOHOL DEHYDRATUM (अल्कोहल डिहाईड्रेटम)

यह ऐब्सोल्यूट अल्कोहल का दूसरा नाम है।

ALCHOL (अल्कोहल)

गुण—उत्तेजक और अधिक मात्रा में बेहोश करने वाली; जिस स्थान पर लगाई जाती है उसे शीतल कर देती है। वाइनम्स, टिंचर्स, स्पिरिट्स आदि बनाने के काम आती है। इसकी भिन्न २ शक्ति होती है जैसे २०%,२५%, ४५%,५०%,६०%,७०%,८०% और ९०%। ऐब्सोल्यूट अल्कोहल, ९९% और स्पिरिट रेक्टीफाइड ९०% शक्ति की होती है। रम, जिन ब्रांडी, ब्हिस्की, पोर्ट; शेरी, बियर, क्लेरट, शैम्पेन, बरगंडीं, पोर्ट—इन सब में भिन्न-भिन्न परिणाम में अल्कोहल होती है।

*ALEPOL (एलिपौल)

मात्रा—½ से ५ सी० सी० (इंजेक्शन)।

गुण—सोडियम हाइडनोकार्पस का दूसरा नाम है। कोढ़ में इसके ३% घोल के (त्वचा के नीचे) इन्जेक्शन लगाये जाते हैं।

*ALLONAL एलोनल

मात्रा—१ से २ टिकिया।

गुण—शूलनाशक और निन्द्राकारक; साधारण अनिद्रा रोग में बहुत फायदेमंद है।

ALMOND OIL आमंड ऑयल (बादाम का तेल)

देखो 'ओलियम ऐमिग्डली'।

ALOES एलोज (एलुवा)

मात्रा—२ से ५ ग्रेन ।

गुण—रेचक और आर्तवजनक (हैज को जारी करने वाला) है । कब्ज की गोलियों में अन्य औषधियों के साथ मिलाकर देते हैं ।

नोट—देखो पिल एलोज, पिल एलोज एट ऐसेफिटिडा, पिल एलोज एट मिर्ह, टि० एलोज, टि० एलोज एट मिर्ह ।

ALOIN एलोइन (सत एलुवा)

मात्रा—१/४ से १ ग्रेन ।

गुण—रेचक; नये और पुराने दोनों प्रकार के कब्ज में लाभदायक है । इसे ऐक्स० बैलाडोना के साथ गोली के रूप में देना चाहिये क्योंकि यह पेट में एठन पैदा करता है ।

योग

एलोइन	१/६ ग्रेन
स्ट्रिक्नीन	१/६० ग्रेन
फिनौल्पथेलीन	१ ग्रेन
ऐक्स० कैस्करा सग्रेडा	१ ग्रेन
,, बेलाडोना	१/६ ग्रेन

विधि—ऐसी एक दो गोली सोते समय (कब्ज)

ALUMINIUM HYDROXIDE (एल्युमिनियम हाइड्रौक्साइड)

मात्रा—१० ग्रेन ।

गुण—खट्टी डकार और आमाशय और पक्वाशय के जख्मों के लिये बड़ी उपयोगी है । कई पेटन्ट औषधियों में पड़ता है ।

ALUM ऐलम (फटकरी)

मात्रा—५ से १० ग्रेन ।

गुण—संकोचक, रक्तंस्तंभक, और बड़ी मात्रा में वमनकारक; काली खांसी, श्वेत-प्रदर और मलेरिया में उपयोगी हैं । बिच्छू या बर्र केकाटे पर इसे

जल में रगड़ कर लगाने से लाभ होता है। कण्ठरोग में इसके कुल्ले किये जाते हैं। आँख दुखने में इसका लोशन (१ औन्स में ४ ग्रेन) टपकाया जाता है। दाँतों के मंजन में भी पड़ती है।

नोट—देखो "ग्लीसरीन एलुमिनिस"।

AMINOFORM (एमिनोफॉर्म)

मात्रा—१० से ३० ग्रेन।

यूरौट्रोपीन को कहते हैं। (देखो)।

AMINOPHYLLINE (ऐमिनोफाइलीन)

मात्रा— १½ से ८ ग्रेन ३ वार (खाने के लिये)
२ सी० सी० (७½ ग्रेन) मांस द्वारा।
१० सी० सी० (३¾ ग्रेन) शिरा द्वारा।

गुण—प्रबल आक्षेपहर, मूत्रल और रक्तस्तंभक। हृदयरोग अथवा बृक्क रोग का शोथ, दमा और अन्जाइना पैक्टोरिस, रक्त-स्राव, और यकृतशूल में लाभदायक हैं। जब हृदय रोग में सांस रूक रूक कर और कष्ट के साथ चलने लगे या दमे का दौरा पड़ जाय तब इसे इंजेक्शन के रूप में प्रयोग करना चाहिये।

योग

एमिनोफाइलीन	१ टिकिया (१½ ग्रेन)
गार्डिनल	½ ग्रेन
इफेड्रीन	½ ग्रेन

विधि—ऐसी एक पुड़िया ३-३ घंटे में या आवश्यकतानुसार (दमे के दौरे में)

AMIDOPYRIN (PYRAMIDON)
एमिडोपाइरीन (पाइरेमिडौन)

मात्रा—५ से १० ग्रेन।

गुण—शूलहर, ज्वरनाशक; मलेरिया, (ज्वर उतारने के लिये) दर्दसर, स्याटिका, कष्टरज तथा हर प्रकार के नाड़ी-शूल में उपयोगी है। दर्दों में इसके साथ केफीन मिलाकर दे सकते हैं।

AMMONIATED MERCURY अमोनियेटेड मर्करी

देखो "हाइड्रार्जिरी अमोनियेटा"।

AMMONIUM BENZOATE (अमोनियम बेन्जोयेट)

मात्रा—५ से १५ ग्रेन

गुण—मूत्रकारक, कफ निःसारक, पुरानी खांसी और मसाने के वरम में उपयोगी है। इसके गुण सोडा बेन्जोयेट के समान हैं। यह कम प्रयुक्त होता है।

AMMONIUM BICARB (अमोनियम बाइकार्ब)

मात्रा—५ से १० ग्रेन।

गुण—अमोनियम कार्ब के समान गुणकारी है (देखो)।

AMMONIUM BROMIDE अमोनियम ब्रोमाइड)

मात्रा—५ से ३० ग्रेन।

गुण—इसके गुण पोटास ब्रोमाइड की तरह हैं (देखो)।

AMMONIUM CARB (अमोनियम कार्ब)

मात्रा—५ से १० ग्रेन।

गुण—उत्तेजक, कफ-निःसारक, अम्लनाशक और वमनकारक है। खांसी और निमोनिया में लाभदायक है। इसके सुंघाने से बेहोशी जाती रहती है और छींक आने लगती हैं। "लिकर अमोनिया साइट्रेटिस" में पड़ता है।

नोट—इसे कांच की डाट वाली शीशी में बन्द रखना चाहिए वरना उड़ जायगा। इसे बड़ी सावधानी से सूंघना चाहिये।

योग

अमोनियम कार्ब	४ ग्रेन
सोडा बैन्जोयस	१५ ग्रेन
पोटास आयोडाइड	५ ग्रेन
लिकर अमोनिया एसिटेटिस डिल	१ ड्राम
सीरप टोलू	१ ड्राम
ऐक्वा क्लोरोफॉर्म	कुल १ औंस

विधि—रोजाना तीन बार (निमोनिया, ब्रौन्काइटिस इत्यादि)।

AMMONIUM CHLORIDE अमोनियम क्लोराइड
(नौसादर)

मात्रा—५ से ६० ग्रेन।

गुण—कफ-निःसारक, मूत्रल, पित्तवर्द्धक और बड़ी मात्रा में नाड़ीशूल नाशक; खांसी, यकृतरोग, नाड़ीशूल, वाय और अजीर्ण में लाभदायक है। मोच, चोट आदि पर इसके लोशन (पोटास नाइट्रेट और स्पिरिट के साथ) में वस्त्र भिगोकर रखने से लाभ होता है।

योग (१)

सोडा सल्फ	३० ग्रेन
अमोनियम क्लोराइड	१५ ग्रेन
ऐक्स० टैरेक्सेसी लि०	१ ड्राम
टि० यूनेमीन	१० मि०
टि० जंशियन कं०	२० मि०
सीरप जिंजर	१ ड्राम
ऐक्वा	कुल १ औंस

विधि--ऐसी एक मात्रा दो तीन बार भोजन के बाद (यकृतरोग, मन्दाग्नि इत्यादि) ऐक्स० टैरेक्सेसी की बजाय ऐ० काल मेघ लि० दे सकते हैं।

योग (२)

अमोनियम क्लोराइड	२ ग्रेन
टिं० रिहाइ कंपाउंड	५ मि०
सोडा वेन्जोअस	२ ग्रेन
टि० पोडोफाइलीन	१ मि०
ऐक्स० कालमेघ लि०	१० मि०
सीरप	१५ मि०
ऐक्वा	कुल १ ड्राम

विधि—ऐसी १ मात्रा दिन में ३ बार (१ वर्ष तक के बच्चों के जिगर के रोगों में)

AMMONIUM ICHTHOSULPHONATE
(अमोनियम इक्थोसल्फोनेट)

मात्रा--५ से १० ग्रेन ।

गुण—"इक्थियौल" को कहते हैं (देखो)

AMMONIUM IODIDE (अमोनियम आयोडाइड)

मात्रा—२ से ६ ग्रेन ।

गुण—पोटास आयोडाइड के समान गुण रखता है ।

AMMONIUM MANDELAS (अमोनियम मैन्डेलास)

मात्रा—५० ग्रेन ।

गुण—वृक्क और मूत्राशय के शोथ में विशेष उपयोगी है । इसके प्रयोग से पीप बन्द हो जाती है और गदला मूत्र साफ हो जाता है ।

AMPHETAMINAE SULPHAS (ऐम्फिटेमिनी सल्फास)
BENZEDRINE SULPHATE (बैन्जेड्रीन सल्फेट)

मात्रा—$\frac{१}{२४}$ से $\frac{१}{६}$ ग्रेन ।

गुण—शराब की इच्छा कम करने के लिए इसे प्रातः और दोपहर को देना चाहिए। इफेड्रीन् की तरह श्वासरोग में उपयोगी है । थकावट, सुस्ती और शक्तिहीनता में भी लाभ देता है । यह मस्तिष्क को उत्तेजित करता है । ५-४५ M. G. रोजाना महीनों तक देने से मिर्गी में लाभदायक सिद्ध हुआ है । मोटापा कम करने के लिए भी प्रयुक्त होता है । जो रात्रि को जागना चाहते हैं उन्हें इसे संध्या के समय प्रयोग करना चाहिए । दीर्घ काल तक इसे प्रयोग करने से अनिद्रा और अतिरक्तचाप विकार हो जाते हैं । जब तबियत गिर रही हो और काम करने को जी न चाहता हो, इसकी १ टिकिया खा लेनी चाहिये । डैक्सेड्रीन "DEXEDRINE" नाम की एक पेटंट औषधि आती है जो इसी से मिलती जुलती होती है । इसकी साधारण मात्रा १ से ३ टिकिया रोजाना है परन्तु भूख पर नियंत्रण करने के लिये इसकी १-२ टिकिया दिन में ३ बार भोजन से आधा घंटे पूर्व देते हैं ।

AMMONIACUM (अमोनियाकम)

मात्रा—५ से १५ ग्रेन।

गुण—खांसी में लाभदायक है। कम प्रयुक्त होता है।

AMYLASE (ऐमिलेज)

मात्रा—१ से ५ ग्रेन।

गुण—"डायस्टेज" का दूसरा नाम है (देखो)

AMYL NITRITE (ऐमिल नाइट्राइट)

मात्रा— $\frac{1}{2}$ से १ मि० (सूंघने के लिये)।
२ से ५ मि० (पीने के लिए)।

गुण—मिर्गी, श्वासरोग, कष्टरज, आधासीसी, टेटेनस, बेहोशी ओर कोकेन और स्ट्रिक्नीन के विष के प्रभाव से उत्पन्न होने वाले दौरों को रोकती है। इसके कैप्स्यूल आते हैं दौरे के समय एक कैप्स्यूल को रुमाल या रुई में तोड़कर सूंघ लें, दौरा शान्त हो जायगा। कुछ व्यक्तियों को यह बिलकुल अनुकूल नहीं पड़ता।

AMYLUM, STARCH एमिलम, स्टार्च (निशास्ता)

गुण—यह एक प्रकार का खाद्य पदार्थ है। इसे बोरिक एसिड, जिन्क ऑक्साइड, आदि के साथ मिलाकर घाम तथा चर्म रोगों पर छिड़कते हैं। धोबी कपड़ों पर इसका मांड चढ़ाते हैं। आयोडीन के विष को नष्ट करने के लिए भी प्रयुक्त होता है। देखो 'ग्लीसरीन एमीली"

योग

पल्व एमिलम	१ औंस
जिन्क औक्साइट	१ "
बोरिक एसिड	१ "
एसिड सैलिसिलिक	१ ड्राम

विधि—इनका पाउडर बनालें (जिल्द पर छिड़कने के लिए)

AMYTAL (एमिटल)

मात्रा—$\frac{१}{३}$—$\frac{३}{४}$ ग्रेन (उपशामक)
१$\frac{१}{२}$-५ ग्रेन (निद्राजनक)
३-१० ग्रेन (बेहोश करने के लिए)

गुण—अनिद्रा, मासिक रोग, दर्द सर, मृगी, नाड़ीशूल और अन्य प्रकार के शूलों में लाभदायक है। इसकी बनी बनाई टिकिया भी आती हैं।

AMYTAL SODIUM (एमिटल सोडियम)

गुण—यह प्रबल निद्राजनक और संज्ञाहर है। इसके १०% घोल को १ सी० सी० प्रति मिनट की रफ्तार से (कुल ७ से १५ ग्रेन) शिरा में प्रविष्ट करने से रोगी शीघ्र बेहोश हो जाता है। इसे सावधानी से प्रयोग में लाना चाहिए क्योंकि यह श्वास क्रिया को मन्द कर देता है और रक्तचाप को बहुत कम कर देता है।

❀ANABIN (B. C.) एनेबीन (बंगाल केमिकल)

मात्रा—४ ग्रेन दिन में २–३ बार।

मु० अ०—(कुर्ची और बिस्मथ आयोडाइड)

गुण—यह अमेबिक डिसेन्ट्री (पेचिस) में बहुत उपयोगी है।

*ANACARDONE B. D. H. (एनेकार्डोन) 'बी. डी. एच.'

गुण—देखो "निकेथेमाइड"।

ANAESTHESIN (एनिस्थेसिन)

मात्रा—५ ग्रेन।

गुण—शूलहर और कीटाणुनाशक; वमन और आमाशयिक शूल को शान्त करती है। शूलयुक्त चर्म-रोगों में अन्य औषधियों के साथ पाउडर या मरहम के रूप में प्रयुक्त होती हैं।

योग

एसिड टैनिक	२० ग्रेन
बिस्मथ सबनाइट्रेट	४० ग्रेन

पल्व ओपिआई	२० ग्रेन
एनिस्थेसिन	१० ग्रेन
लैनोलीन	३ ड्राम
वैस्लीन	५ ड्राम

विधि—मरहम बनालें (बवासीर के मस्सों पर लगाने के लिए)

ANETHAINE "GLAXO" (एनिथेन) "ग्लैक्सो"

गुण—प्रोकेन की तरह सुन्न करने वाली, परन्तु उससे कई गुना तेज; छोटे-छोटे औपरेशन के लिए उपयोगी है। इसकी मरहम (पेटन्ट) बवासीर और हर प्रकार की खुजली को शांत करती है। इसका लोशन (४ ग्रेन प्रति औंस) आंखों में शूल को शांत करने के लिये टपकाया जाता है।

योग

ऐसिड बोरिक	५ ग्रेन
जिन्क सल्फ	१ ग्रेन
लिकर एड्रोनेलीन क्लोराइड	१ ड्राम
एनीथेन	२ ग्रेन
डिस्टिल्ड वाटर	४ ड्राम

विधि—२ बूंद २-३ बार आंख में टपकाने के लिये (नेत्ररोग) लाली को मिटाने तथा शूल को शांत करने के लिये।

ANTHIOMALINE (एन्थिओमेलीन)

मात्रा—१/२ से ४ मिल (इन्जेक्शन)

गुण—लिश्मेनिआसिस, फिलेरिआसिस, बिल्हार्जिआसिस आदि रोगों में उपयोगी है।

ANEURINE HYDROCHLORIDE (ऐन्युरीन हाइड्रोक्लोराइड)

THIAMINE HYDROCHLORIDE (थायेमीन हाइड्रोक्लोराइड)

मात्रा—१/६० से १/२० ग्रेन (रोग-अवरोधक)

$\frac{१}{६}$ से $\frac{१}{२}$ ग्रेन (रोग-निवारक) ।

गुण—"विटेमिन बी" का दूसरा नाम है (देखो) ।

ANTIFEBRIN (एन्टिफेब्रिन)

गुण—देखो "एसिटेनीलांइड" ।

ANTIMONY ET POTASS TARTRAS (ऐन्टीमनी-एट-पोटास टार्ट्रास) TARTAR EMETIC (टार्टर इमेटिक)

मात्रा—$\frac{१}{३२}$ से $\frac{१}{८}$ ग्रेन (कफ निकालने के लिये) ।
$\frac{१}{२}$ से १ ग्रेन (वमन लाने के लिये) ।
$\frac{१}{२}$ से २ ग्रेन (शिरा द्वारा इन्जेक्शन) ।

गुण—वमन-कारक, स्वेदक, हृदय की गति को मन्द करने वाली और कफ निःसारक है । खांसी की दवाइयों में पड़ती है । ओरियन्टल सोर्स (लाहौरी जख्म) में इसकी एक से दो प्रतिशत शक्ति की मरहम लाभदायक सिद्ध हुई है । कालाजार में इसके इन्जेक्शन अक्सीर साबित हुये हैं । बच्चों में इसके इन्जेक्शन की बजाय इसकी ५% मरहम प्रयोग में लाई जा सकती है । यह रिलैप्सिंग फीवर, यौज और आतशक में भी लाभदायक है ।

योग

कोडीन फौस्फेट	$\frac{१}{८}$ ग्रेन
टारटर इमेटिक	$\frac{१}{१००}$ ग्रेन
टर्पिन हाइड्रेट	$\frac{३}{४}$ ग्रेन
सोडा बेन्जीएट	५ ग्रेन
विनम इपिकाक	५ मि०
मैन्थौल	$\frac{१}{२०}$ ग्रेन
सीरप वसाक विद टोलु	१ ड्राम

विधि—ऐसी एक मात्रा जल में मिलाकर दिन में ३ बार (खाँसी में) ।

ANTIMONY ET SODII TARTRAS
(ऐन्टीमनी-एट-सोडियाइ टार्ट्रास)

मात्रा—$\frac{१}{३२}$ से $\frac{१}{८}$ ग्रेन (कफ निकालने के लिये)।
$\frac{१}{२}$ से १ ग्रेन (वमन लाने के लिये)।
$\frac{१}{२}$ से २ ग्रेन (शिरा द्वारा इन्जेक्शन)।

गुण—इसके गुण "टार्टर इमेटिक" के समान हैं (देखो)।

ANTIPYRIN (ऐन्टीपायरीन)
PHENAZONUM (फेनेजोनम)

मात्रा—५ से १० ग्रेन।

गुण—स्वेदक, शूलहर और स्थानिक संकोचक; पुराने जख्मों और एक्जिमा पर इसकी २० ग्रेन प्रति औंस की मरहम लाभदायक है। नकसीर में इसके १० प्रतिशत घोल में लिन्ट भिगोकर नाक में लगाना बहुत फायदा करता है। टाइफोइड ज्वर, निमोनिंया, क्षयरोग और मलेरिया में इसे अल्प मात्रा में कैफीन के साथ ज्वर कम करने और दर्द को दूर करने के लिये कभी कभी इस्तेमाल करते है। काली खांसी (पोटास ब्रोमाइड और टिंचर बैलाडोना के साथ) सर, दांत, बाय, गठिया, लोकोमोटर अटेक्सिया, कोरिया, मासिक धर्म और स्याटिका के दर्दों में बहुत उपयोगी है। मिक्सचर में पोटास ब्रोमाइड, सोडा सैलिसिलास, लिकर मौर्फीन आदि के साथ दे सकते हैं। कटिशूल, गृध्रसी, यकृतशूल, वृक्कशूल, कष्टरज आदि में इसके इन्जेक्शनों (चर्म के नीचे) से लाभ होता है।

नोट—कुछ रोगियों में इसके प्रयोग से ठंडे पसीने, पित्त उछलना, चर्म शोथ, अजीर्ण, शक्तिपात आदि लक्षण प्रगट होने लगते हैं।

योग

ऐन्टीपाइरीन	७ ग्रेन
लिकर मौर्फीन हाइड्रोक्लोर	२० मि०
टिंचर जल्सीमाइ	५ मि०

टिंचर नक्सवौमिका		५ मि०
ऐक्वा	कुल	१ औंस

विधि—एक मात्रा चार-चार गंटे में (बाय, दंतशूल, कर्णशूल, कष्टरज इत्यादि)।

ANTITHYROIDIN (ऐन्टीथाइरौइडीन)

मात्रा—१० बूंद दिन में तीन बार (पीने के लिये)।
१ सी० सी० (माँस द्वारा)।

गुण—अहमकपन, बौनापन, रजोनिवृत्ति का दर्दसर, घेघा, ग्रेव्जडिसीज, बच्चों का रात्रि में मूत्र निकल जाना आदि विकारों में उपयोगी है। इसे सावधानी के साथ प्रयोग में लाना चाहिए।

ANTUITRIN-S (ऐन्ट्युट्रीन एस)

मात्रा—५०० से १००० यूनिट्स (मांस में या चर्म के नीचे)

गुण—यह पिट्युट्री ग्रन्थि से तैयार होती है। यह गर्भाशय सम्बन्धी रोगों में प्रयुक्त होती है जैसे जननेन्द्रियों की बनावट में कमी रह जाना, नष्टार्तव, जवानी का देर में आना, गर्भपात की आशंका, रक्तप्रदर, बाँझपन, इत्यादि। पुरुषों में यह नपुंसकता, जवानी का देर में आना, जननेन्द्रियों की बनावट में कमी रह जाना इत्यादि विकारों में प्रयुक्त होती है। इसे प्रैग्नील और प्रोलन भी कहते हैं।

ANTI-VENOM SERUM (ऐन्टी-वेनम सीरम)

मात्रा—१०० मिल्स (शिरा द्वारा)।

गुण—सर्पविष के लिए अकसीर है। यह भिन्न २ प्रकार के सर्पों की लाला-ग्रंथियों से तैयार की जाती है।

APIOL (एपिऔल)

मात्रा—३ से ५ मि०।

गुण—मासिक धर्म के कम या कष्ट के साथ होने में उपयोगी है। इसे सुबह और शाम २ बार कैप्स्यूल में भर कर आर्तव काल में ४-५ दिन तक देना चाहिए।

योग

(१) ऐपिओल क्रिस्टल्स	२ ग्रेन
पल्व ग्वाआसी	१५ ग्रेन

विधि—कैचट में भर लें। एक कैचट मासिक धर्म आरम्भ होने से पूर्व दिन में २ बार दें। (कष्टरज)।

योग

(२) अर्गोटीन	२ ग्रेन
एपिओल	३ मि०

विधि—ऐसा एक कैप्स्यूल दिन में ३ बार दें (नष्टार्तव में)।

APOCYNUM (एपोसाइनम)

गुण—देखो "टिंचर एपोसाइनम"।

APOMORPHINE HYDROCHLORIDE (एपोमौर्फीन हाइड्रोक्लोराइड)

मात्रा—$\frac{1}{64}$ से $\frac{1}{32}$ ग्रेन (कफ-निःसारक मुंह द्वारा)
$\frac{1}{32}$ से $\frac{1}{8}$ ग्रेन (वमनकारक, इंजेक्शन द्वारा)

गुण—यह खांसी में बलगम निकालने के लिये इस्तैमाल की जाती है। विष चिकित्सा में कै लाने के लिये यह विशेष उपयोगी है। (इन्जेक्शन द्वारा)।

नोट—देखो "लिंक्टस एपोमौर्फीन कम कोडीन"।

APOTHESINE (एपोथैसीन)

गुण—छोटे छोटे औप्रेशन (जैसे दांत निकालना) करने के लिये इसका २% इन्जेक्शन लगाया जाता है।

AQUA ANETHI CONC ऐक्वा एनेथी कन्स (अर्क सोया तेज)

मात्रा—५ से १५ मि०।

मु० अ०—(आयल एनेथी २ मिल्स, अल्कोहल (९०%) ६० मिल्स, वाटर कुल १०० मिल्स)

गुण—पाचक और अनुलोमक; बच्चों के अजीर्ण में विशेष उनयोगी है। यह बच्चों की ग्राइप वाटर, ग्राइप मिक्सचर आदि सभी औषधियों में पड़ता है। इसे जल के साथ हलका करके इस्तेमाल करते हैं। इसे डिल वाटर भी कहते हैं।

AQUA ANISI CONC ऐक्वा ऐनिसी कन्स (अर्क सौंफ तेज)

मात्रा—५ से १५ मि०

गुण—पाचक और वायुमारी, अफारा और पेट के शूल में उपयोगी हैं।

AQUA CAMPHOR ऐक्वा कैम्फर (अर्क काफूर)

मात्रा—½ से १ औंस।

मु० अ०—[कैम्फर १, अल्कोहल (९०%) २, वाटर १००]

गुण—अजीर्ण, अतिसार आदि में प्रयुक्त होता है। नेत्रों में भी डालते हैं।

AQUA CARUI ऐक्वा कैरुई (अर्क जीरा)

मात्रा—½ से १ औंस।

गुण—पाचक और वायुसारी। अजीर्ण में उपयोगी है।

AQUA CHLOROFORM ऐक्वा क्लारोफार्म

मात्रा—½ से १ औंस।

मु० अ०—(क्लोरोफार्म २·५, वाटर १०००)।

गुण—पाचक, वायुसारी, मिक्सचर्स को स्वादिष्ठ करने के लिये भी प्रयुक्त होता है।

AQUA CINNAMON CONC ऐक्वा सिनेमन कन्स (अर्क दारचीनी तेज)

मात्रा—५ से १५ मि०।

मु० अ०—[सिनेमन आइल २०, अल्कोहल (९०%) ६००, वाटर कुल १०००]

गुण—अजीर्ण और अतिसार में उपयोगी हैं।

AQUA DESTILLATA ऐक्वा डेस्टिलेटा (आसुत जल)

मात्रा—½ से १ औंस।

गुण—आंख के लोशन तथा इन्जेक्शन बनाने के काम आता है। ऐसे मिक्सचर्स को जो हफ्तों या महीनों तक रखने हों, इसी जल से तैयार करने चाहिये।

AQUA LAUROCERASI (ऐक्वा लौरौसरेसी)

मात्रा—½ से २ ड्राम।

गुण—उपशामक; इसे कभी-कभी नेत्रों में डालते हैं (बहुत कम प्रयुक्त होता है)

AQUA MENTH PIP CONC ऐक्वा मैन्थ पिप कन्स (अर्क पीपरमिन्ट तेज)

मात्रा—५ से १५ मि०।

मु० अ०—[पीपरमिन्ट आयल २०, अल्कोहल (९०%) ६००, वाटर कुल १०००]।

गुण—वायुसारी और पाचक; हाजमे के मिक्सचर्स में डाला जाता है।

AQUA PTYCHOTIS ऐक्वा टाइकोटिस (अर्क अजवायन)

मात्रा—१ से २ औंस।

गुण—पाचक और हलका काबिज है; अजीर्ण और अतिसार में उपयोगी है।

AQUA ROSE ऐक्वा रोज (अर्क गुलाब)

मात्रा—१ से २ औंस।

गुण—आंख के लोशन बनाने के काम आता है। ज्वरों में इसे समभाग सिरके के साथ मिलाकर उसमें वस्त्र भिगोकर सिर पर रखते हैं।

योग

ग्लीसरीन	४ ड्राम
ऐक्वा रोज	१ औंस

विधि—लोशन बनालें। (चेहरे और हाथों पर मलने के लिए)

AQUA SEDATIVA (ऐक्वा सेडेटिवा)

बाह्य प्रयोग के लिए।

मु० अ०—(स्पिरिट कैम्फर (१०%) १० ड्राम, सोडियम क्लोराइड ६० ड्राम, लिकर अमोनिया ६० ड्राम, डिस्टिल्ड वाटर १२५ ड्राम)

गुण—चोट, बाय और दर्द सर में इस लोशन में वस्त्र भिगोकर रखने से फायदा होता है

ARAROBA (GOA POWDER) अरारोबा (गोआ पाउडर)

(देखा गोआ पाउडर)

ARGENTI NITRAS (LUNAR CAUSTIC) आर्जेन्टी नाइट्रास (ल्युनर कॉस्टिक)

मात्रा—$\frac{१}{६}$ से $\frac{१}{४}$ ग्रेन।

ARGENTI NITRAS INDURATUS (TOUGHENED CAUSTIC)

आर्जेन्टी नाइट्रास इन्डुरेटस (टफन्ड कॉस्टिक)

बाह्य प्रयोग के लिए।

गुण—देर में अच्छे होने वाले जख्मों, रोहों, अंजनयारी, कण्ठप्रदाह, मुंह के छाले, मस्से, दाद और फुन्सियों पर इसका २० ग्रेन प्रति औंस का लोशन फायदेमंद होता है। नेत्र दुखने में हलका लोशन (२ ग्रेन प्रति औन्स) टपकाना चाहिये। सोजाक और श्वेतप्रदर में इसका $\frac{१}{६}$ से $\frac{१}{२}$ ग्रेन प्रति औन्स का लोशन इस्तेमाल करना चाहिए। पुरानी पेचिश में इसका अनीमा (१० ग्रेन २० औन्स जल में) उपयोगी सिद्ध हुआ है। कभी कभी इसे (आर्जेन्टी नाइट्रास)

भयादी बुखार (खून रोकने के लिए) अतिसार और मृगी में भी इस्तेमाल करते हैं। यह खिजाब में भी पड़ता है। इसका ५–१० ग्रेन प्रति औन्स का लोशन भग और गुदा की खुजली को शांत कर देता है। गर्भावस्था की वमन को रोकने के लिए इसे ½ ग्रेन की मात्रा में ६-६ घंटे में २–३ औन्स जल के साथ देना चाहिए।

ARGENTI NITRAS MITIGATUS
(आर्जेन्टी नाइट्रास मिटिगेटस)

बाह्य प्रयोग के लिए।

गुण—दाहक है। इसे बाह्य रूप में आर्जेन्टी नाइट्रास इन्डुरेटस की बजाय इस्तेमाल कर सकते है।

ARGENTO-PROTEINUM FORTE (PROTARGOL)
आर्जेन्टो-प्रोट्रीनम फोर्ट (प्रोटार्गल)

गुण—देखो प्रोटार्गल।

ARGENTO-PEROTEINUM MITE (ARGYROL)
आर्जेन्टो-प्रोटनीम मिटी (आर्जीरोल)

गुण—नेत्र रोगों में (२० से ३० ग्रेन प्रति औन्स) सोजाक में (१ ग्रेन २ औन्स में) मसाना धोने के लिए (१ ग्रेन १०औन्स में) और रोहों पर लगाने के लिए (२५%) यह उपयोगी सिद्ध हुआ है। यह आंखों में टपकाने से जलन पैदा नहीं करता। आंखों के एक्जिमा और प्रदाह में इसकी २% मरहम लगाई जाती है।

ARISTOL (ऐरिस्टोल)
THYMOL IODIDE (थाइमौल आयोडाइड)

गुण—इसके गुण और प्रयोग आयडोफार्म के सदृश है परन्तु इसमें उसकी तरह दुर्गन्ध नहीं आती। जख्मों को यह शीघ्र भर देता है। दाद, ल्युपस और सोराइसिस पर इसकी मरहम (१०%) लगाई जाती है।

ARISTOCHIN (ऐरिस्टोकिन)

मात्रा—५ से १० ग्रेन।

गुण—यह जायके में फीकी होती है। क्योंकि यह कुनीन से तैयार होती है अतः इसके गुण भी वैसे ही हैं। मलेरिया, टाइफाइड इन्फ्लुइन्जा और काली खांसी में उपयोगी है (अब यह बाजार में नहीं मिलती)

ARRHENAL (आर्हिनल)

मात्रा—३/५ से ३ ग्रेन।

गुण—इसमें आर्सेनिक होने के कारण इसके गुण भी आर्सेनिक के समान है। यह मुख्यतया क्षयरोग, भयंकर पाण्डुरोग, आत्शक और पुराने ज्वर में उपयोगी है।

योग

आर्हिनल	१/२ ग्रेन
ऐक्स० पैराथाइरोइड	१/१० ग्रेन
न्युक्लीन	१ ग्रेन
थ्योकौल (रोशे)	१० ग्रेन
कैल्सियम ग्लुकोनेट	१५ ग्रेन
सोडियम सिनेमेट	२ ग्रेन

विधि—ऐसी एक पुड़िया दिन में तीन बार (क्षय रोग)। यह डाक्टर अंसारी का नुस्खा है।

ARSAMIN (आर्सेमिन)

देखो "एटौक्सील" (Atoxyl)

ARSENI TRIOXIDUM (आर्सेनि ट्राइऔक्साइडम)

मात्रा—१/६० से १/१२ ग्रेन।

आर्सेनिक या एसिड आर्सेनिक को कहते हैं। (देखो)

ASAFOETIDA ऐसेफीटिडा (हींग)

मात्रा—उत्तेजक, कफनि: सारक, अनुलोमक, मृदुविरेचक और पाचक

है। अजीर्ण, अफारा, हिस्टीरिया आदि में लाभदायक है। अफारे में इसका एनिमा (३० ग्रेन ४ औन्स जल में) उपयोगी है। "देखो स्पिरिट अमोनिया, फीटिडस, टि० ऐसेफीटिडा, पिल एलोज एट ऐसेफीटिडा"।]

योग

ऐसे फीटिडा	१ ग्रेन
कैम्फर	१ ग्रेन
ओपियम	१ ग्रेन
ब्लैक पेपर	१ ग्रेन
मैन्थौल	$\frac{1}{80}$ ग्रेन

ऐक्स० जंशियन काफी (लगभग १-२ ग्रेन)

विधि—ऐसी एक गोली दिन में ३ बार (अजीर्ण, शूल, अतिसार)

ASHOK (अशोक)

गुण—देखो 'ऐक्सट्रैक्ट अशोक लि०'

ASPIRIN (ऐस्पिरीन)

गुण—देखो "एसिटिल-सैलिसिलिक-एसिड"।

*ATEBRIN (एटेब्रिन)

मात्रा—१½ ग्रेन (टिकिया) दिन में ३ बार

गुण—मलेरिया ज्वर में अत्यन्त उपयोगी है। यह कद्दुदाने में भी उपयोगी पाई गई है। बाज दशाओ में कुनीन से भी अच्छा काम करती है। जब ज्वर बार-बार आने लगता है तब इसके प्रयोग से बहुत लाभ होता है। इसके इंजेक्शन भी आते हैं जिन्हें जल में घोल कर मांस में लगाया जाता है। अब इसे बहुत कम प्रयोग किया जाता है।

*ATOPHAN "SCHERRING" (एटोफन) "शेरिंग"

मात्रा—५–१० ग्रेन।

गुण—ज्वरहर, बाय नाशक और शूल को हरने वाला। इसके गुण सोडा

सैलिसिलास की तरह हैं। यह गठिया, बाय, स्याटिका और नाड़ीशूल में अत्यन्तलाभदायक है। गठिया के दौरे में तो यह आश्चर्य जनक लाभ देता है। १-२ दिन में ही शूल और सूजन शान्त हो जाते हैं। इसे सोडा बाईकार्ब मिश्रित जल के साथ देना अच्छा है। इसकी टिकिया भी आती हैं। इसे क्वीनोफॅन भी कहते हैं। अब यह बाजार में नहीं मिलती।

ATOXYL, SOAMIN एटोक्सिल (सोआमिन)

मात्रा—$\frac{३}{४}$-३ ग्रेन।

गुण—इसमें आर्सेनिक होता है। इसका मुख्य प्रयोग श्वासरोग के लिए है क्षयरोग, मलेरिया, सोराइसिस, फीलपा, सार्कोमा, पान्डु रोग और आतशक में भी उपयोगी है। आतशक में मांस द्वारा और दमे में त्वचा के नीचे इसका इंन्जेक्शन लगाया जाता है (तीसरे और चौथे दिन)। कभी कभी इसके प्रयोग से अन्धापन हो जाता है अतः इसके प्रयोग काल में इन बातों का ध्यान रखना चाहिये (१) इसका प्रयोग आरम्भ करने से पूर्व किसी नेत्रपरीक्षक से नेत्रों की परीक्षा करा लेनी चाहिये। (२) वृक्क और यकृत के रोगों में इसको प्रयोग में न लाना चाहिये। (३) १०० ग्रेन पहुँच जाने के बाद चार सप्ताह तक, इसे बन्द कर देना चाहिये। जब अनिद्रा, पेट का शूल और बिनाई में कमी—ये लक्षण प्रगट होने लगें तो इसे बन्द कर देना चाहिये। अब इसका प्रयोग बहुत कम हो गया है।

ATROPINE, ATROPINE SULPH (एट्रोपीन, एट्रोपीन सल्फ)

मात्रा—$\frac{१}{२४०}$ से $\frac{१}{६०}$ ग्रेन।

गुण—नेत्र रोगों (मुख्यतया आइराइटिस) में पुतली फैलाने के लिये, इसका १-२ ग्रेन प्रति औन्स का लोशन अथवा मरहम प्रयुक्त होती है। ओपियम, मौर्फीन, पिलोकार्पीन, एकोनाईट और हाइड्रोसाइनिक एसिड आदि विषों के प्रभाव को नष्ट करती है। क्षयरोग में रात्रि को आने वाले पसीनों

को रोकती है। दूध को सुखाती है और थूक की मिकदार को कम करती है। बच्चों के अनैच्छिक-मूत्रस्राव (रात्रि में), काली खांसी और दमा में उपयोगी है। इसका इन्जेक्शन हैजा, गृध्रसी, उदरशूल, वृक्कशूल, दमा आदि में उपयोगी है। स्वप्न-दोष में भी यह लाभदायक है। इसका मुख्य प्रयोग नेत्र रोगों में है।

नोट—देखो "ग्लीसरीन एट्रोपीन, लिकर एट्रोपीन, इन्जेक्शियो एट्रोपीन"

योग

एट्रोपीन सल्फ	२ ग्रेन
नोवोकेन	५ ग्रेन
डिस्टिल्ड वाटर	१ औन्स

विधि—इसकी २ बूंद दिन में ३ बार आंख में टपकायें (आइराईटस)

AURI CHLORIDE (औरि क्लोराइड)

मात्रा—$\frac{१}{१६}$—$\frac{१}{४}$ ग्रेन।

गुण—देखो "गोल्ड क्लोराइड" और लिकर औरि..........

AURI ET SODII CHLORIDE (औरि-एट-सोडिआई क्लाराईड)

मात्रा—$\frac{१}{१६}$—$\frac{१}{४}$ ग्रेन।

गुण—देखो "गोल्ड क्लोराइड एट सोडियम"।

AVLOCLOR (एवलोक्लोर)

"क्लोरोक्वीन फौस्फैट" का पेटंट नाम है।

मात्रा और गुण—४-६ टिकिया पहले दिन; दूसरे और तीसरे दिन २ टिकिया रोजाना (मलेरिया को शांत करने के लिये)। ल्युपस एरीपेमेटोसस के लिए १-२ टिकिया रोजाना ८-१० सप्ताह तक। यकृत-शोथ में इसकी पहले २ दिन तक ४-४ टिकिया दें। बाद में २-३ सप्ताह तक १ टिकिया दिन में २ बार दें।

नोट—इसके ५ सी० सी० के इन्जेक्शन भी आते हैं जिन्हें मांस में लगाया जाता है। अब इसे ४ टिकियों की एक मात्रा में देना उत्तम समझा जाता है।

AZADIRACHTA INDICA (NEEM BARK)
आजाडिरेक्टा इन्डिका (नीम बार्क) नीम की छाल

गुण—यह इन्फ्युसम और टिंचर के रूप में प्रयुक्त होता है। यह भूख बढ़ाने वाला, रक्त शोधक, काबिज और ज्वर को रोकने वाला है। कभी-कभी कुनीन की बजाय दिया जाता है। इसकी जड़ की छाल आंतों के कीड़े मारने वाली है। तर-एक्जिमा और गंदे जख्मों पर, इसकी पत्तियों की पुल्टिस लगाना बहुत फायदेमन्द है।

BABCHI (बाबची)

गुण—इसका ऐक्सट्रैक्टल्युकोडर्मा (श्वेत दाग) पर लगाया जाता है।

BALSAM COPAIBA (बाल्सम कोपेबा)

मात्रा—१०–३० मि०

गुण—सोजाक (विशेषतया), पुरानी खांसी, श्वेत-प्रदर, सोराइसिस आदि रोगों में उपयोगी है। इसे इमल्शन के रूप में अथवा कैप्सूल बनाकर देना चाहिए। सोजाक में ऑयल सैंटल और आयल क्युवेब्र के साथ इमल्शन के रूप में देते हैं। जब से पैनीसिलीन और सल्फौनेमाइड का आविष्कार हुआ है इसका प्रयोग बहुत कम हो गया है।

योग

बालसम कोपेबा	१० मि०
ऑयल सन्दल	१० मि०
,, क्युबेब	५ मि०

लिकर पोटास	१५ मि० ,
म्युसिलेज अकेशिया	१ ड्राम
ऐक्वा मैन्थपिप	कुल १ औन्स

विधि—इमल्शन बनालें, दिन में तीन बार दें। (सोजाक में)

BALSAM GURJAN (बाल्सम गर्जन)

मात्रा—१–२ ड्राम

गुण—कफ-निःसारक और मूत्रल; कोढ़ में इसे लगाना और खाना उपयोगी है। इसे बहुत कम इस्तैमाल किया जाता है।

BALSAM PERU (बाल्सम पीरू)

मात्रा—५–१५ मि०

गुण—जख्म, फटी हुई जगह और खारिश आदि पर मरहम के रूप में प्रयुक्त होता है।

योग

बाल्सम पीरू	१ ड्राम
स्पिरिट रोजमरी	४ औन्स
टिंचर कैन्थेराइडिस	१ ड्राम
पिलोकार्पीन नाइट्रास	२ ग्रेन
बादाम रोगन	१ औन्स

विधि—सबको अच्छी तरह मिलालें। गंज पर रात्रि को सोते समय लगायें और दूसरे दिन प्रातः बोरेक्स और स्पिरिट के घोलसे धोलें। यदि स्पिरिट रोजमरी न मिले तो अन्य औषधियों को मिला कर लगा सकते हैं।

BAL (बाल)

मात्रा—२-१० सी०सी० मास में

मु० अ०—(इसे डाइमर कैऔल भी कहते हैं)

गुण—जब आर्सेनिक, पारा, गोल्ड (सोना) इत्यादि के प्रयोग से विषैले लक्षण प्रगट होने लगते हैं तब इसे इस्तेमाल किया जाता है। रोगी की दशा के अनुसार दिन में २ से ६ इन्जेक्शन कई रोज तक लगाने चहियें।

विशेष—यह औषधि स्वयं भी खतरनाक है। कभी-कभी इसके प्रयोग से मतली, वमन, थूक बहना, होंठ, मुंह और कंठ में जलन होना, रक्तचाप का बढ़ जाना इत्यादि लक्षण पैदा हो जाते हैं। यह बहुत कम प्रयोग की जाती है।

BALSAM TOLU (बाल्सम टोलू)

मात्रा—५ से १५ ग्रेन।

गुण—सीरप टोलू या टिंचर टोलू के रूप में खांसी की दवाओं में पड़ता है। देखो "सीरप टोलू"

BARBITAL (BARBITONE) बार्बीटल (बार्बीटोन) VERONAL (वेरोनल)

मात्रा—५ से १० ग्रेन।

BARBITONUM SODIUM (बार्बीटोनम सोडियम) MEDINAL, VERONAL SODIUM (मेडिनल वेरोनल सोडियम)

मात्रा—५ से १० ग्रेन।

गुण—उपशामक, निद्राजनक; अनिद्रारोग, दर्दसर, दर्दकमर, कष्टरज और अन्य प्रकार के दर्दों में उपयोगी है। इसके प्रयोगकाल में, गुर्दों और आँतों की हालत ठीक रखनी चाहिये। इसे सावधानी से प्रयोग करना चाहिए क्योंकि कभी-कभी इसके प्रयोग से बहुत हानि पहुँचती है।

BARIUM CARB (बेरियम कार्ब)

गुण—यह चूहे मारने के लिये बड़ा उपयोगी है। आटे में मिलाकर इसकी

गोलियां बना लेनी चाहियें। (प्रति गोली १–२ ग्रेन काफी है) और उन गोलियों पर जरा सा घी लगाकर मकान में भिन्न-भिन्न स्थानों पर डाल देनी चाहिएं। चूहे खायेंगे और मर जायेंगे। बाकी भाग जायेंगे।

(BARIUM SULPHAS बेरियम सल्फास)

मात्रा—२ से ५ औंस।

गुण—यह आमाशय आदि का ऐक्सरे लेने के समय प्रयुक्त होता है। रोगी का ऐक्सरे लेने से पूर्व आटे में मिलाकर इसे खिला देते हैं।

BARIUM SULPHIDE (बेरियम सल्फाइड)

गुण—इसका विशेष प्रयोग बाल उड़ाने के लिए है। इसे सम भाग या अधिक स्टार्च के साथ जल में मिलाकर लगा देते हैं ५-७, मिनट में बाल साफ हो जाते हैं।

*BAYER 205 (GERMANIN) (बेयर २०५ जर्मेनिन)

मात्रा—०·६ से १ ग्राम।

गुण—इसके खुश्क ऐम्पूल्स आते हैं प्रति एम्पूल को दस सी० सी० डिस्टिल्ड वाटर में घोल लेते हैं और २–३ दिन के अन्तर से (कुल ५ इन्जेक्शन) शिरा द्वारा या मांस के अन्दर इन्जेक्शन लगाते हैं। ट्राइपेनोसिमियासिस में उपयोगी है।

*B. C. G. VACCINE (बी. सी. जी. वैक्सीन)

मात्रा—०·०५ मिलिग्राम।

गुण—यह क्षय रोग को रोकने के लिए ऐसी ही उपयोगी है जैसे चेचक के लिए चेचक के टीके। इसके इंन्जेक्शन (त्वचा के नीचे या अन्दर) लगाये जाते हैं। एक इंजेक्शन कई वष के लिए क्षय रोग के विरुद्ध क्षमता प्रदान करता है। इसके इंजेक्शन उन्हीं लोगों को लगाये जाते हैं जो जांच करने के बाद इसके योग्य समझे जाते हैं।

नोट—इसके इंजेक्शनों का प्रबन्ध सरकार की ओर से मुफ्त किया जाता है।

BEER YEAST (बियर ईस्ट)

मात्रा—$\frac{1}{2}$ से १ ड्राम (खुश्क की हुई)

गुण—फोड़े फुंसी, कब्ज, पेट और आंतों के विकार, बेरी-बेरी आदि में उपयोगी है।

BEES WAX बीज वैक्स (मोम)

गुण—देखो 'सीरा एल्वा और फ्लेवा'।

BELLADONNA PULVERATA (बैलाडोना पल्वरेटा)
BELLADONNA PRAEPARATA (बैलाडोना प्रीपेरेटा)

बैलाडोना की पिसी हुई पत्तियां

मात्रा—$\frac{1}{2}$ से ३ ग्रेन।

गुण—टि० बैलाडोना और एक्स० बैलाडोना सिक्कम बनाने के काम आता है। देखो "टिंचर बैलाडोना"।

BELLADONNA RADIX (बैलाडोना रेडिक्स)

मात्रा—$\frac{1}{2}$ से ३ ग्रेन।

गुण—ऐक्स० बैलाडोना लि०, लिनिमेंट बैलाडोना, सपोजीटरी बैलाडोना और कौलोडियन बैलाडोना में पड़ता है। (देखो)

BENZAMINE LACTATE (EUCAINE LACTAS)
बेन्जामीन लैक्टेट (यूकेन लैक्टास)

मात्रा—$\frac{1}{6}$ से $\frac{1}{2}$ ग्रेन।

गुण—कोकेन के समान गुण रखता है। इसका प्रभाव धीरे-धीरे आरम्भ होता है परन्तु देर तक रहता है। नेत्र और दांत के औप्रेशन के लिए २

से ३ प्रतिशत और दूसरे छोटे २ औप्रेशन के लिए २–५ प्रतिशत शक्ति का लोशन प्रयुक्त होता है। नाक, कान और कण्ठ के औप्रेशन्स के लिए १०% शक्ति का लोशन प्रयोग में लाना चाहिए ।

BENZEDRINE (बैन्जेड्रीन)

देखो "एम्फिटेमीन सल्फास" ।

BENZENE, BENZOL (बैन्जीन, बैन्जील)

मात्रा '१–२० मि० ।

गुण—यह चार्टा सिनेपिस में पड़ता है । रबड़ इसमें सुगमता-पूर्वक घुल जाता है । खांसी, काली खांसी, ल्युकीमिया, इन्फ्लुन्जा और हौड्‌जकिन्स डिसीज में प्रयोग किया जा सकता है । औषधि के रूप में इसका प्रयोग बहुत कम है ।

BENZOCAINE (बेन्ज़ोकेन)

मात्रा—५–१० ग्रेन ।

गुण—देखो "ऐनिस्थेसीन" (दूसरा नाम)

BENZOINUM बेन्जौइनम (लोबान)
GUM BENJAMIN (गम बेन्जामिन)

मात्रा—१०–३० ग्रेन ।

गुण—कफ निःसारक; कभी-कभी खांसी में दिया जाता है ।

BENZO-NAPHTHOL (बेन्जो-नेफतोल)

मात्रा—४–१० ग्रेन ।

गुण—दस्त, पुरानी पेचिस, अफारा आदि आँतों के विकारों में उपयोगी है । बाह्य रूप से इसे पुराना चंबल, सोराइसिस, खारिश और अन्य चर्म रोगों में इस्तेमाल करते हैं ।

BENZYL-BENZOATE (बैन्जील-बेन्जोएट)

मात्रा—१०–३० मि० ।

गुण—यकृत-शूल, अन्त्रशूल, वृक्क-शूल, काली खाँसी, दमा, शूल औ

मरोड़े के साथ दस्तों का आना, अतिसार और पेचिश आदि ऐसे रोगों में, जिनमें ऐंठन हो, उपयोगी है। बाह्य रूप से इसका २५% इमल्शन खारिश में अक्सीर सिद्ध हुआ है। एक या दो बार लगाने से ही खारिश जाती रहती है। खारिश की कई पेटंट दवाओं में पड़ता है।

नोट—बाजारों में इसका इमल्शन कई पेटंट नामों से बिकता है।

BERBERINE SULPHATE (बर्बरीन सल्फ़ेट)

मात्रा—१-५ ग्रेन।

गुण—लाहौरी (मूगलयी) जख्म में इसके १-२ प्रतिशत शक्ति के इंजेक्शन सप्ताह में एक बार (जख्म के इर्द गिर्द) लगाये जाते हैं।

BETA-NAPHTHOL (बीटा-नेफ़थौल)

मात्रा—५-१० ग्रेन।

गुण—प्रबल कीटाणु-नाशक है। खारिश, चंबल, दाद, सोराइसिस आदि चर्म रोगों में इसकी ५ से १० प्रतिशत शक्ति की मरहम प्रयुक्त होती हैं। यह अतिसार, अजीर्ण (दुर्गन्धयुक्त) और मयादी ज्वर के अतिसार में भी उपयोगी है। आंतों के कृमि-रोग मुख्यतया अंकुरकृमि (Hookworm) में इसे १५ ग्रेन की मात्रा में, १-१ घन्टे के अन्तर से (कुल तीन मात्रा) देना लाभदायक है। यह अब बहुत कम मिलती है।

BINIODIDE OF MERCURY (बिनआयोडाइड ऑफ मर्करी)

गुण—देखो "हाइड्रार्जिरी आयोडाइडी रूब्रम"।

BETEL (बीटल, पान)

गुण—थूक बढ़ाने वाला, अनुलोमक और पाचक है। सुपारी, कत्था, चूना और इलायची के साथ पान का चबाना विशेषतया भोजन के बाद हाजमे को बढ़ाता है और मुंह के छाले और फूले हुए मसूड़ों को लाभ पहुँचाता है। बच्चों के खांसी ज्वर में, पान के अर्क को शहद में मिला कर

चटाना उपयोगी है। इसके अर्क को गर्म करके कान में डालने से कर्ण-शूल शांत हो जाता है। पान पर सरसों का तेल लगाकर और फिर गर्म करके कण्ठ-प्रदाह, ग्रन्थि-प्रदाह, यकृत-प्रदाह, अण्ड-प्रदाह आदि सूजनों पर लगाने से बड़ा लाभ होता है। बच्चों के खांसी, जुकाम में इसे छाती पर लगाना चाहिए। यदि इसे शिशु की माता की छाती पर लगाया जाये तो दूध पैदा होना बन्द हो जाता है।

BIOTIN (बायोटीन)

इसे पहले विटेमिन "एच" कहते थे। यह विटेमिन बी कॉम्पलेक्स के साथ मिली हुई पाई जाती है। इसके अभाव से चर्मप्रदाह, चर्म का रंग पीला-सा पड़ जाना आदि विकार पैदा हो जाते हैं।

BIPP (बिप्प)

बाह्य प्रयोग के लिए।

गुण—यह बिस्मथ सबनाइट्रेट १ भाग, आयडोफार्म २ भाग और पैरेफीन लिक्विड १ भाग—तीनों को गर्म करके तैयार की जाती है। क्षयरोग के नासूर में इसे भरने से बहुत लाभ होता है। इसके अतिरिक्त अन्य प्रकार के घावों और नासूरों के लिए भी लाभदायक है। घाव में एक बार भर कर कई रोज तक दोबारा लगाने की आवश्यकता नहीं पड़ती।

BISMUTH CARB (बिस्मथ कार्ब)

मात्रा—१०-३० ग्रेन।

गुण—स्थानीय शमक और संकोचक है। शूलयुक्त आमाशयिक अजीर्ण, वमन, मतली, अतिसार, पेचिश, अम्लपित्त, आमाशय का व्रण, और मयादी ज्वर के अतिसार में लाभदायक है। चर्मरोगों में खारिश और जलन दूर करने के लिए इसे पाउडर या मरहम के रूप में लगाते हैं। इसे प्रायः सोडा बाइ कार्ब, कैल्सियम कार्ब, डोवर्स पाउडर आदि के साथ मिलाकर देते हैं।

योग (१)

विस्मथ कार्ब	१५ ग्रेन
सोडा बाइकार्ब	१५ ग्रेन
मैन्थौल	$\frac{1}{8}$ ग्रेन
ग्लुकोस	१५ ग्रेन

विधि—एक पुड़िया दो-दो घण्टे में (कै, दस्त, मतली)।

योग (२)

बिस्मथ कार्ब	१० ग्रेन
एन्ट्रोवायोफार्म	१ टिकिया
सल्फे ग्वानीडीन	२ टिकिया

विधि—पुड़िया बनालें, पेचिश में ऐसी १ पुड़िया दिन में ३ बार दें।

BISMUTH SALICYLAS (बिस्मथ सैलिसिलास)

मात्रा—१० से ३० ग्रेन।

गुण—बिस्मथ कार्ब के समान गुण रखता है।

BISMUTH SUBGALLATE (बिस्मथ सबगैलेट)

मात्रा—१५ से २० ग्रेन।

गुण—कीटाणु नाशक और संकोचक। आयडोफार्म की तरह जख्मों, जली हुई जगहों, घावों, चमरस आदि पर लगाया जाता है। अतिसार में भी उपयोगी साबित हुआ है।

योग

बिस्मथ सबगौल	१ ड्राम
एसिड बौरिक	१ ड्राम
सल्फेनिलेमाइड पाउडर	२ ड्राम

विधि—पाउडर बनालें (घावों और गन्दे जख्मों पर दो बार लगायें)।

BISMUTH SUBNITRATE (बिस्मथ सबनाइट्रेट)

मात्रा—५ से २० ग्रेन।

गुण—बिस्मथ कार्ब के समान गुण रखता है। लिकर बिस्मथ एट अमोनिया साइट्रेटिस में पड़ता है।

नोट—इसे टैनीन, सल्फर, पोटास, आयोडाइड और कार्बोनेट्स (जैसे सोडा बाइकार्ब, पोटास वाइकार्ब इत्यादि) के साथ मिक्सचर में नहीं देना चाहिए।

BITTER ORANGE PEEL बिटर औरंज-पील (संतरे का कड़वा पतला छिलका)

गुण—यह टिं० औरंशाई, सीरप औरंशाई और इन्फ्युजम औरंशाई के बनाने में प्रयुक्त होता है। (देखो)

BLACK DRAUGHT (ब्लैक ड्रौफ्ट)

मिस्टुरा सना कम्पोजिटा का दूसरा नाम है। (देखो)

BLACK WASH (ब्लैक वाश)

गुण—देखो "लोशियो निग्रा"।

* BLAUD'S PILL (PILL FERRI) ब्लॉड्स पिल (पिल फैरी)

मात्रा—५ से ३० ग्रेन।

मु०अ०—(२० प्रतिशत फैरस कार्ब)

गुण—हर प्रकार के पांडुरोग और अल्परज (मासिक धर्म का कम होना) में उपयोगी है। शक्ति देती है और रक्त बढाती है। इसकी गोली बनकर आती है।

BLEACHING POWDER (ब्लीचिंग पाउडर)

गुण—दुर्गन्धयुक्त, कीटाणु-नाशक और काबिज है। इसका ०·२५ से

०·५% का घोल जख्म और जले हुए स्थानों को धोने के काम आता है। जल के कीटाणुओं को नष्ट करने के लिए यह २००० गैलन में १ औन्स पर्याप्त होता है। यह कहा जाता है कि इसकी फैक्टरी में काम करने वाले लोगों को क्षय रोग नहीं होता। धोबी इसे कपड़ों को साफ करने के लिए बहुत प्रयोग करते हैं।

BLUE OINTMENT (ब्लु ऑइन्टमेंट)

गुण—"देखो "अन्वन्टम् हाइड्रार्जिरि" (दूसरा नाम)।

BLUE PILL (ब्लु पिल)

"पिल हाइड्राजिरी" का दूसरा नाम (देखो)।

BONE MARROW बोन मैरो (अस्थि मज्जा)

गुण—पाण्डुरोग, क्षयरोग, रिकेट्स और दुर्बलता में लाभदायक है। अन्य औषधियों के साथ मिला कर दी जाती है। कई पेटंट औषधियों में पड़ती है।

BORAX बोरेक्स (सुहागा)
SODII BIBORAS (सोडिआइ बाइबोरस)

मात्रा—५–१५ ग्रेन।

गुण—आर्तवजनक, कीटाणु-नाशक और तन्तुओं को कोमल बनाने वाला। मृगी में इसे सोडा ब्रोमाइड १५ ग्रेन और लिकर आर्सेनिकेलिस ३ मिनम के साथ देने से लाभ होता है। मुख के छालों और फटी हुई जगहों पर इसे ग्लीसरीन में हल करके लगाना चाहिए। छोटे बच्चों के मुख-रोगों में इसे शहद और ग्लीसरीन के साथ मिला कर लगाते हैं। भग और गुदा की खुजली और सूजे हुए जोड़ों पर, इसके घोल में वस्त्र भिगो कर रखना फायदेमन्द है। डिफ्थीरिया और मुख रोगों में इसके घोल के कुल्ले किये जाते हैं।

योग

बोरेक्स	१ ड्राम
ग्लीस्रीन	४ ड्राम

पोटास क्लोरेट	३० ग्रैन
टिंचर मिर्ह	१ ड्राम
ऐक्वा	कुल २ औंस

विधि—सब को अच्छी तरह मिला लें (मुंह के छालों पर लगाने के लिये)

नोट—देखो "ग्लीसरीन बौरैक्स" ।

BOROCAINE (बोरोकेन)

मात्रा—$\frac{1}{3}$–१$\frac{1}{2}$ गेन ।

गुण—सुन्न करने वाली; इसके गुण कोकेन की तरह है । दांत निकालने के लिये, आँख का औप्रेशन करने के लिए और फोड़े आदि को चीरने के लिए इसके २% घोल का इंजेक्शन लगाया जाता है । नाक और गले के औप्रेशन के लिए इसका ५% घोल प्रयुक्त होता है ।

BRANDY (ब्रान्डी)

गुण—देखो "अल्कोहल" ।

BLILLIANT GREEN (ब्रिल्लियन्ट ग्रीन)

गुण—प्रबल कीटाणु नाशक; जख्मों और घावों आदि पर लगाने के लिए इसका १ : १००० घोल प्रयुक्त होता है ।

योग

प्रोफ्लेवीन (०·१ प्रतिशत घोल)	१ औंस
जंशियन वायलेट (१ प्रतिशत घोल)	१ औंस
ब्रिल्लियन्ट ग्रीन (१ प्रतिशत घोल)	१ औंस

विधि—जलने के कारण जो छाले पड़ गए हों उन्हें फोड़कर और मृत खाल को कैंची से काटकर उस पर इस लोशन को रोजाना २ बार लगायें ।

नोट—प्रोफ्लेवीन की बजाय एक्रीफ्लेवीन डाल सकते हैं ।

BROMIDIA (ब्रोमाइडिया)

मु० अ०—(पोटास ब्रोमाइड, क्लोरल हाइड्रास, हायोसायमस, केनेबिस इंडिका, ऑयल ऐनिसि, सीरप, वाटर) ।

मात्रा—½ से २ ड्राम

गुण—इसके गुण पोटास ब्रोमाइड के समान हैं। यह अनिद्रा, बेचैनी, हिस्टीरिया, दौरे, मृगी आदि रोगों में अत्यन्त उपयोगी है।

BROMOFORM (ब्रोमोफॉर्म)

मात्रा—½ से २ मि०।

गुण—काली खांसी के लिए अत्यन्त लाभदायक है। इसे स्पिरिट रैक्टीफाइड, सीरप और ग्लीसरीन के साथ मिलाकर देना चाहिए।

योग

ब्रोमोफॉर्म	१ मि०
स्पिरिट रैक्टिफाइड	१५ मि०
सीरप	३० मि०
ग्लीसरीन	३० मि०
ऐक्वा	कुल ४ ड्राम

विधि—ऐसी मात्रा २–४ वर्ष के बच्चे को दिन में ३ बार दें
(काली खांसी के लिए)

BUCHU (बकु)

गुण—देखो 'टिंचर बकु।'

BURGUNDY (बर्गन्डी)

गुण—यह एक प्रकार कीं अल्कोहल है (देखो अल्कोहल)

BUTYL CHLORAL HYDRATE (ब्युटिल क्लोरल हाइड्रैट)

मात्रा—५ से २० ग्रेन।

गुण—यह मुख्यतया आधा सीसी और चेहरे के दर्द के लिए उपयोगी है। अब यह बहुत कम प्रयोग किया गया है।

योग

ब्युटिल क्लोरल हाइड्रेट		५ ग्रेन
टि० जल्सिमाई		५ मि०
टि० कैनेबिस इण्डिका		५ मि०
सीरप		१ ड्राम
ऐक्वा	कुल	१ औंस

विधि—एक मात्रा दिन में ३ बार (चेहरे के दर्द के लिए)

BUTOFORM (ब्युटोफॉर्म)

गुण—सुन्न करने वाला। इसके घोल को मसूड़ों पर लगाने से मसूड़े सुन्न हो जाते हैं और बिना किसी कष्ट के चीरे जा सकते हैं। कण्ठ और मसूड़ों के दर्द के लिए इसकी टिकियां आती हैं जिन्हें चूसा जाता है। यह औषधि आसानी से नहीं मिलती।

CACAO BUTTER (कैका बटर)

गुण—ग्लीसरीन सपोजीटरी के अतिरिक्त यह सब सपोजीटरीज में पड़ता है।

CAFFEINE (कैफीन) THEINE (थीन)

मात्रा—५–१० ग्रेन।

गुण—देखो "कैफीन साइट्रेट"।

नोट—बाज पुस्तकों में इसकी मात्रा १–५ ग्रेन दी हुई है।

CAFFEINE CITRAS (कैफीन साइट्रास)

मात्रा—५–१० ग्रेन

गुण—हृदय को बल प्रदान करने वाली, मूत्रकारक, उत्तेजक और नाड़ी-शूल को हरने वाली। दर्दसर, हृदय की कमजोरी और वृक्कशोथ में उपयोगी है। थकावट को दूर करती है खांसी की दमकशी को शान्त करती है और अतिसार को रोकती है। ऐस्पिरीन, फिनेस्टीन आदि पसीना लाने वाली और हृदय को कमजोर करने वाली औषधियों के साथ मिलाकर दी जाती है।

योग

कैफीन साइट्रेट	२ ग्रेन
फिनेस्टीन	४ ग्रेन
ऐन्टिपाइरीन	४ ग्रेन

विधि—१ पुड़िया ३–३ घण्टे में (दंतशूल, कर्णशूल इत्यादि)

CAFFEINE ET SODII BENZOAS (कैफीन-एट सोडिआई बेन्जोअस)

गुण—५–१५ ग्रेन (मुंह द्वारा)।
२–५ ग्रेन (इन्जेक्शन)।

गुण—हृदय और श्वांसक्रिया को शक्ति देने के लिए यह स्ट्रिक्नीन की तरह प्रयुक्त होता है। निमोनिया, हैजा, मयादी ज्वर आदि में प्रयोग करने से श्वासक्रिया और रक्त-संचार को उत्तेजित करता है। कोमा, सदमा, शिथिलता और मौर्फीन के विषपान में लाभदायक है। मूत्र लाकर सूजन को पटकाता है।

योग

कैफीन सोडा बैन्जोयस	५ ग्रेन
स्पिरिट अमोनिया एरोमेटिक	२० मि०
स्पिरिट क्लोरोफार्म	१५ मि०
ऐक्वा	कुल १ औन्स

विधि—एक मात्रा दिन में तीन बार (हृदय को शक्ति देने के लिए)

CAFFEINE ET SODII SALICYLAS

(कैफीन-एट सोडिआई सैलिसिलास)

मात्रा—२ से ५ ग्रेन (इन्जक्शन द्वारा)
५ से १५ ग्रेन (मुख द्वारा)

गुण—यह डिजिटेलिस की तरह हृदय को शक्ति देता है। **इसके इन्जेक्शन**

(मांस द्वारा) आधासीसी, वाय, नाड़ीशूल, निमोनिया, इन्फ्लुयन्जा, शिरोशूल और हृदय की कमजोरी में उपयोगी हैं।

CALAMINA (कैलेमाइना)

PREPARED CALAMINE (प्रीपेयर्ड कैलेमाइन)

बाह्य प्रयोग के लिए।

गुण—यह निर्दोष और हल्की संकोचक औषध है। प्रायः चर्म-रोगों में लोशन, मरहम और पाउडर के रूप में इस्तेमाल होता है।

योग

कलेमाइना	२ ड्राम
ग्लीसरीन	२ ड्राम
लिकर कार्बोनिस डैटर०	१५ मि०
ऑयल क्लोव्ज	१० मि०
लाइम वाटर	कुल २ औन्स

विधि—लोशन बनालें (एक्जिमा पर लगाने के लिए)

CALCIFEROL (कैल्सिफरोल)

मात्रा—१००० से ४०००० यूनिट्स रोजाना (रोग अवरोधक)
२००० से २०००० यूनिट्स रोजाना (रोग-निवारक)

गुण—यह विटेमिन "डी₂" होती है। यह ऐसी दशा में प्रयुक्त होती है जब शरीर में इसके अभाव के कारण रिकेट्स का रोग उत्पन्न हो जाय। यह विटेमिन कैल्सियम के अवशोषण के लिए आवश्यक है। दांत और हड्डी इसके बिना ठीक प्रकार नहीं बनते। मसूड़ों के विकारों में इसे बड़ी मात्रा (रोजाना १-१½ लाख यूनिट) में देने से बड़ा लाभ होता है।

CALCII ET SODA LACTATE (कैल्सिआई-एट सोडा लैक्टेट)

मात्रा—५—३० ग्रेन।

गुण—इसके गुण कैल्सियम लैक्टेट के समान हैं परन्तु उसकी अपेक्षा शीघ्र

घुलने और जज्ब होने वाला है। चर्म-प्रदाह, क्षयरोग के रात्रि में आने वाले पसीने, बलगम में खून आना, बच्चों के दांत देर में निकलना, हड्डियों की कमजोरी, रक्तस्राव आदि विकारों में विशेष उपयोगी है।

CALCIUM CARB (PRECIPITATED CHALK)

कैल्सियम कार्ब (प्रेसिपिटेटेड चाक)

मात्रा—१५—६० ग्रेन।

गुण—मृदु संकोचक और अम्लनाशक है। खट्टी डकार, अतिसार और अजीर्ण में उपयोगी है। दांतों के मंजन इसी से बनते हैं। बाह्य रूप से इसे तर एक्जिमा आदि पर लगाते हैं।

योग

मैग कार्ब लेविस	१ औन्स
ऑयल क्लोव्ज	१ ड्राम
मैन्थॉल (पीपरमिन्ट)	१० ग्रेन
सैक्रीन	१० ग्रेन
कैल्सियम कार्ब	१ पौण्ड

विधि—इन्हें अच्छी प्रकार मिलालें। दांतों पर मलने के लिये बतौर मंजन प्रमोग में लाये।

CALCIUM CHLORIDE (कैल्सियम क्लोराइड)

मात्रा—१०—३० ग्रेन।

गुण—रक्त-स्तंभक; हर प्रकार के रक्तस्राव में विशेष-उपयोगी है। निमोनिया, नकसीर, शीतपित्त, खुजली, रक्तप्रदर, क्षयरोग, रिकेट्स, बढ़ी हुई ग्रन्थियां, सकरबूत, अतिसार, कोरिया और कैल्सियम के अभाव से उत्पन्न होने वाले विकारों में बहुत इस्तेमाल होता है। इसके इन्जैक्शन भी लगाये जाते हैं। (शिरा द्वारा ५—१० सी० सी० ५% से १०% और मांस के अन्दर १०० मि० में १ ग्रैन (२४ घन्टे के अन्तर से)।

योग

कैल्सियम क्लोराइड	१५ ग्रेन
हैजलीन लिक्विड	१ ड्राम
ऐक्स० ग्लीसराइजा लि०	१५ मि०
ऐक्वा	कुल १ औन्स

विधि—ऐसी एक मात्रा ३ बार (रक्तस्राव को रोकने के लिये)

* CALCIUM DIURETIN (कैल्सियम-डायुरेटीन)

मात्रा—७ से १५ ग्रेन।

गुण—दमा और आर्टीरियो-स्कलेरोसिस (रक्त वाहिनियों का सख्त हो जाना) में उपयोगी है। रक्तभार (Blood Pressure) को कम करता है। इसे थ्योब्रोमीन कैल्सियम सैलिसिलास भी कहते हैं।

CALCIUM GLUCONATE (कैल्सियम ग्लुकोनेट)

मात्रा—१५-६० ग्रेन (मुंह द्वारा) १५०-३०० मिनिम्स (इन्जेक्शन)।

गुण—कैल्सियम की ममी से उत्पन्न होने वाले रोगों में उपयोगी है। हेफीवर, खुजली, रक्तस्राव, पुरानी खांसी, जुकाम, क्षयरोग, श्वास रोग, और दुर्बलता में इसके इन्जेक्शन बहुत लगाये जाते हैं (नस द्वारा तीसरे चौथे दिन ५, १० या २०%)।

नोट:—इसके इन्जेक्शन धीरे-धीरे लगाने चाहिएँ क्योंकि इसके प्रयोग से समस्त शरीर में गर्मी सी उत्पन्न हो जाती है।

CALCIUM GLYCEROPHOSPHATE
(कैल्सियम ग्लीसरो फौस्फेट)

मात्रा—५-१० ग्रेन।

गुण—बलवर्द्धक है; शारीरिक और तंत्रिका कमजोरी में उपयोगी है। यह प्रायः दूसरे ग्लीसरोफौस्फेट्स के साथ प्रयोग में लाया जाता है।

CALCIUM HYDROXIDE, SLAKED LIME
(कैल्सियम हाइड्रोक्साइड, स्लेक्ड लाइम)

मात्रा—५—१५ ग्रेन।

गुण—संकोचक और पाचक है; प्राय: लाइम वाटर (चूते का पानी) के रूप में प्रयुक्त होता है। इसे बुझा हुआ चूना कहते हैं। इसे पान के साथ भी खाते हैं।

CALCIUM HYPOPHOSPHITE (कैल्सियम हाइपोफौस्फाइट)

मात्रा—३—१० ग्रेन।

गुण—फेफड़ों और स्नायु को शक्ति प्रदान करता है क्षयरोग, पुरानी खांसी, दुर्बलता, दमा और अन्य छाती के रोगों में उपयोगी है। खांसी की अनेक पेटन्ट औषधियों में पड़ता है।

नोट—देखो "सीरप कैल्सिआइ हाइपोफौस्फाइट।

योग

कैल्सियम हाइपोफौस्फाइट	२ ग्रेन
टर्पिन हाइड्रेट	१ ग्रेन
कोडीन फौस्फेट	⅛ ग्रेन
थ्योकोल	५ ग्रेन
सोडियम बैन्जोएट	१५ ग्रेन
वाइनम इपिकाक	१० मि०
स्पिरिट क्लोरोफार्म	१० मि०
सीरप टोलू	१ ड्राम
ऐक्वा	कुल १ औन्स

विधि—ऐसी एक मात्रा ३ बार (हर प्रकार की खांसी में)

CALCIUM LACTATE (कैल्सियम लैक्टेट)

मात्रा—१५—६० ग्रेन।

गुण—"कैल्सियम क्लोराइड" के समान गुण रखता है। यह जल में कम घुलता है। इसे पुड़िया के रूप में देते हैं।

CALCIUM LACTOPHOSPHATE (कैल्सियम लैक्टो-फौस्फेट)

मात्रा—३—१० ग्रेन।

गुण—रिकेट्स, खांसी और दुर्बलता में प्रयुक्त होता है अनेक विलायती खांसी की पेटेन्ट दवाओं में पड़ता है।

नोट:—देखो "सीरप कैल्सिआई लैक्टोफौस्फेटिस"।

CALCIUM LAEVULINATE (कैल्सियम लेवुलिनेट)

मात्रा—५ ग्रेन (१५ प्रतिशत घोल) मांस में या १५ ग्रेन (१० प्रतिशत घोल) नस में।

गुण—इसके गुण कैल्सियम ग्लुकोनेट की तरह हैं।

CALCIUM MANDELATE (कल्सियम मैन्डेलेट)

मात्रा—३०-६० ग्रेन।

गुण—मूत्र-रोग जैसे मूत्राशय-प्रदाह, वृक्क-प्रदाह आदि में, विशेष उपयोगी है।

CALCIUM PANTOTHENATE (कैल्सियम पैन्टोथिनेट)

मात्रा—५०-M.G. (इंजेक्शन)।

गुण—पैरों में जलन या शूल होना और अधिक पसीना आना, सुई या पिन से चुभना, गर्भावस्था की भयंकर वमन आदि में उपयोगी है। इसके इंजेक्शन रोजाना या तीसरे दिन, मांस में लगाने चाहियें। यह एक विटामिन है।

CALCIUM PERMANGANATE (कैल्सियम परमैंगनेट)

मात्रा—½—२ ग्रेन।

गुण—पोटास परमंगनेट की तरह कुल्ले करने, औजार साफ करने, जख्म और घाव धोने तथा नाक, कान, मूत्रमार्ग और योनि में पिचकारी लगाने के लिये यह लोशन के रूप में प्रयुक्त होता है।

CALCIUM PHOSPHATE (कैल्सियम फौस्फेट)

मात्रा—१०-३० ग्रेन।

गुण—अस्थियों की वृद्धि और शरीर के पोषण के लिये यह अत्यावश्यक है। गर्भवती स्त्रियों, बच्चों और अतिसार और क्षयरोग के रोगियों को विशेष रूप से उपकारी है।

CALCIUM SULPHIDE (कैल्सियम सल्फाइड)

मात्रा—$\frac{१}{२}$-१ ग्रेन।

गुण—फोड़े फुन्सी, मुंहासे आदि में उपयोगी है। इसे गोली के रूप में प्रयोग में लाना चाहिये।

योग

कैल्सियम सल्फाइड	$\frac{१}{२}$ ग्रेन
ऐसिड आर्सेनिक	$\frac{१}{३२}$ ग्रेन
ईस्ट	५ ग्रेन
ऐक्स० जंशियन (आवश्यकतानुसार)	

विधि—ऐसी एक गोली दिन में ३ बार (फोड़े फुन्सी के लिए)

CALCIUM THIOSULPH (कैल्सियम थ्योसल्फ)

मात्रा—१०% घोल के ६ सी० सी० के इंजेक्शन।

गुण—आर्सेनिक, बिस्मथ, और मर्करी के इंजेक्शन लगाने से पैदा होने वाले विषैले लक्षणों को शान्त करने के लिए यह प्रयोग किया जाता है। आरम्भ में ७-८ दिन तक रोजाना १ इंजेक्शन शिरा में दें। बाद में दूसरे दिन दें।

CALX CHLORINATA (कैल्क्स क्लोरिनेटा)

गुण—देखो "ब्लीचिंग पाउडर"।

CALOMEL (कैलोमल)

मात्रा—१-५ ग्रेन।

गुण—देखो "हाइड्रार्जिरी सबक्लोराइड"।

CALOMEL CREAM (कैलोमल क्रीम)

गुण—इसमें कैलोमल के अतिरिक्त, मर्करी साइनाइड, बूलफैट, वैसलीन

और दैरेफिन लिक्विड पड़ते हैं। स्त्रीगमन के तुरन्त बाद इसे शिश्न के अग्र-भाग पर ५-६ मिनट तक अच्छी तरह मलने से आत्शक होने का भय नहीं रहता।

नोट:—देखो "अन्वन्टम हाइड्रार्जिरि सबक्लोराइड कं०"।

CALOMEL OINTMENT (कैलोमल ऑइन्टमेन्ट)

गुण—देखो "अन्वन्टम हाइड्रार्जिरी सबक्लोराइडी"।

CALUMBA (कौलम्बा)

गुण—१०-३० ग्रेन।

गुण—क्षुधावर्धक और पाचक; अग्निमांद्य में उपयोगी है।

नोट :—देखो "टिंचर कौलंबा",, "इन्फ्युजम कौलंबा"।

CAMPHOR (कैम्फर कपूर)

मात्रा—२-५ ग्रेन।

गुण—आक्षेपहर, उत्तेजक, शमक, वायुसारी, और कीटाणु नाशक है। हैजा, अतिसार, अजीर्ण, आंत और पेट का दर्द, पुरानी खांसी और हिस्टीरिया आदि विकारों में लाभदायक है। बाह्यरूप से दर्दों पर लगाया जाता है। श्वास-क्रिया और रक्त संचार को उत्तेजित करने के लिए इसके इंजेक्शन लगाये जाते हैं। यह मैन्थोल, क्लोरल हाइड्रेट या थाइमोल के साथ, मिलाने से घुल जाता है। छाती पर मलने से यह दूध की उत्पत्ति को कम करता है।

योग

कैम्फर	१ ड्राम
क्लोरल हाइड्रेट	१ ड्राम
ऑयल क्लोव्ज	१ ड्राम
मैन्थोल	१५ ग्रेन

विधि—सबको मिलाकर फुरेरी से लगायें (दन्त शूल के लिये)

नोट :—देखो "स्पिरिट, लिनिमेन्ट और टिंचर कैम्फर कं०"।

CAMPHORIC ACID (कैम्फोरिक एसिड)

मात्रा—५-१० ग्रेन ।

गुण—मुंहासे, क्षय-रोग का अतिसार, मिर्गी, जुकाम, कोरिया तथा मूत्राशयप्रदाह में लाभकारी है। इसका प्रयोग बहुत कम है ।

CAMPHOR MONOBROMATE (कैम्फरमौनोब्रोमेट)

मात्रा—५-१० ग्रेन ।

गुण—आक्षेपहर, निद्राकारक और शूलनाशक है। मिर्गी, हिस्टीरिया, नाड़ीशूल, काली खाँसी, दमा, अनिद्रा, दर्द सर तथा मदात्यय में लाभदायक है । स्वप्नदोष में गोली के रूप में और बच्चों के अनैच्छिक मूत्रस्राव (रात्रि में) में टिंचर बैलाडोना के साथ प्रयुक्त होता है। आजकल इसे बहुत कम इस्तैमाल किया जाता है ।

योग

ऐन्टीपाइयीन	२ ग्रेन
कैफीन साइट्रास	२ ग्रेन
कैम्फर मौनोब्रोमेट	२ ग्रेन

विधि—एक कैप्सयूल जब शिर में पीड़ा हो ।

CAMPHORATED OIL (कैम्फोरेटेड ऑयल)

गुण—देखो "लिनिमैन्ट कैम्फर" ।

CAMPHORODYNE (कैम्फरोडीन)

मात्रा—५-२० मि० :

गुण—शूल हरने वाली और शमक। खांसी, पेट का दर्द, मतली, वमन, हैजा, अतिसार, जुकाम और पेचिस (कैस्टर आयल इमल्शन के साथ) में उपयोगी है। इसके गुण क्लोरोडीन के समान हैं।

*CAMPOLON (BAYER) कैम्पोलन (बेयर)

मात्रा—२ सी० सी० से ५ सी० सी० तक (मांस में)

गुण—यह लिवर एक्सट्रैक्ट है। हर प्रकार के एनीमिया (पाण्डु रोग) और दौर्बल्य में इसके इन्जेक्शन उपयोगी सिद्ध हुये हैं। रोजाना या तीसरे दिन लगाने चाहियें।

CANADIAN HEMP (कैनेडियन हैम्प)

गुण—"एपोसाइनम" का दूसरा नाम है (देखो टिंचर एपोसाइनम)।

CANE SUGAR केन शूगर (चीनी)
SUCROSE सक्रोस

गुण—चीनी एक प्रकार का भोजन है। यह शरीर में पहुँच कर शरीर के तापमान को कायम रखता है। इसका कुछ अंश वसा (चर्बी) में परिवर्तित हो जाता है इसके अधिक प्रयोग से अम्लपित्त और गैस आदि विकार उत्पन्न हो जाते हैं। कभी-कभी मधुमेह के लक्षण प्रगट होने लगते हैं। ऐसे व्यक्तियों को जिन्हें शारीरिक परिश्रम अधिक करना पड़ता है, इसकी अधिक परिमाण में आवश्यकता होती है।

CANNABIS INDICA कैनेबिस इंडिका (भांग)

गुण—शूल नष्ट करके नींद लाने वाला, बाजीकरण, क्षुधावर्द्धक, नाड़ी शूल, आधा-सीसी, उन्माद, अनिद्रा, श्वास, कष्टरज, अतिरज, आंत, यकृत, और वृक्क के शूल, आदि में उपयोगी है। जिन व्यक्तियों को भूख कम लगती हो और बेचैनी और परेशानी रहती हो उन्हें इसके सेवन से अवश्य लाभ होगा। इसको लगातार बड़ी मात्रा में सेवन करने से भूख नष्ट हो जाती है और अजीर्ण हो जाता है।

नोट—देखो "ऐक्सट्रैक्ट और टिंचर"।

CANNABIN TANNATE (कैनेबिन टैनेट)

मात्रा—४-८ ग्रेन।

गुण—यह कष्टार्तव, अत्यार्तव और अनिद्रा में उपयोगी है। पागलपन में भी फायदा करता है। भग की खुजली में इसे ३-५ ग्रेन की मात्रा में ३-४ बार देना चाहिये। आजकल यह बाजार में उपलब्ध नहीं है।

CANTHARIDINUM (कैन्थेरीडीनम)

गुण—देखो "टिकचर कैन्थेरीडिनि" और एम्प्लास्ट्रम .कैन्थेरीडिनि"।

CAPROKOL (कैप्रोकॉल)

मात्रा—१५ ग्रेन (कैप्स्यूल में)

गुण—मूत्राशय और वृक्क के वरम में उपयोगी है। आंतों के कीड़े जैसे अंकुशकृमि, गोलकृमि और सूत्रकृमि इसके प्रयोग से नष्ट हो जाते हैं।

CAPSICUM (कैप्सिकम (लाल मिर्च)

मात्रा—$\frac{१}{६}$-२ ग्रेन।

गुण—देखो "टिंकचर कैप्सीकम" और "अन्वन्टम कैप्सीकम"।

CARBACHOL (कार्बेक्कौल)

मात्रा—$\frac{१}{२०}$—$\frac{१}{१६}$ ग्रेन टिकिया $\frac{१}{२४०}$—$\frac{१}{१२०}$ ग्रेन (इन्जेक्शन)।

गुण—जब औप्रेशन, बेहोशी या प्रसब के फलस्वरूप, मूत्र आना बन्द हो जाता है तब इसे प्रयोग किया जाता है। इन्जेक्शन चर्म या मांस द्वारा देने चाहियें। ग्लौकोमा (Glaucoma) में इसके १ प्रतिशत लोशन की १ बूँद दिन में ३ बार टपकाने से बड़ा लाभ होता है। नाक की दुर्गन्धयुक्त सूजन में इसके ०·०५ प्रतिशत घोल को दिन में ३ बार लगाने से लाभ होता है।

CARBAMIDE (UREA) कार्बेमाइड (यूरिया)

गुण—देखो "यूरिया"।

CARBARSONE (कार्बर्सोन)

मात्रा—२-३ ग्रेन।

गुण—इसमें आर्सेनिक होता है। पेचिश (अमीविक प्रकार की) और आँतों के पुराने रोगों में यह अत्यन्त उपयोगी है। इसे कैप्सियूल में दिन में २ बार १० दिन तक देना चाहिये, तत्पश्चात् कुछ दिन तक प्रयोग छोड़कर पुनः इसे आरम्भ कर देना चाहिये। यकृत और वृक्क के रोगों में इसको प्रयोग न करना चाहिये। पैम्फीगस रोग में यह उपयोगी सिद्ध हुआ है।

CARBO LIGNI WOOD-CHARCOAL कार्बो लिग्नी, वुड चार्कोल (कोयला)

मात्रा—६०-१२० ग्रेन ।

गुण—यह विशेष प्रकार से तैयार किया हुआ शुद्ध कोयला होता है। पेट की दुर्गन्ध को हरने वाला, अफारा और अतिसार में लाभदायक है ।

CARBON DISULPHIDE (कार्बन डाइसल्फाइड)

गुण—तेज कीटाणु नाशक ओर जहरीली; क्षय रोग में इसे सूंघते हैं। इसमें रबड़, गंधक और फौस्फोरस सुगमता पूर्वक घुल जाते हैं। यह बहुत कम प्रयुक्त होता है ।

CARBOLIC OIL (कार्बोलिक आयल)

मु० अ०—(कार्बोलिक एसिड १, औलिव ऑयल १९)

गुण—घावों और जले हुये स्थानों पर लगाया जाता है । इसके लगाने के बाद आयडोफार्म छिड़क देते हैं। पुराने जर्राह इसे बहुत इस्तेमाल करते हैं।

CARBON DIOXIDE (कार्बन-डाइ-ऑक्साइड)

गुण—यह भारी प्रकार की गैस होती है। भूख बढ़ाने वाली, वायुसारी और मूत्रल; इसे प्रायः सोडावाटर और सिडलिट्ज पाउडर के रूप में इस्तेमाल करते हैं । जब अम्ल और क्षारीय पदार्थ आपस में मिलाये जाते हैं जैसे सिडलिट्ज पाउडर में, तब यह गैस पैदा हो जाती है । यदि इस गैस को खालिस सूंघा जाय तो दम घुटने लगता है। दीर्घकाल तक सूँघने से मृत्यु तक हो जाती है ।

CARBON DIOXIDE SNOW (कार्बन डाइ-ऑक्साइड स्नो)

गुण—इसे भस्मों, ल्युपस आदि पर लगाते हैं ।

CARBON TETRACHLORIDE (कार्बन टैट्राक्लोराइड)

मात्रा—३०-६० मि०

गुण—यह हुक वम (पक्वाशय में रहने वाला कीड़ा) की अमोघ औषध है। इसे खालिस या ऑयल किनोपोडियम के साथ मिलाकर (४५ मि० कार्बन टैट्राक्लोराइड और १५ मि० ऑयल) देते हैं। केंचुवे और सूती कीड़ों (Round Worm और Thread Worm) के लिए भी उपयोगी है। इसके प्रयोग के बाद आधा औन्स मैगसल्फ दे देना चाहिए। इसे शराबियों और जिगर के मरीजों को न देना चाहिए। इसमें रबड़ और चर्बी आसानी से घुल जाती है। क्लोरोफार्म की तरह यह रोगी को बेहोश करने के लिए भी सुंघाई जाती है। इसे आग बुझाने के काम भी लाते हैं।

CARDAMOM कार्डेमम (इलायची)

मात्रा—१०-३० ग्रेन।

गुण—क्षुधावर्द्धक, पाचक ओर वायुसारी है।

नोट—"देखो टिंचर कार्डेमम कं०"।

*CARDIAZOL "KNOLL" (कार्डियाज़ौल "नौल")

गुण—हृदय और श्वासक्रिया को उत्तेजित करने वाला; गशी, हृदय की कमजोरी, श्वास-क्रिया का मन्द पड़ जाना, सदमा आदि विकारों में अत्यन्त उपयोगी है। यह टिकिया, लिकुइड और इंजेक्शन, तीनों प्रकार प्रयुक्त होता है। लैप्टेजौल, कार्टजौल, कोरेसौल इत्यादि भी इसके नाम है यद्यपि निर्माणकर्ता भिन्न-भिन्न हैं।

CARMINE कार्मीन (कृमिदाना)

गुण—इसे रंग के तौर पर इस्तैमाल करते हैं।

CARRON OIL (कैरन ऑयल)

मु० अ०—(जैतून या गोले का तेल और चूने का पानी, सम भाग)।

गुण—जले हुए स्थान पर लगाया जाता है।

CARUM कैरम (जीरा)

मात्रा—१०—३० ग्रेन।

गुण—क्षुधावर्द्धक, पाचक और वायुसारी है। दाल, साग आदि और पाचक चूर्णों में पड़ता है (देखो ऑयल)।

CARYOPHYLLUM कैर्योफ़ाइलम (लौंग)

मात्रा—२—५ ग्रेन।

गुण—क्षुधावर्द्धक, पाचक और वायुसारी है। (देखो ऑयल और इन्फ्युजम)।

CASCARA SAGRADA (कैसकरा सग्रेडा)

मात्रा—२० से ६० ग्रेन।

गुण—स्वाभाविक कब्ज के लिए, एलोपैथी में इससे बेहतर दूसरी औषध नहीं है। इसे अधिकतर ऐक्सट्रैक्ट (खुश्क और लिक्विड) के रूप में प्रयोग में लाते हैं। इसे छोटी मात्रा में आरम्भ करना चाहिए और धीरे-धीरे मात्रा को बढ़ाते रहें जब तक कि दस्त साफ न आने लगें। इस मात्रा को कुछ दिनों तक जारी रखें और फिर धीरे धीरे घटाते रहें। देखो "ऐक्सट्रैक्ट" और "सीरप"।

योग

ऐक्स० कैस्करा सग्रैडा लि०		३०–६० मि०
टि० बैलाडोना		५ मि०
स्पिरिट क्लोरोफॉर्म		१० मि०
स्पिरिट अमोनिया एरोमेटिक		१५ मि०
ऐक्स० ग्लीस्राइजा लि०		३० मि०
ऐक्वा क्लोरोफॉर्म	कुल	१ औंस

विधि—ऐसी एक मात्रा सोते समय दीर्घ काल तक (पुराना कब्ज)

CASSIA PULP केशिआ पल्प (अमलतास)

मात्रा—६०—१२० ग्रेन।

गुण—मृदुविरेचक; इसे खालिस कभी नहीं दिया जाता, क्योंकि यह मरोड़े पैदा करता है।

CASTILE SOAP (HARD SOAP)
कैस्टाइल सोप (हार्ड सोप)

इसे सोडियम औलिएट भी कहते हैं।

गुण—स्नान करने और चर्म को शुद्ध करने के काम आता है। मृदु विरेचक है और जैलप, ऐलोज आदि मरोड़े उत्पन्न करने वाली औषधियों के साथ मिलाकर दिया जाता है। कब्ज में गर्म जल में घोल कर इसका एनीमा देते हैं। फार्मेसी में यह गोली और प्लास्टर बनाने में काम आता है। बहुत से दन्तमंजनों में पड़ता है। देखो 'मैगनेशिआइयरऔक्साइडम"।

नोट:—यह पाउडर की शक्ल में भी आता है।

CASTORIUM (कैस्टोरियम)

गुण—उत्तेजक और आक्षेप हर; कष्टरज में इसका टिंकचर ½—१ ड्राम की मात्रा में, फिनेग्रोनम और लिकर मौर्फीन के साथ मिलाकर देना उपयोगी है। देखो "टिंचर कैस्टर"।

CASTOR OIL कैस्टर आॅयल (अरंडी का तेल)

देखो "आॅयल कैस्टर"।

CATECHU कैटेशु (कत्था)

मात्रा—५-१५ ग्रेन।

गुण—काबिज है। फूले हुये मसूड़ों, कंठ-प्रदाह और मुंह के छालों में, इसके टिंचर से कुल्ले किये जाते हैं। अतिसार में उपयोगी है।

नोट—देखो "टिंचर ओर पल्व कैटेशु को" 'ट्रो० कैटेशु"।

CAUSTIC POTASH (कॉस्टिक पोटाश)

गुण—स्थानीय दाहक; ल्युपस और मस्सों पर लगाया जाता है। चेहरे

पर लगाने की क्रीमों में पड़ता है। देखो "लिकर पोटास"। इसे पोटास हाइड्रोक्साइड भी कहते हैं।

CAUSTIC SODA (कॉस्टिक सोडा)

गुण—स्थानीय दाहक; साबुन बनाने के काम आता है। इसे गर्म जल में घोल कर शीशियां धोने के काम लाते हैं। यह खाने के काम कभी नहीं आता।

CERA ALBA सीरा ऐल्बा (सफेद मोम)

गुण—प्लास्टर्स और मरहम बनाने के काम आता है।

CERA FLAVA सीरा फ्लेवा (पीला मोम)

गुण—प्लास्टर्स और मरहम बनाने के काम आता है।

CERII OXALAS (सीरिआई औक्सैलास)

मात्रा—२-१० ग्रेन।

गुण—विशेष कर गर्भावस्था की वमन रोकने के लिये प्रयुक्त होता है। पुराने अतिसार, आधा सीसी, हिस्टीरिया और मृगी में भी उपयोगी है।

योग

सीरिआइ औक्सेलास	५ ग्रेन
बिस्मथ कार्ब	१० ग्रेन
मैनथौल	१/१२ ग्रेन

विधि—ऐसी एक पुड़िया ३-३ घण्टे में (गर्भावस्था की वमन)

CETACEUM सिटेसियम (ह्वेल मछली का मोम)

गुण—छालों और घावों पर लगाया जाता है।

CHALK (चाक)

गुण—देखो 'क्रीटा प्रिपेरेटा"।

CHALK MIXTURE (चाक मिक्सचर)

(MISTURA CRETAE) (मिस्टुरा क्रीटी)

मात्रा—½-१ औंस।

मु० अ०—(प्रीपेयर्ड चाक ३० भाग, ट्रैगेकन्थ ५ भाग, शूगर ६० भाग, सिनेमन वाटर कुल १००० भाग)।

गुण—अतिसार और अम्लपित्त में उपयोगी है।

योग

पल्व क्रीटा एरोमेटिक		१५ ग्रेन
टिंचर कैटेशु		२० मि०
टिंचर कार्डेमम कं०		२० मि०
मिस्टुरा क्रोटी	कुल	½ औंस

विधि—एक मात्रा ४-४ घंटे में (अतिसार)

CHAMPAGNE (शैम्पेन)

गुण—देखो अल्कोहल। यह उत्तम प्रकार की शराब होती है।

CHARAS (चरस)

गुण—यह भांग की पत्तियों से तैयार होता है और तम्बाकू के साथ पिया जाता है। यह बहुत नशीला होता है।

CHARCOAL चारकोल (कोयला)

मात्रा—६०-१२० ग्रेन।

गुण—यह दो प्रकार का होता है। एनिमेलिस और लिग्नम; हैजा, दस्त, मयादी ज्वर, अफारा, दुर्गन्ध-युक्त अजीर्ण आदि विकारों में लाभदायक है (देखो कार्बोलिग्नम)।

CHEBULIC MYROBALANS
केबुलिक माइरोबेलन्स (हरीतकी अर्थात् हरड़)

मात्रा—३०-६० ग्रेन।

गुण—काबिज, बलकारक और क्षुधावर्द्धक है। मंजन के रूप में यह फूले हुये मसूड़ों और छालों में उपयोगी है। सोते समय रोजाना १-२ हरड़ खाने से, १-२ दस्त आ जाते हैं। छोटी हरड़ अतिसार और पेचिश में बहुत लाभ देती है। वैद्यक में इसे रसायन कहा गया है।

CHELSIA PENSIONER (चेल्शिया पैन्शनर)

मात्रा—१-२ ड्राम।

मु० अ०—(ग्वीकम रेजिन, रूवर्ब, क्रीम आँफ टार्टर, नटमग (जायफल गंधक और शहद)।

गुण—पुरानी बाय और गठिया में बहुत उपयोगी है। पुराने जमाने में इसे बहुत प्रयोग किया जाता था।

CHEMICAL FOOD (कैमिकल फूड)

मात्रा—½-२ ड्राम।

गुण—विशेषतया छोटे बच्चों के लिये वलकारक, (Tonic) है। (देखो सीरप फैरिफौस्फेट कम्पाउण्ड)।

CHILI PASTE (चिली पेस्ट)

गुण—वरमों और दर्दों पर लगाते हैं। (देखो अन्ग्वन्टम कैप्सिसी)।

CHINOSOL (चिनोसौल)

गुण—कार्बोलिक एसिड की तरह कीटाणुनाशक है। १५ ग्रेन प्रति २० औंस का घोल इस्तैमाल होता है। इसे पोटासी हाइड्रोक्सीक्वीनोलिनी सल्फास भी कहते हैं।

CHIRETTA (चिरेटा)

देखो "टिंचर चिरेटा, और इन्फ्युसम चिरेटा"।

CHLORAMPHENICOL (क्लोरम्फेनिकौल)

मात्रा—१-२ कैप्स्यूल (२५०-५०० MG) ४-६ घंट के अंतर से।

गुण—यह मयादी ज्वर अर्थात् टाइफाँयड फीवर की मुख्य औषधि है। इसके ३-४ रोज के प्रयोग से ही ज्वर उतरने लगता है और अन्य सभी लक्षण शांत होने लगते हैं। इसके अतिरिक्त यह पेचिस, काली खांसी, निमोनिया, विषैले ज्वर, सोजाक, टाइफस ज्वर और अन्य बहुत से रोगों

में प्रयुक्त होता है। यह अनेक पेटंट नामों से बाजार में बिकता है जैसे क्लोरोमाइसेटीन, क्लोरेमैक्स इत्यादि। इसकी आंख की मरहम, कान में टपकाने की दवाई, बच्चों के लिये पीने की दवाई इत्यादि भी आती है। इसके टेड्रासाइक्लिन के साथ मिले हुये कैप्स्यूल भी आते हैं।

CHLORAL CAMPHOR (क्लोरल कैम्फर)

मु० अ०—(कैम्फर २, क्लोरोफार्म १)।

गुण—दन्तशूल में लाभदायक है। लगाते ही दर्द शान्त हो जाता है।

CHLORAL HYDRATE (क्लोरल हाइड्रेट)

मात्रा—५-२० ग्रेन।

गुण—निद्राजनक, शूलहर और आक्षेपहर; अनिद्रा, हिस्टीरिया, बच्चों और स्त्रियों के बांयटे, श्वासरोग, समुद्र-रोग, उन्माद, टैटेनस और काली खांसी आदि रोगों में उपयोगी है। प्राय: पोटास ब्रोमाइड के साथ मिलाकर दिया जाता है।

देखो "सीरप क्लोरल"।

नोट :—इसे हृद्रोग, ब्राइटस डिसीज और वृद्धावस्था में नहीं देना चाहिए।

योग

क्लोरल हाइड्रेट		१० ग्रेन
पोटास ब्रोमाइड		१५ ग्रेन
टि० हायोसाइमस		१५ मि०
ऐक्स० ग्लीसराइजा लिक्विड		२० मि०
सीरप सिम्पिल		१ ड्राम
ऐक्वा	कुल	१ औंस

विधि—ऐसी एक मात्रा सोते समय (अनिद्रा में)

CHLORALIMIDE (क्लोरेलिमाइड)

मात्रा—५-८ ग्रेन।

गुण—शूलहर; निद्राजनक; मदात्यय, नाड़ीशूल, हिस्टीरिया, निद्रा-नाश इत्यादि में उपयोगी हैं। रोजाना २-३ पुड़िया दें।

CHLORAMINE T. (क्लोरेमीन टी)

गुण—तीव्र कीटाणुनाशक; विषैले जख्मों को साफ करने के लिए (२-४% लोशन) मूत्राशय और योनि को धोने के लिए (½ से १ प्रतिशत लोशन) काम आता है। इसके गुण एक्रीफ्लेवीन की तरह हैं।

CHLORBUTOL OR CHLORETONE
(क्लोरब्युटोल या क्लोरेटोन)

मात्रा—५-२० ग्रेन (कैचेट या कैप्स्यूल में)।

गुण—स्थानीय संज्ञाहर, आक्षेप और वमन नाशक; हिचकी, वमन, मतली, अनिद्रा आदि में उपयोगी है। कष्टार्तव में, मासिक-धर्म आरम्भ होने से पूर्व, ५ ग्रेन दिन में २-३ बार, औप्रेशन से १½ घण्टे पूर्व १५ ग्रेन की एक मात्रा (वमन और शौक को रोकने के लिए) और टैटेनस में ३०-१२० ग्रेन औलिव आयल में मिलाकर गुदा द्वारा देना चाहिये। शूलयुक्त जख्मों पर छिड़कने के लिये इसे जिंक औक्साइड के साथ मिलाकार डस्टिंग पाउडर के रूप में प्रयोग करते हैं।

CHLORIC ETHER (क्लोरिक ईथर)

स्पिरिट क्लोरोफार्म का दूसरा नाम (देखो)।

CHLORPHENIRAMINE MALEATE
(क्लोरफ़ेनीरेमीन मेलियेट)

मात्रा—½-१ टिकिया ३-४ बार।

गुण—जुकाम, हे-ज्वर, पित्त उछलना, एक्जिमा की खुजली, भग और गुदा की खुजली, कीट पतंगों का काटना और औषधियों और सीरम के प्रयोग से होने वाले लक्षणों को शांत करने के लिये, प्रयुक्त होती है।

CHLORODYNE (क्लोरोडीन)

मात्रा—१०-३० मि० (बच्चों को १-२ बूँद) ।

मु० अ०—(क्लोरोफार्म, एसिड हाइड्रोसाइनिक डिल, मौर्फीन, ऑयल पीपरमिन्ट, ईथर, शीरा, टि० कैप्सीकम, टि० कैनेबिस इंडिका) ।

गुण—संकोचक, शूलहर और आक्षेपहर है। खाँसी, वमन, शूल, अतिसार, पेचिस आदि में उपयोगी है। यह बहुत लाभदायक औषधि है।

योग

क्लोरोडीन		१५ मि०
टि० कार्डेमम कं०		२० मि०
सोडा बाइकार्ब		१० ग्रेन
लिकर बिस्मथी एट अमोनिया		१ ड्राम
सीरप औरंशाइ		१ ड्राम
ऐक्वा मैंथ पिप	कुल	१ औंस

विधि—एक मात्रा ३-३ घण्टे में (वमन, शूल, अतिसार, पेचिश ।

CHLOROFORM (क्लोरोफॉर्म)

मात्रा—१-५ मिं० ।

गुण—स्थानीय और सार्वांगिक संज्ञाहर, वायुसारी; बेहोश करने के लिये यह उत्तम ओषधि है । कम्प, आक्षेप, हिचकी, यकृतशूल, वृक्क शूल, काली खांसी और श्वास के दौरों को शांत करने के लिये इसका सुंघाना उपयोगी है। पेट का दर्द, बमन, खांसी और अजीर्ण में, इसे स्वयं या स्पिरिट क्लोरोफॉर्म में मिक्सचर में देना चाहिये। दन्तशूल में इसकी फुरैरी लगाने से तुरन्त लाभ होता है। समुद्ररोब में इसकी १-२ बूँद चीनी पर डालकर १५-१५ मिनट के अन्तर से देनी चाहिये। स्याटिका (गृध्रसी) में स्याटिक नाड़ी के निकट, इसे १० मिनम की मात्रा में चर्म के नीचे इंजेक्ट करना उपयोगी सिद्ध हुआ है।

नोट :—देखो "स्पिरिट, टिंचर, ऐक्वा, लिनिमेंट" ।

योग

क्लोरोफॉर्म	२ ड्राम
ऑयल क्लोब्ज	२ ड्राम
एसिड कार्बोलिक	२ ड्राम
क्रओसोट	२ ड्राम

विधि—इसकी पतली-सी फुरैरी गली हुई दाढ़ में लगायें । दंत शूल शांत हो जायेगा ।

CHLOROQUINE (क्लोरोक्वीन)

मात्रा—४ ग्रेन से १० ग्रेन तक ।

गुण—यह मलेरिया में उपयोगी है । यकृत के विकारों में भी लाभदायक है । रोग से बचने के लिये इसे सप्ताह में १ बार ४ ग्रेन की मात्रा में, सेवन करना पर्याप्त होता है । नवीन ज्वर में ५-६ मात्रा देने से ज्वर रुक जाता है । (बाजार में यह निवाक्वीन, रेसोचीन आदि पेटन्ट नामों से बिकती है) आमतौर पर इसकी ४ टिकिया एक बार खा लेने से ज्वर रुक जाता है ।

CHOLINE HYDROCHLORIDE
(कोलीन हाइड्रोक्लोराइड)

मात्रा—$\frac{१}{६}$ ग्रेन ।

गुण—क्षयरोग में स्वयं या कैलसियम ग्लुकोनेट के साथ इसके इंजेक्शन बहुत उपयोगी सिद्ध हुए हैं ।

CHRISMALINE (क्रिस्मेलीन)

लिक्विड पैरेफीन को कहते हैं । (देखो)

CHRYSAROBIN OR ACID CHRYSOPHANIC
(क्राइसेरोबिन या एसिड क्राइसोफेनिक)

देखो 'एसिड क्राईसोफेनिक" ।

*CIGNOLIN "BAYER" (सिगनौलिन "बेयर")

बाह्य प्रयोग के लिए।

गुण—सोराइसिस, दाद, एक्जिमा आदि रोगों के लिए बड़ी उपयोगी है। १ औन्स एसिटोन में २-३ ग्रेन सिग्नोलीन घोल लें और इसे काँच की डाट वाली शीशी में रखलें। दाद पर इसे ब्रुश से लगायें। २-३ बार लगाना काफी है।

CINCHONA & QUININE (सिन्कोना और कुनीन)

मात्रा—५-१५ ग्रेन।

गुण—अल्प मात्रा में बलकारक और क्षुधावर्द्धक और साधारण मात्रा में मलेरिया ज्वर को उतारने और रोकने वाली। यह मलेरिया की अमोघ औषध है। मयादी ज्वर, बढ़ी हुई तिल्ली, निमोनिया, काली खाँसी, पाण्डु-रोग, नाड़ीशूल (मलेरिया के कारण) और पायरिया में भी प्रयोग की जाती है। मलेरिया में कुनीन के इंजेक्शन भी लगाये जाते हैं।

(देखो कुनीन सल्फ)।

नोट:—(१) क्योंकि कुनीन सिन्कोना से ही तैयार होती है अतः दोनों को साथ-साथ लिख दिया है।

(२) देखो "टिंचर"।

CINCHONA FEBRIFUGE (सिन्कोना फेब्रिफ्यूज)

मात्रा—१-१० ग्रेन।

गुण—कुनीन के समान गुण रखती है। हलके तृतीयक ज्वर में विशेष उपयोगी है। इसे भोजन से १½ घण्टे बाद कैचेट, टिकिया या साइट्रिक एसिड के साथ मिक्सचर के रूप में प्रयोग करना चाहिये। यदि इसके प्रयोग से पूर्व १० मि० लिकर एड्रिनेलीन क्लोराइड दे दी जाय तो वमन नहीं होने पाती जो इसके प्रयोग से हो जाया करती है।

CINCHOPHENUM (ATOPHAN) (एटोफ़न)

देखो "एटोफ़न"।

CINNABAR (सिनेबार)

देखो "हाइड्रार्जिरी सल्फाइड"।

CINNAMON सिनेमन (दारचीनी)

मात्रा—५-२० ग्रेन।

गुण—भूख बढ़ाने वाली, उत्तेजक, काबिज और बायुसारी; मयादी बुखार, अतिसार, पेचिश, अफारा, मरोड़े, क्षयरोग, मतली और गर्भाशयिक रक्तस्राव में उपयोगी है।

नोट—देखो "ऑयल, पल्व सिनेमन कं० और टिंचर सिनेमन"।

CITRIC ACID (साइट्रिक एसिड)

देखो "एसिड साइट्रिक"।

CITRINE OINTMENT (सिट्रीन ऑइन्टमेंट)

देखो "अन्वन्टम हाइड्रार्जिरी नाइट्रेटिस"।

CLOVES क्लोव्ज (लौंग)

देखो "कैर्योफाइलम, ऑयल क्लोव्ज और इन्फ्युसम"।

COAL TAR (कोल तार)

गुण—इसकी मरहम चंबल और कई प्रकार के चर्म रोगों में प्रयुक्त होती है। देखो (लिकर कार्बोनिस डेटर्जंन्स)।

COBRA VENOM (कोब्रा वेनम)

मात्रा—$\frac{१}{२००}$—$\frac{१}{२५}$ ग्रेन (चर्म के नीचे)।

गुण—मृगी के लिए विशेष उपयोगी है। $\frac{१}{२००}$ ग्रेन का पहिला इंजेक्शन, तत्पश्चात् ८ दिन के अन्तर से ३-५ इंजेक्शन और दें। फिर १४ दिन के अन्तर से $\frac{१}{७५}$ ग्रेन के २ इंजेक्शन दें; यदि ये नाकाफ़ी रहें तो १-२

इंजेक्शन १ मास के अन्तर से $\frac{1}{50}$ ग्रेन का और दे दें। (यह कोब्रा जाति के सर्प के विष से तैयार की जाती है)

यह शूलनाशक भी है। नाड़ी शूल में इसके इंजेक्शन मौर्फीन की तरह लाभदायक हैं।

COCA (कोका)

गुण—उत्तेजक, बाजीकरण, पुष्टिकारक और थकावट को दूर करने वाला। इस औषध पर लाइसन्स है देखो "ऐक्स० कोका"।

COCAINE HYDROCHLORIDE
(कोकेन-हाइड्रोक्लोराइड)

मात्रा—$\frac{1}{6}$-$\frac{1}{4}$ ग्रेन।

गुण—सुन्न करने के काम आती है। नेत्रशूल में १-२% घोल, नेत्र के औप्रेशन के लिए २ प्रतिशत घोल, कर्णशूल में कर्ण में टपकाने के लिए, और दन्तशूल में लगाने के लिए, २ से ५ प्रतिशत (औलिव ऑयल में) घोल, और पित्त उछलना, एक्जिमा, चेहरे का दर्द, खुजली आदि में, इसकी वैसलीन के साथ ४ प्रतिशत की मरहम प्रयोग की जाती है। कोकेन, मैन्थौल और एसिड कार्बोलिक तीनों को सम भाग मिलाकर जाड़ में लगाने से शूल तुरन्त शांत हो जाता है।

नोट—इस औषधि पर लाइसन्स है।

नोट—देखो "अन्वन्टम"।

योग (१)

कोकेन	२० ग्रेन
कैम्फर	२० ग्रेन
ग्लीसरीन कार्बोलिक	१ ड्राम
अन्वन्टम हैमेमैलिड्स	६ ड्राम
लैनोलीन	२ ड्राम

विधि—इन मरहम को रोजाना २ बार लगायें (बवासीर के लिए उत्तम है)।

COCUS, COCHINEAL कौकस, कोचिनील (बीर बहूटी)

गुण—मिक्सचर को खुश रंग बनाने के लिए काम में लाते हैं।

CODEINE, CODEINE PHOSPHAS
(कोडीन, कोडीन फौसफास)

मात्रा—$\frac{१}{४}$ से १ ग्रेन।

गुण—शूलहर और निद्राजनक; मधुमेह में शर्करा की उत्पत्ति को कम करती है। बार-बार उठने वाली खांसी में, इसका सीरप अत्यन्त उपयोगी है। बाय, गठिया, नाड़ीशूल, दर्द कमर, पेट का दर्द और दूसरे दर्दों में इसे स्वयं या एस्पिरीन और फिनेस्टीन के साथ मिलाकर देते हैं। (यह अफीम से निकलती है और इसे मेथिल मौर्फीन भी कहते हैं।

नोट—देखो "सीरप कोडीन"।

योग

कोडीन फौस्फेट	१ ग्रेन
कैल्सियस ग्लीस्रोफौस्फेट	५ ग्रेन
ऐक्स० नक्सवामिका	$\frac{१}{२}$ ग्रेन
ऐक्स० कैस्करा सग्रेडा	$\frac{१}{२}$ ग्रेन

विधि—ऐसी एक गोली दिन में ३ बार (मधुमेह)

योग (२)

एस्पिरीन	५ ग्रेन
फिनेस्टीन	३ ग्रेन
कैफीन	$\frac{१}{२}$ ग्रेन
कोडीन	$\frac{१}{४}$ ग्रेन

विधि—पुड़िया बनालें। ऐसी एक पुड़िया ३-४ घण्टे के अन्तर से दें। (हर प्रकार के शूल के लिए)।

COD LIVER OIL कौड लिवर ऑयल (मछली का तेल)

मात्रा—३०-१२० मि०।

गुण—इसमें विटेमिन 'ए' और विटेमिन 'डी' बहुत होती है। इसे फेफड़ों को ताकत देने के लिए और शरीर को मोटा ताजा बनाने के लिए बहुत इस्तेमाल करते हैं। क्षयरोग, श्वासरोग, पुरानी खांसी, अंजीर बेल, घेघा, नाड़ीशूल, रिकेट्स, सोराइसिस (अपरस), पुरानी गठिया और धातु क्षीणता में लाभदायक है। नवीन रोगों से छुटकारा पाने के बाद की दुर्बलता और ऐसी दुर्बलता में जिसका कारण वृद्धावस्था, दमा, पुरानी खाँसी, अधिक परिश्रम या अपर्याप्त भोजन हो, इसके प्रयोग से बहुत लाभ होता है। मालिश के लिए इसमें सम भाग लिनिमेन्ट कैम्फर कम्पाउण्ड को मिलाने से, इसकी दुर्गन्ध कम हो जाती है। जले हुए स्थानों और जख्मों पर इसका लगाना बहुत उपयोगी सिद्ध होता है।

नोट—इसे तेज ज्वर, रक्तवमन, अजीर्ण, मतली, खट्टी डकार, अतिसार, और आमाशय के प्रदाह में नहीं देना चाहिये। जिनकी पाचन शक्ति कमजोर होती है उन्हें यह कम अनुकूल पड़ता है। इसे जाड़ों में प्रयोग करना अच्छा है।

योग

कैल्सियम हाइपोफौस्फाइट	४ ग्रेन
कौडलिवर ऑयल	१ ड्राम
क्रूओसोट	२ मि०
म्युसिलज अकेसिया	१ ड्राम
सोडा बैन्जोएट	१५ ग्रेन
सीरप टोलु	१ ड्राम
ऐक्वा क्लोरोफार्म	कुल १ औन्स

विधि—इसका इमल्शन बनालें—दिन में ३ बार दें (पुरानी खाँसी, क्षयरोग इत्यादि)।

COFFEE कौफी (कहवा)

गुण—उत्तेजक और थकावट को हरने वाली। चाय के समान गुण रखती है। चौथाई चाय की चम्मच $\frac{1}{2}$ गिलास खौलते पानी में चीनी और दूध मिलाकर प्रयोग करें।

COLCHICINE (कौल्चिसीन)

मात्रा—$\frac{1}{120}$—$\frac{1}{60}$ ग्रेन।

गुण—देखो "विनम कौल्चिसी"; गठिया बाय की गोलियों में पड़ती है।

COLLARGOL (कौलार्गौल)

मात्रा—$\frac{1}{2}$—२ ग्रेन।

गुण—इसमें चाँदी होती है। सोजाकजन्य नेत्राभिष्यन्द (नवजात शिशु) को रोकने के लिए, इसकी मरहम लगा देते हैं। आमाशय और आंतों की सूजन में इसे गोली के रूप में दे देते हैं। नेत्ररोगों में इसके घोल (१ से १० प्रतिशत) प्रयुक्त होते हैं।

COLLODION OR COLLODION FLEXILE
कौलोडियन या कौलोडियन फ्लेक्साइल

गुण—यदि इसे त्वचा पर लेप कर दें तो कुछ देर के बाद त्वचा पर एक झिल्ली-सी बन जाती है जिसके अन्दर नमी या वायु प्रवेश नहीं कर सकती। इस गुण के कारण, इसे घाव और नवीन जख्मों पर लगाते हैं। कटी हुई जगह पर इसे लगाने से खून रुक जाता है। छोटे बच्चों के शिश्नाग्र के छिद्र पर इसे लेप करने से, बिस्तरे में पेशाब निकल जाना कभी-कभी बंद हो जाता है। चेचक के दागों पर इसे लेप करने से गड्ढे कम गहरे बनते हैं। जलोदर का पानी निकालने के बाद इसे उदर पर लगाने से छिद्र बन्द हो जाता है।

COLLODION BELLADONNA
(कौलोडियन बैलाडोना)

बाह्य प्रयोग के लिए।

मु० अ०—(लिक्विड ऐक्स० आफ बैलाडोना ५०, टरपन्टाइन ४, कैस्टर ऑयल २, कैम्फर १·५, कौलोडियन २·५, अल्कोहॉल १०, ईथर ३०)

गुण—दर्दों पर इसके लेप से बड़ा लाभ होता है। इसका दूसरा नाम "अम्प्लास्ट्रम बैलाडोना फ्लुइड" है और यह बनी बनाई आती है।

COLLODION IODINE (कौलोडियन आयोडीन)

बाह्य प्रयोग के लिए।

मु० अ०—(आयोडीन १, कौलोडियन १४)।

गुण—दाद, गंज और सूजे हुये जोड़ों पर, इसका लेप लाभदायक है।

COLLODIONIODOFORM (कौलोडियन आयडोफार्म)

मु० अ०—(आयडोफार्म १, कौलोडियन १२)।

गुण—आत्शकी जख्म और सूजी हुई ग्रंथियों पर इसे लगाया जाता है।

COLLODION ICHTHYOL (कौलोडियन इक्थियॉल)

मु०अ०—(इक्थियाल १, कौलोडियन १२)।

गुण—विसर्प रोग और एक्जिमा पर लगाने के लिये।

COLLODION SALICYLICUM CO
(कौलोडियन सैलिसिलिकम को)

मु० अ०—(सैलिसिलिक एसिड ८, ऐक्स० कैनेबिस इंडिका १, कौलोडियन ६०)।

गुण—आटन (Corns) और मस्सों के लिए उत्तम औषधि है। इसे रोजाना कई दिन तक लगाना चाहिए।

COLOPHANY (RESIN) कोलोफेनी (रेजिन) राल

गुण—कीटाणुनाशक और मृदुउत्तेजक; जख्म और घाव पर लगाया जाता है। प्लास्टर्स और मरहमों में प्रयुक्त होता है।

COMMON SALT (SODIUM CHLORIDE)

कौमन साल्ट (सोडियम क्लोराइड) नमक

मात्रा—१०-६० ग्रेन।

गुण—यह शरीर का मुख्य अंश ($\frac{१}{२००}$ भाग) है। नौर्मल सैलाइन सौल्युशन (८० ग्रेन साल्ट और २० औंस डिस्टिल्ड वाटर) नस या गुदा द्वारा या बग़ल और छाती में, या चर्म के नीचे, इन अवस्थाओं में प्रविष्ट किया जाता है। (१) कौलेप्स (२) यूरीमिया या एक्लैम्पशिया (३) अत्यन्त कृशता (४) मस्तिष्क का शोथ (५) कार्बन द्विओषिद गैस का विष। हैजे में इसका हाइपर्टोनिक घोल (साल्ट २ ड्राम, पोटास क्लोराइड ६ ग्रेन, कैल्सियम क्लोराइड ४ ग्रेन, डिस्टिल्ड वाटर १ पाइन्ट) अत्यन्त उपयोगी सिद्ध हुआ है। लगभग २-३ पाइन्ट घोल नस द्वारा शरीर में प्रविष्ट कर दिया जाता है। कंठ के रोगों में इसे गर्म जल में घोल कर कुल्ले किये जाते हैं। जुकाम में इसके घोल को नाक में चढाने से लाभ होता है। कै लाने के लिए यह अत्यन्त उपयोगी है। सूती कीड़ों (Thread worms) को नष्ट करने के लिए इसका एनिमा (५ औंस जल में २ ड्राम) बड़ा फायदेमन्द है। यह २-४ ड्राम की मात्रा में दस्तावर और ६५ ग्रेन की मात्रा में मुलैयन है।

नोट :—इसके अधिक प्रयोग से सकरबूत, अतिसार, पुराना एक्जिमा और सोराइसिस इत्यादि रोग और कम प्रयोग से पाण्डुरोग, दुर्बलता, और चेहरे और टखनों की सूजन आदि विकार पैदा हो जाते हैं।

CONDY'S FLUID (कौन्डीज फ्लुइड)

मु० अ०—(सोडा परमंगनेट १, जल २२०)।

गुण—इसके गुण पोटास परमंगनेट के घोल के समान हैं।

CONFECTIO PIPERIS (कॉन्फेक्शियो पिपेरिस)

मात्रा—६०-१२० ग्रेन।

मु० अ०—(काली मिर्च १ भाग जीरा १½ भाग, शुद्ध शहद ७½ भाग)।

गुण—अर्शरोग में लाभदायक है। सोते समय एक मात्रा खा लेनी चाहिए।

CONFECTIO ROSE (कॉन्फेक्शियो रोज) गुलकन्द

मात्रा—६०-१२० ग्रेनन।

मु० अ०—(ताजा गुलाब के फूल १ भाग, चीनी ३ भाग)।

गुण—मृदु विरेचक हैं; कब्ज में उपयोगी है। सोते समय सौंफ के अर्क से खायें।

CONFECTIO SENNAE (कॉन्फेक्शियो सना)

मात्रा—६०-१२० ग्रेन।

मु० अ०—(सनाय की पत्तियां १०, धनिया ४, अन्जीर १६, इमली और अमलतास प्रत्येक १२, आलुबुखारे ८, सत मुलहटी १½, चीनी ४०, जल कुल १००)।

गुण—मृदु-विरेचक है। अर्श और कब्ज में सोते समय खानी चाहिए।

CONFECTIO SULPHURIS (कॉन्फेक्शियो सल्फ्युरिस)

मात्रा—६०-१२० ग्रेन।

मु० अ०—(प्रेसिपिटेटिड सल्फर ४५०, क्रीम आफ टार्टर ११०, ट्रैगेकन्थ ५, सीरप २१०, टिं० औरंज ५५, ग्लीसरीन १७०)।

गुण—मृदुविरेचक है। अर्श और कब्ज में सोते समय खानी चाहिए।

CONGO RED (कौंगो रेड)

मात्रा—५ और १० सी० सी० (नस द्वारा इन्जेक्शन)।

गुण—रक्तस्तम्भक है। हर प्रकार के रक्तस्राव में उपयोगी है।

CONTRAMINE (कौनट्रामीन)

मात्रा—$\frac{३}{४}$-४ ग्रेन (मांस द्वारा)।

गुण—इसके इन्जेक्शन, आतशक, पुराने जख्म और कुछ चर्मरोग और जोड़ों की सूजन में उपयोगी है। यह कम प्रयुक्त होता है।

COPPER SULPH कौपर सल्फ (तूतिया)

मात्रा— { $\frac{१}{४}$-२ ग्रेन
५-१० ग्रेन (वमनकारक)

गुण—सूक्ष्म मात्रा में पांडुरोग में बल देने और रक्त बढ़ाने में प्रयोग किया जाता है। हैजा और अतिसार में इसे $\frac{१}{२}$ ग्रेन की मात्रा में सम भाग ओपियम के साथ मिलाकर देते हैं। मृगी और दुर्बलता में भी लाभदायक है। बड़ी मात्रा में कै लाता है। सूखे चर्मरोग में आर्सेनिक की तरह काम करता है। इसका लोशन बतौर कीटाणुनाशक (१-२ ग्रेन प्रति औंस) जख्म, नेत्र-रोग, सोजाक, श्वेतप्रदर आदि में प्रयुक्त होता है।

*CORAMINE "CIBA" (कौरामीन "सीबा")

मात्रा—टिकिया—१ से २।

लिक्विड—२५ से ५० बूंद।

इंजेक्शन—१.७ सी० सी० या अधिक।

गुण—यह मुख द्वारा और इंजेक्शन द्वारा (चर्म, मांस और शिरा) दोनों प्रकार प्रयुक्त होती है। हृदय और श्वास क्रिया को उत्तेजित करने के लिए इसे निमोनिया, टाइफौयड, प्लेग आदि रोगों में और नशीली और विषैली औषधियों के प्रयोग से उत्पन्न होने वाले विकारों में बहुत प्रयोग करते हैं।

यह बड़ी उपयोगी औषध है। प्रत्येक चिकित्सक को इसे अपने पास रखना चाहिए। यह निकेथेमाइड का पेटंट नाम है।

CORPUS LUTEUM (कौर्पस ल्युटियम)

मात्रा—५-१० ग्रेन।

गुण—यह ओवेरि (डिम्ब ग्रन्थि) से तैयार होता है। स्त्रियों के गर्भाशय सम्बन्धी रोगों (जैसे मासिक धर्म का कम या अधिक या दर्द के साथ होना) गर्भावस्था की वमन, पाण्डुरोग और बार-बार गर्भ गिरने में (स्वाभाविक गर्भ स्राव) प्रयुक्त होता है। बांझपन में उपयोगी है। इसमें से एक हॉर्मोन निकलता है जिसे प्रोजस्टरोन या प्रोजेस्टीन कहते हैं। इसका भी यही प्रयोग है।

*CORVOTONE "BOOTS" (कौर्वोटोन "बूट्स)

मात्रा—१-२ सी० सी० (मुँह द्वारा)।

१-४ सी० सी० (नस या चर्म द्वारा)।

नोट——यह "निकेथेमाइड" होता है (देखो)। इसके गुण 'कोरामीन' के समान हैं।

COTTON ROOT BARK

कौटन रूट बार्क (कपास की जड़ की छाल)

देखो "ऐक्सट्रैक्ट गौसीपिआई"।

COTTON SEED OIL

कौटन सीड ऑयल (बिनौलों का तेल)

गुण—दर्द सर और दूसरे दर्दों पर मालिश के लिए उपयोगी है। इससे बनस्पति घी भी तैयार किया जाता है।

COUCH GRASS (AGROPYRUM)

काउच ग्रास (एग्रोपाइरम)

देखो "ऐक्स० एग्रोपाइरम लि०"।

नोट—यह डिकौक्टम और ऐक्सट्रैक्टम के रूप में प्रयोग होती है।

CREAM OF TARTAR (क्रीम औफ टार्टर)

POTASSIUM BITARTRATE

(पोटासियम बाइटार्टरेट)

मात्रा—१५-६० ग्रेन।

गुण—पतले दस्त लाने वाली, मूत्रकारक और अर्शरोग को हरने वाली (सल्फर के साथ); नवीन वृक्करोग (Acute Brights Disease) में गाढ़ा और क्षारीय मूत्र इसके प्रयोग से साफ (स्वच्छ) हो जाता है। यह बिस्कुट बनाने और खांड साफ करने के बहुत काम आती है।

योग

क्रीम आँफ टार्टर	३० ग्रेन
सल्फर प्रौसीपिटेटम	३० ग्रेन

विधि—ऐसी एक पुड़िया प्रातः और सोते समय जलके साथ (बवासीर, कब्ज)।

CREOSOTAL, CREOSOTE CARB

(क्रुओसोटल, क्रुओसोट कार्ब)

मात्रा—१५ ग्रेन।

गुण—यह किसी समय क्षय रोग में क्रुओसोट की तरह प्रयुक्त होता था।

CREOSOTE (क्रुओसोट)

मात्रा—२-१० मि०।

गुण—प्रबल कीटाणु नाशक, दाहक और दुर्गन्धहर; अल्प मात्रा में (१

बूँद) मतली, वमन और आमाशयिक शूल को शान्त करता है। साधारण मात्रा में क्षयरोग, पुरानी खांसी, दुर्गन्ध युक्त खांसी आदि में उपयोगी है। मधुमेह रोग में इसके प्रयोग से शर्करा कम हो जाती है। दुखती हुई दाढ़ में लगाने से तुरन्त लाभ होता है। यदि इसकी चन्द बूँद आमाशय के गढ़े के ऊपर मल दी जाएँ तो तेज पसीना आकर ज्वर कम हो जाता है। इसके सूंघने से (यन्त्र द्वारा) भी फेफड़े के रोगों में फायदा हो जाता है। क्षयरोग में इसे अल्प मात्रा से आरम्भ करके धीरे धीरे मात्रा बढ़ाते रहें जब तक कि २०-३० मि० न पहुँच जाये। इसे मछली के तेल के साथ इमल्शन के रूप में देना अच्छा है। यदि बलगम में खून आ रहा हो तो इसे न देना चाहिए।

देखो "अन्वन्टम क्रूओसोट,"।

योग (१)

क्रूओसोट		२-५ मि०
कौडलिवर ऑयल		१ ड्राम
पैरेफीन लिक्विड		१ ड्राम
गम अकेशिया		३० ग्रेन
सीरप कैल्सियाई हाइपोफौस्फाइट		१ ड्राम
ऐक्वा क्लोरोफॉर्म	कुल	१ औंस

विधि—इमल्शन बनालें, एक मात्रा दिन में ३ बार दे। (क्षयरोग और पुरानी खांसी)

योग (२)

क्रूओसोट		१ मि०
स्पिरिट क्लोरोफॉर्म		१० मि०
टिंचर कार्डेमम कं०		२० मि०
टिंचर कार्मिनेटिव		५ मि०
सीरप जिंजर		१ ड्राम
ऐक्वा ऐनिसि	कुल	१ औंस

विधि—ऐसी एक मात्रा ३ बार। (अफारा, वमन)

योग (३)

क्रिओसोट	१ ड्राम
ऑयल क्लोव्ज	१ ड्राम
मैन्थौल	१५ ग्रेन
स्पिरिट क्लोरोफॉर्म	कुल ४ ड्राम

विधि—इसकी फुरैरी दुखती हुई दाढ़ में लगायें।

CRESOL (क्रुसौल)

गुण—कार्बोलिक एसिड के समान गुण रखता है परन्तु उससे कम विषैला है। लोशन और मरहम के रूप में इस्तेमाल होता है। काली खांसी और फेफड़ों के दूसरे रोगों में इसके अफखरात सूंघने से लाभ होता है।

CRETA PRAEPARATA (CHALK)
क्रीटा प्रीपेरेटा (चाक)
PREPARED CHALK (प्रीपेयर्ड चाक)

मात्रा—१५-६० ग्रेन।

गुण—बाह्यरूप से खरोंच, जले हुए स्थान और तर एक्जिमा पर लगाया जाता है और दांतों के मंजन में पड़ता है। खाने की शक्ल में खट्टी डकार, अफारा और अतिसार में स्वयं या बिस्मथ, सोडा बाइकार्ब और ग्रे-पाउडर के साथ दिया जाता है।

देखो "पल्व क्रीटा ऐरोमेटिक"।

योग

मैग कार्ब	१ औंस
पल्व कैस्टाइल सोप	१ औंस
औरिस रूट	१ औंस

मैन्थौल		१० ग्रेन
एसिड कार्बोलिक		९० मि०
सैक्रीन		१५ ग्रेन
क्रीटा प्रीपेरेटा	कुल	१ औंस

विधि—मंजन बनालें—रोजाना मलें (दांतों के लिये बड़ा उपयोगी है)।

CRETA PRECIPITATED (क्रीटा प्रेसिपिटेटेड)

देखो "कैल्सियम कार्ब"।

CRYOGENIN (क्राइओजेनीन)

मात्रा—३-२० ग्रेन।

गुण—ज्वर को उतारने वाली और शूल को हरने वाली; मयादी ज्वर और क्षयरोग में २-३ ग्रेन की १-२ मात्रा देने से ज्वर कम करती है। लेखक की राय में इसे बड़ी मात्रा में न देना चाहिये क्योंकि इसके प्रयोग से कभी-कभीं पसीने बहुत आते हैं।

CRYSTAL VIOLET (क्रिस्टल वॉयलट)

देखो "जंशियन वाँयलट"।

CUBEBS (क्युबेब्स) कबाबचीनी)

मात्रा—३०-६० ग्रेन।

गुण—लौजेन्जेज (टिकिया) के रूप में खांसी, जुकाम और कंटप्रदाह में उपयोगी है। चूर्ण के रूप में सोजाक में फायदा करती है। (देखो आँयल)

CUPRUM कुप्रम (तांबा)

गुण—देखो "कौपर सल्फेट"।

CUPRI CITRAS (कुप्री साइट्रास)

गुण—इसकी मरहम (५, १०, १५, २० और २५ प्रतिशत) रोहों के लिये बड़ी उपयोगी है रोजाना या तीसरे दिन पलकों को लौटा कर लगायें।

CURARA (कुरारा)

मात्रा—१-६ मि० (चर्म के नीचे)।

गुण—टैटेनस और जलसंत्रास में उपयोगी है।

CURD SOAP (SAPO-ANIMALIS)
कर्ड सोप (सैपो एनिमेलिस)

गुण—मृदु विरेचक। गोली बनाने में पड़ता है।

CURSCHMANNS SOLUTION
(कर्शमैन्स सौल्युशन)

मु०अ०—(कैम्फर इन आँयल एण्ड ईथर)।

गुण—इसके इंजेक्शन हृदय को शक्ति प्रदान करने और श्वासक्रिया को उत्तेजित करने के लिए लगाये जाते हैं।

DAKIN'S SOLUTION (डेकिन्स सौल्युशन)

"लिकर सोडा क्लोरिनेटा" का दूसरा नाम है।

गुण—जख्मों और घावों पर लगाने के लिये और गन्दे कोष्ठों (Cavities) को धोने के लिए, यह बड़ा उपयोगी है। नाक और योनि के रोगों में, इसका डूस किया जाता है।

DEADLY NIGHTSHADE LEAVES
(डैडली नाइटशेड लीव्ज)

बैलाडोना की पत्तियों को कहते हैं (देखो "बैलाडोना पल्वरेटा")।

DECHOLIN (डेकोलिन)

मात्रा—४-८ ग्रेन (कैप्स्यूल में)।

मु० अ०—(डीहाइड्रोकोलिक ऐसिड)।

गुण—यह यकृत के विकारों के लिये बड़ा उपयोगी है जैसे कमलबाई, पित्ताशय की सूजन या पथरी, यकृत का सिर्होसिस, कब्ज इत्यादि।

DECOCTION ALOES CO (डिकौक्शन एलोज का)

मात्रा—½-२' औंस।

मु० अ०—(एलोज, मिर्ह, पोटास कार्ब, ऐक्स० आँफ लिकरिस, टिं० कार्डेमम कं०, डिस्टिल्ड वाटर)।

गुण—अतिसार के लिए उपयोगी है।

DEROBIN "GLAXO" (डेरोबीन 'ग्लैक्सो')

गुण—यह पाउडर और मरहम के रूप में आता है। चर्म रोगों में, जैसे सोराइसिस, दाद इत्यादि में बड़ी उपयोगी है।

नोट—इसकी मरहम हाइड्रोकोर्टीसोन के साथ मिली हुई भी आती है।

योग

डेरोबिन (डाइथ्रेनौल)	७ ग्रेन
एसिड सेलीसिलिक	१५ ग्रेन
ऐक्स० पिसिस लिक्विड	३० मि०
वैसलीन	१ औंस

विधि—इसे दाद पर लगायें, बहुत उपयोगी है। इसे बिना ऐक्स० पिसिस लि० के भी बना सकते हैं।

DERMATOL (डर्मटॉल)

मात्रा—१५-२० ग्रेन।

गुण—"बिस्मथ सब गौल" का दूसरा नाम है (देखो)।

DEXTROSE, GLUCOSE

डैक्सट्रोस, ग्लुकोस (अंगूर की खांड)

गुण—यह एक प्रकार का खाद्य है। अरुचि, दौर्बल्य, अतिसार, [illegible] और हर प्रकार की दुर्बलता में उपयोगी है। मयादी ज्वर में यह उत्तम और निर्दोष प्रकार का भोजन है। दुर्बल बच्चों, रोगियों और बच्चों के

यकृतरोग में इसका प्रयोग अनिवार्य है। रक्तस्राव, हैजा, सदमा, गशी और हृदय की गति का क्षीण हो जाना—इत्यादि विकारों में इसे स्वयं अथवा सेलाइन के घोल के साथ, गुदा या शिरा द्वारा शरीर में प्रविष्ट किया जाता है।

DIASTASE (डायस्टेस)

मात्रा—$\frac{१}{२}$-५ ग्रेन ।

गुण—पाचक है। इसका एक भाग ५० भाग स्टार्च (श्वेतसार) को शर्करा में परिवर्तित कर देता है।

योग

डायस्टेस	२ ग्रेन
पेपेन	५ ग्रेन
पेप्सीन	२ ग्रेन

विधि—ऐसी एक पुड़िया दो बार भोजन के बाद (अरुचि, भोजन का ठीक प्रकार न पचना)।

DICOUMAROL (डाइकुमेरौल)

मात्रा—$\frac{३}{४}$-५ ग्रेन रोजाना ।

गुण—यह रक्त को जमने से रोकता है। एम्बोलिज्म, थ्रोम्बोसिस, फ्लेबाइटिस आदि में उपयोगी है। इसे शिरा द्वारा भी देते हैं।

DIENOESTROL (डिनोएस्ट्रौल)

मात्रा—$\frac{१}{६०}$-$\frac{१}{१२}$ ग्रेन (रोजाना) ।

गुण—रज-अदर्शन, रक्तप्रदर, कष्टरज आदि गर्भाशय सम्बन्धी रोगों में उपयोगी है। यह कई पेटन्ट नामों से बिकता है। जैसे निओ-क्लिनेस्ट्रौल (Neo-Clinestrol)।

DIGITALIN (डिजिटेलीन)

मात्रा—$\frac{१}{६०}$-$\frac{१}{३०}$ ग्रेन (इंजेक्शन)।

गुण—हृदय रोगों में उपयोगी है। इसके गुण डिजिटेलिस के समान है। तेज नब्ज को दृढ़ और धीमी करता है। हृदय को शक्ति प्रदान करता है।

*DIGITOXIN (डिजिटौक्सिन)

मात्रा—$\frac{१}{६००}$ ग्रेन (इंजेक्शन)।

गुण—हृदय रोगों में उपयोगी है। इसके गुण डिजिटेलिस के समान हैं।

*DIGOXIN "B. W." (डिजौक्सिन "बी० डबलु०")

मात्रा—$\frac{१}{६०}$-$\frac{१}{४०}$ ग्रेन (मुंह द्वारा)।
$\frac{१}{१२०}$-$\frac{१}{६०}$ ग्रेन (शिरा द्वारा)।

गुण—हृदय रोगों में उपयोगी है इसके गुण डिजिटेलिस की तरह हैं।

DILL FRUIT डिल फ्रूट (सोया)

देखो "आँयल एनेथी और एक्वा एनेथी"।

DIMERCAPROL (BAL) डाइमरकैप्रोल (बाल)

मात्रा—३ M. G. प्रति किलोग्राम शरीर के भार पर।

गुण—आर्सेनिक, मर्करी तथा गोल्ड के प्रयोग से उत्पन्न होने वाले विषैले लक्षणों को शांत करने के लिये इसके माँस के अंदर इंजेक्शन (रोजाना ४ से ६ बार) लगाये जाते हैं।

DIONINE (डायोनीन)

ETHYL MORPHINE HYDROCHLORIDE

(ईथिल मौर्फीन हाइड्रोक्लोराइड)

मात्रा—$\frac{१}{४}$-$\frac{३}{४}$ ग्रेन।

गुण—यह अफीम (औपियम) से निकलती है। बार बार उठने वाली सूखी खांसी, ब्रौन्काइटिस, काली खांसी, एम्फाइजीमा, दमकशी, आदि में

बहुत उपयोगी है। खांसी को शांत करती है और बलगम को निकालती है। नेत्ररोग (फोला जख्म, ग्लोकोमा, आइराइटिस आदि) में अत्यन्त उपयोगी है। इन रोगों में इसकी मरहम या लोशन (१-५ प्रतिशत) इस्तेमाल होता है।

योग

डायोनीन		$\frac{1}{8}$ ग्रेन
इफेड्रीन हाइड्रोक्लोर		$\frac{1}{8}$ ग्रेन
थ्योकौल		५ ग्रेन
टर्पिन हाइड्रेट		१ ग्रेन
स्पिरिट क्लोरोफॉर्म		५ मि०
ग्लीसरीन		१० मि०
सीरप टोल		१ ड्राम
ऐक्वा	कुल	१ औंस

विधि—ऐसी एक खुराक दिन में ३ बार (खांसी में बलगम निकालने तथा बार बार उठने वाली खांसी को शांत करने के लिये)।

*DOCA (डोका)

इसे "परकौर्टन" भी कहते हैं। देखो "परकौर्टन")।

DIODONE (डायोडोन)

मात्रा—३०० मि० (शिरा द्वारा)।

गुण—ऐक्सरे के फोटो (मूत्रयंत्र के) लेने से पूर्व इसके इन्जेक्शन लगाये जाते हैं।

*DIODOQUIN (डायडोक्विन)

मात्रा—३·२ ग्रेन की ३ टिकिया ३ बार।

गुण—पेचिश (अमीबिक प्रकार की) के लिये बहुत उपयोगी सिद्ध हुई

है। इसे १५-२० दिन तक प्रयोग करें। इसके साथ २ इमेटीन के इंजेक्शन भी लगाये जा सकते हैं।

*DIPHENANUM (डाइफीनेनम)

मात्रा—८-१५ ग्रेन।

गुण—यह चुन्ने (सूत्रकृमि) अर्थात् थ्रेडवर्म्स के लिये बड़ा उपयोगी है। इसे ८ ग्रेन दिन में ३ बार एक सप्ताह तक देकर आठवें दिन १ मात्रा कैस्टर आँयल की दे दें। ८-९ दिन के बाद फिर इस क्रिया को दोहरायें।

DIPHTHERIA ANTITOXIN
डिफ्थीरिया ऐन्टीटौक्सीन

मात्रा—५००-२००० यूनिट्स (रोग निरोधक)।
१०००० यूनिट्स (रोग-निवारक)।

गुण—कंठ-रोहिणी अर्थात् डिफ्थीरिया के लिए एक मात्र औषधि है। रोग के लक्षण प्रगट होते ही इसका प्रयोग आरंभ कर देना चाहिए और ६-६ घंटे में दोहराते रहना चाहिए। इसके इन्जेक्शन लगाये जाते हैं।

DISTILLED WATER डिस्टिल्ड वाटर (आसुतजल)

देखो "एक्वा डिस्टेलेटा"।

DITA BARK डिटा बार्क (सप्तपर्ण)

गुण—दौर्बल्य, ज्वर के बाद के विकार, अजीर्ण, अतिसार और पेचिश आदि में उपयोगी है। इसका दूसरा नाम "एल्सटोनिया" है। देखो "टि० एलसटोनिया"।

DITHRANOL (डाइथ्रेनौल)

इसे 'एन्थ्रेलिन' या 'सिग्नोलिन' भी कहते हैं।

गुण—यह क्राइसेरोबिन या एसिड क्राइसोफेनिक से ३-४ गुना तेज है यह मरहम या पेन्ट के रूप में सोराइसिस, पुराना एक्जीमा और दाद के

लिए बड़ा उपयोगी है। इसे ¼ से एक प्रतिशत शक्ति में प्रयोग करना चाहिए। मरहम में इसके साथ सैलिसिलिक ऐसिड, हाइड्रार्ज अमोनियेटा इत्यादि मिला सकते हैं।

DIURETIN (डाइयुरेटिन)

THEOBROMINA ET SODII SALICYLAS

(थियोब्रोमिना एट सोडिआइ सैलिसिलास)

मात्रा—१०-२० ग्रेन।

गुण—मूत्रकारक; जलोदर (हृदय या वृक्क रोग के कारण) और वृक्कप्रदाह में उपयोगी है। अन्जाइना पैक्टोरस के दौरों को कम करती है।

DONOVAN'S SOLUTION (डोनोवंस सौल्युशन)

मात्रा—५-१५ मि०।

गुण—रक्त-शोधक, बल कारक और उपदंशनाशक। आतशक और चर्म रोगों में इसे प्रायः पोटास आयोडाइड और ऐक्सट्रैक्ट सार्सा लि० के साथ देते हैं। इसे "लिकर आर्सेनि ऐट हाइड्रार्जरि आयोडाइड" भी कहते हैं।

DOVERS POWDER (डोवर्स पाउडर)

(PULVE IPECAC COMP) (पल्व इपिकाक कंपाउन्ड)

मात्रा—५ से १० ग्रेन।

मु० अ०—(पल्व इपिकाक १, पल्व ओपिआई १, मिल्क शूगर ८)

गुण—स्वेदक, शूलहर और काविज है। खाँसी, ज्वर, पेचिश, अतिसार, जुकाम, पसली का दर्द, बाय का दर्द, आदि में उपयोगी है। नवीन जुकाम में इसकी १० ग्रेन की एक मात्रा रात को सोते समय गर्म जल के साथ और दूसरे दिन प्रातः कुनीन देना उपयोगी है। इसे दर्दों में २–४ दिन तक ऐस्पिरीन के साथ दे सकते हैं अधिक समय तक नहीं।

योग (१)

लिकर अमोनिया एसिटेटिस डिल		२ ड्राम
डोवर्स पाउडर		५ ग्रेन
स्पिरिट ईथर नाइट्रोसी		२० मि०
सीरप वसाक विद टोलु		१ ड्राम
ऐक्वा	कुल	१ औंस

विधि—ऐसी एक मात्रा ४-४ घंटे में (जुकाम, खांसी)

योग (२)

पल्व इपिकाक को	५ ग्रेन
बिस्मथ सबनाइट्रेट	१० ग्रेन
सोडा बाइकार्ब	१५ ग्रेन

विधि—ऐसी एक पुड़िया ३—३ घंटे में (पेचिस, अतिसार)

DURACAINE (ड्युराकेन)

मात्रा—३ सी०सी०

मु०अ०—(प्रोकेन बैन्जोयेट का घोल)

गुण—बेहोश करने के लिए मेरूरज्जु के अन्दर इसके इन्जेक्शन लगाये जाते हैं।

EASTON SYRUP (ईस्टन सीरप)

(SYRUP FERRI PHOSPH CUM QUININE ET STRYCHNINE) (सीरप फेरि फौस्फ कम क्वीनीन एट स्ट्रिक्नीन

मात्रा—३०-६० मि०

गुण—इसमें आयरन, कुनीन और स्ट्रिक्नीन होती हैं। यह बलकारक और रक्तवर्द्धक है। पाण्डुरोग और कमजोरी (विशेषतया मलेरिया के बाद) में बहुत उपयोगी है। इसमें यह दोष है कि यह ऐसे रोगियों को

जिनकी पाचन शक्ति कमजोर हो और जिन्हें कब्ज रहता हो अनुकूल नहीं पड़ता। इसे आरम्भ में १५-२० बूंद की मात्रा में देना चाहिए। धीरे धीरे मात्रा बढ़ाते रहें।

ELIXIR PAPAIN (इलिक्सर पैपेन)

मात्रा—½-१ ड्राम।

गुण—हाज्मे के लिये बहुत उपयोगी है। भोजन के तुरन्त बाद देना चाहिये।

योग

इलिक्सर पैपेन	१ ड्राम
विनम पैप्सीन	३० मि०
टि० नक्सवाँमिका	५ मि०
टि० जंशियन कं०	२० मि०
टि० कार्डेमम कं०	२० मि०
सीरप जिन्जर	१ ड्राम
ऐक्वा	कुल १ औंस

विधि—ऐसी एक मात्रा दिन में ३ बार भोजन के बाद दें (अग्निमांद्य, अजीर्ण, भोजन का न पचना)

नोट—इसे बगैर पैप्सीन के देसकते हैं।

EMBELIA एम्बेलिया (बायवड़ंग)

मात्रा—१-४ ड्राम।

गुण—अन्त्र-कृमिनाशक। कद्दु दाने (Tapeworm) के लिये उपयोगी है। इसे या तो पुड़िया के रूप में प्रातः खाली पेट जल से फांक लें अथवा इसका क्वाथ बनाकर पी लें। ४ घण्टे के बाद दस्तावर दवा खा लें।

EMBLIC MYROBALANS एम्बलिक माइरोबेलेन्स (आमला, आंवला)

गुण—काबिज, रक्तस्तंभक और बड़ी मात्रा में (१/२—२ ड्राम) विरेचक; अजीर्ण, यकृत विकार और फूले हुए मसूड़ों के लिये (मंजन के रूप में) उपयोगी है । वैद्यक में इसका बहुत प्रयोग है । प्रसिद्ध औषध च्यवन प्राश इसी से तैयार होती है ।

EMETINE ET BISMUTH IODIDE (एमेटीन एट बिस्मथ आयोडाइड)

मात्रा— १-३ ग्रेन।

गुण—पुरानी पेचिश में उपयोगी है परन्तु यह मतली और वमन पैदा करती है । इसे कैरेटीन चढ़ी हुई गोलियों के रूप में देना चाहिये । २-३ ग्रेन रोजाना पेट भर भोजन करने के बाद या रात को सोते समय १२ दिन तक लगातार खाना चाहिये । तत्पश्चात् कुछ समय के लिये इसका प्रयोग बन्द कर देना चाहिये ।

EMETINE HYDROCHLORIDE (एमेटीन हाइड्रोक्लोराइड)

मात्रा—१/२-१ ग्रेन (इन्जेक्शन. चर्म या मांस द्वारा) ।

गुण—पेचिश (एमेबिक प्रकार की) के लिये यह अक्सीर है । इसके अतिरिक्त यकृतविकार (सूजन, फोड़ा आदि) हैजा, गिनीवर्म, लाहौरी जख्म, मयादी ज्वर, रक्तवमन, स्प्रु, आमवात, दंतपूय और मौर्फीन की आदत में उपयोगी सिद्ध हुई है । पाई ओरिया में १/६ ग्रेन रोजाना के इंजेक्शन (चर्म के नीचे) और मसूड़ों पर १/२ प्रतिशत घोल का लेप फायदा करता है । मयादी ज्वर में यदि आरम्भ में ही इसके १/२ ग्रेन के इंजेक्शन दिन में २ बार दिये जायें तो रोगी को लाभ महसूस होता है । हैजे में इसके साथ

साथ कैम्फर और सैलाइन के इंजेक्शन देने चाहियें । नवीन आमबात (बाय) में कभी-कभी इसके प्रयोग से आश्चर्यजनक लाभ होता है। कभी-कभी इसके प्रयोग से कफ में रक्त आना बन्द हो जाता है । इसे दीर्घकाल तक प्रयोग करने से अतिसार, दुर्बलता और शरीर में शिथिलता पैदा हो जाती है । इसके स्ट्रिक्नीन के साथ मिले हुए इंजेक्शन भी आते हैं । इसका मुख्य प्रयोग पेचिश और यकृत विकार में होता है।

EMPLASTRUM BELLADONNA
(एम्प्लास्ट्रम बेलाडोना)

गुण—वरम, फुंसी, दर्द, पुरानी फूली हुई ग्रन्थियों और सूजे हुए जोड़ों पर लगाया जाता हैं । सूजन पटकाता है और दर्द को शान्त करता है । बर्र और शहद की मक्खी के काटे पर इसका फोया लगाने से लाभ होता है । स्त्रियों की छाती पर लगाने से दूध निकलना बन्द हो जाता है । इसे हमेशा बढ़िया कारखाने का बना हुआ लेना चाहिये ।

EMPLASTRUM BELLADONNA FLUID
(एम्प्लास्ट्रम बेलाडोना फ्लुइड)

गुण—बाय के दर्द पर इसका लेप करने से बड़ा लाभ होता है।

EMPLASTRUM CANTHARIDIS
(एम्प्लास्ट्रम कैन्थेराइडिस)

गुण—आबले डालने के काम आता है।

EMPLASTRUM RESIN (एम्प्लास्ट्रम रेज़िन)

गुण—फोड़े फुंसी तथा जख्मों पर लगाया जाता है।

EMULSIO IODOFORMI (इमल्शियो आयडोफॉर्मी)

मु० अ०—(आयडोफार्म १०, ग्लीसरीन ७०, जल २०)

गुण—नासूर और फोड़ों के अन्दर पिचकारी द्वारा प्रविष्ट किया जाता है।

EMULSIO OLEI MORRHUAE

(इमल्शियो ओलिआइ मौर्हुइ)

मात्रा—२-६ ड्राम (रोजाना)।

मु० अ०—(कौडलिवर ऑयल ५००, गम अकेसिया १२५, पल्व ट्रैगेकन्थ ७, ऑइल ऑफ बिटर ऑमन्ड्स १, सैक्रीन सोडियम ०·१, क्लोरोफॉर्म २·५, वाटर कुल १०००)।

गुण—पुरानी खाँसी, क्षय-रोग, ग्रन्थिप्रदाह, दुर्बलता, कंठमाला और ऐसे रोगों में जो बिटेमिन "ए' और 'डी' के अभाव के कारण उत्पन्न होते हैं, उपयोगी हैं।

EMULSIO PARAFFINI ET KAOLINE

(इमल्शियो पैरेफ़िनी एट केओलिनी)

मात्रा—½–२ औन्स।

मु० अ०—(पैरेफिन लि० ५ औन्स, अकेशिया ५ ड्राम, ट्रैगेकन्थ पाउडर ३७½ ग्रेन, केओलीन ३¾ औन्स, क्लोरोफॉर्म वाटर कुल २० औन्स)

गुण—आंतों के जीर्ण रोगों विशेषतया अतिसार में उपयोगी है। इसे स्वयं तैयार किया जा सकता है।

*ENTERO-VIOFORM "CIBA"

(ऍन्टरो-वायोफार्म) "सीबा"

मात्रा—१ टिकिया ३ बार।

गुण—आँतों की सूजन, अतिसार, पेचिश और कई प्रकार के अजीर्ण में उपयोगी सिद्ध हुई है।

योग

सल्फेग्वानीडीन	२ टिकिया
एन्टरो वायोफार्म	१ टिकिया
बिस्मथ कार्ब	१० ग्रेन

विधि—इसकी पुड़िया बनालें; एक पुड़िया दिन में ३ बार दें (पेचिस और अतिसार)

*ENTODON 'BAYER' (एन्टोडॉन 'बेयर')

मात्रा—१-२ सी० सी०।

मु० अ०—(आयोडीन का यौगिक)।

गुण—इसे चर्म के नीचे अथवा मांस के अन्दर रोजाना या दूसरे-तीसरे दिन इंजेक्शन द्वारा प्रविष्ट करते हैं। आत्शक (द्वितीय और तृतीय अवस्था), फालिज, अन्जाइना पेक्टोरिस, एम्फीजीमा और ब्रौन्काइटिस आदि में उपयोगी है।

EPHEDRINE HYDROCHLORIDE

(एफेड्रीन हाइड्रोक्लोराइड)

मात्रा—¼–१ ग्रेन।

गुण—यह हृदय की गति को उत्तेजित करने वाली, रक्त-चाप को बढ़ाने वाली और श्वास-प्रणालियों की मांस पेशियों को फैलाने वाली है। दमा (विशेष उपयोगी), खांसी, काली खांसी, हे फीवर और शीतपित्त में उपयोगी है। दमे के लिये इससे सस्ती और साथ ही साथ लाभदायक दूसरी कोई औषधि नहीं। जिन बच्चों का रात्रि में बिस्तर में मूत्र निकल जाता है उन्हें सोते समय इसकी एक मात्रा (⅛ ग्रेन) देने से लाभ होता है। मोर्फीन, ओपियम आदि विषों के प्रयोग से उत्पन्न होने वाले हृदय और श्वास के विकारों में यह स्ट्रिक्नीन और कैफीन से अधिक उपयोगी साबित हुई है। दमे के रोगी यदि रोजाना इसकी एक टिकिया खा लिया करें तो दौरों में कमी रहेगी। इसके इंजेक्शन भी आते हैं।

नोट—इसे कुछ काल तक सेवन करने से इसकी आदत पड़ जाती है जिस कारण इसकी मात्रा बढ़ानी पड़ती है। कुछ रोगियों को इसकी साधारण मात्रा (½ ग्रेन) से ही अनिद्रा, धड़कन, ठण्डे पसीने आदि की

शिकायत हो जाती है। हृदय के कुछ रोगों, बढ़े हुए रक्तचाप और अन्जाइना पैक्टोरिस में इसे यथासंभव न देना चाहिए।

योग (१)

इफेड्रीन हाइड्रोक्लोर	$\frac{1}{4}$ ग्रेन
थ्योफाइलीन	२ ग्रेन
फेनो बार्बीटोन या गार्डीनल	$\frac{1}{4}$ ग्रेन
प्रेडनीसोलोन	$\frac{1}{4}$ टिकिया

विधि—ऐसी एक पुड़िया जल के साथ (दमे के दौरे में)

योग (२)

एमिनोफाइलीन	२ ग्रेन
इफेड्रीन हाइड्रोक्लोर	$\frac{1}{3}$ ग्रेन
एमीटल	$\frac{3}{8}$ ग्रेन

विधि—ऐसा एक कैप्स्यूल दिन में कई बार (दमे में)

योग (३)

इफेड्रीन हाइड्रोक्लौर	$\frac{1}{4}$ ग्रेन
फेनोबार्बीटोन	$\frac{1}{4}$ ग्रेन
एमिनोफाइलीन	$1\frac{1}{2}$ ग्रेन
कोडीन	$\frac{1}{6}$ ग्रेन

विधि—ऐसी एक पुड़िया दिन में १-३ बार (दमे में)

*EPHYNAL "ROCHE" (एफिनल 'रोश')

मात्रा—१ से ३ टिकिया।

मु० अ०—(विटेमिन 'ई')

गुण—गर्भपात (स्वाभाविक या अन्य प्रकार का) में विशेष उपयोगी है। जिन स्त्रियों को अक्सर गर्भपात हो जाता है उन्हें गर्भावस्था के प्रथम तीन मास तक इसकी १ से ३ टिकिया रोजाना सेवन करनी चाहिएं। इसके इंजेक्शन भी आते हैं।

EPINEPHRINE (एपिनेफ्रीन)

एड्रीनेलीन का दूसरा नाम है (देखो)।

EPSOM SALT (एप्सम साल्ट)

देखो—"मैग सल्फ"।

ERGOT (अर्गट)

मात्रा—१५-६० ग्रेन।

गुण—देखो "ऐक्स० अर्गट लि०"।

ERGOMETRINE MALEATE (अर्गोमेट्रीन मेलियेट)

मात्रा—$\frac{१}{१२०}$-$\frac{१}{६०}$ ग्रेन।

गुण—यह अर्गट से निकालता है इसके खिलाने के ५ से ८ मि० के बाद ही इसका प्रभाव मालूम होने लगता है। इंजेक्शन के बाद तो २-४ मिनट में ही इसका प्रभाव आरम्भ हो जाता है। गुणों के लिये देखो "ऐक्स० अर्गट लि०"।

नोट—इसके इंजेक्शन भी आते हैं जिनकी मात्रा $\frac{१}{२४०}$-$\frac{१}{१२०}$ ग्रेन (मांस द्वारा) और $\frac{१}{४८०}$-$\frac{१}{२४०}$ ग्रेन (नस द्वारा) है।

ERGOTIN (अर्गोटीन)

मात्रा—२ से ८ ग्रेन (गोली के रूप में)

गुण—आर्तवजनक और रक्तस्राव को रोकने वाला; रक्तमेह (मूत्र में रक्त आना) में लाभदायक है। हाइड्रास्टीन के साथ इसे रक्त-प्रदर और कष्टरज में दिया जाता है।

योग

अर्गोटीन	२ ग्रेन
कुनीन सल्फ	२ ग्रेन
पिल एलोज एट मिर्ह	४ ग्रेन

ग्वाकम रेजिन	१ ग्रेन
फैरस सल्फ एग्जीकेटस	½ ग्रेन

विधि—गोली बनालें। १-२ गोली दिन में २-३ बार (नष्टार्तव, कष्ट, रज इत्यादि के लिये)।

ERGOTAMINE TARTRATE
(अर्गोटेमीन टार्टरेट)

मात्रा—१/६०-१/३० ग्रेन (खाने के लिये)।
१/२४०-१/१२० ग्रेन (चर्म द्वारा)।

गुण—गर्भाशयिक रक्तस्राव, आधासीसी, खुजली आदि में उपयोगी है। आधासीसी के लक्षण प्रकट होते ही इसका एक इंजेक्शन लगाने से **दौरा** रुक जाता है।

ERGOT PRAEPARATA (अर्गटप्रीपेरेटा)

मात्रा—२½-८ ग्रेन।

गुण—देखो "एक्स० अर्गट लिक्विड"।

ERYTHRITYLIS TETRANITRAS DILUTUS (एरीथ्रीटाइलिस टैट्रानाइट्रास डाइल्युटस) ERYTHROL TETRANITRATE (एरिथोल टैट्रानाइट्रेट)

मात्रा—½-२ ग्रेन।

गुण—अन्जाइना पैक्टोरिस में विशेष-उपयोगी है। दौरे को शान्त **कर** देती है।

ESERINE SALICYLAS (ईस्रीन सैलिसिलास)

मात्रा—१/१००-१/५० ग्रेन।

गुण—आइराइटिस (आसंजन भंग करने के लिये) और **ग्लोकोमा** (अन्तरक्षि तनाव कम करने के लिये) में भी **½-१ प्रतिशत घोल टपकाया**

जाता है। टैटनस और कोरिया में भी उपयोगी है। पुराने कब्ज और औप्रेशन के फलस्वरूप उत्पन्न होने वाली आंतों की कमजोरी में इसके $\frac{1}{60}$ ग्रेन के (चर्म के नीचे) इंजेक्शन लगाये जाते हैं। यह मुख्यतः नेत्र रोगों में प्रयुक्त होती है।

ESERINE SULPHATE (ईस्रीन सल्फेट)

मात्रा—$\frac{1}{36}$-$\frac{1}{20}$ ग्रेन।

गुण—इसके गुण ईस्रीन सैलीसिलास के समान हैं। मयादी बुखार में अफारा दूर करने के लिये इसके $\frac{1}{100}$ ग्रेन के इंजेक्शन से लाभ होता है।

ESSENCE OF GINGER (एसन्स ऑफ जिन्जर)
TINC ZINGIBERIS FORT
(टिन्चर जिन्जीबेरिस फोर्ट)

मात्रा—५-१० मि०

गुण—सुगंधित, उत्तेजक वायुसारी, क्षुधावर्द्धक; अजीर्ण, अफारा, अरुचि आदि में उपयोगी है।

योग

सोडा बाइकार्ब	१५ ग्रेन
टि० कैप्सीकम	५ मि०
स्पिरिट अमोनिया एरोमेटिक	१५ मि०
टि० कार्डेमम कं० ,,	२० मि०
टि० जिन्जीबेरिस फोर्ट	५ मि०
ऐक्वा ऐनिसी	कुल १ औंस

विधि— ऐसी मात्रा आवश्यकतानुसार (अफारा, खट्टी डकार)

ETHANOLAMINE OLEATE
(ईथेनोलेमीन ओलिएट)

मात्रा—१-२ सी० सी० (फूली हुई नस में)

गुण—यह फूली हुई नसों के लिये विशेष उपयोगी है। इसकी विधि इस प्रकार है; रोगी को खड़ा करके उसकी जाँघ के चारों ओर एक डोरी या

रबड की नली कस कर बाँध दें। फिर फूली हुई नस के स्थान पर किंचित स्पिरिट लगाकर उसे साफ करलें और तत्पश्चात् पिचकारी की सूई उसके अन्दर प्रविष्ट करके और पिस्टन को बाहर खींच कर देखलें कि सूई नस के अन्दर है या नहीं। यदि सुई अन्दर है तो डोरी को ढीला करके १-२ सी० सी० धीरे धीरे नस में प्रविष्ट कर दें। फूली हुई नसों में एक बार कई स्थानों पर कुल ५-६ सी० सी० औषधि प्रविष्ट की जा सकती है। दूसरा इंजेक्शन ७-८ दिन के बाद लगाना चाहिए।

बवासीर के मस्से को सुखाने और पृथक् करने के लिए भी यह बड़ा उपयोगी है। एक छोटी और बारीक छिद्र वाली सूईदार पिचकारी में इस औषधि की चंद बूंद मस्से की जड़ में प्रविष्ट करने से १०-१५ दिन के अन्दर मस्सा सूख जाता है और आसानी से पृथक् किया जा सकता है। परन्तु इस औषधि का मिलना मुश्किल है।

EUCALYPTOL (युकेलिप्टौल)

मात्रा—१-३ मि०।

गुण—इसके गुण यूकेलिप्टस ऑयल के समान हैं। सूँघने और खाने, दोनों प्रकार प्रयुक्त होता है। बहुत सी पेटन्ट कुल्ले करने और दर्द पर मलने की औषधियों में पड़ता है।

योग

यूकेलिप्टौल	४ ड्राम
मेंन्थौल	२ ड्राम
क्लोरोफार्म	२ ड्राम

विधि—८-१० बूँद रूमाल पर डालकर या यंत्र द्वारा स्प्रे के रूप में सूंघें (जुकाम, इन्फ्लुयन्जा आदि)।

EUCALYPTUS OIL (यूकेलिप्टस ऑयल)

देखो "ऑयल यूकेलिप्टस"।

EUPAD (यूपैड)

मात्रा—बाह्य प्रयोग के लिए।

गुण—यह ब्लीचिंग पाउडर और बोरिक एसिड (समभाग) के मिलाने से तैयार होता है। घाव और जख्मों पर लगाया जाता है।

EUPHYLLINE (यूफाइलीन) (CARDOPHYLLIN (कार्डोफाइलीन) AMINOPHYLLINE (एमिनोफाइलीन)

मात्रा—१½-८ ग्रेन।

गुण—मूत्रल; हृदय और वृक्क के रोगों के कारण होने वाले शोथ, दमा, अन्जाइना, अतिरिक्त रक्तचाप ओर हृदय-रोग-जन्य दमकशी में उपयोगी है।

EUQUININE (यूक्वीनोन)

मात्रा—१½-१५ ग्रेन।

गुण—कुनीन के समान गुण रखती है। मलेरिया ज्वर, निमोनिया, प्लीहोदर, काली खांसी आदि रोगों में उपयोगी है। फीकी होने के कारण बच्चों के लिए विशेष उपयोगी है। इसे हमेशा पाउडर के रूप में देना चाहिए।

योग

यूक्वीनीन	१ ग्रेन
ग्रे पाउडर	¼ ग्रेन
पल्व रिहाई को	२ ग्रेन
आइरीडीन	¼ ग्रेन

विधि—ऐसी एक पुड़िया दिन में ३ बार (बच्चों के ज्वर, हरे दस्त और यकृत विकार में)।

EUSOL (यूसौल)

बाह्य प्रयोग के लिए।

गुण— यह प्रबल कीटाणुनाशक और दुर्गन्धहर है। जख्म, घाव, विसर्प, ग्रैंग्रीन आदि के लिए बड़ा उपयोगी है। गन्दे से गन्दे घाव की दुर्गन्ध दो-तीन दिन में ही नष्ट कर देता है। इसमें गौज निचोड़ कर घाव आदि पर रख दें और रुई से ढककर ऊपर से पट्टी बांध दें।

EXTRACT AGROPYRI LIQ.
(ऐक्सट्रैक्ट एग्रोपाइरी लि०)

मात्रा—१ से २ ड्राम।

गुण—मूत्रकारक और विरेचक; मूत्राशय का शोथ, सोजाक और मूत्र मार्ग के दूसरे विकारों में उपयोगी है।

EXT. ALOES (ऐक्स एलोज)

मात्रा—१ से ४ ग्रेन।

गुण—देखो "एलोज"।

EXT. ASWAGANDH LIQ. (ऐक्स० अस्वागंध लि०)

मात्रा—१ से २ ड्राम।

गुण—बलवर्द्धक, वाजीकरण, रक्तशोधक और पुष्टिकारक है। दुर्बलता, नपुंसकता, वीर्य-रोग, प्रदररोग, कमर का दर्द, क्षय-रोग आदि में उपयोगी है।

योग

ऐक्स० अस्वगंध लि०	१ ड्राम
टि० नक्स वौमिका	१० मि०
स्पिरिट वाइनम गैलीसी	२ ड्राम
स्पिरिट अमोनिया एरोमेटिक	२० मि०
ग्लुकोस डी	४ ड्राम
ऐक्वा	कुल १ औंस

विधि—ऐसी मात्रा आवश्यकतानुसार (थकावट, सुस्ती दूर करने के लिए)

EXT. ABROMA AUGUSTA LIQ.

ऐक्स० एब्रोमा ऑगस्टा लि० (उलट कंबल)

मात्रा—१ से २ ड्राम।

गुण—यह कष्ट-रज की प्रसिद्ध औषधि है। इसे मासिक धर्म के प्रथम दिन से निरन्तर सात दिन तक देना चाहिए। जब दर्द मासिक धर्म से पूर्व ही आरम्भ हो जाय तो इसे दो दिन पूर्व आरम्भ कर देना चाहिए।

EXT. ASOKE LIQ. (ऐक्स० अशोक० लि०)

मात्रा—½ से १ ड्राम।

गुण—जरायु-रोगों में विशेष-उपयोगी है। इसके प्रयोग से रक्तप्रदर कष्टआर्तव, गर्भाशय की सूजन, और असामयिक मासिकधर्म आदि विकार शान्त हो जाते हैं।

योग

ऐक्स० अशोक लि०	१ ड्राम
पोटास ब्रोमाइड	१० ग्रेन
टि० हायोसाइमस	२० मि०
ऐ० बाइबर्नम प्रूनीफोलियम लि०	३० मि०
ऐक्वा	कुल १ औंस

विधि—एक मात्रा दिन में ३ बार (रक्तप्रदर, कष्टरज)

EXT. BALE LIQ. (ऐक्स० बेल लि०)

मात्रा—१ से २ ड्राम।

गुण—अतिसार और पेचिस में फायदेमन्द है। एक्स० कुर्ची लि० बिस्मथ, क्लोरोडीन आदि के साथ प्रयुक्त किया जा सकता है।

योग

ऐक्स० बेल लिक्विड	१ ड्राम
,, कुर्ची ,,	१ ड्राम

लिकर विस्मथि एट अमोनिया	½ ड्राम
क्लोरोडीन	१० मि०
सीरप औरंशाई	१ ड्राम
ऐक्वा०	कुल १ औंस

विधि—एक मात्रा दिन में तीन बार दें। (पेचिस में उपयोगी है)

EXT. BELLADONNA LIQ.
(ऐक्स० बैलाडोना लि०)

मात्रा—¼-१ मि०।

गुण—देखो "टिं० बैलाडोना"।

EXT. BELLADONNA SICCUM
(ऐक्स० बैलाडोना सिक्कम)

मात्रा—¼ से १ ग्रेन (गोली की शक्ल में)।

गुण—देखो "टिं० बैलाडोना"।

EXT. BELLADONNA VIRIDE
(ऐक्स० बैलाडोना विरिडी)

मात्रा—¼-१ ग्रेन।

गुण—देखो "टिं० बैलाडोना" यह ग्लीसरीन बैलाडोना में पड़ता है।

EXT. BERBERIDIS ऐक्स० बर्बरिडिस (रसौत)

मात्रा—½-१ ग्रेन।

गुण—नेत्राभिष्यन्द (नया और पुराना) में इसे आंखों के चारों ओर लेप करने से लाभ होता है।

देखो "टि० बर्बरिडिस" और "बर्बरिन सल्फ"।

EXT. CANNABIS INDICA ऐक्स० कैनेबिस इन्डिका
(भांग का सत्त)

मात्रा—¼-१ ग्रेन।

गुण—देखो "कैनेबिस इण्डिका"। इस औषधि पर लाइसंस है।

योग

ऐक्स० कैनेबिस इन्डिका	१/४ ग्रेन
फैरम फौस्फेट	२ ग्रेन
स्ट्रिक्नीन सल्फ	१/३२ ग्रेन
ऐक्स० डमियाना	२ ग्रेन
एसिड आर्सेनिक	१/३२ ग्रेन
योहिम्बीन हाइड्रोक्लोर	१/९६ ग्रेन

विधि—ऐसी एक गोली २-३ वार भोजन के बाद (धातुक्षीणता, दुर्बलता, नपुंसकता)

EXT. CASCARA SAGRADA LIQ.
(ऐक्स० कैस्करा सग्रेडा लि०)

मात्रा—३०-६० मि० ।

गुण—देखो "कैस्करा सग्रेडा" ।

EXT. CASCARA SAGRADA SICCUM
(ऐक्स० कैस्करा सग्रेडा सिक्कम)

मात्रा—२-८ ग्रेन

गुण—देखो "कैस्करा सग्रेडा"

योग

ऐक्स० कैस्करा सग्रेडा	२ ग्रेन
फिनौल्फथेलीन	१ ग्रेन
एलोइन	१/४ ग्रेन
ऐक्स० बैलाडोना	१/२ ग्रेन
ऐक्स० नक्सवॉमिका	१/४ ग्रेन

विधि—ऐसी एक गोली सोते समय (कब्ज में)

EXT. COCA LIQ. (ऐक्स० कोका लि०)

मात्रा—½-१ ड्राम ।

गुण—देखो "कोका" ।

EXT. COCA (ऐक्स० कोका)

मात्रा—२-५ ग्रेन ।

गुण—देखो "कोका" । इस औषधि पर लाइसंस है ।

योग

ऐक्स० कोका	२ ग्रेन
ऐक्स० डमियाना	२ ग्रेन
जिन्क फौस्फाइड	१/८ ग्रेन
योहिम्बीन हाइड्रोक्लोर	१/१२ ग्रेन
फैरम फौस्फेट	२ ग्रेन
स्ट्रिक्नीन सल्फ	१/३२ ग्रेन

विधि—ऐसीं एक गोली दिन में२-३ बार दें (नपुंसकता, दुर्बलता)

EXT. COLCHICI SICCUM (ऐक्स० कौल्चिसि सिक्कम)

मात्रा—¼-½ ग्रेन ।

गुण—देखो "विनम कौल्चिसी"; गठिया की सूजन और दर्द को शांत करने के लिए इसे इपिकाक और मर्करी के साथ देते हैं ।

EXT. COLOCYNTH (ऐक्स० कौलौसिन्थ)

मात्रा—¼-१ ग्रेन

गुण—विरेचक है । मरोड़े के साथ पतले दस्त लाता है । इसे खालिस नहीं देना चाहिये ।

EXT. COLOCYNTH CO (ऐक्स० कौलोसिन्थ को)

मात्रा—२-८ ग्रेन

गुण—कब्ज में सोते समय देना चाहिये। इसके प्रयोग से १-२ दस्त आ जाते है।

EXT. CONII (ऐक्स० कोनाई)

मात्रा—३/४ ग्रेन।

गुण—इसकी मरहम गुदा की खुजली और शूल युक्त गर्त (Fissures) पर लगाई जाती है। देखो "टिंचर"।

EXT. DAMIANA (ऐक्स० डामियाना)

मात्रा—२-१० ग्रेन।

EXT. DAMIANA LIQ. (ऐक्स० डामियाना लि०)

मात्रा—१/२-१ ड्राम।

गुण—बलवर्द्धक, वाजीकरण और मूत्रकारक। धातुक्षीणता, नपुंसकता और सब प्रकार के वीर्य दोषों में उपयोगी है।

योग (१)

ऐक्स० डामियाना लि०		१ ड्राम
ऐक्स० अस्वगंध लि०		१ ड्राम
टि० फेरि पर्क्लोराइड		१५ मि०
टि० नक्सवाँमिका		१० मि०
एसिड फौस्फोरिक डिल		१० मि०
ऐक्वा	कुल	१ औंस

विधि—ऐसी एक मात्रा दिन में २ बार दे (शरद ऋतु में ताकत देने के लिये)

योग (२)

ऐक्स० डमियाना		२ ग्रेन
"	" नक्सवोमिका	१/२ ग्रेन

फैरम फौस्फेट	२ ग्रेन
योहिम्बीन हाइड्रोक्लोर	$\frac{1}{24}$ ग्रेन

विधि—इसकी गोली बनालो; दिन में २-३ बार भोजन के बाद दें (दुर्बलता, वीर्य के विकार)

EXT. ERGOT LIQ. (ऐक्स अर्गट लि०)

मात्रा—१०-२० मि०

गुण—आर्तवजनक और रक्त-स्तम्भक। रक्त-स्राव (विशेषतया गर्भाशयिक) में उपयोगी है। गर्भाशय को संकुचित करके गर्भस्थ बालक को बाहर निकाल देता हैं। मासिक धर्म का अस्वाभाविक समय तक जारी रहना, घेघा, स्वप्न दोष, बहमूत्र, ऐन्युरिज्म और कोरिया में भी लाभदायक है। प्रसव के बाद इसे $\frac{1}{2}$-१ ड्राम की मात्रा में कुनीन मिक्सचर के साथ कई रोज तक देने से मैला ठीक प्रकार खारिज हो जाता है, रक्तस्राव बन्द हो जाता है और ज्वर होने का भय बहुत कम रह जाता है। यह सदा "बर्गोयन्स" या "स्टाफ ऐलन" कम्पनी का तैयार किया हुआ प्रयोग करना चाहिए।

योग

ऐक्स० अर्गट लि०		$\frac{1}{2}$-१ ड्राम
कुनीन सल्फ		५ ग्रेन
ऐसिड सल्फ्यरिक डिल		१० मि०
टिंचर डिजिटेलिस		५ मि०
ऐक्वा	कुल	१ औंस

विधि—ऐसी १ मात्रा ४-४ घंटे में ५-६ दिन तक दें (प्रसव के बाद)

EXT. EUPHORBIA LIQ. (ऐक्स० यूफोर्बिया लि०)

गुण—श्वासरोग (दमा), काली खांसी, अन्जाइना, जुकाम आदि में

उपयोगी है । पोटास आयोडाइड, लोबेलिया, बैलाडोना, स्ट्रैमोनियम आदि के साथ दिया जाता है ।

योग

इफेड्रीन	¾ ग्रेन
ऐक्स० यूफोबिया लि ०	५ मि०
टिंचर बैला डोना	५ मि०
टिंचर लोबेलिया ईथरस	१५ मि०
ऐक्स० कुट लि०	३० मि०
स्पिरिट क्लोरोफॉर्म	१५ मि०
ऐक्वा	कुल १ औंस

विधि—२-२ घण्टे के अन्तर से (दमे के दौरे के लिए)

EXT. FELLIS BOVINI (ऐक्स० फेलिस बोविनी)

मात्रा—५-१५ ग्रेन ।

गुण—कीटाणु नाशक, मृदुविरेचक और बलवर्द्धक । यकृत के कार्य को ठीक करता है कामला और मयादी ज्वर में उपयोगी है । सख्त कब्ज में इसका एनिमा दिया जाता है यह बैल के पित्त से तैयार होता है।

EXT, FILLICIS LIQ (एक्स० फिलिसिस लि०)

मात्रा—४५-९० मि० ।

गुण—अंत्र-कृमिनाशक; आँत के टीनिया सोलियम (कद्दूदाना) नामक कीड़े मारने के लिए अकसीर है। इसके प्रयोग के बाद रोगी का जी बहुत मितलाता है। इसकी प्रोयोग विधि यह है : रात्रि को दस्तावर औषधि दें। प्रातः खाली पेट इसे म्युसीलेज अकेसिया और क्लोरोफार्म वाटर के साथ मिला कर दें २ घंटे के बाद १ औंस या अधिक मैगसल्फ पिलायें । यदि कीड़े का सिर पाखाने में न मिले तो ३-४ दिन के बाद फिर इसी क्रिया को दोहरायें । अब इस औषधि का प्रयोग बहुत कम हो गया है।

EXT. GENTION (ऐक्स० जंशियन)

मात्रा—२-८ ग्रेन

गुण—भूख बढ़ाने वाला; प्राय गोली बनाने के काम आता है।

EXT. GLYCYRRHIZA LIQ. (ऐक्स० ग्लीसिर्हाइजा लि०)

मात्रा—३०-६० मि०

गुण—मृदुतिरेचक, लुआबदार, पाचक और कफ-निसारक है। खांसी में उपयोगी है। इसे अमोनियम क्लोरोइड, ब्रोमाइड्स, आयोडाइड्स, कैस्करा सग्रेडा मैगसल्फ आदि बदजायका औषधियों के साथ मिला देने से उनका जायका किसी हद तक सुधर जाता है।

योग

अमोनियम क्लोराइड		१० ग्रेन
ऐक्स० ग्लीसिर्हाइजा लि०		३० मि०
सोडा बैन्जोअस		१५ ग्रेन
विनम इपिकाक		१० मि०
पोटास आयोडाइड		५ ग्रेन
टिंचर सिल्ला		१० मि०
सीरप टोलू		१ ड्राम
ऐक्वा	कुल	१ औंस

विधि—ऐसी एक मात्रा ४-४ घंटे में (निमोनिया, खांसी)

EXT. GLYCYRRHIZA (ऐक्स० ग्लीसिर्हाइजा)

मात्रा—१०-३० ग्रेन।

गुण—खांसी में गोली के रूप में प्रयुक्त होता है। बहुत सी पेटन्ट खांसी की टिकियों में पड़ता है।

EXT. GOKHRU LIQ, (ऐक्स० गोखरू लि०)

मात्रा—२०-६० मि०

गुण—स्वप्नदोष, नपुंसकता और मूत्र सम्बन्धी रोगों में प्रयुक्त होता है।

EXT. GOSSYPII LIQ.(ऐक्स० गौसीपाइ लि०)

मात्रा — ½-१ ड्राम।

गुण—रक्तप्रदर और कष्ट-रज में प्राय: ऐक्स० हाइड्रास्टिस लि० के साथ मिला कर देते हैं।

EXT GRINDELIA LIQ. (ऐक्स० ग्रिन्डीलिया लि०)

मात्रा—१०-२० मि०

गुण—दमे में इसकी आध आध या एक एक घन्टे के अन्तर से ३-४ मात्रा देने से दौरा शांत हो जाता है। ऐम्फाइजीमा, काली खांसी और तशन्नुजी खांसी में भी लाभदायक है। इसे लोबीलिया, पोटास आयोडाइड, आदि के साथ दे सकते है।

योग

ऐक्स० ग्रिन्डीलिया लि०		१५ मि०
पोटास ब्रोमाइड		१५ ग्रेन
स्पिरिट क्लोरोफॉमं		२० मि०
टिं० बैलाडोना		५ मि०
टिं० लोबेलिया ईथरस		१० मि०
सीरप टोलू		१ ड्राम
ऐक्वा	कुल	१ औंस

विधि—२-२ घन्ट में कुल ३ मात्रा तक (दमे के दौरे में)

EXT. HAMAMELIDIS LIQ. (ऐक्स० हैमेमे लिडिस) लि०)

मात्रा—½-१ ड्राम।

गुण—रक्त स्तंभक और संकोचक; नकसीर, बलगम और वमन के साथ

खून आना, रक्तमेह, सोजाक, श्वेत-प्रदर, अर्शरोग और अन्य प्रकार के रक्तस्राव में उपयोगी है। कंठरोग, मुँह के छाले और मसूड़ों से रुधिर बहना, आदि विकारों में इसके कुल्ले किये जाते हैं। देखो "टिंचर'। इसे बहुत कम इस्तेमाल करते हैं।

योग

ऐक्स हैमेमेलिडिस लि०		१ ड्राम
ऐक्वा डिस्टिल्ड	कुल	२ औंस

विधि—लोशन बनालें (रक्तमेह में इसे पिचकारी से मूत्राशय में प्रविष्ट करें)

EXT. HEPATIS LIQ. (ऐक्स० हेपेटिस लि०)
यकृत का सत

मात्रा—१ औन्स।

मु० अ०—(भेड़ या बैल का जिगर, ग्लीसरीन, अल्कोहल, वाटर)

गुण—रक्ताल्पता में विशेष उपयोगी है। रक्त बढ़ाता है बल प्रदान करता है और यकृत के कार्य को ठीक करता है। आर्सेनिक और विस्मथ के योग से होने वाले विषैले विकारों, (विशेष कर चर्मप्रदाह) में लाभदायक है। सिर्होसिस ऑफ लिवर में भी प्रयुक्त होता है।

EXT. HYDRASTIS (HYDRASTINUM)
ऐक्स० हाइड्रास्टिस (हाइड्रास्टिनम)

मात्रा—२-५ ग्रेन

गुण—विरेचक, बलकारक, और पित्तवर्द्धक।

EXT. HYDRASTIS LIQUID (ऐक्स० हाइड्रास्टिस लि०)

मात्रा—५-१५ मि०

गुण—रक्तस्तम्भक और संकोचक। कर्णस्राव, पुराना सोजाक, मूत्राशय

का प्रदाह और रक्तप्रदर में इसका पोल (४ ड्राम १ पाइन्ट में) स्थानिक रूप से प्रयोग किया जाता है। हर प्रकार के रक्तस्राव (विशेष कर गर्भाशयिक) में उपयोगी है। रक्त प्रदर में इसे ३० मि० की मात्रा में समभाग ऐक्स० अर्गट लि० के साथ देने से बहुत लाभ होता है। पेट और आँतों के पुराने वरम में (विशेष कर शराबियों के) विशेष-उपयोगी है। दुर्बलता और मलेरिया में कुनीन के समान गुण रखता है यद्यपि इतना लाभदायक नहीं है। इसका मूल्य बहुत है। देखो "टिंचर"।

EXT. HYOSCYAMUS SICCUM (ऐक्स० हायोसायमस सिक्कम)

मात्रा—$\frac{1}{4}$-१ ग्रेन

गुण—हृदयरोग का श्वास, मूत्रकृच्छ्र, आक्षेप, खांसी, सोजाक और मूत्राशय के प्रदाह में उपयोगी है। दस्तावर गोलियों में मरोड़े रोकने के लिये मिला देते है। देखो "टिंचर हायोसायमस"।

EXT. JALAP (ऐक्स० जैलप)

गुण—तीव्र विरेचक है। कब्ज में प्रयुक्त होता है। इसे खालिस नहीं देना चाहिये। देखो "जैलेपिन" और "पल्व जेलप कं०'।

EXT. KALMEGH LIQ. (ऐक्स० कालमेघ लि०)

मात्रा—$\frac{1}{2}$-१ ड्राम।

गुण—पाचक, पित्तवर्द्धक, ज्वरहर। यकृत-विकारों में (विशेष कर बच्चों के) अत्यन्त लाभदायक है। इसके साथ अमोनियम क्लोराइड और टि० युओनिमिन मिला सकते हैं।

योग

ऐक्स० कालमेघ लि०	१०-१५ मि०
अमोनियम क्लोराइड	३ ग्रेन

सोडा बेन्जौयेट	२ ग्रेन
टिंचर रिहाइ कं०	५ मि०
सीरप जिंजर	१० मि०
ऐक्वा क्लोरोफार्म	कुल १ ड्राम

विवि—ऐसी एक मात्रा दिन में ३ बार दें (बच्चों के यकृत रोग में)

EXT. KOLA LIQ. (ऐक्स० कोला लि०)

मात्रा— १०-२० मि० ।

गुण—शक्तिवर्द्धक, उत्तेजक और थकावट को दूर करने वाला है। देखो "कोला नट" ।

EXT. KAVA LIQ. (ऐक्स० कावा लि०)

मात्रा—½-१ ड्राम ।

गुण—मूत्रल और उत्तेजक। सोजाक, योनिप्रदाह, श्वेतप्रदर और मूत्राशय-प्रदाह में उपयोगी है। यह बहुत कम इस्तैमाल किया जाता है।

EXT. KRAMERIA SICCUM (ऐक्स० क्रैमेरिया सिक्कम)

मात्रा—५-१५ ग्रेन

देखो "टिं० क्रैमेरिया" ।

EXT. KURCHI LIQ. (ऐक्स० कुर्ची लि०)

मात्रा—१-२ ड्राम।

गुण—हर प्रकार की पेचिस में उपयोगी है । इसे ऐक्स ० बेल लि०, लिकर बिस्मथी और क्लोरोडीन के साथ दे सकते है ।

EXT. KUTH LIQ. (ऐक्स० कुट लि०)

मात्रा—½-१ ड्राम ।

गुण—बलदायक, ज्वर रोकने वाला और वाजीकरण है । यह विशेषतया दमे में उपयोगी है । इसे पोटास आयोडाइड, लोबेलिया, बेलाडोना आदि के साथ देने से इसका गुण बढ़ जाता है ।

योग

ऐक्स ० क्रू० लि०		½ ड्राम
सोडाब्रोमाइड		१० ग्रेन
पोटास आयोडाइड		५ ग्रेन
टि० लोबेलिया ईथरस		१० मि०
टि० बैलाडोना		५ मि०
टि० स्ट्रैमोनियम		५ मि०
स्पिरिट क्लोरोफार्म		१० मि०
ऐक्वा	कुल	१ औंस

विधि—ऐसी एक मात्रा २—२ घंटे में दें (दमे के दौरे को शांत करने के लिए)। पुराने रोग में २ मात्रा रोजाना दें।

EXT. MALT LIQ. (ऐक्स० माल्ट लि०)

मात्रा—१-८ ड्राम (रोजाना)।

गुण— पाचक, पुष्टिकारक; दुर्बलता और अग्निमांद्य में उपयोगी है। इसे कौड लिवर आँयल के साथ मिलाकर बहुत इस्तैमाल करते हैं। यह जौं से तैयार किया जाता है।

EXT. MALT CUM OLEO MORRHUAE (ऐक्स० माल्ट कम औलियो मौर्हुई)

मात्रा—१-८ ड्राम।

मु० अ०—(माल्ट ऐक्सट्रैक्ट ९, कौडलिवर आँयल १)

गुण—खांसी, श्वास, दौर्बल्य, क्षयरोग, रिकेट्स और हर प्रकार की कमजोरी में उपयोगी है। इसमें माल्ट और मछली का तेल होता है।

EXT. NUX VOMICA SICCUM (ऐक्स० नक्स वाँमिका सिक्कम) जौहर कुचला (खुश्क)

मात्रा—¼-१ ग्रेन

गुण—गोली के रूप में प्रयुक्त होता है। (देखो टि०)।

EXT. OPII SICCUM (ऐक्स० ओपियाई सिक्कम)

मात्रा—$\frac{1}{4}$-१ ग्रेन।

गुण—देखो "ओपियम"।

EXT. PICORRHIZAE LIQ. (ऐक्स० पिकौर्हिजी लि०)

मात्रा—१५-६० मि०

गुण—बलवर्द्धक, ज्वर को रोकने वाला और दस्तावर है। अजीर्ण, मलेरिया और पित्तजन्य ज्वर में उपयोगी है। देखो "टिंकचर"।

EXT. PITUITARY LIQ. INFUNDIBULAR (ऐक्स० पिट्युटरी लि० इन्फन्डिबुलर)

मात्रा—$\frac{1}{2}$-१ सी० सी० (मांस में)

गुण—यह पिट्युटरी ग्रन्थि के पिछले खंड से तैयार होता है। रक्त चाप को बढ़ाने वाला, हृदय की गति को मन्द करने वाला (आरम्भ में) और आंत, मूत्राशय और गर्भाशय को उत्तेजित करने वाला; जब प्रसव के समय वेदनायें सुस्त पड़ गई हों तब इसे देने से वे प्रबल हो जाती हैं। परन्तु इसके प्रयोग से पूर्व यह देख लेना चाहिए कि बच्चा उत्पन्न होने में किसी प्रकार की रुकावट तो नहीं है अन्यथा बच्चे का दम घुटने, और समय के पूर्व ही कमल (Placenta) के पृथक् होने का भय रहता है। इसे यथासंभव प्रसव के बाद ही प्रयोग करना चाहिए जबकि इसका १ इंजेक्शन ही रक्तस्राव को बन्द कर देता है और कमल आदि को बाहर निकाल देता है। आप्रेशन के बाद होने वाली आंतों की कमजोरी, मूत्र रुक जाना, अस्थिमृदुता-रोग, आमाशय का व्रण और अम्लपित्त में उपयोगी है। इसे "पिट्युट्रीन" भी कहते हैं।

EXT. PITUITARY LIQ. (ANTERIOR) (ऐक्स० पिट्युटरी लि० एन्टीरिअर)

मात्रा—१-२ सी० सी० (चर्म के नीचे)।

गुण—जिन बच्चों की बढ़ौत रुक जाती है उन्हें इसके प्रयोग से कभी-कभी फायदा होता है। यह यौवन का देर में आना, अल्परज, मासिक धर्म का आरम्भ न होना, बाँझपन, अण्ड ग्रंथि का नीचे फोतों में न उतरना, गर्भपात, रक्त प्रदर आदि में भी उपयोगी है।

EXT. PULSATILLA LIQ. (ऐक्स० पल्सेटिल्ला लि०)

मात्रा—२-५ मि०।

गुण—देखो "टिं० पल्सेटिल्ला"।

EXT. PUNARNAVA LIQ. (ऐक्स० पुनर्नवा लि०)

मात्रा—१-२ ड्राम।

गुण—मूत्रल और विरेचक; जलोदर, सार्वाङ्गिक शोथ, कमलबाई और बेरी-बेरी रोग में (शोथ कम करने के लिये) अत्यन्त लाभदायक है। जिस रोगी को दस्त आ रहे हों उसे यह अनुकूल नहीं पड़ता।

योग

ऐक्स० पुनर्नवा लि०	१ ड्राम
पोटास एसिटास या साइट्रास	२० ग्रेन
टिंचर सिल्ला	१० मि०
स्पिरिट ईथर नाइट्रोसी	½ ड्राम
ऐक्वा	कुल १ औन्स

विधि—ऐसी एक मात्रा दिन में ३ बार (शोथ रोग)

EXT. RED BONE MARROW
ऐक्स० रैड बोन मैरो (अस्थि की लाल मज्जा का सत)

मात्रा—१ ड्राम।

गुण—रिकेट्स, हर प्रकार का पाण्डुरोग, दुर्बलता, रक्त का पतला पड़ जाना आदि विकारों में लाभदायक है। अन्य औषधियों के साथ मिला कर दिया जाता है।

EXT. RHEI (ऐक्स० रिआई)

मात्रा—२-८ ग्रेन।

गुण—यकृत विकार और कब्ज में गोली के रूप में अन्य पित्तवर्द्धक औषधियों के साथ प्रयुक्त होता है। देखो "रूबर्ब और टिंकचर"।

EXT. SARZA LIQ. (ऐक्स० सार्जा लि०)

मात्रा—२-४ ड्राम।

गुण—रक्तशोधक; फोड़े-फुंसी, आतशक और चर्मरोगों में लाभदायक है। प्रायः पोटास आयोडाइड के साथ मिलाकर प्रयोग किया जाता है।

योग

ऐक्स० सार्जा लि०	१ ड्राम
पोटास आयोडाइड	५ ग्रेन
लिकर आर्सेनिकेलिस	३ मि०
लिकर हाइड्रार्ज पर्क्लोराइड	२० मि०
सीरप	१ ड्राम
ऐक्वा	कुल १ औन्स

विधि—ऐसी एक मात्रा ३ बार (आतशक, रक्त विकार)

EXT. STRAMONII SICCUM
(ऐक्स० स्ट्रेमोनिआइ सिक्कम)

मात्रा—$\frac{1}{4}$—१ ग्रेन।

गुण—मुख्यतया श्वास-रोग में उपयोगी है। गोली के रूप में इस्तेमाल होता है।

EXT. SUMBUL LIQ. (ऐक्स० सम्बल लि०)

मात्रा—२०-३० मि०।

गुण—आक्षेपहर; हिस्टीरिया में उपयोगी है जिसमें इसे पोटास ब्रोमाइड, टि० वैलेरियन, टि० हायोसाइमस के साथ देते हैं।

EXT. SUPRARENALI CORTICIS
(ऐक्स० सुप्रारीनेली कौर्टिसिस)

मात्रा—१$\frac{१}{४}$—२$\frac{१}{२}$ ड्राम ।

गुण —ऐडीसन्च डिसीज और न्युरेस्थीनिया में लाभदायक है ।

EXT. TARAXACI LIQ. (ऐक्स० टैरेक्सेसि लि०)

मात्रा—$\frac{१}{२}$ से २ ड्राम ।

गुण—यकृत रोग में प्रयुक्त होता है । इसे प्राय: अमोनियम क्लोराइड, सोडा सल्फ, टिं० यूनीमीन आदि के साथ देते हैं ।

योग

अमोनियम क्लोराइड	१० ग्रेन
ऐक्स० टैरेक्सेसि लि०	१ ड्राम
टिंकचर युओनीमि	५ मि०
ऐक्स० कालमेघ लि०	३० मि०
टिंकचर रिहाई कं०	३० मि०
सोडा सल्फ	३० ग्रेन
ऐक्वा मैन्थ पिप	कुल १ औन्स

विधि—ऐसी एक मात्रा दिन के २-३ बार (यकृत विकार)

EXT. THYMI LIQ. (ऐक्स० थाइमी लि०)

मात्रा—५-३० मि० ।

गुण—खांसी में बहुत उपयोगी है । अन्य औषधियों के साथ मिलाकर दिया जाता है । अनेक खांसी की पेटन्ट औषधियों में पड़ता है ।

योग

ऐक्स० थाइमी लि०	१५ मि०
इफैड्रिन हाइड्रोक्लोराइड	$\frac{१}{६}$ ग्रेन
ग्लीसरीन	१५ मि०

स्पिरिट क्लोरोफॉर्म		१० मि०
सीरप टोलु		१ ड्राम
ऐक्वा	कुल	१ औन्स

विधि—ऐसी एक मात्रा ४–४ घंटे में　　(काली और सादी खांसी में)

EXT. THYMUS GLAND (ऐक्स० थाइमस ग्लैण्ड)

मात्रा—२ से ४ ग्रेन।

गुण—ग्रेव्स डिसीज और ऐक्सौपथैल्मिक गौयटर में उपयोगी हैं।

EXT. THYROID LIQ. (ऐक्स० थाइरौइड लि०)

मात्रा—५–१५ मि०।

गुण—देखो "थायरौइड सिक्कम"।

EXT. THYROID SICCUM (ऐक्स० थाइरौइड सिक्कम)

मात्रा—½ से ५ ग्रेन।

गुण—मिक्सोडीमा (एक प्रकार का शोथरोग), घेघा, मूढ़ता (Idiocy) रजोनिवृत्ति के समय होने वाला उन्माद, कुछ चर्मरोग जैसे अपरस, एक्जिमा ल्युपस इत्यादि, तालुमूल-ग्रंथि का प्रदाह, संधिवात, ब्राइट्स डिसीज, आदि रोगों में फायदेमन्द है। जिन बच्चों का रात्रि में पेशाब निकल जाता है और जिनकी बढ़ौत रुक जाती है उन्हें इसके प्रयोग से लाभ पहुँचता है। माता का दूध बढ़ाता है और गर्भपात को रोकता है। इस औषधि को बड़ी सावधानी से प्रयोग करना चाहिए क्योंकि कभी-कभी अनुकूल न पड़ने से हानिकारक सिद्ध होती है।

EXT. VALERIAN LIQ. (ऐक्स० वैलिरियन लि०)

मात्रा—३ मि०।

गुण—हिस्टीरिया, घबराहट, तंत्रिका विकार आदि में पोटास ब्रोमाइड, हायोसाइमस आदि के साथ दिया जाता है। देखो "टिंचर"।

EXT. VALERIAN SICCUM
(ऐक्स० वेलिरियन सिक्कम)

मात्रा—१ से ५ ग्रेन।

गुण—हिस्टीरिया, घबराहट, तंत्रिका विकार आदि में पोटास ब्रोमाइड, हायोसाइमस आदि के साथ दिया जाता है।

EXT. VIBURNUM PRUNIFOLIUM LIQ.
(ऐक्स० वाइबर्नम प्रूनीफोलियम लि०)

मात्रा—१ से २ ड्राम।

गुण—गर्भाशय के लिये शमक; कष्टरज और रक्तप्रदर में उपयोगी है। जिन स्त्रियों को बार-बार गर्भपात हो जाता हो उन्हें इसे लगातार कई मास तक प्रयोग करना चाहिए।

योग

पोटास ब्रोमाइड	१५ ग्रेन
टि० हायोसाइमस	२० मि०
टि० औपियम	५ मि०
ऐक्स० वाइबर्नम प्रूनी लि०	१ ड्राम
सीरप ओरंशाइ	१ ड्राम
ऐक्वा	कुल १ औन्स

विधि—ऐसी एक मात्रा ३ बार (कष्टरज, रक्तप्रदर)

EXT. VIBURNUM (ऐक्स० वाइबर्नमी)

मात्रा—३ से ८ ग्रेन।

गुण—गर्भाशय के लिये शमक; कष्टरज और रक्त प्रदर में उपयोगी है। जिन स्त्रियों को बार-बार गर्भपात हो जाता हो उन्हें इसे लगातार कई मास तक प्रयोग करना चाहिए।

FEHLINGS SOLUTION (फेर्हलिंग्स सौल्युशन)

यह दो प्रकार का होता है नं०१ और नं० २; यह मूत्र में शर्करा की जाँच करने के लिए प्रयुक्त होता है।

*FELAMINE SANDOZ (फैलेमीन "सैन्डोज")

मात्रा—एक से तीन टिकिया ३ बार भोजन के बाद।

मु० अ०—(कोलिक एसिड, हैक्सेमीन)।

गुण—पित्तवर्द्धक और पैत्तिक कीटाणुनाशक; कमलबाई, कब्ज, यकृत की पथरी और अन्त्रप्रदाह में उपयोगी है।

FEL BOVINUM (फेल बोविनम)
OX BILE (औक्स बाइल)

मात्रा—५ से १५ ग्रेन।

गुण—कीटाणुनाशक और विरेचक; कब्ज, कमलबाई, यकृत रोग और अजीर्ण में लाभदायक है। यह बैल के पित्त का सत होता है।

FENNEL FRUIT फैनल फ्रूट (बड़ी सौंफ)

मात्रा—५ से १० ग्रेन।

गुण—इसके गुण ऑयल ऐनिसी की तरह हैं। पाचक और वायुसारी है।

FERRI ARSENAS (फेरी आर्सिनास)

मात्रा—$\frac{१}{१६}$-$\frac{१}{४}$ ग्रेन।

गुण—इसके गुण आर्सेनिक की तरह हैं। देखो 'आर्सेनिक'।

FERRI CACODYLAS (फेरी केकोडाइलस)

मात्रा—$\frac{3}{4}$ से ५ ग्रेन।

गुण—दुर्बलता और पाण्डुरोग में उपयोगी है। इसके इंजेक्शन भी लगाये जाते हैं।

FERRI CARBONAS SACCHARATUS
(फेरी कार्बोनस सेक्केरेटस)

मात्रा—१० से ३० ग्रेन।

गुण—रक्तवर्द्धक और बलकारक है।

FERRI ET AMMONII CITRAS
(फेरी एँट अमोनाइ साइट्रास)

मात्रा—१५ से ४५ ग्रेन।

गुण—रक्तवर्द्धक और बलकारक है। पाण्डु-रोग, दुर्बलता आदि में उपयोगी है।

योग

फेरी एँट अमोनिया साइट्रास		१०-३० ग्रेन
लिकर आर्सेनिकेलिस		५ मि०
टिं० नक्सवौमिका		५ मि०
टिंचर जंशियन कं०		२० मि०
मैग सल्फ		३० ग्रेन
ऐक्वा	कुल	१ औन्स

विधि—एक मात्रा तीन बार भोजन के वाद (पाण्डुरोग, दुर्बलता)

FERRI ET QUININE CITRAS
(फेरी एँट कुनीन साइट्रास)

मात्रा—५ से १५ ग्रेन।

गुण—रक्तवर्द्धक और बलकारक; मलेरिया के बाद की कमजोरी, हलका बुखार और प्लीहोदर में उपयोगी है।

योग

फैरी एँट कुनीन साइट्रास	५ ग्रेन
लिकर आर्सेनि० हाइड्रोक्लोर	५ मि०

एसिड फौस्फोरिक डिल		१० मि०
लिकर स्ट्रिक्नीन हाइड्रोक्लोर		५ मि०
टिं० कार्डेमम कं०		१५ मि०
ऐक्वा	कुल	१ औन्स

विधि—एक मात्रा तीन बार भोजन के बाद (मलेरिया के बाद की कमजोरी)।

FERRI ET QUININE CITRAS ET STRYCHNINE
(फैरी एँट कुनीन साइट्रास एँट स्ट्रिक्नीन)

मात्रा—३ से ६ ग्रेन।

गुण—मलेरिया के बाद की कमजोरी, तिल्ली, तंत्रिका-दौर्बल्य, पाण्डुरोग आदि में बहुत फायदेमन्द है।

FERRI GLYCEROPHOSPHATE
(फैरी ग्लीस्रोफौस्फेट)

मात्रा—१ से ५ ग्रेन।

गुण—बलदायक; दूसरे ग्लीसरो-फौस्फेट्स के साथ मिलाकर दिया जाता है। तंत्रिका तथा मस्तिष्क की कमजोरी और रक्तालपता में उपयोगी है।

FERRI HYPOPHOSPHITE (फेरी हाईपोफौस्फाइट)

मात्रा—१-५ ग्रेन।

गुण—बलदायक; दूसरे हाइपोफौस्फाइट्स के साथ मिलाकर दिया जाता है। तंत्रिका तथा मस्तिष्क की कमजोरी और रक्तालपता में उपयोगी है।

FERRI IODIDE (फेरी आयोडाइड)

मात्रा—१-५ ग्रेन।

गुण—प्रायः सीरप के रूप में प्रयुक्त होता है (देखो सीरप)।

FERRI LACTAS (फेरी लैक्टास)

मात्रा—२-१० ग्रेन।

गुण—प्रायः सीरप के रूप में प्रयुक्त होता है। (देखो सीरप)।

FERRI PERCHLORIDE (फेरी परक्लोराइड)

मात्रा—२-८ ग्रेन।

गुण—पाण्डु रोग और रिकेट्स में उपयोगी है। मूत्र का परिमाण बढ़ाता है। इसे प्रायः टिंचर के रूप में इस्तेमाल करते हैं। (देखो टिंचर)

FERRI PHOSPHAS (फेरी फौस्फास)

मात्रा—५ से १० ग्रेन।

गुण—बलकारक और रक्तवर्द्धक; गोली के रूप में दिया जाता है।

FERRI REDACTUM (फेरी रिडेक्टम) REDUCED IRON (रेड्यूस्ड आयरन)

मात्रा—१-१० ग्रेन।

गुण—रक्तवर्द्धक, बलकारक; पाण्डुरोग, दुर्बलता और मलेरिया के बाद की कमजोरी में उपयोगी है। पुड़िया या गोली के रूप में प्रयुक्त होता है। कब्ज कम करता है और दुर्बल पाचनशक्ति वालों को अन्य आयरन लवणों की अपेक्षा अधिक अनुकूल पड़ता है।

FERRI SUCCINAS (फेरी सक्कीनास)

गुण—जिगर की पथरी और शूल में लाभदायक है। कभी-कभी प्रयुक्त होता है।

FERRI SULPHAS (फेरी सल्फास) हीरा कसीस (शुद्ध)

मात्रा—३-५ ग्रेन।

गुण—काबिज, बलवर्द्धक, और आर्तवजनक है। प्लीहोदर, दुर्बलता, पाण्डुरोग और रज अदर्शन में उपयोगी है। मलेरिया के कारण तिल्ली बढ़ जाने में कुनीन और मैगसल्फ (साल्ट) के साथ बहुत प्रयुक्त होता है।

योग

फेरी सल्फ	२ ग्रेन
मैग सल्फ	१ ड्राम
कुनीन सल्फ	५ ग्रेन
एसिड सल्फ्यूरिक डिल	१० मि०
टि० कार्डेमम कं०	२० मि०
ऐक्वा	कुल १ औन्स

विधि—ऐसी एक मात्रा दिन में ३ बार (ताप तिल्ली में)

FERRI SULPH EXSICCATU

(फेरी सल्फ एक्सीकेटस) हीरा कसीस (खुश्क किया हुआ)

मात्रा—१—३ ग्रेन ।

गुण—फैरस सल्फ के समान गुण रखता है । गोली के रूप में प्रयुक्त होता है ।

FERRIER'S SNUFF (फैरियर्स स्नफ)

बाह्य प्रयोग के लिए ।

मु० अ०—(विस्मथ सबनाइट्रेट १०८ मौर्फीन हाइड्रोक्लोर १, गम अकेशिया ६०) ।

गुण—जुकाम के लिए इसे २४ घंटे में १—२ ड्राम तक सूँघा जाता है । किसी-किसी को इसके सूँघने से नशा सा आ जाता है ।

FERRUM (फैरम, लोहा)

गुण—रक्तबर्धक, संकोचक, बलदायक, स्वास्थ्य-वर्द्धक; पाण्डुरोग, हर प्रकार की दुर्बलता, तंत्रिका शूल, ज्वरों के बाद की कमजोरी, ब्राइट्स डिसीज, हृदय रोग, कण्ठमाला, प्लीहोदर आदि रोगों में उपयोगी है । यह एलोपेथी में इस रूप में कभी प्रयोग नहीं किया जाता ।

FLUID MAGNESIA (फ्लुइड मैग्नेसिया)
LIQUOR MAGNESII BICARBONATIS
(लिकर मैग्नेसाइ बाइकार्बोनेटिस)

मात्रा—१-२ औंस ।

गुण—अम्लनाशक; खट्टी डकार और कब्ज में उपयोगी है ।

FLOWERS OF SULPHUR (फ्लावर्स ऑफ सल्फर)

"सल्फर सब्लीमेटम" को कहते हैं (देखो) ।

FLUORESCEIN (फ्लोरेसीन)

गुण—यदि आंख में जख्म हो तो इसका २ प्रतिशत लोशन टपकाने से वह हरे रंग का हो जाता है इसलिए यह औषधि इसी काम के लिए अर्थात् जख्म की पहचान के लिए प्रयुक्त होती है ।

FORMALIN (फॉर्मेलिन)
LIQUOR FORMALDEHYDI
(लिकर फौर्मेल्डीहाइडी)

बाह्य प्रयोग के लिए

गुण—यह फौर्मेल्डीहाइड का ३७ प्रतिशत घोल होता है। यह बहुत तेज प्रदाहक है। मांस में इसे ५०,००० में १ अनुपात से मिलाने से कीटाणु उत्पन्न नहीं होने पाते सोजाक में इसके ½ प्रतिशत घोल की मसाने में पिचकारी लगाई जाती है। मुंह के छालों और कण्ठप्रदाह में इसकी फुरेरी लगाना (ग्लीसरीन में २ प्रतिशत) बहुत उपयोगी है। क्षयरोग, खांसी और निमोनिया में भी इसे सूंघते हैं। रोगियों के कमरे में इसे विशेष यंत्र द्वारा 'स्प्रे' करने से रोगाणु नष्ट हो जाते हैं। मुंह आने में इसके गरारे करना (५०० में १) उपयोगी है। दाद पर इसे ग्लीसरीन में मिलाकर (३० प्रतिशत) लगाया जाता है। इसे पैराफार्म (PARAFORM) भी कहते हैं।

FOWLER'S SOLUTION (फाउलर्स सौल्युशन)

मात्रा—२-८ मि० ।

गुण—"लिकर आर्सेनिकेलिस" को कहते हैं (देखो) ।

FRENCH CHALK (फ्रैञ्च चाक)

बाह्य प्रयोग के लिए ।

गुण—यह घाव पर छिड़कने के लिए बतौर डस्टिंग पाउडर प्रयुक्त होता है। चेहरे और शरीर पर लगाने के बहुत से पाउडरों में पड़ता है ।

FUCHSINE (ANILINE RED) फ्युक्सिन (एनिलाइन रेड)

मात्रा—$\frac{1}{2}$-४ ग्रेन

गुण—इसकी गहरे लाल रंग की कल्में होती हैं । यह क्षयाणु (T.B.) को रंगने के लिए कीटाणु-शास्त्र-सम्बन्धी परीक्षा में काम आता है । वृक्क-रोग जन्य अल्ब्युमिनूरिया में उपयोगी है । इसकी पांच प्रतिशत मरहम शर्करार्बुद (Carbuncle) और उपदंशी व्रण (कोमल प्रकार के) पर लगायी जाती है ।

FUCUS VESICULOSIS (फ्युकस वेसिकुलोसिस)

गुण—इसका ऐक्सट्रैक्ट ३-१० ग्रेन की मात्रा में मोटापा दूर करने के लिए प्रयुक्त होता है । इसके प्रयोग से १ मास में ६-७ पौंड वजन कम हो जाता है। मोटापा दूर करने की अनेक पेन्टन्ट औषधियों में पड़ता है।

FULLER'S EARTH (CHINA CLAY) फुल्लर्स अर्थ (चाइना क्ले)

गुण—तर एक्जीमा को खूश्क करने के लिए छिड़कते हैं ।

GAMMEXANE (गैमेक्सेन)

यह मक्खियों, मच्छरों, खंटमल, झींगर, जूं इत्यादि जानवरों को मारने के काम आता है ।

GANGA (गांजा)

भाँग को करते हैं देखो "कैनेबिस इंडिका"

*GARDENAL (M.B.) गार्डिनल (एम० बी०)

मात्रा—½-२ ग्रेन

गुण—उपशामक, निद्राकारक ; कम्हेड़े, मृगी,अनिद्रा, घबराहट, खांसी, खुजली आदि विकारों में "ल्युमीनल" की तरह इस्तैमाल होता है।

*GARDENAL SODIUM (M.B.) गार्डिनल सोडियम (एम० बी०)

मात्रा—½-२ ग्रेन।

गुण—इसके गुण गार्डिनल के समान हैं। इसके इंजेक्शन भी लगाये जाते हैं। यह जल में घुलन शील है अतः एसे मिक्सचर में दे सकते हैं।

योग

गार्डिनल सोडियम		¼ ग्रेन
पीटास ब्रोमाइड		१० ग्रेन
सोडियम ब्रोमाइड		१० ग्रेन
टि० हायोसाइमस		२० मि०
स्पिरिट क्लोरोफॉर्म		१५ मि०
ऐक्वा	कुल	१ औन्स

विधि—ऐसी एक मात्रा दिन में २-३ बार (कमेड़े, मृगी, हिस्टीरिया)

GARLIC गार्लिक (लहसन)

मात्रा—½-२ ड्राम।

गुण—(देखो टि० गार्लिक) क्षयरोग, दुर्गन्धयुक्त खांसी और आंतों के रोगों में उपयोगी है। इसका रस (४० भाग जल में १ भाग) जख्म और घाव धोने के लिए बड़ा उपयोगी है।

GASOLENE (PETROL) गैसोलीन (पैट्रोल)

गुण—इसे मोटर स्पिरिट भी कहते हैं ऐलोपेथी में इसका प्रयोग बहुत कम है। घावों और कटी हुई और घिसी हुई जगहों को साफ करने के लिए यह बड़ा उपयोगी है। यह वस्त्रों से मैल साफ करने के लिये भी प्रयुक्त होता है।

GELATIN (जेलेटिन)

गुण—खांसी की टिकिया, पैसेरी, कैप्स्यूल और ग्लीसरीन सपोजीटरी बनाने में पड़ती है। यह प्रबल रक्तस्तम्भक है। इसके माँस द्वारा इंजेक्शन फेफड़े, आंत, आमाशय और मूत्राशय के रक्तस्राव को रोकने के लिए उपयोगी है।

GENTION जंशिअन (जंतियाना)

मात्रा—१०-३० ग्रेन।

गुण—तिक्त बलकारक, क्षुधावर्द्धक (देखो टिं० जंशिअन कं०, ऐक्स० और इन्फ्युसम)।

GENTION VIOLET (जंशिअन वायलट)

गुण—तीव्र कीटाणु-नाशक। हृदय के कपाट का प्रदाह और सैप्टीसीमिया में इसका १/४ से १ प्रतिशत घोल का शिरा द्वारा एंजेक्शन दिया जाता है। एक्जिमा-जन्य चर्म प्रदाह तथा दाद आदि पर इसका घोल (जंशिअन वाँयलट २० ग्रेन, स्पिरिट रेक्टी० २ ड्राम, ऐक्वा कुल १ औंस) लगाना उपयोगी है। सूत्र-कृमि (Thread-Worms) के लिए इसे १ ग्रेन (बच्चों के लिए १/६ से १/४ ग्रेन) दिन में ३ बार भोजन से पूर्व ८ दिन तक देने से बहुत लाभ होता है। जले हुए स्थान पर इसे स्प्रे या जेली के रूप में (२ प्रतिशत) प्रयोग किया जाता है।

योग

एक्रीफ्लेवीन १ ग्रेन

जंशिअन वॉयलट	१० ग्रेन
ग्लीसरीन	१ औन्स

विधि—तीनों को खरल में डालकर मिलाले; दिन में २ बार कान में टपकायें (कर्णस्राव)।

GINGELLI (TIL OIL)
जिन्जलि ऑयल (तिल का तेल)

मात्रा—½=१ औन्स।

गुण—डाक्टरी में यह प्लासटर, लिनिमेन्ट, आइन्टमेंट आदि के बनाने में ऑलिव आइल की बजाय प्रयुक्त होता है।

GINGER जिन्जर (सोंठ)

मात्रा—१०-२० ग्रेन

गुण—वायुसारी, पाचक, रुचिकारक और मरोड़े को हरने वाली। अजीर्ण, अफारा, शूल आदि में उपयोगी है। इसके सूंघने से छींक आ जाती है। (देखो टिंचर और सीरप)।

GINGERIN जिन्जेरिन (सोंठ का सत)

मात्रा—¼-१ ग्रेन।

गुण—दस्तावर गोलियों में मरोड़े रोकने के लिए डाली जाती है।

GLUCOSE ग्लुकोस (अंगूरी खांड)
GRAPE SUGAR (ग्रेप शूगर

मात्रा—१ औन्स या अधिक।

गुण—चीनी की बजाय प्रयुक्त होता है। बच्चों और दुर्बल व्यक्तियों के लिये उपयोगी है। मयादी ज्वर, मधुमेह, वमन और ज्वरों में इसे बतौर भोजन प्रयोग किया जाता है। इसके इंजेक्शन (शिरा द्वारा) ब्राइट्स डिसीज, कोलैप्स, कमलबाई, (विशेषतया गर्भावस्था में), निमोनिया आदि विकारों में अत्यन्त उपयोगी है।

GLYCERIN (ग्लीस्रीन)

मात्रा—६०-१२० ग्रेन ।

गुण—चर्म और श्लैष्मिक कला कोमल बनाने वाली और मृदु विरेचक; इसमें इक्थियौल, आयोडीन, टैनिक एसिड आदि पदार्थ शीघ्र घुल जाते हैं। कब्ज में ½ औंस ग्लीस्रीन को ½ भाग गुनगुने जल के साथ मिला कर एनिमा देते हैं। खांसी के मिक्सचर्स में भी डाली जाती है। इसके साथ समभाग गुलाब का अर्क मिलाकर चेहरे और हाथों पर मलते हैं। इसे मिक्सचरों को स्वादिष्ट बनाने के लिये भी प्रयोग करते हैं।

GLYCERIN ACID BORIC (ग्लीसरीन एसिड बोरिक)

मु० अ०—(एसिड बोरिक ३१, ग्लीसरीन कुल १००) ।

मात्रा—१०-३० मि० ।

गुण—झुलसी हुई तथा फटी हुई त्वचा पर लगाई जाती है। कर्ण की खुश्की और कर्णस्राव में इसका टपकाना उपयोगी है। बच्चों के अतिसार लाभ देती है।

योग

ग्लीस्रीन एसिड बोरिक	२ ड्राम
ग्लीस्रीन ऐसिड कार्बोलिक	२ ड्राम
टिंचर ओपियम	३० मि०

विधि—इसकी ३-४ बूंद २-३ बार कान में टपकायें (कर्णशूल, कर्णस्राव आदि में कान में टपकाने के लिए) ।

GLYCERIN ACID CARBOIC
(ग्लीस्रीन एसिड कार्बोलिक)

मु० अ०—(एसिड कार्बोलिक १६; ग्लीसरीन कुल १००)

मात्रा—५-१५ मि० ।

गुण—छोटे बच्चों के अतिसार और मयादी ज्वर में उपयोगी है। इसे कान में टपकाने से पीप आना रुक जाता है और दर्द शान्त हो जाता है। चर्म रोगों, कंठ प्रदाह, दाद और घावों पर लगाई जाती है।

GLYCERIN ACID TANNIC
(ग्लीस्रीन एसिड टैनिक)

मु० अ०—(एसिड टैनिक १५, ग्लीसरीन ८५)

मात्रा—१० से ३० मि०।

गुण—कंठ रोगों में इसकी फुरैरी लगाना उपयोगी है। कर्णस्राव में टपकाई जाती है, फूले हुए मसूड़ों पर लगाई जाती है। रोहों पर भी इसकी फुरैरी लगाने से लाभ होता है। अतिसार में मिक्सचर के रूप में दी जाती है। अन्य औषवियों के साथ मिलाकर कंठ रोगों में इसके कुल्ले किए जाते हैं।

योग

टिंचर मिर्ह	४ ड्राम
ऑयल गुल्थीरिया	२० मि०
टिंचर क्रेमेरिया	४ ड्राम
ग्लीस्रीन एसिड टैनिक	४ ड्राम
ऐक्वा	कुल ८ औन्स

विधि—लोशन बनालें; समभाग गर्म पानी में मिलाकर कुल्ले करें। (फूले हुए मसूड़ों तथा कंठ रोगों में कुल्ले करने के लिए)।

GLYCERIN ALUMINIS (ग्लीसरीन एलुमिनिस)

मु० अ०—(एलम १, ग्लीसरीन कुल ६)

मात्रा—३० से ६० मि०।

गुण—संकोचक; बढ़ी हुई तालु-ग्रन्थियों और कण्ठ रोगों में लगाई जाती है।

GLYCERIN AMYLI (ग्लीसरीन एमिलि)

बाह्य प्रयोग के लिये।

मु० अ०—(एमिलम ८·५, वाटर १७, ग्लीस्रीन कुल १००)।

गुण—त्वचा को कोमल और चिकना बनाने के लिये प्रयुक्त होती है।

GLYCERIN ATROPINE (ग्लीसरीन एट्रोपीन)

बाह्य प्रयोग के लिये।

मु० अ०—(एट्रोपीन २५इ ग्रेन; जल५ औन्स, टिं० लैवन्डर को १०० मि०, ग्लीसरीन कुल २० औन्स)।

गुण—ग्लीसरीन बैलाडोना की बजाय दर्दों पर मली जाती है बड़ी उपयोगी औषधि है।

GLYCERIN AQUA ROSE (ग्लीसरीन ऐक्वा रोज)

बाह्य प्रयोग के लिये।

मु० अ०—(ग्लीसरीन २, रोज वाटर ३)।

गुण—फटे हुए होंठ, हाथ, चर्म-प्रदाह और मुँह पर मलने के लिये (विशेष कर जाड़ों में) उपयोगी है।

GLYCERIN BELLADONNA (ग्लीसरीन बैलाडोना)

मु० अ०—(ऐक्सट्रैक्ट बैलाडोना १ औन्स, गर्म जल १ ड्राम, ग्लीसरीन १ औन्स)।

गुण—दर्द, स्तन-शोथ, हप्पु, सूजन, आदि पर इसका लेप बड़ा उपयोगी है। इसे छाती पर मलने से दूध निकलना बन्द हो जाता है। इसके बनाने में जो ऐक्स० बैलाडोना प्रयोग किया जाय वह उत्तम कारखाने का बना हुआ होना चाहिये अन्यथा औषधि कोई लाभ न करेगी।

GLYCERIN BORACIS (BORAX)
ग्लीसरीन बोरेसिस (बोरक्स)

मु० अ०—(बोरेक्स १२, ग्लीसरीन ८०)।

मात्रा—३० से ६० मि०।

गुण—बच्चों के मुखरोग में इसे खालिस या शहद के साथ मिलाकर लगाने से बड़ा लाभ होता है। २० मि० की मात्रा बच्चों के अतिसार में उपयोगी है।

GLYCERIN FERRI PERCHLORIDE
(ग्लीसरीन फैरी पर्क्लोराइड)

मु० अ०—(टिंचर फैरि पर्क्लोराइड १ औन्स, ग्लीसरीन १ औन्स)।

गुण—कण्ठ शोथ और बढ़ी हुई तालु ग्रंथियों पर लगाई जाती है।

GLYCERIN ICHTHYOL (ग्लीसरीन इक्थियौल)

देखो "इक्थियौल"।

GLYCERIN IODI (ग्लीसरीन आयोडि)

मु० अ०—(आयोडीन १, ग्लीसरीन कुल ५०)।

गुण—दोनों को गर्म करके मिला लो। इसे जिल्द पर टिंचर आयोडीन की तरह लेप करते हैं। इसके बार-बार लेप करने से जिल्द न तो फटती है और न सख्त ही होती है।

GLYCERIN PAPAIN (ग्लीसरीन पैपेन)

मात्रा—½-१ ड्राम।

मु० अ०—(पैपेन ९, ऐसिड हाइड्रोक्लोरिक डिल ८; सिम्पिलइलिक्सर ५ और ग्लीसरीन कुल १००)।

गुण—हाजमे के लिये अत्यन्त उपयोगी है। भोजन के बाद देनी चाहिये।

GLYCERIN PEPSIN (ग्लीसरीन पैप्सीन)

मात्रा—१-२ ड्राम।

मु० अ०—(पैप्सीन १००, हाइड्रोक्लोरिक एसिड ११·५, ग्लीसरीन ६००, वाटर कुल १०००)।

गुण—भोजन पचाने के लिये अत्यन्त उपयोगी है। **इसे भोजन के बाद** देना चाहिये।

योग

टिं० जंशिअन कं०	२० मि०
टिं० नक्सवॉमिका	५ मि०
टिं० कार्डेमम कं०	२० मि०
ग्लीसरीन पैप्सीन	१ ड्राम
ऐक्वा गैन्थगिग	कुल १ औन्स

विधि—एक मात्रा दिन में २-३ बार भोजन के बाद (अरुचि, अजीर्ण)

GLYCERIN PLUMBI SUBACETAS
(ग्लीसरीन प्लंबाई सबएसिटास)

मु० अ०—(लिकर प्लंबाई फोर्ट ५, ग्लीसरीन ५, वाटर पर्याप्त) ।

गुण—इसे जल में मिलाकर कण्ठशोथ और सूजी हुई तालुग्रंथियों में कुल्ले किये जाते हैं। इसे जल से हल्का करके पुराने एक्जिमा पर भी लगाते हैं।

GLYCERIN TRAGACANTH (ग्लीसरीन ट्रैगेकन्थ)

बाह्य प्रयोग के लिये ।

मु० अ०—(ट्रैगेकन्थ १, ग्लीसरीन ३ और वाटर १)

गुण—गोली बनाने के काम आती है ।

GLYCEROPHOSPHATES (ग्लीसरोफौस्फेट्स)

गुण—स्नायविक और मानसिक दुर्बलता में **उपयोगी है। ये सीरप ग्लीसरो-फौस्फेट्स** कम्पाउन्ड के रूप में प्रयोग किये जाते **हैं। (देखो सीरप)**

*GLYCINE (ग्लाइसीन)

मात्रा—१५० ग्रेन से १ औन्स तक ।

गुण—इसे एमिनो-एसेटिक-एसिड भी कहते **हैं। माइ-एस्थेनिया अर्थात्** माँस पेशियों **की कमजोरी** में उपयोगी है ।

GOA POWDER (गोआ पाउडर)

वाह्य प्रयोग के लिए ।

गुण—दाद में विशेष उपयोगी है। वैसलीन में मिलाकर या जल में घोलकर लगाया जाता है ।

GOKHRU (गोखरू)

देखो "ऐ० गोखरू लि०" ।

GOLD CHLORIDE (गोल्ड क्लोराइड)

मात्रा—$\frac{१}{३०}$-$\frac{१}{२०}$ ग्रेन ।

GOLD CHLORIDE ET SODIUM (गोल्ड क्लोराइड एट सोडियम)

मात्रा—$\frac{१}{३०}$-$\frac{१}{१२}$ ग्रेन ।

गुण—यह दोनों बलदायक हैं । धातुक्षीणता, दौर्बल्य, लोकोमोटर ऐटेक्सिया और न्युरेस्थीनिया में उपयोगी हैं ।

GOLD BROMIDE (गोल्ड ब्रोमाइड)

मात्रा—$\frac{१}{६४}$-$\frac{१}{१०}$ ग्रेन ।

गुण—मृगी (विशेषतया), हिस्टीरिया, आधासीसी, अजीर्ण (नर्वस) और नष्टार्तव में उपयोगी है ।

GROUND NUT OIL ग्राउण्ड नट ऑयल (मूंगफली का तेल)

मात्रा—$\frac{१}{२}$-१ औन्स ।

गुण—हलका रेचक है; फार्मेसी में जैतून या बादाम के तेल की बजाय प्रयुक्त होता है । इसे ओलियम एरेकिस या पीनट ऑयल भी कहते हैं ।

GUAIACI RESINA (गवाआसि रेजीना)

मात्रा—५-१५ ग्रेन ।

गुण—गठिया, बाय और रज-अदर्शन में उपयोगी है। मृदुविरेचक भी है। इसे पुड़िया के रूप में देना चाहिए।

देखो "टिंचर और ट्रौकिस्कस"।

योग

ग्वाआसि रेंजिन	१० ग्रेन
डोवर्स पाउडर	२ ग्रेन

विधि—एक पुड़िया दिन में तीन बार (कष्ट-रज और रज-अदर्शन में इसे मासिक-धर्म से एक सप्ताह पूर्व शुरू करना चाहिए)।

GUAIACOL (ग्वाइयाकौल)

मात्रा—५ से १० मि०।

गुण—कीटाणुनाशक, रोगाणुरोधक, ज्वरहर; क्षयरोग में विशेष उपयोगी है। इसे अल्कोहॉल, ग्लीसरीन, म्युसीलज ट्रेगेकन्थ और ऑयल सिनेमन के साथ देना अच्छा है। प्रत्येक सप्ताह २ मि० बढ़ाते रहें जब तक कि मात्रा १५ मि० न पहुँच जाय। अब इसे बहुत कम प्रयोग किया जाता है।

GUAIACOL BENZOATE (ग्वाइयाकौल बैन्जोएट)

मात्रा—४ से १२ ग्रेन।

गुण—क्षयरोग के अतिसार और मधुमेह में उपयोगी है।

GUAIACOL CARB (ग्वाइयाकौल कार्ब)

मात्रा—५ से १५ ग्रेन।

गुण—क्षय रोग में बहुत उपयोगी है। भूख बढ़ाता है खाँसी को शान्त करता है और पसीने रोकता है। मयादी ज्वर और ब्रोन्काइटिस में भी लाभदायक है। रुमेटौइड आर्थराइटिस में इसे ५ से १० ग्रेन की मात्रा में देने से सूजन, दर्द आदि कम हो जाते हैं परन्तु इसे महीनों देना पड़ता है।

योग

ग्वाइयाकौल कार्ब	१० ग्रेन
कैल्सियम लैक्टेट	१५ ग्रेन

विधि—ऐसी एक पुड़िया दिन में तीन बार (क्षयरोग)

GUAIACOL CAMPHORATE (ग्वाइयाकौल कैम्फ़ोरेट)

मात्रा—५ से १० ग्रेन।

गुण—क्षयरोग के रत्रि में आने वाले पसीनों को रोकने के लिये प्रयुक्त होता है।

GUAIACOL CINNAMATE (ग्वाइयाकौल सिनेमेट)

मात्रा—५ से १५ ग्रेन।

गुण—मूख्यतया आंतों के क्षयरोग में उपयोगी है।

GUM ACACIA गम अकेशिया (गौंद)

देखो "म्यूसिलेज अकेशिया"

GUTTA PERCHA TISSUE (गटा पर्चा टिश्यु)

बाह्य प्रयोग के लिए

गुण—इसे घावों पर उन्हें स्पिरिट से शुद्ध करके बतौर ड्रैसिंग प्रयोग में लाते हैं। इसे एक विशेष वृक्ष के दूधिया रस से तैयार किया जाता है।

*GUY'S PILL (गाईज पिल)

मात्रा—१ से २ गोली।

मु० अ०—(डिजिटेलिस पाउडर, सिल्ला पाउडर, पिल हाइड्राजिरी और सीरप ग्लुकोस)।

गुण—पुरानी ब्राइट्स डिसीज में ज़ब मूत्र आना बन्द हो जाता है इसके प्रयोग से लाभ होता है.

HAEMOGLOBIN (हीमोग्लोबिन)

मात्रा—१ से २ ड्राम।

गुण—रक्त-वर्द्धक; पाण्डु रोग में कँचेट या वाइन में दी जाती है।

HALIBUT-LIVER OIL (हेलिबट-लिवर ऑयल)

मात्रा—१-८ मि०।

गुण—इसकी २–३ बूंद में विटेमिन्स "ए" और "डी" की मिकदार १ ड्राम कौड लिवरऑयल के बराबर होती है जिस कारण इसके गुण भी कौडलिवर ऑयल की तरह होते है (देखो कौडलिवर ऑयल)

HEPARIN (हिपेरिन)

मात्रा—.०००—१२००० यूनिट्स।

गुण—यह रक्त को जमने से रोकता है। जिस व्यक्ति के शरीर से रक्त लेना हो उसकी शिरा में इसे प्रविष्ट कर दिया जाता है और १० मिनट के बाद रक्त निकाल लिया जाता है। यह "एम्बौलिज्म" और "थ्रोम्बोसिस" को रोकता है।

HAMAMELIS (WITCH HAZEL LEAVES) हेमेमेलिस (विच हेजल लीव्ज)

देखो "टि० हैमेमेलिस"।

HARD PARAFFIN (PARAFFIN WAX) हार्ड पैरेफिन (पैरेफ़िन-वैक्स)

मरहमों में पड़ता है।

HARD SOAP (हार्ड सोप)

मात्रा–५—१५ ग्रेन।

गुण—अम्लनाशक और मृदुविरेचक; बहुत सी गोलियों और प्लास्टरों में पड़ता है।

*HELMITOL (BAYER) हल्मिटौल (बेयर)

मात्रा—७½–१५ ग्रेन।

गुण—वह युरोट्रीपीन से तेज कीटाणु-नाशक है. मत्र रोगों में उपयोगी है। मूत्र में पीप आने को रोकता है और मूत्र को स्वच्छ बनाता है।

HEROIN HYDROCHLORIDE
(हीरोइन हाइड्रोक्लोराइड)

मात्रा— १/१२—१/६ ग्रेन।

गुण—क्षयरोग की खाँसी, काली खाँसी और बार-बार उठने वाली सूखी खाँसी में अत्यन्त लाभदायक है परन्तु इस पर लाइसेंस होने के कारण इसका मिलना दुर्लभ है।

*HETRAZAN (हेट्रेजन)
DIETHYLCARBAMAZINE (डाई-ईथिल कार्बेमेज़ीन)

मात्रा—१/१२०-१/३० ग्रेन शरीर के भार के प्रति किलोग्राम पर।

गुण—यह फिलेरिआसिस, इसीनोफीलिया और केंचुए के रोग में उपयोगी है। यह टिकिया और शर्बत दो रूप में आता है। फिलोरियेसिस में इसकी ३ टिकिया तीन बार भोजन के बाद ३–४ सप्ताह तक दें। केंचुवे (गोल कृमि) मारने के लिये इसे १/४ टिकिया प्रति किलोग्राम वजन पर रोजाना ४ दिन तक दें। इसीनोफीलिया में भी इसे इसी मात्रा में ४ से ७ दिन तक दें। बच्चों को इसका सीरप दे सकते हैं।

HEXAMINE (हैक्सेमीन)
UROTROPINE (यूराट्रोपीन)

मात्रा—१०—३० ग्रेन।

गुण—मूत्र को शुद्ध करने वाली और यूरिक एसिड को घोल कर बाहर निकालने वाली। डायवेटिक कोमा, बी-कोलाइ जन्य रोग, सोजाक, पूयमेह, मूत्ररोग, मयादी बुखार, खाँसी, इन्फ्लुयन्जा, काली खाँसी, दाद, (१० प्रतिशत लोशन के इन्जेक्शन), टैटनेस (सीरम के साथ-साथ और जुकाम (रोग के आरम्भ में १५ ग्रेन ४–४ घंटे के अन्तर से) में उपयोगी है। इसके ४०% घोल के शिरा द्वारा इन्जेक्शन (५–१० सी० सी०) मूत्रावरोध, मूत्र में पीप आना, मूत्राशय शोथ, पित्ताशय-शोथ, मस्तिष्क का

मलेरिया और औप्रेशन के वाद मूत्र बन्द होजाने में उपयोगी सिद्ध हुए हैं। बच्चों के कोरिया रोग में इसके ५% शक्ति के १ से ६ सी० सी० के शिरा द्वारा इन्जेक्शन उपयोगी हैं। खारिश (स्कैबीज) में इसके १० प्रतिशत घोल के इन्जेक्शन (१० सी० सी०) से लाभ होता है बशर्ते कि गन्धक की मरहम का भी प्रयोग किया जाय। इसके प्रभाव को बढ़ाने के लिये मूत्र को एसिड सोडियम फौस्फेट की सहायता से अम्ल बना लेना चाहिये यदि वह क्षारीय हैं।

नोट :—इसे भोजन के तुरन्त बाद नहीं देना चाहिये बल्कि ½ घंटे पूर्व देना अच्छा है।

योग

हैक्सेमीन	१० ग्रेन
पोटास साइट्राम	१५ ग्रेन
सीरप औरंशाई	१ ड्राम
ऐक्वा	कुल १ औन्स

विधि—ऐसी एक मात्रा दिन में तीन बार (मूत्राशय का शोथ सोजाक, भगन्दर)

HISTAMINE (हिस्टेमीन)

मात्रा—०·३ से १ M. G. (चम के नीचे।
½-१ सी० सी०।

गुण—नाड़ीशोथ, गठिया, बाय, आधा सीसी, खुजली, एक्जिमा, जख्म, चक्कर आना और दर्दों में इसके इन्जेक्शन उपयोगी हैं। इसकी टिकियां भी उपरोक्त रोगों में प्रयोग की जाती हैं।

HISTIDINE HYDROCHLORIDE
(हिस्टिडीन हाइड्रोक्लोराइड)
LAROSTIDINE (लैंरौस्टीडीन)

मात्रा—३ ग्रेन (४ प्रतिशत घोल चर्म के नीचे या माँस में)

गुण—"पैप्टिक अंलसर" के लिए उपयोगी है। इसे रोज़ाना ३ सप्ताह तक प्रयोग करना चाहिये।

HOMATROPINE HYDROCHLORIDE (होमेट्रोपीन हाइड्रोक्लोराइड)

मात्रा—$\frac{1}{64}$-$\frac{1}{32}$ ग्रेन।

गुण—इसका एक ग्रेन प्रति औन्स घोल नेत्र-परीक्षा से पूर्व पुतली फैलाने के लिए नेत्रों में बार-बार टपकाया जाता है।

HONEY हनी (शहद)

गुण—पुष्टिकारक, मृदु-विरेचक (बड़ी मात्रा में), चिकना और खाँसी और बच्चों के मुँह के छालों के लिये लाभदायक है। रोजाना प्रातः एक गिलास गुनगुने जल में ८ माशे शहद को पान करना कब्ज़, खाँसी और हृदय रोग में उपयोगी कहा गया है।

HYCOL (हाइकौल)

बाह्य प्रयोग के लिये।

गुण—प्रबल कीटाणुनाशक और दुर्गन्धहर। फिनाइल की भांति प्रयुक्त होता है।

HYDNOCARPUS OIL (हिडनोकार्पस ऑयल)

मात्रा—५-१५ मि०।

गुण—अब यह औषध प्रायः इंजेक्शन के रूप में (माँस द्वारा या शिरा द्वारा) ३० मि० की मात्रा में प्रयुक्त होती है। धीरे-धीरे मात्रा ७५ मि० तक बढ़ा दी जाती है। यह मुख्यतया कुष्ट रोगों में उपयोगी है। आजकल इसका प्रयोग बहुत कम हो गया है।

HYDRARGYRUM हाइड्रार्जिरम (पारा)

गुण—रक्त शोधक, परिवर्तक, कीटाणु-नाशक और बलवर्द्धक है। इसके मिश्रण आतशक, रक्त-विकार, पुरानी सूजन, पुरानी फूली हुई ग्रंथियां और चर्म रोग में उपयोगी है। यह स्वयं डाक्टरी में काम नहीं आती।

नोटः—देखो हाइड्रार्ज कम क्रीटा, एम्प्लास्ट्रम हाइड्रार्जिरि, लिनिमेंट, पिल औरअ न्गवन्टम।

HYDRARGYRI AMMONIATA

(हाइड्रार्जिरि अमोनिएटा)

(WHITE PRECIPITATE) (व्हाइट प्रेसिपिटेट)

बाह्य प्रयोग के लिये।

गुण—इसकी मरहम (१०-१५ ग्रेन प्रति औंस) चम्बल, दाद, अनेक चर्म रोग और शरीर और सिर की जूं मारने के लिये उपयोगी है संभोग के बाद इसकी लैनोलीन में बनी हुई २५ प्रतिशत शक्ति की मरहम शिश्न के अगले भाग पर मलने से आत्शक होने का भय नहीं रहता। देखो "अन्गवन्टम हाइड्रार्जिरि अमोनिएटि"

योग

हाइड्रार्ज अमोनिएटा	१० ग्रेन
प्लंबाई एसिटास	१० ग्रेन
जिंक ऑक्साइड	२० ग्रेन
अन्गवन्टम हाइड्रार्जिरि नाइट्रेटिस	२० ग्रेन
लार्ड	½ औंस
वैसलीन	½ औंस

विधि—इस मरहम को दिन में दो बार लगायें (एक्जिमा के लिए उपयोगी है)

नोटः—यदि इसमें प्लंबाई एसिटास की बजाय एसिड क्राइसोफेनिक १५ ग्रेन और लार्ड कीं वजाय वैसलीन मिला ली जाय तो इसे दाद पर लगा सकते हैं।

HYDRARGYRI IODIDI RUBRUM
(हाइड्रार्जिरि आयोडाइडी रूब्रम)

मात्रा—$\frac{1}{32}$–$\frac{1}{16}$ ग्रेन।

गुण—इसकी मरहम दाद वगैरा पर लगाई जाती है। घोड़ों और मवेशियों की सूजनों और दर्दों पर इसे वैसलीन में मिलाकर लगाने से बड़ा लाभ होता है। देखो 'अन्वन्टम'। इसे खाने के लिए शायद ही कभी इस्तैमाल करते हैं।

HYDRARGYRI CYANIDE
(हाइड्रार्जिरि साये-नाईड)

मात्रा—$\frac{1}{20}$–$\frac{1}{4}$ ग्रेन।

गुण—आतशक में इसे गोली के रूप में दिन में २ बार दें या इसके १ प्रतिशत घोल की २० मि० दिन में एक बार रोजाना देना चाहिये। इसी रोग में इसके शिरा द्वारा इन्जेक्शन (१% घोल की १ सी० सी०) तीसरे दिन दिये जाते हैं। बुढ़ापे के मोतिया को रोकने के लिये इसके १ : ४००० घोल को २० मि० की मात्रा में अक्षिकला के नीचे इन्जेक्ट किया जाता है।

HYDRARGYRI OXYCYANIDE
(हाइड्रार्जिरि ऑक्सि सायेनाईड)

मात्रा—$\frac{1}{16}$–$\frac{1}{6}$ ग्रेन (खाने के लिये)।

$\frac{1}{6}$ ग्रेन शिरा द्वारा (५ सी० सी० जल में)।

गुण—घाव धोने के लिये १–२ ग्रेन प्रति औंस, मूत्राशय धोने के लिये १ : ५०००, नेत्र में टपकाने के लिये १ :५००० और औजारों को शुद्ध करने के लिये १:२००० शक्ति के घोल प्रयुक्त होते हैं। आतशक में इसके इन्जेक्शन दिये जाते हैं।

HYDRARGYRUM CUM CRETA हाइड्रार्जिरम कम क्रीटा (GREY POWDER) (ग्रे पाउडर)

मात्रा—१–५ ग्रेन।

मु०अ०—(मर्करी १ औंस, क्रीटा प्रीपेरेटा २ औंस)

गुण—आत्शक, बच्चों के यकृत बिकार, हरे लाल दस्त, वमन, दूध डालना आदि में उपयोगी है। प्रायः सोडा बाइकार्ब और पल्व रिहाई कं० के साथ दिया जाता है। चेचक में १० ग्रेन की मात्रा में प्रयोग करने से लाभ दायक सिद्ध हुआ है। बच्चों के लिये इसकी मात्रा ⅛ ग्रेन से ½ ग्रेन है। बच्चों के हैजे में इसे ⅙ ग्रेन की मात्रा में १-१ घन्टे के अन्तर से देने से लाभ होता है।

योग (१)

हाइड्रार्ज कम क्रीटा	२ ग्रेन
पल्व ओपिआइ (अफीम)	⅛ ग्रेन
पल्व पिपेरिसनिग्रम (काली मिर्च)	१ ग्रेन

विधि—ऐसी एक गोली दिन में २ बार दें (आत्शक)

योग (२)

हाइड्रार्ज कम क्रीटा	¼ ग्रेन
सोडा बाइकार्ब	२ ग्रेन
पल्व रिहाई क०	२ ग्रेन

विधि—ऐसी एक पुड़िया दिन में ३ बार (छोटे बच्चों के हरे दस्तों के लिए)

HYDRARGRI OXIDI FLAVA
(हाइड्रार्जिरि औक्साइडि-फ्लेवा)

देखो "अन्वन्टम हाइड्रार्जिरि ऑक्साइडि फ्लेवा"।

HYDRARGYRI OXIDE RUBRA
(हाइड्रार्जिरि औक्साइडि रूब्रा)

मात्रा—¼-१ ग्रेन।

देखो अन्वन्टम हाइड्रार्जिरि ऑक्साइडि रुब्रा"।

HYDRARGYRI OLEAS (हाइड्रार्जिरि ओलिआस)

देखो "अन्वन्टम हाइड्रार्जिरि ओलिआस"।

HYDRARGYRI PERCHLORIDUM (हाइड्रार्जिरि-पर्क्लोराइडम)

मात्रा—$\frac{1}{32}$-$\frac{1}{16}$ ग्रेन।

गुण—यह प्रबल रोगाणु रोधक और रोगाणु नाशक है। इसका लोशन भिन्न भिन्न शक्ति में प्रयोग किया जाता है जैसे जख्म धोने के लिये (१:१०००), सोजाक में मूत्र मार्ग धोने के लिये (१:४००० से १:२०००) कान धोने के लिये (१:१००००), नेत्र में टपकाने के लिये (१:६५००), प्रसव के बाद योनि धोने के लिये (१:१०००)। आत्शक में इसे $\frac{1}{16}$ ग्रेन की मात्रा में दिया जाता है। डुपिट्रीन पिल (हाइड्रार्जिरी पर्क्लोराइड $\frac{1}{16}$ ग्रेन, ऐक्स० ओपियाइ $\frac{1}{3}$ ग्रेन और ऐक्स० ग्वाआसीन $\frac{2}{3}$ ग्रेन) आत्शक के लिये बड़ी लाभदायक है। मुंह के आत्शकी छालों में इसके कुल्ले (४ ग्रेन १० औंस में) से बड़ा लाभ होता है। देखो "लिकर और लोशिओ"।

HYDRARGYRI SUBCHLORIDUM (CALOMEL) हाइड्रार्जिरि सबक्लोराइडम (कैलोमल)

मात्रा—$\frac{1}{2}$–३ ग्रेन।

गुण—परिवर्तक, विरेचक और मूत्रकारक; कब्ज में रात को सोते समय ४-४ ग्रेन की मात्रा में (सोडा बाइकार्ब १० ग्रेन के साथ) खाने से १-२ दस्त आ जाते हैं। सुबह मैग सल्फ $\frac{1}{2}$ औंस खा लेने से और अच्छा प्रभाव होता है। कब्ज में इसे $\frac{1}{4}$-$\frac{1}{2}$ ग्रेन की मात्रा में मिल्क शूगर या सोडा बाइकार्ब के साथ आध आध घन्टे के अन्तर से देने से बड़ा लाभ होता है। बच्चों के अतिसार में (हरे, लाल, मटियाले या श्वेतवर्ण दस्तों में) दिन में तीन बार और बच्चों के हैजे में $\frac{1}{8}$-$\frac{1}{12}$ ग्रेन की मात्रा में १-१ घन्टे के अन्तर से (रोग

के आरम्भ में) इसे प्रयोग करने से लाभ होता है। अति-रक्तचाप में इसे ½-१ ग्रेन की मात्रा में सप्ताह में दो बार सेवन करना चाहिये; इसके साथ साथ प्रायः मैग सल्फ का प्रयोग और भी अच्छा है। नेत्रव्रण में इसके छिड़कने से बहुत लाभ होता है परन्तु इसे इस प्रकार कदापि प्रयोग न करना चाहिये यदि रोगी पोटास आयोडाइड का सेवन कर रहा हो। गुदा की खुजली में इसके मलने से लाभ होता है। दमे का दौरा आरम्भ होते ही ½ ग्रेन देने से कभी-कभी दौरा शान्त हो जाता है। इसकी मरहम (कैलोमल ३३, लैनोलीन ५७ वैसलीन १०) संभोग से तुरन्त बाद शिश्न के अग्रभाग पर मल लेने से आतशक होने का भय नहीं रहता। हिचकी में इसे अल्प मात्रा में देने से कभी कभी आश्चर्यजनक लाभ होता है। सर्वांग शोथ (हृदयजन्य) और जलोदर (यकृतजन्य) में इसे दिन में कई बार देने से मूत्र का परिमाण बढ़कर रोग में कमी आ जाती है। देखो "लोशियो हाइड्रा० निग्रा, अन्वन्टम और पिल"।

HYDRARGYRI SULPHIDUM (VERMILION)
(हाइड्रार्जिरि सल्फाइडम, वर्मिलिअन)

इसे "सिनेवार" भी कहते हैं यह डाक्टरी में काम नहीं आती।

HYDRASTIS RHIZOMA (GOLDEN SEAL)
हाइड्रास्टिस राइजोमा (गोल्डन सील)

देखो "टिं० हाइड्रास्टिस" और "ऐक्स० हाइड्रास्टिस लि०"।

HYDROGEN PEROXIDE
(हाइड्रोजन पर-ऑक्साइड)

मात्रा—½=२ ड्राम।

गुण—प्रवल कीटाणुनाशक। खिजाब के नुस्खे में पड़ती है। कान में डालने से पीप को बन्द कर देती है। जख्म, घाव, नासूर आदि को साफ करने के लिए बहुत उपयोगी है। दुर्गन्धयुक्त खाँसी, काली खाँसी, स्कार्लेटीना और अफारे में कभी-कभी प्रयुक्त की जाती है। जब जख्म या घाव पर

रुई या गौज चिपक जाता है तो उस पर इसकी चंद बूंद डालने से आसानी से पृथक् हो जाता है। बर्र और शहद की मक्खी के काटे पर इसे लगाने से लाभ होता है। डिफ्थीरिया, टौन्सिलाइटिस, मुख के छाले और दुर्गंधयुक्त खांसी में इसका स्प्रे या पिग्मेन्ट लाभदायक है। पायोहिया (दंतपूय) और डिफ्थीरिया में इसके गरारों से बहुत फायदा होता है। इसकी मरहम (वूलफैट १०० भाग में १० भाग) एक्जीमा, दाद और चेहरे का रंग निखारने के लिए प्रयुक्त होती है। यह नकसीर को रोकती है। मुख और कंठ के रोगों में इसके कुल्ले (हाइड्रोजन पर आक्साइड, सोडियम क्लोराइड और बोरिक एसिड) से लाभ होता है। सोजाक-जन्य नेत्राभिष्यन्द में इसे लगाने से शीघ्र फायदा हो जाता है। इसका लोशन (८ में १) नाक, कान, आंख और मूत्र मार्ग धोने के काम आता है। इसे रोजाना लगाने से बालों का रंग बदल जाता है। यह पीने के काम बहुत कम आती है।

योग

हाइड्रोजन पर आँक्साइड	१ औन्स
पीपरमिन्ट ऑयल	१ मि०
सैक्रीन	१ ग्रेन
ऐक्वा टाइकोटिस (अजवायन का अर्क)	१ औंस

विधि—इस लोशन में से थोड़ा लेकर गर्म जल में मिलाकर प्रयोग करें। (मुख रोग में कुल्ले करने के लिए)

HYOSCINE HYDROBROMIDE
हायौसीन हाइड्रौब्रोमाइड
SCOPOLAMINE HYDROBROMIDE
स्कोपोलेमीन हाड्रोब्रौमाइड

मात्रा—१/२००–१/१०० ग्रेन (इंजेक्शन या खाने की टिकिया)

गुण—अनिद्रा, उन्माद, मदात्यय, कोरिया, दमा, काली खाँसी, गर्भिणी

वमन आदि में इसके इन्जेक्शन उपयोगी हैं । पागलपन के प्रबल आक्रमण में इसके एक ही इन्जेक्शन से नींद आ जाती है। कभी कभी इस कार्य के लिए इसके साथ मौर्फीन मिलानी पड़ती है । स्वप्नदोष में इसे १/२०० ग्रेन की मात्रा में क्लोरोफार्म वाटर में मिलाकर मिक्सचर के रूप में देने से लाभ होता है। इसकी अत्यन्त सूक्ष्म टिकिया (१/५०० ग्रेन और १/२०० ग्रेन प्रति टिकिया) आती है जिन्हें पुतली फैलाने के लिए आंख में डाला जाता है । रोगी को औप्रेशन से पूर्व इसके इन्जेक्शन देने से बेहोशी हो जाती है और बिना किसी कष्ट के औप्रेशन किया जाता है । इसकी विधि इस प्रकार है : जिस दिन औप्रेशन करना हो उससे पहली रात्रि को हायोसीन १/२०० ग्रेन और मौर्फीन १/४ ग्रेन का इंजेक्शन दें; दूसरे दिन प्रातः सोप और वाटर का एनिमा देने के बाद इसी प्रकार का एक इंजेक्शन और दें । यादि आवश्यक समझा जाय तो ऑप्रेशन के एक घंटे पूर्व एट्रोपीन १/१०० ग्रेन और स्ट्रिक्नीन १/३२ ग्रेन का एक इंजेक्शन दे द । ऐसा करने से रोगी ऑप्रेशन के बाद भी कई घन्टे तक सोता रहता है ।

HYOSCYAMUS (HENBANE LEAVES)
हायोसायेमस (हैनबेन लीव्ज)

मात्रा —३-६ ग्रेन ।

देखो "टिं० हायोसायेमस और ऐक्स० हायोसायेमस" ।

HYPOPHOSPHITES (हाइपोफौस्फाइट्स)

देखो 'सीरप हाइपोफौस्फाइट्स कं०" ।

ICHTHYOL (इक्थियौल)
(AMMONIUM ICHTHYOL SULPHONATE)
(अमोनियम इक्थियौल सलफोनेट)

मात्रा—५-१० ग्रेन ।

गुण—कीटाणु नाशक और परजी वीरोधी; मरहम के रूप में चम्बल, दाद, मुंहासे, फुन्सियां, कारबंकिल, जख्म, घाव, जले हुए स्थान, विसर्प और

अन्य चर्म रोगों पर लगाया जाता है । ग्लीसरीन के साथ मिलाकर (८ में १) योनी और गर्भाशय की सूजन पर प्रयोग करते हैं । बाय, दमा चर्मविकार, आतशक, गंड-माला, गठिया, कब्ज, आंतों के दुर्गन्धयुक्त रोग, क्षयरोग की खांसी आदि में खाने के रूप में प्रयुक्त होता है। हप्पु में इसे समभाग लनोलीन के साथ मिलाकर मलने से शीघ्र लाभ पहुँचता है । सोजाक और मसाने की सूजन में इसके ३% शक्ति के घोल का इंजेक्शन (मूत्र मार्ग द्वारा) उपयोगी है । देखो "अन्वन्टम इक्थियौल और ग्लीसरीन इक्थियौल"

नोट—इसे अधिकतर बाहरी प्रयोग के लिए ही काम में लाते हैं ।

योग

इक्थियौल	१ ड्राम
जिन्क ऑक्साइड	१ ड्राम
ऐसिड कार्बोलिक	१० मि०
हाइड्रार्ज अमोनियेटा	१० ग्रेन
ऐसिड सेलीसिलिक	१५ ग्रेन
वैसलीन	कुल १ औंस

विधि—इस मरहम को चंबल तथा अन्य चर्म रोगों पर लगायें ।

IGNATIA (इग्नेशिआ)

देखो "टि० इग्नेशिआ"

IMPERIAL DRINK (इंपीरियल ड्रिंक)

मु०अ०—(क्रीम ऑफ टार्टर १ औन्स, टार्टेरिक एसिड १ औन्स, चीनी १६ औन्स, लैमन आयल १२ मि०, खौलता हुआ जल १ गैलन) ।

गुण—यह लैमनेड की भांति दाहनाशक और मूत्रकारक है । ज्वरों में प्यास बुझाने के लिए बड़ी उपयोगी है ।

INDIAN HEMP (APOCYNUM)
इंडियन हैम्प (एपोसाइनम)

देखो "टि० एपोसाइनम"।

INDIAN PODOPHYLLUM (इन्डियन पोडोफाइलम)

मात्रा—२-१० ग्रेन

गुण—विरेचक, पित्तवर्द्धक; यकृत की खराबी से होने वाले कब्ज में उपयोगी है। इसे कैलोमल के साथ मिलाकर देना अच्छा है। क्योंकि यह मरोड़े पैदा करता है अतः इसके साथ बैलाडोना या हायोसाइमस का ऐक्स० मिला देना चाहिये मिक्सचर में इसे स्पिरिट अमोनिया एरोमेटिक में घोल कर (¼ ग्रेन १५ मि० में) देना चाहिए।

INFUSUM AURANTI CONCENT
(इन्फ्युसम औरंशाई कन्सेन्ट)

मात्रा—- ३०-६० मि०

गुण—भूख बढ़ाने, प्यास कम करने और मिक्सचर को स्वादिष्ट बनाने के लिए प्रयुक्त होता है

INFUSUM AURANTII (इन्फ्युसम औरंशाई)

मात्रा ½-१ औन्स।

गुण—भूख बढ़ाने, प्यास कम करने और मिक्सचर को खुश रंग और स्वादिष्ट बनाने के लिए प्रयुक्त होता है।

INFUSUM BUCHU CONCENT
(इन्फ्युसम बकु कन्सेन्ट)

मात्रा—६०-१२० मि०।

गुण—मूत्रकारक। देखो "टि० बकु"।

INFUSUM BUCHU (इन्फ्युसम बकु)

मात्रा—१-२ औन्स।

गुण—मूत्रकारक।

योग

पोटास साइट्रास	२० ग्रेन
स्पिरिट ईथर नाइट्रोसी	२० मि०
इन्फ्युसम बकु	१ औन्स

विधि—एक मात्रा दिन में तीन बार (मूत्र लाने के लिए)

INFUSUM CALUMBA CONCENT
(इन्फ्युसम कौलम्बा कन्सेन्ट)

मात्रा—३०-६० मि० ।

गुण—आमाशय को बल प्रदान करने वाला और भूख बढ़ाने वाला ।

INFUSUM CALUMBA (इन्फ्युसम कौलंबा)

मात्रा—½-१ औन्स ।

गुण—आमाशय को बल प्रदान करने वाला और भूख बढ़ाने वाला ।

योग

टिं० जंशियन को	२० मि०
टिं० नवस वॉमिका	५ मि०
टिं सिन्कोना कं०	३० मि०
इन्फ्युसम कौलंबा	कुल १ औन्स

विधि—एक मात्रा दिन में ३ बार भोजन के बाद (अग्निमांद्य, भूख न लगना, मलेरिया के बाद की कमजोरी) ।

INFUSUM CARYOPHYLLI CONCENT
(इन्फ्युसम कैरियोफाइलि कन्सेन्ट)

मात्रा—३०-६० मि० ।

गुण—वायुसारी, पाचक; अजीर्ण, अफारा और अरुचि में उपयोगी है ।

INFUSUM CARYOPHYLLI

मात्रा—$\frac{1}{2}$-१ औन्स ।

गुण—वायुसारी, पाचक; अजीर्ण, अफारा और अरुचि में उपयोगी है ।

INFUSUM CHIRATAE (इन्फ्युसम चिरेटा)

मात्रा—$\frac{1}{2}$-१ औंस ।

गुण—पित्तवर्द्धक, क्षुधावर्द्धक और पाचक; अरुचि और अग्निमांद्य में उपयोगी है ।

योग

अमोनियम क्लोराइड		१० ग्रेन
ऐक्स० गुलञ्च लिक्विड कं०		१ ड्राम
टिं० सिन्कोना कं०		३० मि०
इन्फ्युसम चिरेटा	कुल	१ औन्स

विधि—एक मात्रा दिन में तीन बार (मलेरिया के बाद रहने वाले हल्के ज्वर में) ।

INFUSUM GENTION CO CONC (इन्फ्युसम जंशियन को कन्स)

मात्रा—३०-६० मि० ।

गुण—आमाशय को बल देने वाला; अग्निमांद्य में उपयोगी हैं ।

INFUSUM GENTION CO (इन्फ्युसम जंशियन को)

मात्रा—$\frac{1}{2}$ १ औन्स ।

गुण—आमाशय को बल देने वाला; अग्निमांद्य में उपयोगी है ।

INFUSUM QUASSIA CONCENT (इन्फ्युसम क्वाँशिया कन्सेन्ट)

मात्रा—३०-६० मि० ।

गुण—आमाशय को बल देने वाला; अग्निमांद्य में उपयोगी है ।

INFUSUM QUASSIA RECENS
(इन्फ्युसम क्वॉशिया रीसेन्स)

मात्रा—½-१ औन्स ।

गुण—आमाशय को बल देने वाला; अग्निमांद्य में उपयोगी है ।

INFUSUM SCOPARII RECENS
(इन्फ्युसम स्कोपेराइ रीसन्स)

मात्रा—१-२ औन्स ।

गुण—मूत्रल; जलोदर में मूत्र का परिमाण बढ़ाने के लिये इसे पोटास टार्टरेट और स्पिरिट जूनिपर के साथ देते हैं । पर इसका प्रयोग वृक्क के नवीन रोग में वर्जित है ।

IDFUSUM SENEGA CONCENT
(इन्फ्युसम सेनिगा कन्सेन्ट)

मात्रा—३०-६० मि० ।

गुण—कफ निःसारक । खांसी में प्रयुक्त होता है ।

INFUSUM SENEGA (इन्फ्युसम सेनिगा)

मात्रा—½-१ औन्स ।

गुण—कफ निःसारक । खांसी में प्रयुक्त होता है :

INFUSUM SENNAE CONCENT
(इन्फ्युसम सेनी कन्सेन्ट)

मात्रा—३०-१२० मि० ।

गुण—विरेचक; कोष्ठबद्धता में उपयोगी है ।

INFUSUM SENNAE (इन्फ्युसम सेनी)

मात्रा—½-२ औन्स ।

गुण—विरेचक; कोष्ठबद्धता में उपयोगी है ।

INJECTIO ADRENALINE (इन्जेक्शियो एड्रिनेलीन)

मात्रा—२-८ मि० । इसके $\frac{१}{२}$ और १ सी० सी० के इन्जेक्शन आते हैं।

गुण—दमा, शीतपित्त, सदमा, शक्तिपात, और हृदय और फेफड़ों के रोगों में नब्ज को प्रबल करने के लिए, प्रयोग किया जाता है।

देखो "लिकर एड्रिनेलीन हाइड्रोक्लोराइड"।

INJECTIO APOMORPHINE HYDROCHLORIDE

(इंजेक्शियो एपोमौर्फीन हाइड्रोक्लाराइड)

मात्रा—$\frac{१}{३२}$-$\frac{१}{६}$ ग्रेन।

गुण—वमन लाने के लिये प्रयोग किया जाता है।

INJECTIO ATROPINE SULPH

(इंजेक्शियो एट्रोपीन सल्फ)

मात्रा—$\frac{१}{२४०}$-$\frac{१}{६०}$ ग्रेन

गुण—देखो "एट्रोपीन"।

INJECTIO BISMUTHI (इंजेक्शियो बिस्मथि)

मात्रा—८—१५ मि०।

गुण—आत्शक में मांस द्वारा सप्ताह में २ बार इसका इंजेक्शन लगाया जाता है।

INJECTIO BISMUTHI SALICYLAS

(इंजेक्शियो बिस्मथि सैलिसिलास)

मात्रा—१०-२० मि०।

गुण—आत्शक में मांस द्वारा इसका इंजेक्शन लगाया जाता हैं।

INJECTIO CAFFEINET SODA BENZOAS

(इंजेक्शियो कैफीन एँट सोडा बेंजोअस)

मात्रा—२-५ ग्रैन।

गुण—देखो "कैफीन एट सोडा बेन्जोअस"

INJECTIO CAFFEIN ET SODA SALICYLAS
(इंजेक्शियो कैफीन एँट सोडा सेलीसिलास)

मात्रा—३-६ ग्रेन (२ सी० सी० में) चर्म या मांस द्वारा २-३ दिन के अन्तर से।

गुण—देखो "कैफीन-एँट सोडिआई सैलिसिलास"।

INJECTIO CALCIUM GLUCONATE
(इंजेक्शियो कैल्सियम ग्लुकोनेट)

मात्रा—१५० से ३०० मिनिम्स (नस द्वारा)।

गुण—देखो "कैल्सियम ग्लुकोनेट"।

INJECTIO COMPHORAE AETHEREA
(इंजेक्शियो कैम्फरी ईथरिआ)

मात्रा—४-१५ मि० (मांस में)।

गुण—हृदय को शक्ति देने वाला; बेहोशी, गशी और हृदय की कमजोरी में उपयोगी है। यह "मुश्क" के साथ मिला हुआ भी आता है।

INJECTIO CAMPHOR (इंजेक्शियो कैम्फर)

मात्रा—८-३० मि० (मांस में)।

गुण—हृदय को शक्ति देने वाला; बेहोशी, गशी और हृदय की कमजोरी में उपयोगी है।

INJECTIO CUARARE HYPODERMICA
(इंजेक्शियो कुरारी हाइपोडर्मिका)

मात्रा—१-६ मि०।

गुण—टैटेनस में इसके इंजेक्शन उपयोगी सिद्ध हुये हैं। जलसंत्रास में भी कुछ फायदा करता है।

INJECTIO EMETINE HYDROCHLORIDE
(इंजेक्शियो एमेटीन हाइड्रोक्लोराइड)

मात्रा—$\frac{१}{२}$-१ ग्रेन (मांस में या चर्म के नीचे)।

गुण—देखो "एमेटीन हाइड्रोक्लोराइड"।

INJECTIO ERGOMETRINE MALEATE
(इंजेक्शियो अर्गोमिट्रीन मेलिएट)

मात्रा—$\frac{१}{२४०}$-$\frac{१}{१२०}$ ग्रेन (मांस में) $\frac{१}{४८०}$-$\frac{१}{२४०}$ ग्रेन (नस में)।

गुण—देखो "ऐक्स० अर्गट लि०"।

INJECTIO FERRI ET ARSENI
(इंजेक्शियो फैरी एट आर्सेनि)

मात्रा—$\frac{१}{२}$-१ सी० सी० (मांस द्वारा)।

गुण—दुर्बलता और पाण्डुरोग में उपयोगी है।

(INJECTIO HYDRARGYRI FORT. (GREY OIL)
इंजेक्शियो हाइड्रार्जिरि फोर्ट (ग्रे ऑयल)

मात्रा—१-५ मि० (मांस द्वारा)।

गुण—आतशक में आठवें दिन इसके इंजेक्शन लगाये जाते हैं।

INJECTIO HYOSCINE HYDROBROMIDE
(इंजेक्शियो हायोसीन हाइड्रोब्रोमाइड)

मात्रा—$\frac{१}{२००}$-$\frac{१}{१००}$ ग्रेन (चर्म के नीचे)।

गुण—देखो "हायोसीन हाइड्रोब्रोमाइड"।

INJECTIO INSULIN PROTAMINATE CUM ZINC
(इंजेक्शियो इन्स्युलीन प्रोटेमिनेट कम जिन्क)

गुण—देखो "इन्स्युलीन'।

INJECTIO MORPHINE (इंजेक्शियो मौर्फीन)

मात्रा—$\frac{१}{४}$-$\frac{१}{२}$ ग्रेन चर्म के नीचे।

गुण—सदमा, उन्माद और अंत्र, यकृत और वृक्क के शूलों को शांत करने के लिये बड़ा उपयोगी है।

INJECTIO MORPHINE ET ATROPINE
(इंजेक्शियो मौर्फीन एँट एट्रोपीन)

गुण—मौर्फीन के इंजेक्शन के समान हैं (देखो)।

INJECTIO NOVOCAINAE ET ADRENALINE
(इंजेक्शियो नौवोकेनी एँट एड्रीनेलीन)

मात्रा—१ ड्राम तक।

मु० अ०—(नोवोकेन ८ ग्रेन, लिकर एड्रीनेलीन २ ड्राम, शुद्ध जल कुल १ औन्स)।

गुण—आंख, दाँत और दूसरे छोटे-छोटे औप्रेशनों के लिये इसके ५ प्रतिशत घोल के इंजेक्शन लगाये जाते हैं। इन्जेक्शन के चन्द मिनट बाद इंजेक्शन की जगह सुन्न हो जाती है और बिना किसी कष्ट के चीर-फाड़ की जा सकती है।

INJECTIO PROCAINE ET ADRENALINE
(इंजेक्शियो प्रोकेन एँट एड्रीनेलीन)

मात्रा—१ सी० सी० तक।

गुण—दाढ़ दांत निकालने से पूर्व मसूड़ों में इसका इंजेक्शन लगा देने से न तो दर्द ही होता है न ही रुधिर बहता है। फोड़े आदि चीरने से पूर्व भी इसका इंजेक्शन लगाया जा सकता है।

INJECTIO PROGESTERONE
(इंजेक्शियो प्रोजेस्टरोन)

मात्रा—२-२० एम० जी० रोजाना (मांस में)।

मु० अ०—(कौर्पस ल्युटियम)

गुण—स्त्रियों के विशेष रोगों जैसे बाँझपन, कष्टरज, रजोदर्शन, अल्परज आदि में उपयोगी है। गर्भपात के लक्षण प्रगट होते ही १० एम० जी० का एक इंजेक्शन दे दें और जब तक आराम न हो रोजाना एक इंजेक्शन लगाते रहें।

INJECTIO QUININE BI-HYDROCHLORIDE

(इंजेक्शियो कुनीन बाइ-हाइड्रोइलोराइड)

मात्रा—५-१० ग्रेन (१-२ सी० सी०) नस या मांस में।

गुण—देखो "कुनीन"।

विशेष—इसे नस में यथासम्भव नहीं देना चाहिये क्योंकि कभी-कभी रोगी की मृत्यु तक हो जाती है।

INJECTIO SODII BICARBONATIS

(इंजेक्शियो सोडिआइ बाइकार्बोनेटिस)

गुण—गर्भावस्था की वमन, रक्त में अम्ल फैल जाना, मधुमेह का कोमा इत्यादि में प्रयुक्त होता है। इसके ७½ ग्रेन प्रति सी० सी० की शक्ति के ५, १० और २५ सी० सी० के एम्प्यूल्स आते हैं।

INJECTIO SODII CHLORIDI

(इंजैक्शियो सोडिआइ क्लौराइडी)

मात्रा—१-३ पाइन्ट (नस द्वारा)।

मु० अ०—(सोडियम क्लोराइड ९ ग्राम, डिस्टिल्ड वाटर कुल १००० मिल्स)

गुण—हैजा, रक्तस्राव, कोमा, एक्लैम्पशिया, गशी, सदमा, यूरीमिया, नब्ज का छूट जाना, अत्यन्त कृशता आदि में इसके इन्जेक्शन बड़ा फायदा करते हैं।

INJECTIO SODII CHLORIDI CO
(इंजेक्शियो सोडिआइ क्लोराइडी को)

मात्र—१-३ पाइन्ट (नस द्वारा)।

मु० अ०—(सोडियम क्लोराइड ८·६ ग्राम, पोटासियम क्लोराइड ०·३ ग्राम, हाइड्रेटेड कैल्सियम क्लोराइड ०·४८ ग्राम, डिस्टिल्ड वाटर कुल १००० मिल्स)।

गुण—हैजा, रक्तस्राव, कोमा, एक्लैम्पशिया, गशी, सदमा, यूरीमिया, नब्ज का छूट जाना, अत्यन्त कृशता आदि में इसके इन्जेक्शन बड़ा फायदा करते हैं।

INJECTIO SODII CHLORIDE ET ACACIAE
(इंजेक्शियो सोडिआइ क्लोराइड एँट अकेशिआइ)

गुण—इसमें ६ प्रतिशत अकेशिया होता है। रक्तस्राव के परिणाम स्वरूप होने वाली (गशी) में शिरा द्वारा इसके इन्जेक्शन लगाये जाते हैं।

INJECTIO SODII SALICYLAS
(इंजेक्शियो सोडिआइ सैलिसिलास)

मात्रा—१-२ सी० सी० (२० में १)।

गुण—बाय में आक्रांत भाग में इसके इन्जेक्शन लगाने से बहुत लाभ होता है।

INJECTIO THIOSINAMIN ET SODII SALICYLAS
(इन्जेक्शियो थ्योसिनेमिन एट सोडिआइ सेलिसिलास)

मात्रा—½-१ सी० सी० २-३ दिन के अन्तर से।

मु० अ० -(थ्योसिनेमीन १०% सोडा सैलिसिलास ५%)

गुण—जलने के फलस्वरूप चर्म का कड़ा पड़ जाना या दाग बन जाना, मध्य कर्ण का बहरापन, अन्न प्रणाली, मूत्रमार्ग या आमाशय आदि का संकोचन, वगैरा में इन्जेक्शनों (चर्म के नीचे या मांस द्वारा) से बहुत लाभ होता है। क्षतिचिह्न कोमल पड़ जाता है और उसमें स्वाभाविक गति होने लगती है।

INSULIN (इन्स्युलिन)

मात्रा—५-१०० यूनिट्स (चर्म के नीचे)।

गुण—मधुमेह की यह अचूक ओषधि है। मधुमेह-जन्य अचेतन-निद्रा (Diabetic Coma) और रक्त की बढ़ी हुई अम्लता (Acidosis) में भी लाभदायक है। भोजन से पहले, दिन में ३ बार १० से ३० यूनिट्स के इन्जेक्शन लगाने से भूख बढ़ाती है और वजन में वृद्धि करती है। यह कई प्रकार की आती है जैसे जिंक इन्स्यु०, जिंक सस्पैन्शन इ०, इन्स्युलिन सौल्युबिल, इन्स्युलिन ग्लोबिन इत्यादि (४० और ८० यूनिट्स प्रति सी० सी०)

IODINE (आयोडीन)

गुण—देखो "टि०, लिनिमेन्ट और अन्वन्टम"।

IODINE INJECTON (आयोडीन इन्जेक्शन)

मात्रा—१-५ सी० सी० (शिरा द्वारा)।

मु० २०—(आयोडीन २४ ग्रेन, पोटास आयोडाइड ३६ ग्रेन, डिस्टिल्ड वाटर १ औन्स)

गुण—प्लेग, विसर्प, विषैले घाव, निमोनिया, सैलुलाइटिस आदि रोगों में उपयोगी है। आरम्भ में १ सी० सी० दें और बाद में धीरे धीरे ½ सी० सी० बढ़ाते रहें। इसे सप्ताह में एक बार या अधिक डिस्टिल्ड वाटर से हल्का करके इन्जेक्ट करें।

IODISED PHENOL (आयोडाइज्ड फिनौल)

बाह्य प्रयोग के लिये ।

मु० अ०—(आयोडीन १ लिक्विड कार्बोलिक एसिड १०)

गुण—दाद और गर्भाशय के वरम पर लगाने के लिये प्रयुक्त होता है ।

IODOFORM आयडोफॉर्म

गुण—रोगाणुरोधक, दुर्गन्धमय, स्थानीय संज्ञाहर । जख्मों और घावों पर खालिस या बोरिक एसिड के साथ मिलाकर लगाया जाता है । फोड़े फुन्सी और जख्मों के लिए इसकी मरहम (१० प्रतिशत) उपयोगी है । ४० प्रतिशत लिक्विड पैरेफीन इन ईथर में ¼ से ½ ग्रेन आयडोफार्म घोल कर क्षयरोग में शिरा द्वारा इन्जेक्शन लगाने से लाभ होता है । देखो 'कौलोडियन आयडोफार्म, अन्वन्टम आयडोफार्म और सपोजीटरी आयडोफार्म" ।

IODOFORM EMULSION (आयडोफार्म इमल्शन)

मु० अ०—(आयडोफार्म १०, ग्लीस्रीन ७०, वाटर २०)

गुण—नासूर और फोड़ों के अन्दर इसके इन्जेक्शन लगाना उपयोगी है ।

IODOL (आयडौल)

मात्रा—१-४ ग्रेन ।

गुण—इसमें आयडोफॉर्म की तरह दुर्गन्ध नहीं होती । बाह्य रूप से आयडोफार्म की भाँति और आंतरिक रूप से पोटास आयोडाइड की भांति प्रयोग किया जाता है । जख्मों और घावों के लिये आयडोफर्म से अधिक उपयोगी है ।

IPECACUANHA PRAEPARATA
(इपिकेकुआन्हा प्रीपेरेटा)

मात्रा—½-२ ग्रेन (बल्गम निकालने के लिये)

१५-३० ग्रेन (वमन कारक) ।

गुण—देखो 'पल्व इपिकाक' और 'विनम इपिकाक' ।

IPOMOEA इपोमिया (निशोत)

मात्रा—५-२० ग्रेन ।

गुण—विरेचक है ।

IRIDIN (आइरिडीन)

मात्रा—१-३ ग्रेन ।

गुण—मृदु विरेचक, पित्तवर्द्धक और मूत्रकारक । यकृत-विकार में स्वयं या यूनिमीन और पोडोफाइलीन के साथ मिलाकर दिया जाता है ।

योग

आइरिडीन	१/६ ग्रेन
युओनिमीन	१/४ ग्रेन
यूक्वीनीन	१ ग्रेन
हाइड्रार्ज कम क्रीटा	१/४ ग्रेन
पल्व रिहाई कं०	२ ग्रेन

विधि—ऐसी एक पुड़िया दिन में तीन बार (छोटे बच्चों के यकृत विकार में) ।

IRON आयरन (लोहा)

देखो 'फैरम' ।

ISINGLASS (आईजिग ग्लास)

गुण—वाइन (शराब) को साफ करने के काम आता है ।

ISO-NICOTINIC-ACID-HYDRAZIDE (आइसो-निकोटिनिक-एसिड-हाइड्रेजाइड)

मात्रा—१५०-२०० एम० जी० रोजाना ।

गुण—यह औषधि क्षयरोग में बड़ी सफल साबित हुई है यद्यपि इसे इस रोग की अमोघ औषधि नहीं कहा जा सकता । आमतौर पर इसे

टिकियों के रूप में प्रयोग किया जाता हैं। प्रति टिकिया में ५० या १०० एम० जी० औषधि होती है। क्षय रोग की चिकित्सा इस प्रकार करें। दिन में ३ बार इसे दें, रोजाना डाइ-हाइड्रोस्ट्रेप्टोमाइसीन का १ ग्राम का इंजेक्शन लगायें और दिन में २ बार "पास" २-३ ग्राम की मात्रा में दें।

नोट—इसके इंजेक्शन भी आते हैं (यह बाजार में भिन्न-भिन्न नामों से बिकती हैं। जैसे हाइड्रेजिड, पेलेजिड, आयोसोनेक्स इत्यादि।)

ISOPRENALINE SULPHATE
(आइसोप्रीनेलीन सल्फेट)

मात्रा—½-१ टिकिया आवश्यकतानुसार या तीन बार जीभ के नीचे रखकर घुलने दें।

मु० अ०—(**ISOPROPYL-NOR-ADRENALINE-SULPHATE**)

गुण—दमे के लिये बड़ी उपयोगी हैं। दौरे के समय एक टिकिया जीभ के नीचे रखकर घुलने दें, और जब तक पूरी न घुल जाय तब तक थूक न निगलें। यह सूँघने के रूप में भी आती है। भिन्न-भिन्न कारखानों ने इसे भिन्न-भिन्न नामों से तैयार किया है।

ISPAGHULA इस्पगुल (इसपगोल)

मात्रा—४५-१५० ग्रेन।

गुण—वरम, सूजन और फोड़ों पर अलसी की भांति इसकी पुल्टिस लगाई जाती है। कब्ज, पेचिश और आँतों के पुराने रोगों में इसे जल में भिगोकर अथवा दूध के साथ फांकने से बड़ा लाभ होता है। खांसी और कण्ठ-शोथ में इसका काढ़ा प्रयुक्त होता है। सोजाक में जलन दूर करने के लिए इसका शर्बत उपयोगी है। यह औषधि दीर्घ काल तक बिना किसी प्रकार की हानि पहुँचाये हुये प्रयोग की जा सकती है।

JALAP RESIN (जैलप रेजिन)
JALAPIN (जैलेपिन)

मात्रा—१-५ ग्रेन।

गुण—तीव्र विरेचक है प्राय: कौलोसिन्थ, एलोज, पोडोफिलीन, ऐक्स० हायोसाइमस आदि के साथ गोली के रूप में दिया जाता है।

KABAB CHINI (कबाब चीनी)

गुण—क्युबब को कहते हैं (देखो)।

KALADANA (कालादाना)

मात्रा—३०-४५ ग्रेन।

गुण—अल्प मात्रा में हलका विरेचक और बड़ी मात्रा में तीव्र विरेचक है। प्राय: पल्व कालादाना कं० के रूप में सर्वांग शोथ और जलोदर में दिया जाता है। देखो "पल्व कालादाना कं० और टिंचर कालादाना"।

KAOLIN (केओलिन)

मात्रा—$\frac{1}{2}$-२ औन्स।

गुण—ऐक्जिमा और बाज चर्मरोगों पर छिड़कते हैं। हैजा, अतिसार, आँतों की सूजन, पेचिस आदि में उपयोगी है। हैजे में ३ औन्स शुद्ध केओलीन को ८ औन्स ठण्डे उबाले हुए जल में घोल लें और $\frac{1}{2}$-$\frac{1}{2}$ घण्टे के अन्तर से देते रहें। ६ से १२ मात्रा देने के बाद मात्रा घटा दें। यह हमेशा उत्तम प्रकार का प्रयोग करना चाहिये। यह ऐन्टीफ्लोजिस्टीन, ऐन्टीफ्लेमीन, बाइफ्लोजिस्टीन इत्यादि प्लास्टर बनाने के काम आता है।

KAVA-KAVA (कावा-कावा)

गुण—इसका लि० ऐक्सट्रैक्ट $\frac{1}{2}$-१ ड्राम की मात्रा में नये और पुराने सोजाक और मसाने के वरम में उपयोगी है। (देखो लिक्विड ऐक्सट्रैक्ट)।

*KEPLER MALT CUM COD-LIVER OIL
(कैंप्लर माल्ट कम कौड-लिवर ऑयल)

मात्रा—१-४ ड्राम।

मु० अ०—(माल्ट--ऐक्सट्रैक्ट और कौडलिवर ऑयल)।

गुण—यह कई प्रकार का आता है इसमें यह गुण हैं कि इसमें अन्य कौडलिवर ऑयल के मिश्रणों की भांति दुर्गन्ध नहीं आती और प्रत्येक व्यक्ति इसे प्रयोग कर सकता है। खांसी, क्षयरोगः, दुर्बलता, रिकेट्स, और हर ऐसे विकार में जिसमें बलवर्द्धक औषधि की आवश्यकता हो, यह उपयोगी हैं। शरीर को हृष्ट पुष्ट करता है। जाड़ों की मौसम में विशेष उपयोगी है। अब इसमें कौडलिवर ऑयल की बजाय शार्क-लिवर ऑयल प्रयुक्त होता है।

KERATIN (कैरेटिन)

गुण—यह केवल गोलियों पर चढ़ाने के काम आता है ताकि गोलियाँ आमाशय में न घुल कर आँतों में पहुँच कर घुलें।

KINO (काइनो)

मात्रा—५-२० ग्रेन।

गुण—देखो "पल्व काइनो को और टिञ्चर काइनो', । यह काबिज है।

KOCH'S TUBERCULIN (कौक्स टुबर्कुलीन)

गुण—इसके इंजेक्शन क्षयरोग, की पहिचान और चिकित्सा के लिये प्रयोग किये जाते हैं। अब इससे बेहतर टुबर्कुलीन तैयार हो चुकी है।

KOLA NUT (कोलानट)

मात्रा—१०-२० ग्रेन।

गुण—उत्तेजक, मूत्रकारक, थकावट को दूर करने वाला; अतिसार, धातुक्षीणता और दुर्बलता को हरने वाला है। देखो "ऐक्स० कोला लि०"।

KRAMERIA PULVIS (क्रैमेरिया पल्विस)
RHATANY ROOT (रैटेनी रूट)

मात्रा—१०-३० ग्रेन।

गुण—देखो "टिंचर क्रैमेरिया और ट्रौकिस० क्रैमेरिया"। यह काबिज है।

KURCHI (कुर्ची)

देखो "ऐक्स० कुर्ची लि०"।

*KURCHIBIN (कुर्चीबीन)

मात्रा—५-१० ग्रेन।

गुण—पुरानी पेचिस में दिन में २ बार (कुल दो सप्ताह तक) दी जाती है।

नोट—यह ऐनेबिन या कुर्ची एट बिस्मथी आयोडाइडम भी कहलाती है।

KUTH, KUT (कुट)

देखो "ऐक्स कथ लि०"।

*LACARNOL "BAYER" (लेकार्नोल "बेयर")

मात्रा—१०-२० मि० (मुँह द्वारा), १ सी० सी० (चर्म के नीचे)।

गुण—हृदय और श्वासक्रिया को उत्तेजित करने वाला; अन्जाइना पैक्टोरिस, शक्तिपात, हृदय की गति का मन्द पड़ जाना, गशी इत्यादि में बहुत उपयोगी है। अब इसका आना बन्द हो गया है।

(LACTOSE, MILK SUGAR)
लैक्टोस (मिल्क शूगर) दुग्ध शर्करा

गुण—मूत्रकारक, पुष्टिकारक; हृदय और वृक्क के कारण होने वाले शोथ में उपयोगी हैं। बच्चों के दूध में शक्कर की बजाय मिला देते हैं। इसके देने से बच्चों के अजीर्ण को लाभ होता है। बच्चा उत्पन्न होने के समय यदि वेदनायें हल्की पड़ गई हों तो इसे ५½ से ७ ड्राम की मात्रा में १० औन्स गर्म दूध में देने से लाभ होता है। होम्योपैथी में इसका प्रयोग

बहुत होता है क्योंकि पाउडर इसी से तैयार होते हैं। इसे शूगर ऑफ मिल्क भी कहते हैं।

*LACTUMIN, LACTO-PROTEIN
(लैक्टुमिन, लैक्टो-प्रोटीन)

मात्रा—२,५ और १० सी० सी० (मांस द्वारा)।

ये मिल्क के इंजेक्शन हैं। देखो "मिल्क प्रोटीन"।

LACTOFLAVIN (VITAMIN B_2)
लैक्टोफ्लेविन (विटेमिन बी$_2$)

देखो "विटेमिन बी$_2$"।

LAEVULOSE (लेवुलोस)

गुण—यह साधारण शक्कर से अधिक मीठी होती है और जल्द पच जाती हैं। क्षयरोग, गण्डमाला और मधुमेह में इसे कई औन्स रोजाना दे सकते हैं।

LANOLIN (लेनोलीन)

बाह्य प्रयोग के लिए।

गुण—मरहमों में पड़ती है त्वचा को कोमल बनाती है। इसकी बनी हुई मरहम त्वचा में शीघ्र जज्ब हो जाती है। यह भेड़ों की ऊन से तैयार की जाती है।

LAMELLA ATROPINE (लैमेला एट्रोपीन)

गुण—आँख में डाली जाती है पुतली को फैलाती हैं।

LAMELLA COCAINE (लैमेला कौकेन)

गुण—आँख में डाली जाती है शूल को शांत करती है।

LAMELLA HOMATROPINE (लैमेला होमेट्रोपीन)

गुण—आँख में डाली जाती है, पुतली को फैलाती है।

LAMELLA HYOSCINE (लैमेला हायोसीन)

गुण—आंख में डाली जाती है पुतली फैलाती है।

LAMELLA PHYSOSTIGMINE (ESERINE)
लैमेला फिसौस्टिग्मीन (ईसरीन)

गुण—आँख में डाली जाती है पुतली को संकुचित करती है।

LARD (ADEPS) लार्ड (ऐडेप्स) सुअर की चर्बी

गुण—मरहमों में प्रयुक्त होती है।

LASSAR'S PASTE (लैसार्स पेस्ट)

बाह्य प्रयोग के लिए।

मु०अ०—(जिंक ऑक्साइड २४,स्टार्च २४, एसिड सैलीसिलिक २, वैसलीन ५०)।

गुण—नये और पुराने दोनों प्रकार के एक्जिमा के लिए उपयोगी है। फुंसियों पर भी लगाई जा सकती है।

LAUDANUM (लौडेनम)

टिं० ओपियम का दूसरा नाम है (देखो)।

LAPIS DIVINUS (CUPRUM ALUMINATUM)
लेपिस डिवाइनस (कुप्रम ऐल्युमिनेटम)

बाह्य प्रयोग के लिए।

मु०अ०—(कौपर सल्फ, पोटास नाइट्रेट और एलम प्रत्येक सम भाग)

गुण—इसका २ ग्रेन प्रति औन्स जल का घोल आंख दुखने में बहुत उपयोगी है।

LEAD ACETATE (SUGAR OF LEAD)
PLUMBI ACETAS (प्लंबाइ एसीटास)
लैड एसिटेट (शूगर ऑफ लैड)

मात्रा—½-२ ग्रेन।

गुण—चोट, मसकोड़, सूजन आदि पर इसके घोल में (१० ग्रेन प्रति

औन्स) लिन्ट भिगो कर रखने से लाभ होता है। मयादी ज्वर, क्षयरोग आदि में होने वाले अतिसार और रक्तस्राव में इसे गोली के रूप में (पिल प्लंबाई कम ओपियो) दिया जाता है। गुदा के मार्ग से रुधिर बहने में और पुरानी पेचिस में इसकी सपोजीटरी या एनिमा उपयोगी है। जख्म, खुजली, एक्जिमा आदि पर इसकी मरहम लगाई जाती है।

नोट—देखो "लिकर प्लम्बाई सब एसिटेटिस डिल, पिल प्लंबाई कम ओपियो"।

LECITHIN (लेसिथिन)

मात्रा—३–५ ग्रेन।

गुण—बलवर्द्धक, पुष्टिकारक, और फॉस्फेचूरिया, नाड़ी दौर्बल्य, क्षयरोग और मस्तिष्क की कमजोरी में उपयोगी है। रक्त के लाल कणों की संख्या में वृद्धि करती है और शरीर के भार को बढ़ाती है।

LEMON JUICE लैमन जूस (नीबू का अर्क)

गुण—प्यास बुझाने वाला, रुचिकारक और पाचक है।

LEMON PEEL लैमन पील (नीबू के छिलके का ऊपरी परत)

गुण—ओलियम लिमोनिस, सीरप लिमोनिस और टि० लिमोनिस के रूप में प्रयुक्त होता है (देखो)।

LEPTAZOL (लैप्टेज़ौल)

मात्रा—$\frac{3}{4}$-१$\frac{1}{2}$ ग्रेन या $\frac{1}{2}$-१ सी० सी० चर्म के नीचे।

गुण—उत्तेजक; गशी, हृदय और श्वास क्रिया का मन्द पड़ जाना, (विषपान के कारण अथवा निमोनिया, प्लेग आदि रोगों के कारण), नब्ज का छूट जाना आदि विकारों में उपयोगी है। इसे टिकिया, लिक्विड और

इंजेक्शन के रूप में प्रयोग किया जाता है। यह कई नामों से बिकता है जैसे कार्डिया जौल, कार्टेजौल इत्यादि।

LIGHT MAGNESIA लाइट मैग्नीजा (मैग्नेशिया)

मात्रा—१०-६० ग्रेन।

गुण—देखो "मैग्नेशिआई ऑक्साइडम लेवि"

LIME WATER लाइम वाटर (चूने का पानी)

मात्रा—१-४ औन्स
$\frac{1}{2}$-१ ड्राम (बच्चों के लिए)।

मु०अ०—(कैल्सियम हाइड्रौक्साइड १ ग्राम, जल १०० मिल्स)

गुण—जो बच्चे दूध गेरते हो या जिन्हें अक्सर अजीर्ण रहता हो उनके दूध में इसको मिला कर देने से बड़ा लाभ होता है।

LINCTUS APOMORPHINE CUM CODEINE (लिंक्टस एपोमौर्फीन कम कोडीन)

मात्रा–१ ड्राम (चाटने के लिए)

मु०अ०—(एपोमौर्फीन $\frac{1}{५०}$ ग्रेन, कोडीन फौस्फेट $\frac{1}{१२}$ ग्रेन, एसिड हाइड्रोसाइनिक डिल २ मि०, सीरप प्रूनी वर्जिनी कुल १ ड्राम)

गुण—इसे खांसी में चाटने से बड़ा लाभ होता है।

LINCTUS CODEINE (लिंक्टस कोडीन)

मात्रा—१–२ ड्राम (चाटने के लिए)

मु०अ०—(सीरप आफ कोडीन और सीरप प्रुनी वर्जिनी सम भाग)

गुण—वार बार उठने वाली खांसी में बड़ी उपयोगी है।

LINCTUS DIAMORPHINAE CUM IPECAC (लिंक्टस डायेमौर्फीनी कम इपिकाक)

मात्रा—$\frac{1}{2}$—१ ड्राम (चाटने के लिए)

मु०अ०—(हीरोइन हाइड्रोक्लोराइड $\frac{1}{40}$ ग्रेन, ऐक्स० इपिकाक लि० $\frac{3}{4}$ मि० और हायोसाइमस और सीरप टोलु)

गुण—खांसी में उपयोगी है। यह बाजारों में उपलब्ध नहीं है।

LINCTUS IPECAC (लिंक्टस इपिकाक)

मात्रा—$\frac{1}{2}$-१ ड्राम (चाटने के लिए)

मु०अ०—(एसिटम इपिकाक, सीरप टोलू, ग्लीस्रीन और म्युसिलेज ट्रगेकंथ सम भाग)

गुण—खांसी में चाटी जाती है। इसे स्वंम बनाया जा सकता है

LINCTUS MORPHINAE COMPOUND (लिंक्टस मौर्फीनी कंपाउन्ड)

मात्रा—१ ड्राम (चाटने के लिए) ३ बार

मु०अ०—(लिकर मौर्फीन ३ मि० स्पिरिट क्लोरोफॉर्म ३ मि०, विनम इपिकाक २ मि०, म्युसीलेज,अकेशिया $\frac{1}{2}$ ड्राम, ऐक्वा ऐनिसि कुल १ ड्राम)

गुण—खांसी में चाटने के लिए।

LINCTUS SCILLA OPIATUS (लिंक्टस सिल्ला ओपिएटस)

GEE'S COUGH LINCTUS (गीज कफ लिंक्टस)

मात्रा—१ ड्राम (चाटने के लिये) ३ बार

मु०अ०—(टि० कैम्फर कं०, ऑक्सेमल सिल्ला और सीरप टोलु तीनों सम भाग)

गुण—बार बार उठने वाली खांसी में उपयोगी है।

LIRIMENT A. B. C. (लिनिमेन्ट ए. बी. सी.) (LINIMENT ACONITE OLEOSUM) (लिनिमेन्ट ऐकोनाइट ओलिओसम)

बाह्य प्रयोग के लिए।

मु० अ० (लि० एकोनाइट, लि० बैलाडोना, लि० क्लोरोफार्म, तीनों सम भाग) ।

गुण—दर्द कमर, दर्द सीना, गठिया, बाय, नाड़ीशूल और दूसरे दर्दों में इसकी मालिश से बहुत लाभ होता है ।

LINIMENT ACONITE (लिनिमेन्ट एकोनाइट)

बाह्य प्रयोग के लिए ।

मु० अ०—(एकोनाइट ५० कैम्फर ३ अल्कोहॉल (९०%) कुल १००) ।

गुण—दर्दों पर उपयोगी है ।

LINIMENT AMMONIA (लिनिमेन्ट अमोनिया)

बाह्य प्रयोग के लिए ।

मु० अ०—(लिकर अमोनिया १, ऑमण्ड आयल १, औलिव ऑयल २) ।

गुण—दर्दों पर उपयोगी है । इसमें आमण्ड ऑयल और औलिव ऑयल की वजाय लिन्सीड ऑयल मिला सकते हैं ।

LINIMENT ATROPINE (लिनिमेन्ट एट्रोपीन)

बाह्य प्रयोग के लिये ।

मु० अ०—(एट्रोपीन १, ओलिक एसिड १५, कैस्टर ऑयल १५, ऑयल लैवन्डर १, स्पिरिट रैक्टीफाइड कुल १००)

गुण—हर प्रकार के दर्दों के लिये अत्यन्त लाभदायक है ।शीघ्र जज्ब हो जाता है ।

LINIMENT BELLADONAA (लिनिमेन्ट बैलाडोना)

बाह्य प्रयोग के लिये

मु० अ०—(बैलाडोना रूट, कैम्फर, अल्कोहॉल, जल) ।

गुण—हर प्रकार के दर्दों पर इसकी मालिश उपयोगी है ।

LINIMENT CALCIS (CARRON OIL)
(लिनिमेन्ट कैल्सिस, कैरन ऑयल)

बाह्य प्रयोग के लिये ।

मु० अ०—(लाइम वाटर १, ऑलिव ऑयल १) ।

गुण—जली हुई जगह पर लगाया जाता है । इसमें ऑलिव ऑयल की वजाय अलसी का तेल मिला सकते है ।

LINIMENT CAMPHOR COMPOUND
(लिनिमेंट कैम्फर कम्पाउन्ड)
LINIMENT CAMPHOR AMMONIATA
(लिनिमेंट कैम्फर अमोनियेटा)

बाह्य प्रयोग के लिये

मु० अ०—(कैम्फर १२५. ऑयल ऑफ लैवंडर ५. लिकर अमोनिया फोर्ट २५०, अल्कोहल ९०% कुल १०००) ।

गुण—गठिया, बाय तथा दूसरे प्रकार के दर्दों के लिये उपयोगी हैं । यह क्योंकि बहुत तेज होता है अतः इसे अधिक नहीं मलना चाहिये ।

LINIMENT CAMPHOR (CAMPHOR OIL)
लिनिमेंट कैम्फर (कैम्फर ऑयल)

बाह्य प्रयोग के लिये ।

मु० अ०—(कैम्फर १, एरेकिस ऑयल अर्थात् मूँगफली का तेल ४) ।

गुण—दर्दों पर मालिश के लिये उपयोगी है ।

LINIMENT CHLOROFORM (लिनिमेंट क्लोरोफॉर्म)

बाह्य प्रयोग के लिये ।

मु० अ०—(क्लोरोफॉर्म १ लिनिमेन्ट कैम्फर १)

गुण—दर्दों पर मालिश के लिये प्रयोग किया जाता है ।

LINIMENT CROTON (लिनिमेंट क्रोटन)

बाह्य प्रयोग के लिये।

मु० अ० (ऑयल क्रोटन १२, ऑयल कजुपुटी ४४, अल्कोहॉल (९०%) ४४)।

गुण—निमोनिया और ब्रोन्काइटिस में इसकी छाती पर मालिश की जाती है, इसे हल्का करके गंज पर मलने से बाल उग आते हैं।

LINIMENT EXSICCANS (लिनिमेंट ऐक्सीकैन्स)
(BASSORIN PASTE) (बैसोरिन पेस्ट)

बाह्य प्रयोग के लिये।

मु० अ०—(ट्रैगेकन्थ ५, ग्लीसरीन २, अल्कोहॉल ९०% १० जल कुल १०००)

गुण—इसे त्वचा पर लगाने से शान्ति और ठंडक मालूम होती है। चर्म रोगों के लिये उपयोगी है।

LINIMENT HYDRARGYRI (लिनिमेंट हाइड्रार्जिरि)

बाह्य प्रयोग के लिये।

गुण—सूजे हुये जोड़ों और गद्दों पर इसकी मालिश करने से लाभ होता है।

LINIMENT IODINE (LIQ. IODI FORT)
लिनिमेंन्ट आयोडीन (लिकर आयोडि फोर्ट)

बाह्य प्रयोग के लिये।

मु० अ०—(आयोडीन १०, पोटास आयोडाइड ६, डिस्टिल्ड वाटर १०, स्पिरिट रैक्टीफाइड कुल १००)

गुण—यह टि० आयोडीन से बहुत तेज है। जोड़ों की सूजन और दूसरे वरमों पर इसका लेप किया जाता है। स्पिरिट रक्टीफाइड की बजाय इसे मैथिलेटड स्पिरिट से तैयार कर सकते हैं।

LINIMENT JABORANDI (लिनिमेंन्ट जैबोरन्डी)

बाह्य प्रयोग के लिये।

मु० अ०—(टिं० जैबोरन्डी १, टिं० कैन्थ्रेडीज १, लिनिमेन्ट सोप ४)

गुण—इसे बालों की जड़ों में रोजाना हलका हलका मलने से बालों का गिरना बन्द हो जाता है और बाल दोबारा उगने लगते हैं।

LINIMENT MENTHOL (लिनिमेन्ट मैन्थॉल)

बाह्य प्रयोग के लिये।

मु० अ०—(मैन्थॉल ३, क्लोरोफॉर्म ४, औलिव ऑयल कुल १६)

गुण—नाड़ी शूल, बाय, और दूसरे दर्दों पर इसकी मालिश से बहुत लाभ होता है, दाद पर भी उपयोगी है।

LINIMENT MENTHOL CO (लिनिमेन्ट मेन्थॉल को)

बाह्य प्रयोग के लिये।

मु० अ०—(मैन्थॉल २, लिनिमेन्ट एकोनाइट १, क्लोरोफॉर्म ४, लिनिमेन्ट सेपोनिस कुल ३२)

गुण—दर्दों पर बहुत उपयोगी है।

LINIMENT METHYL SALICYLATE (लिनिमेंन्ट मीथिल सैलिसिलेट)

बाह्य प्रयोग के लिये।

मु० अ०—(मीथिल सैलिसिलेट २०, मैन्थॉल १०, कैम्फर १०, यूकेलिप्टस ऑयल १०, क्लोरोफॉर्म १०, आयल टर्पन्टाइन १०, ऑयल लैवन्डर ५, लिक्विड पैराफीन कुल १००)

गुण—दर्दों पर लेप करने के लिये प्रयुक्त होता है यह उत्तम प्रकार का लिनिमेन्ट है। इससे अधिक उपयोगी दूसरा लिनिमेन्ट नहीं है।

LINIMIENT OPII (लिनिमेंन्ट ओपिआई)

बाह्य प्रयोग के लिये।

मु०अ०—(टिंचर ओपियम और लिनिमेन्ट सैपोनिस सम भाग)

गुण—दर्दों पर लगाया जाता है।

LINIMEMT POTASS IODIDI CUM SAPONIS (लिनिमेन्ट पोटास आयोडाइडी कम सैपोनिस)

बाह्य प्रयोग के लिये।

गुण—पुराने वरमों को तहलील करने के लिये इसकी मालिश की जाती है।

LINIMENT PSORALENE (लिनिमेन्ट सोरेलीन) BABCHI OINTMENT (बाबची ऑइन्टमेन्ट)

बाह्य प्रयोग के लिये।

गुण—ल्युकोडर्मा (श्वेतकुष्ठ) के लिये उपयोगी है। इसे रोजाना कई मास तक मलना चाहिये।

LINIMENT SAPONIS (लिनिमेन्ट सैपोनिस)

बाह्य प्रयोग के लिये।

मु०अ०—(सौफ्ट सोप ४, कैम्फर २, ऑयल रोजमरी ०·७५ डिस्टिल्ड वाटर ८·५, स्पिरिट रैक्टीफाइड कुल ५०)।

गुण—दर्दों पर लगाया जाता है।

LINIMENT SINAPIS (लिनिमेन्ट सिनेपिस)

बाह्य प्रयोग के लिये।

मु०अ०—(ऑयल ऑफ मस्टर्ड (वॉलेटाइल) ३५, कैम्फर ५५, कैस्टर ऑयल १२५, अल्कोहॉल (९०%) कुल 1000)।

गुण—वरमों और दर्दों पर उपयोगी है अधिक मलने से जिल्द सुर्ख हो जाती है।

LINIMENT TEREBINTH (TURPENTINE)

लिनिमेन्ट टैरिबिन्थ (टर्पन्टाइन) सफेद तेल

बाह्य प्रयोग के लिये।

मु०अ०—(सौफ्ट सोप ३ औंस, कैम्फर २ औंस, ऑयल टर्पन्टाइन रेक्टीफाइड २६ औंस, जल ९ औंस)

गुण—हर प्रकार के दर्दों पर उपयोगी है। यह सबसे अधिक प्रयुक्त होने वाला लिनिमेन्ट है। निमोनिया और सीने के नवीन रोगों में इसकी मालिश से बहुत लाभ होता है। इसे आसानी से तैयार किया जा सकता है साधारण तारपीन का तेल प्रयोग में लाओ।

LINIMENT TEREBINTH ACETICUM
लिनिमेन्ट टैरिबिन्थ एसेटिकम
(LONGS LINIMENT) (लौंग्स लिनिमेन्ट)

बाह्य प्रयोग के लिये।

मु०अ०—(ऑयल टर्पन्टाइन ३ औंस, रोज वाटर २½ औंस, एसिड एसेटिक ५ ड्राम, ऑयल लैमन १ ड्राम, एक अंडे की जर्दी)।

गुण—यह प्रतिक्षोभक है। पुराने दर्दों पर उपयोगी है।

LINSEED लिन्सीड (अलसी)

गुण—चिकनी, मृदुकर; इसे कुचल कर गर्म करके बतौर पुल्टिस प्रयोग करते हैं। फोड़ों ओर सूजनों पर उपयोगी है। इसकी चाय खांसी और मूत्र की जलन को शांत करती है। कब्ज में इसके बीज या इसका एनिमा प्रयुक्त होता है (देखो ऑयल लिन्सीड)।

LIQUID GLUCOSE (लिक्वड ग्लुकोस)

गुणों के लिये देखो "ग्लुकोस"।

LIQUID PARAFFIN (लिक्विड पैरेफीन)
LIQUID PETROLEUM (लिक्विड पैट्रोलियम)

मात्रा—$\frac{१}{४}$-१ औन्स।

गुण—देखो "पैरेफीन लि०"।

LIQUOR ADRENALINE HYDROCHLORIDE
(लिकर एड्रिनेलीन हाइड्रौक्लोराइड)

मात्रा—२-८ मि० (पिचकारी द्वारा) ५-३० मि० (मुँह द्वारा)

मु० अ०—(एड्रिनेलीन, क्लौर्ब्यूटौल, सोडियम क्लोराइड, सोडा मेटाबाइ-सल्फाइट, ऐसिड हाइड्रोक्लोरिक डिल, वाटर)

गुण—स्थानिक रक्त-स्तंभक, रक्त चाप बढ़ाने वाली, हृदय को शक्ति प्रदान करने वाली और नब्ज को उठाने वाली है। रगड़, चोट जख्म, घाव आदि से रक्त बहने में इसकी फुरैरी लगाने से लाभ होता है। नकसीर और दांत निकालने के बाद रक्त के बहने को भी रोकती है। आमाशय, मूत्राशय और गर्भाशय के रक्तस्राव में इसके इन्जेक्शन उपयोगी हैं। दमे के दौरे को शांत करने के लिये, पित्त उछलने में, गैस गेंग्रीन और निमोनिया आदि रोगों में नब्ज को मजबूत करने के लिये इसके इन्जेक्शन लगायें जाते हैं। प्लेग, काली खांसी, हिचकी और मलेरिया व औप्रेशन के बाद की वमन को रोकने के लिए इसे मुंह द्वारा प्रयोग करते हैं। जुकाम में इसकी मरहम को (एड्रिनेलीन १, लैनीलीन ५०००) नथनों में लगाने से लाभ होता है। इसके इन्जेक्शन चर्म के नीचे और मांस के अन्दर लगाये जाते हैं।

योग (१)

लिकर एड्रिनेलीन हाइड्रोक्लोर	१५ मि०
लिकर स्ट्रिक्नीन हाइड्रोक्लोर	५ मि०
स्पिरिट वाइनम गैलीसी	२ ड्राम
स्पिरिट क्लोरोफॉर्म	१५ मि०

ऐक्वा	कुल	१ औन्स

विधि—ऐसी एक मात्रा आवश्यकतानुसार (जब नब्ज छूट रही हो)

योग (२)

जिन्क सल्फ	½ ग्रेन
एसिड बोरिक	३ ग्रेन
लिकर एड्रिनेलीन हाइड्रो०	१० मि०
डिस्टिल्ड वाटर	१ औन्स

विधि—इसकी दो बूंद दिन में २-३ बार आंख में टपकाएं (दुखती हुई आंखों के लिए)

LIQ. AMMONIA (AMMONIA WATER)
लिकर अमोनिया (अमोनिया वाटर)

मात्रा—१०-२० ।

मु० अ०—(लिकर अमोनिया फोर्ट १, जल कुल ३)

गुण—उत्तेजक, स्वेदक और मूत्रल । गशी, कमजोरी आदि में इसके इन्जेक्शन (२-६ मि०) दिये जा सकते हैं। यह पीने या इन्जेक्शन के रूप में बहुत कम प्रयुक्त होता है । लिनिमेंट अमोनिया के बनाने में ही काम आता है।

LIQ. AMMONIA FORT (लि० अमोनिया फोर्ट)

बाह्य प्रयोग के लिये ।

गुण—यह बड़ी तेज औषध है। इसे या तो मजबूत कांच की डाट वाली अथवा रबड़ की डाट वाली शीशी में रखना चाहिये और डाट निकालने के समय शीशी को चेहरे से दूर रखना चाहिये । इसकी फुरैरी बिच्छू. मच्छर, खटमल, शहद की मक्खी और ततैये के काटे पर लगाने से तुरन्त लाभ होता है। दर्दों पर इसे कपूर और अलसी आदि के तेल के साथ मिलाकर मालिश करते हैं। इसके कैप्सियूल भी आते हैं जिनमें ३ मि० लिकर होता हैं। बेहोशी, गशी आदि में एक कैप्स्यूल को रूमाल में तोड़ कर सुंघाने से बड़ा लाभ होता है। उदर के औप्रेशन के फलस्वरूप उत्पन्न होने वाले कब्ज़ और अफारे में इसका एनिमा (१ पाइन्ट जल में

१ ड्राम) उपयोगी सिद्ध हुआ है। यदि साथ-साथ पिट्युट्रिन ½ सी० सी० का एक इंजेक्शन भी दे दिया जाय तो प्रभाव बढ़ जाता है। इसे जल से हल्का करके बेहोशी, चक्कर, जुकाम, दर्द सर और दांत के दर्द में सुंघाते हैं।

LIQ.. AMMONIA ACET DIL

(लि० अमोनिया एसिटेटिस डिल)

मात्रा—२-८ ड्राम।

मु० अ०—(लिकर अमोनिया ऐसिटेटिस फोर्ट १, डिस्टिल्ड वाटर ७) **गुण**—स्वेदक और मूत्रकारक। ज्वरों में बहुत प्रयोग किया जाता है। इसे मिन्डरर्स सौल्युशन भी कहते हैं।

योग

लिकर अमोनिया एसिटेटिस डिल	२ ड्राम
पोटास साइट्रास	२० ग्रेन
स्पिरिट ईथर नाइट्रोसी	२० मि०
सीरप औरंशाई	१ ड्राम
ऐक्वा	कुल १ औन्स

विधि—एक मात्रा ३-३ घंटे में (ज्वर उतारने और मूत्र लाने के लिए)

LIQ. AMMONIA ACET FORT

(लि० अमोनिया एसिटेट फोर्ट)

मात्रा—१५-६० मि०।

मु० अ०—(इसके एक भाग को ७ भाग जल के साथ मिलाने से लि० अमोनिया एसिटेटिस डिल बन जाता है) ज्वरों में उपयोगी है।

LIQUOR AMMONIA CITRAS
(लिकर अमोनिया साइट्रास)

मात्रा—२-६ ड्राम।

मु० अ०—(अमोनियम कार्ब ८७.५, साइट्रिक ऐसिड १२५, वाटर कुल १०००)।

गुण—स्वेदक और मूत्रकारक; ज्वरों में प्रयोग किया जाता है।

LIQ. ARSENICALIS (लि० आर्सेनिकेलिस)

मात्रा—२-८ मि०।

मु० अ०—(आर्सेनिक ट्राइऔक्साइड १०, लिकर पोटास हाइड्रौक्साइड १००, एसिड हाइड्रोक्लोरिक २८, वाटर कुल १०००)

गुण—इसके गुणों के लिये देखो "आर्सेनिक"। इसे मस्सों पर भी लगाते हैं।

LIQ. ARSENICI HYDROCHLORICUS
(लि० आर्सेनिसी हाइड्रोक्लोरिकस)

मात्रा—२-८ मि०।

गुण—इसके गुणों के लिये देखो "आर्सेनिक"। इसे मस्सों पर भी लगाते हैं।

LIQ. ARSENI ET HYDRAGYRI IODIDI
(लि० आर्सेनि एँट हाइड्रार्जिरि आयोडाइडी)
DONOVAN'S SOLUTION (डोनोवन्स सौल्युशन)

मात्रा—५-१५ मि०।

गुण—चर्मरोग, आत्शक और रक्त-विकार में उपयोगी है। इसके साथ एक्सट्रैक्ट सारजा लिक्विड १-२ ड्राम प्रति मात्रा मिलाने से अच्छा रक्त-शोधक मिक्सचर बन जाता है।

योग

लिकर आर्सेनिकेलिस	२ मि०
लिकर डोनोवन्स	५ मि०
पोटास आयोडाइड	२ ग्रेन
लि० हाइड्रार्जिरि पर्क्लोराइडि	२० मि०
स्पिरिट क्लोरोफॉर्म	१५ मि०
ऐक्वा	कुल १ औन्स

विधि—ऐसी एक मात्रा दिन में ३ बार (आतशक और रक्त-विकार)

LIQ. ATROPINE SULPH (लि० एट्रोपीन सल्फ)

मात्रा—½-१ मि० ।

मु० अ०—(१% एट्रोपीन सल्फ) ।

गुण—जुकाम, आधासीसी, और क्षयरोग के पसीने रोकने के लिये उपयोगी है । देखो "एट्रोपीन" ।

LIQ. AURI ET ARSENII BROMIDI
(लि० औरि एट आर्सेनिआइ ब्रोमाइडी)

मात्रा—५-१० मि० ।

गुण—मृगी, हिस्टीरिया, दौर्बल्य आदि में उपयोगी है । इसका प्रयोग बहुत कम है ।

LIQ. AURI ET HYDRARGYRI BROMIDI
(लि० औरि एट हाइड्रार्जिरि ब्रोमाइडि)

मात्रा—५-१० मि० ।

गुण—मुँहासे, न्युरेस्थीनिया, आतशक, मृगी आदि में उपयोगी है । कम प्रयोग किया जाता है और यह बाज़ारों में आसानी से नहीं मिलता ।

LIQ. BISMUTHI ET AMMONII CITRATIS
(लि० बिस्मथी एँट अमोनिआइ साइट्रेटिस)

मात्रा—½-१ ड्राम।

मु० अ०—(बिस्मथ सबनाइट्रेट ७०, साइट्रिक एसिड ५२, लिकर अमोनिया डिल (काफी), डिस्टिल्ड वाटर कुल १०००)।

गुण—वमन, मतली, अतिसार, आमाशयिक शूल और पेचिश में उपयोगी है। यह बड़ी उपयोगी औषधि है।

योग

सोडा बाइकार्ब		१५ ग्रेन
लिकर बिस्मथी		१ ड्राम
क्लोरोडीन		१५ मि०
सीरप औरंशाइ		१ ड्राम
ऐक्वा	कुल	१ औंस

विधि—एक मात्रा दिन से ३ बार (अतिसार, मतली, वमन)

LIQ. CALCIS CHLORINATA
(लि० कैल्सिस क्लोरिनेटा)

बाह्य प्रयोग के लिए।

मु० अ०—(२ प्रतिशत क्लोरीन)

गुण—कीटाणुनाशक। जल को शुद्ध करने के लिए प्रयुक्त होता है।

LIQ. CALCIFEROL (लि० कैल्सिफेरौल)

मात्रा—५-२० मि० (रोग अवरोधक) १०-१०० मि० (रोग निवारक)

गुण—विटेमिन "डी" के अभाव से उत्पन्न होने वाले विकारों में उपयोगी है। कैल्सियम के आत्मीकरण में सहायता देता है। रिकेट्स और हड्डियों और दांतों की कमजोरी में लाभदायक है।

LIQ. CARBONIS DETERGENS
(लि० कार्बोनिस डैटरजेन्स)

बाह्य प्रयोग के लिए।

मु० अ०—(साधारण तारकोल का अल्कोहॉलिक घोल)

गुण—रोगाणुरोधक। प्रायः लोशन (२० औंस में १ ड्राम से ८ ड्राम तक) और मरहम के रूप में एक्जिमा, खुजली, छाजन, सोराइसिस और अन्य चर्मरोगों में प्रयोग किया जाता है। इसे अकसर लिकर प्लंबाई, ऐसिड सैलिसिलिक और हाइड्रार्जिरी अमोनियेटा के साथ मिलाकर इस्तैमाल करते हैं। यह बहुत उपयोगी औषध है।

योग

लिकर कार्बोनिस डैटरजेन्स	३ ड्राम
लिकर प्लम्बाई सबऐसिटेटिस डिल	१ ड्राम
हाइड्रार्ज अमोनियेटा	१० ग्रेन
एसिड सैलिसिलिक	१५ ग्रेन
जिंक ऑक्साइड	१ ड्राम
वैसलीन	१ औंस

विधि—इस मरहम को रोजाना लगायें (पामा, छाजन आदि)

LIQ. CRESOLIS SAPONATUS (LYSOL)
लि० क्रुसोलिस सैपोनेटस (लाइसौल)

बाह्य प्रयोग के लिए।

मु० अ०—(क्रुसोल ५००, लिन्सीड ऑयल १८०, पोटास हाइड्रौक्साइड ४२, जल कुल १०००)

गुण—देखो "लाईसौल"।

LIQ. EPISPASTICUS (लि० एपिस्पैस्टिकस)

बाह्य प्रयोग के लिए।

गुण—इसे आबला डालने के लिए प्रयोग में लाते हैं। शूल के स्थान पर इसकी फुरेरी २ बार लगायें। जब कुछ घण्टों के बाद आबला पड़ जाय तो उसे शुद्ध सुई से फोड़ कर उस पर हल्की बोरिक एसिड की मरहम का फोयारख दें।

LIQ. EUONYMINI ET IRIDINI
(लि० युओनिमिनि एँट आइरिडिनि)

मात्रा—½—१ ड्राम।

मु० अ०—(ऐक्स० यूनिमस ३२० ग्रेन, ऐक्स० आइरिडिस १६० ग्रेन, पोटास कार्ब १२० ग्रेन, वाटर ५ औन्स, अल्कोहॉल (४५%) कुल २० औन्स)।

गुण—यकृत-रोगों में बहुत उपयोगी है। बढ़े हुये यकृत को कम करता है कब्ज को दूर करता है और दस्त के रंग को स्वाभाविक बनाता है।

LIQ. FERRI DIALYSATUS (लि० फैरि० डायैलाइसेटस)

मात्रा—१०—३० मि०।

मु० अ०—(५ प्रतिशत फैरि औक्साइड)

गुण—रक्तवर्द्धक और बलकारक। पाण्डुरोग और दुर्बलता में बहुत उपयोगी है। जब किसी व्यक्ति ने आर्सेनिक खा लिया हो तो इसे ½ औंस की मात्रा में बार-बार देने से विष का प्रभाव नष्ट हो जाता है।

LIQ. FERRI PERCHLORIDI FORT
(लि० फैरी पर्क्लोराइडि फोर्ट)

बाह्य प्रयोग के लिये।

गुण—प्रबल स्थानीय-संकोचक, प्रादाहिक और रक्तस्तंभक है। पीने के लिये इसे जल से हलका करके प्रयोग करते हैं।

LIQ. FERRI PERCHLORIDI

(लि० फैरी पर्क्लोराइडि)

मात्रा—५-१५ मि० ।

गुण—टि० फैरी पर्क्लोराइड के समान गुण रखता है (देखो) ।

LIQ. FORMALDEHYDI (लि० फौर्मेल्डिहाईडी)

बाह्य प्रयोग के लिये ।

गुण—देखो "फॉर्मेलिन" ।

LIQ. GLYCERYLIS TRINITRATIS

(लिकर ग्लीसरीलिस ट्राईनाईट्रेटिस)

मात्रा—½—२ मि० ।

गुण—रक्त-चाप को कम करने वाला । अन्जाइना, समुद्र रोग और हृदय-रोग में उपयोगी है । जब हृदय की मांस पेशियों का क्षय होने लगे तब इसे न देना चाहिये । इसे लिकर ट्रिनिट्रिनि और स्पिरिट ग्लीसराइलिस नाइट्रेटिस भी कहते हैं ।

LIQ. HYDRARGYRI PERCHLORIDE

(लिकर हाइड्रार्जिरि पर्क्लोराइड)

मात्रा—३०—६० मि० ।

मु० अ०—(मर्क्युरिक क्लोराइड १, जल कुल १०००)

गुण—परिवर्तक, रक्तशोधक; आतशक में वहुत प्रयुक्त होता है ।

नोट—देखो "हाइड्रार्जिरि पर्क्लोराइड" ।

योग

लिकर हाइड्रार्जिरि पर्क्लोराइडी	३० मि०
पोटास आयोडाइड	१० ग्रेन
ऐक्स० सारसा लिक्विड	१ ड्राम

टि० कार्डेमम कं०	२० मि०
ऐक्वा	कुल १ औन्स

विधि—ऐसी एक मात्रा दिन में ३ बार (आत्शक)। इसे बिना सारजा लिक्विड के दे सकते हैं।

LIQ. IODI CO. (LUGOL'S SOLUTION)

लि० आयोडि को (ल्युगॉल्स सौल्युशन)

मात्रा—५—१५ मि०।

मु० अ०—(आयोडीन ५, पोटास आयोडाइड १०, जल कुल १००)

गुण—एक्सौपथेल्मिक गॉयटर में उपयोगी है।

LIQ. IODI DECOLORATUS

(लि० ऑयोडि डिकलोरेटस)

बाह्य प्रयोग के लिये।

मु० अ०—(आयोडीन २८·६, लिकर अमोनिया फोर्ट ६२·५, अल्कोहॉल ९०% कुल १०००)।

गुण—यह एक प्रकार का टिं० आयोडीन है जिसको लेप करने से चर्म पर दाग नहीं पड़ता।

LIQ. IODI FORTIS (LINIMENT OF IODINE)

लि० आयोडि फोर्टिस (लिनिमेन्ट ऑफ आयोडीन)

बाह्य प्रयोग के लिये।

मु० अ०—(आयोडीन १० औन्स, पोटास आयोडाइड ६ औन्स, जल १० औन्स, अल्कोहॉल ९०% कुल १०० औन्स)।

गुण—अवशोषक और प्रतिक्षोभक; यह टिं० आयोडीन से बहुत तेज है। पुरानी सूजनों और बढ़ी हुई ग्रन्थियों पर लगाया जाता है।

LIQ. IODI MITIS (TINC. IODINE MITIS)

लि० आयोडि मिटिस (टिं० आयोडीन मिटिस)

मात्रा—५-३० मि० ।

गुण—"टिं० आयोडि मिटिस" को कहते हैं (देखो) ।

LIQ. MAGNESII BICARBONATIS

(लिकर मैग्नेसाई बाईकार्बोनेटिस)

FLUID MAGNESIA (फ्लुइड मैग्नेशिया)

मात्रा—१-२ औन्स ।

गुण—ऐसे अजीर्ण में जिसमें खट्टी डकार आती हों और कब्ज रहता हो, उपयोगी है ।

LIQ. MAGNESII CITRATIS (लि० मैग्नेसाई साईट्रेटिस)

(LEMONADE PURGATIVE) (लैमोनेड पर्गेटिव)

मात्रा—३-१० औन्स ।

मु० अ०—(मैग कार्ब पौण्ड ४०, एसिड साइट्रिक ९०, सीरप लैमन १६० पोटास बाइकार्ब ७·५, वाटर कुल १०००) ।

गुण—यह स्वादिष्ट और तृषा को शान्त करने वाला और विरेचक है। कब्ज और प्यास में इसे ताजा बनाकर प्रयोग करने से १-२ दस्त आ जाते हैं ।

LIQ. OPII SEDATIVE (लि० ओपिआई सेडेटिव)

मात्रा—५-३० मि० ।

मु० अ०—(इसमें लगभग १ प्रतिशत मौर्फीन होती है)

गुण—इसके गुण और प्रयोग टिं० ओपियम की तरह हैं। परन्तु इसका मिलना कठिन है ।

योग

पोटास ब्रोमाइड	१५ ग्रेन
लि० ओपिआई सेडेटिव	१५ मि०
टिं० बेलाडोना	१० मि०
स्पिरिट क्लोरोफॉर्म	१५ मि०
स्पिरिट अमोनिया ऐरोमेटिक	२० मि०
सीरप जिन्जीबेरिस	१ ड्राम
ऐक्वा	कुल १ औन्स

विधि—ऐसी एक मात्रा ३-३ घण्टे में (अंत्रशूल, कष्टरज)

LIQ. MORPHINE HYDROCHLORIDE
(लि० मौर्फीन हाइड्रोक्लोराइड)

मात्रा—५-३० मि०।

मु० अ०—(मौर्फीन हाइड्रोक्लोराइड १ ग्राम, ऐसिड हाइड्रोक्लोरिक डिल २ मिल्स, अल्कोहॉल (९०%) २५ मिल्स, जल कुल १०० मिल्स)।

गुण—गुणों के लिये देखो "मौर्फीन"। इसमें १ प्रतिशत मौर्फीन होती है।

योग

ऐन्टिपाइरीन	५ ग्रेन
लिकर मौर्फीन हाइड्रोक्लोर	२० मि०
सोडा सैलिसिलास	१५ ग्रेन
टिं० जल्सीमाइ	५ मि०
ऐक्वा	कुल १ औन्स

विधि—ऐसी एक मात्रा ४-४ घण्टे में (कष्ट-रज और दर्दों में)

LIQ. PANCREATIN (लि० पैन्क्रियाटीन)

मात्रा—१-२ ड्राम।

गुण—अजीर्ण, आमाशय का बढ़ जाना, आमाशयिक व्रण आदि विकारों में जब पाचन-शक्ति अत्यन्त कमजोर पड़ गई हो तब इसे भोजन में मिलाकर देते हैं। इस प्रकार भोजन पेट में पहुँचने से पूर्व ही ऐसे रूप में परिवर्तित हो जाता है कि रक्त में आसानी से जज्ब हो सके। देखो "पैन्क्रियाटीन"।

LIQ. PICIS CARBONIS (लि० पिसिस कार्बोनिस)

बाह्य प्रयोग के लिये।

मु०अ०—(प्रीपेयर्ड कोलतार २ ग्राम, क्वीलैया पाउडर १ ग्राम, अल्कोहल ९०% कुल १० मिल्स)

गुण—यह तारकोल से बनता है इसे मरहम के रूप में फोड़े फुंसी, पामा, खारिश, खुजली और अन्य चर्म-रोगों पर लगाते हैं।

LIQ. PLUMBI SUBACETATIS DIL
लि० प्लम्बाई सब एसिटेटिस डिल
(GOULARD'S LOTION) (गौलार्ड्स लोशन)

बाह्य प्रयोग के लिये।

मु० अ०—(लिकर प्लंबाई फोर्ट १२३, जल कुल १०००)

गुण—संकोचक और स्थानिक शमक। इसका लोशन खुजली, पित्त उछलना, जलन, चोट, मसकोड़ और सूजन पर बड़ा उपयोगी है। देखो "प्लंबाई एसिटास"।

LIQ. PLUMBI SUBACETATIS FORT
(लि० प्लम्बाई सब एसिटेटिस फोर्ट)
(GOULARD'S EXTRACT) (गोलार्ड्स ऐक्सट्रैक्ट)

बाह्य प्रयोग के लिये।

मु० अ०—(लैड एसिटेट २५० ग्राम, लैड मौनोक्साइड १७५ ग्राम, जल कुल १००० मिल्स)

गुण—प्रबल संकोचक; इसे हमेशा जल के साथ हलका करके स्थानिक रूप से प्रयोग करते हैं (जैसे लिकर प्लंबाई १ ड्राम, ऐक्वा २ औंस)।

योग

लिकर प्लंबाई सब एसिटेटिस फोर्ट		२ ड्राम
टिंचर ओफियाई		४ ड्राम
ऐक्वा	कुल	४ औंस

विधि—इसे प्याले में निकालकर उसमे बर्फ का टुकड़ा डाल दें और उसमें वस्त्र भिगोकर चोट, मोच, मसकोड़ आदि पर रक्खें। बार-बार दोहराते रहें।

LIQ. POTASSAE (लि० पोटासी)

मात्रा—१०-३० मि०।

मु० अ०—(इसमें ५ प्रतिशत कॉस्टिक पोटास होता है।)

गुण—अम्लनाशक; पोटास आयोडाइड और पोटास ब्रोमाइड के बनाने में काम आता है। इसे संदल, कोपेबा आदि तेलों को हल करने के लिए मिक्सचर में मिलाते हैं। जब नाखून बढ़कर त्वचा के अन्दर घुसने लगता है तब इसे दो तीन बार लगाने से वह कोमल पड़ जाता है और सहज में पृथक् हो जाता है।

LIQ. POTASSI PERMANGANATIS (लि० पोटासि परमंगनेटिस)

मात्रा—२-४ ड्राम।

मु० अ०—(पोटास परमंगनेट ८७½ ग्रेन, आसुत जल २० औंस)

गुण—मुँह और कण्ठ के छालों और दुर्गन्धयुक्त रोगों में इसके कुल्ले (१.५०) उपयोगी हैं। हैजे में इसे जल में मिलाकर बार बार पिलाते हैं। देखो "पोटास परमंगनेट"।

LIQ. SANTAL CUM BUCHU ET CUBEB
(लि० सैंटल कम बकु एँट क्युबेब)

मात्रा—१-२ ड्राम।

मु० अ०—(सन्दलवुड (चूर्ण), बकु का चूर्ण, क्युबेब का चूर्ण और अल्कोहॉल)

गुण—सोजाक और मूत्र रोगों में बड़ा उपयोगी है।

LIQ. SANTALI CO (लि० सैन्टलि को)

मात्रा—१-२ ड्राम।

मु० अ०—(ऑयल सैन्तलि ५, स्पिरिट सिनेमन ०·२५, टिं० बकु १७, टिं० क्युबेब १५, अल्कोहॉल कुल १००)।

गुण—सोजाक और मूत्र-रोगों में बड़ा उपयोगी है।

*LIQ. SEDANS (P. D.) लि० सीडेन्स (पी० डी०)

मात्रा—½-१ ड्राम।

मु० अ०—(ऐक्स हाइड्रास्टिस लि०, वाइवर्नम प्रूनीफोलियम, जमैका डौगवुड, एरोमेटिक्स)

गुण—गर्भाशय के रोगों में उपयोगी है। जब गर्भ गिरने के लक्षण प्रगट हों तब इसे पोटास ब्रोमाइड और टिं० ओपियम के साथ मिलाकर देते हैं। अब कुछ दिनों से कंपनी ने इसे बनाना बंद कर दिया है।

योग

लिकर सीडेन्स		३० मि०
पोटास ब्रोमाइड		१५ ग्रेन
टिं० ओपिंआइ		१० मि०
सीरप जिन्जीबेरिस		१ ड्राम
ऐक्वा	कुल	१ औंस

विधि—ऐसी एक मात्रा ४-४ घण्टे में (जब गर्भपात की आशंका हो)

LIQ. SODA CHLORINATE (लि० सोडा क्लोरिनेट)

मु० अ०—(क्लोरिनेटेड लाइम, बोरिक एसिड, सोडा काब, जल)

गुण—कीटाणु-नाशक और दुर्गन्धहर। मुख और कण्ठ के दुर्गन्धयुक्त रोगों में इसे जल में मिलाकर कुल्ले किये जाते है।

LIQ. STRYCHNINE HYDROCHLORIDE (लि० स्ट्रिक्नीन हाईड्रोक्लोराइड)

मात्रा—३-१२ मि०।

मु० अ०—(स्ट्रिक्नीन हाइड्रोक्लोराइड १, अल्कोहॉल ९०% २५, जल कुल १००)।

गुण—देखो "स्ट्रिक्नीन"।

योग

ग्लीसरीन पैप्सीन		१ ड्राम
लिकर स्ट्रिक्नीन हाइड्रोक्लोर		५ मि०
ऐसिड हाइड्रोक्लोरिक डिल		१० मि०
टिंचर जंशियन कं०		२० मि०
सीरप औरंशाइ		१ ड्राम
ऐक्वा	कुल	१ औंस

विधि—एक मात्रा दिन में २ बार भोजन के बाद (अरुचि, अग्निमांद्य)

LIQ. THYMOLIS CO (लि० थाईमोलिस कं०) LIQ. ANTISEPTICUS (लि० ऐन्टिसेप्टिकस)

मात्रा—५-३० मि०।

मु० अ०—(एसिड बोरिक २९·०३, एसिड बैन्जोइक १·१४ थाइमोल ०·५७, ऑयल पेपरमिन्ट ०·३१, मैन्थोल ०·८ यूकेलिप्टौल १·२५, ऑयल

गौल्थीरिया ०·३१, ऑयल थाइम ०·३१, टिं० बैप्टीजिया ५०, अल्कोहॉल २५०, वाटर कुल १०००)

गुण—इसके अवयव प्रसिद्ध पेटेन्ट औषध 'लिस्ट्रीन" से मिलते जुलते हैं। यह अतिसार, अफारा और अजीर्ण में उपयोगी है। जख्म और घाव धोने और कुल्ले करने के लिये इसे जल के साथ हल्का करके प्रयोग में लाते हैं।

LIQ. TOLU (लि० टोलू)

गुण—सीरप टोलू के बनाने में पड़ता है। (१ ड्राम लिकर और ७ ड्राम सीरप) देखो "सीरप टोलू"।

LIQ. TRINITRINI (लि० ट्रिनिट्रिनि)

मात्रा—½-१ मि०।

गुण—रक्तचाप को कम करता है। अन्जाइना पैक्टोरिस में विशेष उपयोगी है। आधा सीसी, श्वांस, दमकशी, मृगी आदि में भी लाभदायक है।

योग

लिकर ट्रिनिट्रिनि		१ मि०
सोडा बाइकार्ब		१० ग्रेन
टिं० कार्डेमम कं०		१ ड्राम
स्पिरिट क्लोरोफॉर्म		२० मि०
ऐक्वा	कुल	१½ औंस

विधि—मिक्सचर बनालें। अन्जाइना पैक्टोरिस का दौरा आरम्भ होते ही थोड़ा-थोड़ा पिलायें।

LIQ. VITAMIN A CONCENT
(लि० विटेमिन 'ए' कन्सेन्ट)

मु० अ०—(१ ग्राम में ५०००० यूनिट्स)

मात्रा—१-१० मि० या २५०० से २५००० यूनिट्स रोजाना।

गुण—देखो "विटेमिन A"।

LIQ. VITAMIN "A" ET "D" CONCENT
(लि० विटेमिन 'ए' ऍट "D" कन्सेन्ट)

मात्रा—१-१० मि० या २५०० से २५००० यूनिट्स, विटेमिन "ए" और २५० से २५०० यूनिट्स 'डी' रोजाना।

मु० अ०—(१ ग्राम में ५०००० यूनिट्स विटेमिन "ए" और ५००० यूनिट्स विटेमिन "डी")।

गुण—देखो विटेमिन 'A' और विटेमिन 'D'।

LIQ. VITAMIN "D" CONCENT
(लि० विटेमिन डी कन्सेन्ट)

मात्रा—१½ से ६ मिनिम्स या १००० से ४००० यूनिट्स रोजाना (रोग अवरोधक) और ३-३० मिनिम्स या २००० से २०००० यूनिट्स रोजाना (रोग निवारक)।

मु० अ०—(१ ग्राम में १०'००० यूनिट्स विटेमिन "डी")।

गुण—देखो विटेमिन "डी"।

LIQUORICE, GLYCYRRHIZA
लिकॉरिस, ग्लीस्राइजाह (मुलहटी)

मात्रा—१५-६० ग्रेन।

गुण—चूसने से थूक को बढ़ाती है। कण्ठरोगों में इसको मुँह में रखकर चूसने से लाभ होता है। (देखो ऐक्स०)।

*LISTERINE (लिस्टरीन)

मात्रा—५-३० मि०।

मु० अ०—(बोरिक एसिड, बैन्जोइक एसिड, थांइमौल, यूकेलिप्टौल,

ऑयल पीपरमिन्ट, ऑयल गुल्थीरिया, ऑयल थाइम, अल्कोहॉल और जल)।

गुण—चोट, रगड़ आदि पर लगाने के लिये या कण्ठ और मुख रोगों में कुल्ले करने के लिये प्रयुक्त होती है। अफारा और अतिसार में जल में मिला कर पिलाई जा सकती है।

LITHARGE (PLUMBI OXIDE)
लिथार्ज (प्लंबाई ऑक्साइड)

देखो "प्लंबाई लाक्साइड"।

LITHIUM CARB (लीथियम कार्ब)

मात्रा—२-५ ग्रेन।

गुण—अम्लनाशक और मूत्रल। गठियाबाय में उपयोगी है।

LITHIUM CITRAS (लीथियम साइट्रास)

मात्रा—५-१० ग्रेन।

गुण—अम्लनाशक, मूत्रल और यूरिक एसिड की पथरी को बाहर निकालने वाला। गठियाबाय में उपयोगी है।

योग

लीथियम साइट्रास	५ ग्रेन
सोडा सैलिसिलास	१० ग्रेन
टिं० सिमिसिफ्यूज	३० मि०
स्पिरिट क्लोरोफॉर्म	१० मि०
ऐक्वा	कुल १ औन्स

विधि—एक मात्रा दिन में ३ बार (गठिया बाय)

LITHIUM SALICYLAS (लीथियम सैलिसिलास)

मात्रा—२-२० ग्रेन।

गुण—अम्लनाशक, मूत्रल और यूरिक एसिड की पथरी को बाहर निकालने वाला।

LIVER EXTRACT (LIQUID)

लिवर ऐक्सट्रैक्ट (लिक्विड) जिगर का सत (तरल)

मात्रा—१ औन्स ।

गुण—देखो "ऐक्स० हिपेटिस लि०" ।

LIVER EXTRACT (INJECTION)

लिवर ऐक्सट्रैक्ट (इंजेक्शन) जिगर के सत के इंजेक्शन

मात्रा—१ यू० एस० पी० यूनिट (औसतन) या अधिक माँस में ।

गुण—हर प्रकार के पाण्डुरोग में अत्यन्त उपयोगी है । रक्त की वृद्धि करता है, भूख बढ़ाता है और बल और शक्ति प्रदान करता है । रक्त-चाप को कम करता है । आर्सेनिक और बिस्मथ के प्रयोग से उत्पन्न होने वाले चर्म-प्रदाह में भी उपयोगी है । हर्पीज जौस्टर (Herpes Zoster) में यह लाभदायक सिद्ध हुआ है । यह विटेमिन बी-काम्प्लैक्स, फौलिक एसिड, विटेमिन बी$_{१२}$ आदि के साथ मिला हुआ भी आता है । इसकी औसत मात्रा १-२ सी०सी० (तीसरे चौथे दिन) है ।

LOTIO ACIDI HYDROCYANIC CUM SODIO

(लोशियो एसिडि हाइड्रोसायनिक कम सोडियो)

मु० अ०—(एसिड हाइड्रोसायनिक डिल ८·३, बोरेक्स ९·२, सोडा बाइकार्ब ९·२ वाटर कुल १०००)

गुण—नेत्रों में टपकाने से ठंड पहुँचाता है और लाली मिटाता है ।

LOTIO AMMONII CHLORIDI

(लोशियो अमोनिआई क्लोराइडि)

बाह्य प्रयोग के लिये ।

मु० अ०—(अमोनिया क्लोराइड १५ ग्रेन, स्पिरिट रेक्टीफाइड १ ड्राम, वाटर कुल १ औंस)

गुण—इस लोशन में लिन्ट भिगोकर मसकोड़, चोट आदि पर रखने से बड़ी शान्ति मालूम होती है। रेक्टीफाइड की बजाय मेथीलेटड स्पिरिट प्रयोग कर सकते हैं।

LOTIO CALAMINA (लोशियो कैलेमाइना)

बाह्य प्रयोग के लिये।

मु० अ०—(कैलेगाइना प्रीपेरेटा २ औंस, जिन्क ऑक्साइड १ औंस, ग्लीस्रीन १ औंस, अर्क गुलाब कुल २० औंस)

गुण—मुँहासे और एक्जिमा के लिये बड़ा उपयोगी है।

LOTIO PARAFFINI CO (लोशियो पैरेफिनी को)

बाह्य प्रयोग के लिये।

मु० अ०—(वैसलीन ३ औंस, बाल्समपीरू ३ ड्राम, हाइड्रार्ज ओलिएट १ ड्राम, ऑयल ऑलिव १½ औंस)

गुण—दाद, ठोड़ी की खारिश और अन्य चर्म रोगों के लिये बड़ा उपयोगी है। इसे ब्रुश से लगाना चाहिये।

LOTIO PILOCARPINAE (लोशियो पिलोकार्पिनी)

बाह्य प्रयोग के लिये।

मु० अ०—पिलोकार्पीन नाइट्रेट १ ग्रेन, कुनीन हाइड्रोक्लोर ८ ग्रेन, ग्लीसरीन २ ड्राम, रोज़ वाटर ६ ड्राम)

गुण—इसे गंज पर लगाने से बाल शीघ्र उग आते हैं देखो "पिलोकार्पीन"। इसे घर पर बनाया जा सकता है।

LOTIO PLUMBI ET AMYLI
लोशियो प्लम्बाई एँट एमिली

बाह्य प्रयोग के लिये।

मु० अ०—(लिकर प्लम्बाई सब एसिटेटिस डिल १० ड्राम, स्टार्च १०

ड्राम, टैल्कम १० ड्राम, ग्लीसरीन ४ ड्राम, बोरिक लोशन (१ प्रतिशत) १० ड्राम, कैम्फर वाटर २५ ड्राम)

गुण—यह लोशन खुजली, घाम और शीत पित्त के लिये लाभदायक है।

LOTIO RUBRA (लोशियो रुब्रा)

आँखों में टपकाने के लिये ।

मु० अ०—(जिन्क सल्फ २ ग्रेन, टिं० लैवन्डर को १० मि०, वाटर १ औंस)

गुण—इसे नेत्रों में टपकाने से लाली जाती रहती है ।

LUGOL'S SOLUTION (ल्युगौल्स सौल्युशन)

देखो "लिकर आयोडि को" ।

LUMINAL (ल्युमिनल)

मात्रा—½-२ ग्रेन ।

गुण—निद्राकारक, आक्षेपहर; उत्तेजना तथा शूल के कारण निद्रानाश, आधा सीसी, बच्चों के कम्हेड़े, कोरिया, मृगी, गर्भावस्था की वमन, समुद्र रोग, मदात्यय और उन्माद में अत्यन्त उपयोगी है। इसे खालिस, गोली या पाउडर के रूप में देते हैं।

LUMINAL SODIUM
(ल्युमिनल सोडियम)

मात्रा—½-२ ग्रेन ।

गुण—जब मृगी के दौरे लगातार पड़ रहे हों या अन्य प्रकार के आक्षेपक हों, तो इसके २०% घोल के इंजेक्शन (चर्म के नीचे) बहुत लाभदायक होते हैं। इसके अतिरिक्त यह ल्युमीनल की तरह मुंह द्वारा भी प्रयुक्त होता है। इसके बने बनाये इंजेक्शन आते हैं।

LYSOL (लाईसौल)

बाह्य प्रयोग के लिये।

गुण—प्रबल कीटाणुनाशक (कार्बोलिक एसिड से ५ गुना ताकत का)। इसका घोल (½ से ५ प्रतिशत) जख्म, घाव, हाथ, औजार और चर्म को शुद्ध करने और गर्भाशय और योनि में डूश करने के लिये प्रयुक्त होता है।

*M. & B. 693 (एम० बी० ६९३)
(DAGENAN) (डेगिनन)

मात्रा—८-३० ग्रेन।

गुण—देखो "सल्फेपाइरीडीन" (दूसरा नाम)।

*M. & B. 760 (एम० बी० ७६०)
(SULPHATHIAZOL) सल्फेथायजौल

मात्रा—१५-३० ग्रेन।

गुण—देखो सल्फेथायजौल; इसे थायजेमाइड भी कहते हैं।

*M. & B. 782 (एम० बी० ७८२)
PROPAMIDINE CREAM (प्रोपेमीडीन क्रीम)

बाह्य प्रयोग के लिये।

गुण—गन्दे घावों, जख्मों और जले हुए स्थानों पर इसे जेली के रूप में (०·१५ प्रतिशत) प्रयोग करते हैं। अब इसका नाम एम० बी० ऐन्टीसैप्टिक क्रीम हो गया है।

MAGNESIUM CARB LEVIS
(मैग्नेशियम कार्ब लेविस)
LIGHT MAGNESIUM CARBONATE
(लाइट मैग्नेशियम कार्बोनेट)

मात्रा—१०-६० ग्रेन।

गुण—अम्लनाशक और मृदुविरेचक। खट्टी डकार, कब्ज, सीने की

जलन, मुंह में पानी भरकर आना, वमन आदि में उपयोगी है। खनिजअम्ल, ऑग्जेलिक अम्ल और मर्करी, आर्सेनिक और कौपर के विषों के लिये विषघ्न है।

योग

मैग्नेशियम कार्ब लेविस	१५ ग्रेन
सोडा बाइकार्ब	१५ ग्रेन
टिंचर कार्डेमम कं०	२० मि०
स्पिरिट क्लोरोफार्म	१० मि०
ऐक्वा मेंथ पिपं	कुल १ औंस

विधि—ऐसी एक मात्रा ३-३ घंटे में (खट्टी डकार, अफारा)

MAGNESIUM CARB PONDEROSUS
(मैग्नेशियम कार्ब पौण्डरोसस)
(HEAVY MAGNESIUM CARBONATE)
(हैव्वी मैग्नेशियम कार्बोनेट)

मात्रा—१०-६० ग्रेन।

गुण—इसके गुण मैग्नेशियम कार्ब लेविस की तरह हैं।

योग

मैग्नेशियम कार्ब पौंड०	१० ग्रेन
सोडा बाइकार्ब	१५ ग्रेन
पल्व रूबर्ब	५ ग्रेन

विधि—ऐसी एक पुड़िया दिन में २-३ बार (कब्ज, अजीर्ण)

MAGNESII OXIDUM LEVE

(मैग्नेशिआइ ऑक्साइडम लेवि)

(LIGHT MAGNESIUM OXIDE)

(लाइट मैग्नेशियम ऑक्साइड)

मात्रा—१०-६० ग्रेन ।

गुण—इसके गुण मैग्नेशियम कार्ब लेविस की तरह हैं । इसे लाइट मैग्नेशिया भी कहते हैं ।

MAGNESII OXIDM PONDEROSUM

(मैग्नेशिआइ ऑक्साइडम पौन्डरोसम)

मात्रा—१०-६० ग्रेन ।

गुण—इसके गुण मैग्नेशियम कार्बलेविस की तरह हैं । इसे हैव्वी मैग्नेशिया भी कहते हैं ।

MAGNESII PEROXIDUM

(मैग्नेशिआइ परऑक्साइडम)

मात्रा—१५-६० ग्रेन ।

गुण—अम्लनाशक और वायुसारी । अरुचि, वमन, अफारा, मुँह में पानी भरकर आना, क्षयरोग का अतिसार और पाचन शक्ति का कम होना आदि विकारों में उपयोगी है। दंत मंजन में पड़ता है।

योग

मैग्नेशिआई परऑक्साइड	१ औंस
कैस्टाइल सोप	१ औंस
पल्व औरिस रूट	१ औंस
ऑयल क्लोब्ज	२ ड्राम

मीथिल सेलीसिलेट	२ ड्राम
एसिड कार्बोलिक	२ ड्राम
सेक्रीन	२० ग्रेन
क्रीटा प्रीपेरेटा	कुल १ पौंड

विधि—मंजन बनालें। दाँतों के लिए बड़ा उपयोगी है।

MAGNESIUM SULPHAS EXSICCATUS

(मैग्नेशियम सल्फास एक्जीकेटस)

मात्रा—३०-८० ग्रेन।

गुण—देखो "मैग्नेशियम सल्फेट"।

MAGNESIUM SULPHATE (मैग्नेशियम सल्फेट)

(EPSOM SALT) (ऐप्सम साल्ट)

मात्रा—३०-२४० ग्रेन।

गुण—इससे सस्ती और उपयोगी दूसरी विरेचक औषधि नहीं है। कब्ज, जलोदर, शोथ, मोटापा, वातरक्त आदि में बहुत प्रयुक्त होता है। विसर्प, अंडप्रदाह, सन्धिप्रदाह और दूसरे वरमों पर इसके संपृक्त घोल (saturated Solution) में लिन्ट भिगोकर रखने से लाभ होता है। एक्लैम्पशिया में १० प्रतिशत घोल के शिरा द्वारा इंजेक्शन (१५० मि० से ३७५ मि० तक) कोरिया में २५ प्रतिशत घोल के चर्म के नीचे इंजेक्शन (१-५ सी० सी०) और टैटैनस में २५ प्रतिशत घोल के मेरुरज्ज के अन्दर या चर्म के नीचे इंजेक्शन (१-५ सी० सी०) उपयोगी हैं। कहा जाता है कि कब्ज में इसका ५-१० ग्रेन की मात्रा में चर्म के नीचे इंजेक्शन लगाने से दस्त आ जाता है। बाय में इसके २५% घोल का ४ सी० सी० का मांस द्वारा इंजेक्शन (आरम्भ में ३-४ दिन तक रोजाना और बाद में तीसरे दिन) उपयोगी सिद्ध हुआ है। उन्माद में नींद लाने के लिए इसके २५ प्रतिशत घोल का २

सी॰ सी॰ का इंजेक्शन लाभदायक है। इसका एनिमा (½–१ पाइन्ट में ½–२ औन्स) भी लगाया जाता है।

देखो "मिस्टुरा सेना कंपाउण्ड"।

MAGNESIUM SULPHATE PASTE
(मैग्नेशियम सल्फैट पेस्ट)

बाह्य प्रयोग के लिए।

मु॰ अ॰—(मगसल्फ खुश्क किया हुआ १½ पौंड और ग्लीसरोल ऑफ कार्बोलिक एसिड (१० में १) ११ औंस)।

गुण—घाव को इस पेस्ट से भर दो और फिर उसे गौज और रूई से ढ़क दो। ३ से ८ दिन तक इसी प्रकार रहने दो। इसे वरम, कारबंकिल आदि पर भी लगाते हैं।

MAGNESIITRISILCAS (MAGSORBENT)
मैग्नेशाईट्राइसिल्काम (मैग्जोबेंट)

मात्रा—५–३० ग्रेन।

गुण—अम्लपित्त, मुँह में पानी भर कर आना, वमन आदि में बड़ा उपयोगी है। इसे प्राय: सोडा बाईकार्ब और विस्मथ कार्ब के साथ मिलाकर प्रयोग करते हैं।

MALE FERN (मेल फर्न)

देखो "ऐक्स॰ फिलिसिस लि॰"।

MAMMARY GLAND (मैमेरी ग्लैण्ड)
(स्तनग्रंथि का सत)

मात्रा—२—५ ग्रेन (खुश्क किया हुआ)।

गुण—रक्त प्रदर के लिए बहुत उपयोगी है। इसे प्राय: पिटयुट्री एक्सट्रैक्ट के साथ मिलाकर देते हैं।

MANDL'S PIGMENT (मैन्डल्स पिग्मैन्ट)

PIGMENTUM IODI CO (पिग्मैन्टम आयोडी को)

बाह्य प्रयोग के लिये ।

अ०—(आयोडीन २ ड्राम, पोटास आयोडाइड ४ ड्राम, आँयल पीपरमिन्ट ७२ मि०, ऐक्वा ½ औंस, ग्लीसरीन कुल २० औंस)

गुण—कंठ रोग में इसका लेप बहुत उपयोगी है । दिन में २ बार लगाना चाहिए ।

MANGANESE BUTYRATE (मेंगानीज ब्युटीरेट)

मात्रा—१—१.५ सी० सी० (मांस द्वारा, कूल्हे में)

गुण—इसके इंजेक्शन (३-४ दिन के अन्तर से कुल ३ इंजेक्शन) फोड़े, विसर्प, अंगुलबेल, सोजाक और बालतोड आदि में बहुत उपयोगी हैं । यदि पीप पड़ने से पहले ही इसका इंजेक्शन दे दिया जाय तो अक्सर पीप पड़ना रुक जाता है । यह 'ऋुक्स' का बना हुआ उत्तम होता है । यदि ३-४ दिन तक रोजाना ४ लाख प्रोकेन पेनिसिलीन का इंजेक्शन और चौथे रोज इसका इंजेक्शन दिया जाय तो बहुत ज़ल्द रोग काबू में आ जाता है।

MANNA (मैंना)

मात्रा—४ ड्राम ।

गुण—मृदुविरेचक । बच्चों और स्त्रियों के कब्ज में उपयोगी है । इसे गर्म दूध में या अन्य विरेचक औषधियों के साथ मिलाकर प्रयोग किया जाता है ।

योग

मैंना	१ ड्राम
सीरप सना	२ ड्राम
सीरप टैमेरिंड कं०	२ ड्राम
ऐक्वा एनेथि	कुल १ औंस

विधि—१-२ ड्राम दिन में २ बार (बच्चों के ७ में)

MARGOSA (मार्गोसा)
(NEEM) (नीम)

गुण—इसके पत्तों की गर्म पुलटिस गन्दे और देर में अच्छा होने वाले जख्मों के लिये बड़ी उपयोगी है। तर एक्जिमा पर इसके पत्तों की ठण्डी पुलटिस बांधनी चाहिये। इसके पत्तों के क्वाथ में स्नान करने से अनेक चर्म-रोग शांत हो जाते हैं। इसके बीजों का तेल उत्तेजक और कीटाणु नाशक होता है और कोढ पर चौलमुग्रा के तेल में मिलाकर लगाया जाता है। इसकी छाल क्षुधावर्द्धक, संकोचक और ज्वरहर है। मलेरिया में एक ड्राम की मात्रा में उपयोगी सिद्ध हुई है। देखो "टिंचर नीम"।

*MARMITE (मार्माइट)

मात्रा—½–१ ड्राम।

गुण—वह खमीर (Yeast) से तैयार होती है। इसमें विटमिन "बी" बहुत होती है। बच्चों की बढ़ौत में सहायक और रोगों के बाद की दुर्बलता, अजीर्ण, अरुचि और कब्ज में उपयोगी है।

MEAT EXTRACT मीट ऐक्सट्रैक्ट (मांस का सत)

गुण—बलकारक और पुष्टिकारक।

*MEDINAL (BARBITONUM SODIUM)
मैडिनल (बार्बिटोनम सोडियम)

मात्रा—५—१० ग्रेन।

गुण—अनिद्रा में विशेष उपयोगी है। रात्रि को एक मात्रा खाने से कई घंटे की नींद आ जाती है। इसे सावधानी से प्रयोग करना चाहिये।

MEL BORACIS (मैल बोरेसिस)

मु० अ०—(बोरेक्स १ औंस, शुद्ध शहद ८ औंस और ग्लीसरीन ½ औंस)।

गुण—मूँह के छालों (विशेष कर बच्चों) के लिये बड़ा उपयोगी हैं।

MEL DEPURATUM (HONEY)
मैल डेपुरेटम, हनी (शहद)

देखो "हनी" ।

MENTHOL मैन्थौल (पेपर मिन्ट)

मात्रा—½–२ ग्रेन ।

गुण— रोगाणुरोधक, स्थानिक संज्ञाहर और शूल-नाशक। इसे तेल अथवा स्पिरिट में हल करके दर्दों पर लगाते हैं। दंतशूल में लगाने से तुरन्त लाभ होता है। सत अजवायन (Thymol) और कपूर के साथ मिलाने से "अमृत धारा" से बहुत कुछ मिलती जुलती औषधि तैयार हो जाती है। हैजा, अतिसार, शूल, वमन और अन्य रोगों में अत्यन्त उपयोगी है। मैन्थौल प्रायः सभी शूल-नाशक पेटेन्ट औषधियों में पड़ता है।

योग (१)

मैन्थौल	३ ड्राम
क्लोरोफॉर्म	४ ड्राम
औलिव ऑयल	९ ड्राम

विधि—सबको अच्छी तरह मिलालें (हर प्रकार के दर्दों पर लगाने के लिये)

योग (२)

मैन्थौल	५ ग्रेन
पैरेफीन लिक्विड	१ औंस

विधि—अच्छी तरह मिलालें (कर्ण-शूल में टपकाने के लिये)

योग (३)

मैन्थौल	२ ड्राम
क्लोरल हाइड्रेट	२ ड्राम
ऐसिड कार्बोलिक	२ ड्राम

विधि—तीनों को पिघलालो; गली हुई दाढ़ में इसकी फुरेरी लगाने से शूल शांत हो जायेगा।

MEPACRINE HYDROCHLORIDE
(मेपाक्रीन हाइड्रो-क्लोराइड)

मात्रा—$\frac{3}{4}$—१$\frac{1}{2}$ ग्रेन (टिकिया)।

गुण—मलेरिया के लिये बड़ी उपयोगी है। इसके साथ साथ परन्तु पृथक् कुनीन (१५ ग्रेन रोजाना) भी दे सकते हैं। रोजाना १$\frac{1}{2}$–१$\frac{1}{2}$ ग्रेन की दो तीन गोली काफी होती हैं। कभी कभी इसके प्रयोग से त्वचा का रंग पीला पड़ जाता है और पेट में शूल होने लगता है। या कै दस्त आने लगते हैं। अतः इसे हमेशा काफी जल के साथ भोजन के बाद देना चाहिये। यह कद्दूदाने के लिये भी उपयोगी सिद्ध हुई है। रोगी को एक दिन भूखा या केवल दूध पर रखने के बाद दूसरे दिन सुबह उसके कोष्ठ को गर्म जल और साबुन के एनिमा से शुद्ध करलें। बाद में २—२ टिकियों की ३—४ मात्रा ५–५ मिनट के अन्तर से दें। ३–४ घण्टे के बाद ४ ड्राम मैग सल्फ दे दें। (सावधानी के साथ)।

MEPACRINE METHANOSULPHONAS
(मेपाक्रीन मेथानोसल्फोनास)

मात्रा—$\frac{3}{4}$ से १$\frac{1}{2}$ ग्रेन।

गुण—मलेरिया में इसके इन्जेक्शन (मांस में) लगाए जाते हैं। कुल १–२ इंजेक्शन काफी होते हैं।

MERCURIAL CREAM (मर्क्युरियल क्रीम)

गुण—देखो "इंजेक्शियो हाइड्रार्जिरी'।

MERCURIC CHLORIDE & MERCUROUS CHLORIDE
(मर्क्युरिक क्लोराइड और मर्क्युरस क्लोराइड)

देखो "हाइड्रार्जिरी-पर्क्लोराइड और हाइड्रार्जिरी सब क्लोराइड"।

MERCUROCHROME (मर्क्युरोक्रोम)

मात्रा—२-५ ग्रेन के लगभग (शिरा द्वारा)।

गुण—यह प्रबल कीटाणु-नाशक है। इसका १-२ प्रतिशत घोल नेत्रों में टपकाने और मूत्राशय और घाव धोने के काम आता है। ग्लीसरीन में मिलाकर (२-३ प्रतिशत) कर्ण-स्राव में उपयोगी है। निमोनिया, संधि-प्रदाह, मयादी ज्वर, मलेरिया, विषैले ज्वर (सैप्टीसीमिया, पाइमिया इत्यादि) सोजाक-जन्य संधिप्रदाह, पित्ताशय के रोग, सोजाक (नया और पुराना) आत्शक, प्रसूत ज्वर और प्लेग में इसके एक प्रतिशत घोल के १० से २० सी० सी० के इंजेक्शन (शिरा द्वारा) बड़े उपयोगी सिद्ध हुए हैं। इन्हें दो तीन या चार दिन के अन्तर से लगाना चाहिए। इसकी ५% मरहम, विसर्प, सैलुलाइटिस एक्जिमा, सोराइसिस, कोढ़ आदि के लिए उपयोगी है। बच्चा उत्पन्न होने से पूर्व इसके चार प्रतिशत घोल को योनि में लेप करने से सैप्सिस (गन्दगी) का भय कम हो जाता है।

योग

मर्क्युरोक्रोम		२० ग्रेन
स्पिरिट रैक्टीफाइड या मेथीलेटेड		४ ड्राम
ऐक्वा	कुल	१ औंस

विधि—लोशन बनालें (कर्ण-स्राव में कान में टपकाने के लिये)

MERCURY मर्करी (पारा)

देखो "हाइड्रार्जीरम"

MERTHIOLATE (मार्थियोलेट)

गुण—इसमें लगभग ४९.५० प्रतिशत पारा होता है। यह रोगाणुरोधक है। जख्मों को भरती है। इसे मरहम या जेली के रूप में १ : १०००० से १ : १००० की शक्ति में प्रयोग करते हैं।

MERSALYL (मर्सेलील)

मात्रा—१-२ सी० सी० रोजाना या दूसरे तीसरे दिन माँस में।

मु० अ०—(पारे से तैयार होता है)

गुण—शोथ और जलोदर में उपयोगी है। इसके प्रयोग से मूत्र खूब आता है जिसके परिणामस्वरूप सूजन पटकने लगती है।

*METHEDRINE (मेथेड्रीन)

मात्रा—$\frac{१}{२०}$-$\frac{१}{१०}$ ग्रेन।

गुण—यह रक्तचाप को बढ़ाती है। इसके प्रयोग से मस्तिष्क और शरीर की कार्यशक्ति उत्तेजित होती है। जब आलस्य ने घेर रखा हो और काम करने को जी न चाहता हो या दिन रात सोने की तबियत चाहती हो तब इसके प्रयोग से बहुत लाभ होता है। क्लोरोफार्म सुंघाने या मौर्फीन या बार्बीटुरेट इत्यादि के प्रयोग के बाद होने वाले कौलेप्स में यह बहुत उपयोगी सिद्ध हुई है। इसे रात्रि में प्रयोग न करना चाहिये क्योंकि यह अनिद्रा उत्पन्न करती है हाँ यदि रात्रि में जागना हो तो यह अवश्य उपयोगी साबित होगी।

METHIONINE (मीथियोनीन)

मात्रा—५-१२ ग्राम रोजाना

गुण—यह यकृत के विकारों जैसे सिर्होसिस, हिपेटाइटिस (संक्रामक यकृतप्रदाह) इत्यादि में बड़ी उपयोगी सिद्ध हुई है। यह प्रायः आइनोसिटौल (Inositol), कोलीन (Choline), और विटामिन बी$_{१२}$ के साथ मिला कर दी जाती है।

नये तजुर्बों के अनुसार शरीर के मस्सों के लिये इसे रोजाना १२ ग्राम (३ ग्राम ४ बार) देने से बड़ा फायदा होता है ।

METHYL SALICYLAS (मेथिल सेलिसिलास)
(OIL WINTERGREEN ARTIFICIAL)
(ऑयल विन्टर ग्रीन आर्टिफिशल)

गुण—शूलनाशक । बाय और दूसरे दर्दों में लगाने के काम आता है । इसे दूसरे मालिश के तेलों के साथ मिलाकर प्रयोग में ला सकते है । देखो "ओलियम गौल्थेरिया या विन्टरग्रीन" ।

योग

मेथिल सेलिसिलास	२ ड्राम
लिनिमेंट एकोनाइट	२ ड्राम
लिनिमेंट कैम्फर	२ ड्राम
लिनिमेंट ओपिआइ	२ ड्राम

विधि—इसे फुरैरी से दर्द के स्थान पर लगायें (हर प्रकार के शूल के लिये)

METHYL TESTOSTERONE (मेथिल टैस्टौस्टरोन)

मात्रा—$\frac{2}{5}$-$\frac{3}{4}$ ग्रेन या २५-५० एम० जी० रोजाना ।

गुण—जन्खापन, नपुंसकता और दुर्बलता में उपयोगी है । इसकी टिकिया आती हैं एक टिकिया को जीभ के नीचे रखकर धीरे-धीरे घुलने देना चाहिये । इसे अन्य औषधियों के साथ मिला कर भी देते हैं ।

METHYLATED SPIRIT (मेथिलेटेड स्पिरिट)

बाह्य प्रयोग के लिये ।

गुण—मोच, चोट आदि पर लगाने के काम आती है । लिनिमेन्ट्स

पेन्ट्स और कई टिंकचर्स बनाने में पड़ती है। कुछ व्यक्ति इसे नशे के लिये पीते हैं जिससे स्वास्थ्य को बहुत हानि पहुँचती है। १ औंस स्पिरिट में १०० ग्रेन एसिड सेलिसिलिक हल कर लें। इसे रोजाना एक्जीमा पर लगायें, लाभ देगा।

MILK PROTEIN INJECTIONS
मिल्क प्रोटीन इंजेक्शन्स (दूध के इंजेक्शन्स)

मात्रा—१ से १० सी० सी० (मांस में) तीसरे चौथे दिन।

गुण—शीतपित्त, पामा, फोड़े, फुंसी, खाज खुजली, गर्भाशय आदि की सूजन, अनेक चर्म रोग, सोजाक के विकार, कुछ नेत्र रोग, चेहरे का बिसर्प रोग, निमोनिया और कई रोगों में इसके मांस द्वारा इंजेक्शन उपयोगी सिद्ध हुए हैं।

MILK SUGAR मिल्क शूगर (दुग्ध शर्करा)

देखो "लेक्टोस"। इसे शूगर आफ मिल्क भी कहते हैं।

MISTURA ALBA (मिस्टुरा ऐलबा)
(WHITE MIXTURE) (व्हाइट मिक्सचर)

मात्रा—½-१ औंस।

मु० अ०—(मैग कार्ब लेविस ४०० ग्रेन, सोडा सल्फ ५ औंस, पीपरमिन्ट वाटर कुल २० औंस)।

गुण—इसकी २-३ मात्रा से २-३ दस्त आ जाते हैं।

MISTURA ANTI CHOLERAICA
(मिस्टुरा ऐन्टी-कौलेरेका)

मात्रा—१ औंस।

मु० अ०—(एसिड सलफ्युरिक एरोमेटिक १५ मि०, टिं० कैम्फर को ३०

मि०, टिं० क्लोरोफार्म कं० २० मि०, टिं० कोटो २० मि०, सीरप औरंशाई १ ड्राम, ऐक्वा मैन्थ पिप कुल १ औंस) ।

गुण—३-३ घंटे में एक-एक औंस की मात्रा दें । हैजा और अतिसार में लाभदायक है। यह बहुत उपयोगी मिक्सचर है ।

MISTURA ASPIRIN (मिस्टुरा ऐस्पिरीन)

मात्रा—½ औंस ।

मु० अ०—ऐस्पिरीन १० ग्रेन, म्युसिलेज ट्रैगेकन्थ १½ ड्राम, ऐक्वा क्लोरोफार्म कुल १ औंस) ।

गुण—देखो 'ऐस्पिरीन'। हर प्रकार के नाड़ीशूल (जैसे शिरोशूल, दन्तशूल, कर्णशूल इत्यादि) में उपयोगी हैं।

MISTURA AMMONII BROMIDI COMP

(मिस्टुरा अमौनिआइ ब्रोमाइडि कं०)

मात्रा—½-१ औंस ।

मु० अ०—(अमोनियम ब्रोमाइड १५ ग्रेन, ऐन्टिपाइरीन १० ग्रेन, कैफीन साइट्रास ५ ग्रेन, ऐक्वा क्लोरोफार्म कुल १ औंस)।

गुण—शिर:शूल, दन्तशूल, कर्णशूल, नेत्रशूल, बाय इत्यादि के लिये बहुत उपयोगी है ।

MISTURA BISMUTHI CUM PEPSINI

(मिस्टुरा बिस्मथि कम पेप्सिनि)

मात्रा—½-१ ड्राम ।

मु० अ०—(लिकर बिस्मथ, पैप्सीन, टिं० नक्स वामिका, एसिड हाइड्रोसाइनिक डिल, क्लोरोफार्म, सौल्युशन ऑफ बोर्डियी, वाटर) ।

गुण—आमाशयिक शूल, अजीर्ण, मतली आदि में उपयोगी है । इसके साथ ओपियम भी मिली हुई आती है ।

MISTURA CARMINATIVA (मिस्टुरा कार्मिनेटिवा)

मात्रा—१ औंस।

मु० अ०—(टिं० कैप्सीकम मि० ५, टिं० जिंजर मि० १५, टिंचर कार्डेमम कं० मि० ३०, स्पिरिट ईथर मि० १५, स्पिरिट क्लोरोफार्म मि० १०, ऐक्वा मैन्थ पिप कुल १ औंस)।

गुण—हाजमे के लिये बड़ा उपयोगी है पीते ही डकार लाता है और पेट को हल्का करता है।

MISTURA CHOLERA, TOMB'S MIXTURE
मिस्टुरा कौलरा (टौम्ब्स मिक्सचर)

मात्रा—½-१ ड्राम।

मु० अ०—ऑयल क्लोव्ज मि० ५, ऑयल कजुपुटि मि० ५, ऑयल जूनिपर मि० ५, एसिड सल्फ्युरिक एरोमेटिक मि० १५, स्पिरिट ईथर मि० ३०)।

गुण—यह हैजे में अत्यन्त उपयोगी सिद्ध हुआ है। रोग के लक्षण आरंभ होते ही इसकी ½-१ ड्राम की मात्रा ½ औंस जल में १५-१५ मिनट के अन्तर से २-३ घण्टे तक देते रहें। ९० प्रतिशत रोगियों को अवश्य लाभ होगा। अतिसार में ½-१ ड्राम की मात्रा दिन में ३ बार दें। इसे तैयार करते समय यह ध्यान रहना चाहिये कि जो तेल प्रयोग में लायें वे उत्तम प्रकार के हों अन्यथा लाभ न होगा। बनाते समय सब तेलों को पहले स्पिरिट ईथर में घोल लें बाद में एसिड मिलायें।

MISTURA CRETA (CHALK MIXTURE)
मिस्टुरा क्रीटा (चाक मिक्सचर)

मात्रा—½-१ औंस।

मु० अ०—(क्रीटा प्रीपेरेटा ३० ग्राम, पल्वट्रेगेकन्थ ५ ग्राम, शूगर ६० ग्राम, सिनेमन वाटर कुल १००० मिल्स)।

गुण—अतिसार में उपयोगी है। देखो 'क्रीटा प्रीपेरेटा'।

MISTURA CRETA CO (मिस्टुरा क्रीटा को)

मात्रा—१ औंस।

मु० अ०—(पल्व क्रीटा एरोमेटिक ३ ड्राम, चाक ३ ड्राम, स्पिरिट अमोनिया एरोमेटिक ३ ड्राम, टिं० कैटेशु १-३ औंस, टिं० कार्डेमम कं० ६ ड्राम, टिं० ओपियम १ ड्राम, शूगर १ औंस, पल्व ट्रेगेकन्थ ४० ग्रेन, ऐक्वा सिनेमन कुल २० औंस)।

गुण—अतिसार में बहुत उपयोगी है। २-४ मात्रा ही पर्याप्त होती है।

MISTURA CHLORINE CUM QUININE
मिस्टुरा क्लोरीन कम क्वीनीन
(CHLORINE MIXTURE)
(क्लोरीन मिक्सचर)

मात्रा—१ औंस।

मु० अ०—(पोटास क्लोरेट ३० ग्रेन, एसिड हाइड्रोक्लोरिक ६० मि०, कुनीन सल्फ २४ ग्रेन, सीरप औरेन्ज १ औंस, वाटर कुल १२ औंस)।

विधि—एक कांच की डाट वाली रंगीन शीशी में पोटास और एसिड मिलाकर डाट बन्द करदें और खूब हिलायें। ऐसा करने से क्लोरीन गैस उत्पन्न होगी; फिर बोतल में धीरे-धीरे जल मिलाकर बोतल हिलाते रहें और अन्त में कुनीन मिलाकर सीरप डाल दें।

गुण—यह मिक्सचर मयादीज्वर में लाभदायक है। जीभ को साफ करता है और ज्वर को अधिक बढ़ने नहीं देता। जब से नई औषधियों का आविष्कार हुआ है इसको कम प्रयोग किया जाता है।

MISTURA CREOSOTI CO (मिस्टुरा क्रुओसोटि को)

मात्रा—१ औंस।

मु० अ०—(क्रुओसोट मि० २, पोटास आयोडाइड ग्रेन ५, स्पिरिट

क्लोरोफॉर्म मि० १०, विमम इपिकाक मि० १०, ऐक्स० ग्लीसराइजा लि० मि० १५, ऐक्वा कुल १ औंस)।

गुण—निमोनिया में इसे ३-३ घण्टे के अन्तर से दें।

MISTURA DAMIANA CO (मिस्टुरा डमियाना को)

मात्रा—१ औंस।

मु० अ०—(ऐक्स० डमियाना लि० १ ड्राम, ऐक्स० नक्सवॉमिका लि० २ मि०, एसिड फौस्फोरिक डिल मि० १०, टिं० केन्थेरिडीन मि० ३, टिं० फेरिपर्क्लोराइड मि० १५, ऐक्वा कुल १ औंस)।

गुण—धातुपुष्ट, कामोद्दीपक और बलकारक है। धातुक्षीणता, नपुंसकता आदि में उपयोगी है। इसमें ऐक्स० नक्सवौमिका की बजाय प्रति मात्रा ५ मि० टिंचर नक्सवौमिका डाल सकते है।

MISTURA DIURETICA (मिस्टुरा डायुरेटिका)

मात्रा—१ औंस।

मु० अ०—(पोटास एसिटास ग्रेन २०, स्पिरिट ईथर नाईट्रोसि मि० ३०, टिं० हायोसाइमस मि २०, स्पिरिट ज्युनीपर मि० १०, इन्फ्युसम बकु कुल १ औंस)।

गुण—मूत्रकारक और स्वेदक। मूत्राशय-प्रदाह, जलोदर, मूत्राघात, मूत्रकृच्छ्र आदि में उपयोगी है।

MISTURA FEBRIFUGA (मिस्टुरा फैब्रिफ्युजा)

मात्रा—१ औंस।

मु० अ०—(लिकर अमोनिया ऐसिटेटिस डिल २ ड्राम, स्पिरिट ईथर नाइट्रोसि २० मि०, पोटास साईट्रेट २० ग्रेन, सीरप १ ड्राम, ऐक्वा कुल १ औंस)।

गुण—ज्वरों में बहुत उपयोगी है, पसीना लाकर ज्वर उतार देता है।

MISTURA GLYCYRRHIZA CO U. S. P.

(BROWN MIXTURE) मिस्चुरा ग्लीसिराइजा को (ब्राउन मिक्सचर)

मात्रा—१ ड्राम।

मु० अ०—(ऐक्स० ग्लीसिराइजा लि० १२० सी० सी०, पोटास ऐन्टीमनी टार्ट रेटम ०·२४ ग्राम, टिं० कैम्फर कं० १२० सी० सी०, स्पिरिट ईथर नाइट्रोसि ३० सी० सी०, ग्लीसरीन १२० सी० सी०, ऐक्वा कुल १००० सी० सी०)।

गुण—हर प्रकार की खांसी में लाभदायक है।

MISTURA MORPHINE ET PHENAZONUM CO

(मिस्चुरा मौर्फीन एँट-फिनेजोनम को)

मात्रा—१ औंस।

मु० अ०—(लिकर मौर्फीन हाइड्रोक्लोराइड मि० १५, फिनेजोनम ग्रेन ५, पोटास ब्रोमाइड ग्रेन १०, स्पिरिट अमोनिया एरोमेटिक मि० २०, स्पिरिट क्लोरोफॉर्म मि० १०, ऐक्वा कुल १ औंस)।

गुण—यह मिक्सचर बाय, दर्दकमर, स्याटिका, नाड़ीशूल और विशेषतया कष्टरज में बड़ा उपयोगी है। इसमें फिनेजोनम (एन्टीपाईरीन) की मात्रा यदि आवश्यक समझी जाये तो १० गेन तक की जा सकती है।

MISTURA MAGNESII HYDROXIDI

(मिस्चुरा मैग्नेशाई हाइड्रौक्साइडि)

(CREAM OF MAGNESIA (क्रीम आँफ मैग्नेशिया)

मात्रा—१-४ ड्राम।

मु० अ०—मैगसल्फ ४७·५ ग्राम, सोडियम हाइड्रौक्साइडी १५ ग्राम,

लाइट मेग्नेसियम ऑक्साइड ५२·५ ग्राम, वाटर कुल १००० मिलि) ।

गुण—विरेचक और अम्लपित्तनाशक । अजीर्ण में उपयोगी है ।

MISTURA RUBRA (RED MIXTURE)
मिस्टुरा रूब्रा रेड मिक्सचर

मात्रा—१ ड्राम ।

मु० अ०—(मैग कार्ब पौंड ग्रेन ३०, रुबर्ब ग्रेन १०, स्पिरिट अमोनिया ऐरोमेटिक मि० ३०, ऑयल ऐनिसि २ बूँद, वाटर कुल २ औंस) ।

गुण—बच्चों के कब्ज में ३-३ घंटे के अन्तर से दें ।

MISTURA SENNAE CO. (BLACK DRAUGHT)
मिस्टुरा सेनी को (ब्लैक ड्राफ्ट)

मात्रा—१-२ औंस ।

मु० अ०—(मैग सल्फ ५ औंस, ऐक्स० ग्लीसिर्हाइजा लि० १ औंस स्पिरिट अमोनिया ऐरोमेटिक १ औंस, टिं० कार्डेमम कं० २ औंस, इन्फ्युसम् औफ सेना कुल २० औंस) ।

गुण—विरेचक है इसके प्रयोग से पतले दस्त आते हैं । कब्ज, जलोदर आदि में उपयोगी है ।

MISTURA VALERIAN CO. (मिस्टुरा वैलेरियन को)

मात्रा—१ औंस ।

मु० अ०—(टिं० वैलेरियन अमोनिएटा मि० २०, स्पिरिट अमोनिया फीटिडा मि० २०, टिं० हायोसाइमस मि० २०, स्पिरिट क्लोरोफॉर्म मि० १५ पोटास ब्रोमाइड ग्रेन १५ ऐक्वा कुल १ औंस) ।

गुण—हिस्टीरिया में उपयोगी है । दौरों को शांत करता है ।

MORPHINE HYDROCHLORIDE (मौर्फीन हाइड्रोक्लोराइड)

„ SULPHATE „ सल्फेट

„ TARTRATE „ टार्टरेट

मात्रा—$\frac{१}{८}$-$\frac{१}{३}$ ग्रेन (प्रत्येक की)।

गुण—शूलनाशक, उपशामक, काबिज, नींद लाने बाली और खांसी को शांत करने वाली है। हर प्रकार के दर्दों में जैसे पेट और आँतों का दर्द, दर्द गुर्दा, दर्दजिगर, गृध्रसी, नाड़ीशूल, छाती का दर्द, गठिया, बाय और कमर का दर्द—अत्यन्त लाभदायक है। ज्वरों की बेचैनी, शराब का पागलपन, उन्माद आदि में नींद लाती है, काली खांसी में दौरे कम करती है।

इसके इन्जेक्शन दर्दगुर्दा और जिगर, पेट और आंत के दर्दों में अक्सीर है। एक इंजेक्शन लगाते ही दर्द शान्त हो जाता है। इस औषध पर लाइसेन्स है।

नोट—देखो "लिकर मौर्फीन हाइड्रोक्लोर, सपोजिटरी और ट्रौकिस्कस"।

योग

लिकर मौर्फीन हाइड्रोक्लोर		१० मि०
सोडियम ब्रोमाइड		१० ग्रेन
क्लोरल हाइड्रेट		५ ग्रेन
स्पिरिट क्लोरोफॉर्म		१५ मि०
टिं० बेलाडोना		५ मि०
ऐक्वा	कुल	१ औंस

इसे दिन में २-३ बार सेवन करें (जवानों की काली खांसी में)

MUCILAGE ACACIA (म्युसिलेज अकेशिया)

मात्रा—१-४ ड्राम।

मु० अ०—(अकेशिया ४० ग्रेन, ऐक्वा क्लोरोफार्म ६० मि०)

गुण—जल में न घुलने वाली औषधियों का इमल्शन बनाने के काम आता है। जैसे सैलोल, बिस्मथ, कैस्टर आयल इत्यादि। देखो "अकेशिया"।

MUCILAGE TRAGACANTH (म्युसिलेज ट्रैगेकन्थ)

मात्रा—१-४ ड्राम।

मु० अ०—(ट्रैगेकन्थ ६० ग्रेन, स्पिरिट रैक्टीफाइड २ ड्राम, डिस्टिल्ड वाटर कुल १० औंस)।

गुण—जल में न घुलने वाली औषधियों का इमल्शन बनाने में पड़ता है। देखो "ट्रैगेकन्थ"।

MUSK (मुश्क)

मात्रा—५-१० ग्रेन।

गुण—हृदय और श्वासक्रिया को उत्तेजित करने वाला, और हिचकी, घबराहट, नब्ज का मन्द पड़ जाना, हृदय की कमजोरी, कम्हेड़े, गशी, आदि में उपयोगी है। इसके इन्जेक्शन भी लगाये जाते हैं।

नोट—देखो "टिंक्चर मुश्क"।

योग (१)

मुश्क	५ ग्रेन
जिन्क वेलेरियन	५ ग्रेन
पल्व एसेफिटीडा (हींग)	३ ग्रेन

विधि—कैप्स्यूल में भर लें; एक कैप्स्यूल दिन में २ बार दें (हिस्टीरिया)

योग (२)

मुश्क	५ ग्रेन
पल्व कैम्फर (कपूर)	२ ग्रेन
टिं० वेलेरियन अमोनियेटा	३० मि०

पल्व अकेशिया (गोंद)		३० ग्रेन
सीरप औरंशाई		१ ड्राम
ऐक्वा क्लोरोफॉर्म	कुल	१ औंस

विधि—ऐसी एक मात्रा दिन में ३ बार दें (हिस्टीरिया)

MUSCLE EXTRACT (मसिल ऐक्सट्रैक्ट)

मात्रा—१ सी० सी० (मुंह या इंजेक्शन द्वारा)

गुण—हृदय और श्वास क्रिया को उत्तेजित करने वाला। अन्जाइना, हृदय की गति का मन्द पड़ जाना, शौक आदि में अत्यन्त उपयोगी है।

MUTTON SUET (SEVUM)

मटन सूट, सीवम (भेड़ के पेट की चर्बी)

बाह्य प्रयोग के लिये।

गुण—प्लास्टर्स और मरहम बनाने के काम आता है।

*MYCCRISIN "M. B." (मायो-क्राइसीन "एम० बी०")

मु० अ०—(सोडियम औरोथ्योमेलस)

इंजेक्शन (मांस द्वारा)

गुण—इसके दो प्रकार के इंजेक्शन आते हैं जलयुक्त और तेलयुक्त। पहली मात्रा ०·०१ ग्राम और अन्तिम मात्रा ०·५ ग्राम की होती है। सप्ताह में एक इंजेक्शन लगाया जाता है। क्षयरोग, रूमेटाइड आर्थराइटिस और ल्युपस में विशेष उपयोगी है। इसके इन्जेक्शन आरम्भ करने से पूर्व मूत्र की परीक्षा कर लेना आवश्यक है। यदि मूत्र में अल्ब्युमिन है तो इसे प्रयोग नहीं करना चाहिये। इन्जेक्शन नम्बरवार लगायें जाते हैं। स्ट्रैप्टोमाइसीन के आविष्कार के बाद इसका प्रयोग बहुत कम हो गया है।

MYROBALAN माइरोबेलन (हरड़)

मात्रा—३०-६० ग्रेन ।

गुण—क्षुधावर्द्धक, संकोचक और बलवर्द्धक । इसका बना हुआ मंजन दांतों और मसूड़ों को मजबूत बनाता है । छोटी हड़े अतिसार और पेचिश में उपयोगी हैं। कब्ज में सोते समय १-´ बड़ी हड़ें (चूर्ण या मुरब्बे के रूप में) सेवन करने से प्रातः एक या दो ´आ जाते हैं । इसमें टैनिक एसिड होने के कारण इसकी मरहम अर्श रोग पर उपयोगी हैं । देखो "टिंचर और अम्वन्टम" ।

MYRRH मिर्ह (गंध बोल)

मात्रा—५-१५ ग्रेन ।

गुण—आर्तवजनक, वायुसारी, क्षुधावर्द्धक । एलोज और आयरन के साथ यह रज-अदर्शन में दिया जाता है। मुंह के छाले, कण्ठप्रदाह और मसूड़ों के रोगों में इसके कुल्ले (बोरेक्स और टिं० मिर्ह) किये जाते हैं। और टिं० आयोडीन के साथ इसका टिंचर मिलाकर मसूड़ों पर लेप किया जाता है । अन्य औषधियों के साथ कब्ज में प्रयुक्त होता है । देखो "टिंचर मिर्ह" और "पिल एलोज एँट मिर्ह"

NEBULA ADRENALINI ET EPHEDRINAE (नेबुला ऐड्रिनेलिनि एँट इफेड्रिनि)

सूंघने के लिये ।

मु० अ०—(लिकर एड्रिनेलिन क्लोराइड २½ औन्स, इफेड्रिन हाइड्रोक्लोराइड २०० ग्रेन, कार्बोलिक ग्लीस्रीन २०० मि०, ऐक्वा सिनेमन कुल २० औन्स)

गुण—जुकाम और हेफीवर में विशेष यन्त्र द्वारा सूँघा जाता है ।

NEBULA ALKALINA CO (नेबुला ऐल्केलाइना को)

सूंघने के लिये ।

मु०अ०-(सोडा बाइकार्ब १५ ग्राम, बोरेक्स १५ ग्राम, कार्बोलिक एसिड ७½ग्राम, ग्लीस्रीन २५० मिल्स, ऐक्वा कुल १००० मिल्स)

गुण-जुकाम और कण्ठशोथ में इसका स्प्रे प्रयोग किया जाता है। या इसके घोल से नाक धोयें या कुल्ले करें।

NEBULA COCAINAE CO (नेबुला कोकेनी को)

सूँघने के लिये।

मु० अ०—(कोकेन ५ ग्राम, नेबुला मैन्थॉल एट थाइमौल को कुल १०००)

गुण—इसका स्प्रे ब्रॉन्काइटिस, दमा और स्वरयंत्र प्रदाह में उपयोगी है।

NEBULA EUCALYPTOLIS COMPOSITA (नेबुला यूकेलिप्टौलिस कंपोज़िटा)

सूंघने के लिये

मु० अ०—(यूकेलिप्टौल ८० मिल्स, कैम्फर २० ग्राम, मैन्थौल २० ग्राम, थाइमौल १ ग्राम, लिक्विड पैरेफीन कुल १००० मिल्स)

गुण-यह जुकाम, स्वरयंत्रशोथ, क्षयरोग इत्यादि में सूंघा जाता है।

NEBULA MENTHOLIS ET THYMOLIS CO (नेबुला मैंथौलिस एँट थाइमौलिस को)

सूंघने के लिये।

मु० अ०—(मैन्थौल, कैम्फर और कार्बोलिक एसिड प्रत्येक २, थाइमौल ०·२, लिक्विड पैरेफीन १००)।

गुण—जुकाम और कण्ठरोगों में इसे स्प्रे किया जाता है।

*NEO SALVARSAN (नियो सल्वर्सन)

गुण—देखो "नियो-आर्स-फेनेमीन"।

NEO-ARS-PHENAMINE (नियो-आर्स-फेनेमीन)

मात्रा—२½–१०ग्रेन (शिरा द्वारा इंजेक्शन) ।

गुण -यह भिन्न-भिन्न नामों से बाजार में बिकता है जैसे एन. ए. बी., नियोसलवर्सन, नोवार्सिनो बैन्जीन इत्यादि। यह आतशक की अमोघ औषधि है। इसके अतिरिक्त चूहे काटे का ज्वर, एमिबियासिस, गिनिवर्म, मलेरिया, मूत्र में पीप आना, ट्रिपेनोसोम्यासिस में भी उपयोगी है। इसे सप्ताह में एक बार डिस्टिल्ड वाटर में घोल कर शिरा के द्वारा देना चाहिये। पहली मात्रा ०·१५ ग्राम या ०·३ ग्रामा दें।

*NEO–P. A. C. (नियो–पी. ए. सी.)

मात्रा—३ टिकिया दिन में तीन बार।

मु० अ०—(पी. ए. सी.–आइसोनिकोटिनिक एसिड --बिटेमिन "सी" और बिटेमिन "डी")

गुण—यह मुख्यतया क्षयरोग (तपेदिक) में उपयोगी है।

NEO STIBOSAN, VON HEYDEN 693 B
(न्योस्टीब्रोसन, वौन हेडन ६९३ बी)

इसमें ४१ से ४४ प्रतिशत एन्टीमनी होती है।

मात्रा—इसके ५ से २५ प्रतिशत शक्ति के इंजेक्शन लगाये जाते हैं। इंजेक्शनों को तुरंत तैयार करना चाहिये और रोजाना या तीसरे दिन मांस के अंदर या नस में देने चाहियें। लगभग १० इंजैक्शन काफी होते हैं।

गुण—यह मुख्यतया कालाजार रोग में उपयोगी है

*NEPTAL "M. B." (नैप्टल एम० बी०)

मु० अ०—(MERCURAMIDE+THEOPHYLINE)

मात्रा--१—२ सी. सी. (मांस में)।

गुण—यह पारे का मिश्रण हैं। मूत्रल है। वृक्क और हृदय के रोग

के कारण होने वाले शोथ में बहुत उपयोगी है। रोजाना या तीसरे चौथे दिन आवश्यकतानुसार इन्जेक्शन दें। यह टिकिया के रूप में भी आता है। मात्रा १—२ टिकिया रोजाना है।

NICOTINAMIDE (NIACINAMIDE)

निकोटिनेमाइड (न्यासिनेमाइड)

मात्रा १/४–१/२ ग्रेन (रोग अवरोधक)।
३/४–४ ग्रेन (रोग निवारक)।

गुण—यह एक प्रकार की विटेमिन है जिसे निकोटिनिक एसिड से तैयार किया जाता है। यह चर्म प्रदाह, जीभ और मुँह में छाले बन जाना या सूजन आ जाना, शराब का पागलपन, पैलाग्रा और अजीर्ण में उपयोगी है। इसे सल्फेनिलेमाइड के साथ उसके विषैले प्रभाव को रोकने के लिये मिला दिया जाता है।

NIKETHAMIDE (निकेथेमाइड)

मात्रा—५-१५ ग्रेन।

गुण—हृदय और श्वासक्रिया को उत्तेजित करने वाला। गशी, नब्ज का मन्द पड़ जाना, दम घुटना, सांस का धीमा या रुक कर चलना, आदि विकारों में उपयोगी है। इसके इंजेक्शन भी लगाये जाते हैं। यह भिन्न-भिन्न पेटन्ट नामों से बिकता है। जैसे एनाकार्डोन, कोरामीन, कौर्वोटोन इत्यादि।

NITRE नाइटर (शोरा)

देखो "पोटास नाइट्रेट"।

NITROGLYCERIN (TRINITRINI)

नाइट्रोग्लीस्रीन (ट्रिनिट्रिनि)

मात्रा—१/१३०–१/६० ग्रेन (टैब्लेट)।

गुण—रक्तचाप को कम करती है। अन्जाइना, (विशेष-उपयोगी) श्वास, शूल, मृगी आदि में लाभदायक है। अन्जाइना के दौरे में तुरन्त एक टिकिया जीभ के नीचे दबालें।

देखो "लिकर ट्रिनिट्रिनि"।

NITROUS OXIDE (नाइट्रस ऑक्साइड)
(LAUGHING GAS) (लॉफ़िंग गैस)

सूंघने के लिये।

गुण—यह वर्णहीन, गन्धहीन गैस होती है इसे औप्रेशन से पूर्व बेहोश करने के लिये सुंघाते हैं। छोटे-छोटे औप्रेशन बिना कष्ट के किये जा सकते हैं।

NORMAL HORSE SERUM (नौर्मल हौर्स सीरम)

मात्रा—१०-२० मिल्स।

गुण—स्थानिक रूप से इसे पुराने जख्मों और घावों पर लगाने से वे जल्दी भर जाते हैं। इसके इंजेक्शन (चर्म के नीचे या मांस में) आन्तरिक रक्तस्राव को रोकने के लिये उपयोगी हैं। १-२ ड्राम की मात्रा में क्षयरोग, मयादी ज्वर पाण्डुरोग और पुराने रोगों के कारण उत्पन्न होने वाली दुर्बलता में प्रयोग किया जाता है।

नोट—कभी-कभी इसके प्रयोग के एक दो सप्ताह बाद ज्वर, शोथ, जोड़ों में दर्द और चर्म पर फुन्सियां बन जाना, इत्यादि लक्षण प्रगट होने लगते हैं। इन्हें डाक्टरी में सीरम सिक्नेस (Serum Siekness) कहते हैं। यदि कैल्सियम लेक्टेट १०-१५ ग्रेन की मात्रा में दिन में तीन बार दिया जाय तो ये लक्षण प्रायः रुक जाते हैं। यदि लक्षण उत्पन्न हो चुके हों तो रोगी को दस्तावर औषध देकर २-४ दिन तक दूध पर रखा जाय और कैल्सियम, एट्रोपीन और एड्रिनेलिन को एक दूसरे के बाद इंजेक्शन द्वारा दिया जाय।

NORMAL SALINE SOLUTION
(नौर्मल सेलाइन सौल्युशन)

मु० अ०—(८० ग्रेन सोडियम क्लोराइड, २० औंस डिस्टिल्ड वाटर)।

गुण—इसे शौक (सदमा), कोलैप्स (शक्तिपात), एक्लैम्पशिया, अत्यन्त दुर्बलता, हैजा, कार्बन मौनोक्साइड का विष, यूरेमिया आदि में गुदा द्वारा, चर्म के नीचे अथवा शिरा द्वारा प्रयोग किया जाता है।

इसे बाज इंजेक्शनों को हल्का करने के लिये भी प्रयोग करते हैं पैनिसिलीन को भी इसमें घोला जा सकता है।

NOVOCAINE (नोवोकेन)
PROCAINE (प्रोकेन)

मात्रा—$\frac{१}{२}$-२ ग्रेन।

गुण—यह प्रबल संज्ञाहर है। कोकेन से कम खतरनाक है परन्तु इसका प्रभाव उसकी अपेक्षा कम समय तक रहता है। इसके ५ प्रतिशत घोल को नेत्रों में टपकाने के बाद (३ मिनट के अन्तर से तीन चार बार) बिना किसी कष्ट के औप्रेशन किया जा सकता है। दाँत निकालने के लिये इसके २% घोल का १-२ सी० सी० का इंजेक्शन काफी होता है। नेत्रशूल को शांत करने के लिये इसके १ प्रतिशत घोल की चंद बूंदें टपकानी चाहियें। फोड़ा आदि चीरने के लिये या दूसरे छोटे औप्रेशन करने के लिये इसे औप्रेशन के स्थान के इर्द गिर्द इंजेक्ट किया जाता है। नाक, कान, गुदा और योनि आदि के औप्रेशन करने के लिये इसके ५ से १० प्रतिशत घोल को स्थानिक रूप से लगाया जाता है।

एक्जिमा, नाड़ीशूल, जलना, पित्त उछलना आदि पर इसे बोरिक आॅइंटमेंट के साथ मिला कर (१-२ प्रतिशत) लगाने से जलन दूर हो जाती है। कर्णशूल में ग्लीसरीन के साथ (२ प्रतिशत) मिलाकर टपकाना उपयोगी

है। बर्र और शहद की मक्खी के काटे हुए स्थान पर इसके २ प्रतिशत घोल को १ सी० सी० चर्म में इंजेक्ट करने से बड़ा लाभ होता है।

NUCLEIN (न्युक्लीन)

मात्रा—५-१० ग्रेन ग्रेन (खाने के लिये)।
½ ग्रेन (इंजेक्शन)।

गुण—यह वस्तु ईस्ट, तिल्ली, जिगर, दूध या अण्डे से प्राप्त होती हैं। इसमें फौस्फोरस होता है। यह मुँह द्वारा, इंजेक्शन द्वारा (चर्म के नीचे) और गुदा द्वारा शरीर में पहुँचाई जा सकती है। इसके प्रयोग के बाद रक्त के श्वेत कणों की संख्या में बहुत वृद्धि हो जाती है और रक्त में कई रोगों के रोगाणुओं का मुकाबला करने की शक्ति उत्पन्न हो जाती है। यह मयादी ज्वर, क्षयरोग, प्रसूत ज्वर, डिफ्थीरिया और स्कार्लेट फीवर में उपयोगी सिद्ध हुई है।

योग

यूकुनीन	२ ग्रेन
न्युक्लीन	२ ग्रेन
आर्हिनल	½ ग्रेन
ऐक्स० पैराथाइरौइड	$\frac{1}{10}$ ग्रेन
थ्योकौल (रोश)	७½ ग्रेन
सोडा सिनेमेट	२ ग्रेन
कैल्सियम लैक्टेट	१५ ग्रेन

विधि—एक पुड़िया ३ बार भोजन के बाद (क्षयरोग में, ज्वर और खाँसी के लिये)।

नोट:—यह स्वर्गीय डा० अन्सारी का नुस्खा है।

NUPERCAINE, PERCAINE न्यूपर्केन (पर्केन)

मात्रा—¾-१½ ग्रेन।

गुण—यह कोकेन की तरह संज्ञाहर है परन्तु नोवोकेन से २५ गुना और कोकेन से ३ गुना विषैली है। इसमें यह विशेषता है कि इसका प्रभाव अधिक देर तक रहता है और इसके घोल बहुत कम शक्ति के अर्थात् बहुत हल्के प्रयोग किये जाते हैं।

मुँह, नाक आदि की श्लेष्मिककला (म्युकस मेम्ब्रेन) को सुन्न करने के लिये १ से २ प्रतिशत, फोड़े आदि चीरने के लिये ०·५ से १ प्रतिशत, और सुषुम्ना के अन्दर इंजेक्शन देने के लिये १००० में १, शक्ति के घोल प्रयुक्त होते हैं। खुजली, बवासीर आदि के लिये इसकी १ प्रतिशत मरहम लगाई जाती है। 'सीबा' कम्पनी ने 'न्युपरकेनल' नाम से इसकी एक मरहम बनाई है।

NUTMUG नटमग (जायफल)

गुण—आमाशयिक रस को बढ़ाने वाला और वायु को निकालने वाला; अफारा, अजीर्ण और पेट की ऐंठन में उपयोगी है।

देखो "ओलियम मिरिस्टिका"।

NUX VOMICA नक्स वॉमिका (कुचला)
POISON NUT (पौयज़न नट)

मात्रा—१-४ ग्रेन (पाउडर)।

गुण—क्षुधावर्द्धक, बलकारक, हृदय और श्वास क्रिया को उत्तेजित करने वाला और स्नायु और मस्तिष्क को बल देने वाला है। अरुचि, अग्निमांद्य, शारीरिक और मानसिक कमजोरी, मसाने की कमजोरी, कब्ज, आमाशय का शूल और प्रदाह, हृदय की कमजोरी वीर्यरोग और शक्ति हीनता में लाभदायक है। बाज प्रकार के पक्षाघात में भी दिया जाता है जैसे तम्बाकू, सीसा या शराब के प्रयोग से उत्पन्न होने वाला अग्रबाहु या स्वरयन्त्र का

स्थानिक पक्षाघात, डिफ्थीरिया रोग का पक्षाघात या औप्रेशन के बाद आंतों और आमाशय का पक्षाघात, या बच्चों का पक्षाघात। जब पक्षाघात हलका हो या जब मांसपेशियों में सख्ती हो या जब मांसपेशियां सूख कर पतली पड़ गई हों और या जब मानसिक लक्षण उपस्थित हों तब इसका प्रयोग वर्जित है। यह ऐक्सट्रैक्ट (सूखा या तर) और टिंचर के रूप में भी प्रयुक्त होता है देखो "टिं० नक्सवॉमिका"।

NYDRAZID "SQUIBB" (नाइड्रेजिड "स्कुइब्ब")

मात्रा—१००-३०० mg. रोज़ाना।

मु० अ०—(आइसोनियाजिड)।

गुण—यह हर प्रकार के क्षयरोग में उपयोगी है। इसके साथ-साथ "पास" और स्ट्रेप्टोमाइसीन के इंजेक्शन भी इस्तेमाल करने चाहियें। आम तौर पर इसकी ३-४ टिकिया (१०० mg) रोजाना दी जाती हैं। इसके इंजेक्शन भी आते हैं।

OESTRON (ओएस्ट्रौन) THEELIN (थीलीन)

मात्रा—१/६० से १/६ ग्रेन (१-१० M.G.) रोजाना।

गुण—यह नष्टार्तव, रक्तप्रदर, कष्ट-रज तथा जवानी का देर से आना इत्यादि विकारों में उपयोगी है।

OESTRADIOL (ओएस्ट्रेडियौल)

इसे प्रोजीनौन बी० औलिओसम (Progynon-B-oleosum) भी कहते हैं।

मात्रा—१/६०—१/१२ ग्रेन या १ से ५ M.G.. रोजाना (मांस के अन्दर)।

गुण—रज-अदर्शन, रक्त-प्रदर, कष्टरज और स्त्रियों की गुप्त इन्द्रियों के अन्य रोगों में उपयोगी है।

OESTRADIOLIS DIPROPIONAS
(ओएस्ट्रेडियोलिस डाइप्रोपिओनस)

इसे ओवोसाइक्लिन-पी भी कहते हैं ।

मात्रा—$\frac{१}{६०}$-$\frac{१}{१२}$ ग्रेन या १ से ५ M.G. रोजाना (मांस के अन्दर) ।

गुण—रज-अदर्शन, रक्त-प्रदर, कष्ट-रज और स्त्रियों की गुप्त इन्द्रियों के के अन्य रोगों में उपयोगी है।

OIL CITRONELLA (ऑइल सिट्रोनेला)

बाह्य प्रयोग के लिये।

यह तेल विशेषतया मच्छरों से रक्षा प्राप्त करने के लिए प्रयोग किया जाता है। इसमें सन्तरे की खुशबू आती है।

योग

ऑयल कीरोसीन (मिट्टी का तेल)	१ औंस
,, कोकोनट (गोले का तेल)	१ औंस
,, सिट्रोनेला	१ औंस

विधि—इसे सोने से पहले शरीर के खुले हुए भागों पर मल लेने से मच्छर नहीं काटते ।

OIL COCONUT आँइल कोकोनट (गोले का तेल)

गुण—साबुन और हेयर आयल बनाने के काम आता है । मरहमों में डाला जाता है। भोजन पकाने के काम भी आता है। कोकोजम इसी से बनता है।

OIL HALIBUT-LIVER (ऑइल हेलिबट-लिवर)

मात्रा—१-८ मि० ।

गुण—इसमें मछली के तेल (Cod Liver Oil) की तरह विटेमिन 'ए' और विटेमिन 'डी' बहुतायत से पाई जाती है। जितनी विटेमिन १ ड्राम

कौडलिवर ऑयल में पाई जाती है उतनी इसकी २-३ बूँदों में होती है। यह कौडलिवर ऑयल की तरह फेफड़ों को ताकत देने वाला और शरीर को हृष्ट पुष्ट करने वाला है। क्षय-रोग, पुरानी खांसी, अंजीरबेल, पुरानी बाय, रिकेट्स, विसर्पिका, पुरानी गठिया, दौर्बल्य और धातुक्षीणता में लाभदायक है। बच्चों की बढ़ौत के लिये बड़ा उपयोगी है।

OIL OF DILL (ऑइल ऑफ डिल) सोये का तेल

इसे ओलियम एनेथि (Oleum Anethi) भी कहते हैं।

मात्रा—१-३ मि०।

गुण—वायुसारी और पाचक; अफारा, अजीर्ण, पेट का शूल आदि में उपयोगी है।

OIL OF PINE (ऑइल ऑफ पाइन)

यह "ओलियम एबिटिस" से मिलता जुलता है (देखो)

OLEUM AJOWAN (PTYCHOTIS OIL)
ओलियम अजोवान (टाइकोटिस ऑइल) अजवायन का तेल

मात्रा—½-३ मि०।

गुण—पाचक और वायुसारी। अफारा, अजीर्ण और पेट के शूल में उपयोगी है।

OLEUM ANETHI ओलियम एनेथि (सोये का तेल)

देखो "आइल आफ डिल"

OLEUM ANISI (OIL OF ANISI)
ओलियम एनिसि (ऑइल ऑफ एनिसि) सौंफ का तेल

मात्रा—१-३ मि०।

गुण—वायुसारी, और पाचक। अजीर्ण और खांसी के मिक्सचरों में डाला जाता है। देखो "स्पिरिट ऐनिसि"।

योग

सोडा बाइकार्ब		१५ ग्रेन
टि० कार्डेमम कं०		२० मि०
स्पिरिट अमोनिया एरोमेटिक		२० मि०
ओलियम एनेथि		२ मि०
ओलियम एनिसि		२ मि०
ऐक्वा मेन्थ पिप	कुल	१ औंस

विधि—ऐसी एक मात्रा ३-३ घण्टे में (अफारा, अजीर्ण)

OLEUM ANTHEMIDIS (ओलियम एन्थेमिडिस)
बाबूने का तेल

मात्रा—½-३ मि० ।

गुण—सुगंधित, उत्तेजक और क्षुधावर्द्धक ।

OLEUM ARACHIS (PEA-NUT OIL)
ओ० एरेकिस (पीनट ऑइल) मूंगफली का तेल

मात्रा—½-१ औंस ।

गुण—मृदुविरेचक; वनस्पति घी के बनाने में काम आता है ।

OLEUM CADINUM (ओलियम केडिनम)

गुण—पुराने एक्जिमा, सोराइसिस, और दूसरे चर्मरोगों में जिनमें ख़ारिश आती हो, उपयोगी है । गंज में यह योग उपयोगी है (एसिड एसेटिक १, ओलियम केडिनम १०) रोजाना टटरी पर मलें ।

OLEUM CAJUPUTI (ओलियम कजुपुटि)

मात्रा—१-३ मि० ।

गुण—मूत्रकारक, कीटाणु-नाशक, उत्तेजक और वायुसारी; अफारा उदरशूल, हिस्टीरिया, हैजा, हिचकी, वमन आदि में उपयोगी है । दर्दों में

इसे जैतून के तेल के साथ मिला कर मालिश करने से लाभ होता है। देखो "स्पिरिट कजुपुटि"।

योग

स्पिरिट ईथर	२० मि०
,, अमोनिया एरोमेटिक	२० मि०
,, कजुपुटी	१० मि०
टि० कार्डेमम कं०	२० मि०
सीरप जिन्जर	१ ड्राम
ऐक्वा मैंथ पिप	कुल १ औंस

विधि—ऐसी मात्रा आवश्यकतानुसार (अफारा, अजीर्ण)

OLEUM CARI, CARUI, CARAWAY

(ओलियम कैरि, कैरुइ, कैरेंवे) जीरे का तेल

मात्रा—१-३ मि०।

गुण—अफारा और अजीर्ण में उपयोगी है।

OLEUM CARYOPHYLLI, OIL OF CLOVES

(ओलियम कैर्योफाइलि, ऑ० ऑफ क्लोव्ज) लौंग का तेल

मात्रा—१-३ मि०।

गुण—अफारा, अजीर्ण, अतिसार और उदरशूल में उपयोगी है। दंतशूल को तुरन्त शांत करता है।

योग

ऑयल ऑफ कलोव्ज	२ ड्राम
एसिड कार्बोलिक	१ ड्राम
क्रिओसोट	३ ड्राम
स्पिरिट क्लोरोफॉर्म	१ औंस

विधि—इसे फुरैरी से खोखली दाढ़ में लगायें (दंतशूल के लिये)

OLEUM CHAULMOGRA (ओलियम चौलमुग्रा)

मात्रा—५-१५ मि० ।

गुण—यह तेल विशेषकर कोढ़ और चर्म रोगों में उपयोगी है। दुर्बल मनुष्यों को इसके सेवन से कभी-कभी दस्त आने लगते हैं। मुँह द्वारा प्रयोग करने की अपेक्षा इसका आक्रांत भाग में इंजेक्शन लगाना अधिक उपयोगी सिद्ध हुआ है। जब इसको बड़ी मात्रा में देना पड़ता है तब इसके इंजेक्शन मांस के अन्दर लगाये जाते हैं। इसे उत्तम कारखाने का तैयार किया हुआ प्रयोग करना चाहिये।

OLEUM CHENOPODIUM (ओ० कैनोपोडियम)

मात्रा—३-१५ मि० ।

गुण—हुकवर्म (आँतों का एक प्रकार का कीड़ा) और केंचुवे को मारने की प्रसिद्ध औषध है। इसे चीनी पर १० बूंद डाल कर सेवन करने के ४ घंटे पश्चात् २ औंस कैस्टर ऑयल पिलादें या प्रातः १-१ घंटे के अन्तर से ७-७ बूंद की तीन मात्रा दें और फिर कुछ घंटे के पश्चात् मैगसल्फ या कैस्टर ऑयल दे दें। जब तक कि कीड़े सब बाहर न आ जायें इस क्रिया को ३ से ४ दिन के अन्तर से दौहराते रहें।

नोट—इसे गर्भवती स्त्री और पुराने गुर्दे और हृदय के रोगियों को नहीं देना चाहिये।

OLEUM CINNAMOMI, OIL CINNAMON
ओ० सिनेमोमि, ऑयल सिनेमन (दारचीनी का तेल)

मात्रा—१-३ मि० ।

गुण—संकोचक (काबिज) और आंतों के कीटाणुओं के लिये घातक। अफारा, मयादी ज्वर, अतिसार और बाज ज्वरों में लाभदायक है। इन्फ्लुएन्जा में क्वीनीन के साथ कैप्स्यूल में रखकर देना चाहिये। जुकाम में १

पाइंट खौलते हुए जल में इसकी ३०-४० बूंद डालकर सूंघने से लाभ होता है। खांसी और जुकाम की चूसने की टिकियों में पड़ता है। यह दो प्रकार का होता है एक छाल से निकाला जाता है दूसरा पत्तियों से। देखो "सिनेमन" और "पल्व सिनेमन कं०" इसे ओलियम केशिया भी कहते हैं।

योग

ओलियम सिनेमन	३ मि०
कुनीन सल्फ	१ ग्रेन

विधि—इसे कैप्सियूल में भर लें २-३ बार रोजाना दें
(इन्फ्लुएंजा, जुकाम)

OLEUM COPAIBA (ओ० कोपेबा)

मात्रा—५-२० मि०।

गुण—कफ निःसारक, मूत्रकारक और सोजाकाणु-नाशक; सोजाक में विशेष उपयोगी है। श्वेत प्रदर, मूत्राशय-शोथ और पुरानी खांसी में लाभदायक है। ऐसा जलोदर जो हृदय या यकृत के रोगों के कारण उत्पन्न हुआ हो, इसके प्रयोग से अच्छा हो जाता है। मूत्ररोगों में (सोजाक आदि) इसे ऑइल संदल, ऑइल क्युबेव, लिकर पोटास, टि० हायोसाइमस, टि० बकु और स्पिरिट ईथर नाइट्रोसी के साथ इमल्शन के रूप में प्रयोग करते हैं।

योग

ओलियम कोपेबा	१० मि०
ओलियम क्युबेब	५ मि०
ऑइल सैन्डल	५ मि०
लिकर पोटास	१५ मि०

म्युसिलेज अकेशिया		१ ड्राम
ऐक्वा सिनेमन	कुल	१ औंस

विधि—ऐसी एक मात्रा दिन में ३ बार (सोजाक)

OLEUM CORIANDRI ओ० कोरिअंडरी (धनिये का तेल)

मात्रा—१-३ मि० ।

गुण—अफारा और उदरशूल में उपयोगी है। सर में लगाने के तेलों में भी डाला जाता है।

OLEUM CROTONIS, CROTON OIL
ओ० क्रोटोनिस, क्रोटन ऑइल (जमाल गोटे का तेल)

मात्रा—½-१ मि० ।

गुण—तीव्र विरेचक; जिल्द पर लगाने से सूजन पैदा करके आबला डाल देता है। दस्त लाने के लिए इसे शहद में मिलाकर, पागलपन, मदात्यय, सिर में चोट लगना और सख्त कब्ज में प्रयोग करते हैं। देखो "लिनिमेंट क्रोटोनिस" इसे ओलियम टिग्लाई भी कहते हैं।

OLEUM CUBEB ओ० क्युबेब (कबाब चीनी का तेल)

मात्रा—५-२० मि० ।

गुण—मूत्रकारक और मूत्रयंत्र के लिये कीटाणु-नाशक; सोजाक और मूत्राशय के प्रदाह में कोपेबा और ऑइल संदल के साथ मिलाकर देते हैं।

OLEUM CUMINI ओ० क्युमिनि (जीरे का तेल)

मात्रा—२-४ मि० ।

गुण—अफारा, अजीर्ण आदि में लाभदायक है।

OLEUM EUCALYPTI, EUCALYPTUS OIL
(ओलियम यूकेलिप्टी, यूकेलिप्टस ऑइल)

मात्रा—१-३ मि० ।

गुण—कीटाणु-नाशक, ज्वरहर और सुगन्धियुक्त। दुर्गन्धयुक्त खांसी,

मलेरिया और ज्वर में ५-१० बूँद की मात्रा में दिन में ३ बार देने से लाभ होता है। हैजे के दिनों में रोग से बचने के लिये इसे सुबह शाम १० बूंद की मात्रा में सेवन करना चाहिये। जुकाम में उत्तम प्रकार के तेल को रुमाल पर डाल कर सूंघने से या चीनी पर डाल कर (५-१० बूंद) ३-३ घंटे में खाने से या खौलते जल में डाल कर उसकी भाप सूंघने से, लाभ होता है। बाय और दर्दों में इसे जैतून के तेल के साथ मिलाकर मालिश करते हैं। इसे हमेशा उत्तम कारखाने का बना हुआ प्रयोग करना चाहिये।

OLEUM GAULTHERIA OR WINTERGREEN OIL
(ओ० गौल्थेरिया या विन्टरग्रीन ऑयल)

मात्रा—५-१५ मि०।

गुण—बाय और स्याटिका (गृध्रसी) में इसे ४-४ घंटे में देना उपयोगी है। इसके साथ-साथ इसे जैतून के तेल के साथ मिला कर उससे भली प्रकार मालिश भी करनी चाहिये। दर्दों के लिए यह बड़ी उपयोगी औषध है। इसे हर प्रकार के लिनिमेंट के साथ मिला कर दे सकते हैं।

OLEUM GOSSYPI SEMINIS
ओ० गौसीपाई सेमिनिस (बिनौलों का तेल)

मात्रा—½-१ औंस।

गुण—यह जैतून के तेल की भांति मालिश के तेलों में पड़ता है। इससे बनस्पति घी भी तैयार किया जाता है।

देखो "ऐक्स० गौसीपाई लि०"।

OLEUM JUNIPER (ओ० ज्युनीपर)

मात्रा—½-३ मि०।

गुण—मूत्रल और अधिक मात्रा में पेशाब में जलन पैदा करने वाला; हृदय और यकृत के रोगों के कारण होने वाले जलोदर में, और पुराने वृक्कशोथ में उपयोगी है। वृक्क के नवीन रोग में इसे प्रयोग न करना चाहिये।

नोट:—देखो "स्पिरिट ज्युनीपर"।

OLEUM LAVANDULA, OIL LAVENDER
(ऑ० लेवडुला, ऑइल लैवंडर)

मात्रा—१-३ मि०।

गुण—उत्तेजक, वायुसारी और ऐंठन को हरने वाला; सुगन्ध के लिये बहुत प्रयोग किया जाता है।

नोट:—देखो "टिंचर लैवंडुला"।

OLEUM LEMONGRASS (ओ० लैमनग्रास)

गुण—इसे जैतून अथवा अलसी के तेल के साथ मिलाकर बाय और दर्दों पर मलते हैं। दाद की मरहमों में डाला जाता है।

OLEUM LIMONIS OR LEMON OIL
ओ० लिमोनिस या लैमन ऑइल (नींबू का तेल)

मात्रा—१-३ मि०।

गुण—प्यास बुझाता है। इसका शर्बत गर्मी के दिनों में बहुत प्रयोग किया जाता है। मिक्सचर्स को स्वादिष्ट बनाने के लिये भी इस्तेमाल किया जाता है।

नोट:—देखो "टिंचर लैमन"।

OLEUM LINI, LINSEED OIL
ओ० लाइनी, लिन्सीड ऑइल (अलसी का तेल)

मात्रा—½-१ औंस

गुण—चिकना और मृदु-विरेचक; जले हुए स्थान पर इसमें समभाग चूने का पानी मिलाकर लगाने से लाभ होता है। सख्त कब्ज में इसका एनिमा लगाया जाता है।

OLEUM LUBRICANS (ओ० लुब्रीकैन्स)

मु० अ०—(एसिड कार्बोलिक १, कैस्टर आयल ४, आँगंड आयल २०)

गुण—मूत्रमार्ग में कैथेटर (मूत्र निकालने की नली) प्रविष्ट करने से पहले उस पर यह तेल लगा लिया जाता है ताकि वह सुगमता पूर्वक अन्दर जा सके और गन्दगी न होने पावे।

OLEUM MENTH PIP, OIL OF PEPERMINT
ओ० मैन्थ पिप (पीपर मिन्ट का तेल)

मात्रा—१-३ मि०।

गुण—स्थानिक संज्ञाहर, कीटाणुनाशक, वायुसारी और शूलहर। जी मितलाना, वमन, उदरशूल, बेचैनी, अफारा आदि में उपयोगी है। इसकी फुरैरी दन्तशूल को शांत करती है। दर्दसर और दूसरे दर्दों पर लगाने से लाभ पहुँचाता है। मिक्सचर्स में स्वाद और हाजमे के लिये डालते हैं।

नोट:—देखो "स्पिरिट मैन्थ पिप"।

OLEUM MORRHUAE ओ० मौरूई (मछली का तेल)

देखो "कौडलिवर आँइल"

OLEUM MYRISTICAE, OIL OF NUTMEG
ओ० मिरिस्टिकी; आँइल आँफ नटमग (जायफल का तेल)

मात्रा—१-३ मि०।

गुण—अतिसार, पेचिश, अजीर्ण और अफारे में उपयोगी है। दन्तशूल को शान्त करता है।

नोट:—देखो "स्पिरिट मिरिस्टिकि"।

OLEUM NEROLI (ओ० नेरोली)

गुण—सुगन्ध के लिए बहुत इस्तेमाल होता है।

OLEUM NEEM, NEEM OIL
ओ० नीम, नीम ऑइल (नीम का तेल)

गुण—स्थानीय उत्तेजक और कीटाणुनाशक; जख्मों, चर्मरोगों और कोढ़ पर लगाया जाता है।

देखो 'टिंचर नीम'।

OLEUM OLIVE, OLIVE OIL
ओ० औलिव, औलिव ऑइल (जैतून का तेल)

मात्रा—½-१ औंस।

गुण—मृदुविरेचक, पौष्टिक और चिकना। कब्ज, बवासीर, मलाशय की सूजन और पित्ताशय की पथरी में उपयोगी है। इसे रोटी, विस्कुट या साग के साथ खा सकते हैं। पित्ताशय की पथरी के लिये इसे ५-६ औंस की मात्रा में दिया जाता है। कब्ज में इसका एनिमा बड़ा उपयोगी है। आमाशय के जख्म में भी लाभदायक सिद्ध हुआ है। मालिश के तेलों में पड़ता है। यह अल्प मात्रा में (१-४ ड्राम) शरीर में मछली के तेल की भांति जज्ब हो जाता है और पुष्टि प्रदान करता है परन्तु बड़ी मात्रा में (१-२ औंस) दस्तावर और आँतों की खुश्की को दूर करता है। इसे गर्म करके एक्जिमा और सोराइसिस आदि पर लगाते हैं। यह हमेशा उत्तम प्रकार का बिलायती बना हुआ इस्तेमाल करना चाहिए।

OLEUM PENNYROYAL (ओ० पैनिरौयल)

मात्रा—१-३ मि०।

गुण—आर्तवजनक और गर्भस्रावक। रज-अदर्शन या अल्परज में उपयोगी है। ५ से १० मि० की मात्रा में देने से रुके हुए मासिक धर्म को पुनः जारी कर देता है ऐसा कहा जाता है।

OLEUM PHOSPHORATUM, OIL PHOSPHORUS

(ओ० फौस्फोरेटम, आँइल फौस्फोरस)

मात्रा—१-५ मि०।

गुण—इसके गुण फौस्फोरस की तरह हैं। रिकेट्स में इसे कौडलिवर आयल के साथ मिलाकर सेवन कराते हैं। नपुंसकता में इसे खालिस या अन्य औषधियों के साथ मिलाकर तिला के रूप में प्रयोग करते हैं। पौर्वात्य जख्म (Oriental Sore) पर इसे तीसरे दिन लगाने से लाभ होता है। यदि जख्म नियमानुकूल अच्छा न हो रहा हो तो जख्म के किनारों के इर्द गर्द सप्ताह में १ बार २-२ मि० तेल का इंजेक्शन लगाना चाहिए।

OLEUM PINUS SYLVESTRIS

(ओ० पाइनस सिल्वेस्ट्रिस)

यह एक प्रकार का तारपीन का तेल होता है जो "पाइनस सिल्वेस्ट्रिस" अर्थात् पाइन वृक्ष की लकड़ी से तैयार किया जाता है।

OLEUM PTYCHOTIS

ओ० टाइकोटिस (अजवाइन का तेल)

मात्रा—१-३ मि०।

गुण—वायुसारी। अफारा और अतिसार में उपयोगी है।

OLEUM RICINI, CASTOR OIL

ओ० रिसाइनि, कैस्टर आँइल (अरंडी का तेल)

मात्रा—६०-२४० मि० (१ से ४ ड्राम)।

गुण—रेचक। कब्ज में १-२ औंस तक दिया जा सकता है। इसी रोग में जब आँतों में सुड्डे बन जाते हैं तब साबुन और जल के साथ इसका एनिमा लगाते हैं। आँखों में कंकर आदि गिरने पर इसकी १-२ बूँद टपकाने

से लाभ होता है। स्त्रियों की छाती पर इसकी मालिश करने से दूध बढ़ जाता है। बालों में लगाने के लिए इसमें खुश्बू मिला ली जाती है। पेचिश में इसे २-३ ड्राम की मात्रा में ५ से १० बूंद टिं० ओपियम के साथ इमलशन के रूप में बार-बार देने से मरोड़े बन्द हो जाते हैं और पाखाना साफ आने लगता है। इसे सेवन करने के २ घंटे बाद गर्म दूध पीने से इसका प्रभाव बढ़ जाता है। यदि कब्ज के साथ अफारा भी हो तो इसके साथ चन्द बूंद तारपीन के तेल की मिला देनी चाहिए।

योग

कैस्टर आइल		२ ड्राम
पल्व गम अकेशिया		२० ग्रेन
टिंचर ओपियम		५ मि०
आइल मैन्थ पिप		१ बूंद
सीरप औरंशाई		१ ड्राम
ऐक्वा सिनेमन या एनिसी	कुल	१ औंस

विधि—ऐसी एक मात्रा दिन में ३ बार (पेचिश)

OLEUM ROSE ओ० रोज (गुलाब का तेल)

गुण—इसे चेहरे पर लगाने की क्रीम, पाउडर आदि में मिलाया जाता है।

OLEUM ROSMARINI (ओ० रोजमरीनी)

मात्रा—१-३ मि० ।

गुण—गंज पर मलने के तेलों में डाला जाता है।

देखो "स्पिरिट रोजमरीनी"।

OLEUM SABINA (ओ० सबाइना)

मात्रा—१ मि० ।

गुण—आर्तवजनक और गर्भस्रावक; रुके हुए मासिक धर्म को पुनः जारी करता है परन्तु गर्भावस्था में इसका प्रयोग वर्जित है क्योंकि इसके प्रयोग से गर्भ गिरने की आशंका रहती है । कुछ लोग इसे गर्भ गिराने के काम में लाते हैं ।

OLEUM SANTALI, OIL SANDAL
ओ० सैन्टलि, ऑइल संदल (संदल या चंदन का तेल)

मात्रा—५-१५ मि० ।

गुण—सोजाक में विशेष उपयोगी है, मूत्र लाता है, पीप को बन्द करता है और जलन को शांत करता है । दुर्गन्धयुक्त खाँसी और मूत्राशय के शोथ में भी उपयोगी है । घाव और खुजली पर इसको लेप करने से लाभ पहुँचता है । इसे क्रीम, साबुन, पोमेड आदि में सुगन्ध के लिये डालते हैं ।

योग

ऑइल सन्दल		१० मि०
ऑइल कोपेबा		१० मि०
स्पिरिट ईथर नाइट्रोसी		२० मि०
टिंचर हायोसाइमस		२० मि०
म्युसिलेज अकेशिया		१ ड्राम
ऐक्वा	कुल	१ औंस

विधि—ऐसी एक मात्रा दिन में ३ बार (सौजाक)

OLEUM SESAMI, TIL OIL
ओ० सीसेमी, तिल ऑयल (तिल का तेल)

मात्रा—½-१ औंस ।

गुण—भोजन पकाने, सिर में लगाने और मालिश के काम आता है ।

OLEUM SINAPIS, MUSTARD OIL
ओ० सिनेपिस, मस्टर्ड ऑइल

गुण—इसे चर्म पर अधिक मलने से दाने से पड़ जाते हैं और वह स्थान सुर्ख हो जाता है। यह सरसों का तेल है। यह भोजन पकाने में बहुत काम आता है।

OLEUM TEREBINTH, OIL TURPENTINE
ओ० टैरिबिन्थ, ऑइल टर्पनटाइन (तारपीन का तेल)

मात्रा—३-१० मि०। आंतों के कीड़े मारने के लिये २-४ ड्राम।

गुण—कीटाणुनाशक, रक्तस्तंभक, प्रतिक्षोभक, स्वेदक, कफनिःसारक और मूत्रल। वरम और दर्दों पर इसका सेक किया जाता है। नाक, कान और नासूर आदि में कीड़े पैदा हो जाने पर इसकी फुरैरी और पिचकारी लगाने से कीड़े या तो मर जाते है या बिलबिलाते हुए बाहर आ जाते हैं। गंदे घावों पर गौज को इसमें तर करके और खूब निचोड़ कर रखने से घाव साफ हो जाते हैं परन्तु यह ध्यान रहे कि गौज घाव से बाहर न रहे अन्यथा आवला पड़ जाने का भय है। पेट और आँतों से रक्त को रोकने के लिये इसे १० मि० की मात्रा में (इमल्शन के रूप में) और कद्दूदानों (Tapeworms) को नष्ट करने के लिए ३-४ ड्राम की मात्रा में कैस्टर ऑइल के साथ मिला कर दिया जाता है। अफारे में इसका एनिमा लगाया जाता है। मयादी ज्वर के अफारे में इसे १० बूंद की मात्रा में स्पिरिट क्लोरोफार्म के साथ इमल्शन के रूप में ४-४ घंटे के अन्तर से देना चाहिये। इसमें लिंट का टुकड़ा निचोड़ कर जिस स्थान से रक्त बह रहा हो उस पर रख कर रुई और पट्टी बाँध देने से लाभ होता है। दर्दों के लिये इसका लिनिमेंट बहुत उपयोगी है। इसके १५% शक्ति के घोल के इंजेक्शन (½-१ सी० सी० मांस के अन्दर) अनेक चर्म रोगों में उपयोगी सिद्ध हुए हैं। सप्ताह में २ इंजेक्शन

काफी होते हैं। "ब्राइट्स डिसीज" वालों को ये इंजेक्शन कदापि न देने चाहिये क्योंकि इनके प्रयोग से कभी-कभी मूत्र का आना पूर्णतः बन्द हो जाता है। देखो "लिनिमेंट टैरिबिन्थ।"

योग

आँयल टर्पन्टाइन (उत्तम)	१० मि०
टि० कैप्सिकम	५ मि०
टि० कार्डेमम कं०	२० मि०
म्युसिलेज अकेशिया	½ ड्राम
सीरप औरंशाई	१ ड्राम
ऐक्वा	कुल १ औंस

विधि—ऐसी एक मात्रा ३-३ घंटे में (अफारा, आंतों से रक्त आना)

OLEUM THEOBROMATIS (ओलियम थ्योब्रोमेटिस)

गण—मुख्यतया सपोजीटरीज बनाने के काम आता है।

OLEUM VITAMINATUM, VITAMINIZED OIL (ओ० विटेमिनेटम, विटेमिनाइज्म आँइल)

मात्रा—१५-३० मि० (रोग-अवरोधक)।
४५-९० मि० (रोग-निवारक)।

गुण—इसमें विटेमिन "ए" और विटेमिन "डी" होती है। यह बहुधा मछली के तेल से तैयार किया जाता है। इसके गुण मछली के तेल के गुणों की तरह हैं। दांतों और हड्डियों को मजबूत करता है। बच्चों की बढ़ौत में सहायता देता है।

OLEUM WINTERGREEN (ओ० विन्टरग्रीन)

देखो "ओलियम गौल्थेरिया"।

*OMNOPON (ओम्नोपौन)

मात्रा—१/६-१/३ ग्रेन (मुंह द्वारा) १/१२-१/६ ग्रेन (इंजेक्शन द्वारा)।

गुण—इसमें मौर्फीन होती है अतः इसके गुण भी मौर्फीन की तरह हैं। हर प्रकार के दर्दों में उपयोगी है।

OMUM WATER, ओमम वाटर (अजवाइन का अर्क)

देखो "ऐक्वा टाइकोटिस"।

OPACIN (ओपेसिन)

मात्रा—१/२ ग्रेन प्रति पौंड शरीर के भार पर (कुल ७५ ग्रेन तक); शिरा द्वारा अधिकतम मात्रा ४५ ग्रेन।

गुण—पित्ताशय के रोगों में "ऐक्सरे" लेने के लिये इसका प्रयोग होता है।

OPIUM (ओपियम) अफीम

मात्रा—१/२-३ ग्रेन।

गुण—शूलनाशक, संकोचक (काबिज), स्वेदक और निद्राकारक; कर्णशूल में इसके टिंचर को चार गुना ग्लीसरीन के साथ मिलाकर कानों में टपकाने से बड़ा लाभ होता है। जोड़ों की सूजन, बाय, छाती और कमर का दर्द, उदरशूल आदि में खौलते जल में वस्त्र निचोड़ कर उस पर इसके टिंचर की चन्द बूंद डालकर सेक करने से लाभ होता है। यह हर प्रकार के शूल में जैसे पेट और आंतों का शूल, बाय, अस्थिभंग का शूल, मासिक धर्म का शूल इत्यादि में उपयोगी है। अतिसार में बिस्मथ के साथ यह बहुत प्रयोग की जाती है। इसके प्रयोग से मूत्र में शर्करा का आना कम हो जाता है। जब शूल के कारण रात्रि को नींद न आती हो तब टिंचर ओपियम की १५-२० बूंद की एक मात्रा देना काफी होता है। गर्भपात के लक्षण प्रगट होते ही यह नुस्खा देना आरम्भ कर दें।

योग

टिंचर ओपियम		१५ मि०
लिकर सीडेन्स		½ ड्राम
पोटास ब्रोमाइड		१५ ग्रेन
स्पिरिट क्लोरोफॉर्म		१० मि०
ऐक्वा	कुल	१ औंस

(३-३ घंटे में दें)

नोट:—देखो "टिंचर ओपिआई, पल्व ओपिआई को, पल्व क्रीटा एरोमेटिक कम ओपियो और पिल प्लंबाइ कम ओपियो।

ORANGE PEEL औरंज पील (सन्तरे का छिलका)

गुण—यह टिं०, सीरप या इनफ्युसम के रूप में प्रयोग किया जाता है।

ORTHOCAINE, ORTHOFORM
(औथोकेन, औथोफॉर्म)

मात्रा—१½-३ ग्रेन।

गुण—स्थानिक संज्ञाहार और कीटाणुनाशक। इसकी १० प्रतिशत शक्ति की मरहम फटी हुई या झुलसी हुई जगहों या जख्मों पर लगाने से ठण्डक पड़ जाती है। इन्हीं विकारों में इसे लाइकोपोडियम के साथ मिलाकर डस्टिंग पाउडर के रूप में प्रयोग किया जाता है। आमाशय के जख्म या सरतान (Gastric Ulcer or Cancer) में इसके प्रयोग के कई घंटे तक शूल से छुटकारा मिल जाता है। मूत्राशय का प्रदाह, सोजाक, जलना और दूसरे पीड़ायुक्त विकारों में लाभदायक सिद्ध हुआ है।

OVARIAN EXTRACT (DESICCATED)
ओवेरिअन ऐक्सट्रैक्ट (डेसिकेटेड)
(डिम्ब ग्रंथि का खुश्क सत)

मात्रा—१-१० ग्रेन।

गुण—मासिक धर्म का नियमानुकूल न होना, रजोनिवृत्ति के विकार, गर्भवती की भयंकर प्रकार की वमन, रज-अदर्शन, बाँझपन, आदि में उपयोगी है।

OXYGEN औक्सिजन (औषजन)

यह एक प्रकार की गंधहीन और स्वादहीन गैस होती है जिसे रोगी को सुंघाया जाता है। इसका प्रयोग पाण्डु रोग और ऐसे श्वास-अवरोध, (Asphyxia) में जो रक्त में ओषजन न पहुँचने के कारण पैदा हो जैसा कि निमोनिया, क्रूप, डूबने की अवस्था, बढ़ा हुआ हृदय-रोग, श्वासक्रिया का रुक जाना, सांस, कौलेप्स आदि में होता है, किया जाता है।

OXYMEL SCILLA (औक्सिमल सिल्ला)

मात्रा—३०-६० मि०।

मु० अ०—(सिल्ला ५, एसिड एसेटिक ९, जल २५, शहद काफी)

गुण—खाँसी में प्रयोग किया जाता है।

योग

औक्सिमल सिल्ला	४ ड्राम
सीरप कोडीन	४ ड्राम
सीरप वसाक विद टोलू	४ ड्राम
सीरप प्रूनी वर्जिनी	४ ड्राम

विधि—इसमें से दो ड्राम के लगभग दिन में ३-४ बार चाटें

(बार-बार उठने वाली खाँसी में)

OXYMEL URGINEA (औक्सिमल अर्जीनिया)

मात्रा—३०-६० मि०।

गुण—खाँसी में प्रयोग किया जाता है।

OZONE (ओजोन)

गुण—ऐसी वायु जिसमें ओजोन का समावेश हो, को सूंघना क्षय रोग और काली खाँसी के दौरों में उपयोगी पाया जाता है। पेचिश, हैजा और मयादी ज्वर में ओजोन-मिश्रित जल से निचली आंत को धोना लाभदायक है।

OZONIC ETHER (ओजोनिक ईथर)

मात्रा—½-१ ड्राम।

गुण—स्थानिक रूप से इसे स्कार्लेट फीवर में प्रयोग करते हैं। मधुमेह और काली खांसी में इसे मिक्सचर के रूप में देते हैं। रक्त की जांच करने के लिये इसे टि० ग्वाआकम के साथ इस्तेमाल किया जाता है।

*PALUDRINE (पैलुड्रीन)
PROGUANIL (प्रोग्वानिल)

मात्रा—०·३ ग्राम की एक टिकिया रोजाना तीन दिन तक या १ टिकिया दिन में २ बार।

गुण—यह मलेरिया की अमोघ औषधि है। इसे गर्भावस्था और चढ़े हुए ज्वर में भी दिया जा सकता है। ज्वर का दमन करने के लिये ०·३ ग्राम की १-२ टिकिया रोजाना और ज्वर से बचने के लिये एक टिकिया सप्ताह में एक बार पर्याप्त होती है। ज्वर पर एक बार काबू पा लेने के बाद भी उसकी एक छोटी टिकिया (०·१ ग्राम वाली) सप्ताह में १-२ बार देते रहना चाहिये ताकि ज्वर का पुनः आक्रमण न हो सके। इसके प्रयोग से कभी-कभी शूल और वमन आदि लक्षण पैदा हो जाते हैं। इसे खाली पेट नहीं देना चाहिये। इसे ग्लुकोस मिश्रित जल के साथ देना अच्छा है।

नोट—(१) यह पेमाक्वीन के साथ मिली हुई भी आती है।

(२) इसके २ सी० सी० के इंजेक्शन भी आते है।

PANAMA BARK (पनामाबार्क) देखो "टिंचर क्विल्लाइया"

PAMAQUIN (पामाक्विन)

PRAEQUINE (प्रीक्वीन)

मात्रा—$\frac{1}{6}$-$\frac{1}{3}$ ग्रेन (टिकिया)।

गुण—ऐसे मलेरिया में जो बार-बार आता हो, इसे खाल्सि या क्वीनीन के साथ मिलाकर देते हैं। नवीन मलेरिया में इसकी अपेक्षा क्वीनीन या पैलुड्रीन अधिक उपयोगी है। इसे क्वीनीन के साथ इस प्रकार प्रयोग करें; २ ग्रेन कुनीन सल्फ को $\frac{1}{6}$ ग्रेन पामाक्विन के साथ मिलाकर ७ दिन तक दिन में ३ बार दें। या रोजाना २ मात्रा क्वीनीन की (१० ग्रेन) और २ मात्रा पामाक्विन की ($\frac{1}{6}$ ग्रेन भोजन के बाद) दें।

PANCREATIN (पैन्क्रियाटीन)

मात्रा—३-१० ग्रेन।

गुण—यह ऐसे अजीर्ण, जो क्लोम-रस के अभाव या कम उत्पन्न होने के कारण हों, सीरम रोग और मधुमेह, में उपयोगी है। अजीर्ण, अतिसार और आमाशय के ऐसे विकारों में जिनमें पाचन शक्ति कमजोर पड़ जाती है तरल भोजन का सेवन कराने से पूर्व इसके द्वारा पचा लिया जाता है। देखो "लिकर पैन्क्रियाटीन"।

योग

पैन्क्रियाटीन	४ ग्रेन
पैपेन	५ ग्रेन
डायस्टेस	२ ग्रेन
पैप्सीन	२ ग्रेन

विधि—ऐसी एक पुड़िया ३ बार भोजन के बाद (जब भोजन न पचता हो)

PANTOTHENIC ACID (पैन्टोथेनिक एसिड)

मात्रा—२½ ग्रेन रोजाना।

गुण—यह प्रायः कैल्सियम पैन्टोथिनेट के रूप में प्रयुक्त होता है। मदात्यय और नाड़ी प्रदाह में उपयोगी है। "पाबा" नामक औषध के साथ-साथ इसे सफेद बालों को काला करने के लिये प्रयोग किया जाता है। यह एक प्रकार की विटामिन है। यह खमीर, यकृत, अंडे, मूंगफली और गेंहूं के आटे में बहुत पाई जाती है।

PANTOCAINE (पैन्टोकेन)

टेट्राकेन का दूसरा नाम है (देखो)

PAPAIN पैपेन (सत पपीता)

मात्रा—२-१० ग्रेन।

गुण—यह कच्चे पपीते के अर्क से अल्कोहॉल की सहायता से तैयार की जाती है। भोजन को पचाने की इसमें विशेष शक्ति है। डिफ्थीरिया (कंठ रोहिणी) में जो मुँह में झिल्ली सी बन जाती है वह इसकें लगाने से (ग्लीस्रीन पैपेन के रूप में) नष्ट हो जाती है। इसके प्रयोग से केंचुवे (Roundworms) मर जाते हैं। जच्चा को इसके सेवन से या छाती पर इसे लेप करने से दूध में वृद्धि हो जाती है। देखो (पिल पैपेन को, इलिक्सर पैपेन और ग्लीसरीन पैपेन।

योग

पैपेन	५ ग्रेन
टेका डायस्टेस लि०	½ ड्राम
ऐसिड हाइड्राक्लोरिक डिल	१० मि०
वाइनम पैप्सीन	½ ड्राम
सीरप जिन्जर	१ ड्राम
ऐक्वा	कुल १ औंस

विधि—ऐसी एक मात्रा २ बार भोजन के बाद

(जब भोजन न पचता हो)

नोटः—बाइनम पैप्सीन की बजाय पैप्सीन २-४ ग्रेन प्रति मात्रा मिला सकते हैं।

PAPAVERINE HYDROCHLORIDE
(पेपेवरीन हाइड्रोक्लोराइड)

मात्रा—२-४ ग्रेन ।

गुण—अन्जाइना-पैक्टोरिस, श्वास-रोग, अतिरक्तचाप, अंत्रशूल और पित्त की पथरी के शूल में उपयोगी है । आवश्यकता पड़ने पर इसके इंजेक्शन (मांस या शिरा द्वारा) भी लगाये जाते हैं । इसे प्रायः कोडीन, स्कोपोलेमीन, फिनोबार्बीटोन इत्यादि के साथ मिलाकर प्रयोग किया जाता है ।

योग

पेपावरीन हाइड्रोक्लोराइड	$\frac{1}{8}$ ग्रेन
फेनोबार्बीटोन	$\frac{1}{3}$ ग्रेन
डायोनीन	$\frac{1}{6}$ ग्रेन
एमिडोपायरीन	२ ग्रेन
होमेट्रोपीन मीथिल ब्रोमाइड	$\frac{1}{20}$ ग्रेन

विधि—पुड़िया बनालें : १ पुड़िया २-३ बार दें

(अंत्रशूल, यकृतशूल, वृक्कशूल)

PAPAVERINE SULPHATE (पेपेवरीन सल्फेट)

मात्रा—½-१$\frac{3}{4}$ ग्रेन (मुँह या इंजेक्शन द्वारा) ।

गुण—इसके गुण पेपेवरीन हाइड्रोक्लोराइड से मिलते-जुलते हैं । श्वास-रोग, अंत्र-शूल, यकृत-शूल आदि में लाभदायक है ।

PARA-AMINOBENZOIC ACID
(पैरा-एमिनोबेन्जोइक ऐसिड या "पाबा")

मात्रा—प्रारम्भ में ४–६ ग्राम, बाद में २–३ ग्राम दो-दो घण्टे के अन्तर से।

गुण—अन्य रोगों के अतिरिक्त यह सफेद बालों को काला करने के लिये प्रयोग किया जाता है। इसके लिए १०० M. G. की मात्रा में दिन में २ बार लगभग ६ मास तक सेवन कराना चाहिये।

यह सल्फा श्रेणी की औषधियों (जैसे सल्फेनिलेमाइड, एम० बी० ६९३ इत्यादि) के विषैले प्रभाव को रोकता है। बाज प्रकार के "टाइफस" ज्वरों और "रेडियेशन सिकनेस" में भी उपयोगी है। "टाइफस" में इसे २ ग्राम की मात्रा में २-२ घण्टे में देना चाहिये। यह प्रायः सोडियम पैरा-एमिनो बैन्जोएट के रूप में प्रयोग किया जाता है।

PARAFFIN DURUM (HARD PARAFFIN)
पैरेफीन ड्युरम (हार्ड पैरेफीन)

गुण—यह मरहम और पोमेड बनाने में काम आती है। इसे पैरेफीन वैक्स भी कहते हैं।

PARAFFIN MOLLE (SOFT PARAFFIN)
(पैरेफीन मौल, सौफ्ट पैरेफीन)

गुण—इसे वैसलीन भी कहते हैं। यह पीली और सफेद २ प्रकार की होती है। मरहमों में पड़ती है।

PARAFFIN LIQUID (पैरेफीन लिक्विड)
PAROLEINE (पैरोलीन)

मात्रा—½-१ औंस (प्रातः और सोते समय या केवल सोते समय)।

गुण—मृदुविरेचक और चिकनी; पुराने कब्ज में उपयोगी है। इसे

दीर्घकाल तक सेवन करना चाहिये । इसमें मैन्थॉल, थाइमॉल आदि पदार्थ सुगमता से घुल जाते हैं।

PARAFFIN WAX (पैरेफीन वैक्स)

"हार्ड पैरेफीन" को कहते हैं (देखो) ।

PARALDEHYDE (पैरल्डिहाइड)

मात्रा—३०-१२० मि० । तथा २, ५ और १० सी० सी० (इंजेक्शन) ।

गुण—निद्राजनक और मूत्रकारक; हिस्टीरिया, दमा, टैटेनस, मदात्यय, उन्माद और हृदय या श्वासयन्त्र के रोगों के कारण उत्पन्न होने वाले अनिद्रा रोग में इसे बिना किसी हानि के दे सकते हैं । अस्वादिष्ट होने के कारण इसे सीरप, टि० औरंज और पीपरमिन्ट वाटर के साथ मिला कर देना चाहिये । प्रसव की प्रथम अवस्था में पीड़ा-शून्यता के लिये इसे १ औंस की मात्रा में ४ औंस औलिव ऑयल या सेलाइन के घोल के साथ मिला कर गुदा में धीरे-धीरे (१०-१५) प्रविष्ट करें। इसके पहले साबुन का एनीमा दे दें ।

योग

पैरल्डिहाइड		१ ड्राम
सीरप औरंशाई		१ ड्राम
ग्लीसरीन		२० मि०
ऐक्स० ग्लीसराइजा लि०		२० मि०
ऐक्वा मैन्थ पि	कुल	१ औंस

विधि—ऐसी एक मात्रा सोते समय (अनिद्रा)

PARATHYROID EXTRACT
(पैराथाईरॉयड ऐक्सट्रैक्ट)

मात्रा—२५ यूनिट्स (मांस द्वारा) ।

गुण—देखो "पैराथाइरायड गलैण्ड"।

PARATHYROID GLAND DESICCATED
(पैराथाईरॉयड ग्लैंड डैसिकेटेड)

मात्रा—१/२०-१/१० ग्रेन।

गुण—मृगी, स्प्रु, पैरेलाइसिस एजिटेन्स, टैटेनिस, ऐक्लैम्पशिया आदि में उपयोगी है। इसे अक्सर कैल्शियम लैक्टेट के साथ दि॰ा जाता है।

PAREGORIC (पैरेगोरिक)

देखो "टिं० कैम्फर कं०"।

PARRISH SYRUP, PARRISH CHEMICAL FOOD
(पैरिश सीरप, पैरिश कैमिकल फूड)

मात्रा—३०-१२० मि०।

गुण—बलवर्द्धक। बच्चों के लिए बड़ा उपयोगी है। जवान भी इसका प्रयोग कर सकते हैं। इसका दूसरा नाम "सीरप फेरी फौस्फौस कं०" है।

PELLETIERINAE TANNAS (पेलिटारिनी टैनास)

मात्रा—२-८ ग्रेन।

गुण—टेपवर्म (कद्दू दाने) के लिये विशेष उपयोगी है। इसे सेवन करने से पहले कैस्टर ऑइल और बाद में पल्व जेलप कं० देना चाहिये। इसे बड़ी मात्रा में देने से कै और दस्त आने लगते हैं।

PENTAMIDINE (पैन्टामिडीन)

मात्रा—१½ ग्रेन (अधिकतम मात्रा २ से तीन ग्राम तक)।

गुण—ट्राइपेनोसोमियासिस (Trypanosomiasis) में उपयोगी है।

PENTAQUINE (पैन्टाक्वीन)

मात्रा और **गुण**—इसे १ ग्रेन की मात्रा में ३० ग्रेन क्वीनीन (छोटी-छोटी मात्रा में कई बार) के साथ (जुदा-जुदा) बाज प्रकार के मलेरिया में प्रयोग किया जाता है।

PENTO BARBITAL SODIUM
(पैन्टो बार्बिटल सोडियम)
NEMBUTAL (नैम्ब्युटल)

मात्रा—१½-३ ग्रेन।

गुण—इसे नींद लाने के लिये सोने से पूर्व प्रयोग किया जाता है।

PENTOTHAL SODIUM (पैन्टोथल सोडियम)

इसका २½ प्रतिशत घोल का नस में इंजेक्शन दिया जाता है। यह बड़ी खतरनाक औषध है। इसे बड़ी सावधानी के साथ बहुत धीरे-धीरे देना चाहिये और इसे कभी ऐसे रोगियों को न देना चाहिये जिन्हें यकृत या वृक्क का जीर्ण रोग हो या जिनका हृदय कमजोर हो या जिनका रक्तचाप सामान्य से कम या अधिक हो। इसका इंजेक्शन देने से रोगी बेहोश हो जाता है और बिना किसी कष्ट के ऑप्रेशन किया जा सकता है।

*PAS (पास)
PARA-AMINO-SALICYLIC ACID
पैरा-एमिनो-सेलिसिलिक एसिड

मात्रा—१०-१५ ग्राम रोजाना।

गुण—यह क्षय-रोग की प्रसिद्ध औषधि है। हर प्रकार के क्षय-रोग में उपयोगी है। इसके प्रयोग के साथ-साथ स्ट्रैप्टोमाइसीन के इंजेक्शन भी लगाने चाहियें।

विशेष—यह टैब्लेट, पिल, पाउडर, ग्रैन्यूल्स और इंजेक्शन के रूप में आता है। यह २ प्रकार का और होता है। (१) कैल्सियम पास (२) सोडियम पास।

*P. A. C. (पी० ए० सी०)

मात्रा—१ ग्राम दिन में ४ बार।

मु० अ०—(८८ प्रतिशत पास और १२ प्रतिशत कैल्सियम)।

गुण—पास की तरह यह भी क्षयरोग के लिये अत्युपयोगी है। इसकी टिकिया आती हैं।

PEPPER, CAPSICUM पेपर, कैप्सिकम (लाल मिर्च)

मात्रा—½-२ ग्रेन।

गुण—बाय, कमर का दर्द और गर्दन के ऐंठ जाने में इसका प्लास्टर लगाने से या इसके फांट में वस्त्र भिगोकर रखने से लाभ होता है, साग सब्जी बनाने में यह बहुत इस्तैमाल की जाती है। शेष गुणों के लिए देखो टिं० कैप्सीकम।

PEPSIN (पैप्सीन)

मात्रा—५-१० ग्रेन।

गुण—पाचक और क्षुधावर्द्धक। दुर्बलता, पाण्डुरोग और शराबियों के अजीर्ण में उपयोगी है। इसे हलके तेजाब के साथ मिक्सचर में, या पुड़िया के रूप में भोजन के बाद देना चाहिए।

नोट—देखो "ग्लीसरीन पैप्सीन और पल्व पैप्सीन कं०"।

योग

पैप्सीन	५ ग्रेन
पेपेन	५ ग्रेन
एसिड हाइड्रोक्लोरिक डिल	१० मि०
टिं० जंशियन कंपाउण्ड	२० मि०
लि० स्ट्रिक्नीन हाइड्रोक्लोर	५ मि०
स्पिरिट क्लोरोफॉर्म	१० मि०
ऐक्वा मैन्थ पिप	कुल १ औंस

विधि—ऐसी मात्रा दिन में २-३ बार भोजन के बाद (अरुचि, अजीर्ण, अग्निमांद्य) ।

PEPTONE (पैप्टोन)

मात्रा—५-१५ ग्रेन और इंजेक्शन द्वारा $\frac{1}{6}$ से $1\frac{1}{2}$ ग्रेन।

गुण—शीतपित्त, दमा, हेफीवर, एक्जिमा, आधासीसी (अजीर्ण के कारण) आदि में उपयोगी है । श्वासरोग में इसके इंजेक्शन (मांस द्वारा सप्ताह में एक बार) लाभदायक सिद्ध हुए हैं। संक्रामक ज्वरों में इसके इंजेक्शन शिरा द्वारा लगाये जाते हैं ।

PEPTONISING POWDER (पैप्टोनाईजिंग पाउडर)

इसके २५ ग्रेन के टियूब आते हैं प्रत्येक टियूब २० औंस दूध को पचाने के लिए पर्याप्त होता है। अजीर्ण अतिसार और पेट के अन्य रोग वाले व्यक्तियों को दूध इस पाउडर द्वारा पचा कर दिया जाता है।

PERABRODIL (पैराब्रोडिल)

मात्रा—३०० मि० (शिरा द्वारा) ।

गुण—यह गुर्दे (वृक्क) का ऐक्सरे लेने के हेतु शिरा में इंजेक्ट किया जाता है। इंजेक्शन देने के ८ से २० मिनट बाद फोटो लिया जा सकता है।

PERCHLORETHYLENE (पर्क्लोरेथाइलीन)

मात्रा—१५-४५ मि०।

गुण—यह कृमिरोग (केंचुवे, कद्दूदाने और हुकवर्म) के लिए उपयोगी है। हुकवर्म के लिए इसे १५ मि० की मात्रा में (कैप्स्यूल में रख कर) एक-एक घंटे में तीन मात्रा रोजाना तीन दिन तक देना चाहिए। केंचुवे के लिए इसकी प्रातः १० मि० की एक मात्रा देकर आधा घंटे बाद तेज दस्तावर औषध दे देनी चाहिए। कद्दूदाने के लिए इसे ओलियम केनोपोडियम के साथ मिलाकर प्रयोग करें।

*PERCORTEN, DOCA (पर्कोर्टन, डोका)

मात्रा—$\frac{1}{30}$-$\frac{1}{6}$ ग्रेन (मांस में)।

गुण—मायेस्थेनिया ग्रेविस (मांस पेशियों की दुर्बलता) बच्चों का अतिसार, गर्भावस्था की वमन और सख्त किस्म के इन्फैक्शन में उपयोगी है। जलने या औप्रेशन या चोट लगने के बाद होने वाले शौक में इसके इंजेक्शन से बहुत लाभ होता है। हैजे में होने वाले शक्तिपात में इसे हाइपर्टौनिक सैलाइन इन्फ्युजन के साथ दे सकते हैं।

PERNOCTON (पर्नौक्टन)

मात्रा—साढ़ेबारह किलो शरीर के भार पर दस प्रतिशत घोल की १५ मि० (शिरा द्वारा)।

गुण—क्लोरोफॉर्म या अन्य बेहोश करने वाली औषधि सुंघाने से १५ मिनट पूर्व इसका इंजेक्शन लगाने से रोगी को न तो औप्रेशन से पूर्व बेचैनी होती है और न ही औप्रेशन के पश्चात् शूल मालूम होता है क्योंकि रोगी को कई घंटे की नींद आ जाती है। एक लाभ यह होता है कि क्लोरोफॉर्म बहुत कम सुंघाना पड़ता है।

PETHIDINE HYDROCHLORIDE

(पेथिडीन हाइड्रोक्लोराइड)

मात्रा—$\frac{2}{5}$ से $1\frac{1}{2}$ ग्रेन तक।

गुण—इसमें एट्रोपीन, मौर्फीन, और पेपेवरीन—तीनों के गुण विद्यमान हैं। यह उत्तम प्रकार का शूल नाशक, उपशामक और आक्षेपहर है। हर प्रकार के दर्दों में जैसे जिगर, पेट और आंतों का दर्द, माहवारी और प्रसव काल का दर्द, गठिया बाय का दर्द इत्यादि, अत्यन्त उपयोगी है। प्रसव के दर्दों को शांत करने के लिए इसे उसी समय प्रयोग करना चाहिये जब यह इत्मिनान हो जाय कि रहम का मुँह २-३ अंगुली के बराबर खुल गया है और रहम

के आंकुचन नियमापूर्वक हो रहे हैं। इसके इंजेक्शन भी आते हैं जिन्हे चर्म के नीच या माँस में लगाया जाता है। इस औषध पर लाइसन्स है।

नोट:—इस औषध को बड़ी सावधानी से प्रयोग करना चाहिए। यह बिना लाइसेन्स के नहीं बेची जा सकती और परमिट के बिना नहीं मिल सकती।

PHANODORM (फ़ैनोडौर्म)

मात्रा—१½-३ ग्रेन (सोते समय)।

गुण—नींद लाने के लिए बड़ा उपयोगी है।

PETROLEUM JELLY (पेट्रौलियम जेलि)

देखो "पैरेफीन मौल"।

PETROL, MOTOR SPIRIT (पैट्रोल, मोटर स्पिरिट)

देखो "गैसोलीन"।

PHENACETIN (फिनेस्टिन)
ACETOPHENETIDIN (एसेटोफेनेटिडीन)

मात्रा—५-१० ग्रेन।

गुण—स्वेदक और शूलनाशक। दर्द सर और हर प्रकार के दर्दों उपयोगी है। पसीना लाकर ज्वर को उतारती है। इसके साथ १-२ ग्रे प्रति मात्रा कैफीन मिलाकर देना अच्छा है।

योग

फिनेस्टिन		५ ग्रेन
कैफीन साइट्रेट		२ ग्रेन
म्युसिलेज अकेशिया		१ ड्राम
सीरप सिंपिल		१ ड्राम
एक्वा	कुल	१ औंस

विधि—एक मात्रा ३-३ घंटे में (आधासीसी, दन्तशूल, कर्णशूल आदि

PHENALGIN (फिनैल्जिन)

मात्रा—५-२० ग्रेन।

गुण—हर प्रकार के दर्दों में उपयोगी है। यह हृदय को कमजोर नहीं करती।

PHENOBARBITONUM (PHENOBARBITAL)
फीनोबार्बिटोनम (फीनोबार्बिटल)

मात्रा—½-२ ग्रेन।

गुण—यह "गार्डिनल" "ल्युमिनल" आदि भिन्न-भिन्न नामों से तैयार होकर आता है। यह उपशामक, शूलनाशक और निद्राजनक है। अनिद्रा, मिर्गी, हिस्टीरिया, पागलपन, कम्हेड़े, काली खाँसी और आक्षेप में उपयोगी है। "फीनोबार्बिटोनम सोडियम" (मात्रा ½-२ ग्रेन) घुलनशील होता है और इंजक्शन के रूप में प्रयोग किया जा सकता है (मांस में)। इसे मिक्सचर में भी दे सकते हैं।

योग

फीनोबार्बिटोनम सोडियम		½ ग्रेन
पोटास ब्रोमाइड		१० ग्रेन
टिं० हायोसाइमस		२० मि०
स्पिरिट क्लोरोफॉर्म		१५ मि०
सीरप		१ ड्राम
एक्वा	कुल	१ औंस

विधि—अनिद्रा, बेचैनी, कम्हेड़े इत्यादि में।

PHENOL (फिनौल)

देखो "ऐसिड कार्बोलिक"।

PHENOL CAMPHOR (फिनौल कैम्फर)

मु० अ०—(फिनौल १, कैम्फर ३)

गुण—दन्तशूल के लिये बड़ा उपयोगी है। इसकी फुरैरी लगाने के कुछ देर बाद शूल शांत हो जाता है। यह गर्भाशय के पुराने वरम और उसके मुख के जख्म पर भी लगाया जाता है।

PHENOLPHTHALEIN (फिनौल्फथेलीन)
PURGEN (पर्जिन)

मात्रा—१-५ ग्रेन।

गुण—विरेचक है। कैस्टोफीन, लैक्सिल तथा अनेक कब्ज की पेटन्ट औषधियों में पड़ती है। उड़ने वाला रंग बनाने के लिये इसे थोड़े से लिकर अमोनिया फोर्ट और जल में घोल लेना चाहिए। कपड़े पर छिड़कने के कुछ देर बाद ही रंग उड़ जाता है।

योग

एलोइन	$\frac{1}{4}$ ग्रेन
फिनौल्फथलीन	$1\frac{1}{2}$ ग्रेन
एक्स० बैलाडोना	$\frac{1}{8}$ ग्रेन
एक्स० कैस्करा सग्रेडा	१ ग्रेन

विधि—ऐसी १-२ गोली सोते समय (कब्ज के लिए)

PHENOCAINE, HOLOCAINE HYDROCHLORIDE
(फेनोकेन, हौलोकेन हाइड्रोक्लोराइड)

गुण—इसके एक प्रतिशत घोल की २-४ बूँद आँखों में टपकाने से आँखें सुन्न हो जाती हैं।

PHOSPHORUS (फौस्फोरस)

मात्रा—$\frac{1}{100}$-$\frac{1}{20}$ ग्रेन।

गुण—बल बुद्धि और आयु को बढ़ाने वाला। नाड़ी-दौर्बल्य, नपुंसकता,

पुराने नाड़ी शूल, शारीरिक और मानसिक दुर्बलता, पाण्डुरोग, रिकेट्स, मधुमेह और पुरानी खाँसी में उपयोगी है। प्राय: ग्लीसरोफौस्फेट्स, हाइपोफौस्फाइट्स, फौस्फेट्स आदि में प्रयुक्त होता है।

देखो "ऑइल फोस्फोरस, एसिड फोस्फोरिक डाइल्यूट"।

*PHRENAZOL (BOOTS) फ्रेनेजौल (बूट्स)

मात्रा—१ सी० सी० (मुँह द्वारा या चर्म में)।

गुण—हृदय और श्वास-क्रिया को उत्तेजित करने वाला; जब हृदय और नब्ज की गति मन्द पड़ जाये तब इसके प्रयोग से बहुत लाभ होता है।

PHYSOSTIGMINE SALICYLAS (फिसौस्टिग्मीन सैलिसिलास)

मात्रा—$\frac{१}{१००}$-$\frac{१}{५०}$ ग्रेन।

गुण—इसका लोशन (१-५ग्रेन प्रति औंस) नेत्र में पुतली संकुचित करने के लिए टपकाया जाता है।

PIGMENT ACID BORIC (पिग्मेंट एसिड बोरिक)

गुण—दाद के लिये उपयोगी है। रोजाना एक बार लगायें।

मु० अ०—(एसिड बोरिक १, ईथर ३, अल्कोहॉल ९०% ६)।

PIGMENT CHRYSAROBINI (पिग्मेंट क्राईसेरोबिनि)

मु० अ०—(क्राईसेरोबिन १० गटा पर्चा सौल्युशन ९)।

गुण—दाद, सोराइसिस और एक्जिमा के लिये उपयोगी है। रोजाना लगायें।

PIGMENT RINGWORM (पिग्मेंट रिंगवर्म)

मु० अ०—(मर्क्युरिक क्लोराइड १, एसिड सैलिसिलिक ९, एसिड कार्बोलिक १०, ग्लीसरीन ८०)।

गुण—दाद के लिये उपयोगी है।

PILULA ALOES (पि० एलोज)

मात्रा—४-८ ग्रेन (सोते समय)।

मु० अ०—(एलोज ५८, हार्ड सोप २९, ऑइल कैरवे ३, सीरप ग्लुकोस १०)।

गुण—कब्ज में उपयोगी है।

PILULA ALOES ET ASAFOETIDA (पि० एलोज एँट ऐसेफीटिडा)

मात्रा—४-८ ग्रेन (दिन में २-३ बार)।

गुण—विरेचक, आर्तवजनक। कब्ज, हिस्टीरिया, रज-अदर्शन इत्यादि में उपयोगी है।

PILULA ALOES ET FERRI (पि० एलोज एँट फैरि)

मात्रा—४-८ ग्रेन (दिन में २-३ बार)।

मु० अ०—(फैरस सल्फ ऐक्सिकेटस १ औंस, एलोज २ औंस, पल्व सिनेमन कं० ३ औंस, सीरप ग्लुकोस ३ औंस)।

गुण—युवतियों के पाण्डुरोग और रज-अदर्शन में लाभदायक है। मृदु-विरेचक भी है।

PILULA ALOES ET MYRRH (पि० एलोज एँट मिर्ह)

मात्रा—४-८ ग्रेन (दिन में २-३ बार)।

मु० अ०—(एलोज २ औंस, मिर्ह १ औंस, सीरप ग्लुकोस १½ औंस)।

गुण—दस्तावर और आर्तवजनक। मासिक धर्म का कम होना या न होना इसके प्रयोग से ठीक हो जाता है।

PIL CATHARTIC CO (पि० कैथार्टिक को)

मात्रा—२ गोली (सोते समय)।

मु० अ०—ऐक्स० कौलोसिन्थ को ८, कैलोमल ६, जैलप रेजिन २, गैम्बोज १·५, अल्कोहॉल पर्याप्त)।

गुण—कब्ज में सोते समय २ गोली खायें।

PIL COLOCYNTH CO (पि० कौलोसिन्थ को)
GREGORY'S PILL (ग्रीगारीज पिल)

मात्रा—४-८ ग्रेन (सोते समय)।

मु० अ०—(कौलोसिन्थ पल्व १ औंस, एलोज २ औंस, स्केमॉनि रेजिन २ औंस, पोटास सल्फ $\frac{१}{४}$ औंस, ऑइल० क्लोव्ज २ ड्राम, जल पर्याप्त)।

गुण—कब्ज में उपयोगी है।

PIL COLOCYNTH ET HYOSCYAMI
(पि० कौलोसिन्थ एँट हायोसायेमि)

मात्रा—४-८ ग्रेन (सोते समय)।

मु० अ०—(कौलोसिन्थ १२·५, एलोज २५, इपोमिया रेजिन २५, ऑइल क्लोव्ज ४, कर्डसोप ७, एक्स० हायोसायेमस १२·५, सीरप ग्लुकोस १४)।

गुण—कब्ज में सोते समय सेवन करनी चाहिये।

PIL CODEINE CO (पि० कोडीन को)

मात्रा—१ गोली २-३ बार।

मु० अ०—(कोडीन $\frac{१}{४}$ ग्रेन, ऐक्स० नक्सवॉमिका $\frac{१}{२}$ ग्रेन, सोडा आर्सिनास $\frac{१}{१६}$ ग्रेन, ऐक्स० जंशियन काफी)।

गुण—मधुमेह के लिये बहुत उपयोगी है। कुछ दिनों के बाद कोडीन की मात्रा $\frac{१}{२}$ से १ ग्रेन तक बढ़ा देनी चाहिये।

PIL COLCHICINAE ET NUXVOMICA

(पि० कौल्चिसिनी एँट नक्सवॉमिका)

मात्रा—२-३ गोली रोजाना।

मु० अ०—(कौल्चिसिन $\frac{१}{६४}$ ग्रेन, ऐक्स० नक्सवॉमिका $\frac{१}{४}$ ग्रेन, ऐक्स० ह्वायोसायेमस $\frac{१}{३}$ ग्रेन, मिल्क शूगर पर्याप्त)।

गुण—गठिया (गाऊट) में बड़ी उपयोगी है।

PIL DIGITALIS CO, (GUY'S PILL)

(पि० डिजिटेलिस को, गाइज-पिल)

मात्रा—२-३ गोली रोजाना।

मु० अ०—(पल्व डिजिटेलिस, पल्व सिल्ला और पिल हाइड्रार्जिरि प्रत्येक १ ग्रेन, सीरप ग्लूकोस पर्याप्त)।

गुण—हृदय रोग के कारण उत्पन्न होने वाले शोथ में उपयोगी है।

PIL. HYDRARGYRI CUM CRETA ET OPII

(पि० हाइड्रार्जिरि कम क्रीटा एट ओपिआइ)

इसे "हाचिन्सन्स पिल" भी कहते हैं।

मात्रा—१ गोली तीन बार।

मु० अ०—(ग्रे पाउडर १२ ग्रेन, डोवर्स पाउडर १२ ग्रेन, पल्व अकेशिया कं० १ ग्रेन, सीरप ग्लूकोस पर्याप्त। इसकी १२ गोली बना लें)।

गुण—आत्शक में उपयोगी है।

PIL. HYDRARGYRI (BLUE PILL)

पि० हाइड्रार्जिरि (ब्लु पिल)

मात्रा—४-८ ग्रेन।

मु० अ०—(मर्करी ३३, सीरप १४, ग्लुकोस लिक्विड १५, ग्लीस्रीन ५, लिकोरिस ३३)।

गुण—कब्ज और आत्शक में उपयोगी है।

PIL HYDRARGYRI SUBCHLORIDI CO.

(पि० हाइड्रार्जिरि सबक्लोराइडि को०)

इसे "प्लमर्स पिल" भी कहते हैं (देखो)।

PIL. IPECAC CUM SCILLA

(पि० इपिकाक कम सिल्ला)

मात्रा—४-८ ग्रेन तीन बार।

मु० अ०—(पल्व इपिकाक कं० ३ औंस, पल्व सिल्ला १ औंस, अमोनियाकम १ औंस, सीरप ग्लुकोस काफी)।

गुण—खांसी के लिए लाभदायक है।

PIL. PAPAIN CO. (पि० पैपेन को०)

मात्रा—एक गोली २-३ बार।

मु० अ०—(पैपेन ४ ग्रेन, एक्स० नक्सवॉमिका $\frac{1}{3}$ ग्रेन, ऐक्स० बैलाडोना $\frac{1}{6}$ ग्रेन, एलोज $\frac{1}{4}$ ग्रेन)।

गुण—पाचक और मृदुविरेचक। इसे भोजन के तुरन्त बाद सेवन करना चाहिये। भूख बढ़ाती है, हाजमा करती है और दस्त साफ लाती है।

PIL PHOSPHORI (पिल फौस्फोरि)

मात्रा—१-४ ग्रेन दिन में २-३ बार।

गुण—इसके गुणों के लिये देखो "फोस्फोरस"।

PIL PLUMBI CUM OPIO (पि० प्लम्बाइ कम औपियो)

मात्रा—२—४ ग्रेन दो तीन बार।

मु॰ आ॰—(प्लम्बाई एसिटास ८०, ओपियम १२, सीरप ग्लुकोस काफी)।

गुण—उपशामक, नशीली और संकोचक। अतिसार और आंतों के रक्त-स्राव में उपयोगी है।

PIL PLUMMER'S (PIL HYDRARGYRI SUBCHLORIDE CO)

(पि॰ प्लमर्स, पि॰ हाइड्रार्जिरि सबक्लोराइडि को)

मात्रा—१-२ गोली दिन में २ बार।

मु॰ अ॰—(कैलोमल १२ ग्रेन, ऐन्टिमनि सल्फाइड १२ ग्रेन, ग्वाआकम रैजिन २४ ग्रेन, गम अकेशिया और ट्रैगेकन्थ प्रत्येक $\frac{3}{5}$ ग्रेन, सीरप ग्लुकोस काफी)।

गुण—मृदुविरेचक और रक्तशोधक। आत्शक और रक्तविकारों में उपयोगी है।

PIL QUININE, HYDRARGYRI ET OPII

(पि॰ कुनीन, हाइड्रार्जिरि एट ओपिआइ)

मात्रा—१ गोली ३ तीन बार।

मु॰ अ॰—(कुनीन सल्फ $1\frac{1}{2}$ ग्रेन, ग्रे पाउडर १ ग्रेन, ओपियम $\frac{1}{6}$ ग्रेन, ऐक्स॰ जंशियन आवश्यकतानुसार)

गुण—आत्शक और ऐसे रोगों में जिनमें रक्त में विष फैल गया हो और ज्वर हो, उपयोगी है। मयादी ज्वर में भी दी जाती है।

PIL, QUININE IPECAC ET CAMPHOR

(पि॰ कुनीन इपिकाक एट कैम्फर)

मात्रा—१ गोली २ बार।

मु॰ अ॰—(कुनीन २ ग्रेन, इपिकाक $\frac{1}{4}$ ग्रेन, कैम्फर $\frac{1}{4}$ ग्रेन, एसिड कार्बोलिक $\frac{1}{4}$ मि॰)

गुण—ऐसा कहा जाता है कि यदि इस गोली को प्लेग के दिनों में रोजाना कई रोज तक सेवन किया जाय तो प्लेग होने का भय नहीं रहता। इन्फ्लुयन्जा, जुकाम और ज्वरों में भी उपयोगी है।

PIL RHEI CO (पि० रिआई को)

मात्रा—४-८ ग्रेन सोते समय।

मु० अ०—(रूबर्ब ३ औंस, सोकोट्रिन एलोज, २¼ औंस, मिर्ह १½ औंस, हार्ड सोप १½ औंस, ऑइल पेपरमिन्ट १½ ड्राम, सीरप ग्लुकोस २¾ औंस)

गुण—कब्ज में उपयोगी है।

PIL SCILLA CO (पि० सिल्ला को)

मात्रा—४-८ ग्रेन दिन में ३ बार।

मु० अ०—(सिल्ला १¼ औंस, जिन्जर, अमोनियाकम, हार्डसोप, सीरप ग्लुकोस प्रत्येक २¾ औंस)

गुण—बलगम निकालने वाली और मूत्रल; खांसी में लाभदायक है।

PIL. THREE VALERIANATES

(पि० थ्री वैलिरियेनेट्स)

मात्रा—१ गोली दिन में ३ बार।

मु० अ०—(जिंक वेलिरियेनेट, कुनीन वेलिरियेनेट और आयरन वेलिरियेनेट प्रत्येक १ ग्रेन, ऐक्स० जंशियन आवश्यकतानुसार)

गुण—हिस्टीरिया और स्नायु-रोगों में उपयोगी है।

PILOCARPINE NITRAS & PILOCARPINE HYDROCHLORIDE

(पिलोकार्पीन नाइट्रास और पिलोकार्पीन हाइड्रोक्लोराइड)

मात्रा—१/२० से १/४ ग्रेन।

गुण—लालावर्द्धक, स्वेदक। ग्लौकोमा, आइराइटिस आदि नेत्र रोगों में

इसका लोशन ($\frac{१}{२}$ से १%) टपकाया जाता है। स्वांग शोथ, या शरीर के किसी कोष्ठ (Cavity) में द्रव एकत्रित हो जाने में इसका इन्जेक्शन लगाने से मूत्र और पसीना आकर शोथ में कमी आ जाती है। परन्तु इस काम के लिये इसे बहुत कम प्रयोग किया जाता है। गंज पर लगाने से बाल पुनः उग आते हैं।

योग

पिलोकार्पीन नाइट्रेट	२ ग्रेन
कुनीन हाइड्रोक्लोराइड	८ ग्रेन
ग्लीस्रीन	२ ड्राम
टिंचर कैन्थेरिडीन	१ ड्राम
ऐक्वा रोज	५ ड्राम

विधि--लोशन तैयार करलें (इसे गंज पर रोजाना मलें)

PINE TAR (पाइन टार)

इसे पिक्स लिक्विडा (PIX LIQUIDA) भी कहते हैं

मात्रा—२—१० ग्रेन।

गुण--घाव, जख्म और चर्म रोगों पन इसे लोशन और मरहम के रूप में प्रयोग करते हैं। यह कफनिःसारक है; पुरानी खाँसी और जाड़ों की खांसी में दिया जा सकता है।

नोटः—देखो "सीरिप पिसिस लि०"

PIPERAZIN (पिपरेजिन)

मात्रा—५-१५ ग्रेन।

गुण—मूत्रकारक और अश्मरीहर। गठिया बाय और मूत्रयंत्र की पथरी के लिये उपयोगी है। छोटी-छोटी पथरी तो इसके कुछ दिनों के प्रयोग से ही गलकर बाहर आ जाती है।

PIPERAZINE CITRATE (पिपरेजिन साइट्रेट)

यह कोई नई औषधि नहीं है परन्तु इसका एक नया उपयोग निकला है। यह आंतों के कीड़ों, विशेषतया सूती कीड़ों और केचुओं के लिये अत्युपयोगी सिद्ध हुई है।

यह बाजार में भिन्न-भिन्न नामों से बिकती है। ग्लैक्सो लेबोरेट्री ने इसका नाम हल्मेसिड (Helmacid) बरोज वैलकम ने एन्टीपार (Antepar), स्मिथ ने पाइनोसाइड (Pinocide), बी० डी० एच० ने एन्टेसील (Entacyl) इत्यादि रक्खा है।

गुण और प्रयोग विधि—पैकेट के साथ लगे हुये पर्चे पर लिखी हुई होती है।

*PITOCIN (पिटोसिन)

इसे औक्सीटोसिन OXYTOCIN भी कहते हैं

मात्रा—८-१५ मि०। (चर्म या माँस द्वारा)

गुण—इसके गुण "पिटयुट्रीन" के समान हैं। (देखो)

*PITRESSIN (पिट्रेसिन)

मात्रा—८-२५ मि०।

गुण—इसके गुण "पिट्यूट्रीन" के समान है। (देखो)।

PITUITARY (ANTERIOR LOBE) EXTRACT

पिट्युटरी (ऐन्टीरिअर लोब) ऐक्सट्रैक्ट

गुण—बांझपन, जननेन्द्रियों का नियमानुकूल न बनना, शिशुपन, जवानी का देर में आना, रज अदर्शन, कष्टरज, रक्तप्रदर, गर्भपात, अंडग्रंथियों का नीचे न उतरना, इत्यादि में प्रयुक्त होता है। इसके प्रयोग से स्त्री और पुरुषों की जननेन्द्रियों में वृद्धि हो जाती है अतः जिन स्त्री-पुरुषों में जवानी

के लक्षण ठीक प्रकार प्रगट न हों उन्हें इसके इन्जेक्शनों से आश्चर्यजनक लाभ होता है।

PITUITARY (POSTERIOR LOBE) EXTRACT

पिट्युटरी (पोस्टीरिअर लोब) ऐक्सट्रैक्ट)

इसे "पिटयुट्रिन" भी कहते हैं ।

मात्रा—३—८ मि० (इन्जेक्शन द्वारा)

गुण—श्वास, दमकशी, शौक और प्रसव के बाद गर्भाशय को संकुचित करने के लिये इसके इन्जेक्शन लगाये जाते हैं। रक्त चाप को बढ़ाता है और हृदय को शक्ति देता है। यदि बच्चा पैदा होने के बाद गर्भ का अंश अन्दर रुक जाने के कारण रक्तस्राव होने लगे और वेदनाएँ असहनीय हों, या किसी कारणवश मैला जाना रुक जाय तो इसके इन्जेक्शन से आश्चर्यजनक लाभ होगा। यह हरपीज (मकड़ी मला जाना) में भी लाभदायक है। इस रोग में यह शूल को काम करता है और रोग को फैलने से रोकता है।

PIX CARBONIS PRAEPARATA, PREPARED COALTAR (पिक्स कार्बोनिस प्रीपेरेटा, प्रीपेयर्ड कोलटार)

इसके गुण पाइनटार की तरह हैं। यह एक्जिमा, खाज आदि में मरहम या लोशन के रूप में लगाया जाता है ।

PLAGUE VACCINE (प्लेग वैक्सीन)

मात्रा—०·५—१ मिल ।

गुण—इसके इन्जेक्शन के बाद प्लेग होने का कम से कम छः मास तक भय नहीं रहता है ।

*PLASMOCHIN, PLASMOQUIN

(प्लाज्मोचिन, प्लाज्मोक्विन)

मात्रा—⅓ ग्रेन तीन बार ।

गुण—मलेरिया के लिए बड़ी उपयोगी है। इसे कुनीन के साथ २ अथवा "एटेब्रोन" को कुछ दिन सेवन करने के बाद प्रयोग करना चाहिये। अब इसे बहुत कम इस्तेमाल किया जाता है।

PODOPHYLLUM INDICUM
(पोडाफाइलम् इंडिकम)

मात्रा—२-१० ग्रेन।

गुण—विरेचक, पित्तवर्द्धक। ऐसे कब्ज में जिसमें यकृत ठीक प्रकार कार्य न कर रहा हो इसे कैलोमल के साथ देना उपयोगी है। "देखो टिंचर पोडोफाइली इंडिसो"।

PODOPHYLLUM RESINA
(पोडोफ़ाइलम रेजिना)

मात्रा—$\frac{१}{४}$-१ ग्रेन।

गुण—विरेचक और पित्तवर्द्धक। कब्ज में अन्य औषधियों के साथ गोली के रूप में दिया जाता है।

योग

पोडाफाइलम रेजिन	$\frac{१}{४}$ ग्रेन
एलोइन	$\frac{१}{४}$ ग्रेन
युओनीमीन	$\frac{१}{४}$ ग्रेन
ऐक्स० बैलाडोना	$\frac{१}{६}$ ग्रेन
ऐक्स० नक्सवौमिका	$\frac{१}{३}$ ग्रेन
ऑइल पीपरमिन्ट	$\frac{१}{२}$ मि०

विधि—सोते समय एक गोली (जिगर की खराबी, कब्ज इत्यादि)।

POTASSIUM ACETATE (पोटासियम एसिटेट)

मात्रा—१५–३० ग्रेन।

गुण—स्वेदक, मूत्रकारक। ज्वरों और मूत्र रोगों में प्रयोग किया जाता है। इसका नमी पाने के कारण पानी बन जाता है।

POTASSIUM BICARB (पोटासियम बाइकार्ब)

मात्रा—१५–३० ग्रेन।

गुण—अम्ल-नाशक, पाचक, मूत्रल और बल्गम को तर करने वाला। खाँसी, खट्टी डकार, अजीर्ण, वाय (सोडा सैलिसिलास के साथ) और गठिया में उपयोगी है।

योग

पोटास आयोडाइड	५ ग्रेन
पोटास बाइकार्ब	२० ग्रेन
सोडा सैलिसिलास	१५ ग्रेन
वाइनम कौल्चिसी	१० मि०
स्पिरिट अमोनिया एरोमेटिक	१५ मि०
ऐक्वा	कुल १ औंस

विधि—ऐसी एक मात्रा दिन में ३ बार (गठिया, बाय का दर्द)।

POTASSIUM BITRATE (पोटासियम बाइट्रेट)

मात्रा—१५–६० ग्रेन।

गुण—देखो "क्रीम ऑफ टार्टर" (दूसरा नाम)।

POTASSIUM BROMIDE (पोटासियम ब्रोमाइड)

मात्रा—५–२० ग्रेन।

गुण—उपशामक, निद्राजनक; मृगी, काली खाँसी, श्वास-रोग, उन्माद, आधा सीसीं, दर्दसर, कष्टरज, स्वप्नदोष, नाड़ीशूल, कंप, आक्षेप, अनिद्रा

बेचैनी, हिचकी, कम्हेड़े, हिस्टीरिया, ऐक्लैम्पशिया आदि अनेक रोगों में बहुत उपयोगी है।

योग (१)

ऐन्टिपायरीन	५ ग्रेन
पोटास ब्रोमाइड	१५ ग्रेन
लिकर मौर्फीन हाइड्रोक्लोर	१५ मि०
सीरप औरंशाइ	१ ड्राम
ऐक्वा	कुल १ औंस

विधि—दिन में २--३ बार (शिरोशूल, कर्णशूल, दन्तशूल इत्यादि)।

योग (२)

पोटास ब्रोमाइड	१५ ग्रेन
अमोनियम ब्रोमाइड	१० ग्रेन
क्लोरल हाइड्रेट	१० ग्रेन
टि० हायोसाइमस	३० मि०
सीरप औरंशाई	१ ड्राम
ऐक्वा	१ औंस

विधि—ऐसी मात्रा सोते समय (अनिद्रा) या दिन में २-३ बार (मिर्गी, प्रलाप, हिस्टीरिया, आक्षेपन इत्यादि)।

POTASSIUM CHLORATE (पोटासियम क्लोरेट)

मात्रा—५–१० ग्रेन।

गुण—मुंह के छाले, कंठ-शोथ, तालुग्रंथि-शोथ आदि में इसके घोल से (१० ग्रेन प्रति औंस) कुल्ले करना और ५-१० ग्रेन की मात्रा में इसे सेवन करना लाभदायक है। यह पटाखे बनाने के काम भी आता है। इसे पोटास

आयोडाइड के साथ कदापि न देना चाहिये। देखो "ट्रौकिस्कस पोटास क्लोरेट"।

योग

पोटास क्लोरेट		२ ड्राम
ग्लीसरीन बोरेक्स		४ ड्राम
टिं० मिर्हं		४ ड्राम
ऐक्वा	कुल	८ औंस

विधि—कंठ रोगों में कुल्ले करने के लिए।

नोट—देखो "पल्व पोटास क्लोरेट कं"।

POTASSIUM CHLORIDE (पोटासियम क्लोराइड)

मात्रा—१५-३० ग्रेन।

गुण—गठिया और बाय के रोगियों को टेबिल साल्ट की बजाय दिया जाता है। यह बढ़े हुए रक्तचाप को कम करता है।

POTASSIUM CITRATE (पोटासियम साइट्रेट)

मात्रा—१५-३० ग्रेन।

गुण—स्वेदक, मूत्रल, प्यास बुझाने वाला और बलगम को पतला करने वाला। ज्वर, जलोदर, मूत्राघात, मूत्रकृच्छ्र, आमवात और बड़ी मात्रा में कब्ज, में उपयोगी है।

योग

लिकर अमोनिया एसीटेटिस	१५ मि०
पोटास साइट्रास	२० ग्रेन
स्पिरिट ईथर नाइट्रोसी	२० मि०
टिं० डिजिटेलिस	५ मि०

सीरप औरंशाई		१ ड्राम
ऐक्वा	कुल	१ औंस

विधि—३-३ घण्टे में (ज्वर उतारने और मूत्र लाने के लिये)।

POTASS CYANIDE (पोटास सायेनाइड)

गुण—डाक्टरी में बहुत कम प्रयुक्त होता है। स्वर्णकार इसे मुलम्मा करने के काम में लाते हैं। यह अत्यन्त तेज विष है।

POTASS GLYCEROPHOSPHATE
(पोटास ग्लीस्रोफौस्फेट)

मात्रा—२-५ ग्रेन।

गुण—बलकारक। स्नायविक दुर्बलता में अन्य ग्लीस्रोफौस्फेट्स के साथ मिला कर दिया जाता है।

देखो 'सीरप ग्लीस्रोफौस्फेट्स कंपाउन्ड"।

POTASS GUAIACOL SULPHONAS
पोटास ग्वाआकौल-सल्फोनास

इसे थ्योकौल भी कहते हैं।

मात्रा—७½-१५ ग्रेन।

गुण—इसमें ग्वाआकौल और क्रओसोट दोनों के गुण विद्यमान हैं। यह हर प्रकार की खाँसी में उपयोगी है। देखो "थ्योकौल"।

POTASS HYPOPHOSPHITE
(पोटास हाइपोफौस्फाइट)

मात्रा—१-६ ग्रेन।

गुण—स्नायविक दुर्बलता और क्षयरोग में उपयोगी है। प्रायः दूसरे हाइपोफौस्फाइट्स के साथ मिला कर दिया जाता है।

देखो "सीरप हाइपाफौस्फाइट्स कंपाउन्ड"।

POTASS IODIDE (पोटास आयोडाइड)

मात्रा—५-२० ग्रेन।

गुण—रक्तशोधक, मूत्रल, कफनिःसारक। आतशक, रक्तविकार, खाँसी, श्वास रोग, गण्डमाला, गठिया बाय, पुरानी सूजन, पुराने दर्द, निमोनिया, प्लुरिसि, संधि-प्रदाह, हृदय-रोग, घेघा, हप्पु, कर्णनाद, आदि अनेक विकारों में उपयोगी है। रक्तचाप को कम करता है। जब किसी ने सीसा, पारा या अन्य धात्विक विष खा लिया हो तो इसके प्रयोग से लाभ होता है। कुछ व्यक्तियों को यह अनुकूल न पड़ने के कारण जुकाम नजला, सूजन, दांत हिलना आदि लक्षण पैदा कर देता है। इसके साथ सोडा बाइकार्ब, पोटास बाइकार्ब या स्पिरिट अमोनिया एरोमेटिक मिला देने से ये लक्षण कम पैदा होते हैं।

देखो "लिनिमेन्ट और अन्वन्टम पोटास०"।

योग (१)

वाइनम इपिकाक	१० मि०
अमोनिया कार्ब	४ ग्रेन
पोटास बाइकार्ब	१५ ग्रेन
पोटास आयोडाइड	५ ग्रेन
सीरप टोलू	१ ड्राम
ऐक्वा कुल	१ औंस

विधि—ऐसी एक मात्रा दिन में ३ बार (निमोनिया, ब्रौंकाइटिस)।

योग (२)

पोटास आयोडाइड		१० ग्रेन
लिकर हाइड्राजिरी पर्कलोराइडी		३० मि०
ऐक्स० सार्जा लिक्विड		१ ड्राम
टि० सिन्कोना कं०		३० मि०
स्पिरिट क्लोरोफॉर्म		१० मि०
ऐक्वा	कुल	१ औंस

विधि—ऐसी मात्रा दिन में ३ बार (आत्शक)

POTASS NITRAS (SALTPETER)
(पोटास नाइट्रास, साल्टपीटर) शोरा

मात्रा—५-१५ ग्रेन।

गुण—मूत्रल और स्वेदक। ज्वर उतारने और पेशाब लाने के लिए प्रयोग किया जाता है। गठिया के दौरे को रोकने के लिए एक गिलास सोडावाटर में २० ग्रेन पोटास नाइट्रेट और ३० ग्रेन पोटास बाइकार्ब मिला कर पीना लाभदायक है। इसके घोल में हरफचट भिगो कर सुखा लें और दमे का दौरा आरम्भ हो तो उसे जलाकर उसके धुएं को सूंघें, अवश्य लाभ होगा।

योग

लिकर अमोनिया एसिटेटिस डिल		२ ड्राम
स्पिरिट ईथर नाइट्रोसी		२० मि०
पोटास नाइट्रास		१० ग्रेन
सोडा साइट्रास		१० ग्रेन
सीरप		१ ड्राम
ऐक्वा	कुल	१ औंस

विधि—ऐसी एक मात्रा ३-३ घंटे में (ज्वर को कम करने के लिए)

POTASS PERMANGANATE (पोटास परमंगनेट)

मात्रा—१-३ ग्रेन।

गुण—प्रबल कीटाणुनाशक, रोगाणुरोधक और दुर्गन्धहर; इसका लोशन (५ औंस जल में १ ग्रेन) मुख और कण्ठ के रोगों में कुल्ले करने के लिये, गन्दे पीपदार जख्मों और घावों को धोने के लिये, नाक धोने के लिये और बच्चा पैदा होने के बाद योनि और गर्भाशय में डूश करने के लिये बहुत प्रयुक्त होता है। सोजाक में मूत्र मार्ग द्वारा इसकी पिचकारी लगाना (१० औंस जल में १ ग्रेन) बहुत उपयोगी है। जिस स्थान पर सर्प या बावले कुत्ते ने काटा हो उस पर इसके तेज घोल (२० में १) को तुरन्त मलने से बहुत लाभ पहुँचता है। इसके अतिरिक्त काटे हुए स्थान के इर्द गिर्द चर्म के नीचे इसके ५ प्रतिशत घोल का इंजेक्शन भी लगा देना चाहिये। फौस्फोरस, ओपियम, हाइड्रोसाइनिक ऐसिड और मौर्फीन के विषैले प्रभाव को नष्ट करने के लिए बड़ा उपयोगी है। सूक्ष्म मात्रा में इसे आयरन के साथ पाण्डु रोग में देते हैं। हैजे में इसे पीने के लिये (२० औंस में ४ ग्रेन) प्रयोग करते हैं। हैजे के दिनों में कुओं के जल को शुद्ध करने के लिये इसका बहुत प्रयोग होता है। जुकाम आदि में किंचित पोटास परमंगनेट पीस कर सावधानी के साथ सूँघने से छींक आकर नाक हल्की हो जाती है।

नोट—देखो "लिकर पोटासि परमंगनेटिस"।

POTASS TARTRATE (पोटास टार्टरेट)

मात्रा—३०-६० ग्रेन।

गुण—मूत्रकारक और पतले दस्त लाने वाला; कब्ज में उपयोगी है।

POTASS TARTRATE ACIDUS
(पोटास टार्टरेट एसिडस)
CREAM OF TARTAR (क्रीम आफ टार्टर)

मात्रा—१५-६० ग्रेन।

गुण—मूत्रकारक और पतले दस्त लाने वाला। अर्शरोग (बवासीर) में इसे सम भाग सल्फर के साथ मिलाकर प्रयोग करते हैं। चीनी साफ करने तथा बिस्कुट बनाने के काम भी आता है। गर्दन में शर्करार्बुद (Carbuncle) पर इससे ड्रेसिंग करने से लाभ होता है।

योग

पोटास टार्टरेट एसिडस	१५ ग्रेन
पल्व ग्लीसराइजा कं०	१ ड्राम

विधि—सोते समय एक पुड़िया (कब्ज में)

PRAEQUINE (प्रीक्वीन)

देखो "पामाक्वीन"

PRECIPITATED (प्रेसीपिटेटेड चाक)

देखो "कैल्सियम कार्बोनेट"

PRECIPITATED SULPHUR (प्रेसिपिटेटेड सल्फर)

देखो "सल्फर प्रेसिपिटेटेड"।

PREDNISOLONE (प्रेडनीसोलोन)

मात्रा—१ टिकिया से १२ टिकिया रोजाना।

गुण—रूमेटोइड आर्थराइटिस, पैम्फीगस, अलर्जी (जैसे दमा, सीरम सिकनस, औषधियों के प्रयोग से होने वाले विकार) और कई प्रकार के संक्रमण, रक्तविषाक्तता और स्तब्धता की अवस्था जो मयादी ज्वर, क्षयरोग इत्यादि रोगों में उत्पन्न हो जाते हैं, उपयोगी है।

आम तौर पर इसकी १ टिकिया दिन में ३ बार देना पर्याप्त होता है परन्तु तीव्र प्रकार के रोगों में इसको दिन में ४ बार देनी पड़ती है।

इसे धीरे-धीरे कम करना चाहिये। एक साथ बन्द करने से हानि होने की आशंका है।

नोट—प्रेडनीसोन (Prednisone) की मात्रा और गुण भी इसके समान हैं।

योग

प्रेडनीसोलोन	½ टिकिया
एस्पिरीन	७ ग्रेन

विधि—पुड़िया बनालें। ऐसी एक पुड़िया दिन में ३ बार दें (बाय के दर्द में)।

PREGNYL OR PROLAN (प्रेग्नील या प्रोलन)

देखो "ऐन्ट्युट्रीन"।

PROCTOR'S PASTE (प्रौक्टर्स पेस्ट)

मु० अ०—(पल्व ट्रैगेकन्थ १ ड्राम, ग्लीसरीन ३ ड्राम, वाटर १½ ड्राम)।
गुण—यह बाज गोलियां बनाने में पड़ता है।

PROCAINE HYDROCHLORIDE (प्रोकेन हाइड्रोक्लोराइड)

इसे नोवोकेन और कैरोकेन भी कहते हैं (देखो नोवोकेन)।

PROFLAVINE (प्रोफ्लेवीन)

गुण—इसके गुण और प्रयोग "एक्रिफ्लेवीन" के समान हैं। यद्यपि कुछ-कुछ रक्तस्तंभक भी है।

PROGESTERONE (प्रोजेस्टरोन)
PROGESTIN (प्रोजेस्टीन)

यह "कौर्पस ल्युटियम" का सत है। वह बाजार में कई नामों से बिकता है जैसे ल्युटोसाइक्लिन, गैस्टन, प्रोल्युटन, लाइपो-ल्युटन इत्यादि।

मात्रा—२-२० ऐम० जी० या १/३० से १/३ ग्रेन रोजाना मांस में।

गुण—यह बांझपन, गर्भपात, रक्तप्रदर आदि स्त्री-रोगों में उपयोगी है। नष्टार्तव में इसे ओएस्ट्रोजेन्स (OESTROGENS) के साथ देना चाहिये। जब गर्भपात के लक्षण प्रकट होने लगें तो इसका रोजाना १० ऐम० जी० का इंजेक्शन देते रहें जबतक कि रक्तस्राव बन्द न हो जाय।

*PROMINAL (प्रोमीनल)

मात्रा—१-३ ग्रेन।

गुण—अनिद्रा रोग में इसे सोने से पूर्व प्रयोग करने से ६ से ८ घंटे की नींद आ जाती है। मिर्गी में भी यह उपयोगी पाया गया है।

*PRONTOSIL ALBUM (प्रौन्टोसिल एल्बम)

मात्रा—१०-३० ग्रेन।

गुण—इसके गुण सल्फेनिलेमाइड के समान हैं।

विशेष—सबसे पहले जर्मनी की "बेयर" कम्पनी ने इसे ईजाद किया था। यह सल्फेनिलेमाइड ही है। इसके भिन्न-भिन्न नाम हैं जैसे सल्फोनेमाइड "पी", स्ट्रैप्टीसाइड, सल्फेनिल इत्यादि।

*PRONTOSIL "RUBRUM" (प्रोन्टोसिल रूब्रम)

मात्रा–८ ग्रेन।

गुण–प्रसूतज्वर, विषैलेज्वर, विसर्प, फोड़े, पीपदार रोग, रक्त का विषैला बन जाना, निमोनिया, सोजाक आदि अनेक रोगों में उपयोगी है।

PRONTOSIL SOLUBLE (प्रौन्टोसिल सौल्युबिल)

मात्रा—२०-४० मिल्स रोज़ाना (मांस में)

गुण—प्रौन्टोसिल के समान।

PROOF SPIRIT (प्रूफ स्पिरिट)

देखो अल्कोहॉल ; यह ५ वौल्यूम रेक्टीफाइड स्पिरिट और ३ वौल्यूम डिस्टिल्ड वाटर को मिलाने से तैयार होती है।

PROSTATE GLAND (प्रोस्टेट ग्लैण्ड)

मात्रा—१½-३ ग्रेन।

गुण—कुछ स्नायविक (Nervous) विकारों में प्रयुक्त होता है। प्रोस्टेट ग्रन्थि के बढ़ जाने में और अण्ड ग्रन्थि के सिकुड़ जाने में भी लाभदायक है।

PROTARGOL (प्रोटार्गल)

आर्जेन्टम प्रोटेनिकम का दूसरा नाम है (देखो)।

PROTEIN HYDROLYSATE (प्रोटीन हाइड्रोलाइसेट)

इसे "पेप्टोन ग्लुकोस सौल्युशन" भी कहते हैं।

म० अ०—(एमिनो एसिड्स, ग्लुकोस, सोडियम क्लोराइड)

मात्रा—७ से १५ औंस नस द्वारा धीरे-धीरे, ३-४ दिन रोजाना।

गुण—जब कोई भूख से मर रहा हो तब इसका रोजाना एक इन्जेक्शन (कुल ३ या ४ इंजेक्शन) देने से बहुत लाभ होता है।

नोट:—जब यकृत या वृक्क की हालत बहुत खराब हो तव इसे प्रयोग न करना चाहिये।

PROTEOLYSED LIVER EXTRACT (प्रोटीओलाइज्ड लिवर ऐक्सट्रैक्ट)

मात्रा—१ औंस रोजाना (२-३ ड्राम ३ बार)।

गुण—दुर्बलता, पाण्डुरोग और रोगों के बाद की कमजोरी दूर करने के लिये प्रयुक्त होता है।

PRUNI VIRGINI (प्रूनी वर्जिनी)

देखो "सीरप प्रूनी वर्जिनी"।

PULV ACETANILIDE CO (पल्व एसिटेनिलाइड को)

मात्रा—३–५ ग्रेन।

मु० अ०—(ऐसिटेनिलाइड ७, कैफीन १, सोडाबाइकार्ब २)

गुण—दर्द सर तथा चेहरे आदि के दर्दों में उपयोगी है। पसीना लाकर ज्वर को कम करता है।

देखो "ऐसिटेनिलाइड"

PULV A. P. C. (पल्व ए० पी० सी०)

मात्रा—१०–१२ ग्रेन।

मु० अ०—(ऐस्पिरीन ५, फिनेस्टीन ४ और कैफीन साइट्रेट २)

गुण—बाय, दर्दसर, दर्दकमर और हर प्रकार के दर्दों में बहुत उपयोगी है। प्रत्येक चिकित्सक को इसे अपने औषधालय में बना कर रखना चाहिये।

PULV CATECHU CO (पल्व कैटेशु को)

मात्रा—१०–६० ग्रेन

मु० अ०—(कैटेशु ४ औंस, काइनो २ औंस, क्रैमेरिया २ औन्स, सिनेमन १ औन्स, नटमग ३ औन्स)

गुण—अतिसार में उपयोगी है।

योग

पल्व कैटेशु को	१५ ग्रेन
पल्व इपिकाक को	५ ग्रेन
पल्व क्रीटा ऐरोमेटिकस	१५ ग्रेन

विधि—ऐसी एक पुड़िया दिन में ३ बार (अतिसार)

नोट—देखो "कैटेशु और टि० कैटेशु"।

PULV CHINIOFONI, QUINOXYL, YATREN
(पल्व चिनिओफोनि, क्वीनौक्सील, याट्रीन)

मात्रा—१-८ ग्रेन ।

गुण—अमिबाजन्य आंतों के रोगों में (विशेषतया पेचिस) उपयोगी है । इसे १५ से ७५ ग्रेन की मात्रा में एनिमा द्वारा भी दिया जाता है।

PULV CINNAMON CO (पल्व सिनेमन को)

मात्रा—१०—६० ग्रेन।

मु० अ०—(सिनेमन, कार्डेमम और जिन्जर सम भाग) ।

गुण—छोटे बच्चों के अतिसार में विशेष उपयोगी हैं। प्राय: बिस्मथ, पल्व रिआई को आदि के साथ मिलाकर दिया जाता है ।

योग

पल्व सिनेमन को	३ ग्रेन
बिस्मथ कार्ब	३ ग्रेन
डोवर्स पाउडर	½ ग्रेन

विधि—ऐसी १ पुड़िया दिन में ३ बार (१ वर्ष के बच्चे को अतिसार के लिये)

नोट:—देखो "सिनेमन, ऑयल सिनेमन और टिं० सिनेमन"

PULV BISMUTHI CO (पल्व बिस्मथि को)

मात्रा—३० ग्रेन ।

मु० अ०—बिस्मथ कार्ब १, सोडा बाइकार्ब १, मैगकार्ब पौण्डरस ३, क्रीटाप्रीपेरेटा ३) ।

गुण—खट्टी डकार, अफारा और आमाशय और पक्वाशय के जख्मों में उपयोगी है। आवश्यकतानुसार १ मात्रा जल में घोल कर पीलें। पेट हलका हो जायगा। यह बड़ा उपयोगी नुस्खा है।

देखो "बिस्मथि कार्ब" ।

PULV CRETA AROMATIC (पल्व क्रीटा एरोमेटिक)

मात्रा—१०-६० ग्रेन।

मु० अ०—(सिनेमन बार्क १०, नटमग ८, क्लोव्ज ४, कार्डेमम ३, शूगर, ५० प्रीपेयर्ड चाक २५)

गुण—अतिसार तथा अजीर्ण में उपयोगी है।

PULV CRETA AROMATIC CUM OPIO
(पल्व क्रीटा ऐरोमेटिक कम ओपियो)

मात्रा—१०-६० ग्रेन।

मु०अ०—(पल्व क्रीटा ऐरोमेटिक ९७·५, ओपियम २·५)।

गुण—अतिसार और पेट के दर्द में उपयोगी है क्योंकि इसमें अफीम होती है अतः इसे बच्चों को सावधानी के साथ (२ ग्रेन के लगभग) देना चाहिए।

योग

पल्व क्रीटा एरोमेटिक कम ओपियो	१५ ग्रेन
बिस्मिथ सबनाइट्रेट	१० ग्रेन
सोडा बाइकार्ब	१० ग्रेन

विधि—ऐसी एक पुड़िया तीन बार (अतिसार, मरोड़े)

PULV EFFERVESCENS CO. (SEIDLITZ POWDER)
(पल्व एफर्वेन्स को, सिडलिट्ज पाउडर)

मात्रा—१ पुड़िया आवश्यकतानुसार।

मु० अ०—(सोडा पोटास टार्टरेट २ ड्राम, सोडा बाइकार्ब ४० ग्रेन (नीले कागज में) टार्टरिक एसिड ४० ग्रेन (सफेद कागज में)।

प्रयोग विधि—दोनों पुड़ियों को पृथक् २ गिलासों में घोल लें; फिर

दोनों को एक गिलास में मिलालें और झाग उठते हुए पीलें। इच्छानुसार इसमें चीनी या शर्बत मिला सकते हैं।

गुण—यह स्वादिष्ट विरेचक है। १-२ दस्त ले आता है।

PULL GLYCYRRHIZA CO (पल्व ग्लीसराइजा को)

मात्रा—६०-१२० ग्रेन।

मु० अ०—(सनाय ८, लिकरिस (मुलहटी) ८, सौंफ ४, सब्लाइम्ड सल्फर (गन्धक) ४, शूगर (चीनी) २६)।

गुण—मृदुविरेचक; स्त्रियों और दुर्बल रोगियों के कब्ज में विशेषतया उपयोगी है। बवासीर में भी दे सकते हैं। इसे सोते समय गर्म दूध या गर्म जल के साथ फांक लेना चाहिये। प्रातः १ दस्त खुलकर हो जायेगा।

PULV IPECAC CO (पल्व इपिकाक को)

मात्रा—५-१० ग्रेन।

गुण—देखो "डोवर्स पाउडर"।

योग

पल्व इपिकाक कं०	५ ग्रेन
ऐस्पिरीन	८ ग्रेन

विधि—ऐसी एक पुड़िया दिन में ३ बार (जुकाम, मांसशूल, नाड़ीशूल)

PULV IPECAC (पल्व इपिकाक)

मात्रा—½-२ ग्रेन (कफनिःसारक) १५-३० ग्रेन (वमन कारक)।

गुण—खाँसी बलगम में उपयोगी है। इसे जल में मिलाकर बिच्छू के काटे पर मलने से लाभ होता है।

PULV JALAP CO (पल्व जैलप को)

मात्रा—१० ६० ग्रेन।

मु० अ०—(जैलप ५, क्रीम ऑफ टार्टर ९, जिन्जर १)।

गुण—जल के समान पतले दस्त लाता है; जलोदर, शोथ और कब्ज में उपयोगी है।

PULV KALADANA CO (पल्व कालादाना को)

मात्रा—१०-६० ग्रेन।

मु० अ०—(कालादाना ७, क्रीम ऑफ टार्टर ७, जिन्जर १)

गुण—जल के समान पतले दस्त लाता है। जलोदर, शोथ और कब्ज में उपयोगी है।

PULV KINO CO (पल्व काइनो को)

मात्रा—५-२० ग्रेन।

मु० अ०—(काइनो ७५, ओपियम ५, सिनेमन २०)।

गुण—अतिसार में अकेला या बिस्मिथ, पल्व क्रीटा एरोमेटिक आदि के साथ दिया जाता है।

PULV LOBELIA CO (ASTHMA POWDER)
पल्व लोबेलिया को (ऐज्मा पाउडर)

सूंघने के लिए।

मु०अ०—(पोटास नाइट्रास २५ लोबेलिया की पत्तियाँ २५, स्ट्रैमोनियम की पत्तियाँ २५, चाय की पत्तियाँ २५, जल (खौलता हुआ) २५ ऑयल एनिसी १/१०)।

गुण—दमे के दौरे को शान्त करने के लिए १ ड्राम पाउडर अग्नि पर रखकर उसके धुएँ को सूंघलें। दौरा शान्त हो जायेगा। प्रसिद्ध पेटेन्ट औषध "हिमरौड ऐज्मा क्योर" इससे मिलता जुलता है।

PLLV MAGNESII TRISILICATIS CO
(पल्व मैग्नेशिआई ट्राइसिलिकेटिस को)

मात्रा—½-१ ड्राम।

मु० अ०—(मैग्ने० ट्राइसिल०, सोडा बाइकार्ब, चाक, प्रत्येक १ औन्स)।

गुण—खट्टी डकार, अफारा और उदरशूल आदि पेट के विकारों में बड़ा उपयोगी है।

(PULV MORPHINE EFFERVESCENS)
(पल्व मौर्फ़ीन एफ़र्वेसन्स)

माश्रा—१ पुड़िया।

मु० अ०—(मौर्फीन हाइड्रोक्लोराइड $\frac{1}{6}$ ग्रेन, ऐन्टिपाइरीन ८ ग्रेन, पोटास ब्रोमाइड १० ग्रेन, ऐसिड साइट्रिक ४० ग्रेन, ऐसिड टार्टेरिक ४० ग्रेन, सोडा बाइकार्ब १ ड्राम, मिल्क शूगर १ ड्राम)।

गुण—दन्त शूल और कर्ण शूल के लिये अक्सीर है। इसे पानी में घोल कर झाग उठते हुये पी लेना चाहिये।

PULV OPII CO (पल्व ओपिश्राइ को)

माश्रा—५-१५ ग्रेन।

मु० अ०—(ओपियम (अफीम) १०, ब्लैक पेपर (काली मिर्च) १५, जिन्जर (सौंठ) १० कैंरवे (जीरा) ४२, ट्रैगेकन्थ (कतीरा) ३)

गुण—हैजा, अतिसार, प्रवाहिका, शूल और अजीर्ण में उपयोगी है।

PULV PANCREATIN CO (पल्व पैन्क्रियाटिन को)

देखो "पैप्टोनाइजिंग पाउडर"।

PULV PAPAIN CO (पल्व पैपेन को)

माश्रा—५-१५ ग्रेन।

मु० अ०—(पैपेन ५ ग्रेन, सोडा बाइकार्ब ५ ग्रेन, मिल्क शूगर ५ ग्रेन)

गुण—भोजन को पचाने के लिये बड़ा उपयोगी है। भोजन के तुरन्त बाद देना चाहिये।

PULV PEPSIN CO (पल्व पेप्सीन कं०)

मात्रा—१०-३० ग्रेन।

मु० अ०—(पैप्सीन, पैन्क्रियाटीन, डायस्टेस, लैक्टिक एसिड, हाइड्रोक्लोरिक एसिड और लैक्टोस)

गुण—जब भोजन ठीक प्रकार न पचता हो तब इसके प्रयोग से बड़ा लाभ होता है।

PULV POTASS CHLORATE CO (पल्व पोटास क्लोरेट कं०)

मु० अ०—(पोटास क्लोरेट २० ग्रेन, बोरेक्स २० ग्रेन, सोडा बाइकार्ब २० ग्रेन)

गुण—जुकाम और नाक के दूसरे रोगों में एक ड्राम पाउडर को ५ औंस गुनगुने जल में घोल कर नथनों में पिचकारी लगाई जाती है। कंठ रोगों में इसके कुल्ले भी किये जाते हैं।

PULV QUININE CO (पल्व क्वीनीन को)

मात्रा—१२ ग्रेन।

मु० अ०—(कुनीन सल्फ ५ ग्रेन, फिनेस्टीन ४ ग्रेन, ऐसिड आर्सेनिक १/६० ग्रेन, ऐक्स० नक्सवाँमिका १/४ ग्रेन, मिल्क शूगर कुल १५ ग्रेन)।

गुण—मलेरिया ज्वर में १ पुड़िया ४-४ घण्टे में दें (कुल २-३ पुड़िया)। जब ज्वर उतर जाये तो इसमें से फिनेस्टीन निकाल दें।

PULV RHEI CO (पल्व रिहाइ को) GREGORY'S POWDER (ग्रीगोरीज़ पाउडर)

मात्रा—१०-६० ग्रेन।

मु० अ०—(रूबर्ब २५ औंस, मैग कार्ब लेविस ६३·५ औंस, मैग कार्ब पौंडरस ३२·५ औंस, जिन्जर १० औंस)।

गुण—यह अतिसार और अजीर्ण (विशेषतया बच्चों के) में ग्रे पाउडर और सोडा बाइकार्ब के साथ बहुत प्रयोग किया जाता है।

PULV ROSE CO (पल्व रोज को)

मु० अ०—(ऑयल रोज २ बूँद, गम अकेशिया १४५ ग्रेन, शूगर ८४० ग्रेन, क्लोरोफॉर्म २ बूँद, सोल्युशन ऑफ कार्मीन १२ बूँद)।

गुण—यह पाउडरों और मिक्सचरों को रंगीन और स्वादिष्ट बनाने के लिये प्रयुक्त होता है। ६ औंस मिक्सचर में २ ड्राम पर्याप्त होता है। बड़ा उपयोगी नुस्खा है।

PULV SANTONIN CO (पल्व सैन्टोनीन को)

मात्रा—४-८ ग्रेन।

मु० अ०—सैन्टोनीन १½ ग्रेन, पल्वस्कैमनि को २ ग्रेन, कैलोमल ½ ग्रेन।

गुण—केंचुए मारने के लिए बड़ा उपयोगी है। इसे रात्रि को सोते समय देना चाहिये और दूसरे दिन प्रातः कैस्टर ऑयल देना चाहिये।

PULV SCAMMONI CO (पल्व स्कैमनि को)

मात्रा—१०-२० ग्रेन।

मु० अ०—(स्कैमनि रेज़िन ४ औंस, जैलप ३ औंस और जिन्जर १ औंस)

गुण—तीव्र विरेचक; जलोदर और ऐसी दशा में जब सिर में सख्त चोट लग गई हो, दस्त लाने के लिये इसे प्रयोग किया जाता है।

PULV SODII CHLORIDE CO
(पल्व सोडिआइ क्लोराइड को)

मु० अ०—(सोडियम क्लोराइड ४, सोडियम बाइकार्ब ४, शूगर ४, बोरेक्स ४)।

गुण—कंठ-रोगों में इसे गर्म जल में घोल कर कुल्ले किये जाते हैं।

PULV SODII NITRITE CO
(पल्व सोडिआइ नाइट्राइट को)

मु० अ०—(सोडियम नाइट्राइट १ ग्रेन, पोटास नाइट्रेट १५ ग्रेन, पोटास बाइकार्ब १० ग्रेन)।

गुण—जिन लोगों का रक्त-चाप बढ़ा हुआ हो उन्हें रोज प्रातः ऐसी एक पुड़िया जल में घोल कर प्रयोग करनी चाहिये।

PULV TRAGACANTH CO (पल्व ट्रैगेकन्थ को)

मात्रा—१०-६० ग्रेन।

मु० अ०—(ट्रैगेकन्थ १५ औन्स, गम अकेशिया २० औंस, स्टार्च २० औंस, शूगर ४५ औंस)।

गुण—इमल्शन बनाने के काम आता है। १ औंस मिक्सचर के लिए १-२ ड्राम काफी होता है।

PULV TURPETHI CO (पल्व टर्पंथि को)

मात्रा—३०-४५ ग्रेन।

मु० अ०—(टर्पथ, निशोथ) ७, क्रीम ऑफ टार्टर ७, जिन्जर (सोंठ) १।

गुण—रेचक; जलोदर और शोथ में लाभदायक है।

PYELECTAN (UROPAC) पाइलेक्टन (यूरोपैक)

मात्रा—१०-१५ ग्राम (शिरा द्वारा)।

गुण—यह मूत्र यन्त्र के ऐक्सरे फोटो लेने के काम आता है।

PYRAMIDON (पाइरेमिडॉन)

मात्रा—५-१० ग्रेन।

गुण—हल्के ज्वर, दर्द सर, दांत और कान का दर्द, श्याटिका और सब प्रकार के दर्दों में लाभदायक है। ऐन्टिपाइरीन और ऐस्पिरीन के समान गुण रखती है।

योग

पाइरेमिडॉन	५ ग्रेन
कैफीन साइट्रास	२ ग्रेन

विधि—ऐसी एक पुड़िया दिन में २-३ बार (दंतशूल, कर्णशूल, श्याटिका इत्यादि)।

*PYRIDIUM (पाइरिडियम)

मात्रा—३ ग्रेन (दो टिकिया) भोजन से पूर्व दिन में २-३ बार।

गुण—प्रबल कीटाणु-नाशक; सोजाक और ऐसे रोगों में जो स्टेफिलोकोकस नामक जीवाणु के कारण मसाने या मूत्रयंत्र के दूसरे भागों में पैदा होते हैं उपयोगी है। इसके प्रयोग से मूत्र में जलन होना या मूत्र का कष्ट के साथ बार-बार आना आदि लक्षण शांत हो जाते हैं।

*PYRIBENZAMINE (पाइरिबेन्जामीन)

मात्रा—$\frac{3}{4}$ से १$\frac{1}{2}$ ग्रेन रोज़ाना।

गुण—पित्त उछलना, आधा सीसी, हे-फीवर, और दमे में उपयोगी है। इसकी टिकियां आती हैं।

QUASSIA (क्वाशिया)

मात्रा—२-८ ग्रेन।

गुण—देखो "टिंचर क्वाशिया" और "इन्फ्युसम क्वाशिया"।

QUICK SILVER (क्विक सिल्वर)

मर्करी (हाइड्रार्जिरम) को कहते हैं (देखो)।

QUINACRINE (क्वीनाक्रीन)

मात्रा—रोग अवरोधक १$\frac{1}{2}$ ग्रेन रोजाना।
रोग-निवारक ३ से ८ ग्रेन रोजाना।

गुण—मलेरिया ज्वर के लिये उपयोगी है। गर्भावस्था में क्वीनीन का प्रयोग वर्जित होता है इसे बिना किसी भय के दिया जा सकता है। आम-

तौर पर इसे ५ दिन तक १½ ग्रेन दिन में ३ बार भोजन के बाद दिया जाता है ।

QUINIDINE SULPH (क्वीनिडीन सल्फ)

मात्रा—१-५ ग्रेन ।

गुण—मलेरिया में क्वीनीन की भाँति प्रयुक्त होती है। इसे पाउडर, कैंचट या कैप्स्यूल के रूप में देना चाहिये। यह अलिंद-विकंपन (Auricular Fibrillation) में भी उपयोगी है।

QUININE ARSENAS (क्वीनीन आर्सिनास)

मात्रा—¼ ग्रेन ।

गुण—पुराने मलेरिया में विशेष उपयोगी है ।

QUININE BISULPH (क्वीनीन बाइसल्फ)

मात्रा—५-१० ग्रेन ।

गुण—देखो क्वीनीन सल्फ। इसमें यह गुण है कि जल में घुल जाती है (१० भाग में १ भाग)।

QUININE DIHYDROCHLORIDE (क्वीनीन डाई हाइड्रोक्लोराइड)

मात्रा—५-१० ग्रेन ।

गुण—मलेरिया में उपयोगी है इसे क्वीनीन बाई-हाइड्रोक्लोराइड भी कहते हैं। इसके इंजेक्शन भी आते हैं।

QUININE ETHYL-CARB (EUQUININE) क्वीनीन ईथिल-कार्ब, (यूक्वीनीन)

देखो "यूक्वीनीन" ।

मात्रा—५-१० ग्रेन ।

गुण—बच्चों के मलेरिया में इसे दूध में घोल कर देने से बड़ा लाभ होता है। बच्चों के अतिसार में भी लाभदायक है।

QUININE HYDROBROMIDE
(क्वीनीन हाइड्रोब्रोमाइड)

मात्रा—१-१० ग्रेन।

गुण—क्वीनीन सल्फ के समान गुण रखती है।

QUININE ACID HYDROBROMIDE
(क्वीनीन एसिड हाइड्रोब्रोमाइड)

मात्रा—१-१० ग्रेन।

गुण—इसके इंजेक्शन. (चर्म के नीचे) मलेरिया के लिये उपयोगी है।

QUININE HYDROCHLORIDE
(क्वीनीन हाइड्रोक्लोराइड)

मात्रा—५-१० ग्रेन।

गुण—क्वीनीन सल्फ के समान गुणकारी है जल में घुल जाती है।

योग

क्वीनीन हाइड्रोक्लोर		५ ग्रेन
टि० औरंशाई		१५ मि०
टि० कार्डमम कं०		२० मि०
मैंग सल्फ		१ ड्राम
ऐक्वा	कुल	१ औंस

विधि—ऐसी मात्रा ३ बार (मलेरिया के आक्रमण को रोकने के लिये)

QUININE ACID HYDROCHLORIDE
(क्वीनीन एसिड हाइड्रोक्लोराइड)

मात्रा—५-१० ग्रेन।

गुण—इसे क्वनीन बाइ-हाइड्रोक्लोराइड भी कहते हैं। मिक्सचर और इंजेक्शन दोनों प्रकार प्रयोग की जा सकती है। यह बिना तेजाब की सहायता के ही जल में घुल जाती है। मलेरिया के अतिरिक्त इसके इंजेक्शन (शिरा द्वारा) निमोनिया, सैप्टीसीमिया, (रक्त में विष फैल जाना), प्रसूत ज्वर आदि रोगों में उपयोगी सिद्ध हुये हैं। क्योंकि नस में इसके इंजेक्शन देने से कभी-कभी मृत्यु तक हो जाती है अतः मलेरिया में इसे माँस द्वारा प्रयोग करना अच्छा है।

QUININE LACTATE (क्वीनीन लैक्टेट)

मात्रा—१-५ ग्रेन।

गुण—इसके इंजेक्शन (चर्म के नीचे) मलेरिया में लगाये जाते हैं। मिक्सचर के रूप में भी प्रयोग की जाती है।

QUININE SALICYLAS (क्वीनीन सैलिसिलास)

मात्रा—५-१० ग्रेन

गुण—मलेरिया, अतिसार, बाय (मलेरिया के कारण), गृध्रसी आदि में कैचेट्स अथवा गोली के रूप में प्रयोग की जाती है।

QUININE SULPHATE (क्वीनीन सल्फेट)

मात्रा—५-१० ग्रेन।

गुण—अल्पमात्रा (½-१ ग्रेन) में क्षुधावर्द्धक और बलकारक और साधारण मात्रा में मलेरिया को हरने वाली है। यह मलेरिया की अमोघौषध है। इसके अतिरिक्त यह टाइफाइड, निमोनिया, काली खांसी, पाण्डु रोग, नाड़ी-शूल, प्लीहोदर, यकृतविकार आदि में भी उपयोगी है। यदि निमोनिया में इसे शीघ्र शुरू कर दें तो रोग बढ़ने नहीं पाता। प्रसूत ज्वर में इसे २ ग्रेन की मात्रा में ४-४ घंटे के अन्तर से देना चाहिये। निद्रानाश में कभी-कभी इसकी १-२ ग्रेन की मात्रा सोते समय देने से नींद आ जाती है। आत्शक की प्रारम्भिक अवस्था में यह नुस्खा लाभदायक है। (क्वीनीन १½ ग्रेन,

ग्रेपाउडर १ ग्रेन, ओपियम $\frac{१}{६}$ ग्रेन दिन में तीन बार)। देखा "टिं० क्वीनीन अमोनियेटा, फेरि एट क्वीनीन साइट्रास और ईस्टन सीरप"।

योग (१)

क्वीनीन सल्फ		५ ग्रेन
ऐसिड सल्फ्युरिक डिल		१० मि०
टिं० कार्डेमम कं०		१५ मि०
मैग सल्फ		१ ड्राम
ऐक्वा	कुल	१ औंस

विधि—दिन में ३ बार (मलेरिया को रोकने के लिये)

योग (२)

क्वीनीन	१ ग्रेन
ऐसिड आर्सेनिक	$\frac{१}{३२}$ ग्रेन
फैरस सल्फ	१ ग्रेन
ऐक्स० नक्सवौमिका	$\frac{१}{४}$ ग्रेन
ऐक्स० कैस्करा सग्रेडा	१ ग्रेन

विधि—ऐसी एक गोली ३ बार भोजन के वाद (मलेरिया के बाद की दुर्बलता में)

QUININE TANNATE (क्वीनीन टेनेट)

मात्रा—१३-१५ ग्रेन।

गुण—बच्चों के मलेरिया में इसे दूध में घोल कर देने से बड़ा लाभ होता है। बच्चों के अतिसार में भी लाभदायक है।

QUININE UREA (क्वीनीन यूरिया)

मात्रा—१५ ग्रेन (इंजेक्शन द्वारा) रोजाना।

गुण और प्रयोग विधि—जिस स्थान पर औप्रेशन करना हो, वहां इसके

१ प्रतिशत घोल का ३ से ५ सी० सी० का हाइपोडर्मिक (चर्म के नीचे) इंजेक्शन लगाने से १० से ३० मिनट के अन्दर वह स्थान बिल्कुल सुन्न हो जाता है। गृध्रसी और कटिशूल में इसका ५ प्रतिशत इन्जेक्शन लगाना चाहिये। मलेरिया में इसके इंजेक्शन से बहुत लाभ होता है। आन्तरिक बवासीर में इसके ५ प्रतिशत घोल को मलाशय की श्लैष्मिक झिल्ली और शिरा के बीच इंजेक्शन की पिचकारी के जरिये प्रविष्ट किया जाता है।

QUININE URETHANE (क्वीनीन यूरिथेन)

मात्रा—८-७५ मि० (इंजेक्शन)।

मु० अ०—(क्वीनीन हाइड्रोक्लोराइड १२·५ प्रतिशत, यूरिथेन ६·२५ प्रतिशत)।

गुण—पुराने मलेरिया में इसके इंजेक्शन (चर्म के नीचे) लगाये जाते हैं। फूली हुई नसों में भी इसके इंजेक्शन लगाने से लाभ होता है। जब फोतों में पानी भर जाता है तब उसे नली से निकालकर इसके ४ सी० सी० घोल के फोतों में प्रविष्ट कर देने से बड़ा लाभ होता है।

QUININE VALERIANATE (क्वीनीन वेलिरिएनेट)

मात्रा—१-३ ग्रेन।

गुण—हिस्टीरिया और दर्द सर (स्नायविक प्रकार का) में उपयोगी है। इसे जिंक वेलिरिएनेट और आयरन वेलिरिएनेट के साथ मिलाकर देते हैं।

RAUWOLFIA रौवौल्फिआ (सर्पगंधा)

मात्रा—१५-३० ग्रेन।

गुण—यह मस्तिष्क के रोगों के लिये बड़ा उपयोगी है। नींद लाता है और रक्त चाप को कम करता है। इसे ऐक्सट्रैक्ट या टिंचर के रूप में प्रयोग करना चाहिये (देखो टिंचर)। अब अनेक फर्मों ने रक्तचाप के लिये

इसके सत से पेटन्ट औषधियाँ तैयार की हैं। जैसे सर्पिना, सर्पसील, रौडिक्सीन इत्यादि।

RED BONE-MARROW
रैड बौन मैरो (लाल अस्थिमज्जा)

इसमें आयरन और लगभग ९० प्रतिशत चर्बी होती है।

गुण—दौर्बल्य, रक्ताल्पता, रक्त का पतला पड़ जाना, स्कर्वी और रिकेट्स में उपयोगी है।

RENNET ESSENCE रेनट एसेन्स

यह सोडियम क्लोराइ, अल्कोहॉल और रेनट (जो बछड़े के पेट से निकलती है) से तैयार किया जाता है। इसकी बनी हुई टिकियां भी आती हैं। १-२ ड्राम एसेन्स १० छटांक दूध को जमाने के लिए पर्याप्त होता है।

RESIN रेजिन (राल)

गुण—फुंसियों और जख्मों पर इसकी मरहम लगाई जाती है। एम्प्लास्ट्रम रेजिन (बत्ती की मरहम) इसी से बनती है। देखो "अन्वन्टम रेजिन" और "एम्प्लास्ट्रम रेजिन"।

RESORCIN (रिसौर्सिन)
RESORCINOL (रिसौर्सिनौल)

गुण—प्रबल कीटाणुनाशक और दाहक; इसे लोशन और मरहम के रूप में चंबल, घाव, जख्म, दाद, खुजली, गंज, खारिश आदि चर्म रोगों पर प्रयोग किया जाता है। काली खांसी में इसके २ प्रतिशत घोल का स्प्रे उपयोगी है। नेत्रों में इसके १ प्रतिशत घोल को टपकाने से लाली जाती रहती है। मूत्राशय शोथ में इसके ५ प्रतिशत घोल की पिचकारी लगाने से लाभ होता है। दाद पर एक ड्राम रिसौर्सिन को १ औंस टिंचर बेंजोइन कंपाउण्ड में घोलकर लगाने से बड़ा फायदा होता है। कंठ रोगों में १५ ग्रेन

रिसौंसिन को १ औन्स ग्लीसरीन बोरेक्स में घोल कर लगाना उपयोगी है। क्योंकि यह एक प्रकार का विष है अतः इसकी तेज बनी हुई मरहम को शरीर के बहुत बड़े भाग पर एक ही साथ नहीं लगाना चाहिये।

योग (१)

लिकर पिसिस कार्बोनिस	३० मि०
हाइड्रार्जिरि अमोनियेटा	१५ ग्रेन
लिकर प्लंबाई फोर्ट	३० मि०
रिसौंसिन	१० ग्रेन
वैसलीन	कुल १ औन्स

विधि—यह मरहम एक्जिमा और दूसरे चर्म रोगों के लिए उपयोगी है।

योग (२)

रिसौंसिन	५ भाग
टिंचर कैप्सिकम	१५ भाग
ऑयल रोज	½ भाग
कैस्टर ऑयल	१० भाग
स्पिरिट रेक्टीफाइड	कुल १०० भाग

विधि—यह लोशन गंज पर लगाने के लिए है।

RHEI, RHUBARB रिआई, रूबर्ब (रेवन्द चीनी)

मात्रा—३-१५ ग्रेन।

गुण—अल्प मात्रा (२-५ ग्रेन) में पाचक, पित्त-वर्द्धक और अग्नि-वर्द्धक और बड़ी मात्रा (२०-३० ग्रेन) में रेचक है। यह पहले दस्त लाता है और बाद में कब्ज कर देता है।

नोट—देखो 'टिं० रिआई को, पल्व रिआई" को, सीरप रिआई, पिल रिआई और एक्स० रिआई।"

RIBOFLAVIN (रिबोफ्लेबिन)
VITAMIN B_2 (विटेमिन बी$_2$)

मात्रा—$\frac{१}{६०}$-$\frac{१}{१६}$ ग्रेन (रोग-अबरोधक)।
$\frac{१}{१२}$-$\frac{१}{६}$ ग्रेन (रोग निवारक)।

गुण—होठों का फटना, नेत्राभिष्यन्द, नेत्रों से पानी बहना, कनीनिका शोथ, जीभ की सूजन, मुँह आना, अतिसार, आदि विकारों में लाभदायक है। (देखो विटेमिन बी$_2$)।

RINGER'S SOLUTION (रिंगर्स सौल्युशन)

मु० अ०—(सोडियम क्लोराइड ७, पोटास क्लोराइड ०·१४ कैल्सियम क्लोराइड ०·१२, सोडा बाई कार्ब ०·२, डिस्टिल्ड वाटर कुल १०००)।

गुण—रक्तस्राव, दुर्बलता, हैजा आदि में इसे शिरा द्वारा शरीर में प्रविष्ट करने से बड़ा लाभ होता है।

RUBINI'S CAMPHOR (रूबिनिज कैम्फर)

मात्रा—२-५ मि०।

मु० अ०—(कैम्फर १ औन्स, स्पिरिट रैक्टीफाइड १ औन्स)।

गुण—हैजा और अतिसार में विशेष उपयोगी है। उत्तेजक और पाचक है। उपरोक्त रोगों में इसे २-५ बूँद की मात्रा में १५-१५ मिनट के अन्तर से बताशे या बूरा पर डालकर सेवन करना चाहिये। बाद में अन्तर बढ़ा देना चाहिये।

RUM (रम)

इसमें ५१ से ५९ प्रतिशत अल्कोहॉल होती है (देखो अल्कोहॉल)।

RUTIN (र्युटीन)

मात्रा—$\frac{१}{३}$ ग्रेन दिन में ३ बार।

गुण—रक्तचाप के बढ़ जाने से जब रक्तस्राव की आशंका होती है तब

इसे विटेमिन "सी के साथ या स्वयं प्रयोग किया जाता है। विटेमिन "सी" के साथ या पृथक् इसे मस्तिष्क अथवा दृष्टिपटल के रक्तस्राव को रोकने के लिए भी प्रयोग करते हैं। अन्य प्रकार के रक्तस्राव में भी उपयोगी है।

SACCHARIN (सैक्रीन) GLUSIDE (ग्लुसाइड)

मात्रा—½-२ ग्रेन।

गुण—यह साधारण चीनी से लगभग ५५० गुना मीठी होती है। यह टोलओल (मीथिल-बेजोल) से तैयार की जाती है। यह मधुमेह, मोटापा और अजीर्ण में साधारण चीनी की बजाय प्रयोग की जाती है। एक प्याले चाय या दूध के लिए ½ ग्रेन पर्याप्त होती है। शर्बत और सोडा वाटर बनाने में बहुत काम आती है। इसे सैक्सीन भी कहते हैं।

SACCHAROSE (SUCROSE) (सैक्रोस, सक्रोस)

देखो शूगर (साधारण चीनी)।

SACCHARUM LACTIS (सैक्रम लैक्टिस)

देखो "लैक्टोस"।

SAFFRON सैफ्रन (जाफरान)

मात्रा—१-३ ग्रेन।

गुण—उत्तेजक और शमक; ज्वर, पाण्डुरोग, बाय, बीर्य-दोष, यकृत-वृद्धि, श्वासरोग, खांसी, रक्त-प्रदर, कष्ट-रज, अफारे के कारण शूल होना, इत्यादि में प्रयुक्त होती है। बच्चों के अतिसार में इसे घी के साथ देते हैं। दर्द सर में इसे जल के साथ पीस कर लेप करते हैं।

SAJODIN, CALCII IODOBEHANES (सैजोडिन, कैल्सिआइ आयडोबिहेनस)

मात्रा—७½ ग्रेन।

मु० अ०—(आयोडीन और कैल्सियम)।

गुण—यह आतशक, दु:श्वास और धमनियों के सख्त बन जाने में जिस कारण रक्तचाप बढ़ जाता है, उपयोगी है।

SALICINUM (SALICIN) सैलीसीनम (सेलीसीन)

मात्रा—५-१५ ग्रेन ।

गुण—शूलहर और ज्वर-नाशक; सन्धि शोथ, बाय, गठिया, सोराइसिस, इन्फ्लुअन्जा और जुकाम में उपयोगी है। क्षय रोग, मयादी ज्वर और मलेरिया के ज्वर को कम करती है।

योग

सैलीसीन	१० ग्रेन
सोडा सैलिसिलास	१० ग्रेन
विनम कौल्चिसि	१० मि०
टिंचर कार्डेमम कं०	१५ मि०
ऐक्वा	कुल १ औन्स

विधि—दिन में ३ बार (बाय के लिये)

SALIPYRIN (ANTIPYRIN SALICYLATE) सैलिपाइरीन (ऐन्टीपाइरीन सैलिसिलेट)

मात्रा—५-३० ग्रेन।

गुण—बाय और नाड़ी शूल में बहुत उपयोगी है ।

SALIX NIGRA (सैलिक्स निग्रा)

गुण—इसका लिक्विड एक्स० ½-१ ड्राम की मात्रा में स्वप्नदोष, शुक्रमेह, मूत्र मार्ग में पीड़ा, गर्भाशय और डिम्बग्रन्थि की पीड़ा और हिस्टीरिया में लाभदायक है ।

SALOL (PHENYL SALICYLATE)
(सैलोल, फिनील सैलिसिलेट)

मात्रा—५-२० ग्रेन (कैचेट या इमल्शन के रूप में)।

गुण—ज्वरहर, कीटाणुनाशक (आंत और मूत्राशय आदि के लिए) बाय, ज्वर, नाड़ीशूल, कटिशूल, कणशूल, नेत्रशूल, मूत्राशय शोथ, सोजाक, पेचिश, गृध्रसी, कण्ठ-शोथ, अतिसार और मयादी बुखार में उपयोगी है। मरहम के रूप में (१ औन्स में १ ड्राम) जख्मों के लिए लाभदायक है। इसे ऐसे व्यक्तियों को नहीं देना चाहिये जिन्हें वृक्करोग हो यह विशेषतया अतिसार और आंतों की दुर्गन्ध हरने के लिए इस्तेमाल किया जाता है।

नोट—देखो "अन्वन्टम सेलोल को"।

योग (१)

सैलोल	५ ग्रेन
बिस्मथ कार्ब	१५ ग्रेन
पल्व क्रीटा एरोमेटिकस	२० ग्रेन

विधि—ऐसी एक पुड़िया दिन में ३ बार (दस्तों के लिये)

योग (२)

सैलोल	१ ड्राम
ईथर	१ ड्राम
कौलोडिअन फ्लैक्साइल	८ ड्राम

विधि—सूजे हुए जोड़ों पर लेप करने के लिए।

SALOL CAMPHOR (सैलौल कैम्फर)

मु० अ०—(सैलोल ३, कैम्फर २—दोनों को गर्म करके पिघला लो)।

गुण—इसमें आयडोफॉर्म के गुण होते हैं। कान में टपकाने से कान का बहना बन्द हो जाता है।

SALT PETRE (सॉल्ट पीटर) शोरा

पोटास नाइट्रेट को कहते हैं। (देखो)

SANDAL WOOD सैन्डल वुड (चन्दन)

गुण—इसे गुलाब के जल में रगड़ कर सूजन, शोथ, दर्दसर, खुजली आदि पर लगाते हैं। गोली अथवा चूर्ण के रूप में इसे सोजाक और मूत्ररोगों में प्रयोग करते हैं। प्यास बुझाने के लिए इसे गोले के पानी के साथ सेवन करना चाहिए। इसमें से एक एक तेल निकाला जाता है जो सोजाक, मूत्र-रोग आदि में बड़ा उपयोगी है। देखो "ऑयल सन्दल"।

SANTONIN (सैन्टोनीन)

मात्रा—१-३ ग्रेन।

गुण—यह केंचुए और सूत्रकृमि (चुरने) के लिए बहुत उपयोगी है। रात्रि को खाली पेट इसे समभाग कैलोमल के साथ खायें और दूसरे दिन प्रातः मैगसल्फ ½ से १ औन्स जल में घोलकर पी लें; इस क्रिया को लगातार तीन रात दोहरायें। इसके साथ कैस्टर ऑयल का प्रयोग कभी न करें।

देखो "पल्व सैन्टोनीन कं० और ट्रोकिस्कस सैन्टोनीन"।

SARCOLAN (सार्कोलन)

मात्रा—१ सी-सी (चर्म के नीचे)।

गुण—यह बंगाल कैमिकल का तैयार किया हुआ मसिल ऐक्सट्रैक्ट (हृदय के मांस का सत) है। यह अन्जाइना पैक्टोरिस, हृदय और नाड़ी की गति का मन्द और कमजोर पड़ आना और अन्य हृदय के विकारों में उपयोगी है।

SCAMMONIA RESINA (स्केमोनिया रेजिना)

मात्रा—½-३ ग्रेन ।

गुण—तीव्र विरेचक (देखो पल्व स्केमॉनि कं०) ।

SCAMMONIN (स्केमोनिन)

मात्रा—१-५ ग्रेन ।

गुण—तीव्र विरेचक; कब्ज में उपयोगी है ।

SCARLET RED (स्कार्लेट रैड)

गुण—जख्म और घाव पर इसकी १ से ८ प्रतिशत शक्ति की मरहम या बोरिक ऐसिड मिश्रित पाउडर लगाने से जख्म बड़ी शीघ्रता से भरते हैं ।

SCILLA (सिल्ला)
SQUILL (स्कुइल)

मात्रा—१-३ ग्रेन ।

गुण—मूत्रकारक और कफ निःसारक; (देखो टिंचर सिल्ला, सीरप सिल्ला और औक्सीमल सिल्ला) ।

SCOTT'S DRESSING (OINTMENT)
स्कौट्स ड्रेसिंग (ऑइन्टमेंट)

देखो "अन्गवन्टम हाइड्रार्जिरी कं०" ।

SEDASPIRIN (सेडेस्पिरिन)

मु० अ०—(एसिटिल ब्रोमो-सैलीसिलिक एसिड) ।

मात्रा—५-१० ग्रेन ।

गुण—शूलहर, निद्राजनक; नाड़ीशूल, अनिद्रा, इन्फ्लुयन्जा, दमा, दर्दसर, मृगी, ज्वर और कष्टरज आदि रोगों में लाभदायक है । इसमें ऐस्पिरीन और ब्रोमाइड्स, दोनों के गुण विद्यमान हैं ।

SEIDLITZ POWDER (सिड् लिट्ज पाउडर)

देखो "पल्व एफर्वेसेन्श को" ।

SENNA FOLIUM सेना फोलियम (सनाय की पत्तियां)

मात्रा—१०-३० ग्रेन ।

गुण—अल्प मात्रा में मृदुविरेचक और बड़ी मात्रा में विरेचक; कब्ज में उपयोगी है ।

नोट:—देखो "टिंचर सेना को" ।

SENNA FRUCTUS (PODS)
सेना फ्रक्टस (पौड्स) सनाय के डोडे

मात्रा—१०-३० ग्रेन ।

गुण—साधारण कब्ज में ८-१० डोडे ठंडे जल में ३-४ घण्टे तक भिगो कर और फिर छान कर पीने से दस्त खुल कर आ जाता है ।

SERPENT VENOM (सर्पेन्ट वेनम) COBRA VENOM
(कोब्रा वेनम)

मात्रा—$\frac{१}{२००}$-$\frac{१}{२५}$ ग्रेन ।

गुण—मिर्गी में इसके इंजेक्शन (चर्म के नीचे) उपयोगी सिद्ध हुए हैं । पहला इंजेक्शन $\frac{१}{२००}$ ग्रेन का दें । उसके बाद ८-८ दिन के अन्तर से ३ से ५ इंजेक्शन और दें । तत्पश्चात् १४ दिन के अन्तर से २ इंजक्शन $\frac{१}{७५}$ ग्रेन के दें । यदि आवश्यकता पड़े तो १-१ मास के अन्तर से १-२ इंजेक्शन $\frac{१}{५०}$ ग्रेन के और दे दें । इस औषधि का मिलना बहुत कठिन है ।

SHARK LIVER OIL (शार्क लिवर ऑयल)

मात्रा—३-१५ मि० ।

गुण—इसके १५ ग्रेन में लगभग ६००० (I. U.) विटेमिन "ए" की

होती है। इसके गुण कौडलिवर ऑयल के समान हैं। इसे उसकी बजाय इस्तेमाल कर सकते हैं। (देखो कौडलिवर ऑयल)।

SHERRY (शेरी)

यह एक प्रकार की शराब होती है। गुणों के लिए देखो "अल्कोहल"।

SILKWORM GUT (सिल्कवर्म गट)

यह सर्जरी (शस्त्र चिकित्सा) में टांके लगाने के काम आता है। यह रेशम के कीड़ों से तैयार किया जाता है।

SILVER NITRATE (सिल्वर नाइट्रेट)

देखो "आर्जेन्टि नाइट्रास"।

SILVER PROTEIN STRONG (सिल्वर प्रोटीन स्ट्रौंग)

इसे प्रोटार्गल भी कहते हैं। देखो "आर्जेन्टम प्रोटिनिकम"।

SILVER PROTEIN MILD (सिल्वर प्रोटीन माइल्ड)

इसे "आर्जिरोल" भी कहते हैं (देखो)।

SLAKED LIME (स्लेक्ड लाइम)

कैल्सियम हाइड्रोक्साइड को कहते हैं (देखो)।

SMELLING SALT (स्मैलिंग साल्ट)

सूँघने के लिए।

मु० अ०—(कार्बोलिक एसिड २४, अमोनियम कार्ब १६, लिकर अमोनिया फोर्ट ,४४ ऑयल ऑफ लैवंडर १३, कैम्फर ३)।

गुण- -इसे बेहोशी, जुकाम, हिस्टीरिया, इन्फ्लुअन्जा आदि में सूँघते हैं। इसे रंगीन कांच की डाट वाली मजबूत शीशी में रखना चाहिये।

इसे घरपर स्वयं तैयार किया जा सकता है।

SNAKE VENOM (स्नेक वेनम)

यह वाइपर नामक सर्प की लालाग्रंथियों से निकाला हुआ विष होता है। जहां कहीं से रक्त बह रहा हो इसे लगाने से वह बन्द हो जाता है।

SODA TARTRATE (सोडा टार्टरेट)

इसे "रोशल साल्ट" भी कहते हैं।

मात्रा—२-४ ड्राम।

गुण—हल्का दस्तावर है। सिडलिट्ज पाउडर में पड़ता है।

योग

सोडा टार्टरेट	१ ड्राम
सोडा सल्फेट	१ ड्राम
टिंचर कार्डेमम कं०	१५ मि०
ऐक्वा	कुल १ औंस

विधि—दिन में ३ बार (कब्ज में उपयोगी है)।

SODII ARSENAS (सोडिआइ आर्सिनास)

मात्रा—$\frac{१}{४०}$ से $\frac{१}{१०}$ ग्रेन।

गुण—इसके गुण आर्सेनिक के समान हैं (देखो) यह गोली की शक्ल में इस्तेमाल होता है।

SODII BENZOAS (सोडिआइ बेन्जोअस)

मात्रा—५-३० ग्रेन।

गुण—कफ निःसारक, पित्तवर्द्धक और स्वेदक। खांसी, निमोनिया, ब्रौन्कोनिमोनिया, गठिया, बाय, और मूत्र-रोगों में उपयोगी है। बलगम को निकालता है और उसकी दुर्गन्ध को हरता है। मूत्र की दुर्गन्ध को भी नष्ट करता है।

योग

सोडा बैन्जोअस	१५ ग्रेन
वाइनम इपिकाक	१० मि०
टिंचर कैम्फर को	३० मि०
सीरप प्रूनी वर्जिनी	१ ड्राम
ऐक्स० ग्लीसराइजा लि०	३० मि०
ऐक्वा एनिसी	कुल १ औंस

विधि—दिन में तीन बार (खाँसी में)

SODII BICARBONAS (सोडिआइ बाइकार्बोनस) SODA BICARB (सोडा बाइकार्ब)

मात्रा—१५-६० ग्रेन।

गुण—अम्लनाशक, पाचक, वायुसारी; अफारा, अजीर्ण, खट्टी डकार आदि में लाभदायक है। जल में घोल कर शरीर पर मलने से पित्त, खुजली और जलन को शान्त करता है। मसूड़ों पर मलने से और दाँत के खोल में रखने से दन्तशूल को रोकता है। सके ५ प्रतिशत शक्ति के इंजेक्शन (शिरा द्वारा) एसिडोसिस, गर्भावस्था की भयंकर वमन, डायबेटिक कोमा आदि में लगाये जाते हैं।

योग

सोडा बाइकार्ब	१५ ग्रेन
टिं० नक्सवॉमिका	१० मि०
स्पिरिट क्लोरोफॉर्म	१५ मि०
टिंचर कौलंबा	१५ मि०
इन्फ्युजन जंशियन को	कुल १ औंस

विधि—भोजन से २० मिनट पूर्व (अरुचि, अग्निमांद्य)

SODII BROMIDE (सोडिआइ ब्रोमाइड)

मात्रा—५-२० ग्रेन ।

गुण—पोटास ब्रोमाइड के समान हैं (देखो) ।

SODII CACODYLAS (सोडिआइ कैकोडाइलास).

मात्रा—½-३ ग्रेन ।

गुण—यह आर्सेनिक से तैयार होता है । क्षयरोग, पाण्डुरोग, घेघा, अपरस, पुराना मलेरिया, पुराने चर्मरोग और दुर्बलता आदि में उपयोगी है । इसके इंजेक्शन (चर्म के नीचे ¼ से १ ग्रेन और मांस में १ से २ ग्रेन की मात्रा में) लगाये जाते हैं।

SODII CARBONAS (सोडिआइ कार्बोनास)
WASHING SODA (वाशिंग सोडा)

गुण—सोडा बाइकार्ब की तरह अम्लपित्त, गठिया. अजीर्ण आदि में प्रयुक्त होता है। मुख्य-रोगों में इसके १ प्रतिशत घोल से कुल्ले किये जाते हैं। एक्जिमा पर इसका २ ग्रेन प्रति औन्स का लोशन लगाना उपयोगी है।

SODII CARB EXSICCATUS
(सोडिआइ कार्ब एक्सिकेटस)

मात्रा—३-१० ग्रेन ।

गुण—यह खुश्क किया हुआ सोडिआइ कार्बोनास होता है। इसके गुण भी इसी के समान हैं ।

SODII CHAULMOOGRAS (सोडिआइ चौल्मुग्रास)
SODII GYNOCARDATE (सोडिआइ गाइनोकार्डेट)

मात्रा—१-३ ग्रेन ।

गुण—कोढ़ में इसके इंजेक्शन (चर्म के नीचे) उपयोगी सिद्ध हुए हैं । यह गोली या कैप्स्यूल के रूप में प्रयोग किया जाता है।

SODII CHLORIDE सोडिआइ क्लोराइड (नमक)

यह हमारे शरीर का मुख्य अंश है अतः यह किसी न किसी रूप में शरीर में पहुँचना चाहिये। जो भोजन हम खाते हैं उसमें यह सूक्ष्म मात्रा में उपस्थित होता है। इसके अतिरिक्त दाल साग आदि के साथ भी यह शरीर में प्रविष्ट होता है।

गुण—कण्ठ रोगों में इसे गर्म जल में घोलकर कुल्ले करने से लाभ होता है। जुकाम में इसके गुनगुने घोल से नाक धोना उपयोगी सिद्ध हुआ है। कुछ स्थान ऐसे हैं जहाँ पुरानी बाय, गठिया और गृध्रसी के रोगियों को, इसके २० प्रतिशत गर्म घोल से स्नान करा कर चिकित्सा की जाती है। हैजा, रक्तस्राव, कोमा, एक्लैम्पशिया, सदमा, गशी, यूरीमिया और अत्यन्त दुर्बलता में जब नब्ज बहुत कमजोर हो गई हो या छूट गई हो इसके आसुत जल से बने हुए घोल (२० औंस जल में ८० ग्रेन नमक) को शरीर में प्रविष्ट करने से (शिरा द्वारा, गुदा द्वारा और छाती के कोमल तन्तुओं में) आश्चर्यजनक लाभ होता है। कै लाने के लिये थोड़े नमक को गनगुने जल में घोल कर पी लेना चाहिये। मूत्र कृमि (चुरने) को नष्ट करने के लिये इसके घोल का एनिमा देना उपयोगी है परन्तु इसे कई रोज तक रोजाना लगाना चाहिये।

नोट—देखो "पल्व सोडिआइ क्लोराइडी को"।

SODII CINNAMAS (सौडिआइ सिनेमास)
SODIUM CINNAMATE (सोडियम सिनेमेट)

मात्रा—३-५ ग्रेन।

गुण—क्षय रोग, ल्युकीमिया, मूत्राशय-शोथ और इन्फ्लुयन्जा में उपयोगी है। इसके ग्लीस्रीन में १० प्रतिशत घोल के इन्जेक्शन (शिरा द्वारा या चर्म के नीचे) क्षय-रोग में उपयोगी हैं।

योग

सोडियम सिनेमेट	२ ग्रेन
थ्योकौल	१० ग्रेन
यूक्वीनीन	२ ग्रेन
कैल्सियम लैक्टेट	१५ ग्रेन
न्युक्लीन	३ ग्रेन

विधि—ऐसी एक पुड़िया तीन बार (क्षय रोग के लिये)

SODII CITRAS (सोडिआइ साइट्रास)

मात्रा—१५-६० ग्रेन ।

गुण—स्वेदक, मूत्रल। जिन बच्चों को गाय का दूध हजम नहीं होता और उल्टी आने लगती है उनके दूध में यदि १-२ ग्रेन सोडा साइट्रास मिला कर दिया जाय तो दूध पचने लगता है। निमोनिया में इसे २-२ घण्टे के अन्तर से ३०-४० ग्रेन की मात्रा में देने से लाभ होता है। आमाशय और पक्वाशय के व्रणों (जख्म) से, औप्रेशन और प्रसव के समय, नक्सीर और रक्त प्रदर के रक्तस्राव को रोकने के लिये इसके इंजेक्शन (मांस या शिरा द्वारा) लगाये जाते हैं । यह एक्जिमा (बड़ी मात्रा में), निमोनिया (३० ग्रेन २-२ घण्टे में) और नाड़ीशूल और आधा सीसी (गठिया जन्य) में उपयोगी है ।

योग

सोडा साइट्रास	२० ग्रेन
पोटास एसिटास	१५ ग्रेन
सीरप औरंशाई	१ ड्राम
लिकर अमोनिया एसिटेटिसडिल	२ ड्राम
ऐक्वा	कुल १ औन्स

विधि—दिन में ३ बार (ज्वर उतारने के लिये)

SODII ET POTASS TARTRAS OR TARTARATED SODA
(सोडिआइ ऍट पोटास टार्टरास या टार्टरेटेड सोडा)

मात्रा—२-४ ड्राम ।

गुण—देखो "सोडा टार्टरेट" ।

SODII GLYCEROPHOSPHATE
(सोडिआइ ग्लीस्रोफौस्फेट)

मात्रा—३-८ ग्रेन ।

गुण—इसके गुण "कैल्सियम ग्लीस्रोफौस्फेट" के समान हैं ।

SODII HIPPURAS (सोडिआइ हिप्पुरस)

मात्रा—५-३० ग्रेन ।

गुण—गठिया और मूत्र में रेग आने में इसके देने से यूरेट्स घुल कर बाहर आ जाते हैं। रक्त चाप को भी कम करता है ।

SODII HYDNOCARPUS (सोडिआइ हिड्नोकार्पस)
ALEPOL (एलीपौल)

मात्रा—३-५ सी० सी० ।

गुण—कोढ़ में इसके ३% घोल का इंजेक्शन (मांस द्वारा या चर्म के नीचे) उपयोगी सिद्ध हुआ है । इसे सप्ताह में २ बार लगाना चाहिये ।

SODII HYPOPHOSPHITE
(सोडिआइ हाइपोफौस्फाइट)

मात्रा—३-१० ग्रेन ।

गुण—नाड़ी दौर्बल्य और पुरानी खाँसी में लाभदायक है । यह अक्सर कैल्शियम हाइपोफौस्फाइट के साथ मिलाकर दिया जाता है । देखो 'कैल्सियम हाइपोफौस्फाइट" ।

SODII IODIDE (सोडिआइ आयोडाइड)

मात्रा—५-३० ग्रेन।

गुण—इसके गुण पोटास आयोडाइड के समान हैं। यह इंजेक्शन (शिरा द्वारा) के रूप में भी प्रयुक्त होता है (श्वास रोग, पुरानी खाँसी, निमोनिया, प्लुरिसी, गठिया, आत्शक, सुजाक जन्य अंडशोथ, घेघा, स्क्रोफ्युला, यकृत का सिर्हौसिस इत्यादि रोगों में)।

SODII MANDELAS (सोडिआइ मैंडिलास)

मात्रा—५० ग्रेन।

गुण—पूय-मेह, मूत्राशय और वृक्क की सूजन और मूत्रयन्त्र के अन्य रोगों में जो कीटाणुओं के कारण उत्पन्न होते हैं, उपयोगी है। इसके प्रयोग के साथ-साथ अमोनियम क्लोराइड का प्रयोग भी आवश्यक है (भोजन से पूर्व अमोनियम क्लोराइड का मिक्सचर और भोजन के बाद सोडिआइ मैंडिलास)।

SODII LACTAS (सोडिआइ लैक्टास)
SODIUM LACTATE (सोडियम लैक्टेट)

मात्रा—५-१० ग्रेन।

गुण—मधुमेह में जब एसिडोसिस होने का भय हो तब इसे ३०-४० ग्रेन की मात्रा में देने से लाभ होता है। कैल्सियम लैक्टेट की तरह रक्त-स्तंभक भी है।

SODII METABISULPHIS
(सोडिआइ मीटाबाइसल्फिस)

गुण—इसका १० प्रतिशत घोल दाद पर लगाया जाता है। बाज इंजेक्शनों में इसे इस लिए मिला दिया जाता है कि वे खराब न होने पायें। इसी प्रकार यह खाद्य पदार्थों को भी सड़ने से रोकता है।

SODII MORRHUAS (सोडिआइ मौर्हुआस)
SODIUM MORRHUATE (सोडियम मौर्हुयेट)

मात्रा—१-२ सी० सी० (इंजेक्शन) ।

गुण—कोढ़ और क्षय रोग में इसके ३% घोल के सप्ताह में २-३ बार इंजेक्शन (चर्म के नीचे) लगाये जाते हैं। फूली हुई नसों में इसके ५% घोल को ½-१ सी० सी० की मिकदार में इंजेक्ट किया जाता है। हाइड्रोसील में भी पानी निकालने ने बाद इसकी ४-५ सी० सी० को थैली में प्रविष्ट करने से लाभ होता है।

SODII NITRAS (सोडिआइ नाइट्रास)

मात्रा—५-१५ ग्रेन ।

गुण—मूत्रल और दाहनाशक; पोटास नाइट्रास के समान गुण रखता है।

SODII NITRITE (सोडिआइ नाइट्राइट)

मात्रा—½-२ ग्रेन ।

गुण—अन्जाइना पैक्टोरिस, मृगी, आधा सीसी, दमा और बढ़े हुये रक्त-चाप को कम करने के लिये, इस्तैमाल किया जाता है: इसे प्रायः सोडा-आयोडाइड और पोटास ब्रोमाइड के साथ देते हैं।

नोट:—देखो "पल्व सोडिआइ नाइट्राइट" को ।

योग

सोडिआइ नाइट्राइट	½ ग्रेन
सोडिआइ आयोडाइड	३ ग्रेन
ऐक्स० हायोसाइमस	¼ ग्रेन

विधि—गोली बनालो २-२ घन्टे में दो (दमे के दौरे के लिए)

SODII PERMANGANAS (सोडिआइ परमन्गेनास)

इसके गुण पोटास परमंगनेट की तरह हैं। इससे कौन्डीज फ्लुइड तैयार की जाती है।

SODII PHOSPHAS (सोडिआइ फ़ौसफ़ास)

मात्रा—३०-२४० ग्रेन।

गुण—विरेचक और मूत्रकारक; छोटे बच्चों के कब्ज में इस रोजाना दूध में घोल कर देने से लाभ होता है। यह बगैर किसी हानि के मयादी ज्वर तक में दिया जा सकका है।

SODII PHOSPHAS ACIDUS
(सोडिआइ फ़ौस्फ़ास ऐसिडस)
ACID SODIUM PHOSPHATE
(ऐसिड सोडियम फ़ौस्फेट)

मात्रा—३०-६० ग्रेन।

गुण—यह क्षारीय मूत्र को अम्ल बनाने के लिये बहुत इस्तैमाल किया जाता है। मूत्राशय शोथ (Cystitis) जो "बी कोलाइ" नामक रोगाणुओं के कारण होता है इसके प्रयोग से ठीक हो जाता है।

योग

ऐसिड सोडियम फौस्फेट	२० ग्रेन
हैक्सेमीन	१० ग्रेन
सीरप औरंशाइ	½ ड्राम
ऐक्वा	कुल १ औन्स

विधि—दिन में ३ बार (मूत्राशय-शोथ)

SODII SALICYLAS (सोडिआइ सैलिसिलास)

मात्रा—१०-३० ग्रेन ।

गुण—बाय (रूमेटिज्म), नाडीशूल, संधिशोथ ज्वर, शरीर की पीड़ायें, इन्फ्लुयन्जा और तालुग्रंथि की सूजन (टौन्सिलाइटिस) में उपयोगी है। मधुमेह में शर्करा के परिमाण को कम करता है। पित्तवर्द्धक भी है। बालकों के अतिसार में लाभदायक है। गुदा की खुजली पर थोड़ा-सा मलने से खुजली कम हो जाती है। दस्तों को भी कम करता है। रूमेटिक ज्वर (बाय का ज्वर) के लिये अक्सीर है। इस रोग के लक्षण प्रगट होते ही इसे १५-२० ग्रेन की मात्रा में सम भाग सोडा या पोटास बाइकार्ब के साथ मिलाकर दिन में ३-४ देने से ज्वर कम हो जाता है और सूजन पटकने लगती है। फूली हुई नसों में इसके इंजेक्शन (२० प्रतिशत) लगने से बहुत लाभ होता है। अपरस रोग, बाय, गृध्रसी, इन्फ्लुयन्जा आदि में इसके इंजेक्शन (शिरा द्वारा) उपयोगी सिद्ध हुए हैं। क्योंकि यह आर्तव-जनक भी है अत: गर्भावस्था में इसे सावधानी के साथ प्रयोग करना चाहिये। कुछ व्यक्तियों को इसके प्रयोग से पित्त उछल आता है।

योग

सोडा सैलिसिलास	१५ ग्रेन
पोटास बाइकार्ब	१५ ग्रेन
विनम कौल्चिसि	१० मि०
टिंचर सिमिसिफ्युज	२० मि०
स्पिरिट अमोनिया एरोमेटिक	२० मि०
ऐक्वा	कुल १ औन्स

विधि—दिन में ३ बार (गठिया, बाय, शरीर की पीड़ायें)

SODII SILICAS (सोडिआइ सिलिकास)

गुण—अपरस, फुंसियां, तर एक्जिमा, बुढ़ापे की खुजली आदि में इसके

१ प्रतिशत घोल के १ सी० सी० के इंजेक्शन तीसरे दिन, शिरा में लगाने से लाभ होता है। इसे बहुत कम इस्तैमाल करते हैं।

SODII SUCCINAS (सोडिआइ सक्सिनास)

मात्रा—२-५ ग्रेन।

गुण—कमलबाई में उपयोगी है परन्तु बहुत कम प्रयोग किया जाता है।

SODII SULPHAS (सोडिआइ सल्फ़ास)
GLAUBER'S SALT (ग्लौबर्स साल्ट)

मात्रा—३०-२४० ग्रेन।

गुण—विरेचक, पित्तवर्द्धक। कब्ज, यकृत विकार और शोथ में उपयोगी है।

योग

सोडा बेन्जोएट	१५ ग्रेन
सोडा सल्फ	३० ग्रेन
सोडा सैलिसिलास	१० ग्रेन
एक्स० टैरेक्सेसी लि०	१ ड्राम
टिं० रिहाई कं०	½ ड्राम
ऐक्वा मैंथ पिप कुल	१ औन्स

विधि—दिन में ३ वार (यकृत विकार, कब्ज)

SODII SULPH EXSICCATUS
(सोडिआइ सल्फ एक्सिकेटस)

मात्रा—१५—१२० ग्रेन।

गुण—सोडा सल्फ के समान गुण रखता है परन्तु मात्रा कम है।

SODII SULPHOCARB (सोडिआइ सल्फोकार्ब)

मात्रा—५—१५ ग्रेन।

गुण—कीटाणु-नाशक, ज्वरहर। हर प्रकार के ज्वर, दुर्गन्धयुक्त अजीर्ण, अफारा, तालुग्रन्थि शोथ, डिप्थीरिया आदि में लाभदायक है। बुखार उतारने के मिक्सचरों में इसे मिला सकते हैं। आजकल इसका मिलना दुर्लभ है।

योग

सोडा सल्फोकार्ब		१० ग्रेन
लिकर अमोनिया ऐसिटेटिस डिल		२ ड्राम
पोटास एसिटास		१५ ग्रेन
सोडा सैलिसिलास		१० ग्रेन
सीरप औरंशाइ		१ ड्राम
ऐक्वा	कुल	१ औन्स

विधि—ऐसी एक मात्रा ३-३ घंटे में (चढ़े हुये ज्वर में)

SODII SULPHOCYANAS (सोडिआइ सल्फोसायेनस)
SODII THIOCYANAS (सोडिआइ थ्योसायेनस)

मात्रा—१—५ ग्रेन।

गुण—यह रक्त चाप को कम करने के लिये प्रयोग किया जाता है। शूल-नाशक और उपशामक भी है। क्योंकि इसके प्रयोग से मतली, अतिसार, अजीर्ण, कम्प आदि लक्षण उत्पन्न हो जाते हैं अतः इसे बहुत कम इस्तेमाल करते हैं।

SODII THIOSULPH (सोडिआइ थ्योसल्फ)

मात्रा—५—१५ ग्रेन (चर्म के नीचे, माँस में या शिरा द्वारा या मुँह द्वारा)।

गुण—फुंसिया, एक्जिमा, दाद आदि पर इसका लोशन (१० में १) लगाया जाता है। आर्सेनिक के प्रयोग से उत्पन्न होने वाले चर्मशोथ तथा दूसरे विकारों के लिए इसे १५ ग्रेन मात्रा में नौर्मल सैलाइन में घोलकर मूंह द्वारा, अथवा ०.३, ०.४५ या ०.६ ग्राम को डिस्टिल्ड-वाटर में घोलकर शिरा द्वारा, प्रयोग किया जाता है। इसके इंजेक्शन "साइनाइड" के विष को मारने के लिए भी उपयोगी है। मर्करी (पारा), विस्मथ आदि धातुओं के प्रयोग से जो मुँह आ जाता है उसके लिए भी यह लाभदायक है। इंजेक्शन दूसरे या तीसरे दिन लगाने चाहियें।

SODIUM AMYTAL (सोडियम ऐमिटल)

गुण—निद्रा कारक; बेहोश करने के लिए इसके १० प्रतिशत घोल को शिरा द्वारा इंजेक्ट किया जाता है। एक मिनट में १ सी० सी० इंजेक्ट करना चाहिए। कुल ७ से १५ ग्रेन औषध काफी होती है। क्योंकि इंजेक्शन लगाने के कुछ देर बाद ही बेहोशी हो जाती है (जो लगभग ४--६ घंटे तक रहती है) अतः औप्रेशन करने से कुछ समय पूर्व ही इसका इंजेक्शन लगाना चाहिये। इसमें यह दोष है कि यह रक्तचाप को कम कर देता है। और श्वास क्रिया को शिथिल कर देता है।

(SODIUM ANTIMONY TARTRATE)
(सोडियम एन्टिमनी टार्टरेट)

मात्रा—$\frac{1}{32}$--$\frac{1}{6}$ ग्रेन (कफ निःसारक)।
$\frac{1}{2}$--१ ग्रेन (वमन कारक)।
$\frac{1}{2}$--२ ग्रेन (शिरा द्वारा)।

गुण—देखो "एण्टिमोनिआइ एट पोटासि टार्टरास"।

SDIUM LAURYL SULPHATE
(सोडियम लौरिल सल्फेट)

गुण—"पैनिसिलीन ीम" बनाने के काम आता है।

SODIUM MARGOSATE (सौडियम मार्गोसेट)

गुण—चर्म रोगों के लिए उपयोगी है। इसके इंजेक्शन कोढ़ में लाभदायक हैं।

SODIUM PANTOTHENATE (सोडियम पैन्टोथिनेट)

गुण—यह यकृत, अंडे, मटर, गेहूँ, खमीर अदि में पागा जाता है इसके गुणों का ठीक २ पता तो (नहीं परन्तु यह बाज़ प्रकार की न्युराइटिस (नाड़ी प्रदाह) और मदात्यय में उपयोगी सिद्ध हुआ है। यह एक प्रकार का विटेमिन है।

SODIUM PARA-AMINO-BENZOATE (सोडियम पैरा-एमिनो-बेन्जोएट)

यह खमीर (ईस्ट) और लिवर ऐक्सट्रैक्ट में पाया जाता है। इसे एक प्रकार की विटामिन कहा जा सकता है। इसे आरम्भ में ४-६ ग्राम और बाद में २-३ ग्राम २-२ घंटे के अन्तर से देना चाहिये। इसके इंजेक्शन भी लगाये जाते हैं। यह बाज प्रकार के "टाइफस" ज्वर, रेडयेशन सिकनस और रौकी माउन्टेन फीवर में उपयोगी समझा जाता है। सल्फा श्रेणी की औषधियों (जैसे सल्फेनिलेमाइड, सल्फेथायजौल इत्यादि) के साथ २ इसेदे ने से उनके विषैले प्रभाव रुक जाते हैं। यह कहा जाता है कि यदि इसे १०० M. G. की मात्रा में दिन में २ बार ६ से ८ मास तक लगातार सेवन किया जाये तो सफेद बाल काले रंग के हो जाते हैं।

SODIUM STEARATE (सोडियम स्टिएरेट)

इसे "सैपो एनिमेलिस", और कर्ड सोप भी कहते हैं। बाज औषधियों के बनाने में पड़ता है।

SOFT SOAP (सौफ्ट सोप)
SAPO MOLLIS (सैपो मौलिस)

गुण—यह लिनिमेन्ट टर्पनटाइन और लि० सैपोनिस में पड़ता है।

SOLUSTIBOSAN (सोल्युस्टिबोसन)

गुण—कालाजार में इसके इंजेक्शन उपयोगी हैं। इंजेक्शन रोजाना मांस में लगाना चाहिये।

*SOMNIFAINE (सौम्निफेन)

मात्रा—२०-४० बूंद या १ ऐम्प्यूल (मांस के अन्दर)।

गुण—टैटेनस (हनुस्तंभ), एक्लैम्पशिया, स्ट्रिक्नीन के विष से उत्पन्न होने वाले विकार, उत्तेजना और मस्तिष्क रोग में बहुत उपयोगी है। उपशामक और नींद लाने वाला है।

*SONERYL "M. B." (सौनेरील "एम० बी०")

मात्रा—१-२ टिकिया सोते समय।

गुण—उपशामक और निद्राजनक; अनिद्रा में सोते समय देने से कई घण्टे की नींद आ जाती है।

*SONERYL SODIUM "M. B."
(सोनेरील सोडियम "एम० बी०")

गुण—औपरेशन से १ घंटे पहले इसे और बाद में एट्रोपीन का इंजेक्शन देने से यह लाभ होता है कि रोगी को क्लोरोफॉर्म आदि बेहोश करने वाली औषधियां सुंघाने के बाद जो बेचैनी और परेशानी होती है वह रुक जाती है और रोगी औप्रेशन के बाद कई घण्टे तक आराम की नींद सो जाता है।

SOYA BEANS (सोया बीन्स)

इसकी फली होती हैं इनमें प्रोटीन और फैट (वसा) बहुत पाई जाती है। ऐसे व्यक्ति जो मांस सेवन नहीं करते, और मधुमेह के रोगी, इसका बिना हानि के प्रयोग कर सकते हैं। यह पुष्टिकारक है।

SPANISH FLY (स्पेनिश फ्लाई)

गुणों के लिए देखो "कैन्थेरिडीन"।

SPARTEINE SULPH (स्पार्टीन सल्फ)

मात्रा—१-२ ग्रेन।

गुण—डिजिटेलिस की तरह हृदय को शक्ति प्रदान करने और मूत्र का परिमाण बढ़ाने के लिये (मुँह द्वारा या इंजेक्शन के रूप में) प्रयुक्त होता है।

SPASMODIN (स्पाज्मोडीन)

"बैन्जील बेन्जोएट" को कहते हैं (देखो)।

SPERMINT (स्परमिन्ट)

यह एक प्रकार का पौदीने से मिलता जुलता पौधा है जिसमें से एक प्रकार का पेपरमिन्ट का तेल जिसे "ओलियम मैन्थि विरिडस" कहते हैं निकाला जाता है। इसके गुण "ओलियम मैन्थ पिप" के समान है।

SPERMACETI (CETACEUM)
स्परमेसेटि (सिटेसियम)

देखो "सिटेसियम"।

SPIRIT (स्पिरिट)

अल्कोहॉल को कहते हैं।

SPIRIT AETHER (स्पिरिट ईथर)

मात्रा—१५-६० मि०।

मु० अ०—(ईथर १, अल्कोहॉल ९०%२)

गुण—उत्तेजक, वायुसारी; बेहोशी गशी, अफारा, अजीर्ण, हृदय की गति मन्द पड़ जाना, आदि में उपयोगी है।

योग

स्पिरिट अमोनिया एरोमेटिक	३० मि०
स्पिरिट ईथर	३० मि०
टि० डिजिटेलिस	१० मि०
स्पिरिट वाइनम गैलिसी	२ ड्राम
ऐक्वा	कुल १ औंस

विधि—ऐसी एक मात्रा २-२ घण्टे में (गशी, थकावट, नब्ज और श्वास का मन्द पड़ जाना)

SPIRIT AETHER CO (स्पिरिट ईथर को)

इसे ''होपमैन्स एनोडाइन'' भी कहते हैं।

मात्रा—२०–४० मि०।

मु० अ०—(ईथर, अल्कोहॉल, सल्फ्युरिक एसिड, सोडा बाइकार्ब और जल)।

गुण—उत्तेजक, वायुसारी और आमाशय और आंतों के शूल को हरने वाली। इसे स्पिरिट अमोनिया एरोमेटिक, स्पिरिट क्लोरोफॉर्म, टि० कार्डमम कं० इत्यादि के साथ मिला कर देते हैं।

SPIRIT AETHER NITROSI (स्पिरिट ईथर नाइट्रोसी)

मात्रा–१५–६० मि०।

मु० अ०—(नाइट्रिक ऐसिड, सल्फ्युरिक ऐसिड, कौपर, अल्कोहॉल)।

गुण–उत्तेजक, स्वेदक, वायुसारी और मूत्रल; ज्वर, दमा, कष्टरज, अंजाइना और मूत्र-रोगों में उपयोगी है। पित्ताश्मरी और वृक्क शूल में भी लाभ पहुँचाती है।

योग

पोटास साइट्रास	१५ ग्रेन
पोटास एसिटास	१५ ग्रेन
स्पिरिट ईथर नाइट्रोसी	२० मि०
स्पिरिट क्लोरोफॉर्म	१० मि०
ऐक्वा	कुल १ औंस

विधि—ऐसी एक मात्रा ४-४ घण्टे में

(जब मूत्र कम आ रहा हो और ज्वर हो)

SPIRIT AMMONIA AROMATIC
SPRIT OF SALVOLATILE
(स्पिरिट अमोनिया एरोमेटिक)
(स्पिरिट ऑफ साल वौलेटाइल)

मात्रा---१५-६० मि० ।

मु० अ०---(अमोनिया कार्ब २५, लिकर अमोनिया फोर्ट ६०, ऑयल नटगम ३, ऑयल लैमन ५, अल्कोहॉल ९०% ७५०, डिस्टिल्ड वाटर कुल १०००) ।

गुण---उत्तेजक, अम्लनाशक, वायुसारी । अजीर्ण, अफारा, बेहोशी, गशी, हृदय की कमजोरी, नब्ज मन्द पड़ जाना इत्यादि में बड़ी उपयोगी है । यदि किसी कारणवश हृदय बैठा जा रहा हो और तबियत गिर रही हो तो इसे खालिस या स्पिरिट क्लोरोफॉर्म और स्पिरिट ईथर के साथ प्रयोग करने से बड़ा लाभ होता है । बेहोशी में इसे सूँघ भी सकते हैं ।

योग

स्पिरिट अमोनिया एरोमेटिक	२० मि०
कोरेमीन लिक्विड	१५ मि०
स्पिरिट कैम्फर	१० मि०
सीरप औरंशाई	१ ड्राम
ऐक्वा	कुल १ औंस

विधि---ऐसी एक मात्रा २-२ घंटे में (हृदय और श्वासक्रिया को उत्तेजित करने के लिये)

SPIRIT AMMONIA FETIDUS
(स्पिरिट अमोनिया फीटीडस)

मात्रा- २०-४० मि० बार २, और ६०-९० मि० एकबार ।

मु० अ०—(असेफिटीडा १५, लिकर अमोनिया फोर्ट १००, अल्कोहॉल ९०% कुल १०००)।

गुण—अफारा, हिस्टीरिया, पेट का शूल, मूर्छा, कष्ट-रज आदि में टि० हायोसाइमस, पोटास ब्रोमाइड आदि के साथ देते हैं।

योग

स्पिरिट अमोनिया फीटीडस	२० मि०
स्पिरिट क्लोरोफॉर्म	१५ मि०
टि० कार्डेमम कं०	३० मि०
स्पिरिट अमोनिया एरोमेटिक	२० मि०
सीरप जिन्जीवेरिस	१ ड्राम
एँक्वा मैन्थ पिप	कुल १ औंस

विधि—ऐसी मात्रा ३-३ घण्टे में (अफारा, शूल इत्यादि)

SPT. ANISI (स्पिरिट ऐनिसि)

मात्रा—५–२० मि०।

मु० अ०—(ऑयल एनिसि १, अल्कोहॉल ९०% ९)।

गुण—अफारा, अजीर्ण, शूल आदि में लाभदायक है।

SPT. ARMORACIAE CO (स्पिरिट आर्मोरेसिआइ को)

मात्रा—१–२ ड्राम।

मु० अ०—(आर्मोरेसि रूट ५ औंस, बिटर औरंज पील ५ औंस, नटमग ५५ ग्रेन, अल्कोहॉल ९०% १½ पाइन्ट और जल १½ पाइन्ट; सबको डिस्टिल करके कुल २४ औंस कर लें)।

गुण—उत्तेजक, मूत्रकारक, क्षुधावर्द्धक और लाला-वर्द्धक। अजीर्ण और मूत्र रोगों में लाभदायक है।

SPT. CAJUPUTI (स्पिरिट कजुपुटि)

मात्रा—५–२० मि०।

मु० अ०—(ऑयल कजुपुटि १, अल्कोहॉल ९०%९)।

गुण—अफारा, अजीर्ण, पेट का शूल और अतिसार में उपयोगी है।

योग

सोडा बाइकार्ब	१५ ग्रेन
स्पिरिट कजुपुटि	१५ मि०
टि० कार्डेमम कं०	२० मि०
स्पिरिट एनिसि	१० मि०
टि० जिन्जर	१५ मि०
ऐक्वा मैन्थ पिप	कुल १ औंस

विधि—ऐसी एक मात्रा ३–३ घंटे (अफारा, अजीर्ण)

SPT. CAMPHOR (स्पिरिट कैम्फर)

मात्रा—५–२० मि०।

मु० अ०—(कैम्फर १, अल्कोहॉल ९०%९)।

गुण—उत्तेजक और पेट का शूल हरने वाली; जुकाम में १० बूँद थोड़ी सी चीनी पर डाल कर ½–½ घण्टे के अन्तर से सेवन करना उपयोगी है। अतिसार, हैजा और उदरशूल में भी उपयोगी है।

SPT. CAMPHOR FORT (स्पिरिट कैम्फर फोर्ट)

"रूबिनिज कैम्फर" को कहते हैं (देखो)।

SPT. CHLOROFORM (स्पिरिट क्लोरोफॉर्म)

मात्रा—५—३० मि०।

मु० अ०—(क्लोरोफॉर्म १, अलकोहॉल ९०%१९)

गुण--उत्तेजक, वायुसारी, पाचक और आक्षेपहर; अजीर्ण, आक्षेप, कंप, उदरशूल, वमन, मतली, खाँसी आदि में उपयोगी है। मिक्सचर्स को स्वादिष्ट बनाने के लिये भी काम आती है।

योग

सोडा बाइकार्ब	१५ ग्रेन
स्पिरिट ईथर	२० मि०
टिं० एसेफिटीडा	२० मि०
स्पिरिट क्लोरोफॉर्म	१५ मि०
सीरप जिन्जर	१ ड्राम
ऐक्वा एनिसी	कुल १ औंस

विधि--ऐसी एक मात्रा ३-३ घन्टे में (अफारा, अजीर्ण)

SPT. CINNAMON (स्पिरिट सिनेमन)

मात्रा--५-२० मि०।

मु० अ०--(ऑइल सिनेमन १, अल्कोहॉल ९०%९)

गुण--वायुसारी, अग्निसंदीपक, अजीर्ण और अतिसार में लाभदायक है।

SPT. GRINDILIA CO (स्पिरिट ग्रिन्डीलिया को०)

मात्रा--१-२ ड्राम।

मु० अ०--(ऐक्स० ग्रिन्डीलिया लि० १५ मि०, सोडियम आयोडाइड २ ग्रेन, सोल्युशन ऑफ नाइट्रोग्लीसरीन ½ मि०, टिं० यूफोर्बिया पिलुलिफेरा २० मि०, स्पिरिट क्लोरोफॉर्म कुल १ ड्राम)

गुण--दमे में जब तक दौरा शांत न हो, इसे २-२ घन्टे के अन्तर से जल में मिलाकर देते रहें। बहुत उपयोगी है। इसे स्वयं तैयार कर सकते हैं।

SPT. JUNIPER (स्पिरिट ज्युनिपर)

मात्रा—५–२० मि०।

मु० अ०—(ऑइल ऑफ ज्युनीपर १ औंस, अल्कोहॉल ९०%१९ औंस)

गुण—उत्तेजक और मूत्रल; जलोदर, मूत्रावरोध आदि में दूसरी मूत्रकारक औषधियों के साथ दी जाती है। इसे नवीन वृक्क रोगों में नहीं देना चाहिये।

योग

पोटास एसिटास	२० ग्रेन
टि० बकु	२० मि०
स्पिरिट ईथर नाइट्रोसी	२० मि०
स्पिरिट ज्युनीपर	१० मि०
ऐक्वा	कुल १ औंस

विधि—एक मात्रा ३–३ घन्टे में (मूत्र लाने के लिये)

SPT. LAVANDULA (स्पिरिट लेवन्डुला)

मात्रा—५–२० मि०।

मु० अ०—(ऑइल ऑफ लैवन्डर १ औंस, अल्काहॉल ९०%९ औंस)

गुण—वायुसारी और पेट की ऐंठन हरने वाली। अजीर्ण में अन्य औषधियों के साथ प्रयोग की जाती है।

SPT. MENTH PIP (स्पिरिट मेन्थ पिप)

मात्रा—५–३० मि०।

मु० अ०—(ऑइल ऑफ पीपरमिन्ट १ औंस, अल्कोहॉल ९०%९ औंस)।

गुण—पाचक, वायुसारी और शूलहर; अजीर्ण (मतली, अफारा इत्यादि) में उपयोगी है।

SPT. MENTHOL CO (स्पिरिट मैन्थोल को)

मु० अ०—(मैन्थोल १ औंस, कैम्फर १ औंस, टेरिबीन १ औंस, यूकेलिप्टॉल १ औंस, अल्कोहॉल ९०% कुल १० औंस)

गुण—नजले जुकाम में इसकी ८-१० बूँद रूमाल पर डालकर, कई बार सूंघें।

SPT. MYRISTICAE (NUTMEG)
स्पिरिट मिरिस्टिकि (नटमग)

मात्रा—५-२० मि०।

मु० अ०—(ऑइल ऑफ नटगम १ औंस, अल्कोहॉल ९०% कुल ९ औंस)

गुण—वायुसारी और पेट की ऐंठन को हरने वाली। अफारा, अजीर्ण, शूल आदि में उपयोगी है।

SPT. METHYLATUS OR METHYLATED SPIRIT
(स्पिरिट मेथीलेटस या मेथिलेटेड स्पिरिट)

गुण—कुछ टिंचर्स और लिनिमेन्ट्स बनाने में पड़ती है। चोट, मोच, बाय आदि पर मली जाती है। वार्निश बनाने के काम आती है। कुछ मूर्ख इसे नशे के लिये पीते हैं परन्तु ऐसा करना स्वास्थ्य के लिये हानिकारक है।

योग

एसिड सैलीसिलिक	१½ ड्राम
एसिड बैन्जोइक	½ ड्राम
स्पिरिट मेथीलेटस	कुल १ औंस

विधि—इसे रोजाना १ बार दाद पर फुरैरी से लगायें।

SPRIT OF SAL VOLATILE
(स्पिरिट ऑफ साल वौलेटाइल)

देखो "स्पिरिट अमोनिया एरोमेटिक"

SPT. RECTIFIED (SPT VINI)
स्पिरिट रेक्टिफाइड (स्पिरिट वाइनि)

यह अल्कोहॉल (९०%) होती है। यह टिंचर्स, लिनिमेन्ट्स, लिकर्स आदि में पड़ती है। इसे बहुत सी पेटेन्ट औषधियों में इसलिए मिलाया जाता है कि वे खराब न होने पावें। कुछ पदार्थ जो जल में अनघुल होते हैं वे आसानी से इसमें घुल जाते हैं। यह उत्तेजक और कीटाणु नाशक है। औप्रेशन से पूर्व इससे हाथों और औजारों को शुद्ध कर लिया जाता है।

योग

सीबाजौल पाउडर	१० ग्रेन
बोरिक एसिड	१० ग्रेन
स्पिरिट रैक्टीफाइड	१ ड्राम
ग्लीसरीन	१ ड्राम
ऐक्वा (जल)	कुल १ औंस

विधि---कर्ण स्राव में इसकी ३-४ बूँद कान में २-३ बार टपकाये।

SPT. ROSMARIN (स्पिरिट रोजमरिन)

मु० अ०—(ऑइल रोजमरी १ औंस, स्पिरिट रेक्टिफाइड ९ औंस)
गुण---यह बाल उगाने की औषधियों में पड़ती है।

SFT. VINUM GALLICI (BRANDY)
स्पिरिट वाइनम गैलिसि (ब्रांडी)

इसमें ४३ से ५७ प्रतिशत अल्कोहॉल होती है। यह उत्तम प्रकार की उत्तेजक, स्फूर्तिदायक और शक्तिवर्द्धक है। मूर्छा, थकावट, शिथिलता, हृदय

की गति मन्द पड़ जाना और रोगों के बाद की कमजोरी में उपयोगी है। निमोनिया, मयादी ज्वर, इन्फ्लुअन्जा, प्लेग और दूसरे रोगों में जब हृदय और श्वास-क्रिया कमजोर हो जायें तब इसके प्रयोग से बड़ा लाभ होता है। भोजन के साथ सेवन करने से पाचन-क्रिया को उत्तेजित करती है और भूख बढ़ाती है। बड़ी मात्रा में नशा करती है और स्वास्थ्य को खराब कर देती है।

योग

स्पिरिट अमोनिया एरोमेटिक	३० मि०
स्पिरिट वाइनम गैलिसी	२ ड्राम
स्पिरिट क्लोरोफॉर्म	१५ मि०
कोरेमीन	१५ मि०
सीरप	१ ड्राम
ऐक्वा	कुल १½ औंस

विधि—गशी, आलस्य, बेहोशी तथा रोगों के कारण होने वाली कमजोरी में इसे आवश्यकतानुसार दें।

SPLEEN SUBSTANCE DESICCATED
(स्प्लीन सब्सटेन्स डेसिकेटेड)

यह तिल्ली का सत है।

मात्रा—५–१० ग्रेन।

गुण—क्षयरोग, मयादी ज्वर, मलेरिया और पाण्डुरोग में उपयोगी हैं।

STAPHYLOCOCCUS VACCINE
(स्टेफिलोकौकस वैक्सीन)

मात्रा—१० मिलियन से १००० मिलियन रोगाणु।

गुण—इसके इंजेक्शन (चर्म के नीचे) ३ से ७ दिन के अन्तर से फोड़े फुन्सी, मुँहासे और कुछ चर्म रोगों में उपयोगी है।

STARCH (स्टार्च) निशास्ता, श्वेतसार

देखो "एँमिलम"।

STIMBAMINE UREA (स्टिबेमीन यूरिआ)

मात्रा—$\frac{3}{4}$ से ३ ग्रेन।

गुण—कालाजार में इसके २ प्रतिशत घोल के शिरा द्वारा इन्जेक्शन (सप्ताह में दो बार) लगाये जाते हैं।

STIBOSAN (स्टिबोसन)

VON HEYDEN 471 (वौन हेडन ४७१)

मात्रा—३ से ५ ग्रेन।

गुण—इसके १ से २ प्रतिशत के इन्जेक्शन कालाजार और चूहे काटे के ज्वर में उपयोगी है।

STILBOESTROL (स्टिलबोएस्ट्रौल)

मात्रा—$\frac{1}{120}$—$\frac{1}{30}$ ग्रेन रोजाना।

गुण—रक्त प्रदर, रज-अदर्शन, रजोनिवृत्ति के विकार आदि में उपयोगी है। बच्चा पैदा होने के बाद इसे प्रयोग करने से छातियों से दूध निकलना बन्द हो जाता है। यदि कुछ समय के बाद छाती फिर भरने लगे तो २-४ दिन फिर इसका प्रयोग शुरू कर दें। इसमें यह दोष है कि इसके प्रयोग से जी मितलाने लगता है। आवश्यकता पड़ने पर इसका इंजेक्शन लगा देना चाहिये। यह कई पेटंट नामों में आता है जैसे क्लिनेस्ट्रौल (Clinestrol)।

STILBOESTROL DIPROPIONATE (स्टिलबोएस्ट्रौल डाइप्रोपिओनेट)

गुण—उपरोक्त रोगों में इसके $\frac{1}{60}$ से $\frac{1}{12}$ ग्रेन के मांस में इंजेक्शन लगाये जाते हैं।

STOMACH DESICCATED (स्टमक डेसिकेटेड)

इसे वैन्ट्रिकुलीन भी कहते हैं। यह सुअर, भेड़ या बैल के पेट से तैयार किया जाता है। $\frac{1}{4}$ से १ औंस की मात्रा में पाण्डुरोग में प्रयोग किया जाता है।

STORAX, STYRAX (स्टोरेक्स, स्टाइरेक्स)

गुण—खारिश और जूं रोग में इसकी मरहम (१:४) उपयोगी है। यह "**टि० बैन्जोइन** कम्पाउण्ड" में भी पड़ता है।

STOVAINE (स्टोवेन)

मात्रा—$\frac{1}{12}$ से १ ग्रेन।

गुण—स्थानिक संज्ञाहर; कोकेन के समान गुण रखती है। जब ऑप्रेशन नाभि से नीचे के भाग में करना हो तो इसके इंजेक्शन सुषुम्ना अर्थात् मेरूरज्जु में कटिप्रदेश के दो कशेरूकाओं के बीच में लगाये जाते हैं।

*STOVARSOL "M & B" (स्टोवर्सोल "एम० बी०")

मात्रा–१–४ ग्रेन।

गुण—**इसमें** २७ प्रतिशत आर्सेनिक होता है। पेचिस (अमिबिक प्रकार **की**) में इसे ३ से ४ ग्रेन की मात्रा में दिन में २–३ बार देना चाहिये। १० दिन लगातार देने के वाद १–२ सप्ताह तक इसका प्रयोग बन्द कर देना चाहिये। इसे आत्शक में भी प्रयोग किया गया है।

*S.V.C. "M & B" (ऐस. वी. सी. "ए म०बी०")

बाहरी प्रयोग के लिए।

मु० अ०—(Acetarsol, Carbohydrate)

गुण—यह श्वेतप्रदर (लिकोर्हिया) में उपयोगी है। पहली बार प्रयोग करने से पूर्व योनि में सोडाबाइकार्ब का डूश लगा लें। तत्पश्चात् इसकी १ या दो टिकिया योनि में प्रविष्ट कर दें। इस क्रिया को कई दिन तक दोहरायें। बाद में दूसरे तीसरे दिन टिकियों का प्रयोग करें।

STRAMONIUM FOLIUM (स्ट्रैमोनियम फोलियम)

मात्रा—$\frac{१}{२}$–३ ग्रेन।

गुण— श्वास-रोग नाशक है। प्राय: इसका टिंचर प्रयोग किया जाता है।

STRONTIUM BROMIDE (स्ट्रौन्शियम ब्रोमाइड)

मात्रा—५–३० ग्रेन।

गुण—इसके गुण पोटास ब्रोमाइड की तरह हैं।

STREPTO COCCAL VACCINE
(स्ट्रैप्टोकौकल वैक्सीन)

मात्रा—आरम्भ में ५ मिलियन, बाद में धीरे-धीरे १०० मि० (रोगाणु) चर्म के नीचे ४–५ दिन के अन्तर से।

गुण—विसर्प, ऐक्जिमा, कर्णशोथ और अन्य चर्मरोगों में खालिस या स्टेफिलोकौकस वैक्सीन के साथ प्रयोग की जाती है।

नोट:—इसके एक सी० सी० ऐम्प्यूल और १० सी० सी० की शीशियाँ आती हैं।

STREPTOCIDE (स्ट्रैप्टोसाइड)

एक प्रकार की "सल्फेनिलेमाइड" होती है (देखो)।

STROPHANTHIN (स्ट्रोफैन्थिन)

मात्रा—$\frac{१}{२४०}$–$\frac{१}{६०}$ ग्रेन (टिकिया या ऐम्प्यूल)।

गुण—हृदय रोगों में इसे नब्ज को शक्ति प्रदान करने और उसे धीमी और नियमित करने के लिये डिजिटेलिन की तरह इंजेक्शन के रूप में प्रयोग किया जाता है।

STRYCHNINE ARSENAS (स्ट्रिक्नीन आर्सिनास)

मात्रा—$\frac{१}{६४}$–$\frac{१}{१६}$ ग्रेन।

गुण—इसमें आर्सेनिक और स्ट्रिक्नीन दोनों के गुण विद्यमान हैं। बल-कारक और रक्तवर्द्धक है।

STRYCHNINE HYDROCHLORIDE
(स्ट्रिक्नीन हाइड्रोक्लोराइड)

मात्रा—$\frac{१}{३२}$-$\frac{१}{८}$ ग्रेन; $\frac{१}{३०}$-$\frac{१}{१६}$ ग्रेन (इंजेक्शन)।

गुण—अग्निसंदीपक, हृदय और श्वास क्रिया को उत्तेजित करने वाली, बल, बुद्धि और आयु को बढ़ाने वाली, कामोद्दीपक और अरुचि, मलावरोध, हृदयरोग, पक्षाघात, निमोनिया, कोरिया, नाड़ीशूल, मूत्राशय की दुर्बलता, अनैच्छिक मूत्र-स्राव, नपुंसकता, वीर्यदोष, और शारीरिक और मानसिक रोगों में उपयोगी है। देखो "लिकर स्ट्रिक्नीनहाइड्रोक्लोर"।

STRYCHNINE NITRAS (स्ट्रिक्नीन नाइट्रास)

मात्रा—$\frac{१}{३०}$ ग्रेन; $\frac{१}{१००}$-$\frac{१}{३०}$ ग्रेन (इंजेक्शन)।

गुण—इसके गुण "स्ट्रिक्नीन हाइड्रोक्लोराइड" के समान हैं।

STRYCHNINE SULPH (स्ट्रिक्नीन सलफ़)

मात्रा—$\frac{१}{३०}$ ग्रेन।

गुण—इसके गुण "स्ट्रिक्नीन हाइड्रोक्लोराइड" के समान हैं।

योग

स्ट्रिक्नीन सल्फ	$\frac{१}{२४}$ ग्रेन
ऐसिड आर्सेनिक	$\frac{१}{४८}$ ग्रेन
फैरम फौस्फेट	२ ग्रेन
ऐक्स० डमियाना	२ ग्रेन
योहिम्बीन हाइड्रोक्लोराइड	$\frac{१}{२४}$ ग्रेन

विधि—इसकी गोली बनालें। दिन में ३ बार दें (धातुक्षीणता, दौर्बल्य)

STYRACOL (GUAIACOL CINNAMATE)
स्टाइरेकौल (ग्वाइयाकौल सिनेमेट)

मात्रा—५-१५ ग्रेन ।

गुण—आँतों के क्षय-रोग में उपयोगी है ।

SUGAR OF LEAD (शूगर ऑफ लैड)

देखो "प्लंबाइ एसिटास" ।

*SULFABENZIDE "B. I."
(सल्फ़ेबेन्जाइड "बी० आई०")

मु० अ०—(SULPHANILYL BENZAMIDE)

मात्रा—प्रारम्भिक मात्रा ४ टिकिया, बाद में ४-४ घंटे के अन्तर से २ टिकिया ।

गुण—बेसिलरी प्रकार की पेचिश, प्रदाहिक अतिसार, हैजा और आंत के दूसरे कीटाणु-जन्य रोगों में बहुत उपयोगी है ।

*SULFARSENOL (सल्फार्सिनौल)

मात्रा—१½-१० ग्रेन ।

गुण—इसमें २० प्रतिशत आर्सनिक होता है । आतशक और उसके विकारों में विशेषतया उपयोगी है । प्रसूतज्वर, सोजाकजन्य जोड़ों की सूजन और इसी प्रकार के दूसरे उपद्रवों में भी इसके इंजेक्शन से लाभ होता है । इसमें यह गुण है कि यह नस द्वारा, मांस द्वारा और चर्म के नीचे, तीनों प्रकार प्रयोग किया जा सकता है और दूसरे आतशक के इंजेक्शन की तरह खतरनाक नहीं है । इसके भिन्न-भिन्न नम्बर के खुश्क ऐम्प्यूल आते हैं जिन्हें डिस्टिल्ड वाटर में घोल लिया जाता है । इसके इंजेक्शन सप्ताह में दो बार लगाये जाते हैं ।

SULPHACETAMIDE SODIUM
(सल्फेसिटेमाइड सोडियम)
SULPHACETAMIDE (सल्फेसिटेमाइड)

गुण—इसके गुण सल्फेनिलेमाइड की तरह हैं परन्तु यह विशेषतया नेत्र-रोगों में प्रयोग की जाती है। साधारणतया इसका १० से ३० प्रतिशत घोल आँख दुखने में, क्नीनिका (Cornea) में चोट लगने में और आँख के पीप-दार रोगों में ३-३ घण्टे के अन्तर से टपकाया जाता है। इसे मरहम के रूप में भी प्रयोग किया जाता है। इसके घोल को कर्णस्राव में भी प्रयोग करते हैं। बाजार में यह भिन्न-भिन्न नामों से बिकता है।

SULPHADIAZINE (सल्फेडायेजीन)

मात्रा—आरम्भ में १ मात्रा ३० ग्रेन, बाद में १५ ग्रेन ४-४ घंटे के अन्तर से।

गुण—प्रबल कीटाणुनाशक; सोजाक, गर्दनतोड़ ज्वर, निमोनिया, प्लेग, बी-कोलाइ-जन्य रोग, गैस ग्रैंग्रीन, सैलुलाइटिस, फोड़े फुन्सी, खुजली और जहरीले ज्वरों में बहुत उपयोगी है। इसे प्रत्येक ऐसे रोग में जो जीवाणुओं से उत्पन्न होता है प्रयोग कर सकते हैं (सल्फेडायेजीन सोडियम भी देखो)।

SULPHADIAZINE SODIUM
(सल्फेडायेजीन सोडियम)

मात्रा—आरम्भ में ३० ग्रेन बाद में १५ ग्रेन; शिरा द्वारा ८ से ३० ग्रेन।

गुण—इसका डिस्टिल्ड वाटर या सेलाइन के साथ ५ से १० प्रतिशत घोल तैयार कर लिया जाता है और शिरा द्वारा, या मांस में गहरा इंजेक्शन लगाया जाता है। इसके बने बनाये इंजेक्शन भी आते हैं।

SULPHADIMIDINE (सल्फेडिमिडीन)

सल्फेमीथेजीन (Sulphamethazine) को कहते हैं (देखो)

SULPHAGUANIDINE (सल्फेग्वानीडीन)

मात्रा—३० से ६० ग्रेन या ४ से ८ टिकिया प्रति मात्रा।

गुण—इसका मुख्य प्रयोग पेचिश (बेसिलरी प्रकार की) में है जिसमें इसके प्रयोग से बहुत लाभ होता है। हैजे में भी यह लाभदायक सिद्ध हुई है बशर्ते कि आरम्भ से ही इसे बड़ी मात्रा में प्रयोग किया जाये। पहली मात्रा ६-८ टिकियां देकर बाद में २ टिकिया ३-३ घण्टे में देते रहें। पेचिश में इसके साथ १०-१५ ग्रेन प्रति मात्रा बिस्मथ कार्ब या सबनाइट्रेट भी मिला सकते हैं।

योग

केओलीन	१५ ग्रेन
सल्फेग्वानीडीन	२ टिकिया
एन्ट्रोवायोफॉर्म	१ टिकिया
बिस्मथ कार्ब	१० ग्रेन

विधि—ऐसी एक पुड़िया दिन में ३ बार (पेचिश, दस्त)

SULPHAMERAZINE (सल्फेमरेजीन)

मात्रा—प्रथम मात्रा ४५ से ६० ग्रेन, तत्पश्चात् १५ ग्रेन ८-८ घण्टे में।

गुण—इसके गुण सल्फेडायेजीन की तरह हैं। निमोनिया, सोजाक, गर्दन-तोड़ ज्वर, प्रसूत ज्वर आदि में विशेष उपयोगी है। इसमें यह विशेषता है कि इसे बजाय ४-४ घण्टे के ८-८ घण्टे में देते हैं। इसके इंजेक्शन शिरा द्वारा दिए जाते हैं। सोजाक में इसकी ३-३ टिकिया दिन में २ बार ५ दिन तक देने से बड़ा लाभ होता है।

SULPHAMETHAZINE OR SULPHAMEZATHINE
(सल्फेमीथेजीन या सल्फेमीज़ेथीन)

मात्रा—आरम्भ में ८ टिकिया, बाद में ४ टिकिया ६-६ घण्टे के अन्तर से।

गुण—निमोनिया, मस्तिष्कावरण-शोथ, बी-कोलाइ-जन्य रोग और उन सब रोगों में जिनमें सल्फेडायेजीन प्रयुक्त होती है, उपयोगी है। इस की टिकिया, चूसने की टिकिया, क्रीम, इमल्शन और इन्जेक्शन आते हैं। इसे सल्फेडिमीडीन (Sulphadimidine) भी कहते हैं।

SULPHANILAMIDE (सल्फेनिलेमाइड)
(SULFANIL सल्फेनिल)

मात्रा—आरम्भ में ३० ग्रेन (४ टिकिया) बाद में १५ ग्रेन (२ टिकिया) ४-४ घण्टे के अन्तर से।

गुण—फोड़े फुंसी, सैलुलाइटिस, सोजाक, मूत्र-रोग कण्ठ-शोथ, प्रसूतरोग टौन्सिलाइटिस, विसर्प, रक्त में विष फैल जाना, गर्दनतोड़ ज्वर, खुजली आदि अनेक रोगों में उपयोगी है। यह टिकिया, पाउडर और मरहम के रूप में आती है। बाह्य रूप से इसे घाव, जख्म, खारिश आदि पर लगाते हैं। फोड़े फुंसी, खुजली आदि चर्म रोगों में इसके पाउडर को १० ग्रेन की मात्रा में दिन में ३ बार देने से बहुत लाभ होता है। इसे सल्फोनेमाइड-पी भी कहते हैं।

*SULPHAPYRIDINE (सल्फेपाइरिडीन)
M & B 693, DAGENAN (एम० बी० ६९३, डैगिनन)

मात्रा—८-३० ग्रेन (१ से ४ टिकिया)।

गुण—निमोनिया और सोजाक में विशेष उपयोगी है। इसके अतिरिक्त

गर्दन तोड़ ज्वर, प्रसूत ज्वर, और जहरीले बुखारों में भी लाभदायक है। इसके इन्जेक्शन ८-३० ग्रेन की मात्रा में जल मेंघोल कर शिरा द्वारा या मांस के अन्दर लगाये जाते हैं।

SULPHATHALIDINE (सल्फेथेलिडीन)

मात्रा—४५ से १२० ग्रन रोजाना।

गुण—यह विशेषता **पेचिस** में उपयोगी है। अतिसार और अंत्र शोथ में भी लाभ पहुँचाती है। **इसे थेलीसल्फेथायेजौल** (Phthalysulpha Thiazole) भी कहते हैं। देखो "**थैलेजोल**"।

SULPHATHIAZOL (सल्फेथायेजौल)

मात्रा—आरम्भ में ३० ग्रेन (४ टिकिया) बाद में १५ ग्रेन (२ टिकिया) ४-४ घण्टे के अन्तर से।

गुण—सोजाक, निमोनिया, प्लेग, गर्दनतोड़ ज्वर, सैलुलाइटिस, फोड़े-फुंसी, प्रसूत रोग, टौन्सिलाइटिस और रक्त-विकार में उपयोगी है। सल्फेथायेजौल सोडियम की भी यही मात्रा है परन्तु इसे इंजेक्शन के रूप में भी ८-३० ग्रेन की मात्रा में प्रयोग किया जाता है। बच्चों के ज्वर, खांसी जुकाम आदि में इसे ३-४ ग्रेन की मात्रा में १ ग्रन यूकुनीन के साथ दिन में ३ बार देने से बहुत लाभ होता है।

योग

सल्फेथायजौल	१/२ टिकिया
एस्पिरीन	१ ग्रेन
सोडा बाइकार्ब	२ ग्रेन

विधि—ऐसी पुड़िया दिन में ३ बार २-३ वर्ष के बच्चे को, खांसी, निमोनिया, जुकाम)।

SULPHASUXIDINE (सल्फेसक्सीडीन)

SUCCINYLSULPHATHIAZOLE (सक्सीनीलसल्फेथायेज़ौल)

मात्रा—४५ से ९० ग्रेन।

गुण—पेचिश (बेसिलरी), अतिसार, और अन्त्र-शोथ में उपयोगी है।

*SULPHATRIAD "M. & B." (सल्फेट्राइड "एम० बी०)

मात्रा—२-४ टिकिया ४-४ घण्टे के अन्तर से।

गुण—यह सल्फेथायेजौल, सल्फेडायेजीन और सल्फेमरेजिन का मिश्रण है। यह उन सब रोगों में उपयोगी है जिनमें ये तीनों औषधियाँ प्रयुक्त होती हैं जैसे निमोनिया, गर्दनतोड़ ज्वर, सोजाक, बी-कोलाई जन्य रोग, गैस गैंग्रीन, पेचिश (बेसिलरी) और फोड़े फुंसी इत्यादि।

SULPHETRONE (सल्फेट्रोन)

मात्रा—२ से ४ ग्राम रोजाना।

गुण—सब प्रकार के कोढ़ में उपयोगी है इसके इंजेक्शन भी आते हैं। इंजेक्शन १२ वर्ष के ऊपर आयु वाले को १ सी० सी० सप्ताह में २ बार देने चाहियें। टिकिया १ सप्ताह तक रोजाना १½ ग्राम दें बाद में मात्रा बढ़ा दें।

SULPHONAL (सल्फोनल)

मात्रा—१०-३० ग्रेन।

गुण—निद्राजनक; अनिद्रा, उन्माद, कंप, आक्षेप, कोरिया आदि में उपयोगी है। अनिद्रा में सोते समय १० ग्रेन की एक मात्रा काफी होती है। अब इसका प्रयोग बहुत कम हो गया है।

SULPHUR PRAECIPITATUM
(सल्फर प्रीसिपिटेटम)

MILK OF SULPHUR मिल्क ऑफ सल्फर

हिन्दी में इसे आमलासार गंधक कहते हैं।

मात्रा—१५-६० ग्रेन।

गुण—यह चर्मकृमिनाशक, मृदुविरेचक और रक्त-शोधक है। खारिश, खुजली, छाजन और मुंहासों पर इसकी मरहम या लोशन बहुत उपयोगी है। बवासीर में इसे समभाग क्रीम ऑफ टार्टर के साथ मिला कर देते हैं। तलवों से पसीना रोकने के लिये इसे १ ड्राम की मात्रा में देना चाहिए। मुंहासों, कब्ज और तालुग्रंथि-शोथ (टौन्सिलाइटिस) में यह नुस्खा उपयोगी है।

योग

सल्फर	३० ग्रेन
ग्वाइकम रेजिन	५ ग्रेन

विधि—ऐसी एक पुड़िया दिन में २-३ बार दें।

देखो "अन्गुंटम सल्फ्युरिस"।

SULPHUR SUBLIMATUM (सल्फर सब्लीमेटम)
SUBLIMED SULPHUR (सब्लाइम्ड सल्फर)
FLOWERS OF SULPHUR (फलॉवर्स ऑफ सल्फर)

हिन्दी में इसे गंधक के फूल कहते हैं। इसके गुण सल्फर प्रोसिपिटेटम की तरह हैं।

SULPHURATED POTASH (सल्फ्युरेटेड पोटाश)
LIVER OF SULPHUR (लिवर ऑफ सल्फर)

गुण—इसकी मरहम (८० में १) खारिश के लिए गंधक की मरहम की बजाय प्रयुक्त हो सकती है। पुराना संधिवात, पठ्ठों का दर्द और पुराने स्नायु रोगों में इसे जल में डालकर (३० गैलन में ४ औन्स) स्नान करने से बड़ा लाभ होता है। इसका प्रयोग बहुत कम है।

SULPHUR INJECTIONS (सल्फर इन्जेक्शन्स)

मात्रा—१-२ सी० सी० मांस के अन्दर सप्ताह में १-२ बार।

गुण—पुरानी बाय और रूमेटॉइड आर्थराइटिस में उपयोगी है।

*S. U. P. 36 (एस० यू० पी० ३६)

मात्रा—०·००५ से ०·०१ ग्राम।

गुण—ब्रौन्काइटिस, जुकाम, निमोनिया, खसरा, ज्वर, तालु-ग्रन्थिशोथ, इन्फ्लुअन्जा, कर्ण शोथ, प्रसूतरोग, प्लुरिसि इत्यादि में इसके इंजेक्शन मांस में लगाये जाते हैं। यदि रोगी को ज्वर न हो तो इसे प्रयोग नहीं करना चाहिये।

SUPPOSITORY ACID TANNIC
(सपोजीटरी एसिड टैनिक)

मु० अ०—(प्रत्येक में ३ ग्रेन);

गुण—गुदा के जख्म, गुदाभ्रंश आदि में गुदा में लगाई जाती है।

SUPPOSITORY ADRENALIN
(सपोजीटरी एड्रिनेलीन)

मु० अ०—(प्रत्येक में १० मि० लिकर एड्रिनेलीन क्लोराइड)।

गुण—बवासीर में गुदा में लगाई जाती है। रुधिर को रोकती है।

SUPP BELLADONNA ET MORPHINE HYDROCHLORIDE
(सपोजी० बैलाडोना ऍट मौर्फीन हाइड्रोक्लोराइड)

मु० अ०—(प्रत्येक में ऐक्स० बेलाडोना $\frac{१}{२}$ ग्रेन, मौर्फीन हाइड्रोक्लोराइड $\frac{१}{४}$ ग्रेन)।

गुण—गुदा और प्रौस्टेट के रोगों में शूल को शान्त करने के लिये प्रयोग की जाती है।

SUpP COCAINE ET MORPHINE
(सपोजी० कोकेन ऍट मौर्फीन)

मु० अ०—(कोकेन १/६ ग्रेन और मौर्फीन १/२ ग्रेन)।

गुण—बवासीर की पीड़ा को शान्त करने के लिये बड़ी लाभदायक है।

SUPP GLYCERINI (सपोजी० ग्लीसरीनी)

मु० अ०—(जेलेटिन १४ ग्राम, ग्लीसरीन ७० ग्राम, डिस्टिल्ड वाटर काफी।

गुण—दस्त लाने के लिये गुदा में लगाई जाती है।

SUPP IODOFORMI (सपोजी० आयोडोफौर्मी)

मु० अ०—(प्रत्येक में १, ३ या ५ ग्रेन आयोडोफॉर्म)

गुण—बवासीर और गुदा के अन्य रोगों में लगाई जाती है।

SPP PLUMBAI CUM OPIO
(सपोजी० प्लंबाई कम ओपियो)

मु० अ०—(लैड एसिटेट ३ ग्रेन ओपियम १ ग्रेन)

गुण—बवासीर और पेचिस में गुदा में लगाने से रक्तस्राव और दस्त बन्द हो जाते हैं।

SUPP SANTONINI (सपोजी० सैन्टोनीनी)

मु० अ०—(प्रत्येक में ३ ग्रेन, सैन्टोनीन)

गुण—सूत्रकृमि-रोग (थ्रैड वर्म्स) में दूसरे या तीसरे दिन गुदा में प्रविष्ट करनी चाहिये। तीन बार काफी है।

SUPRARENAL CORTEX (सुप्रारीनल कौर्टेक्स)

मात्रा—१¼–२½ ड्राम (ऐक्सट्रैक्ट)

गुण—इसके इंजेक्शन ऐडिसन्स डिसीज और न्युरेस्थीनिया में उपयोगी है।

SUPRARENIN (सुप्रारेनिन)

"एड्रिनेलीन क्लोराइड" का दूसरा नाम है।

SYRUP सीरप (शर्बत सादा)

मु० अ०—(चीनी २ भाग, जल १ भाग)

गुण—मिक्चर्स को स्वादिष्ट बनाने के काम आता है इससे दूसरे शर्बत भी बनाये जाते हैं। इसे चीनी को खौलते हुए जल में घोल कर बनाना चाहिये।

SYRUP ACACIA (सीरप अकेशिया)

मात्रा—१–४ ड्राम।

मु० अ०—(म्युसिलेज अकेशिया २५, सीरप ७५)

गुण—इमल्शन बनाने के काम आता है।

SYRUP ADHATODA (सीरप अढाटोडा)

मात्रा—१–२ ड्राम।

मु० अ०—(ऐक्स० अढाटोडा लि० १, सीरप ८)

गुण—पुरानी खाँसी, क्षयरोग की खांसी और काली खाँसी में उपयोगी है।

SYRUP APOMORPHINE HYDROCHLORIDE (सीरप ऐपोमौर्फीन हाइड्रोक्लोराइड)

मात्रा—½–१ ड्राम।

मु० अ०—(ऐपोमौर्फीन ०·०५, एसिड हाइड्रोक्लोरिक डिल ०·२५, स्पिरिट रेक्टीफाइड ४·५, डिस्टिल्ड वाटर ४·५, सीरप कुल १००)

गुण—खाँसी में बलगम निकालने के लिये प्रयोग किया जाता है।

SYRUP AROMATIC (सीरप एरोमेटिक)

मात्रा—½-२ ड्राम।

मु० अ०—(टिंचर औरंज २ औंस, सिनेमन वाटर २ औंस, सीरप ४ औंस)

गुण—मिक्सचर्स को स्वादिष्ट बनाने के काम आता है।

SYRUP AURANTII (सीरप औरंशाइ)

मात्रा—½-२ ड्राम।

मु० अ०—(टिंचर औरंज १¼ औंस, सीरप कुल १० औंस)

गुण—स्वादिष्ट और प्यास बुझाने वाला है।

SYRUP CALCII HYPOPHOSPHITE
(सीरप कैल्सिआइ हाइपोफौस्फाइट)

मात्रा—१-४ ड्राम

मु० अ०—(कैल्सियम हाइपोफौस्फाइट १८·३ ग्राम, हाइपोफॉस्फौरस ऐसिड २·५ मिल्स, शूगर ८०० ग्राम, वाटर कुल १००० मिल्स)

गुण—नाड़ी-दौर्बल्य और खाँसी में उपयोगी है। फेफड़ों और हड्डियों को मजबूत करता है।

SYRUP CALCII LACTOPHOSPHATIS
(सीरप कैल्सिआई लेक्टो-फौस्फेटिस)

मात्रा—½-१ ड्राम।

मु० अ०—(कैल्सियम लैक्टेट ७५ ग्राम, ऐसिड फौस्फोरिक २९ मिल्स, शूगर ७०० ग्राम, औरंज फ्लावर वाटर २५ मिल्स, वाटर कुल १००० मिल्स)

गुण—नसों को शक्ति देता है और हड्डियों को मजबूत बनाता है। रिकेट्स, दुर्बलता और खांसी में उपयोगी है।

SYRUP CASCARA AROMATIC
(सीरप कैस्करा ऐरोमेटिक)

मात्रा—½-२ ड्राम

मु० अ०—(ऐक्स० कैस्करा सग्रेडा लि० ८ औंस, टिं० औरंज २ औंस, स्पिरिट रेक्टिफाइड १ औंस, ऐक्वा सिनेमन ३ औंस, सीरप ६ औंस)

गुण—अग्निसंदीपक और मदुविरेचक है। पुराने कब्ज में विशेष उपयोगी है।

SYRUP CHLORAL (सीरप क्लोरल)

मात्रा—$\frac{1}{2}$–२ ड्राम।

मु० अ०—(क्लोरल हाइड्रेट २ औंस, वाटर २ औंस, सीरप कुल १० औंस)

गुण—अनिद्रा, बेचैनी, मदात्यय, आक्षेप, कंप आदि में लाभदायक है।

योग

पोटास ब्रोमाइड	१५ ग्रेन
टिं० हायोसाइमस	२० मि०
सीरप क्लोरल	१ ड्राम
ऐक्वा	कुल १ औंस

विधि—ऐसी एक मात्रा सोते समय (अनिद्रा) या दिन में ३ बार (आक्षेप, कंप इत्यादि)

SYRUP COCILLANA CO (सीरप कौसिलेना को)

मात्रा—$\frac{1}{2}$–१ ड्राम।

मु० अ०—(टिं० कौसिलेना ५ मि०, टिं० यूफोर्बिया पिलुलिफेरा १५ मि०, सीरप ऑफ वाइल्ड लेटिस १५ मि०, ऐक्स० सिल्ला लि० $\frac{3}{4}$ मि०, ऐक्स० सेनिगा लि० $\frac{3}{4}$ मि०, ऐन्टिमनि टार्टेरेड $\frac{1}{१६४}$ ग्रेन, कैस्केरिन १ ग्रेन, हीरोइन हाइड्रोक्लोर $\frac{1}{२४}$ ग्रेन, मैन्थोल $\frac{1}{१००}$ ग्रेन प्रति ड्राम)

गुण—यह खांसी की प्रसिद्ध औषध है यह सबसे अच्छी पी० डी० कम्पनी की आती है।

SYRUP CODEINE PHOSPHATE
(सीरप कोडीन फौस्फेट)

मात्रा—$\frac{१}{२}$–२ ड्राम।

मु० अ०—(कोडीन फौस्फेट ५, डिस्टिल्ड वाटर २०, सीरप कुल १०००)

गुण—नींद लाने और खाँसी को शाँत करने के लिये प्रयोग किया जाता है। मधुमेह में इसे ऐक्स० जंबल लि० के साथ मिला कर देने से मूत्र में शर्करा आनी बन्द हो जाती है। धीरे-धीरे कोडीन की मात्रा बढ़ा देनी चाहिये।

योग

वाइनम इपिकाक	१० मि०
सोडा बैन्जोअस	१० ग्रेन
मैन्थौल	$\frac{१}{१२}$ ग्रेन
स्पिरिट क्लोरोफॉर्म	१० मि०
सीरप कोडीन	१ ड्राम
सीरप टोलू	१ ड्राम
ऐक्वा	कुल १ औन्स

विधि—ऐसी एक मात्रा दिन में ३ बार (बार-बार उठने वाली खाँसी में अत्युपयोगी है)

SYRUP EASTON'S (सीरप ईस्टन्स)

मात्रा—$\frac{१}{२}$-१ ड्राम।

मु० अ०—(फैरस फौस्फेट १ ग्रेन, स्ट्रिक्नीन हाइड्रोक्लोराइड $\frac{१}{६०}$ ग्रेन, क्वीनीन हाइड्रोक्लोराइड $\frac{४}{५}$ ग्रेन और शूगर पर्याप्त प्रति ड्राम।)

गुण—बलकारक और रक्तवर्द्धक; पुराने मलेरिया और उसके बाद की कमजोरी, पाण्डुरोग, धातुक्षीणता और स्नायविक दौर्बल्य में उपयोगी है। कुछ रोगियों को यह अजीर्ण और कब्ज कर देता है। इसे अल्प मात्रा से आरम्भ करना चाहिये।

SYRUP FERRI PHOS CO (सीरप फैरि फौस को०)

इसे "पैरिश कैमिकल फूड" भी कहते हैं।

मात्रा—$\frac{1}{2}$–२ ड्राम।

मु० अ०—(आयरन वायर, स्ट्रौन्ग फौस्फोरिक ऐसिड, कैल्सियम कार्ब प्रीसिपिटेटेड, पोटास बाइकार्ब, सोडियम फौस्फेट, कोचनील, औरंज फलावर, शूगर, जल)

गुण—यह शर्बत बच्चों की ताकत बढ़ाने के लिये बड़ा उपयोगी है जो बच्चे दुबले-पतले हों और जिन्हें कोई न कोई रोग सदा घेरे रहता हो उन्हें इस शर्बत से अवश्य लाभ पहुंचेगा।

SYRUP FERRI PHOSPHATE CUM QUININE ET STRYCHNINE (सीरप फैरि फौस्फेट कम क्वीनीन एँट स्ट्रिक्नीन)

यह ईस्टन्स सीरप का दूसरा नाम है (देखो)

SYRUP GLYCEROPHOSPHATES CO (सीरप ग्लीस्रौफौस्फेट्स को०)

मात्रा—१–२ ड्राम।

मु० अ०—(ग्लीस्रौफौस्फेट्स ऑफ कैल्सियम, सोडियम, पोटासियम और आयरन, स्ट्रिक्नीन, कैफीन)

गुण—हर प्रकार की कमजोरी में लाभदायक है। बल, बुद्धि, और आयु को बढ़ाता है।

SYRUP GLUCOSE LIQ. (सीरप ग्लुकोस लिक्विड)

मात्रा—½-२ ड्राम ।

मु० अ०—(ग्लुकोस लिक्विड १ औन्स, सीरप २ औन्स)

गुण—बलकारक और स्वादिष्ट; इसके गुण ग्लुकोस के समान हैं ।

SYRUP HYPOPHOSPHITES COMPOUND (सीरप हाइपोफौस्फाइट्स कंपाउन्ड)

मात्रा— –२ ड्राम ।

मु० अ०—(हाइपोफौस्फाइट्स ऑफ कैल्सियम, मंगानीज, पोटासियम और आयरन, स्ट्रिक्नीन, क्वीनीन, हाइपोफौस्फोरस ऐसिड, शूगर, क्लोरोफॉर्म, स्पिरिट)

गुण—बलबर्द्धक और शक्तिदायक; पुरानी खाँसी, नाड़ी दौर्बल्य, रोगों के बाद की दुर्बलता और क्षय-रोग में उपयोगी है ।

SYRUP LEMON, LIMONIS (सीरप लैमन या लिमोनिस, नींबू का शर्बत)

मात्रा—½-२ ड्राम ।

मु० अ०—(आइल लैमन ३२ मि०, स्पिरिट रैक्टिफाइड १० ड्राम ४० मि०, सीरप सिंपिल कुल १ पौंड; या लैमन पील ६०, अल्कोहॉल ६०% काफी परिमाण में, साइट्रिक ऐसिड २४, सीरप कुल १०००)

गुण—खुश्की और प्यास को शांत करने और मिक्सचर्स को स्वादिष्ट बनाने के लिये प्रयोग किया जाता है ।

SYRUP PICIS LIQ (सीरप पिसिस लि०)

मात्रा—१-२ ड्राम ।

मु० अ०—(टार ५ ग्राम, शूगर ८५० ग्राम; अल्कोहॉल ९०% ५२.५ मिल्स, वाटर कुल १००० मिल्स)

गुण—खांसी (विशेषतया जाड़ों की) और क्षय रोग की खांसी में उपयोगी है। यह बाजार में बहुत कम मिलता है।

SRYUP PRUNI SEROTINI (सीरप प्रूनी सेरोटिनि)
SYRUP PRUNI VIRGINIA (सीरप प्रूनी वर्जिनिया)

मात्रा—½-२—ड्राम।

मु० अ०—(वाइल्ड चेरि बार्क १५, शूगर ८०, ग्लीसरीन ५, वाटर कुल १००)

गुण—बार बार उठने वाली खाँसी में विशेष उपयोगी है।

SYRUP RHEI
(सीरप रिआई) (रेवन्द चीनी का शर्बत)

मात्रा—½—२ ड्राम।

मु० अ०—(रूबर्ब रूट २ औंस, कौरियंडर २ औंस, स्पिरिट रेक्टिफाइड ८ औंस, शूगर २४ औंस, डिस्टिल्ड वाटर २४ औंस)

गुण—यकृतविकार और कब्ज में उपयोगी है।

SYRUP ROSE सीरप रोज (गुलाब का शर्बत)

मात्रा—½—१ ड्राम।

मु० अ०—(सूखे हुए गुलाब के फूल २ औंस लेकर २० औंस खौलते हुए जल में २ घन्टे तक भिगो दें, फिर उसे छानकर उबाल लें और अन्त में फिल्टर करके उसमें ३० औंस चीनी घोल लें)।

गुण—मिक्सचर्स को स्वादिष्ट और रंगीन बनाने के लिए प्रयुक्त होता है। ग्रीष्म ऋतु में इसमें बर्फ और जल मिला कर पीते हैं।

SYRUP SCILLA (सीरप सिल्ला)

मात्रा—½—१ ड्राम।

मु० अ०—(शूगर ८० ग्राम, एसिटम सिल्ला ४५ मिल्स, जल कुल १०० मिल्स)

गुण—खांसी में प्रयोग किया जाता है। इसे अमोनिया कार्ब के साथ नहीं देना चाहिये।

SYRUP SENEGA (सीरप सैनेगा)

गुण—½—१ ड्राम।

मु० अ०—(ऐक्स० सैनेगा लि० २०, लिकर अमोनिया डिल १, सीरप कुल १००)।

गुण—खांसी के मिक्सचर्स में पड़ता है।

SYRUP SENNA (सीरप सना)

मात्रा—½—२ ड्राम।

गुण—(ऐक्स० सना लिक्विड २५, सीरप कुल १००)

गुण—मृदुविरेचक; साधारण कब्ज में सोते समय प्रयोग करना चाहियें। बवासीर में इसका प्रयोग वर्जित है।

SYRUP THYME (सीरप थाईम)

मात्रा—१—४ ड्राम।

मु० अ०—(ऐक्स० थाईम लिक्विड १, सीरप ७)

गुण—खांसी (विशेषतया काली खांसी) में उपयोगी है। यह खांसी की अनेक पेटेन्ट औषधियों में पड़ता है।

SYRUP TOLU (सीरप टोलू)

मात्रा—½—१ ड्राम।

मु० अ०—(बालसम टोलू २५, शूगर ६६०, डिस्टिल्ड वाटर कुल १०००; या लिकर टोलू १, सीरप ७)

गुण—खांसी में लाभदायक है। अन्य औषधियों के साथ दिया जाता है।

SYRUP TRIPLEX (सीरप ट्रिप्लैक्स)

मात्रा—१—२ ड्राम ।

मु० अ०—(ईस्टन्स सीरप, फैलोज सीरप, पैरिश सीरप तीनों सम भाग) ।

गुण—यह हर प्रकार की दुर्बलता में उपयोगी है । ज़ाड़ों में अधिक अनुकूल पड़ता है ।

SYRUP VASAK सीरप वसाक (काले बांसे का शर्बत)

मात्रा—३०—६० मि० ।

मु० अ० (ऐक्स० वसाक लिक्विड ५०, ग्लीसरीन १०, सीरप कुल १००)

गुण—हर प्रकार की खाँसी में उपयोगी है।

SYRUP VASAK WITH HYPOPHOSPHITES & TOLU

(सीरप वसाक विद हाइपोफौस्फाइट्स एण्ड टोलू)

मात्रा—१ ड्राम दिन में ३ बार।

मु० अ०—(सीरप वसाक, टोलू, कैल्सियम हाइपोफौस्फाइट, सौडियम हाइपोफौस्फाइट, पोटासियम हाइपोफौस्फाइट)

गुण—खांसी जुकाम में उपयोगी है।

योग

वाइनम इपिकाक	१० मि०
लिकर अमोनिया एसिटेटिस डिल	१ ड्राम
स्पिरिट ईथर नाईट्रोसि	२० मि०
टिं० कैम्फर कं०	३० मि०

सीरप वसाक विद टोलू	१ ड्राम
ऐक्वा	कुल १ औंस

विधि—ऐसी एक मात्रा ४-४ घन्टे में (नज़्ला, जुकाम, खांसी)

SYRUP ZINGIBERIS
सीरप जिन्जिबेरिस, (सोंठ का शर्बत)

मात्रा—½—२ ड्राम ।

मु० अ०—(टिं० जिन्जर फोर्ट ५, सीरप कुल १००) ।

गुण—पेट की वायु को हरने वाला और पाचक। अन्य औषधियों के साथ देते हैं ।

T. A. B. VACCINE (टी० ए० बी० वैक्सीन)

मात्रा—०·२ से ०·५ मिल प्रथम मात्रा और ०·५ से १ मिल द्वितीय मात्रा ७ से २१ दिन के अन्तर से ।

गुण—इसके इन्जेक्शनों से टाइफॉइड़ और पैराटाईफॉइड ज्वरों से रक्षा प्राप्त हो जाती है। पहला इन्जेक्शन ½ सी० सी० और दूसरा इंजेक्शन १ सी० सी० का लगाया जाता है। इसका प्रभाव १८ से २४ महीने तक रहता है ।

T. A. B. C.VACCINE (टी० ए० बी० सी० वैक्सीन)

गुण—इसके इंजेक्शनों से टाइफॉइड, पैरा-टाइफॉइड और हैजा तीनों रोगों से रोग-क्षमता प्राप्त हो जाती है। इन्जेक्शन ७ से १० के अन्तर से त्वचा के नीचे लगाने चाहियें ।

TAKA DIASTASE (टेका डाइस्टेस)

मात्रा—१—५ ग्रेन ।

गुण—भोजन को पचाने के लिए विशेष उपयोगी है। गठिया के रोगियों और चावल खाने वालों के अजीर्ण में बहुत लाभ करता है। ५ ग्रेन की मात्रा

में मधुमेह में हितकर है । यह तीन रूप में आता है टिकिया, पाउडर और लिक्विड ।

योग

ठेका-डाइस्टेस	२ ग्रेन
पैपेन	५ ग्रेन
ऐसिड बोरिक	५ ग्रेन

विधि—ऐसी एक पुड़िया भोजन के बाद (हाजमे के लिए)

TALK (टाल्क)

यह एक प्रकार का 'मैग्नेशियम सिलिकेट' होता है जिसे प्रायः डस्टिंग पाउडर के तौर पर प्रयोग करते हैं । चेहरे पर लगाने के लिए बाजारों में जितने पाउडर बिकते हैं सब इसी से तैयार किये जाते हैं ।

योग

ऐसिड सैलिसिलिक	२ ड्राम
ऐसिड बोरिक	६ ड्राम
टाल्क	कुल ८ औंस

विधि—इये खरल में बारीक पीसकर कपड़े में छान लें । इसे चेहरे पर या त्वचा पर लगाया जा सकता है ।

TAMARIND टैमेरिंड (इमली)

मात्रा—½–१ औंस ।

गुण—मृदुविरेचक और दाहनाशक । गर्मी के दिनों में इसका पन्ना बहुत प्रयोग किया जाता है इसकी व्हे (टेमेरिन्ड १ दूध २०) ज्वरों में प्यास बुझाने के लिए उपयोगी है ।

TANNALBIN (टैनल्बिन)

मात्रा—८–१५ ग्रेन ।

गुण—हर प्रकार के अतिसार में उपयोगी है। बिस्मथ, डोवर्सपाउडर आदि के साथ दिया जा सकता है।

TANNIN, TANNIC ACID (टैनिन, टैनिक ऐसिड)

"ऐसिड टैनिक" को कहते हैं। (देखो)

TANNOFORM (टैनोफॉर्म)

मात्रा—५—१५ ग्रेन।

गुण—अतिसार में उपयोगी है। शय्याव्रण (Bed-Sores), एक्जिमा, खाज, अति-स्वेद जख्म, जलना, घाव आदि पर यह मरहम (१० प्रतिशत) या पाउडर (स्टार्च के साथ) के रूप में इस्तेमाल होता है।

TAR (टार)

देखो 'पाइन टार"।

TARTAR EMETIC (टार्टर एमेटिक)

देखो "एन्टिमनी एट पोटास टार्टरास"।

TEREBENE TEREBENUM (टेरिबीन, टेरिबीनम)

मात्रा—५—१५ मि०।

गुण—कीटाणुनाशक, कफनाशक, दुर्गन्धहर। जाड़ों की खाँसी, जुकाम, एम्फाइजीमा, पुरानी खांसी आदि में उपयोगी है। इसे उपरोक्त रोगों में गर्म जल में डाल कर सूंघते भी हैं।

योग

टेरिबीन	४ ड्राम
आयल यूकेलिप्टस	४ ड्राम
कैम्फर	४ ड्राम
मैन्थोल	४ ड्राम

विधि—इसे थोड़ा २ रूमाल पर डाल कर सूंघें (जुकाम, खांसी)

TERPIN HYDRATE (टर्पिन हाइड्रेट)

मात्रा—२—६ ग्रेन ।

गुण—मूत्रल और कफनिःसारक । बलगम निकालता है, खांसी को शान्त करता है, रक्त वमन को रोकता है । वृक्कशोथ में बड़ी मात्रा में देने से मूत्र का परिमाण बढ़ाता है ।

योग

सोडा बैंजोअस	१० ग्रेन
इफेड्रीन हाइड्रोक्लोर	$\frac{1}{6}$ ग्रेन
विनम इपिकाक	१० मि०
स्पिरिट क्लोरोफॉर्म	१० मि०
टि० सिल्ला	५ मि०
टरपिन हाइड्रेट	२ ग्रेन
सीरप कोडीन	$\frac{1}{2}$ ड्राम
ऐक्वा	कुल १ औंस

विधि—ऐसी एक मात्रा दिन में ३ बार (खांसी, जुकाम)

TESTOSTERONE PROPIONATE

(टेस्टौस्टरोन प्रोपिओनेट)

मात्रा—१ सी० सी० (५, १०, २५ या ५० M.G.) सप्ताह में २-३ बार माँस में ।

मु० अ०—(अंड ग्रन्थि का हर्मोन)

गुण—नपुंसकता, जन्खापन, स्त्रियों की छाती का कैंसर, रक्तप्रदर, समय से पूर्व बुढ़ापा आना; रात्रि में बिस्तर में मूत्र निकल जाना, दुग्धग्रन्थि-शोथ और शूल, प्रौस्टेट ग्रन्थि का बढ़ जाना, आदि रोगों में उपयोगी है । यदि प्रसव के बाद (तीसरे चौथे दिन) इसे २५ M.G. की मात्रा में प्रयोग किया जाय

तो यह २४ से ४८ घण्टे में छातियों में दूध पैदा होने को बन्द कर देता है। केवल २ इंजेक्शन काफी होते हैं। यदि बच्चों में दोनों ओर की अंड ग्रंथि पेट में ही हों और फोणों में न उतरी हों तो इसके इंजेक्शन देने से बड़ा लाभ होता है। यदि स्त्रियों को इसके इंजेक्शन अधिक परिमाण में दिये जायं तो उनमें पुरुषों के लक्षण प्रकट होने लगते हैं।

TETANUS ANTITOXIN (टेटेनस ऐन्टिटौक्सिन)

मात्रा--३००० यूनिट्स (रोग-अवरोधक) १००००० यूनिट्स (रोग निवारक) माँस के अन्दर या नस में।

गुण—टैटैनस (हनुस्तम्भ) के लिये अक्सीर है। रोग निवारण के लिये इसे पचास हजार से एक लाख यूनिट्स की मात्रा में ६-६ घण्टे के अन्तर से उस समय तक देते रहना चाहिये जब तक कि रोग शान्त न हो जाय।

TETRACAINE HYDROCHLORIDE, AMETH OCAINE HYDROCHLORIDE, PONTOCAINE

(टैट्राकेन हाइड्रोक्लोराइड, एमिथोकेन हाइड्रोक्लोराइड पौन्टोकेन)

गुण—यह प्रोकेन से १५ गुना और कोकेन से १० गुना तेज है परन्तु दोनों से अधिक विषैली है।

TETRACHLOROAETHYLENUM

(टेट्राक्लोरोईथीलीनम)

PERCHLORETHYLENE

(पर्क्लोरइथीलीन)

मात्रा—१५-४५ मि०।

गुण—अन्त्र-कृमिनाशक। हुकवर्म, केचुवे और कद्दूदाने के लिये इस्तेमाल की जाती है। हुकवर्म के लिये १५ मि० की मात्रा में (कैप्स्यूल में) १-१ घण्टे के अन्तर से रोजाना तीन बार देना चाहिये और इस क्रिया को

तीन दिन तक दौहराना चाहिये। तीसरे दिन अन्तिम मात्रा, खाने के तीन घंटे बाद सोडा सल्फ २-३ ड्राम खा लेना चाहिये। इसे प्रयोग करते समय रोगी को बिस्तर पर आराम करना चाहिए और खूब दूध पीना चाहिए। केंचुवे के लिये रात्रि को भूखा रह कर दूसरे दिन प्रातः १० मि० की एक मात्रा सेवन करें और आध घंटे बाद मैंग सल्फ या सोडा सल्फ की एक बड़ी मात्रा पी लें।

कद्दूदाने के लिये ऑयल केनोपोडियम के साथ प्रयोग करें।

नोट :—इसे सेवन करने के बाद रोगी को विस्तर पर लेटे रहना चाहिये।

TETRACYLINE (टेट्रासाइक्लीन)

इसके गुण और प्रयोग के लिये देखो पेटंट औषधियों के विवरण में "टेट्रासीन फाइज़र"।

TERTRONAL (टेट्रोनल)

मात्रा—१०—२० ग्रेन

गुण—सोते समय दूध के साथ सेवन करने से कई घंटे की नींद आ जाती है।

THALLIUM ACETATE (थेलियम एसिटेट)

मात्रा—$\frac{१}{६}$ ग्रेन (शरीर के भार के प्रति किलोग्राम पर)।

गुण—आत्शक में १$\frac{१}{२}$—३ ग्रेन की मात्रा में उपयोगी पाया गया है। इसके प्रयोग से पसीना आना रुक जाता है और सिर के बाल गिरने लगते हैं। जिन व्यक्तियों के सिर पर दाद हो उन्हें इसकी एक मात्रा २ औन्स जल में घोल कर प्रातः खाली पेट खा लेने से ६-७ दिन के बाद सिर के बाल या तो स्वयं गिरने लगते हैं या वे अपनी जड़ें छोड़ देते हैं और आसानी से खींचे जा सकते हैं। लगभग दो सप्ताह में वे सब गिर जाते हैं और उनकी जगह नये

बाल निकलने शुरू हो जाते हैं। आरम्भ से ही सिर पर कोई दाद की मरहम लगानी चाहिए।

नोट:—यह औषध १० वर्ष से कम आयु के बच्चे को ही सेवन करानी चाहिए और ३ मास से पूर्व इसे न दौहराना चाहिये। यह ध्यान रहे कि यह औषधि बड़ी खतरनाक है।

THEOCIN, THEOPHYLLINE
(थियोसिन, थियोफाइलीन)

मात्रा—१-३ ग्रेन।

गुण—मूत्रकारक; शोथ और हृदयरोगों में उपयोगी है।

THEOCIN SODIUM ACETATE, THEOPHYLLINE ET SODII ACETAS
(थियोसिन सोडियम एसिटेट, थियोफाइलीन एट सोडिआइ एसिटास)

मात्रा—२-५ ग्रेन।

गुण—हृदय को बल देता है और मूत्र का परिमाण बढ़ाता है। शोथ और हृदयरोगों में उपयोगी है। इसका प्रभाव तुरन्त आरम्भ होता है परन्तु देर तक नहीं रहता। इसे हमेशा भोजन के बाद एक दिन छोड़ कर काफी जल के साथ देना चाहिये।

*THEOMINAL (थियोमिनल)

मु०अ०—(थ्योब्रोमीन और ल्युमीनल)।

मात्रा—१-२ टिकिया।

गुण—अन्जाइना और अन्य हृदय के विकारों में उपयोगी है। आर्टीरिओ स्क्लेरोसिस और रजोनिवृत्ति के विकारों में भी लाभदायक है।

THIAMINE HYDROCHLORIDE
(थायेमीन हाइड्रोक्लोराइड)

"विटेमिन बी$_1$" को कहते हैं।

*THIAZAMIDE & THIAZAMIDE SODIUM
(थायेज़ेमाइड और थायेज़ेमाइड सोडियम)

मात्रा और गुणों के लिये देखो "सल्फेथायजोल"।

THIOCOL (थियोकॉल)
POTASS GUAIACOL SULPHONAS
(पोटास ग्वाश्राकौल सल्फोनास)

मात्रा—७½-१५ ग्रेन।

गुण—खाँसी, निमोनिया, क्षय-रोग और सीने के अन्य खाँसी वाले रोगों में उपयोगी है। यह (Roche) कारखाने का सबसे अच्छा होता है।

योग

थियोकॉल	५ ग्रेन
अमोनियम बैन्जोअस	५ ग्रेन
इफेड्रीन हाइड्रोक्लोर	⅙ ग्रेन
विनम इपिकाक	१० मि०
सीरप वसाक विद टोलू	१ ड्राम
ऐक्वा	कुल १ औंस

विधि—ऐसी एक मात्रा ३ बार (खांसी, जुकाम, काली खाँसी)

नोट—यदि अमोनिया बैन्जोअस न मिले तो सोडा बैन्जोअस १० ग्रेन प्रयोग कर सकते हैं।

THIOMERSALATE, MERTHIOLATE (थ्योमर्सलेट, मर्थियोलेट)

गुण—तीव्र कौटाणुनाशक। इसे मरहम या लोशन के रूप में जख्म, घाव आदि पर लगाते हैं १ ग्रेन २ औंस से २० औंस जल में काफी होता है।

THIOSEMICARBAZONE (थ्योसेमिकार्बेजोन)

मात्रा—१ टिकिया दिन में ३ बार।

गुण—क्षय-रोग के लिये विशेष-उपयोगी है। इसके साथ-साथ स्ट्रैप्टोमाइसीन और "पास" दिये जा सकते हैं।

THIOSINAMINE (थ्योसिनेमीन)

मात्रा—$\frac{1}{2}$-१$\frac{1}{2}$ ग्रेन त्वचा के नीचे।

गुण—इसके इंजेक्शन (चर्म के नीचे) ल्युपस रोग में लगाये जाते हैं। यह सख्त तन्तुओं को मुलायम कर देता है जिस कारण इसके इंजेक्शन ऐसी हालत में बहुत उपयोगी सिद्ध हुए हैं जब सुजाक के कारण सूत्र मार्ग तंग हो गया हो या किसी कारण से अंत्र प्रणाली तंग हो गई हो या जलने के परिणाम स्वरूप शरीर के किसी भाग की त्वचा खिंच कर रह गई हो।

THYMOL थाइमौल (सत अजवाइन)

मात्रा—$\frac{1}{2}$-२ ग्रेन; १५-२० ग्रेन (अंत्र-कृमिनाशक)।

गुण—तीव्र कीटाणुनाशक। इसका लोशन (१००० में १) खाद्य पदार्थों को सड़ने से रोकता है। कभी-कभी इसे निमोनिया और मयादी ज्वर में प्रयोग करते हैं। दाद, एक्जिमा, अपरस आदि चर्म रोगों में इसकी मरहम (१८ में १) उपयोगी है। घेघा (गॉयटर) में इसे १० ग्रेन की मात्रा में उपयोगी पाया गया है। इसका विशेष प्रयोग अंकुरकृमि (Ankylostomum duodenale) को नष्ट करने के लिये है। इस रोग में इसे १०-२० ग्रेन की मात्रा में देना चाहिये और १ या २ घण्टे के अन्तर से दौहराते रहना

चाहिये। कुल ३-४ मात्रा पर्याप्त होती है। इसे इमल्शन या कैचेट के रूप में देने से मतली, वमन आदि होने का भय नहीं रहता। इसके प्रयोग के बाद रोगी को बिस्तर पर लेट जाना चाहिये और अन्तिम मात्रा के बाद सोडा सल्फ या मैग सल्फ खा लेना चाहिये (कैस्टर ऑयल कदापि नहीं)। टेप वर्म (कद्दुदाने) में इसे ५ ग्रेन की मात्रा में देना चाहिये।

नोट—यह बूढ़ों और बच्चों के लिये उपयुक्त नहीं और गर्भवती और दुर्बल व्यक्तियों को इसे छोटी मात्रा में देना चाहिये।

THYMUS GLAND EXTRACT
(थाइमस ग्लैण्ड ऐक्सट्रैक्ट)

मात्रा—५ ग्रेन।

गुण—रिकेट्स, हीमोफीलिया, पाण्डुरोग, ग्रेव्ज डिसीज, मधुमेह, रूमेटॉइड-आर्थराइटिस आदि में लाभदायक है।

THYROID, THYROID GLAND DESICCATED
(थाइरॉइड, थाइरॉइड ग्लैन्ड डेसिकेटेड)

देखो "ऐक्स॰ थाइरॉइड सिक्कम"।

मात्रा—१/६४०-१/६४ ग्रेन (शिरा द्वारा इंजेक्शन)

गुण—इसके गुण "थाइरॉइड ग्लैण्ड" की तरह हैं।

TIN CHLORIDE (टिन क्लोराइड)

मात्रा और गुण—इसे १/१६ से १/२ ग्रेन की मात्रा में मृगी, कोरिया, हिस्टीरिया आदि में प्रयोग किया जाता है। आइने पर चांदी करने के काम भी आता है।

TIN OXIDE (टिन ऑक्साइड)

गुण—यह दांतों के मंजन में डाला जाता है। फोड़े फुंसी और कई प्रकार के चर्म रोगों में इसे दिया जाता है। यह अनेक पेटन्ट रक्तशोधक औषधियों (जैसे टिनोक्सील, स्टैनोक्सील इत्यादि) में पड़ता है।

TINC ACONITE (टिं० एकोनाइट)

मात्रा—५-१० मि० ।

गुण—मूत्रल, अवसादक, स्वेदक; जुकाम, प्रादाहिक ज्वर, जैसे निमोनिया, प्लूरिसि, विसर्प इत्यादि, में इसे रोग के आरम्भ में देना उपयोगी है। हृदय की बेचैनी को हरता है और ज्वर को कम करता है। टौन्सिलाइटिस में सोडा सैलिसिलास (५ ग्रेन) और टिं० ग्वीआकम के साथ दिया जाता है। गर्भवती की वमन को रोकता है। उपरोक्त रोगों में जब तक ज्वर १००°F से अधिक रहे इसे २ मि० की मात्रा में दिन में ४-५ बार दें; बाद में इसका प्रयोग बन्द कर दें। क्योंकि यह हृदय और नब्ज की गति को मन्द करता है अतः इसे हृदय रोगों में बड़ी सावधानी से प्रयोग करना चाहिये या बिल्कुल न देना चाहिये। बच्चों और दुर्बल व्यक्तियों को भी नहीं देना चाहिये।

TINC ADHATODA (टिं० अढाटोडा)

मात्रा—½-१ ड्राम।

गुण—श्वास-रोग, खाँसी, काली खाँसी और क्षयरोग की खाँसी में उपयोगी है। यह अड़ूसा से तैयार होता है।

TINC ALOES (टिं० एलोज़)

मात्रा—½-१ ड्राम।

मु० अ०—(ऐक्स० एलोज ½ औन्स, ऐक्स० ग्लीसिर्हाइजा लि० ३ औन्स, अल्कोहॉल ४०% कुल २० औन्स; भिगो कर छान लें)

गुण—विरेचक और पित्तवर्द्धक। कब्ज, बवासीर (अल्प मात्रा में) और रज-अदर्शन में उपयोगी है। गर्भवती स्त्री को गुदा और वस्तिगह्वर के रोगों में न देना चाहिये। भग की खुजली में इसमें रुई भिगो कर लगाने से शांति पैदा करता है।

TINC ALOES ET MYRRH (टिं० ऐलोज एट मिर्ह)

मात्रा—½-१ ड्राम।

गुण—आर्तवजनक और विरेचक। रुके हुए मासिक धर्म को पुनः जारी करता है।

योग

टिं० एलोज एट मिर्ह	१ ड्राम
टिं० कैन्थ्रेडीन	५ मि०
टिं० फेरिपर्क्लोराइड	१५ मि०
स्पिरिट क्लोरोफॉर्म	१० मि०
ऐक्वा	कुल १ औन्स

विधि—ऐसी एक मात्रा ३ बार (मासिक धर्म का कम होना)

TINC ALSTONIA (टिं० ऐल्सटोनिया)

मात्रा—½-१ ड्राम।

मु० अ०—(ऐल्सटोनिया (सप्तपर्ण) पाउडर १२५, अल्कोहॉल ६०% १०००, भिगो कर छान लें)।

गुण—पुरानी पेचिश और पुराने अतिसार में उपयोगी है। मलेरिया में भी प्रयोग किया जाता है। इसे कुनीन के साथ दे सकते हैं।

TINC ANTIPERIODICA (टिं० ऐन्टिपीरिओडिका)

"टिं० वार्बर्ग" को कहते हैं (देखो)

TINC APOCYNI (टिं० एपोसाइनी)

मात्रा—५-१० मि०।

मु० अ०—(एपोसाइनम की जड़ १, अल्कोहॉल ९)

गुण—प्रबल मूत्रकारक। हृदय रोग या यकृत रोग के कारण उत्पन्न होने वाले शोथ में उपयोगी है। अमरीका में इसका प्रयोग बहुत है। यह कनेडियन हैम्प से तैयार किया जाता है।

TINC ARISTOLOCHIA (टिं० एरिस्टोलोकिया)

मात्रा—३०-६० मि० ।

मु० अ०—(ईशरमूल की जड़ १, अल्कोहॉल ७०% ४) ।

गुण—यह जंशियन की तरह अग्निसंदीपक और पाचक है ।

TINC ARNICA (टिं० आर्निका)

मात्रा—½-१ ड्राम ।

मु० अ०—(आर्निका की जड़ १ औन्स, अल्कोहॉल ७०% १९) ।

गुण—इसका लोशन (४० औंस जल में १ औंस) चोट, मसकोड़ आदि पर लगाया जाता है । यह होम्योपैथी में बहुत प्रयोग होता है ।

TINC ASAFOETIDA (टिं० ऐसेफ़िटिडा)

मात्रा—½-१ ड्राम ।

मु० अ०—(हींग पिसी हुई २०, अल्कोहॉल ७०% कुल १००) ।

गुण—पाचक, वायुहारी, उत्तेजक, आक्षेपहर और ऐंठन को हरने वाला । अजीर्ण, हिस्टीरिया, उदरशूल, अफारा आदि में उपयोगी है ।

योग

टिं० ऐसेफिटिडा		३० मि०
पोटास ब्रोमाइड		१५ ग्रेन
टिं० वेलेरियन अमोनियेटा		३० मि०
टिं० हायोसाइमस		२० मि०
स्पिरिट क्लोरोफार्म		१५ मि०
सीरप औरंशाइ		१ ड्राम
ऐक्वा	कुल	१ औंस

विधि—ऐसी एक मात्रा दिन में २-३ बार (हिस्टीरिया, आक्षेपक, ऐंठन)

TINC AURANTII (टिं० औरंशाई)

मात्रा—½-१ ड्राम।

मु० अ०—(बिटर औरंज पील (संतरे का छिलका) २५ अल्कोह्ल ९०% कुल १००)।

गुण—अग्निसंदीपक; सीरप औरंशाई बनाने के काम भी आता है।

TINC AZADIRACHTAE INDICA

(टिं० आजाडिरेक्टी इंडिका)

मात्रा—½-१ ड्राम।

मु० अ०—(नीम की छाल, १, अल्कोहॉल ९)।

गुण—अग्निसंदीपक, ज्वरहर, संकोचक। मलेरिया, अरुचि, रोगों के बाद की दुर्बलता और चर्म रोगों में उपयोगी है।

TINC BAPTISIA (टिं० बैप्टीजिया)

मात्रा—५-३० मि०

गुण—अल्प मात्रा में मृदुविरेचक और बड़ी मात्रा में रेचक है। इसका होमियोपेथिक मदर टिंचर फोड़े फुंसी के लिए उपयोगी बतलाया गया है।

TINC BELLADONNA (टिं० बैलाडोना)

मात्रा—५-१५ मि०।

मु० अ०—(बैलाडोना की सुखाई और पिसी हुई पत्तियां १० अल्कोहॉल ७०% कुल १००)

गुण—आमाशयिक रस की उत्पत्ति को कम करता है और पेट और आंतों की ऐंठन को हरता है। हृदय की धड़कन, श्वासरोग, काली खांसी, जुकाम (जब अधिक बह रहा हो) अधिक पसीना आना, बच्चों का बिस्तर में मूत्र निकल जाना, मूत्रकृच्छ्र, बार बार मूत्र आना, पेट में अधिक तेजाब बनना, आमाशय का व्रण, कब्ज, आंतों में बन्ध लग जाना, ज्वरों का प्रलाप, वृक्कशूल,

कष्टरज, आदि में उपयोगी है। जब खट्टी डकार आती हों और पेट में शूल हो, तब इसे ५ मि० की मात्रा में भोजन से पूर्व देना चाहिये। "एपेन्डिसाइटिस" रोग में १०-१५ मि० की मात्रा में सोडा सैलीसिलास के साथ और "ऐक्सो-पथेल्मिक गौयटर" में डिजिटेलिस, आर्सेनिक और पोटास ब्रोमाइड के साथ देना चाहिये। नवीन तालुमूल-ग्रंथि शोथ में इसे अल्प मात्रा में स्वयं या टिं० एकोनाइट के साथ बार बार देने से लाभ होता है।

योग (१)

पोटास साइट्रेट	२० ग्रेन
टिं० हायोसाइमस	४० मि०
टिं० बैलाडोना	१० मि०
स्पिरिट ईथर नाइट्रोसी	२० मि०
ऐक्वा	कुल १ औंस

विधि—ऐसी एक मात्रा ३-३ घंटे में (मूत्रकृच्छ, मूत्र का बूंद-बूंद आना)

योग (२)

सोडा बाइकार्ब	१५ ग्रेन
टिं० बैलाडोना	१० मि०
स्पिरिट क्लोरोफॉर्म	१५ मि०
स्पिरिट अमोनिया एरो०	२० मि०
क्लोरोडीन	१५ मि०
ऐक्वा	कुल १ औन्स

विधि—पेट के दर्द में ऐसी १ मात्रा ३-३ घंटे में दें।

TINC BENZOIN CO (टिं० बैन्जोइन को)

FRIAR'S BALSAM (फ्रायर्स बालसम)

मात्रा—$\frac{1}{2}$-१ ड्राम।

मु० अ०—(बेन्जोइन (लोबान) १००, स्टोरक्स ७५ बाल्सम टोलु २५, एलोज २०, अल्कोहॉल ९९% कुल(१०००) ।

गुण—स्थानिक रूप से मुंह के छालों, सूजे हुए मसूड़ों, नासूर, घाव और कटे हूये स्थानों से रक्त रोकने के लिये, प्रयोग किया जाता है। जुकाम में थोड़ा-सा टिंचर खौलते हुए जल में डालकर उसकी भाप को सूंघने से बड़ा चैन मिलता है। खाँसी में इसे अन्य औषधियों के साथ-इमल्शन के रूप में देते हैं ।

TINC BERBERIDIS (टिं० बर्बरिडिस)

मात्रा—½-१ ड्राम ।

मु० अ०—(बर्बरिस (दारू हल्दी) २००, अल्कोहॉल ६०% कुल १०००)

गुण—अग्निसंदीपक, स्वेदक और ज्वर को रोकने वाला; अग्निमांद्य और मलेरिया में लाभदायक है ।

TINC BRYONIA (टिं० ब्राइओनिया)

मात्रा—१-१० मि० ।

गुण—प्लुरिसि के दर्द और खांसी को शांत करता हैं। बड़ी मात्रा में विरेचक है। सर्वांगशोथ में भी उपयोगी हैं। बहुत कम प्रयोग किया जाता है ।

TINC BUCHU (टिं० बकु)

मात्रा—½-१ ड्राम ।

मु० अ०—(बकु की पत्तियाँ २० अल्कोहॉल ६० % कुल २००)

गुण—मूत्रल । मूत्राशय-शोथ, मूत्रमार्गशोथ, सोजाक आदि में उपयोगी है । यह मूत्राशय की उत्तेज्यता को कम करता है ।

योग

पोटास साइट्रेट	२० ग्रेन
स्पिरिट ईथर नाइट्रोसी	२० मि०

स्पिरिट ज्युनीपर		१५ मि०
टिं० बकु		३० मि०
ऐक्वा	कुल	१ औन्स

विधि—ऐसी एक मात्रा दिन में ३ बार (जब मूत्र कम परिमाण में आये)

TINC CALENDULA (टिं० कैलंडुला)

मात्रा—५-२० मि०

मु० अ०—(९६% अल्कोहॉल के ५ भाग में १ भाग)

गुण—मूत्रल और आर्तवजनक। घावों पर लगाया जाता है। अल्परज और नष्टार्तव में प्रयोग किया जाता है।

TINC CALUMBA (टिं० कौलंबा)

मात्रा—½—१ ड्राम।

मु० अ०—(कौलंबा १०, अल्कोहॉल ६०%१००)

गुण—अग्निदीपक। अरुचि और अग्निमांद्य में उपयोगी है।

TINC CAMPHOR COMP, TINC OPII CAMPHORATA

(टिं० कैम्फर कम्पाउन्ड या टिं० ओपिआइ कैम्फोरेटा)

इसे पैरेगोरिक (paregoric) भी कहते हैं।

मात्रा—½–१ ड्राम।

मु० अ०—(टिं० ओपियम ५० बैन्जोइक ऐसिड ५, कैम्फर ३ ऑइल ऐनिसि ३, अल्कोहॉल ६०% कुल १०००)

गुण—खांसी, जुकाम में विशेष-उपयोगी है। उदरशूल को भी शांत करता है।

योग

वाइनम इपिकाक	**१० मि०**
स्पिरिट ईथर नाइट्रोसी	**२० मि०**

टिं० कैम्फर कं०	३० मि०
टिं० क्वीनीन अमोनियेटा	३० मि०
पोटास ब्रोमाइड	१० ग्रेन
सीरप वसाक विद टोलू	१ ड्राम
ऐक्वा	कुल १ औंस

विधि—ऐसी एक मात्रा दिन में ३ बार (जुकाम, खांसी)

TINC CANNABIS INDICA (टिं० कैनेबिस इंडिका)

मात्रा—१-१½ मि० ।

मु० अ०—(ऐक्स० कैनेबिस १ अल्कोहॉल ९)

गुण—भूख बढ़ाने वाला, नशीला, अवसादक, शूलहर। कष्टरज, आमाशय और आंतों का शूल, अनिद्रा, आधासीसी और श्वासरोग में उपयोगी है । यह केवल रजिस्टर्ड डाक्टरों को ही मिल सकता है। कुछ कंपनियां इसे दूसरी विधि से तैयार करती हैं और उसकी मात्रा भी अधिक होती है ।

योग

टिं० कैनेबिस इंडिका	२ मि०
लिकर मौर्फीन हाइड्रोक्लोर	२० मि०
टिं० बैलाडोना	१० मि०
टिं० हायोसाइमस	२० मि०
टिं० कार्डेमम कं०	३० मि०
स्पिरिट क्लोरोफॉर्म	१५ मि०
ऐक्वा	कुल १ औंस

विधि—ऐसी एक मात्रा ३-३ घंटे में (अंत्रशूल, वृक्कशूल)

TINC CANTHARIDINI (टिं० कैन्थेरिडिनि)

मात्रा—२-५ मि० ।

मु० अ०--(कैन्थेरिडिन ०·१ ग्राम, क्लोरोफॉर्म १० ग्राम, अल्कोहॉल ९०% कुल १००० मिल्स)

गुण—मूत्रकारक, आर्तवजनक। रज-अदर्शन और नपुंसकता में उपयोगी है। इसके प्रयोग से कभी-कभी मूत्रमार्ग में बड़ी जलन होने लगती है और रक्त तक आने लगता है। गंज पर लगाने के तेलों में पड़ता है

योग

टिं० एलोज	३० मि०
टिं० फैरि पर्क्लोराइड	१५ मि०
टिं० कैन्थेराइडिस	५ मि०
टिं० ग्वीआकम अमोनियेटा	३० मि०
सीरप	१ ड्राम
ऐक्वा क्लोरोफॉर्म	कुल १ औंस

विधि—ऐसी एक मात्रा दिन में ३ बार दें (अल्परज के लिये)

TINC CAPSICUM (टिं० कैप्सीकम)

मात्रा—५-१५ मि०।

मु० अ०—(कैप्सीकम अर्थात् लाल मिर्च ५ भाग, अल्कोहॉल ६०% १०० भाग)

गुण—अफारा, अग्निमांद्य और अजीर्ण में उपयोगी है। शराब की इच्छा को कम करता है और उत्तेजक है।

योग

सोडा बाइकार्ब	१५ ग्रेन
टिं कैप्सीकम	५ मि०
टिं० कार्डेमम कं०	३० मि०
स्पिरिट अमोनिया एरोमेटिक	२० मि०
ऐक्वा ऐनिसि	कुल १ औंस

विधि—ऐसी एक मात्रा ३-३ घंटे में (अफारा, शूल)

TINC CARDAMOM CO (टिं० कार्डेमम को)

मात्रा—½–१ ड्राम ।

मु० अ०—(कार्डेमम अर्थात् इलायची के बीज १४ ग्राम, कैरवे (जीरा) १४ ग्राम, सिनेमन बार्क (दारचीनी की छाल) २८ ग्राम, कोचनील (बीर-बहूटी) ७ ग्राम, ग्लीस्रीन ५० मिल्स, अल्कोहॉल ६०% कुल १००० मिल्स)

गुण—वायुसारी, अग्निदीपक, पाचक; अफारा और अजीर्ण में बहुत प्रयोग किया जाता है । मिक्सचर में रंग देने के लिये मिलाया जाता है ।

योग (१)

सोडा बाइकार्ब	१५ ग्रेन
टिं० कार्डेमम कं०	२० मि०
स्पिरिट अमोनिया एरोमेटिक	२० मि०
स्पिरिट क्लोरोफार्म	१० मि०
टिं० जिंजर	१५ मि०
ऐक्वा एनिसी	कुल १ औंस

विधि—ऐसी एक मात्रा दिन में ३ बार (अजीर्ण, अफारा, शूल)

योग (२)

सोडा बाइकार्ब	१५ ग्रेन
टिं० कार्डेमम कं०	३० मि०
टिं० बेलाडोना	१० मि०
लिकर मौर्फीन हाइड्रो०	२० मि०
स्पिरिट क्लोरोफॉर्म	१५ मि०
सीरप औरंशाई	१ ड्राम
ऐक्वा	कुल १ औंस

विधि—ऐसी एक मात्रा २–२ घंटे में कुल ३ बार (पेट के शूल के लिये)

TINC CARMINATIVE (टिं० कार्मिनेटिव)

मात्रा—२—१० मि ।

मु० अ०—(ऐसन्स ऑफ जिंजर ६·२५, कार्डेमम सीड्स ६.८५, ऑइल सिनेमन १·०४, ऑइल कैरेवे १·०४ ऑइल क्लोव्ज १·०४)

गुण—अफारे और अजीर्ण में बड़ा उपयोगी है।

योग

सोडा बाइकार्ब	१५ ग्रेन
स्पिरिट अमोनिया एरोमेटिक	२० मि०
टिं० कार्मीनेटिव	५ मि०
स्पिरिट क्लोरोफॉर्म	१५ मि०
स्पिरिट कजुपुटि	१५ मि०
ऐक्वा मैंथ पिप	कुल १ औंस

विधि—ऐसी एक मात्रा ३-३ घंटे में (अजीर्ण, शूल, अफारा)

TINC CATECHU (टिं० कैटेशु)

मात्रा—½-१ ड्राम ।

मु० अ०—(कैटेशु अर्थात् कत्था २०, सिनेमन बार्क (दारचीनी की छाल) ५, अल्कोहॉल ४५% कुल १००) -

गुण—काबिज। मुंह के छालों और सूजे हुए मसूड़ों पर लगाया जाता है। अतिसार में इसे टिंचर ओपियम के साथ देते हैं।

योग

टिं० कैटेशु	१ ड्राम
टैनिक ग्लीसरीन	२ ड्राम
टिं० मिर्ह	१ ड्राम
ऑइल क्लोव्ज	३० मि०

विधि—इसे फुरैरी से मसूड़ों पर लगायें।

TINC CHIRETTA (टिं० चिरेटा)

मात्रा—½—१ ड्राम ।

मु० अ०—(चिरायटा १०० ग्राम, अल्कोहॉल ६०% कुल १००० मिल्स)

गुण—रक्तशोधक, ज्वरहर, क्षुधावर्द्धक । अग्निमांद्य और यकृत के रोगों में उपयोगी है। मलेरिया के बाद की कमजोरी में क्वीनीन के साथ दिया जाता है ।

TINC CHLOROFORM CO (टिं० क्लोरोफॉर्म को)

मात्रा—½-१ ड्राम ।

मु० अ०—(क्लोरोफॉर्म १०, अल्कोहॉल (९०%) ४०, टिंचर कार्डेमम कं० ५०) ।

गुण—पाचक और अफारे को हरने वाला। इसमें स्पिरिट क्लोरोफॉर्म और टिं० कार्डेमम कं० दोनों के गुण हैं।

TINC CHLOROFORM ET MORPHINE CO
(टिं० क्लोरोफॉर्म एँट मौर्फीन को)

मात्रा—५-१५ मि० ।

मु० अ०—(क्लोरोफॉर्म ७५ मिल, मौर्फीन डाइड्रोक्लोर १० ग्राम, एसिड हाइड्रोसाइनिक डिल ५० मिल, टिं० कैप्सिकम २५ मिल, टिं० कैनेबिस १०० मिल, आयल पेपरमिन्ट २ मिल, ग्लीसरीन २५० मिल, अलकोहॉल ९०% कुल १००० मिल) ।

गुण—अंत्रशूल, यकृतशूल, वृक्कशूल, कष्टरज, शूलयुक्त अजीर्ण, अतिसार, वमन आदि में बहुत उपयोगी है।

योग

टिं० क्लोरोफॉर्म एट मौर्फीन कं०	१० मि०
टिं० बैलाडोना	१० मि०

टिं० हायोसाइमस		२० मि०
टिं० कार्डेमम कं०		२० मि०
टिं० जिन्जर		१५ मि०
सीरप औरंशाइ		१ ड्राम
ऐक्वा	कुल	१ औंस

विधि—ऐसी एक मात्रा ३-३ घण्टे में (पेट का दर्द)

TINC CIMICIFUGE (टिं० सिमिसिफ्यूज)

मात्रा—½-१ ड्राम।

मु० अ०—(सिमिसिफ्यूज पाउडर १ औंस, अल्कोहॉल ४०% कुल २० औंस)

गुण—बलकारक, आक्षेप-हर, शूलनाशक; गठिया बाय, गृध्रसी, कोरिया, कटिशूल आदि में सोडा सैलिसिलास के साथ देने से लाभ पहुँचाता है। कष्टरज में बच्चा पैदा होने के बाद रुकी हुई आमलनाल को बाहर निकालने के लिए, इसे ½ ड्राम की मात्रा में २-२ घण्टे के अन्तर से देना चाहिए।

योग

सोडा सैलिसिलास		१५ ग्रेन
टिं० सिमिसिफ्यूज		३० मि०
वाइनम कौल्चिसी		१५ मि०
पोटास बाइकार्ब		१५ ग्रेन
ऐक्वा क्लोरोफॉर्म	कुल	१ औंस

विधि—ऐसी एक मात्रा दिन में ३ बार (गठिया, बाय)

TINC CINCHONA (टिं० सिन्कोना)

मात्रा—½-१ ड्राम।

मु० अ०—(सिन्कोना की छाल २०० ग्राम, अल्कोहॉल ७०% पर्याप्त)

गुण—मलेरिया और दूसरे ज्वरों में उपयोगी है।

योग

टिं० कैप्सीकम		१० मि०
स्पिरिट अमोनिया एरोमेटिक		३० मि०
टिं० सिन्कोना		३० मि०
टिं० कार्डेममे कं०		३० मि०
ऐक्वा	कुल	१ औंस

विधि—ऐसी एक मात्रा जब शराब पीने की इच्छा हो तब पी लें।

TINC CINCHONA CO (टिं० सिन्कोना को)

मात्रा—½-१ ड्राम।

मु० अ०—(बिटर ऑरंजपील ५० ग्राम, सर्पेन्ट्रीरूट २५ ग्राम, कोचनील ३ ग्राम, टिं० सिन्कोना ५०० मिल्स, अल्कोहॉल ७०% कुल १००० मिल्स)

गुण—जुकाम, मलेरिया, दुर्बलता आदि में उपयोगी है।

योग

सोडा सैलिसिलास		१५ ग्रेन
टिं० सिन्कोना कं०		½ ड्राम
पोटास ब्रोमाइड		१० ग्रेन
टिं० कार्डेमम कं०		२० मि०
सीरप टोलू		१ ड्राम
ऐक्वा	कुल	१ औन्स

विधि—ऐसी एक मात्रा दिन में ३ बार। (नजला, जुकाम)

TINC CINNAMON (टिं० सिनेमन)

मात्रा—½-१ड्राम।

मु० अ०—(दारचीनी की छाल २०० ग्राम, अल्कोहॉल ७०% कुल १०००)

गुण—अतिसार, प्रवाहिका और अजीर्ण ज्वर में लाभदायक है।

TINC CINNAMON CO (टिं० सिनेमन को)

मात्रा—२०-४० मि० ।

मु० अ०—(दारचीनी की छाल १६, इलायची के बीज ८, पीपल ५, सोंठ ५ अल्कोहॉल(६०%) ६४०)

गुण—अतिसार, प्रवाहिका और अजीर्ण में उपयोगी है ।

योग

टिं० सिनेमन कं०	३० मि०
लिकर बिस्मथी	½ ड्राम
ऐक्स० कुर्ची लिक्विड	½ ड्राम
क्लोरोडीन	१० मि०
स्पिरिट क्लोरोफॉर्म	१० मि०
ऐक्वा टाइकोटिस या ऐनिसी	कुल १ औन्स

विधि—ऐसी एक मात्रा दिन में तीन बार दें (अतिसार, प्रवाहिका)

TINC COCCI (टिं० कौकाइ)

मात्रा—५-१५ मि० ।

मु० अ०—(वीरबहूटी अर्थात् कोचनील१, अल्कोहॉल ४५% ९)

गुण—मिक्सचरों को खुशरंग बनाने के लिए इस्तेमाल होता है ।

TINC COLCHICI (टिं० कौल्चिसि)

मात्रा—५-१५ मि० ।

मु० अ०—(कोल्चिकम के बीज १०० ग्राम, अल्कोहॉल ७०% कुल १००० मिल्स)

गुण—इसके गुण "वाइनम कौल्चिसि" के समान हैं ।

TINC COTO (टिं० कोटो)

मात्रा—१०-३० मि० ।

मु० अ०—(कोटो की छाल १, अल्कोहॉल ९०% कुल १०)

गुण—गठिया वाय, क्षयरोग और अतिसार में उपयोगी है। क्षयरोग के रात्रि में आने वाले पसीनों को भी रोकता है।

योग

ऐसिड सल्फ्युरिक ऐरोमेटिक	१५ मि०
टिं० कैम्फर कम्पांउण्ड	३० मि०
टिं० क्लोरोफॉर्म कम्पाउन्ड	२० मि०
टिं० कोटो	२० मि०
सीरप औरंशाइ	१ ड्राम
ऐक्वा मैन्थपिप	कुल १ औन्स

विधि—तीन-तीन घन्टे में दें (दस्तों के लिए अत्युपयोगी है)

TINC CUBEB (टिं० क्युबेब)

मात्रा—½-१ ड्राम।

मु० अ०—(कबाब चीनी १, अल्कोहॉल ९०% कुल ५)

गुण—खाँसी और सोजाक में उपयोगी है।

TINC DIGITALIS (टिं० डिजिटेलिस)

मात्रा—५-१५ मि०।

मु० अ०—(डिजिटेलिस की पत्तियाँ १, अल्कोहॉल ७०% कुल १०)

गुण—यह हृदय रोग की अमोघोषध है। इसके प्रयोग से तेज और अनियमित नब्ज मन्द और नियमित हो जाती है। ज्वर, निमोनिया, इन्फ्लुयन्जा और अन्य नवीन रोगों में हृदय को शक्ति देने के लिए इसे बहुत प्रयोग किया जाता है। डिजिटेलिस के सम्बन्ध में इन बातों को ध्यान में रखना चाहिये। (१) क्योंकि ग्रीष्म देशों में यह कुछ दिनों के बाद खराब हो जाता है और इसके गुणों में कमी आ जाती है, अतः इसे ताजा बना

हुआ (कुछ महीनों का) ही प्रयोग में लाना चाहिये। (२) यह उत्तम कारखाने का बना हुआ होना चाहिये, (३) इसे आयरन साल्ट्स, सिन्कोना, लैड ऐसिटेट और आयोडीन के साथ न देना चाहिये। (४) जब नब्ज की गति मन्द हो तब इसे न देना चाहिये। (५) क्योंकि यह शरीर के तन्तुओं में एकत्रित होता रहता है अतःइसे लगातार दीर्घकाल तक न देना चाहिये बल्कि कुछ दिन प्रयोग करने के बाद २-४ दिन तक छोड़ देना चाहिये।

योग

टिं० डिजिटेलिस	१० मि०
टिं० सिल्ला	१० मि०
पोटास साइट्रास	२० ग्रेन
स्पिरिट ईथर नाइट्रोसी	१५ मि०
मैगसल्फ	१ ड्राम
ऐक्वा	कुल १ औन्स

विधि—दिन में ३ बार (जलोदर और शोथ में)

TINC EPHEDRA (टिं० इफेड्रा)

मात्रा—१½-२ ड्राम।

मु० अ०—(लिक्विड ऐक्स० ऑफ इफेड्रा २५०, अल्कोहाल ४०% १०००)

गुण—श्वास रोग, काली खाँसी और ऐसी खाँसी में जिसमें दम उखड़ने लगे इसे पोटास आयोडाइड, टिं० लोबेलिया ईथर, टिं० बेलाडोना आदि के साथ दिया जाता है।

योग

पोटास आयोडाइड	५ ग्रेन
टिं० लोबेलिया ईथरस	१० मि०
टिं० बैलाडोना	५ मि०
टिं० इफेड्रा	३० मि०
ऐक्स० कुट लिक्विड	३० मि०
ऐक्वा	कुल १ औंस

विधि—२–२ घण्टे के अन्तर से (दमे के दौरे के लिये
दिन में २ बार (पुराने रोग में)

TINC ERGOT AMMONIATA

(टिं० अर्गट अमोनियेटा)

मात्रा—½–१ ड्राम।

मु० अ०—(अर्गट २५, लिकर अमोनिया १०, अल्कोहॉल ६०% कुल १००)

गुण—इसके गुण "ऐक्स० अर्गट लि०" के बयान में देखो।

TINC EUCALYPTI (FOLLIUM)

(टिं० यूकेलिप्टी फोलियम)

मात्रा—½-२ ड्राम।

मु० अ०—(यूकेलिप्टस की पत्तियां १ अल्कोहॉल ६०% ४)

गुण—जुकाम, इन्फलुयन्जा और दुर्गन्धयुक्त खांसी में उपयोगी है। इसे कटे हुये स्थान पर लगाने से रुधिर बहना बन्द हो जाता है परन्तु इसके साथ-साथ कैल्सियम का प्रयोग भी आवश्यक है।

TINC EUONYMI (टिं० यूओनोमि)

मात्रा—२०-४० मि० ।

मु० अ०—(युओनिगस की छाल ४, अल्कोहॉल ४५%, कुल ५०)

गुण—मूत्रल, ज्वरहर, पित्तबर्द्धक, विरेचक। यकृत रोगों में विशेषतया उपयोगी है। दस्त को पीला करता है, पित्त को बढ़ाता है, बढ़े हुए जिगर को घटाता है, और कब्ज को दूर करता है। इसे अमोनियम क्लोराइड, टिं० रिहाई कं०, कैस्करा सैग्रेडा आदि के साथ देते हैं।

TINC FERRI PERCHLORIDE

(टिं० फैरि पर्क्लोराइड)

मात्रा—५-१५ मि० ।

मु० अ०—(लिकर फैरि पर्क्लोराइड फोर्ट २५, अल्कोहॉल ९०% २५, डिस्टिल्ड वाटर कुल १००)

गुण—रक्तवर्द्धक, संकोचक, बलदायक और मूत्रकारक। तिल्ली, रिकेट्स, दुर्बलता और पाण्डुरोग में उपयोगी है। ग्लीसरीन के साथ मिला कर कण्ठ-रोगों में लगाते हैं। १० औंस जल में १ ड्राम टिंचर मिला कर सूत्रकृमि मारने के लिये एनिमा लगाते हैं। विसर्प रोग पर इसके तेज टिंचर का लेप करते हैं। आम कमजोरी तथा मलेरिया के बाद की कमजोरी में यह नुस्खा बड़ा उपयोगी है।

योग

क्वीनीन सल्फ	१ ग्रेन
एसिड हाइड्रोक्लोरिक डिल	१० मि०
अमोनियम क्लोराइड	१० ग्रेन
लिकर स्ट्रिक्नीन हाइड्रोक्लोर	३ मि०
लिकर आर्सेनिक हाइड्रोक्लोर	४ मि०

टिं० फैरि पर्क्लोराइड	१० मि०
मैग सल्फ	३० ग्रेन
ऐक्वा	कुल १ औन्स

विधि—दिन में दो बार भोजन के बाद (मलेरिया के बाद कमजोरी में और बल प्रदान करने के लिये)

TINC GELSEMII (टिं० जल्सिमाई)

मात्रा—५-१५ मि० ।

मु० अ०—(जल्सिमाई की जड़ १, अल्कोहॉल कुल १०)

गुण—यह आधा सीसी सौर पांचवीं नाड़ी के शूल में उपयोगी है । इसे बीटिल क्लोरल हाइड्रेट से साथ देने से इसका प्रभाव बढ़ जाता है ।

योग

ऐन्टीपायरीन	५ ग्रेन
टिं० जल्सिमाई	५ मि०
पोटास ब्रोमाइड	१५ ग्रेन
लिकर मौर्फीन हाइड्रोक्लोर	१५ मि०
ऐक्वा	कुल १ औंस

विधि—ऐसी एक मात्रा ३-३ घण्टे में (शिरो शूल, दन्तशूल, कर्णशूल) ।

TINC GENTION CO (टिं० जंशियन को)

मात्रा—३०-६० मि० ।

मु० अ०—(जंतयाना की जड़ १००, खुश्क किया हुआ संतरे का छिलका ३७·५, इलायची के बीज १२·५, अल्कोहॉल ४५% १०००)

गुण—अग्निदीपक, क्षुधावर्द्धक, । अरुचि और अग्निमांद्य में उपयोगी है ।

TINC GUAICIA AMMONIATA
(टिं० ग्वाइसिया अमोनिएटा)

मात्रा—½-१ ड्राम ।

मु० अ०—(ग्वाइयाकम रेजिन २००, ऑयल नटमग ३, ऑयल लैमन २, लिकर अमोनिया फोर्ट ७५, अल्कोहॉल ९०% कुल १०००)

गुण—आर्तवजनक, शूल-नाशक। गठिया, बाय, रज-अदर्शन और कष्ट-रज में सोडा सैलिसिलास के साथ दिया जाता है। अब यह बाजार में बहुत कम मिलता है।

योग

सोडा सैलिसिलास	१५ ग्रेन
टिं० सिमिसिफ्यूज	२० मि०
टिं० ग्वाइसिया अमोनियेटा	३० मि०
वाइनम कौल्चिसि	१० मि०
पोटास बाइकार्ब	१५ ग्रेन
स्पिरिट क्लोरोफार्म	१० मि०
ऐक्वा	कुल १ औंस

विधि—दिन में ३ बार दें (गठिया, बाय में उपयोगी है)

TINC HAMAMELIDIS (टिं० हैमेमेलिडिस)

मात्रा—½-१ ड्राम।

मु० अ०—(हैमेमेलिस की छाल १०, अल्कोहॉल ४५% कुल १००)

गुण—संकोचक, रक्तस्तंभक। नकसीर, रक्तवमन, मूत्रमार्ग और योनि से रक्त बहना और अन्य प्रकार के रक्तस्राव में उपयोगी है। सोजाक और श्वेत-प्रदर में इसकी पिचकारी लगाई जाती है। चोट, खरोंच, रगड़ आदि पर इसका लोशन (१ औंस जल में १-२ ड्राम) लगाया जाता है। रक्तार्श (खूनी बवासीर) में रोजाना जलपान से पूर्व इसका एनिमा देना (३ औंस जल में एक ड्राम) लाभदायक है। परन्तु एनिमा को कुछ देर तक अन्दर रोकना आवश्यक है। (देखो ऐक्स० हैमेमेलिडिस लि०)

TINC HYDRASTIS (टिं० हाइड्रास्टिस)

मात्रा—$\frac{1}{2}$–१ ड्राम।

मु० अ०—(ऐक्स० हाइड्रास्टिस लिक्विड १०, अल्कोहॉल ६०% कुल १००)

गुण—गर्भाशय-शोथ और रक्त-प्रदर में उपयोगी है। मत्राशय-शोथ, श्वेत प्रदर, पुराना सोजाक, कर्णस्राव आदि में इसके लोशन (२० औंस जल में २–४ ड्राम स्थानिक तौर पर प्रयोग किये जाते हैं। यह अमाशय और आँतों के पुराने वरम में (मिक्सचर के रूप में) भी लाभदायक है।

TINC HYOSCYAMUS (टिं० हायोसायेमस)

मात्रा—$\frac{1}{2}$–१ ड्राम।

मु० अ०—(हायोसायेमस की पत्तियाँ १०, अल्कोहॉल ७०% कुल १००)

गुण—अवसादक, निद्राजनक, शूलहर। उन्माद और अनिद्रा में नींद लाने और उत्तेजना को शांत करने के लिए और मूत्राशय-शोथ और पथरी के रोग में एंठन और जलन को दूर करने के लिये दिया जाता है। दस्तावर औषधियों के साथ इसे मिला देने से ऐंठन नहीं होती। इसके सेवन से मूत्र का बार-बार या कष्ट के साथ आना बन्द हो जाता है। यर हिस्टीरिया, दमा और खाँसी में भी उपयोगी है। बच्चे इसे बड़ी मात्रा में सहन कर लेते हैं परन्तु बूढ़े और दुर्बल व्यक्तियों को इसे कम मात्रा में देना चाहिए। देखो "ऐक्सट्रैक्ट"

योग

पोटास ब्रोमाइड	१५ ग्रेन
टिं० वैलरिअन अमोनियेटा	२० मि०
टिं० हायोसायेमस	३० मि०

स्पिरिट क्लोरोफार्म	१५ मि०
स्पिरिट अमोनिया एरोमेटिक	२० मि०
एक्वा	कुल १ औंस

विधि—ऐसी एक मात्रा ३–३ घण्टे में (हिस्टीरिया के दौरे में)

TIN IODI FORT (LINIMENT IODINE
(टिं आयोडि फोर्ट, लिनिमेन्ट आयोडीन)

देखो "लिनिमेन्ट आयोडीन" और "लिकर आयोडि फोर्ट"

TINC IODI MITIS (टिं० आयोडी मिटिस)

इसे आमतौर पर टिंचर आयोडीन कहते हैं।

मात्रा—५-३० मि०।

मु० अ०—(आयोडीन ५ ड्राम, पोटास आयोडाइड ५ ड्राम, डिस्टिल्ड वाटर ५ ड्राम, स्पिरिट रेक्टिफाइड कुल २५ औंस।

गुण—हर प्रकार की सूजन, चोट, मोच, मसकोड़, गिल्टी, फोड़े फुन्सी और दर्द आदि पर इसके लेप से लाभ होता है। इसकी १–२ बूंद बार-बार, जल में मिलाकर देने से कभी-कभी वमन रुक जाती है। प्लेग, विसर्प, रक्त में विष फैल जाना, आदि विकारों में इसके इंजेक्शन (शिरा द्वारा) उपयोगी सिद्ध हुये हैं। इन्जेक्शन के टिंचर में स्पिरिट नहीं होती (आयोडीन २४ ग्रेन, पोटास आयोडाइड ३६ ग्रेन, डिस्टिल्ड वाटर कुल १ औंस)। आरम्भ में १ सी० सी० दें और धीरे-धीरे ½ से १ सी० सी० बढ़ाकर ५ सी० सी० कर दें।

मयादी ज्वर में टिं० आयोडीन और एसिड कार्बोलिक दोनों को १-१ बूंद की मात्रा में मिलाकर दिन में कई बार देने से लाभ होता है। क्षयरोग, जुकाम (आरम्भ में), गर्भावस्था की वमन, मर्करी (पारे) के प्रयोग के फलस्वरूप मुंह का आजाना (½ ड्राम १ औंस जल में मिलाकर कुल्ले करना),

बरी बेरी और क्षयी बच्चों की ताकत और भूख बढ़ाने के लिए इसका प्रयोग उपयोगी सिद्ध हुआ है।

नोट—बाहर लगाने के लिए इसे रैक्टीफाइड स्पिरिट की बजाय मेथिलेटेड स्पिरिट से बना सकते हैं।

TINC IODINE (INDIAN) (टिं० आयोडीन इंडियन)

मात्रा—५ मि० (दिन भर में कुल १८ मि०)।

मु० अ०—(आयोडीन १, अल्कोहॉल ९५% ९)

गुण—यह टिंचर संधिशोथ (आर्थराइटिस) क्षयरोग (बतौर टौनिक, भोजन से पूर्व), जुकाम और इन्फ्लुयन्जा (आरम्भ में) और गर्भवती की वमन में वड़ा उपयोगी है। आर्थराइटिस में इसे १० से ३० मि० की मात्रा में दिया जा सकता है। इस रोग में इसके प्रयोग की उत्तम विधि यह है कि इसे सम भाग ग्लीस्रीन और स्पिरिट क्लोरोफॉर्म के साथ मिला लें और ३० मि० की मात्रा में १-२ औंस जल के साथ दिन में तीन बार सेवन करायें।

TINC IODINE OLEOSA (टिं० आयोडीन ओलियोसा)

बनाने की विधि—एक भाग आयोडीन को ९ भाग अल्कोहॉल (९०% में) गर्म करके हल करलें और फिर दो भाग अरंडी का तेल (कैस्टर ऑयल) मिला दें। यह साधारण टिं० आयोडीन की तरह चोट, रगड़, मोच आदि पर लगाया जाता है परन्तु इसमें यह विशेषता है कि इसके बार-बार लेप करने से जिल्द फटती नहीं।

TINC IPECAC (टि० इपिकाक)

मात्रा—१०-३० मि०।

मु० अ०—(लिक्विड ऐक्स० ऑफ इपिकाक ५०, अल्कोहॉल (९०%) २१०, ऐसिड एसेटिक डिल १६.५ ग्लीस्रीन २००, वाटर कुल १०००)

गुण—इसके गुण "विनम इपिकाक" के समान हैं।

TINC JABORANDI (टिं० जैबोरन्डी)

मात्रा—½-१ ड्राम।

मु० अ०—(जैबोरन्डी की पत्तियाँ १, अल्कोहाल ४५% ४)

गुण—स्वेदक और लालावर्द्धक। जलोदर में पसीना लाकर सूजन कम कर देता है। माता की छाती का दूध बढ़ाने के लिये इसे ऐक्सट्रैक्ट माल्ट लि० के साथ देते हैं। बालों को बढ़ाने तथा गिरने से रोकने के लिए यह योग काम में लायें।

योग

लिकर एपिस्पैस्टिकस	२ ड्राम
आइल रोजमरीन (उत्तम)	४ ड्राम
आइल ऐमिग्डला डल	२ औंस
स्पिरिट कैम्फर	२ औंस
ग्लीसरीन बोरेक्स	१ औंस
टिं० जैबोरन्डी	१ औंस

विधि—कोई सुगन्ध (गुलाब, खस इत्यादि) पर्याप्त परिमाण में; सबको भली प्रकार मिलालें (रोजाना बालों की जड़ों में मला करें)।

TINC JALAP (टिं० जैलप)

मात्रा—½-१ ड्राम।

मु० अ०—(जैलप १ अल्कोहाल ७०% पर्याप्त)

गुण—तीव्र-विरेचक। ब्राइट्स डिसीज (वृक्क-प्रदाह) के शोथ को हरता है। यूरीमिया में भी उपयोगी है।

TINC JALAP CO (टिं० जैलप को)

मात्रा—½-१ ड्राम।

मु० अ०—(जैलप ८०, स्केमनि रेजिन १५, टर्पथ (निशोथ) १०, अल्कोहाल ६०% कुल १०००)।

गुण—सख्त कब्ज और जलोदर में उपयोगी है। पतले दस्त लाता है।

TINC KALADANA (टिं० कालादाना)

मात्रा—½–१ ड्राम।

मु० अ०—(कालादाना २००, अल्कोहॉल ७०% कुल १०००)

गुण—सख्त कब्ज और जलोदर में उपयोगी है। पतले दस्त लाता है।

TINC KINO (टिं० काइनो)

मात्रा—½—१ ड्राम।

मु० अ०—(काइनो १०, ग्लास्रीन १५. डिस्टिल्ट वाटर २५, अल्कोहॉल ९०% कुल १००)

गुण—अतिसार और रक्तस्राव को बन्द करता है।

TINC KRAMERIA (टिं० क्रैमेरिया)

मात्रा—½—१ ड्राम।

मु० अ०—(क्रैमेरिया की जड़ २०, अल्कोहॉल ६०% कुल १००)

गुण—दस्तों को बन्द करता है। कण्ठ और मसूड़ों के रोगों में इसे जल में मिलाकर कुल्ले किये जाते हैं।

TINC LAVANDULA CO (टिं० लैवंडुला को)

इसे टिंचर लैवंडर भी कहते हैं।

मात्रा—½–१ ड्राम।

मु० अ०—(ऑयल लैवंडर, ऑ० रोज, सिनेमन बार्क (दारचीनी की छाल), नटमग (जायफल), लाल चन्दन, अल्कोहॉल ९०%)

गुण—उत्तेजक और सुगंधित। मिक्सचर में रंग देने के लिए अच्छा है। दुखती हुई आंखों में टपकाने के लिए यह योग उपयोगी है।

योग

जिन्क सल्फ	२० ग्रेन
टिं० लैवंडर को	१ ड्राम

डिस्टिल्ड वाटर कुल१० औंस

विधि—इस लोशन की २-३ बूंद दिन में २-३ बार आंखों में टपकायें

TINC LAXATIVE (टिं० लैक्सेटिव)

मात्रा—२०-६० मि० ।

मु० अ०—(ऐक्स० कैस्करा सैग्रेडा लि० २ ड्राम, स्पिरिट अमोनिया एरामेटिक २ ड्राम, स्पिरिट क्लोरोफॉर्म २ ड्राम, टिं० बैलाडोना १ ड्राम, टिं० नक्सवॉमिका १ ड्राम)

गुण—पुराने कब्ज के लिये उत्तम है। इसे रोजना कई मास तक प्रयोग करना चाहिए और मात्रा को रोगी की अवस्थानुसार घटाते बढ़ाते रहना चाहिये ।

TINC LEMON OR LIMONIS
(टिं० लैमन या लिमोनिस)

मात्रा—½-१ ड्राम ।

मु० अ०—(नींबू का छिलका २५ अल्कोहॉल ९०% कुल १००)

गुण—प्यास को कम करता है । जल में मिला कर दिन में २-३ बार दें ।

TINC LOBELIA (टिं० लोबीलिया)

मात्रा—५-१५ मि० ।

मु० अ०—(लोबीलिया १, अल्कोहॉल १०)

गुण—श्वास रोग में उपयोगी है। देखो टिं० लोबीलिया ईथरिस।

TINC LOBELIA AETHERIS
(टिं० लोबीलिया ईथरिस)

मात्रा—५-१५ मि० ।

मु० अ०—(लोबीलिया २०, स्पिरिटि ईथरिस कुल १००)

गुण—इसे मुख्यता श्वासरोग में प्रयोग किया जाता है। यह योग उपयोगी है।

योग

पोटास ब्रोमाइड	१० ग्रेन
पोटास आयोडाइड	५ ग्रेन
टिं० लोबीलिया ईथर०	१० मि०
टिं० बैलाडोना	५ मि०
टिं० स्ट्रैमोनियम	५ मि०
स्पिरिट क्लोरोफॉर्म	१० मि०
ऐक्वा	कुल १ औंस

विधि—दिन में २-३ बार (पुराने रोग में) (दौरे में २-२ घण्टे में)

TINC LYCOPODII (टिं० लाइकोपोडिआइ)

मात्रा—१५-६० मि०।

मु० अ०—(लाइकोपोडियम १, अल्कोहॉल ९०% ९)

गुण—मूत्रकृच्छ्र और बार बार मूत्र के आने में उपयोगी है।

TINC MOSCHI OR MUSK (टिं० मोश्ची या मुश्क)

मात्रा—५-१५ मि०।

मु० अ०—(मुश्क १, अल्कोहॉल ५०% कुल २०)

गुण—हृदय को बल देने वाला और उत्तेजक। काली खांसी, बेचैनी, हिस्टीरिया, नाड़ी-उत्तेजना, हिचकी, नब्ज का मन्द पड़ जाना, और बच्चों के कम्हेड़ों के लिये उपयोगी है।

योग

टिं० मोश्ची (मुश्क)	१० मि०
टिं० वैलेरियन अमोनियेटा	३० मि०
स्पिरिट कैम्फर	१० मि०

टिं० संबल	३० मि०
स्पिरिट क्लोरोफॉर्म	१५ मि०
ऐक्वा	कुल १ औंस

विधि—दिन में ३–४ बार दे। (हिस्टीरिया, बेचैनी, इत्यादि)

TINC MYROBALINI (टिं० मारोबेलिनी)

यह हरड़ से तैयार किया जाता है। कब्ज, अतिसार और पेचिश में उपयोगी है।

TINC MYRRH (टिं० मिर्ह)

मात्रा–½–१ ड्राम।

मु० अ०—(मिर्ह (बोल) २०, अल्कोहॉल ९०% कुल १००)

गुण—अग्निदीपक, आर्तवजनक, अनुलोमक, कफनि:सारक। रज-अदर्शन, श्वेतप्रदर, और खांसी में उपयोगी है। मुख और कंठ के रोगों में इसके बोरेक्स (सुहागा) के साथ कुल्ले किये जाते हैं। सूजे हुये मसूड़ों और जीभ के छालों पर इसकी फुरैरी लगानी चाहिए।

योग

टिं० आयोडीन	२ ड्राम
टिं० मिर्ह	२ ड्राम
टिं० एकोनाइट	१ ड्राम
ऑयल क्लोव्ज	१ ड्राम
ग्लीसरीन	१ ड्राम

विधि—इसे फुरैरी से मसूड़ों पर लगायें। (मसूड़ों का सूजना)

TINC MYRRH ET BORACIS (टिं० मिर्ह एँट बोरेसिस)

गुण—मुंह के छाले, कण्ठ शोथ और सूजे हुए मसूड़ों के लिए इसे जल के साथ मिलाकर कुल्ले करना उपयोगी है।

TINC NEEM (टिं० नीम)

मात्रा—½-१ ड्राम।

मु० अ०—(१० में १)

गुण—देखो "मार्गोसा"।

TINC NUX VOMICA (टिं० नक्स वॉमिका)

यह कुचले से तैयार होता है।

मात्रा—१०-३० मि०।

मु० अ०—(ऐक्स० नक्सवॉमिका लि०, और ४५% अल्कोहॉल)

गुण—अग्निदीपक, क्षुधावर्द्धक, बलकारक; दुर्बलता, धातु-क्षीणता, मसाने की कमजोरी, अरुचि, कब्ज आदि में उपयोगी है।

(देखो नक्सवामिका)

योग

टिं० कौलम्बा	२० मि०
टिं० नक्सवामिका	५ मि०
टिं० जंशियन को	२० मि०
अमोनियम क्लोराइड	१० ग्रेन
ऐसिड नाइट्रो० हाइड्रो० डिल	१० मि०
ऐक्वा	कुल १ औन्स

विधि—ऐसी एक मात्रा दिन में २-३ बार भोजन के बाद

(अरुचि, अग्निमांद्य)

TINC OPII (टिं० ओपियाइ)

मात्रा—५-३० मि०।

मु० अ०—(अफीम २००, अल्कोहाल ९०% और डिस्टिल्ड वाटर कुल १०००)

गुण—(देखो "ओपियम") पेट और आँत का शूल, अतिसार, पेचिश (कैस्टर आयल के साथ), शूल के कारण नींद न आना, गर्भपात होने की आशंका, और हर प्रकार के शूल में उपयोगी है।

योग (१)

टिंचर ओपियम	१ ड्राम
ऐसिड कार्बोलिक	$\frac{1}{2}$ ड्राम
टिंचर बैलाडोना	$\frac{1}{2}$ ड्राम
ग्लीस्रीन	कुल १ औंस

विधि—३-४ बूंद कान में ३-४ बार टपकायें (कर्ण शूल में)

योग (२)

टिंचर ओपियम	२० मि०
टिंचर कार्मीनेटिव	१५ मि०
स्पिरिट क्लोरोफार्म	१५ मि०
ऐक्वा	कुल १ औंस

विधि—इसे तुरन्त एक बार में पी लें (पेट के दर्द में)

TINC OPII AMMONIATA OR SCOTCH PAREGORIC

(टिं० ओपिआइ अमोनियेटा या स्कौच पैरिगोरिक)

मात्रा—$\frac{1}{2}$-१ ड्राम।

मु० अ०—(टिं० ओपियम १००, ऐसिड बैन्जोइक २०, आयल ऐनिसि ५, लिकर अमोनिया २००, अल्कोहाल ९०% कुल १०००)

गुण—इसके गुण "टिं० कैम्फर कं०" की तरह हैं (देखो)।

TINC PICRORHIZA CO (टि पिक्रौंहिजा को)

मात्रा—½-१ ड्राम ।

मु० अ०—(पिक्रौंहिजा अर्थात् कुटकी, संतरे का छिलका, इलायची, अल्कोहाल ४५%)

गुण—ज्वररोधक, बलदायक, विरेचक; अजीर्ण अग्निमांद्य और मलेरिया में उपयोगी है। बाज डाक्टरों की सम्मति में यह मलेरिया के लिये क्वीनीन के बराबर गुण रखता है।

TINC PODOPHYLLI INDICI
(टिं० पोडोफाइली इन्डिसि)

मु० अ०—(इंडियन पोडोफाइलम रेजिन ३६.५, अल्कोहाल ९०% कुल १०००)

गुण—पित्तवर्द्धक, विरेचक; कब्ज और यकृत-रोगों में प्रयोग किया जाता है। इसे प्रायः टिं० युओनिमि, अमानियम, क्लोराइड, टिं० रिआई कं० आदि के साथ देते हैं। कब्ज और यकृत के ठीक प्रकार कार्य न करने के कारण यदि दर्द सर हो और तबियत गिर रही हो, तब इसे २ से ४ बूंद की मात्रा में २-३ बार चाय में देने से लाभ पहुँचता है। पुराने अतिसार में और बच्चों के सफेद और हरे लाल दस्तों में, या दस्तों के बाद होने वाले कब्ज में इसे १-२ बूंद की मात्रा में चीनी पर डाल कर देना बड़ा उपयोगी है।

TINC PODOPHYLLI (टिं० पोडोफाइली)

मात्रा—३-१५ मि० ।

मु० अ०—(पोडोफाइली रेजिन ३६·५, अल्कोहाल ९०% १०००)

गुण—इसके गुण "टिं० पोडोफाइली इंडिसि" के समान हैं।

TINC PRUNI VIRGINI, TINC OF WILD CHERRY (टिं प्रूनी वर्जिनी, टिं० ऑफ वाइल्ड चेरी)

मात्रा—½-१ ड्राम

मु० अ०—(वाइल्ड चेरी बार्क २०० अल्कोहॉल ९०% ५६५, डिस्टिल्ड वाटर ३६५, ग्लीस्रीन १००)

गुण—सीरप प्रूनी वर्जिनी की तरह यह खांसी के लिये बड़ा उपयोगी है। अन्य खाँसी की औषधियों के साथ मिला कर दिया जाता है।

TINC PULSATILLA (टिं० पल्सेटिल्ला)

मात्रा—१-५ मि०।

मु० अ०—(पल्सेटिल्ला १, अल्कोहाल ६०% ९)

गुण—कष्ट-रज, अल्प-रज और अण्डग्रंथि के प्रदाह में उपयोगी है मासिक धर्म आरम्भ होने से पूर्व इसे १ बूंद की मात्रा में १-१ घंटे के अन्तर से देना उपयोगी है। जब मासिकस्राव छः दिन से अधिक जारी रहे तो इसे इस्तेमाल नहीं करना चाहिये। कुछ चिकित्सकों की राय मे इसे मासिक धर्म की पीड़ायें आरम्भ होते ही आरम्भ कर देना चाहिये और जब तक पीड़ायें शांत न हो जांय तब तक इसे ३-३ घंटे के अन्तर से देते रहें। इसका ऐक्सट्रैक्ट भी आता है। इसका मिलना कठिन है।

TINC PYRETHRI (टिं० पाइरेथ्रि)

मु० अ०—(अकरकरे की जड़ २०, अल्कोहॉल ७०% कुल १००)

गुण—इसे मुख्यतया मुख रोगों में कुल्ले करने या मसूड़ों पर लगाने के लिये प्रयोग करते हैं। दन्तशूल के लिये यह योग बड़ा लाभदाक है।

योग

टिं० पाइरेथ्रम	१ ड्राम
आइल क्लोव्ज	१½ ड्राम

क्लोरोफार्म प्योर	½ ड्राम
कैम्फर	½ ड्राम
ऐसिड कार्बोलिक	½ ड्राम

विधि—इसकी फुरैरी आवश्यकतानुसार दुखती हुई दाढ़ में लगायें ।

TINC QUASSIA (टिं० क्वाशिया)

मात्रा—½-१ ड्राम ।

मु० अ०—(क्वाशिया वुड १०, अल्कोहाल ४५% कुल १००)

गुण—अग्निदीपक; अरुचि और अग्निमांद्य में यह योग उपयोगी है।

योग

टिं० क्वाशिया		३० मि०
ऐसिड नाइट्रो-हाइड्रो० डिल		१० मि०
सीरप औरंशाई		१ ड्राम
ऐक्वा	कुल	१ औंस

विधि—दो तीन बार भोजन के बाद दें।

TINC QUININE (टिं० क्वीनीन)

मात्रा—½-१ ड्राम ।

मु० अ०—(क्वीनीन हाइड्रोक्लोराइड २, टिं० औरंज १००)

गुण—अग्निदीपक, ज्वरहर। मलेरिया और उसके बाद की दुर्बलता में उपयोगी है ।

TINC QUININE AMMONIÁTA
(टिं० क्वीनीन अमोनिएटा)

मात्रा—½-१ ड्राम ।

मु० अ०—(क्वीनीन सल्फ २०, लिकर अमोनिया १००, अल्कोहॉल ६०% १००)

गुण—जुकाम और इन्फ्लुयन्जा के आरम्भ में इसे दो-दो घण्टे में सोडा वाटर में मिलाकर ३-४ मात्रा देने से लाभ होता है।

योग

टिं० क्वीनीन अमोनिएटा	½ ड्राम
स्पिरिट ईथर नाइट्रोसी	२० मि०
टिं० कैम्फर को	½ ड्राम
पोटास ब्रोमाइड	१० ग्रेन
सीरप वसाक विद टोलू	१ ड्राम
ऐक्वा क्लोरोफार्म	कुल १ औंस

विधि—दिन में तीन बार दें (सर्दी जुकाम)

TINC RAUWOLFIA (टिं० रौवोल्फिया)

मात्रा—१२-३० मि०

मु० अ०—(लिक्विड ऐक्स० आफ रौवौल्फिया २५०, अल्कोहॉल ९०% कुल १०००)

गुण—यह छोटा चांद अर्थात् सर्पगन्धा से तैयार होता है। उपशामक और निद्राजनक है। पागलपन, मस्तिष्क के अनेक रोग और अतिरक्तचाप में बड़ा उपयोगी है। इसका ऐक्सट्रैक्ट (सूखा और तर) भी आता है।

TINC RHEI CO (टिं० रिआई को)

मात्रा—½-१ ड्राम।

मु० अ०— रूबर्ब (रेवन्दचीनी) १००, कार्डेमम सीड्स (इलायची के बीज) १२·५ कौरियंडर (धनिया) १२·५, ग्लीस्रीन १००, अल्कोहॉल ६०% कुल १०००)

गुण—अग्निदीपक, पित्तवर्द्धक और मृदुविरेचक। कब्ज और यकृत विकार में उपयोगी है। बच्चों के अजीर्ण और अतिसार के लिए जिसका कारण दूषित और अपचनीय भोजन हो, यह उत्तम औषधि है।

योग

अमोनियम क्लोराइड	१० ग्रेन
टिं० रिआई को	२० मि०
ऐक्स० टैरेक्सेसी लि०	१ ड्राम
टिं० युओनिमी	१० मि०
सोडा बैन्जोएट	१० ग्रेन
सोडा सल्फ	३० ग्रेन
ऐक्वा	कुल १ औंस

विधि—ऐसी एक मात्रा ३ बार (यकृत विकार, कमलबाई)

TINC SAUSSUREA (टिं० सौसरिआ)

मु० अ०—(कुट की जड़ का चूर्ण २००० ग्राम, अल्कोहल (९०%) कुल १००० मिल्स)

मात्रा—१५-६० मि०।

गुण—बलदायक, कामोद्दीपक, कफनिःसारक और ज्वर-हर; दमा और खांसी में प्रयुक्त होता है।

TINC SCILLA (टिं० सिल्ला)

मात्रा—५-३० मि०।

मु० अ०—(सिल्ला १०, अल्कोहॉल ६०% १०)

गुण—कफनिःसारक और मूत्रल। शोथरोग (हृदयरोगजन्य), निमोनिया और पुरानी खांसी में उपयोगी है। टिं० डिजिटेलिस के साथ देने से इसका प्रभाव बढ़ जाता है।

योग

टिं० सिल्ला	१० मि०
स्पिरिट ईथर नाइट्रोसी	३० मि०

पोटास साइट्रास	२० ग्रेन
पोटास एसिटास	१५ ग्रेन
ऐक्वा	कुल १ औंस

विधि--दिन में तीन बार (मूत्र का परिमाण बढ़ाने के लिए)

TINC SENEGA (टिं० सैनिगा)

मात्रा—½-१ ड्राम।

मु० अ०—(सैनिगा रूट २०, अल्कोहॉल ६०% कुल १००)

गुण--यह नवीन और जीर्ण दोनों प्रकार की खांसी में उपयोगी है। अमोनियम कार्ब के साथ देने से यह अधिक लाभ करता है। कैस्टर ऑयल में इसकी ५-१० बूंद प्रति औंस के हिसाब से मिलाकर खूब हिलाने से इमल्शन सा बन जाता है।

योग

पोटास आयोडाइड	५ ग्रेन
टिं० सिल्ला	१० मि०
विनम इपिकाक	१० मि०
सोडा बैंजोअस	१५ ग्रेन
टिं० सैनिगा	३० मि०
ऐक्वा	कुल १ औंस

विधि--ऐसी एक मात्रा दिन में २-३ बार (पुरानी खांसी)

TINC SENNAE CO (टिं० सैनी को)

मात्रा--½-१ ड्राम बार २, २-४ ड्राम एक बार।

मु अ०—(सनाय की पत्तियाँ २००, जीरा, २५, धनिया २५ ग्लीस्रीन १००, अल्कोहॉल ४५% कुल १०००)

गुण—कब्ज के लिए उपयोगी है।

योग

टिं० सैना को	१५ मि०
ऐक्स कैस्कैरा सग्रेडा लि०	१५ मि०
सोडा सल्फ	१५ ग्रेन
सीरप औरंशाई	१ ड्राम
ऐक्वा	कुल १ औंस

विधि—प्रातः और सायंकाल (पुराने कब्ज में लाभदायक है)

TINC STRAMONII (टिं० स्ट्रेमौनिआइ)

मात्रा—५–३० मि० ।

मु० अ०—(स्ट्रेमोनियम की पत्तियाँ २००, अल्कोहॉल ४५% कुल १०००)

गुण—मुख्यतया श्वास-रोग में उपयोगी है ।

योग

टिं० स्ट्रैमोनिआई	१० मि०
टिं० लोबीलिया ईथरस	१० मि०
पोटास ब्रोमाइड	१० ग्रेन
स्पिरिट क्लोरोफार्म	१० मि०
ऐक्वा	कुल १ औंस

विधि—दमे का दौरा आरम्भ होते ही एक मात्रा दे दें । २ घंटे में दोहरा सकते हैं ।

TINC STROPHANTHI (टिं० स्ट्रोफेन्थी)

मात्रा—२–५ मि० ।

मु० अ०—(स्ट्रोफैन्थी के बीज १००, अल्कोहॉल ७०% ५००)

गुण—डिजिटेलिस की तरह हृदय-रोगों में विशेष उपयोगी है । यह

लगातार बिना किसी भय के दिया जा सकता है क्योंकि यह डिजिटेलिस त तरह शरीर में एकत्रित नहीं होता रहता। इसका प्रभाव डिजिटेलिस से ते होता है परन्तु यह उसकी तरह मतली और वमन उत्पन्न नहीं करता।

TINC TOLU (टिं० टोलू)

मात्रा—३०-६० मि०

मु० अ०—(बाल्सम टोलू १००, अल्कोहॉल ९०% १०००)

गुण—खांसी में लाभदायक है। प्रायः सीरप टोलू ही प्रयोग कि जाता है।

TINC URGINEA (टिं० अर्जीनिआ)

मात्रा—५-१५ मि० ।

मु० अ०—(अर्जीनिआ २००, अल्कोहॉल ६०% कुल १०००)

गुण—टिं० सिल्ला की तरह खांसी में दिया है।

TINC VALERIAN (टिं० वेलेरियन)

मात्रा—½-१ ड्राम ।

मु० अ०—(वेलेरियन, अल्कोहॉल और जल)

गुण—बेहोशी, हिस्टीरिया, मृगी, धड़कन, बेचैनी, चक्कर आदि उपयोगी है। देखो "टि० वेलेरियन अमोनियेटा"।

TINC VALERIAN AMMONIATA
(टिं० वेलेरियन अमोनिएटा)

मात्रा—½-१ ड्राम।

मु० अ०—(वेलेरियन की जड़ २००, जायफल का तेल ३, नींबू का ते २, लिकर अमोनिया १००, अल्कोहाल ६०% ९००)

गुण—अफारा, बेहोशी, मृगी, हिस्टीरिया, धड़कन, काली खां स्नायविक विकार और कोरिया में उपयोगी है। इसे प्रायः पोटास ब्रोमा

टिं० हायोसाइमस, टिं० असेफिटीडा आदि के साथ प्रयोग करते हैं । "देखो टिं० ऐसेफिटिडा" में दिया हुआ "योग" ।

TINC WARBURG (टिं वार्बर्ग)

इसे "टिंचर ऐन्टिपीरिओडिका" भी कहते हैं ।

मात्रा—१-४ ड्राम ।

मु० अ०—(एलुवा २४० ग्रेन, रेवंदचीनी ८० ग्रेन, एन्जेकिला फ्रूट ८० ग्रेन, एलिकैम्पेन रूट ४० ग्रेन, सौंफ ४० ग्रेन, चाक ४० ग्रेन, जंशियन २० ग्रेन, जेडोअरी २० ग्रेन, मिर्ह, (बोल) २० ग्रेन, एगेरिक २० ग्रेन, अफीम २½ ग्रेन, कबाब चीनी २० ग्रेन, काली मिर्च ४½ ग्रेन, दारचीनी ८ ग्रेन, सोंठ ८ ग्रेन। क्वीनीन सल्फ १७५ ग्रेन, काफूर २० ग्रैन, अल्कोहॉल ६०% कुल २० औंस)

गुण—मुख्यतया मलेरिया ज्वर में प्रयोग किया जाता है। ज्वर उतारता भी है और रोकता भी है। इसके प्रयोग से पूर्व पेट को मैग सल्फर देकर साफ कर लेना चाहिए। ४ ड्राम की मात्रा देकर तीन घन्टे के बाद दूसरी मात्रा दें। क्योंकि इसके प्रयोग के बाद पसीने बहुत आते हैं अतः इसे बड़ी सावधानी से प्रयोग करना चाहिए। साधारण हलके ज्वर में इसे १ ड्राम की मात्रा में दिन में २-३ बार दे सकते हैं।

TINC ZINGIBERIS FORT (टिं० जिन्जिबेरिस फोर्ट)

मात्रा—५-१० मि०।

मु० अ०—(सोंठ १ अल्कोहॉल ९०% कुल १)

गुण—उत्तेजक, अग्निदीपक, अनुलोमक; अजीर्ण और अरुचि में उपयोगी है ।

TINC ZINGIBERIS MITIS
(टिं० जिन्जिबेरिस मिटिस)

मात्रा—½-१ ड्राम ।

मु० अ०—(सोंठ १००, अल्कोहॉल ९०% १०००)

गुण—उत्तेजक, अग्निदीपक, वायुसारी; अफारा, अजीर्ण और अरुचि में उपयोगी है ।

योग

सोडा बाइकार्ब	१५ ग्रेन
टिंचर कार्डेमम को	२० मि०
स्पिरिट अनोनिया एरोमेटिक	१५ मि०
स्पिरिट क्लोरोफॉर्म	१० मि०
टिंचर जिन्जिब्रेरिस	१५ मि०
ऐक्वा मैन्थ पिप	कुल १ औंस

विधि—दिन में २–३ बार (अफारा, अजीर्ण, अरुचि इत्यादि)

TOBACCO टोबेको (तंबाकू)

गुण—यह सिग्रेट, बीड़ी और सिगार के रूप में पिया जाता है । पान में रखकर खाया जाता है और गुड़, सुगंधित पदार्थ आदि के साथ कूट कर हुक्के में पिया जाता है । इसके अधिक प्रयोग से अजीर्ण, यकृतरोग, कण्ठ-शोथ, हृदयरोग, दुर्बलता और दृष्टि का कम हो जाना इत्यादि विकार उत्पन्न हो जाते हैं । इसे एक प्रकार का विष समझना चाहिए । इसके प्रयोग से मुंह और फेफड़ों का कैन्सर भी हो जाया करता है ।

TOCOPHERYLIS ACETAS
(टोकोफेरीलिस एसिटास)

मात्रा—३ से १० M. G.

गुण—यह विटेमिन 'ई' है । इसके गुणों के लिये देखो "विटेमिन ई" ।

TOTAQUINA (टोटा क्वीना)

मात्रा—५–१० ग्रेन ।

गुण—यह सिन्कोना फेब्रीफ्यूज की तरह होता है। यह हलके प्रकार के तीसरे दिन आने वाले मलेरिया में क्वीनीन से बेहतर काम करता है। इसे मिक्सचर (ऐसिड के साथ) या पाउडर के रूप में प्रयोग करना चाहिये।

TRAGACANTH ट्रैगेकन्थ (कतीरा)

गुण—काबिज; इमल्शन बनाने के काम आता है।

नोट:—देखो "पल्व ट्रैगेकन्थ को" म्युसिलेज और ग्लीस्रीन।

TRIBROMETHYL ALCOHOL

(ट्राइब्रोमेथिल अल्कोहॉल)

गुण—बेहोश करने के लिये इसके घोल को धीरे धीरे (कुल १० मिनट में) गुदा में इंजेक्शन के रूप में प्रविष्ट किया जाता है। इंजेक्शन देने से १२ घंटे पूर्व आंतों को एनिमा के द्वारा धो लेना चाहिये। क्योंकि इसका प्रभाव शीघ्र आरम्भ हो जाता है अत: इसे हमेशा ऑप्रेशन से लगभग आध घंटे पूर्व प्रयोग करना चाहिये।

इंजेक्शन तैयार करने की विधि—ट्राइब्रोमेथील अल्कोहॉल ६६.७ ग्राम, एमीलीन हाइड्रेट ३३·३ ग्राम; इसका डिस्टिल्ड वाटर के साथ २·५ प्रतिशत घोल तैयार करके इंजेक्शन लगाया जाता है।

नोट—इंजेक्शन के साथ-साथ थोड़ा सा ईथर या नाइट्रस ऑक्साइड भी सुंघाना चाहिये।

TRINITRINI (ट्रिनिट्रिनि)

देखो "नाइट्रोग्लीस्रीन"।

TRIONAL (ट्रायोनल)

METHYL SULPHONAL (मेथिल सल्फोनल)

मात्रा—५–२० ग्रेन।

गुण—अनिद्रा में इसे गर्म जल या दूध में घोल कर सोते समय सेवन करने से नींद आ जाती है। इसे बहुत कम प्रयोग किया जाता है।

TROCHISCUS ACID BENZOIC
(ट्रोकिस्कस ऐसिड बेन्जोइक)

मु० अ० ($\frac{1}{2}$ ग्रेन ऐसिड बैन्जोइक प्रति टिकिया)

गुण—गले की खाँसी में चूसी जाती है स्वर को साफ करती है।

TROCH ACID CARBOLIC
(ट्रो० ऐसिड कार्बोलिक)

मु० अ०—($\frac{1}{2}$ ग्रेन ऐसिड कार्बोलिक प्रति टिकिया)

गुण—मुख और कंठ के जख्मों में चूसी जाती है (दिन में कई बार)

TROCH ACID TANNIC (ट्रो० ऐसिड टैनिक)

मु० अ०—($\frac{1}{2}$ ग्रेन ऐ० टैनिक प्रति टिकिया)

गुण—कंठ रोग में चूसी जाती है (दिन में कई बार)

TROCH BISMUTH COMP (ट्रो० बिस्मथ कं०)

मात्रा—१-४ टिकिया (चबालें या जल में घोल कर पीलें)

मु० अ०—(बिस्मथ कार्ब २$\frac{1}{2}$ ग्रेन, मैग कार्ब २$\frac{1}{2}$ ग्रेन, कैल्सियम कार्ब ४$\frac{1}{2}$ ग्रेन प्रति टिकिया)

गुण—खट्टी डकार, अफारा और अजीर्ण में उपयोगी है।

TROCH CATECHU (ट्रो० कैटेशु)

मु० अ०—(१ ग्रेन कत्था प्रति टिकिया)

गुण—कण्ठ के रोगों तथा मुंह के छालों में चूसी जाती है (दिन में कई बार)

TROCH GUAIACI RESIN
(ट्रो० ग्वाआसि रेजिन)

मु० अ० (३ ग्रेन रेजिन प्रति टिकिया)

गुण—नवीन "टौन्सिलाइटिस" में विशेष उपयोगी है। (दिन में कई बार चूसें)

TROCH KRAMERIA (ट्रौ० क्रैमीरिआ)

मु० अ०—(१ ग्रेन क्रैमीरिआ प्रति टिकिया)

गुण—कण्ठ शोथ में उपयोगी है (दिन में कई बार चूसें)

TROCH KRAMERIA ET COCAINE (ट्रौ० क्रैमीरिआ एट कोकेन)

मु० अ०—(१ ग्रेन क्रैमीरिआ और $\frac{१}{२०}$ ग्रेन कोकेन प्रति टिकिया)

गुण—पीड़ा युक्त कण्ठ-रोगों में चूसी जाती है (२-२ घंटे में)

TROCH MORPHINE ET IPECAC (ट्रौ० मौर्फीन एट इपिकाक)

मु० अ०—(मौर्फीन $\frac{१}{३२}$ ग्रेन प्रतिटिकिया, इपिकाक $\frac{१}{१०}$ ग्रेन प्रति टिकिया)

गुण—बार-बार उठने वाली खाँसी में उपयोगी है (दो-दो घंटे में चूसें)

TROCH PENICILLIN (ट्रौ० पेनिसिलीन)

मात्रा—१ टिकिया कई बार चूसने के लिये।

मु० अ०—(५०० से ५००० यूनिट्स पेनिसिलीन प्रति टिकिया)।

गुण—मुख और कंठ के रोगों में चूसी जाती है।

TROCH POTASS CHLORATE (ट्रौ० पोटास क्लोरेट)

गुण—कण्ठ शोथ और मुखपाक में उपयोगी है (२-२ घंटे में मुँह में डालकर चूसें)।

TROCH POTASS CHLORATE ET BORACIS (ट्रौ० पोटास क्लोरेट एँट बोरेसिस)

मु० अ०—(पोटास क्लोरेट ३ ग्रेन, बोरेक्स १$\frac{१}{२}$ ग्रेन प्रति टिकिया)।

गुण—कण्ठ-शोथ और मुखपाक में उपयोगी है।

TROCH SANTONIN (ट्रौ० सैन्टोनीन)

मु० अ०—(सैन्टोनीन १ ग्रेन प्रति टिकिया)।

गुण—केंचुए (Roundworms) के लिये एक टिकिया रोजाना कई दिन तक सोते समय सेवन करनी चाहिए।

TROCH SULPHURIS (ट्रौ० सल्फ्युरिस)

मु० अ०—(प्रेसीपीटेटेड सल्फर ५ ग्रेन, क्रीम ऑफ टार्टर १ ग्रेन प्रति टिकिया)।

मात्रा—२-४ टिकिया कई बार।

गुण—बाय तथा चर्म रोग में उपयोगी है।

TROPACOCAINE (ट्रौपेकोकेन)

गुण—यह नोवोकेन से अधिक उपयोगी और कम हानिकारक है। इसमें एक गुण यह है कि यह पुतली को बगैर फैलाये सुन्न कर देती है। इसका ५ प्रतिशत घोल प्रयोग किया जाता है।

TRYPARSAMIDE (ट्राइपर्समाइड)

मात्रा—१५-३० ग्रेन (इंजेक्शन द्वारा)।

गुण—इसमें २५·५ प्रतिशत आर्सेनिक होता है। यह मुख्यतया ट्राइपेनोसोमियासिस रोग में उपयोगी है।

TRYPSIN (ट्रिपसिन)

मात्रा—३-१० ग्रेन।

गुण—यह क्लोमग्रंथि (पैन्क्रियाज़) से तैयार की जाती है। हाजमे के लिये उपयोगी है। मधुमेह में भी फायदा करती है।

TUBERCULIN (टुबर्कुलिन)

गुण—इसके इंजेक्शन क्षयरोग की जांच और चिकित्सा के लिये प्रयोग किये जाते हैं।

TURPETHUM टर्पेथम (निशोथ)

मात्रा—५-२० ग्रेन ।

गुण—विरेचक; इसके गुण जैलप के समान हैं । शोथरोग में इसे हरड़ के साथ देते हैं ।

नोट—देखो "पल्व टर्पथि को" ।

*TYLCALSIN (टिल्कैल्सिन)
CALCII ACETYL SALICYLAS
(कैल्सियाइ एसेटिल सैलीसिलास)

मात्रा—५-१५ ग्रेन ।

गुण—बाय और इन्फ्लुअन्जा के लिये अत्युपयोगी है ।

TYRAMINE (टाइरेमीन)

मात्रा—$\frac{1}{3}$-$\frac{3}{4}$ ग्रेन ।

गुण—इसके गुण एड्रिनेलीन के समान हैं परन्तु इसका प्रभाव इतना प्रबल और तात्कालिक नहीं होता । क्योंकि यह वायुप्रणालियों की मांस पेशियों को फैलाने की बजाय संकुचित करती है अतः इसे दमे का दौरा रोकने के लिये प्रयोग नहीं किया जा सकता । यह गर्भाशय को भी संकुचित करती है । इसके घोल के इंजेक्शन शौक और कौलैप्स में हृदय और श्वास क्रिया को उत्तेजित करने के लिये लगाये जाते हैं ।

*ULERON (यूलेरन)

मु० अ०—(DISEPTAL) ।

मात्रा—७$\frac{1}{2}$-१५ ग्रेन दिन में ३ बार भोजन के बाद ।

गुण—इसके गुण सल्फेनिलेमाइड के समान हैं । सोजाक में यह विशेष उपयोगी सिद्ध हुआ है । आजकल इसका प्रयोग नहीं के बराबर है ।

UNGUENTUM ACID BORIC
(अन्ग्वन्टम ऐसिड बोरिक)

मु० अ०—(एसिड बोरिक १, वैसलीन ९९) ।

गुण—फोड़े, फुंसी, जख्म, घाव आदि पर लगाई जाती है। इसे आमतौर पर १ : ८ की ताकत का बनाते हैं।

UNG ACID CARBOLIC OR PHENOLIS
(अ० ऐसिड कार्बोलिक या फिनोलिस)

मु० अ०—(एसिड कार्बोलिक ३०, सफेद मोम ७५, लार्ड ५०, हार्ड पैरेफीन ७५, वैसलीन ७७०)।

गुण—गन्दे जख्म और चर्मरोगों के लिये उपयोगी है। खुजली और जलन को शाँत करती है।

UNG ACID CARBOLIC CUM MENTHOL
(अ० ऐसिड कार्बोलिक कम मैन्थोल)

मु० अ०—(ऐसिड कार्बोलिक २, मैन्थौल १, सफेद मोम १८, रोगन बादाम ६१, सुहागा १, अर्क गुलाब २०)।

गुण—एक्जिमा की खुजली को शांत करने के लिये बहुत लाभदायक है। इसके अतिरिक्त कई प्रकार के ऐसे चर्म रोगों में भी उपयोगी है जिनमें खुजली उठती है।

UNG ACID CHRYSOPHANIC
(अ० ऐसिड क्राइसोफेनिक)

इसे "क्राइसेरोबिन" भी कहते हैं।

मु० अ०—(क्राइसोफेनिक ऐसिड अर्थात् क्राइसेरोबिन १ भाग, वैसलीन २४ भाग)।

गुण—दाद और सोराइसिस के लिये अत्युपयोगी है।

UNG ACID PICRIC CO (अ० ऐसिड पिक्रिक को)

मु० अ०—(एसिड पिक्रिक ५ ग्रेन, ऑयल यूकेलिप्टस १० मि०, वैसलीन १ औन्स)।

गुण--जले हुये स्थान (Burns) पर लगाने के लिये अत्युपयोगी है।

UNG ACID SALICYLIC (अ॰ ऐसिड सैलिसिलिक)

मु॰ अ॰--(एसिड सैलिसिलिक १० ग्रेन, वैसलीन १ औन्स)।

गुण--एक्जिमा, दाद, खुजली, मुंहासे तथा अन्य चर्म रोगों के लिये उपयोगी है। एसिड सैलिसिलिक की मिकदार ३० ग्रेन तक बढ़ाई जा सकती है।

UNG ACID SALICYLIC CO
(अ॰ ऐसिड सैलिसिलिक को)

मु॰ अ॰—(ऐसिड सैलिसिलिक १, ऐसिड बैन्जोइक १, ऑयल यूकेलिप्टस १, गोले का तेल १०, वैसलीन १७)

गुण--दाद के लिये उपयोगी है।

UNG ACID TANNIC (अ॰ ऐसिड टैनिक)

मु॰ अ॰--(ऐसिड टैनिक ५ से १० ग्रेन, लेनोलीन २ ड्राम, वैसलीन कुल १ औंस, गर्म करके पिघला लो)

गुण--जले हुए स्थान पर लगाई जाती है।

UNG ANDERSON (अ॰ ऐन्डरसन)

मु॰ अ॰--(बिस्मथ ऑक्साइड १, ओलिक ऐसिड ८, सफेद मोम ३, सफेद वैसलीन ९)

गुण--खुजली को शाँत करती है।

UNG ADRENALINE ET COCAINE
(अ॰ एड्रिनेलीन ऍट कोकेन)

मु॰ अ॰-- (एड्रिनेलीन ०·१ ग्राम, कोकेन १·० ग्राम, ऐसिड बोरिक ०·२ ग्राम, डिस्टिल्ड वाटर ३ मिल्स, लैनोलीन ५० ग्राम)

गुण—बवासीर के लिये उपयोगी है। रक्त को रोकती है और पीड़ा को शांत करती है।

UNG AQUA ROSE OR COLD CREAM
(अ ऐक्वा रोज या कोल्ड क्रीम)

मु० अ०—(सफेद मोम १८, रोगन बादाम ६१, सुहागा १, अर्क गुलाब २०, इतर गुलाब ०·१)

गुण—सुगन्धित और चर्म को कोमल ओर चिकना बनाने वाली। हाथ और चेहरे पर लगाने के लिये बड़ी अच्छी है।

UNG ARGYROL (अ० आर्जिरौल)

मु० अ०—(आर्जिरौल १० ग्रेन, सफेद वैसलीन १ औंस)

गुण—आँखों के ऐक्जिमा और कनीनिका शोथ के लिये उपयोगी है।

UNG ATROPINE (अ० एट्रोपीन)

मु० अ०—(एट्रोपीन ½ से २ ग्रेन, सफेद वैसलीन १०० ग्रेन)

गुण—आँखों में डालने से पुतली को फैलाती है और शूल को शांत करती है। "आइराइटिस" रोग में उपयोगी है।

UNG ATROPINE CUM COCAINE
(अ० एट्रोपीन कम कोकेन)

मु० अ०—(एट्रोपीन १, कोकेन २, वैसलीन १००)

गुण—पुतली को फलाती है और शूल को शांत करती है। आइराइटिस के लिये लाभदायक है।

UNG ATROPINE CUM HYDRARGYRI OXIDI FLAVI
(अ० एट्रोपीन कम हाइड्रार्जिरि ऑक्साइडि फ्लेवी)

मु० अ०—(एट्रोपीन ½, हाइड्रार्जिरि ऑक्साइडि फ्लेवा १, वैसलीन १००)

गुण—पुतली को फैलाती है। आइराइटिस, रोहे और आँख दुखने में उपयोगी है।

UNG BELLADONNA (अ० बैलाडोना)

मु० अ०—(ऐक्स० बैलाडोना लि० ८०, बैन्जोयटेड लार्ड ६०, वूल फैट २०)

गुण—अंगुलबेल, सूजन, फोड़ा, दर्द, हप्पु आदि के लिये बड़ी उपयोगी है।

UNG BRILLIANT GREEN (अ० ब्रिल्लियन्ट ग्रीन)

मु० अ०—(ब्रिल्लियन्ट ग्रीन ५-१० ग्रेन, वैसलीन १ औंस)

गुण—यह सुस्त प्रकार के जख्मों, घावों और रगड़ आदि के लिये बड़ी उपयोगी है।

UNG CANTHARIDINI (अ० कैन्थेरिडिनि)

मु० अ०—(कैन्थेरिडिन ०·१, क्लोरोफार्म १०, बैन्जौयटेड लार्ड २९०)

गुण—इसे आबला डालने के लिये इस्तेमाल करते हैं। गंज पर लगाने के लिये इसे दुगनी वैसलीन से हल्का कर लेना चाहिये।

UNG CAPSICUM (अ० कैप्सिकम)

मु० अ०—(कैप्सिकम अर्थात् लाल मिर्च २५, हार्ड पैरेफीन १०, वैसलीन ७५, प्रीपेयर्ड लार्ड १०)

गुण—बाय, दर्द कमर आदि के लिये उपयोगी है।

UNG CETACEI (अ० सिटेसिग्राइ)

मु०अ०—(स्पर्मेसिटि २०, सफेद मोम ८, लिक्विड पैरेफीन ७२)

गुण—दूसरी मरहमों में पड़ती है।

UNG CHAULMOOGRA (अ० चौल्मुग्रा)

मु० अ०—(चोल्मुग्रा ऑइल १०, हार्ड पैरेफिन ४०, वैसलीन ५०)

गुण—कुष्ट, श्वेतदाग, चमरस, आदि रोगों के लिये उपयोगी है।

UNG COCAINE (अ० कोकेन)

मु० अ०—(कोकेन ४, ओलिक ऐसिड १६, प्रीपेयर्ड लार्ड ८०)

गुण—संज्ञाहर और शूलनाशक। एक्जिमा और पित्त की खुजली, साधारण खुजली, और दर्दों के लिये उपयोगी है।

UNG CITRINE (अ० सिट्रीन)

देखो "अ० हाइड्रार्जिरि नाइट्रेटिस"।

UNG CONII (अ० कोनाई)

मु० अ०—(ऐक्स० कोनियम ७% ग्लीस्रीन और सिंपिल आइन्टमेंट में)

गुण—गुदा की खुजली और बवासीर की ऐंठन और पीड़ा के लिये उपयोगी है।

UNG CREDE (अ० क्रीड)

मु० अ०—(कोलार्गल १५, एडेप्स बेन्जौयटस ७५, सफेद मोम १०)

गुण—इसे नवजात शिशु की आँख में लगा देने से शिशु को सोजाक-जन्य नेत्राभिष्यन्द नहीं होने पाता।

UNG CUPRI CITRAS (अ० कुप्री साइट्रास)

यह ५, १०, १५, २० और २५ प्रतिशत शक्ति की होती है।

गुण—रोहों के लिये उपयोगी है।

UNG CUPRI OLEATIS (अ० कुप्री ओलिएटिस)

मु० अ०—(कौपर ओलिएट १२५, वैसलीन ८७.५)

गुण—दाद और मस्सों पर लगाई जाती है।

UNG DITHRANOLIS (अ० डाइथ्रेनोलिस)

मु० अ०—(डाइथ्रेनौल १, पीली वैसलीन ९९९)

गुण—दाद के लिये उपयोगी है। इसमें २० ग्रेन प्रति औंस एसिड सेलीसिलिक मिला सकते हैं।

UNG EUCALYPTI (अ० यूकेलिप्टी)

मु० अ०—(ऑइल यूकेलिप्टस १०, हार्ड पैरेफीन ४०, वैसलीन ५०)

गुण—खरोंच, रगड़, जख्म, घाव आदि पर लगा सकते हैं। जुकाम में इसे नथनों में मलने से स्राव कम हो जाता है।

UNG GALL CUM OPIO (अ० गौल कम ओपियो)

मु० अ०—(अ० गौल ९२·५, अफीम ७.५)

गुण—बवासीर के मस्सों पर लगाने से रक्त को बन्द करती है और पीड़ा और जलन को शांत करती है।

UNG HAMAMELIDIS (अ० हैमेमेंलिडिस)

मु० अ०—(ऐक्स हैमेमेलिडिस १०, वूल फैट ५०, पीली वैसलीन ४०)

गुण—स्थानीय संकोचक और रक्तस्तंभक है। बवासीर के मस्सों पर इसे यदि सम भाग अ० गौल कम ओपियो के साथ मिलाकर लगाया जाय तो इसका प्रभाव बढ़ जाता है।

UNG HYDRARGYRI (BLUE OINTMENT) अ० हाइड्रार्जिरि (ब्लु ऑइन्टमेन्ट)

मु० अ०—(मर्करी अर्थात् पारा ३००, ओलिएटेड मर्करी १५, वूल फैट ४३०, सफेद मोम ७०, सफेद वैसलीन १८५)

गुण—पुरानी सूजन व फूली हुई गिल्टियों पर मलने से बड़ा लाभ पहुँचाती है। जूं को नष्ट करती है। आतशक में इसे रोजाना त्वचा में प्रविष्ट करने से लाभ होता है।

UNG HYDRARGYRI AMMONIATI (अ० हाइड्रार्जिरि अमोनिएटि)

इसे "ह्वाइट प्रेसिपिटेट ऑइन्टमेन्ट" भी कहते हैं।

मु० अ०—(हाइड्रार्जिरि अमोनियेटा २५, सिम्पिल ऑइन्टमेन्ट ९७५)

गुण—खुजली, जूँ रोग, एक्जिमा आदि के लिये उपयोगी है।

UNG HYDRARGYRI CO (अ० हाइड्रार्जिरि को)

इसे "स्कौट्स आइन्टमेन्ट" भी कहते हैं।

मु० अ०—(अ० हाइड्रार्जिरि ४०, पीला मोम २४, जैतून का तेल २४, कपूर १२)

गुण—पुरानी जोड़ों की सूजन, सूजी हुई ग्रन्थियों और आतशक की गांठों पर लगाई जाती है। इसे लिंट के टुकड़ों पर फैलाकर आक्रांत भाग पर रख कर रुई और पट्टी से बांध देते हैं और कई दिन बाद खोलते हैं।

UNG HYDRARGYRI DILUTUM

(अ० हाइड्रार्जिरि डाइल्युटम)

मु० अ०—(अ० हाइड्रार्जिरि १, सिंपिल ऑइन्टमेट २)

गुण—फूले हुए गदूदों पर मली जाती है।

UNG HYDRARGYRI IODIDI RUBRUM

(अ० हाइड्रार्जिरि आयोडाइडि रूब्रम)

इसे "रैड मर्क्युरिक आयोडाइड ऑइन्टमेन्ट" भी कहते हैं।

मु० अ०—(हाइड्रार्जिरि आयोडाइडि रूब्रम ४, बैन्जोयटेड लार्ड ९६)

गुण—दाद पर लगाई जातीं है। इसे एक बार में शरीर के थोड़े भाग पर ही लगानी चाहिये क्योंकि इसके जज्ब होने का भय रहता है। घोड़ों और मवेशियों के दर्दो और सूजनों पर इसका बहुत प्रयोग होता है।

UNG HYDRARGYRI NITRATIS DILUTUM

(अ० हाइड्रार्जिरि नाइट्रेटिस डाइल्युटम)

मु० अ०—(अ० हाइड्रार्जिरि नाइट्रेटिस फोर्ट २०, पीली वैसलीन ८०)

गुण—पुराने एक्जिमा और अपरस के लिये उपयोगी है।

UNG HYDRARGYRI NITRATIS FORTE
(अ० हाइड्रार्जिरि नाइट्रेटिस फोर्ट)

इसे "सिट्रीन ऑइन्टमेंट" (Citrine ointment) भी कहते हैं।

मु० अ०—(पारा १ ग्राम, नाइट्रिक एसिड यानी शोरे का तेज़ाब ३ मिल्स, लार्ड ४ ग्राम, औलिव ऑयल यानी जैतून का तेल ७ ग्राम)।

गुण—संकोचक और उत्तेजक (स्थानीय); इसे एक्जिमा (पुराना) और सोराइसिस पर लगाया जाता है।

UNG HYDRARGYRI OLEATIS
(अ० हाइड्रार्जिरि ओलिएटिस)

मु० अ०—(हाइड्रार्जिरि ओलिएट २५, बैन्जोयटेड लार्ड या हाइड्रस ऑइन्टमेंट १५)।

गुण—एक्जिमा, दाढ़ी की खुजली और अन्य चर्म-रोगों के लिये उपयोगी है।

UNG HYDRARGYRI OXIDI FLAVI
(अ० हाइड्रार्जिरि ऑक्साइडि फ्लेवी)

इसे यलो ऑइन्टमेंन्ट अर्थात् पीली मरहम भी कहते हैं।

मु० अ०—(हाइड्रार्जिरि ऑक्साइडि फ्लेवी २, पीली वैस्लीन ९८)।

गुण—आत्शकी जख्मों और एक्जिमा के लिए उपयोगी है। नेत्ररोगों में प्रयोग करने के लिए इसे २ से ४ ग्रेन प्रति औन्स की तैयार करनी चाहिये।

UNG HYDRARGYRI OXIDI RUBRI
(अ० हाइड्रार्जिरि ऑक्साइडि रूब्री)

मु० अ०—(हाइड्रार्जिरि ऑक्साइडि रूब्री १० पैरेफीन ऑइन्टमेंट ९०)

गुण—दाद और पुराने चर्म रोगों पर लगाई जाती है।

UNG HYDRARGYRI SUBCHLORIDI
(अ० हाइड्रार्जिरि सबक्लोराइडि)

इसे 'कैलोमल आइन्टमेंट" भी कहते हैं।

मु० अ०—(कैलोमल २०, बैन्जौयटेड लार्ड ८०)।

गुण—खुजली और आतशकी जख्मों के लिए उपयोगी है।

UNG HYDRARGYRI SUBCHLORIDI COMP
(अ० हाइड्रार्जिरि सबक्लोराइडि कं०)

इसे "कैलोमल क्रीम" भी कहते हैं।

मु० अ०—(कैलोमल १ औंस, मर्क्युरिक औक्सीसाइनाइड १¾ ग्रेन, वूल फैट १ औंस १७५ ग्रेन, वैसलीन १ औंस, लिक्विड पैरेफीन २६२½ ग्रेन)।

गुण—स्त्री प्रसंग के तुरन्त बाद शिश्न के अग्र भाग पर इसे मल लेने से आतशक होने का भय नहीं रहता। इसके बजाय ३० प्रतिशत कैलोमल आइन्टमेंट भी प्रयोग की जा सकती है।

UNG HYDROGEN PEROXIDE
(अ० हाइड्रोजन परऔक्साइड)

मु० अ०—(हाइड्रोजन परऔक्साइड १०, एनहाइड्रस लैनोलीन ९०)।

गुण—एक्जिमा, दाद आदि के लिए लाभदायक है। नित्यप्रति चेहरे पर लगाने से रंग निखारती है। इसे ताजा बनाकर प्रयोग में लाना चाहिये।

UNG ICHTHYOL (अ० इक्थियौल)

गुण—यह ५ से ५० प्रतिशत शक्ति की प्रयुक्त होती है। इसे लेनोलीन के साथ बनाना चाहिये। ५% शक्ति की पलकों की सूजन में, २०% शक्ति

की घावों और जले हुए स्थानों पर और ४० से ५०% शक्ति की विसर्प, हप्पु और अनेक प्रकार के चर्म रोगों के लिए उपयोगी है।

UNG IODI OR IODINE OINTMENT
(अ० आँयोडी या आयोडीन ऑइन्टमेंट)

मु० अ०—(आयोडीन ४, पोटास आयोडाइड ४, ग्लीस्रीन १२, प्रीपेयर्ड लार्ड ८०)।

गुण—इसे सूजन, गिल्टी, मोच, हप्पु, संधि-प्रदाह, ग्रंथि-प्रदाह आदि पर रोजाना मलने से बड़ा लाभ होता है।

UNG IODOFORM (अ० आयडोफॉर्म)

मु० अ०— (आयडोफार्म १, प्रीपेयर्ड लार्ड ९)।

गुण—फोड़े, फुंसी, जख्म, घाव आदि के लिये उपयोगी है।

UNG IODOFORM CUM EUCALYPTO
(अ० आयडोफार्म कम यूकेलिप्टो)

मु० अ०—(आयडोफार्म २, यूकेलिप्टस ऑयल १८, हार्ड पैरेफीन ४०, वैसलीन ४०)।

गुण—साधारण आयडोफार्म की मरहम की भाँति प्रयुक्त होती है परन्तु उससे अधिक उपयोगी है। और इसमें दुर्गन्ध भी कम आती है।

UNG KAOLIN (अ० केओलिन)

मु० अ०—(केओलिन २५, सफेद वैसलीन ५०, हार्ड पैरेफीन २५)।

गुण—इसे छिली हुई या रगड़ खाई हुई जगहों पर लगाया जाता है और सिल्वर नाइट्रेट, पोटास परमन्गनेट आदि की गोलियाँ बनाने में काम आती है।

UNG LANAE COMP (अ० लेनी कं०)

मु० अ०—(प्रीपेयर्ड लार्ड ४०, वूलफैट ४०, पैरेफीन ऑइन्टमेंट २०)।

गुण—त्वचा को फटने से रोकती है और उसे कोमल बनाती है। इसे "इमौलियन्ट आइन्टमेंट" भी कहते हैं।

UNG METALLORUM (अ० मैटेलोरम)

मु० अ०—(सिट्रीन ऑइन्टमेंट, लैंड सब-एसिटेट ऑइन्टमेंट और जिन्क ऑइन्टमेंट तीनों समभाग)।

गुण—पुराने एक्जिमा के लिये विशेष उपयोगी है।

UNG METHYLIS SALICYLATIS CO (अ० मीथिलिस सेलिसिलेटिस को)

इसे अनल्जेसिक बाम (Analgesic Balm) भी कहते हैं।

मु० अ०—(मीथिल सेसिसिलेट ५०, मैन्थौल १०, यूकेलिप्टौल २·५ ऑइल कजुपट २·५, मोम, २०, लैनोलीन १५)।

गुण—यह मरहम दर्दों के लिए बड़ी उपयोगी है। दर्द सर, दर्द कमर, बाय और हर प्रकार के दर्दों पर २-४ मिनट अच्छी तरह मलने से तुरन्त फायदा देती है। इसके गुण और अवयव प्रसिद्ध पेटन्ट औषधियाँ अमृतांजन और औरियंटल बाम से मिलते-जुलते हैं। इसे आसानी से तैयार किया जा सकता है।

UNG MYROBALANI (अ० माइरोबेलेनि)

मु० अ०—(माइरोबेलेन्स अर्थात् हरीतकी २०, पैरेफीन ऑइन्टमेंट ८०)।

गुण—बवासीर के लिए उपयोगी है।

UNG MYROBALANI CUM OPIO (अ० माइरोबेलेनि कम ओपिओ)

मु अ०—(माइरोबेलेन ऑइन्टमेंट ९२·५, ओपियम ७·५)।

गुण—बवासीर के लिए बड़ी **लाभदायक है**।

UNG PARAFFINE OR PARAFFIN OINTMENT
(अ० पैरेफीनी या पैरेफीन ऑइन्टमेंट)

मु० अ०—(सफेद मोम २० हार्ड पैरेफीन ८०, वैसलीन ९००)।

गुण—कई मरहमों के बनाने में पड़ती है।

UNG PENICILLINI (अ० पैनिसिलीनी)

मु० अ० (१००० यूनिट्स पैनिसिलीन प्रति ग्राम)।

गुण—चर्म रोगों के लिए उपयोगी है। यह २ हजार और ५ हजार यूनिट्स की भी आती है।

नोटः—पैनिसिलीन की आंखों की मरहम भी आती है २, ५ और १० हजार यूनिट्स की।

UNG PICIS LIQUID (TAR OINTMENT)
(अ० पिसिस लिक्विड, टार आइन्टमेन्ट)

मु० अ०—(टार ७०, प्रीपेयर्ड लार्ड ५, पीला मोम २५)

गुण—अपरस और पुराने खुश्क एक्जिमा के लिए उपयोगी है।

UNG PLUMBI IODIDI (अ० प्लम्बाई आयोडाइडि)

इसका दूसरा नाम "लैड आयोडाइड आइन्टमेंट" है।

मु० अ०—(प्लम्बाई आयोडाइड १०, बैन्जोयटेड लार्ड ९०)

गुण—दाद और पुरानी सूजी हुई गिल्टियों पर इसे रोजाना लगाने से लाभ होता है।

UNG PLUMBI OLEATIS (अ० प्लम्बाई ओलिएटिस)

इसे डायेशिलन ऑइन्टमेन्ट (Diachylon Ointment) भी कहते हैं।

मु० अ०—(लेड प्लास्टर ५०, आइल लैवंडर १, औलिव आइल ४९)

गुण—एक्जिमा के लिए उपयोगी है।

UNG PLUMBI SUBACETATIS
(अ० प्लम्बाई सबएसिटेटिस)

इसे लैड सबएसिटेट आइन्टमेन्ट (Lead Subacetate Ointment) भी कहते हैं।

मु० अ०—(लिकर प्लम्बाई सबएसिटेटिस फोर्ट १२·५, वूल फैट २५, हार्ड पैरेफीन १२·५, वैसलीन ५०)

गुण—खुजली, पित्त और जलन को शांत करती है।

UNG POTASS IODIDI (अ० पोटास आयोडाइडि)

मु० अ०—(पोटास आयोडाइड १०, पोटास कार्ब ०·६, डिस्टिल्ड वाटर ९·४, बैन्जौयटेड लार्ड ८०)

गुण—बाय और दर्दों पर मली जाती है परन्तु कोई विशेष लाभ नहीं करती।

UNG PROPHYLAXIS (अ० प्रोफीलेक्सिस)

मु० अ०—(हाइड्रार्जिरि अमोनियेटा २५, लैनीलीन ७५)

गुण—स्त्री प्रसंग के तुरन्त बाद इस मरहम को ४–५ मिनट तक शिश्न (लिंग) के अगले भाग पर मल लेने से आत्शक होने का भय नहीं रहता।

UNG RESIN (अ० रेजिन)

मु० अ०—(रेजिन २६, पीला मोम २६, आलिव आयल २६, प्रीपेयर्ड लार्ड २२)

गुण—बालतोड़ और फुंसियों के लिए उपयोगी है। इसे राल की मरहम या बत्ती की मरहम भी कहते हैं।

UNG SALOL CO (अ० सैलोल को)

मु० अ०—(सैलोल १ ड्राम, ऑयल यूकेलिप्टस २० मि०, एसिड बोरिक ३० ग्रेन, ग्लीस्रीन १ ड्राम, वैसलीन १ औन्स)

गुण—जख्मों पर लगाने के लिए यह मरहम अत्युपयोगी है । प्रत्येक चिकित्सक को अपने औषधालय में इस मरहम को बना कर रखना चाहिये । जख्मों को यह बहुत जल्द भरती है ।

UNG SALOL CUM MENTHOL
(अ० सैलोल कम मैन्थौल)

मु० अ०—(सैलोल ४, मैन्थोल २, औलिव आइल ४, एन्हाइड्रस लैनोलीन कुल १००)

गुण—जलन और खुजली को शांत करती है । इसे फटे हुए हाथों पर भी मला जाता है ।

UNG SIMPLEX B.P. (अ० सिम्पलेक्स बी० पी०)

इसे सिम्पिल आन्टमेंट भी कहते हैं ।

मु० अ०—(वूल फैट ५०, हार्ड पैरेफीन १००, वैसलीन ८५०)

गुण—यह कई मरहमों में पड़ती है ।

UNG SIMPLEX (अ० सिम्पलेक्स)

मु० अ०—(मोम २, बैन्जोएटेड लार्ड ३, रोगन बादाम ३)

गुण—चेहरे और हाथों पर मलने से त्वचा को कोमल बनाती है और उसे फटने से रोकती है । इसमें इच्छानुसार गुलाब और दूसरी खुशबू मिलाई जा सकती है ।

UNG SULPHURIS (अ० सल्फ्युरिस)

मु० अ०—(सल्फर सब्लिमेटम १०, सिम्पिल आइन्टमेन्ट ९०)

गुण—खारिश और खुजली के लिए बड़ी उपयोगी है । यदि इसे ठीक प्रकार प्रयोग किया जाय तो यह खारिश को २-३ बार लगाने से ही अच्छा कर देती है ।

UNG SULPHURIS CO (WILKINSON'S OINTMENT)

अ० सल्फ्युरिस को (विल्किन्सन्स आइन्टमेंट)

मु० अ०—(सल्फर सब्लिमेटम १५, सौफ्ट सोप ३०, प्रिसिपिटेटेड चाक १०, टार १५, लार्ड ३०)

गुण—यदि खारिश के साथ साथ एक्जिमा भी हो तो यह मरहम गुन गुने जल से स्नान करने के बाद दिन में २ बार लगाने से ३ दिन के अन्दर रोग से मुक्त कर देती है ।

UNG THYMOL CO (अ० थाइमौल को)

मु० अ०—(थाइमौल २० ग्रेन, यूकेलिप्टस ऑइल ३० मि०, आइल सिट्रोनला २ ड्राम, वैसलीन कुल १ औन्स)

गुण—सोने से पूर्व हाथ पांव और चेहरे आदि पर मल लेने से मच्छरों से रक्षा करती है ।

UNG ZINCI OXIDI (अ० जिन्की ऑक्साइडि)

मु० अ०—(जिन्क ऑक्साइड १५, सिम्पिल ऑइन्टमेंट)

गुण—फोड़े फुन्सी, जख्म तथा साधारण चर्म रोगों पर लगाई जाती है।

UNG ZINCI CARBOLISATUM (अ० जिन्की कार्बोलिसेटम)

मु० अ०—(जिन्क ऑक्साइड १०, एसिड कार्बोलिक २ वैसलीन ८८)

गुण—चर्म शोथ, जख्म, घाव, खुजली आदि के लिए लाभदायक है।

UNG ZINBI OLEATIS (अ० जिन्की ओलिएटिस)

मु० अ०—(जिन्क सल्फ ३०, हार्ड सोप ९०, डिस्टिल्ड वाटर (खौलता हुआ) और सफेद वैसलीन पर्याप्त परिमाण में)

गुण—इस मरहम के बनाने की विधि बहुत कठिन है। यह पुराने एक्जिमा के लिए उपयोगी है।

UNNA'S PASTE (GELATINUM ZINCI)
अन्नाज पेस्ट (जेलेटिनम जिन्की)

मु० अ०—(जिन्क ऑक्साइड १५० ग्राम, ग्लीसरीन ३५० ग्राम, जेलेटिन १५० ग्राम, डिस्टिल्ड वाटर पर्याप्त)

गुण—एक्जिमा के लिये उपयोगी है।

URANIUM NITRATE (यूरेनियम नाइट्रेट)

गुण—इसका ५ ग्रेन प्रति औन्स जल का लोशन सोजाक में मूत्रमार्ग धोने के काम आता है। इसके प्रयोग से मधुमेह रोग में शर्करा का आना कम हो जाता है और प्यास कम लगती है।

UREA (CARBAMIDE) यूरिया (काबमाइड)

मात्रा—१५–२४० ग्रेन।

गुण—प्रबल मूत्रल; यकृतरोग (विशेष कर सिर्होसिस), गठिया, जीर्ण वृक्क रोग और यूरिकाम्ल-जन्य पथरी रोग में उपयोगी है। सर्वांग शोथ (हृदय रोग के कारण) में इसे २½-६ ड्राम की मात्रा में दिन में २-३ बार देने से बहुत लाभ होता है। अश्मरी-रोग में इसे सोडा बाइकार्ब और कैल्सियम कार्ब के साथ देना अच्छा है।

UREA QUININE (यूरिया क्वीनीन)

देखो "क्वीनीन एट यूरिया"।

UREA STIBAMINE (यूरिया-स्टिबेमाइन)

गुण—कालाजार रोग में इसके इंजेक्शन्स (शिरा द्वारा) सप्ताह में २ बार दिये जाते हैं। यह बहुत लाभदायक औषध है।

URETHANE (यूरिथेन)

मात्रा—१५-३० ग्रेन।

गुण—निद्राजनक; उन्माद, मदात्यय, अनिद्रा, (विशेषकर बच्चों में और हृदय रोग के कारण) और स्ट्रिक्नीन के विष के प्रभाव को नष्ट करने के लिए प्रयोग किया जाता है। यदि २०-३० ग्रेन की एक मात्रा देने के बाद नींद न आवे तो दो घंटे के बाद एक मात्रा और दे दें। शूल के कारण अनिद्रा रोग में यह लाभ नहीं करता। ल्युकीमिया रोग में भी यह लाभदायक सिद्ध हुआ है।

URGINEA (अर्जीनिया)

मात्रा—१-३ ग्रेन।

गुण—मूत्रकारक और कफनिःसारक; इसके गुण **सिल्ला** से मिलते-जुलते हैं। देखो "टिंचर और औक्सीमल अर्जीनिया"।

UROPAC (यूरोपैक)

इसे आयोडौक्सील (Iodoxyl) भी कहते हैं।

गुण—यह मूत्रयंत्र का फोटो लेने के लिये इस्तेमाल किया जाता है। इसका डिस्टिल्ड वाटर के साथ ७५ प्रतिशत शक्ति का घोल तैयार कर लिया जाता है। इसे धीरे-धीरे नस में प्रविष्ट कर दिया जाता है। १५-२० मिनट के बाद X'Ray ले लिया जाता है।

UROTROPINE (यूरोट्रोपीन)

देखो "हैक्सेमीन"।

VALERIAN RHIZOMA (वैलीरिअन राइज़ोमा)

गुणों के लिये देखो "टिंचर वेलीरिअन"।

*VALIDOL (वेलीडौल)

मात्रा—१०-१५ मि०।

गुण—आधासीसी, गर्भावस्था की वमन, हिस्टीरिया, न्युरेस्थीनिया, मदात्यय और पेट के शूल में उपयोगी है। समुद्र यात्रा की वमन को यह शान्त कर देता है। इसे चीनी पर डाल कर देना चाहिये। यह वैलीरिएनेट से तैयार किया जाता है।

VANILLIN (वेनिलिन)

गुण—इससे एसन्स तैयार किया जाता है जो सुगन्ध के लिये शर्बतों और सोडावाटर में मिलाया जाता है।

VASELINE (वैसलीन)

गुण—मरहम बनाने और हाथ पाँव पर मलने के लिए प्रयुक्त होती है।

VENTRICULIN (DESICCATED STOMACH)
वेन्ट्रिकुलीन (डेसिकेटड स्टमक)

मात्रा—¼-१ औन्स।

गुण—यह आमाशय से तैयार किया जाता है। पाँडुरोग में विशेष उपयोगी है।

*VERAMON (वैरेमन)

मात्रा—१ से १½ टिकिया।

मु० अ०—(बार्बिटोन, एमिडोपायरीन)।

गुण—शूलनाशक; शिर-शूल, आधा सीसी, नाड़ीशूल, कटिशूल और हर प्रकार के शूल में बहुत उपयोगी है।

VERITOL (वैरिटोल)

मात्रा—१०-२० बूंद।
¼-½ टिकिया।
¼-१ ऐम्प्यूल (इंजेक्शन)।

गुण—यह एड्रिनेलीन की तरह हृदय और रक्त-संचार को उत्तेजित

करता है। गशी, नब्ज की कमजोरी, श्वासक्रिया का मन्द पड़ जाना इत्यादि में उपयोगी है।

VERONAL & VERONAL SODIUM (वेरोनल और वेरोनल सोडियम)

मात्रा—५-१० ग्रेन।

गुण—शमक, शूलहर, निद्राकारक; बेचैनी, अनिद्रा, शिर-शूल, नाड़ीशूल, कटिशूल, कष्टरज और गृध्रसी में उपयोगी है। यह खतरनाक औषध है। अतः इसे बड़ी सावधानी से प्रयोग करना चाहिए।

VIENNA PASTE (वीना पेस्ट)

मु० अ०—(कास्टिक पोटास १, क्विक लाइम १, ग्लीस्रीन पर्याप्त)।

गुण—मस्से, ल्युपस, तथा रसौलि आदि को जलाने या नष्ट करने के काम आता है।

VIECHY WATER (विशि वाटर)

गुण—गठिया बाय के लिये इसे दीर्घ काल से प्रयोग किया जा रहा है।

VINEGAR विनिगर (सिरका)

गुण—जीवाणुरोधक, रुचिकारक; इसमें डाले हुए खास पदार्थ (जैसे मूली अदरक इत्यादि) खाने में स्वादिष्ट और रुचिकारक होते हैं। और वर्षों तक खराब नहीं होते।

VINUM ANTIMONY (वाइनम ऐन्टिमनि)

मात्रा—
- १०–३० मि० (कफनिःसारक)
- २–४ ड्राम (वमन कारक)

मु० अ०—(टार्टरेटेड एन्टिमनी ४, आसुत जल (खौलता हुआ) ४०, शेरी कुल १०००)

गुण—स्वेदक, कफनिःसारक, वमनकारक; प्रादाहिक ज्वर, निमोनिया,

ब्रौन्काइटिस, पसली का दर्द और खांसी में उपयोगी है। यदि इन रोगों में इसे आरम्भ से ही प्रयोग किया जाय तो ज्वर कम हो जाता है और अधिक बढ़ने नहीं पाता। आज कल इसे बहुत कम प्रयोग करते हैं।

योग

लिकर अमोनिया एसिटेटिस डिल		२ ड्राम
स्पिरिट ईथर नाइट्रोसी		२० मि०
वाइनम इपिकाक		१० मि०
,, ऐन्टिमनि		१० मि०
सोडा बैन्जोएट		१५ ग्रेन
सीरप वसाक विद टोलू		१ ड्राम
ऐक्वा	कुल	१ औंस

विधि—३-३ घण्टे में (ब्रौन्काइटिस, खांसी बुखार में रोग के आरम्भ में)

VINUM COLCHICI (वाइनम कौल्चिसि)

मात्रा—१०-३० मि०।

मु० अ०—(कौल्चिकम कौर्म २००, शेरी कुल १०००)

गुण—गठिया और बाय में विशेष-उपयोगी है। शूल को हरती है और सूजन को पटकाती है।

योग

वाइनम कौल्चिसि		१० मि०
सोडा सैलिसिलास		१५ ग्रेन
पोटास आयोडाइड		५ ग्रेन
,, बाइकार्ब		१५ ग्रेन
स्पिरिट अमोनिया एरोमेटिक		१५ मि०
ऐक्वा	कुल	१ औंस

विधि—दिन में ३ बार (गठिया, बाय के लिये उपयोगी है)।

VINUM IPECAC (वाइनम इपिकाक)

मात्रा—
- १०–३० मि० (कफ नि:सारक)
- ४–६ ड्राम (वमन कारक)

मु० अ०—(ऐक्स० इपिकाक लि० ५०, शेरी ९५०)

गुण—अल्प मात्रा में स्वेदक और कफनि:सारक **और बड़ी** मात्रा में **वमन** कारक है। हर प्रकार की खांसी में सबसे अधिक **प्रयोग की** जाने वाली औषध है। १ बूंद की मात्रा में ½-½ घण्टे के अन्तर से **देने से वमन को** रोकती है। अब **इसकी बजाय** टिंचर इपिकाक आता है।

योग

वाइनम इपिकाक		१० मि०
वाइनम ऐन्टिमनि		५ मि०
लिकर अमोनिया एसिटेटिस डिल		१ ड्राम
अमोनिया कार्ब		३ ग्रेन
टि० सिल्ला		१० मि०
पोटास आयोडाइड		५ ग्रेन
सीरप टोलू		१ ड्राम
ऐक्वा	कुल	१ औंस

विधि—ऐसी एक मात्रा ४–४ घण्टे में (निमोनिया, ब्रौन्काइटिस)।

VINUM OPII (वाइनम ओपियाई)

मात्रा—१०–३० मि०।

मु० अ०—(एक्सट्रैक्ट औपिआई, शेरी, ऐरोमेटिक्स)

गुण—इसके गुण टिं० ओपिआई के समान हैं। **इसे आंख** में टपकाने की औषधियों में शूल हरने के **लिये मिला सकते हैं।**

योग

जिन्स सल्फ	२ ग्रेन
ऐसिड बोरिक	५ ग्रेन
वाइनम ओपियाइ	१० मि०
ऐक्वा रोज़	कुल १ औंस

विधि—२-३ बूंद ३ बार आंख में टपकायें (शूल और लाली के लिये)

VINUM PEPSIN (वाइनम पैप्सीन)

मात्रा—१-२ ड्राम।

मु० अ०—(पैप्सीन ३, एसिड हाइड्रोक्लोरिक ३, शेरी कुल ६०)

गुण—अरुचि, अजीर्ण और आमाशयिक शूल में उपयोगी है।

योग

वाइनम पैप्सीन	३० मि०
इलिक्सर पैपेन	१ ड्राम
ऐसिड हाइड्रोक्लोरिक डिल	१० मि०
लिकर स्ट्रिक्नीन हाइड्रोक्लोर	५ मि०
टिंचर जंशिअन को	२० मि०
ऐक्वा	कुल १ औंस

विधि—२-३ बार भोजन के तुरन्त बाद (अरुचि, मन्दाग्नि, शूल)

VIOFORM (वायोफॉर्म)

मात्रा—३¾ ग्रेन।

मु० अ०—(इसमें ४०% आयोडीन होती है)

गुण—अबीमिक डिसैन्ट्री (पेचिश) में बड़ी उपयोगी है। इसे कैप्स्यूल में देना चाहिये। १० दिन निरन्तर देने के बाद १ सप्ताह के लिये बन्द करदें,

तत्पश्चात् फिर आरम्भ करदें। इसकी मरहम (३ प्रतिशत) पुराने एक्जीमा तथा अन्य चर्म-रोगों विशेषतया सोराइसिस के लिये उपयोगी है।

VIOSTEROL (RADIOSTOL)
वायोस्टरोल (रेडिओस्टॉल)

मात्रा—५-१५ मि० रोजाना (रोग-निरोधक)
२५-५० मि० रोजाना (रोग-निवारक)

गुण—इसमें विटेमिन "डी' से मिलती-जुलती एक वस्तु होती है। यह रिकेट्स में बड़ी उपयोगी है। इसके अतिरिक्त अस्थियों को सुदृढ़ बनाती है और दाँतों को गलने से रोकती है।

VITAMIN A (विटेमिन "ए")

मात्रा—२५०० से २५००० यूनिट्स रोजाना।

गुण—रतौंघ, जुकाम, सर्दी, प्रसूत के विकार, कंठ-मूल ग्रन्थि शोथ, क्षय-रोग, आमाशय का व्रण (जख्म), इन्फलुअन्जा, हेफीवर, यकृतरोग, विशेषतया सिर्होसिस), रूमेटॉइड आर्थराइटिस, योनि-शोथ, मसूड़ों के रोग, दन्त-रोग, कुछ चर्म-रोग, बच्चों का ऐक्जिमा, कुछ नेत्र रोग, रक्त-चाप का बढ़ जाना, बच्चों की बढ़ौत स्वाभाविक रूप से न होना, रोगों का मुकाबला करने की शक्ति का कम हो जाना, और रक्त का विषाक्त हो जाना—आदि विकारों में उपयोगी है। इसके इंजेक्शन भी आते हैं जिन्हें माँस में लगाया जाता है।

VITAMIN B_1 (ANEURINE HYDROCHLORIDE)
विटेमिन बी१ (ऐन्युरिन हाइड्रोक्लोराइड)

मात्रा—१/६०–१/२० ग्रेन रोजाना (रोग-अवरोधक)
१/६–१/२ ग्रेन रोजाना (रोग-निवारक) या अधिक मात्रा में।

गुण—कब्ज, अजीर्ण, अग्निमांद्य, बेरी बेरी, गर्भवती की वमन, ज्वर, नाड़ीशोथ, नाड़ीशूल, थकावट, बेचैनी, अनिद्रा, बच्चों की बढ़ौत नियमानुकूल

न होना, श्वेतसारीय भोजन (Starchy food) का ठीक प्रकार न पचना आदि विकारों में उपयोगी है। इसके इंजेक्शन भी आते हैं जिन्हें नस या मांस में या चर्म के नीचे लगाया जाता है।

VITAMIN B_2 OR G (विटेमिन "बी$_२$" या "जी")

इसे रिबोफ्लेविन (Riboflavin) और लैक्टोफ्लेविन (Lactoflavin) भी कहते हैं।

मात्रा— { $\frac{१}{६०}$—$\frac{१}{१६}$ ग्रेन रोजाना (रोग-अवरोधक)
$\frac{१}{१२}$—$\frac{१}{२}$ ग्रेन रोजाना (रोग-निवारक) }

गुण—स्वाभाविक बढ़ौत में रुकावट पड़ना, होठों का फटना, चौंध लगना, पैम्फीगस, नेत्राभिष्यन्द, कनीनिका-शोथ, पलकों में जलन होना, नेत्रों से पानी बहना, जीभ की सूजन, मुंह में छाले पड़ जाना, पलकों और कानों की त्वचा का प्रदाह, मोतिया-बिन्द आदि रोगों में उपयोगी है। इसके इंजेक्शन भी आते हैं जिन्हें मांस में लगाया जाता है।

VITAMIN B_2 COMPLEX
(विटेमिन बी$_२$ कॉम्प्लैक्स)

इसमें यह सम्मिलित हैं (१) रिबोफ्लोविन, (२) निकोटिनिक ऐसिड (देखो)

VITAMIN B_6 (PYRIDOXINE HYDROCHLOIDE)
विटेमिन बी$_६$ (पाइरिडौक्सीन हाइड्रोक्लोराइड)

मात्रा—$\frac{१}{२}$—१$\frac{१}{२}$ ग्रेन अर्थात् ३०–१०० M.G.

गुण—पाण्डुरोग, चर्म-शोथ, गर्भावस्था की मतली और वमन, मांस पेशियों की दुर्बलता, मुंहासे, स्नायविक दौर्बल्य, बांयटे, निद्रानाश, मांस पेशियों का कठोर बन जाना, इत्यादि में उपयोगी है। इसके इंजेक्शन भी आते हैं जिन्हें मांस में लगाया जाता है।

VITAMIN B_{12} (विटेमिन बी१२)

मात्रा—२५–५० ऐम० जी० दिन में तीन बार। आवश्यकता पड़ने पर इसे ५०० से १००० M.G. की मात्रा में दे सकते हैं।

मु० अ०—पहले यह यकृत से तैयार होता था परन्तु अब अन्य कई उपायों से तैयार किया जाता है।

गुण—यह विटेमिन बच्चों की बढ़ौत के लिये बड़ी सहायक सिद्ध हुई है। पाण्डुरोग में यह विशेष उपयोगी है। लिवर ऐक्सट्रैक्ट के साथ यह बड़ा अच्छा काम करती है। अब इसे हर्पीज जौस्टर, यकृत रोग, बड़ी आँत की सूजन, कोढ़, पुराने मदात्यय और मधुमेह का नाड़ीशोथ और चेहरे का शूल इत्यादि में बहुत उपयोगी पाया गया है। इसके इंजेक्शन भी आते हैं जिन्हें मांस में लगाया जाता है।

VITAMIN-B-COMPLEX
(विटेमिन बी कॉम्प्लैक्स)

मु०अ०—(विटेमिन बी१, विटेमिन बी२, निकोटिनिक ऐसिड, पाईरिडौक्सीन, पैन्टोथेनिक ऐसिड, बायोटिन, कोलीन, फौलिक ऐसिड, इनोसिटोल पी.एमिनो-बैन्जोइक ऐसिड)

गुण—बेरी-बेरी, अरुचि, बहुनाड़ी शोथ, रोगों के बाद की दुर्बलता, दुर्बलता के कारण कब्ज रहना, अरुचि, चिड़चिड़ापन, स्प्रू, गर्भावस्था की वमन, शोथ, पाण्डुरोग, अजीर्ण, मुंह के छाले, मसूड़ों से रुधिर बहना, बच्चों का ऐक्जिमा और आमाशय और आंतों के कई प्रकार के विकारों में उपयोगी है। इसके इंजेक्शन भी आते हैं जिन्हें मांस में लगाते हैं।

VITAMIN C (ACID ASCORBIC)
(विटेमिन-सी, ऐसिड ऐस्कौर्बिक)

मात्रा—$\frac{3}{5}$–१$\frac{1}{2}$ ग्रेन (रोग-अवरोधक)
३–८ ग्रेन (रोग-निवारक)

गुण—स्कर्वी, मसूड़ों का सूज जाना या उनमें से रक्त या पीप आना, रक्तास्राव, रक्त-मेह, बलगम में रक्त आना, रोगों का मुकाबला करने की शक्ति का कम हो जाना, मोतिया, पाण्डुरोग, काली खांसी, अरुचि, दीर्घकाल तक दस्त या वमन आना; धातुओं के प्रयोग से उत्पन्न होने वाले विकार, ज्वर, घाव और टूटी हुई अस्थियों का देर में अच्छा होना, क्षय-रोग और इन्फैक्शन्स में उपयोगी है। यह विटेमिन दांत, हड्डी और कार्टिलेज की बनावट के लिये और गर्भवती और स्तन से दूध पिलाने वाली स्त्रियों के लिये आवश्यक है।

नोट—काली खांसी में ७ दिन तक रोजाना ५०० M.G. दें; बाद में हर दूसरे दिन १०० M.G. घटा दें जब तक कि मात्रा रोजाना १०० M.G. तक न आ जाय। जुकाम के लक्षण प्रगट होते हैं इसे ५०० M.G. की मात्रा में तीन चार बार सेवन करने से कभी-कभी जुकाम रुक जाया करता है।

नोट—इसके इंजेक्शन भी आते हैं।

योग

विटेमिन	"सी"	१	टिकिया (१००mg)
विटेमिन	"के"	१	टिकिया
कैलशियम लैक्टेट		१५	ग्रेन

मात्रा—ऐसी एक पुड़िया दिन में ३ बार (रक्त स्राव में)

VITAMIN-"D" (विटेमिन "डी")

दैनिक मात्रा—१००० से ४००० यूनिट्स (रोग-अवरोधक)
२००० से २०००० यूनिट्स (रोग-निवारक)

गुण—रिकेट्स, टैटेनि (बच्चों का एक प्रकार का कम्प रोग), क्षयरोग, अस्थिभंग, अस्थिमृदुता, सूखिया रोग, अपरस, सन्धि-शोथ और मुंहासों में उपयोगी है। रूमेटौइड संधि शोथ और सोराइसिस में इसे २ लाख से ६ लाख यूनिट की मात्रा में देनी चाहिये।

क्योंकि यह बिटेमिन कैल्सियम और फौस्फोरस के अवशोषण (absorbtion) के लिये अनिवार्य है अतः सामान्य बढ़ौत और अस्थियों की बनावट के लिये इसका हमारे भोजन में पर्याप्त परिमाण में होना आवश्यक है। गर्भवती और स्तन का दूध पिलाने वाली स्त्रियों को यह विशेष उपकारी है। इसको बहुत बड़ी मात्रा में ऐसे व्यक्तियों को जिन्हें गुर्दे की पथरी या वृक्क रोग हो या बूढ़ों को जिनका रक्त-चाप बढ़ा हुआ हो, नहीं देना चहिये। यह अक्सर विटेमिन "ए" के साथ पाई जाती है। मछली के तेल में यह बहुत होती है।

VITAMIN "E" (विटेमिन "ई")

मात्रा—३-१० M. G. या $\frac{१}{२०}$ से $\frac{१}{६}$ ग्रेन।

गुण—गर्भपात, गर्भस्राव, नपुंसकता, बाँझपन, कनीनिका शोथ, कानों में शब्दों का तेज सुनाई पड़ना, आदि में उपयोगी है। जिस स्त्री को बार-बार गर्भपात हो जाता हो उसे इसके प्रयोग से बड़ा लाभ होता है परन्तु इसे महीनों तक सेवन करना पड़ता है। जब गर्भपात होने के लक्षण प्रकट होने लगें तो इसे तुरन्त बड़ी मात्रा में आरम्भ कर देना चाहिये। यदि गर्भपात का कारण आतशक हो तो इसके प्रयोग से लाभ न होगा जब तक कि रोग विशेष की चिकित्सा न की जाय। यह बांझपन, मांस पेशियों की कमजोरी, कष्टरज आदि में भी (बड़ी मात्रा में) उपयोगी सिद्ध हुई है। बुढ़ापे के विकारों में इसे विटेमिन "ए" के साथ में देने से बहुत लाभ होता है।

VITAMIN "H" (विटेमिन "ऐच")

यह विटेमिन बी-कॉम्प्लैक्स" का एक अवयव है। इसके अभाव से कुछ चर्म-रोग और जीभ के विकार उत्पन्न हो जाते हैं।

VITAMIN "K" (विटेमिन "के")

मात्रा— $\frac{१}{६०}$–$\frac{१}{१२}$ ग्रेन (इन्जेक्शन)

$\frac{१}{३०}$–$\frac{१}{६}$ ग्रेन (खाने के लिए)

गुण—यकृत रोग (जैसे सिर्होसिस, हिपेटाइटिस इत्यादि), नवजात शिशु का रक्तस्राव, औप्रेशन के फलस्वरूप होने वाली कमलबाई और स्प्रु या अन्य किसी कारण से होने वाले रक्तस्राब में उपयोगी है।

VITAMIN "P" (विटेमिन "पी")

यह एस्कौर्बिक ऐसिड के साथ (जैसे नींबू के रस में) पाई जाती है और रक्तस्राव के लिए उपयोगी कही जाती है। कुछ विशेषज्ञों की सम्मति में यह विटेमिन होती ही नहीं।

VITRIOL BLUE (विट्रिऑल ब्लु)

"कौपर सल्फेट" का दूसरा नाम है (देखो)।

VITRIOL WHITE (विट्रिऑल व्हाइट)

"जिन्क सल्फेट" का दूसरा नाम है (देखो)।

VLEMINGKX'S SOLUTION
(व्लेमिंग्स सौल्युशन)

मु० अ०—(स्लेक्ड लाइम ४, सल्फर सब्लिमेटम ४, जल कुल २०, इतना उबालो कि सब घुल जाय)

गुण—यह खारिश (Scabies) की अमोघोषध है। यदि इसे विधि-पूर्वक प्रयोग किया जाय तो रोग एक दो बार लगाने से ही अच्छा हो सकता है।

VOLCKMANN'S THYMOL SOLUTION
(वौकमैन्स थाइमौल सौल्युशन)

मु० अ०—(थाइमौल ०·१, अल्कोहॉल २, ग्लीस्रीन २, जल कुल १००)

गुण—यह ऐन्टिसैप्टिक लोशन ओर स्प्रे के रूप में चर्म-रोग और जले हुए स्थानों पर प्रयोग किया जाता है।

WASHING SODA (वाशिंग सोडा)

देखो "सोडा कार्ब"।

WHISKY (व्हिस्की)

मु० अ०—(५१ से ५९ प्रतिशत अल्कोहॉल)

गुण—अल्प मात्रा में उत्तेजक और स्फूर्तिदायक और बड़ी मात्रा में नशीली होती है (देखो अल्कोहॉल)।

WHEAT GERM OIL (व्हीट जर्म ऑइल)

इसमें विटेमिन "ई" होता है अतः इसके गुण विटेमिन "ई" की तरह होते हैं। (देखो विटेमिन "ई")

WHOOPING COUGH VACCINE "GLAXO"
(हूपिंग कॉफ वैक्सीन "ग्लैक्सो")

मात्रा—(पूर्वोपाय) १ सी० सी० के ३ इंजेक्शन १-१ माह के अंतर से।
(चिकित्सा) ३ या ४ इंजेक्शन ३-४ दिन के अंतर से, रोग के आरंभ में। शुरू में ½ सी० सी०, बाद में १ सी० सी०।

गुण—काली खांसी में उपयोगी है।

विशेष—यदि २-३ वर्ष के बाद पुनः १ सी० सी० के इंजेक्शन लगा दिये जायें तो रोग से पूरा बचाव हो सकता है। पहला इंजेक्शन ३-४ मास की आयु में आरंभ करना चाहिए।

WINTERGREEN OIL (विन्टर्ग्रीन ऑइल)

"ओलियम गौल्थेरिया का दूसरा नाम है "देखो"।

WITCH HAZEL (HAMAMELIS)
विच हेजल (हैमेमेलिस)

गुणों के लिए देखो "टिं० हैमेमेलिडिस"।

WRIGHT'S SOLUTION (राइट्स सौल्युशन्)

मात्रा—बाह्य प्रयोग के लिये।

मु० अ०—(सोडियम क्लोराइड ४, सोडियम साइटेट १, वाटर १२०)

गुण—यह गन्दे जख्म, घाव, नासूर आदि को धोने और ड्रेस करने के काम आता है।

XEROFORM (ज़ीरोफॉर्म)

मात्रा—५-१५ ग्रेन।

गुण—आयडोफॉर्म की भांति जख्मों पर छिड़कने के काम आता है। आँखों के जख्मों के लिये विशेष उपयोगी है। आंतों के लिए कीटाणुनाशक है। हैजे में ८ ग्रेन की मात्रा में देने से लाभ देता है।

*YATREN "BAYER" (याट्रीन "बेयर")

मात्रा—५-१५ ग्रेन या १-४ गोली।

मु० अ०—(२६% आयोडीन)

गुण—दोनों प्रकार की पेचिस में उपयोगी है विशेषतया पुराने रोगों में और उसके परिणामस्वरूप होने वाले उपद्रवों में जैसे सख्त कब्ज़, यकृतशोथ-यकृत विद्रधि इत्यादि।

YEAST, BEER YEAST (ईस्ट, बियर ईस्ट)

मात्रा—½-१ ड्राम (खुश्क की हुई)।

गुण—यह कीटाणुनाशक (Bactericide) है। यह फोड़े फुंसी, अजीर्ण, कब्ज, आँतों की दुर्गन्ध, नाड़ीशूल, बेरी-बेरी आदि रोगों में उपयोगी है। इसकी बनी बनाई टिकिया आती है।

YELLOW OINTMENT (यलो ऑइन्टमेंट)

देखो "अन्गन्टम हाइड्राजिरि ऑक्साइडि फ्लेवी"।

YEO'S MIXTURE (CHLORINE MIXTURE)
इयोज मिक्सचर (क्लोरीन मिक्सचर)

मात्रा—१/२-१ औंस दिन में ३ बार।

मु० अ०—(पोटास क्लोरेट ३० ग्रेन, ऐसिड हाइड्रोक्लोरिक डिल १ ड्राम, क्वीनीन सल्फ २४ ग्रेन, सीरप औरंज १ औंस, जल कुल १२ औंस)

गुण—मयादी ज्वर में विशेषतया उपयोगी है। इसके प्रयोग से जीभ साफ हो जाती है, ज्वर कम होने लगता है और किसी प्रकार के उपद्रव होने की आशंका नहीं रहती। इसके बनाने की विधि यह है:—एक हरे रंग की कांच की डाट वाली शीशी में पोटास क्लोरेट (पिसा हुआ) और एसिड डाल लो और डाट बन्द करके गैस उत्पन्न होने दो। फिर उसमें थोड़ा-थोड़ा जल मिलाकर हिलाते रहो। अन्त में क्वीनीन और सीरप मिला दो।

नोट :—इसे टौम्ब्स मिक्सचर (Tomb's Mixture) भी कहते हैं।

YOHIMBINE HYDROCHLORIDE
योहिम्बीन हाइड्रोक्लोराइड

मात्रा—१/२०-१/१२ ग्रेन।

गुण—कामोद्दीपक; इसकी टिकियां आती हैं जिनमें प्रति टिकिया १/१३ ग्रेन औषध होती है। नपुंसकता और वीर्य दोष में विशेष उपयोगी है। यदि टिकिया से लाभ न हो तो इसके इन्जेक्शन (मांस द्वारा) तीसरे दिन लगाने चाहियें।

योग

स्ट्रिक्नीन सल्फ	१/३२ ग्रेन
एसिड आर्सेनिक	१/३२ ग्रेन
ऐक्स० डमियाना	२ ग्रेन
योहिम्बीन हाइड्रो	१/१२ ग्रेन
फैरम फौस्फेट	२ ग्रेन

विधि—गोली बनालें। ऐसी एक गोली ३ बार दूध या पानी के साथ भोजन के बाद (नपुंसकता, वीर्यदोष)।

ZINC CHLORIDE (ज़िन्क क्लोराइड)

बाह्य प्रयोग के लिए।

गुण—प्रबल कीटाणु-नाशक और दाहक; इसे स्थानिक रूप से मस्सों, कौन्डिलोमा, ल्युपस आदि पर लगाया जाता है। सोजाक में इसके घोल की (२ ग्रेन प्रति २० औंस) मूत्रमार्ग में पिचकारी लगाई जाती है। घाव, नासूर आदि धोने के लिए इसका १० ग्रेन प्रति औंस का घोल प्रयुक्त होता है। ऐसे जख्मों पर जिनका अच्छा होना किसी कारणवश रुक जाता है, इसके घोल (१० भाग में १ भाग) को पेन्ट करने से लाभ होता है।

ZINC OXIDE (जिन्क ऑक्साइड)

मात्रा—५-१० ग्रेन।

गुण—इसे चंबल, खुजली, जख्म आदि पर स्वयं अथवा बोरिक ऐसिड, कैलेमाइना आदि के साथ मिलाकर छिड़कते हैं या मरहम के रूप में लगाते हैं। क्षय-रोग में, रात्रि में आने वाले पसीनों को रोकने के लिये इसे ऐक्स० बेलाडोना के साथ कभी-कभी देते हैं। इसे हिस्टीरिया और मृगी में भी प्रयोग कर सकते हैं। देखो "अन्ग्वन्टम जिन्क औक्साइड"।

योग

कैलेमाइना	२ ड्राम
जिन्क ऑक्साइड	२ ड्राम
औलिव ऑयल	१ औंस
लाइम वाटर	१ औंस

विधि—तर एक्ज़ीमा पर इसे लगाने से खुजली कम हो जाती है और खुश्की आ जाती है।

ZINC SULPH (जिन्क सल्फ)

मात्रा—१-३ ग्रेन (बलकारक), १०-३० ग्रेन (वमनकारक)

गुण—नेत्र रोगों में इसका २ ग्रेन प्रति औंस का लोशन टपकाया जाता है, सोजाक, श्वेतप्रदर, ज़ख्म और कान धोने के लिये भी इस का घोल (½%) प्रयुक्त होता है। वमन लाने के लिये इसे १०-३० ग्रेन की मात्रा में गुनगुने जल में घोल कर देना चाहिये।

योग

ज़िन्क सल्फ़	४ ग्रेन
ऐसिड बोरिक	१० ग्रेन
डिस्टिल्ड वाटर	१० औंस

विधि—२ बूंद दिन में २ बार दुखती हुई आंखों में डालें।

ZINC SULPHOCARB (जिन्क सल्फोकार्ब)

गुण—यह प्रबल कीटाणु-नाशक है। सोजाक में २-३ ग्रेन प्रति औंस के घोल की मूत्रमार्ग में पिचकारी लगाना लाभदायक है। इसी प्रकार श्वेत-प्रदर में भी प्रयुक्त होता है।

ZIPP (ज़िप्प)

मु० अ०—(जिन्क ऑक्साइड १ औंस, आयोडोफॉर्म १ औंस, लिक्विड पैरेफिन १ ड्राम)

गुण—घाव, नासूर, जख्मों वगैरा में इसे भर दिया जाता है और ऊपर से सोडा और रूई रख कर पट्टी बांध दी जाती है।

ZINC VALERIANATE (जिन्क वैलिरिएनेट)

मात्रा—१-३ ग्रेन।

गुण—स्नायविक दुर्बलता, हिस्टीरिया और कई प्रकार के स्नायु रोगों में उपयोगी है।

योग

जिन्क वैलिरिएनेट	१ ग्रेन
क्वीनीन ,,	१ ग्रेन
आयरन ,,	१ ग्रेन
ऐक्सट्रैक्ट जंशियन	काफी

विधि—ऐसी एक गोली दिन में ३ बार (हिस्टीरिया, स्नायुरोग)

ZINGIBER जिन्जिबर (सोंठ)

मात्रा–५-१५ ग्रेन।

गुण—पाचक, वायुसारी, अग्निसंदीपक; अफारा, अजीर्ण, अरुचि, शूल आदि में उपयोगी है। जुकाम में छींक लाने के लिये किंचित कपड़छन सोंठ को सूंघ लें। देखो "टिंचर जिन्जिबेरिस"।

पेटेंट औषधियाँ

पेटेंट औषधियाँ

ABDEC DROPS P. D (एब्डेक ड्रौप्स, पी० डी०)

मात्रा—लगभग ½ सी० सी०।

मु० अ०—(इसमें ८ बिटेमिन्स होती हैं)

गुण—विटेमिन्स के अभाव से उत्पन्न होने वाले रोगों में उपयोगी है। गर्भवती स्त्रियों, दूध पिलाने वाली माताओं, बच्चों, मधुमेह, दौर्बल्य आदि रोगों और औप्रेशन के बाद की कमजोरी में लाभदायक है। दुर्बल बच्चों को हृष्ट पुष्ट करता है।

नोट—व्यस्कों के लिये इसके कैप्स्यूल भी आते हैं।

ACHROMYCIN "LEDERLE"
(एक्रोमाइसीन "लैडर्ली")

मात्रा—१-२ कैप्स्यूल ४ से ६ घंटे के अन्तर से।

मु० अ०—(TETRACYCLIN)

गुण—निमोनिया, सोजाक, टुलारीमिया, काली खाँसी स्कार्लेट फीवर, ब्रुसेलासिस, एम्ब्यासिस, टाइफस, मूत्रयंत्र के कीटाणु जन्य रोग, हर्पीज, कई प्रकार के सैप्टीसीमिया, टायफॉयड ज्वर और ऐसे सब रोगों में जो स्ट्रैप्टो-कौक्साई, स्टैफिलोकौक्साई और न्युमोकोक्साई से पैदा होते हैं, उपयोगी है।

नोट:—इसके इंजेक्शन (मांस और नस के), मरहम (आँखों के लिये और चर्म रोगों के लिये), चूसने की टिकिया, स्पर्सोइड्स (बच्चों के लिये), लिक्विड, टिकिया, पाउडर, इत्यादि भी आते हैं।

A. C. T. H. (ए० सी० टी० एच०)

मात्रा—१०० से १५० यूनिट्स रोजाना (मांस या नस द्वारा)।

मु० अ०—(उपवृक्क-ग्रंथि का हर्मोन)

गुण—चन्द रोगों जैसे संधिवात, गठिया (नवीन), ल्युकीमिया, ल्युपस, रूमेटौइड आर्थराइटिस, दमा और बाय का बुखार—में यह बड़ी लाभदायक सिद्ध हुई है। आमतौर पर इसके ६–६ घण्टे में, मांस में (१० से २५ यूनिट्स की मात्रा में) इंजेक्शन लगाये जाते हैं। दमा और संधिवात में यह विशेष उपयोगी है।

ADEXOLIN "GLAXO" (एडेक्सोलीन "ग्लैक्सो)

मात्रा—१–३ कैप्स्यूल या १० से ६० बूंद रोजाना।

मु० अ०—(विटेमिन्स "ए" और "डी")

गुण—बच्चों को बढ़ौत में सहायता देने के लिये और रोगों से मुकाबला करने की शक्ति को बढ़ाने के लिये बड़ी लाभदायक है। जो बच्चे दुबले पतले होते हैं उन्हें इसे (तरल रूप में) देने से बड़ा लाभ होता है। व्यस्कों को कैप्स्यूल दिये जाते हैं।

विस्तृत गुणों के लिये देखो विटेमिन "ए" और विटेमिन "डी"।

AGAROL (एगेरौल)

मात्रा—२–४ ड्राम सोते समय अथवा दूध में।

मु० अ०—(पैरेफिन लिक्विड, अगर, फिनौल्फ्थेलीन)

गुण—कब्ज में उपयोगी है। इसे बच्चों, दुर्बल रोगियों और गर्भवती स्त्रियों को बिना किसी हानि के दे सकते हैं।

ALBUCID EYE DROPS "SCHERING"

(अल्ब्युसिड आई ड्रौप्स "शेरिंग")

आँख में डालने के लिये।

मु० अ०—(१०, २० और ३० प्रतिशत सोडियम सल्फेसिटेमाइड का घोल)

गुण—नेत्र रोग जैसे आँख दुखना, अंजनयारी, व्रण, रोहे, पड़बाल इत्यादि में बहुत लाभदायक है। पीप को भी बन्द करता है। इसे १–२ या ३ घण्टे के अन्तर में आँखों में टपकाना चाहिये।

ALCOPAR "B. W." (एल्कोपार "बी० डबलु")

मात्रा—१ ट्यूब (५ ग्राम) आधे गिलास जल में घोल कर भोजन से १ घण्टे पूर्व खाली पेट।

मु० अ०—(BE PHENIUM HYDROXY NAPH THOTE)

गुण—यह हुक वर्म और उसके साथ रहने वाले केंचुवे की मुख्य औषधि है।

ALERGIN "CIPLA" (अलर्जिन "सिप्ला")

मात्रा—१–२ टिकिया रोजाना ३–४ बार।

मु० अ०—(क्लोरफेनी रेमीन मैलिएट ३ m.g., थ्योफाइलीन ०·१ GR, इफेड्रीन २० m g. एट्रोपीन सल्फ़ ०·०५ m.g., फेनोबार्बीटोन १५ m.g. प्रेडनीसोलोन १ m.g.)

गुण—दमा, अर्लजिक आधा सीसी, जुकाम, पित्त उछलना इत्यादि में बहुत लाभदायक है।

ALETRIS CORDIAL (एलेट्रिस कौर्डियल)

मात्रा—१ ड्राम ३–४ बार जल के साथ।

मु० अ०—(एलेट्रिस, हेलोनियस, स्क्रोफुलेरिया)

गुण—यह स्त्री सम्बन्धी रोगों की प्रसिद्ध औषधि है। रक्त-प्रदर, श्वेत प्रदर, नष्टार्तव, गर्भाशय का प्रदाह इत्यादि विकारों में विशेष उपयोगी है।-यह अमरीका की बनी हुई उत्तम होती है। अब यह औषधि बाजारों में बहुत कम मिलती है।

ALLISATIN "SANDOZ" (एलिसेटिन, "सैन्डोज़")

मात्रा—२–४ टिकिया २–३ बार।

मु० अ०—(लहसन (Garlic) से तैयार किया जाता है)

गुण—अतिसार, अजीर्ण, चुन्ने और नई और पुरानी दोनों प्रकार की पेचिस में उपयोगी है। भोजन से पूर्व २ टिकिया खाने से भूख बढ़ाता है। मयादी ज्वर के अफारे और अतिसार में भी लाभदायक है।

ALVITE "ALEMBIC" (आल्वाइट "अलेम्बिक")

मात्रा—१ कैप्सूल या टिकिया १–३ बार।

मु० अ०—(विटेमिन्स 'ए', बी कॉम्प्लेक्स, सी, डी, ई और कोलीन)

गुण—हर प्रकार की कमजोरी और ऐसे रोगों में जो विटेमिन्स के अभाव के कारण पैदा होते हैं, उपयोगी है। बलदायक और रक्तवर्द्धक है।

नोट:—यह बच्चों के लिये (Liquid) में भी आता है

AMBISTRYN "SQUIBB" (ऐम्बिस्ट्रीन "स्कुइब")

मात्रा—एक इंजेक्शन रोजाना या तीसरे चौथे दिन मास में।

मु०अ०—(डाइहाइड्रो-स्ट्रेप्टोमॉइसीन सल्फ दोनों सिली हुई।)

गुण—यह विशेषतया क्षय रोग में उपयोगी है। आरम्भ में इसके इंजेक्शन रोजाना देने चाहिये। बाद में सप्ताह में २ इंजेक्शन काफी हैं। शीशी में २ सी०सी० डिस्टिल्ड वाटर प्रविष्ट करके ५–७ मिनट तक खूब हिलालें और सावधानी के साथ मांस में लगा दें। कुछ व्यक्तियों को इसके अधिक संख्या में इन्जेक्शन देने से बहरापन हो जाता है। ऐम्बिस्ट्रीन-एस केवल स्ट्रैप्टोमाइसीन सल्फ होता है।

AMBRAMYCIN "LEPETIT" (एम्ब्रमाइसीन "लेपीटिट)

मात्रा—१ कैप्सूल ६-६ घन्टे में।

मु०अ०—(केवल टैट्रासाइक्लीन)

गुण–देखो "टेट्रासीन"

विशेष–यह ४ शक्ल में आती है।

(१) कैप्सूल
(२) सीरप (बच्चों केलिये)
(३) इंजेक्शन (मांस में लगाने के लिए)
(४) आँख का मरहम

AMBRASYNTH "LEPETIT" (एम्ब्रासिन्थ "लेपीटिट")

नोट:–१ कैप्सूल ६-६ घण्टे में

मु० अ०–(टेट्रासाइक्लीन, क्लोरमफेनिकौल, विटेमिन बी-कौम्पलेक्स)

गुण--उन समस्त रोगों में जिनमें टेट्रासाइक्लीन या क्लोरम्फेनीकौल प्रयुक्त होते हैं उपयोगी है जैसे निमोनिया, मयादीज्वर, अतिसार, संक्रामक रोग, आन्त्र शोथ, मूत्रयंत्र के रोग, गर्भाशय-शोथ इत्यादि।

AMINOXYL "RAPTAKOS" (एमिनौक्सील "रेप्टेकौस")

मात्रा–१ से २ ग्राम शरीर के प्रत्येक किलोग्राम भार के लिये (अर्थात् शरीर के भार के अनुसार)

मु०अ०—(इसमें एमिनो-एसिड्स होते हैं)

गुण—यह एक प्रकार का पुष्टीकारक भोजन है। रोग में या रोगों के बाद की कमजोरी में उपयोगी है।

AMRUTANJAN (अमृतांजन)

बाहरी प्रयोग के लिये

मु०अ०–(मैन्थोल, मीथिल सैलिसिलेट, कैम्फर इत्यादि)

गुण–सिर का दर्द और अन्य प्रकार के दर्दों पर इसके मलने से बड़ा लाभ होता है।

ANAFOLIN "B. D. H." (एनाफोलीन "बी. डी. एच")

मात्रा–१-२ टिकिया ३ बार

मु०अ०–(फौलिक एसिड+विटेमिन बी$_{१२}$)

गुण–रक्तक्षीणता और दुर्बलता में प्रयोग किया जाता है।

ANATENSOL "SQUIBBE" (एनेटेन्सौल "स्कुइब्ब")

मात्रा–बच्चों को रोजाना, १ टिकिया (०·५ mg)
जवानों को २ टिकियों की मात्रा रोजाना।
तींब्र रोगों में ४ टिकिया दी जा सकती है।

मु०अ०–(Fluphenazine dihydrochloride)

ANACIN (एनासीन)

मात्रा–१-२ टिकिया।

मु०अ०–(कुनीन $\frac{१}{२}$ ग्रेन, ऐस्पिरीन ३ ग्रेन, फिनैस्टीन ३ ग्रेन, कैफीन $\frac{१}{२}$ ग्रेन प्रति टिकिया)।

गुण–कर्णशूल, शिरोशूल, दन्तशूल, नेत्रशूल, जुकाम, ज्वर, बाय तथा दूसरे दर्दों के लिये उपयोगी है।

ANDREW'S LIVER SALT (ऐन्डिरीव्ज लिवर साल्ट)

मात्रा–१-२ चाय के चमचे एक गिलास जल में डाल कर पी लें।

मु० अ०–(सोडा बाइकार्ब, टार्टेरिक एसिड, मैग सल्फ, सैक्रीन)

गुण–यकृत और आमाशय के रोगों में उपयोगी है। अजीर्ण और कब्ज को दूर करता है। बाय, शिरोशूल, और वृक्क के विकारों को शांत करता है।

ANGIER'S EMULSION (ऐन्जियर्स इमल्शन)

मात्रा–२-३ ड्राम ३-४ बार स्वयं या जल या दूध के साथ।

मु०अ०–(पैराफीन लिक्विड, हाइपोफौस्फाइट्स आफ सोडियम और कैलशियम, ग्लीसरीन, सोडा बेन्जोयस म्युसिलेज अकेसिया, डिस्टिल्ड वाटर)

गुण–खांसी, और क्षयरोग आदि फेफड़ों के रोगों में उपयोगी है; कब्ज को रोकता है।

ANTHISAN "M.B." (एन्थीसन "मे० बेकर")

मात्रा–१ टिकिया ३-४ बार (५० और १०० m. g.)

मु० अ०—(**MEPYRAMINE MALEATE**)

गुण— खुजली, पित्त उछलना, गर्भावस्था की मतली और वमन, भग और गुदा की खुजली इत्यादि में उपयोगी है।

विशेष—यह इलिक्सर, क्रीम और इंजेक्शन के रूप में भी आता है।

ANTIFLAMIN B.C. (ऐन्टीफ्लेमीन, "बी० सी०)

इसके गुण और प्रयोग आदि "ऐन्टीफ्लोजिस्टीन" के समान हैं।

ANTEPAR "B. W." (एन्टीपार "बी० डब्लू०")

मात्रा—८ ड्राम की एक मात्रा सोते समय, जवानों के लिये (केंचुवों के लिये)

४ ड्राम की एक मात्रा प्रातः भोजन से १ घंटे पूर्व ७ दिन तक (सूत्रकृमि के लिए)

मु० अ०—(पिपरेजीन साइट्रेट)

गुण—यह औषध मुख्यतया केंचुवे और सूत्रकृमि के लिये है, बच्चों को इसकी मात्रा ६ ड्राम (केंचुवों के लिये) और १–४ ड्राम रोजाना ७ दिन तक (सूत्रकृमि के लिये)

ANTIPHLOGISTINE (ऐन्टीफ्लोजिस्टीन)

बाहरी प्रयोग के लिए।

मु० अ०—(ग्लीस्रीन, आयोडीन, ऑयल यूकेलिप्टस, केओलीन, ऑयल पीपरमिन्ट, ऑयल विन्टरग्रीन, सैलीसिलिक एसिड, बोरिक एसिड)

गुण—चोट, सूजन, फोड़े, निमोनिया, प्लुरिसी, गठिया, गिल्टी और हर प्रकार के वरमों के लिए उपयोगी है। टीन में लपसी सी होती है जिसे उबाल कर और लिन्ट पर फैला कर लगाया जाता है। ऊपर से रुई रखकर पट्टी बांध दी जाती है। १२ घंटे के बाद इस क्रिया को दोहराया जाता है।

ANTISTINE "CIBA" (ऐन्टिस्टीन "सीबा")

मात्रा—१ टिकिया ३ बार।

गुण—शीत पित्त, श्वास-रोग, हे-फीवर, खुजली और सीरम के इंजेक्शन के फलस्वरूप उत्पन्न होने वाले उपद्रवों को शान्त करने के लिये बहुत उपयोगी है।

विशेष—इसके इंजेक्शन भी आते हैं जिन्हें मांस या नस में लगाया जाता है। लगाने के लिये क्रीम आती है।

AROVIT "ROCHE" (एरोविट "रोश")

मात्रा—१ से ६ टिकिया रोजाना या ८ से ३० बूंद (ड्रौप्स) रोजाना

मु० अ०—(विटेमिन "ए")

गुण—मुंहासे, त्वचा-शोथ या त्वचा का सख्त बन जाना, मासिक धर्म से पूर्व होने वाला तनाव, आभ्यन्तर कर्ण बधिरता, पुरुषों में अनुर्वरता और फेफड़ों के रोगों का बार-बार होना, इन सब विकारों में यह उपयोगी है।

नोट—यह "ड्रौप्स" और इंजेक्शन के रूप में भी आता है।

ASCABIOL "M. B." (एस्केब्यौल "एम० बी०")

वाहरी प्रयोग के लिये।

मु० अ०—(२५% बेन्जील बेन्जोएट का इमल्शन)

गुण—खाज, खारिश और जूँ के लिये अकसीर है। २-३ बार लगाने से ही खारिश शान्त हो जाती है। पहली बार इसे खालिश और बाद में सम-भाग जल के साथ मिला कर प्रयोग करना चाहिए।

नोट—इसे साबुन से स्नान करने के पश्चात् लगाना चाहिये।

ASMOLIN (एज्मोलीन)

मात्रा—१-२ ड्राम दिन में ३ बार।

मु० अ०—(थ्योकौल, कैल्सियम हाइपोफौस्फाइट, सोडियम आयोडाइड, कैफीन, इफेड्रीन, टि० बेलाडोना, टि० वाइल्ड चेरी इत्यादि)

गुण—फेफड़ों के रोगों में जैसे दमा, खाँसी, प्लुरिसी इत्यादि, उपयोगी है।

विशेष—यह एमिनोफाइलीन के साथ मिली हुई भी आती है।

ASMOTONE "E. I." (एज्मोटोन "ई० आई०")

मात्रा—१-२ चमचे (चाय के) दिन में २-३ बार।

मु० अ०—(इफेड्रीन, कैफीन, सोडा सैलीसिलास, सोडा आयोडाइड, टि० बैलाडोना, टि० स्ट्रैमोनियम, सीरप)

गुण—दमा, काली खाँसी, पुरानी खाँसी इत्यादि में उपयोगी है।

ASOKA CORDIAL (अशोका कौंडियल)

मात्रा—२-३ ड्राम दिन में ३ बार।

मु० अ०—(आमतौर पर अशोक, लोहा, रूबर्ब, वेलिरियन, हायोसाइमस, पोटास ब्रोमाइड, विटेमिन्स आदि)।

गुण—मुख्यतया स्त्री रोगों में जैसे रक्तप्रदर, श्वेत प्रदर, गर्भाशयकी सूजन, बार बार गर्भपात होना, कष्ट-रज, इत्यादि में उपयोगी है।

नोट—यह भिन्न २ कारखानों की आती है और इनके अवयवों में भी अन्तर होता है।

ASPRO (एस्प्रो)

मात्रा—१–२ टिकिया आवश्यकतानुसार।

मु० अ०—(एँस्पिरीन)

गुण—ऐस्पिरीन की भाँति दर्द सर और सब प्रकार के दर्दों में उपयोगी है।

ASWAN "B. C." (अस्वान "बी० सी")

मात्रा—½–१ औंस २–३ बार।

मु० अ०—(अस्वगन्ध, सतमूली, गोखरू, तालमखाना, सोडियम-ग्लीस्रोफौस्फेट, फौर्मेट)

गुण—नाड़ी दौर्बल्य, बलहीनता, और हर प्रकार की दुर्बलता में उपयोगी है। मानसिक और शारीरिक परिश्रम करने के पूर्व इसे ½ से १ औंस ब्रांडी के साथ सेवन करने से कमजोरी और थकावट नहीं होने पाती।

AUREOMYCIN HYDROCHLORIDE "LEDERLE"
(औरियोमाइसीन-हाइड्रोक्लोराइड "लैडर्ली")

मात्रा—१–२ कैंपस्यूल ६–६ घण्टे के अन्तर से।

मु० अ०—(यह Streptomyces aureofaciens से तैयार होता है)

गुण—टाइफस, टाइफौयड, कई प्रकार के निमोनिया, खसरा, काली खाँसी, पुनराक्रमक ज्वर और कई ऐसे रोगों में जो स्ट्रैप्टोकौकाई और स्टैफिलोकौकाई जीवाणुओं के कारण उत्पन्न होते हैं अत्यन्त उपयोगी है। इस औषध का मूल्य बहुत है। यह विटेमिन्स के साथ भी आती है जिसे औरियोमाइसीन–SV कहते हैं।

नोट—कैप्स्यूल के अतिरिक्त यह निम्न रूप में आती है।

१—ओरियोमाइसीन आई ऑन्टमेन्ट (आँख में लगाने के लिए)

२—मरहम (चर्मरोगों के लिये) ३%

३—स्पर्सोयड्स (चूर्ण) जिसमें १२ मात्रा होती हैं।

४—टिकिया (चूसने के लिए)   (५) दाढ़ में भरने के कोन्स।

६—लोशन बनाने की टिकिया।

AVIL 'HOECHST" (एविल "हैक्स्ट")

मात्रा—२५ ऐम. जी. दिन में २–३ बार भोजन के बाद।

मु० अ०—(Pheniramine Maleate)

गुण—पित्त उछलना, कीट पतंग के डंक से उत्पन्न होने वाली खुजली, सूजन, एक्जीमा या अन्य चर्म रोगों की खुजली, जुकाम, अलर्जी के कारण होने वाले नेत्र रोग, गुदा या योनि की खुजली तथा हर प्रकार की खुजली को शांत करने के लिये प्रयुक्त होता है।

नोट—इसके इंजेक्शन, बाहर लगाने की मरहम और सीरप भी आते हैं।

AVOMIN "M.B." (एवोमीन "में-बेंकर")

मात्रा—रोजाना १ से ४ टिकिया।

मु० अ०—(Promethazine 8-Chlorotheophyllinate)

गुण—यह औषध मतली और वमन को रोकने के लिये उत्तम है। जिस व्यक्ति को यात्रा करते समय वमन, चक्कर या मतली आती हो उसे यात्रा करने से १–२ घण्टे पूर्व इसकी १ टिकिया खा लेनी चाहिये। लम्बी यात्रा करने वालों को इसकी रोजाना एक टिकिया (सोते समय) सेवन करनी चाहिये। गर्भावस्था में वमन के लिये भी यह उपयोगी है।

BARALGAN "HOECHST" (बैरलगन "हैक्स्ट")

मात्रा—१-२ टिकिया दिन में कुल ३ बार।

गुण—पेट की ऐंठन, आँत, पित्ताशय और गुर्दे का दर्द, मूत्राशय की ऐंठन, मासिक धर्म की वेदना आदि विकारों में उपयोगी है। यदि शूल तीव्र प्रकार का हो तो इसका इंजेक्शन (५ सी० सी०) धीरे-धीरे नस में अथवा मांस में लगा देना चाहिये। तुरन्त आराम मालूम होगा।

BATLIWALA AGUE MIXTURE
(बाटलीवाला ऐगु मिक्सचर)

मात्रा—१ निशान दिन में ३ बार।

मु० अ०—(नामालूम, शायद कुनीन होती है)।

गुण—मलेरिया ज्वर के लिये उपयोगी है।

BARAFOL "A. F. D." (बैराफौल "ए० एफ० डी०")

मात्रा—१-२ सी० सी० रोजाना या तीसरे दिन मांस में।

मु० अ०—(फौलिक एसिड, लिवर एक्सट्रैक्ट, न्यासिनेमाइड, विटेमिन बी$_{१२}$)।

गुण—रक्तवर्द्धक और बलदायक; पाण्डुरोग और शक्तिहीनता में उपयोगी है।

नोट—(१) इसकी टिकिया भी आती है जिनमें विटेमिन बी$_{१२}$ और फौलिक एसिड होता है। मात्रा १ टिकिया दिन में २ बार है।

नोट—(२) बैराफौल की १० सी० सी० के साथ एक विटेमिन बी$_{१२}$ का १ सी० सी० का एम्प्यूल भी आता है। इस एम्प्यूल को पिचकारी में भरकर १० सी० सी० की शीशी में प्रविष्ट कर दिया जाता है तत्पश्चात् इंजेक्शन लगाया जाता है।

BECADEX "GLAXO" (बीकाडेक्स "ग्लैक्सो")

मात्रा—१-३ टिकिया रोजाना ।

मु० अ०—(विटेमिन्स ए, बी$_1$, बी$_2$, सी, डी$_2$ निकोटिनेमाइड, और कैल्सियम फौस्फेट) ।

गुण—बलकारक, पौष्टिक, शरीर के वजन को बढ़ाने वाला और शरीर की रोग-अवरोधक शक्ति में वृद्धि करने वाला है। हर प्रकार की कमजोरी में उपयोगी है। बच्चों के लिये इसका ड्रौप्स या सीरप आता है । इसके कैप्सूल की दैनिक मात्रा १ है। इसके इंजेक्शन १-२ सी० सी० की मात्रा में रोजाना मांस में लगाने चाहियें।

BECADEXAMIN "GLAXO" (बीकाडेक्सामिन "ग्लैक्सो")

मात्रा—१–२ कैप्सूल रोजाना।

मु० अ०—इसमें १२ विटेमिन्स और ८ धातु होती हैं ।

गुण—यह गर्भवती तथा दूध पिलाने वाली स्त्रियों, वृद्धों तथा रोगों से निवृत्ति प्राप्त करने के उपरान्त प्रयोग किया जाता है ।

BECONEX "DUMEX" बीकोनैक्स "ड्युमैक्स"

मात्रा—१–३ टिकिया रोजाना ।

मु० अ०—(विटेमिन बी-कॉम्पलैक्स, विटेमिन बी$_{12}$) ।

गुण—देखो "विटेमिन बी-कॉम्पलैक्स ।

विशेष : इसकी १० सी० सी० की इंजेक्शन की शीशी भी आती है जिसकी मात्रा १–२ सी० सी० रोजाना या सप्ताह में २–३ बार है।

BECOZYM "ROCHE" (बीकोजाइम "रोश")

मात्रा—साधारण टिकिया : २–३ टिकिया रोजाना ।

तेज (Forte) टिकिया : २–३ टिकिया रोजाना।

इंजेक्शन : २–४ सी० सी० रोजाना या दूसरे तीसरे दिन (मांस या नस में)।

सीरप : १० से १५ सी० सी० रोजाना (बच्चों को)।

मु० अ०—(विटेमिन बी-कॉम्प्लैक्स, बायोटीन, विटेमिन बी$_{12}$)।

गुण—बेरी-बेरी, पैलेग्रा, अरुचि, हृदय की कमजोरी, दुर्बलता, स्प्रु, मुँह, जीभ और पाचक प्रणाली के रोग, पुरानी शराब की आदत, इत्यादि विकारों में उपयोगी है।

BECOSULES "DUMEX" (बीकोस्यूल्स "ड्युमैक्स")

मात्रा—१ कैप्स्यूल रोजाना पर्याप्त होता है।

मु० अ०—(विटेमिन बी-कॉम्पलैक्स, फौलिक एसिड, विटेमिन "सी")।

गुण—देखो विटेमिन बी-कॉम्पलैक्स।

BEDOME "M. S. D." (बीडोम "मर्क-शार्प-डोम")

मात्रा—१ सी० सी० रोजाना या तीसरे दिन चर्म के नीचे या मांस में।

मु० अ०—(विटेमिन बी$_1$)।

गुण—देखो "विटेमिन" बी$_1$।

BEECHAM'S PILLS (बीचम्स पिल्स)

मात्रा—१ से ३ गोली।

मु० अ०—(एलोज, जिन्जर, सोप)।

गुण—कब्ज, अजीर्ण और कई रोगों में लाभदायक कही जाती है।

BELAMYL "SQUIBB" (बेलामील "स्कुइब्ब")

मात्रा—१ सी० सी० रोजाना या तीसरे दिन मांस में।

मु० अ०—(लिवर ऐक्सट्रैक्ट, विटेमिन बी-कॉम्प्लेक्स, विटेमिन बी$_{12}$)।

गुण—देखो "लिवर ऐक्सट्रैक्ट"।

BELLADENAL "SANDOZ" (बैलाडिनल "सैन्डोज")

मात्रा—२-४ टिकिया रोजाना या १ टिकिया ३-४ बार।

मु० अ०—(बैलाफोलीन और फिनो बार्बीटल)

गुण—दमा, यात्रा के विकार, चिन्ता, घबराहट, अन्जाइना—पैक्टोरिस, अतिवमन, अन्त्र शूल, कम्प (नशीली चीजों के प्रयोग से) अनैच्छिक मूत्र स्राव (रात्रि में), मूत्र-कृच्छ्र, कष्टरज, आंत और पित्तप्रणाली की ऐंठन, आमाशय और पक्वाशय के व्रण और कोरिया में उपयोगी है।

BELLAFOLINE "SANDOZ" (बेलाफोलीन "सैन्डोज")

मात्रा—टिकिया—१ से २ टिकिया ३ बार।

लिक्विड—१०-२० मिनिम्स ३ बार।

ऐंम्पूल—½ से २, रोजाना।

मु० अ०—(बैलाडोना की पत्तियों की अल्कालौयड्स)

गुण—श्वास रोग, गुर्दा, जिगर और माहवारी का दर्द, हे-फीवर, क्षय-रोग के पसीने, काली खांसी, बड़ी आँत की सूजन, खट्टी डकार, आमाशय और पक्वाशय के जख्म, पित्ताश्मरी, फेफड़ों में बलगम अधिक पैदा होना इत्यादि में उपयोगी है।

BELLARGAL "SANDOZ" (बैलार्गल "सैन्डोज")

मात्रा—४-६ टिकिया रोजाना; एक बार कुल १ टिकिया।

मु० अ०—(बेलाफोलीन, गाइनर्जन, फिनो बार्बीटल)

गुण—समुद्र, मोटर अथवा वायुयान से यात्रा करते समय वमन या मतली होना, क्षय-रोग के पसीने, शीत-पित्त, धड़कन, बेचैनी, चिन्ता की अवस्था, घबराहट, रजोनिवृत्ति के विकार, हृदय की गति का अनियमित होना इत्यादि में लाभदायक है।

BENADRYL "P. D." (बैनाड्रील "पी० डी०")

मात्रा—३-४ कैप्स्यूल रोजाना।

गुण—हे-फीवर, पित्त उछलना, सीरम के इंजेक्शन के फलस्वरूप होने वाले विकार, आधा सीसी, कष्ट-रज और दमे में बड़ी उपयोगी है। कभी २ इसके प्रयोग से तन्द्रा, पेट में दर्द, चक्कर, सुस्ती आदि लक्षण पैदा हो जाते हैं।

विशेष—यह क्रीम, सीरप और ऐक्सपेक्टोरेन्ट के रूप में भी आता है। सीरप और ऐक्स० खांसी में बहुत लाभदायक हैं।

BENERVA "ROCHE" (बिनर्वा "रोश")

मात्रा—भिन्न-भिन्न दशाओं में भिन्न-भिन्न।

मु० अ०—(विटेमिन बी१)

गुण—देखो "विटेमिन बी१"

विशेष—इसकी १०, ५० और १०० M.G. की शक्ति की टिकिया और १०० M.G. प्रति सी० सी० की १० सी० सी० वाली शीशी आती है।

BENZEDRINE INHALER (बैन्जैड्रीन इन्हेलर)

सूंघने के काम आता है।

गुण—जुकाम, हे-फीवर आदि में सूंघा जाता है।

विशेष—इसकी ५ M.G. की टिकिया भी आती हैं जो उत्तेजक होती हैं और थकावट को दूर करती है। रात्रि में खा लेने से नींद भाग जाती है।

BERIN "GLAXO" (बेरिन "ग्लैक्सो")

मात्रा—५ से १०० M. G.

मु० अ०—यह विटेमिन बी$_1$ होती हैं ।

गुण—देखो विटेमिन बी$_1$ ।

विशेष—इसकी भिन्न-भिन्न शक्ति की टिकिया, (५, १०, ५० और १०० एम० जी०) और इंजेक्शन्स (५० और १०० एम० जी०) आते हैं ।

BETNOVATE OINTMENT "GLAXO"
(बैटनोवेट ऑइन्टमेंट "ग्लैक्सो")

बाह्य प्रयोग के लिये ।

मु० अ०—**BETAMETHASONE 17 VALERATE)**

गुण—यह अनेक प्रकार के चर्म रोगों के लिये उपयोगी है जैसे एक्जीमा, सोराइसिस, हाथ और पाँव का जीर्ण चर्मशोथ, खुजली इत्यादि ।

विशेष—यह मरहम ६ प्रकार की आती है जिनके भिन्न अवयव होते हैं ।

BETNELAN "GLAXO" (बैटनीलन "ग्लैक्सो")

मात्रा—१-२ टिकिया, ३-४ बार १-२ दिन तक, बाद में मात्रा घटा दी जाय ।

मु० अ०—(**BETAMETHASONE**)

गुण—तीव्र दमा, अर्लजिक नासार्ति, तीव्र एक्जीमा, पित्त उछलना, तीव्र रूमेटिक ज्वर, हृदय-झिल्ली-शोथ, सीरम या औषधियों या आधान (Trans-Fusion) के परिणामस्वरूप होने वाली प्रतिक्रिया में बहुत उपयोगी है । संक्रमण, रक्तविषाक्तता और स्तब्धता की दशा में जैसाकि कभी-कभी क्षय-रोग, इओसिनोफीलिया, टाइफाइड ज्वर, शल्यक्रिया, जल जाना या यकृत रोगों में हो जाया करता है इसके प्रयोग से आश्चर्यजनक लाभ होता है । यह रूमेटीइड आर्थराइटिस में भी उपयोगी है ।

BETNESOL "GLAXO" (बैटनीसौल "ग्लैक्सो")

मात्रा—इंजेक्शन : १-५ सी० सी० ३-४ बार २४ घंटों में नस या मांस में।
,, ½-२ सी० सी० जोड़ों में।

औरल ड्रौप्स : ८ वर्ष से ऊपर : ½-२ सी० सी० दिन में ३ बार

छोटे बच्चों को : चौथाई मात्रा

टिकिया : १-२ टिकिया : ३ बार

मु० अ०—(**BETAMETHASONE DISODIUM PHOSPHATE**)

गुण—इसके गुण "बैटनीलन" के समान हैं। "देखो"

नोट : इसकी कान और आँख में डालने की दवा, नाक में टपकाने की दवा और आँख में लगाने की मरहम भी आती है।

B. G. PHOS "M. S. D."

(बी० जी० फौस "एम० सी० डी०")

मात्रा—२-३ ड्राम तीन बार भोजन से पूर्व।

मु०अ०—(विटेमिन बी$_1$, विटेमिन बी$_2$, विटेमिन बी$_6$, निकोटिनेमाइड, और कैल्सियम, सोडियम, पौटासियम और मैंग्गानीज के ग्लीसरोफौस्फेस्ट्स, अल्कोहल)।

गुण—**भूख बढ़ाने, बल** प्रदान करने और हाजमे के लिये लाभदायक है। **रोगों से छुटकारा पाने के बाद** की कमजोरी दूर करने के लिए यह बहुत उपयोगी है।

B-VITAMINS "A. D." (बी-विटेमिन्स "ए० डी०")

मात्रा—रोजाना **१-२ या अधिक** टिकिया।

मु० अ०—(विटेमिन बी–कॉम्पलेक्स, विटेमिन "सी", विटेमिन $बी_{12}$)।

गुण—अजीर्ण, पाण्डुरोग, पुराने दर्द, अरुचि, दौर्बल्य आदि विकारों में उपयोगी है।

BI–AGAROL "B. I." (बाइ–एगारौल "बी० आई०")

मात्रा—२-३ ड्राम सोते समय।

गुण—पुराने कब्ज में लाभदायक है। आँतों की खुश्की को दूर करता है।

विशेष—यह दो प्रकार का होता है सादा और फिनौल्फ्थेलीन सहित।

BICOLATES (बाइकोलेट्स)

मात्रा—१-३ टिकिया सोते समय या दो बार भोजन से पूर्व एक टिकिया।

मु० अ०—(बाइल-साल्ट्स, कैस्करा सग्रेडा, फिनौल्पथेलीन, जिन्जर)।

गुण—पित्तवर्द्धक और मृदुविरेचक; कब्ज, पित्ताश्मरी और यकृत विकारों में उपयोगी है।

BILE-BEANS (बाइल-बीन्स)

मात्रा—२-४ गोली सोते समय।

मु० अ०—(एलोज, कार्डेमम, जिन्जर, लेप्टेन्ड्रीन आयल पीपरमिन्ट, कैसकरा सग्रेडा, गेहूं का आटा, कौलोसिन्थ, पोडोफाइलीन, स्केमनी, जैलप, जंशियन)।

गुण—कब्ज और अजीर्ण में उपयोगी है।

BI-PHLOGISTIN (बाइ-फ्लोजिस्टीन)

इसकी प्रयोग विधि, और गुण वगैरा "ऐन्टी-फ्लोजिस्टीन" की तरह है "देखो"।

BISHOP'S CITRATE OF LITHIA
(बिशौप्स साइट्रेट ऑफ लीथिया)

मात्रा—१ ड्राम दिन में २-३ बार।

मु० अ०—(लीथियम साइट्रेट)।

गुण—गठिया, बाय, दर्द कमर आदि में उपयोगी है।

BISHOP'S CITRATE OF PIPERAZINA
(बिशौप्स साइट्रेट ऑफ पिप्रेज़ाइना)

मात्रा—१ ड्राम ३ बार जल में मिलाकर झाग उठते हुए।

मु० अ०—(पिप्रेजाइन)।

गुण—पथरी और दर्द गुर्दे में अत्यन्त उपयोगी है। रेग, गठिया, बाय आदि में भी लाभदायक है। इसके लगातार प्रयोग से छोटी पथरियाँ घुल-घुल कर बाहर आ जाती हैं।

नोट—यह ३ ग्रेन ६ ग्रेन २ प्रकार की आती है।

BISMOSTAB "BOOTS" (बिस्मोस्टैब "बूट्स")

मात्रा—२ सी० सी० मांस द्वारा, साप्ताहिक।

मु० अ०—(बिस्मथ का मिश्रण)।

गुण—आत्शक और यौज रोग में न्योसल्वर्सन, एन० ए० बी० आदि के साथ बीच-बीच में लगाया जाता है।

BISURATED MAGNESIA (बाइसुरेटेड-मैग्नेसिया)

मात्रा—½ ड्राम जल के साथ।

मु० अ०—(मैग्नेसियम कार्ब, सोडा-बाइकार्ब, बिस्मथ कार्ब)।

गुण—खट्टी डकार, अफारा, अजीर्ण और पेट के जख्मों में उपयोगी है।

विशेष—इसे अब "बिस-मैग" कहते हैं। यह टिकिया और पाउडर के रूप में आता है।

BIVINAL "ALEMBIC" (बाइविनल "अलंबिक")

मात्रा—इलक्सर : २ ड्राम २-३ बार।
टिकिया : १ दिन में २-३ बार।

मु० अ०—(इलक्सर में : विटेमिन बी कॉम्पलेक्स, विटेमिन बी$_{12}$, मिथियोनीन, आइनोसिटौल, कोलीन, बायोटीन)
(टिकिया में : विटेमिन बी-कॉम्पलेक्स)।

गुण—बेरी-बेरी, पैलाग्रा, चर्मशोथ, तंत्रिकाशोथ, मुखपाक, जीभ की सूजन, स्प्रू, सिर्होसिस, यकृत का ठीक प्रकार कार्य न करना, पुराना कब्ज, अरुचि, इत्यादि में उपयोगी हैं।

नोट—बाइविनल फोर्ट (Bivinal Forte) कैप्स्यूल की शक्ल में आता है। इसमें विटेमन बी-कांम्प्लैक्स और विटेमिन "सी" होते हैं। मात्रा १-२ कैप्स्यूल रोजाना है।

BOURNVITA "CADBURY-FRY
(बौर्नविटा "कैडबरी फ्राई")

मात्रा—१ गिलास गर्म दूध में २ चाय के चमचे दूध पर डालकर खूब घोल लें और पीलें।

मु० अ०—(माल्ट ऐक्सट्रैक्ट, चौकलेट और शुद्ध दूध)।

गुण—यह शीघ्र पचने वाला, पुष्टिकारक, शक्तिवर्द्धक पेय है। रोज़ाना पीने के लिये अच्छी चीज़ है।

BRAND'S ESSENCE OF CHICKEN
(ब्रान्ड्स एसन्स ऑफ चिकन)

मात्रा—१ ड्राम दिन में कई बार।

मु० अ०—(मुर्गी के बच्चे से तैयार होता है)।

गुण—उत्तेजक, शक्तिवर्द्धक और पुष्टिकारक है। रोग-अवस्था में जब कमजोरी बहुत बढ़ गई हो तब इसके प्रयोग से बड़ा लाभ होता है।

विशेष—प्रयोग से पूर्व डिब्बे को ठंडे जल अथवा बर्फ में रखकर ठंडा कर लेना चाहिए और एक बार खोलकर २ दिन से अधिक न चलाना चाहिए।

BURMAN'S ASTHMA CURE
(बर्मन्स एज्मा क्योर)

मात्रा—१५ मिनिम्स जल के साथ १-२ बार।

मु० अ०—(मालूम नहीं)।

गुण—दमे में उपयोगी है। दौरे में और बगैर दौरे के दोनों प्रकार प्रयुक्त होता है।

BURNOL "BOOTS" (बर्नौल "बूट्स")

बाहरी प्रयोग के लिये।

मु० अ०—(एक्रीफ्लेवीन, लैनोलीन)।

गुण—चोट, जख्म, घाव घिसट और जले हुए स्थानों पर लगाई जाती है। आँखों में भी डाली जाती है।

BUTARIN INJECTION "THEMIS"
(ब्युटारिन इन्जेक्शन "थीमिस")

मु० अ०—(फिनील ब्युटाजोन, एमिडोपाइरीन, विटेमिन "सी", लिगनोकेन)।

गुण—आमवातिक ज्वर, संधिशोथ, मांसशूल, तंत्रिका-शूल आदि में उपयोगी है।

विशेष—इसके ३ सी० सी० और ५ सी० सी० के इंजेक्शन आते हैं जिन्हें कूल्हे में गहरा धीरे-धीरे रोज़ या तीसरे चौथे दिन लगाया जाता है।

इसकी टिकिया भी आती हैं जिनकी मात्रा १ टिकिया दिन में ३ बार है।

BU TAZOLIDIN "GEIGY" (ब्युटाजौलिडीन "गाइगी")

मात्रा—टिकिया : ४०० से ६०० मि० ग्राम रोजाना।

इंजेक्शन : १ ऐम्प्यूल दूसरे-तीसरे दिन कूल्हे के मांस में।

मु० अ०—(DIOXO-DIPHENYL-BUTYL—PYRAZOLID-INE)।

गुण—नाड़ीशोथ, पेशी आमवात, रूमेटाइड आर्थराइटिस, नाड़ी-शूल, गठिया, अस्थि-सन्धि-शोथ, कमर का दर्द इत्यादि में उपयोगी है।

नोट—इसे इन अवस्थाओं में प्रयोग नहीं करना चाहिये; शोथ रोग, हृदयरोग, छोटी आंत का व्रण (Peptic Ulcer), अतिरक्तचाप, और ऐसे रोगियों को जिनके गुर्दे या हृदय या यकृत में किसी प्रकार का विकार हो।

BOROFAX (बोरोफेक्स)

बाह्य प्रयोग के लिए।

मु० अ०—(बोरिक एसिड, लैनोलीन)।

गुण—यह मरहम फटे हुए और जले हुए स्थान पर लगाने के लिए अच्छा है।

*CAFIASPIRIN "BAYER" (कैफि-ऐस्पिरीन "बेयर")

मात्रा—१-२ टिकिया।

मु०अ०(कैफीन और ऐस्पिरीन)।

गुण—सब प्रकार के दर्दों जैसे दर्दसर कान और आँख का दर्द, बाय, मासिक धर्म का दर्द इत्यादि में उपयोगी है। अब इसका प्रयोग बहुत कम हो गया है।

CALCIBRONAT "SANDOZ" (कैल्सिब्रोनेंट "सैन्डोज")

मात्रा—भिन्न-भिन्न।

मु० अ०—(Ca-Br-Lactobionate)

गुण—शीत पित्त, खुजली, चर्मशोथ, एक्जिमा, हे-फीवर, श्वासरोग, चक्कर, कर्णनाद, बेचैनी, घबराहट, मृगी, निद्रा नाश इत्यादि में उपयोगी है।

विशेष—यह ४ रूप में आता है—टैब्लेट्स, ग्रैन्यूल्स, इंजेक्शन्स और सीरप। इंजेक्शन मांस या नस द्वारा दिये जाते हैं और ५ और १० सी० सी०, दो प्रकार के होते हैं।

CALCINOL (कैल्सिनौल)

मात्रा—टिकिया ४-६, पाउडर २-३ ड्राम, ग्रैन्यूल्स २-३ ड्राम (रोजाना)।

मु० अ०—(कैल्सियम कार्ब, कै० फौस्फेट, कै० क्लोराइड, मग्नेसियम हाइड्रौक्साइड इत्यादि)

गुण—दांत और अस्थियों को दृढ़ करता है। रिकेट्स, गर्भावस्था की दुर्बलता, चर्मरोग, दुर्बलता और क्षय-रोग की प्रारम्भिक अवस्था में उपयोगी है।

विशेष—यह कई रूप में आता है जैसे पाउडर, ग्रैन्यूल्स, इंजेक्शन्स, टैब्लेट्स और पैरेथायरौयड और लंगऐक्सट्रैक्ट के साथ।

CALCI-OSTELIN "GLAXO"
(कैल्सि-औस्टेलिन "ग्लैक्सो")

मात्रा—१ सी० सी० (चर्म या मांस द्वारा) तीसरे चौथे दिन।

मु० अ०—(कैल्सियम और विटेमिन "डी")

गुण—क्षय-रोग, शीत-पित्त, टूटी हुई अस्थियों का देर में जुड़ना, कुछ चर्मरोग जैसे एक्जिमा, दुर्बलता और कैल्सियम की कमी से उत्पन्न होने वाले समस्त रोगों में उपयोगी है। इसे लिवर ऐक्सट्रैक्ट के साथ मिला कर दिया जा सकता है। यह विटेमिन बी$_{१२}$ के साथ मिला हुआ भी आता है। इसकी १५ सी० सी० की शीशी आती है।

CALCIUM PAS (कैल्सियम पास)

मात्रा—$\frac{1}{2}$-१ ड्राम या न्यूनाधिक।

मु० अ०—(कैल्सियम पास, विटेमिन्स बी$_1$ बी$_2$, बी$_6$, सोडियम पैन्टोथीनेट, नियासिनेमाइड इत्यादि)

गुण—मुख्यतया क्षयरोग में प्रयोग किया जाता है। इसके प्रयोग के साथ-साथ यदि स्ट्रैप्टोमाइसीन के इंजेक्शन भी लगाये जायें तो रोग शीघ्र अच्छा हो जाता है।

CALCIUM-D-REDOXON "ROCHE" (कैल्सियम-डी-रिडौक्सन "रोश")

मात्रा—रोग-निरोधन, २-३ टिकिया और चिकित्सा ४ या अधिक टिकिया रोजाना भोजन से पूर्व या साथ चाब लें।

मु० अ०—(कैल्सियम, फौस्फेट, विटेमिन्स सी और डी)

गुण—बच्चों, गर्भवती स्त्रियों और बूढ़ों के भोजन में कैल्सियम की कमी को पूरा करने और अस्थिभंग को जोड़ने में सहायता देने के लिये उपयोगी है। दांत, अस्थि और मसूढ़ों को मजबूत बनाता है। रिकेट्स में लाभदायक है।

CALDEFERRUM "GLAXO" (कैल्डीफैरम "ग्लैक्सो")

मात्रा—४ टिकिया रोजाना।

मु० अ०—(आयरन, कैल्सियम और विटेमिन "डी")

गुण—पाण्डु-रोग, दूर्बलता और रोगों के बाद की कमजोरी में उपयोगी है। जच्चा और गर्भवती स्त्रियों के लिये विशेष उपयोगी है।

CALRON "E. I." (कालरॉन "ई० आई०")

मात्रा—२-४ ड्राम दिन में २ बार भोजन के बाद।

मु० अ०—(फेरि एट अमोनिया साइट्रास, ग्लीस्रोफौस्फेट्स ऑफ कैल्सियम

और सोडियम, विटेमिन बी$_{१}$, बी$_{२}$, बी$_{६}$, डी, ए, निकोटिनेमाइड, कॉपर, मैन्गानीज, लिवर ऐक्सट्रैक्ट, अल्कोहॉल)

गुण—पाण्डु रोग, शक्तिहीनता और रोगों के बाद की कमजोरी में उपयोगी है।

CALIFORNIA SYRUP OF FIGS
(कैलिफौर्निया सीरप ऑफ फिग्स)

मात्रा—नवीन कब्ज में ½-१ औंस, पुराने कब्ज में २ ड्राम सोते समय।

मु० अ०—(ऐ० सनाय, दारचीनी का तेल, ऐ० जिन्जिबेरिस, लौंग और पीपरमिन्ट का तेल, शर्बत, अल्कोहॉल)

गुण—स्त्रियों, दुर्बल व्यक्तियों और बच्चों के कब्ज में विशेषतया उपयोगी है। जिन बच्चों को जन्म से ही कब्ज रहता हो उनके लिये यह लाभदायक है। आजकल यह उपलब्ध नहीं है।

नोट—यद्यपि इसके नाम में अंजीर का शब्द है तथापि इसमें अंजीर नहीं होता।

CAMBISON "HOECHST" (कैम्बीसन "हैकस्ट")

बाह्य प्रयोग के लिये मरहम।

मु० अ०—(प्रेडनीसोलोन, निओमाइसीन, सर्फन)

गुण—यह नये और पुराने हर प्रकार के एक्जीमा, सूर्यझुलस, त्वचाशोथ और गूदा और भग की खुजली में लाभदायक है।

नोट—इसकी आंख की मरहम भी आती है।

CAMOQUIN "P. D." (केमोक्विन "पी० डी०")

मात्रा—३ टिकिया एक साथ कुछ खाने के बाद या २ टिकिया दिन में २ बार।

गुण—हर प्रकार के मलेरिया के लिये अकसीर है । आमतौर पर एक मात्रा से ही ज्वर रुक जाता है । कभी-कभी इसके सेवन के बाद मतली, वमन, खुश्की, बेचैनी इत्यादि विकार उत्पन्न हो जाते हैं । नाजुक रोगियों को इसे ३ टिकिया एक बार न देकर एक टिकिया दिन में ३ बार दे दें । इसे गर्भावस्था में भी प्रयोग कर सकते हैं । यह चढे हुए ज्वर में और बिना ज्वर के दोनों अवस्थाओं में दी जा सकती है । (कद्दूदाने (Tape-worm) के लिये इसकी ३ टिकिया एक साथ दें । दूसरे दिन मँग सल्फ दे दें ।

विशेष—इसके प्रयोग के साथ ग्लुकोस और फलों के रस का इस्तेमाल करने से मतली, वमन रुक जाते हैं ।

CAPRAMIN "GLAXO" (कैप्रामिन "ग्लैक्सो")

मात्रा—१ टिकिया ४-४ घंटे में गर्म जल या चाय के साथ ।

मु० अ०—(पिरिटन, फिनीलेफरीन, एस्पिरीन, फिनैस्टीन, कैफीन) ।

गुण—जुकाम (शुरू में), नाक ठुस जाना, इन्फ्लुअंजा, शिर:शूल इत्यादि में उपयोगी है । यदि जुकाम के लक्षण प्रगट होते ही इसे खा ली जाय तो अक्सर जुकाम रुक जाता है ।

CARBARSON (कार्बसंन)

मात्रा—१-२ गोली २-३ बार ।

मु० अ०—(आर्सेनिक) ।

गुण—पेचिश और आंतों के पुराने रोगों में बहुत उपयोगी है । यह कई कारखानों का आता है ।

CARICAPEPTOL "ORIENTAL"
(केरिकापेप्टौल "औरियन्टल")

मात्रा—१-२ ड्राम २ बार भोजन के बाद ।

मु० अ०—(पैपेन, डायस्टेज, टि० इपिकाक, ग्लीसरीन, एरोमेटिक ऑयल्स)।

गुण—पाचक; अजीर्ण जैसे खट्टी डकार, आमाशयिक शूल, अफारा, मुंह में पानी भर-भर कर आना, अरुचि इत्यादि में उपयोगी है।

विशेष—यह विटेमिन्स सहित भी आती है।

CARTER'S LITTLE LIVER PILLS
(कार्टर्स लिटिल लिवर पिल्स)

मात्रा—१-६ गोली रोजाना।

मु० अ०—(एलोज, पौडोफिलीन, ग्लीसराइजा, स्टार्च)।

गुण—पाचक और रेचक; अजीर्ण कब्ज, यकृत-विकार आदि में उपयोगी है।

CASCARA EVACUANT "P. D."
(कैस्करा इवेक्वैन्ट "पी० डी०")

मात्रा—१०-२० मि० सोते समय या भोजन के बाद।

मु० अ०—(कैस्करा सैग्रेडा से विशेष विधि से तैयार किया जाता है)।

गुण—स्वाभाविक कब्ज के लिये बड़ा उपयोगी है। इसे आरम्भ में कम मात्रा में देना चाहिये और धीरे-धीरे मात्रा को बढ़ाते रहें।

CASTOPHENE (कैस्टौफीन)

मात्रा—१-३ टिकिया सोते समय।

मु० अ०—(फिनोल्फथेलीन, चौक्लेट और शायद लेशमात्र कैस्टर ऑइल)

गुण—कब्ज में लाभदायक है।

CELIN "GLAXO" (सीलीन "ग्लैक्सो")

मात्रा—१-५ सी० सी० (इंजेक्शन) रोजाना, १-६ टिकिया रोजाना (५० या १०० M. G. वाली)।

गु० अ०–(यह विटेमिन "सी" होती है)

गुण–देखो विटेमिन "सी"। यह ३ शक्ति की आती है ५०, १०० और ५०० एम० जी०।

CEBION "MERCK" (सीबिअन "मर्क")

यह विटेमिन "सी" है। इसकी ०·५ ग्राम की टिकिया आती है २-४ टिकिया रोजाना मात्रा है। गुणों के लिये विटेमिन "सी" देखो।

CHAMBERLAIN'S COUGH REMEDY

(चैम्बरलेन्स कफ़ रेमेडी)

मात्रा—१-२ ड्राम।

मु० अ०—(क्लोरोफार्म, इपिकाक, सिल्ला, सैनेगा, वाइल्डचेरी)

मात्रा—खाँसी, सर्दी, जुकाम, स्वरभंग आदि में उपयोगी है। बच्चों को बहुत अनुकूल पड़ती है। अब यह बाजार में नहीं मिलती।

CHESTION "CIPLA" (चेस्टॉन "सिपला")

मात्रा—१-२ ड्राम दिन में ३-४ बार।

मु० अ०—(थ्योकौल, कोडीन, सोडा, बेन्जोएट, इफेड्रीन हाइड्रोक्लोर, वसाक, ग्लीसिर्हाइजा, टर्पीन हाइड्रेट, हंसराज, गुलबनफशा, शर्बत इत्यादि)

गुण—खाँसी, इन्फ्लुयन्जा और काली खाँसी आदि फेफड़ों के रोगों में उपयोगी है।

CHLORETONE INHALENT "P. D."

(क्लोरेटोन इन्हेलेन्ट "पी० डी०")

बाहरी प्रयोग के लिये।

मु॰ अ॰—(क्लोरेटोन, मैन्थौल, कैम्फर, पैरेफीन लिक्विड)

गुण—जुकाम, कंठ और श्वासयन्त्र के रोगों में विशेष यन्त्र द्वारा इसकी भाप सूँघी जाती है।

CILOPRINE "CILAG" (सिलोप्रीन "सिलाग")

बाह्य प्रयोग के लिये ।

मु॰ अ॰—कान के नये और पुराने रोगों (विशेषतया कर्णस्राव) में उपयोगी है । ३-३ घण्टे के अन्तर से ५ बूँद कान में टपकायें और बाद में रुई लगा दें ।

CHLOROMYCETIN "P. D." (क्लोरोमाइसेटीन "पी॰ डी")

यह पी॰ डी॰ कम्पनी (अमरीका) ने ईजाद की है यह कैप्स्यूल के रूप में आती है । प्रति पैकिट में १२ कैप्स्यूल होते हैं प्रत्येक कैप्स्यूल में २५० M.G. क्लोरफेनिकोल होता है ।

मात्रा और सेवन विधि—५० M. G. शरीर के प्रति २·२ पौंड भार पर (जवानों के लिए) रोजाना।

५०–१०० M.G. शरीर के प्रति २.२ पौंड भारपर (बच्चों के लिए) रोजाना।

साधारणतया जवानों को १-२ कैप्स्यूल ६-६ घण्टे में और बड़े बच्चों को १ कैप्स्यूल ६-६ घण्टे के अन्तर से देते हैं। आवश्यकता पड़ने पर बच्चों को भी बड़ी मात्रा दी जा सकती है।

किन किन रोगों में उपयोगी है:—यह औषधि मयादी बुखार (Typhoid) के लिए अक्सीर सिद्ध हुई है। इसके प्रयोग से चन्द रोज में ही ज्वर उतर जाता है और रोगी की दशा सुधरने लगती है। मयादी ज्वर के अतिरिक्त यह कई प्रकार के विषैले मूत्र रोगों, कुछ विषैले ज्वर, कई प्रकार के निमोनिया,

पेचिश, आत्शक, सोजाक, काली-खासी, टाइफस इत्यादि में उपयोगी साबित हुई है। पुरुषों के नवीन सोजाक में यह बहुत फायदा करती है। पहले ४ से १२ कैप्स्यूल की एक मात्रा दें, बाद में ४-४ कैप्स्यूल ८-८ घण्टे के अन्तर से २-३ दिन तक देते रहें।

नोटः—बच्चों के लिये यह पीने की शक्ल में (पलमीटेट) आती है जिसकी मात्रा १-२ ड्राम होती है। इसकी आँख की मरहम, कान में डालने की दवा, इंजेक्शन इत्यादि भी आते हैं।

CHLORAMEX "PFIZER" (क्लोरेमैक्स "फाइजर")

इसकी मात्रा, गुण इत्यादि क्लोरोमाइसेटीन के समान हैं।

CHLORAMPHYCIN "BOEHRINGER"
(क्लोरम्फाईसीन "बौहरिंगर")

मात्रा—१ कैप्स्यूल ६-६ घण्टे में

मु० अ०—(केवल क्लोरम्फेनिकौल)

गुण—देखो "क्लोरोमाइसेटीन"। मयादी ज्वर, पेचिस, काली खाँसी इत्यादि में उपयोगी है।

विशेष—इसकी टिकिया (विटेमिन बी कौम्पलैक्स के साथ) खुश्क सीरप, स्ट्रेप्टोमाइसीन के साथ कैप्स्यूल, कान में टपकाने के ड्रौप्स और आँख की मरहम भी आती है।

CHLOROSTREP "P. D." (क्लोरोस्ट्रेप "पी० डी०")

मात्रा—१-४ कैप्स्यूल ६-६ घंटे में

मु० अ०—(क्लोरोमाइसेटीन+डाइहाइड्रोस्ट्रेप्टो माइसीन)

गुण—अतिसार और पेचिस में अत्युपयोगी है।

विशेष—इसका सस्पैन्शन भी आता है जिसकी मात्रा १-४ ड्राम ६-६ घंटे में है। बच्चों की मात्रा ½-१ ड्राम है।

CIBALGIN "CIBA" (सिबल्जिन "सीबा")

मात्रा—१-२ टिकिया दिन में १-२ बार ।

मु० अ०—(डायल और एमिडोपायरीन)

गुण—शूलनाशक, उपशामक, निद्राकारक; हर प्रकार के दर्दों में उपयोगी है ।

विशेष—इसके इंजेक्शन भी आते हैं जिन्हें माँस में लगाया जाता है ।

CIBAZOL "CIBA" (सीबाजौल "सीबा")

मात्रा—आरम्भ में ४ टिकिया, बाद में १-२ टिकिया ४-४ घंटे में ।

मु० अ०—(यह सल्फेथाइजौल होता है(

गुण—निमोनिया, सोजाक, फोड़े फुन्सी, प्लेग, चेचक, कण्ठशोथ, बच्चों का सर्दी जुकाम, गैसगैंग्रीन, खुजली और कई प्रकार के चर्मरोगों में उपयोगी है ।

विशेष—यह कई रूप में आता है जैसे इंजेक्शन (५ सी० सी० मांस या शिरा द्वारा) आँख का मरहम, पाउडर, चर्मरोगों पर लगाने की मरहम ।

CLINESTROL "GLAXO" (क्लिनेस्ट्रौल "ग्लैक्सो")

मात्रा—१-५ M. G. रोजाना ।

मु० अ०—(स्टिल्बिस्ट्रौल का दूसरा नाम है)

गुण—मासिक धर्म का न होना, या कम होना, रजोनिवृत्ति के विकार, कष्ट-रज और बच्चों की योनि और भग की सूजन में उपयोगी है । जब शिशु की माता की छाती का दूध बन्द करना हो तो इसे १·० M. G. की मात्रा में रोजाना देना चाहिये ।

विशेष—इसके १ और ५ M.G. के इंजेक्शन भी आते हैं जिन्हें माँस में लगाया जाता है ।

CODOPYRIN "GLAXO" (कौडोपाइरीन "ग्लैक्सो")

मात्रा—१ टिकिया २-४ बार।

मु० अ०—(ऐस्प्रीन ४ ग्रेन, फिनेस्टीन ४ ग्रेन, कोडीन फोस्फेट $\frac{१}{६}$ ग्रेन प्रति टिकिया)

गुण—बाय, कमर, छाती और हाथ पाँव का दर्द, जुकाम, इन्फ्लुयन्जा और माहवारी के दर्द में उपयोगी है। यह बड़ी अच्छी औषधि है।

विशेष–ज्वरों में इसे सावधानी के साथ प्रयोग करना चाहिये क्योंकि इसके प्रयोग से पसीने बहुत आते हैं। इसे छोटे बच्चों को नहीं देना चाहिए।

COFCUR "UNICHEM" (कॉफ़कर "यूनीकम")

मात्रा—१-२ ड्राम दिन में २-४ बार।

मु० अ०–(इफेड्रीन, कोडीन फैस्फेट, कैल्सियम आयोडाइड, एसेटम सिल्ला, ऐक्सट्रैक्ट वसाक, सीरप)

गुण–हर प्रकार की खाँसी में उपयोगी है।

नोट:—कॉफ़कर "A" में डाइफेनहाइड्रेसीन, पेपेवरीन, मैन्थौल, सोडियम साइट्रेट, ऐक्सट्रैक्ट वसाक क्लोरोफार्म और सीरप होते हैं। यह ऐसी दशा में अधिक उपयोगी है, जब बलगम काफी पड़ रहा हो।

COLLOSOL CALCIUM WITH VITAMIN D. "CROOKES" (कौलोसल कैल्सियम विद विटेमिन डी "क्रूक्स")

मात्रा—१-२ ड्राम ३ बार भोजन से १ घन्टा पूर्व।

मु० अ०—(कैल्सियम और विटेमिन "डी")

गुण—रक्त-स्राव, दुर्बलता, रिकेट्स, क्षय-रोग, पुरानी खाँसी, दमा और ऐसे समस्त रोगों में जो कैल्सियम क अभाव से उत्पन्न होते हैं उपयोगी है।

विशेष—इसके इंजेक्शन भी आते हैं जिन्हें १-२ सी० सी० की मात्रा में

सप्ताह में १-२ बार त्वचा के नीचे या मांस में लगाया जाता है। यह विटेमिन बी$_{12}$ के साथ मिली हुई भी आती है।

COLLOSOL IODINE "CROOKES"
(कौलोसल आयोडीन "क्रूक्स")

मात्रा—१-२ ड्राम भोजन के बाद।

मु० अ०—(आयोडीन)।

गुण—बाय, घेघा, दमा और आतशक (तृतीयावस्था) में उपयोगी है।

विशेष—इसके इंजेक्शन भी आते हैं जो मांस और नस में लगाये जाते हैं।

COLLOSOL MANGANESE "CROOKES"
(कौलोसल मैंन्गानीज "क्रूक्स")

मात्रा—१ ड्राम ३ बार भोजन के बाद।

मु० अ०—(कौलोयडल मैंन्गानीज)।

गुण—सोजाक और उसके विकार, मुंहासे, ऐक्जिमा, गले का फोड़ा चर्म रोग इत्जादि विकारों में उपयोगी है।

विशेष—इसके इन्जेक्शन भी आते हैं जिन्हें १-२ सी० सी० की मात्रा में मांस में लगाया जाता है। अब इसकी टिकिया भी आने लगी हैं। मात्रा १-२ टिकिया दिन में ३ बार है।

COMBIOTIC "PFIZER" (कौम्बायोटिक "फाइजर")

मात्रा—१ इंजेक्शन, मांस द्वारा दिन में १-३ बार।

मु० अ०—(प्रोकेन पैनिसिलीन (४ लाख) और डाइहाइड्रो-स्ट्रैप्टोमाइसीन ½ ग्राम प्रति शीशी)।

गुण—उन सब रोगों में उपयोगी है जिनमें पैनिसिलीन और डाईहाइड्रो-स्ट्रैप्टोमाइसीन के सम्मिलित प्रभाव की आवश्यकता होती है जैसे सोजाक,

प्लेग, विषैले मूत्ररोग, क्षयरोग. हृदय के कपाट के कीटाणुजन्य रोग, सैप्टीसीमिया, पाइमिया, कंठरोग, निमोनिया, ब्रोन्काइटिस इत्यादि ।

नोट—भिन्न-भिन्न कम्पनियों ने इसी प्रकार की भिन्न-भिन्न नामों से औषधियों तैयार की हैं । जैसे सेक्लोमाइसीन (ग्लैक्सो), डाइक्रूस्टीसीन (स्कुइब), स्ट्रैप्टो-पैनीसिलीन (ड्रयुमेक्स) स्पेमाइसीन (रोडिया) इत्यादि । इन सब की प्रयोग विधि और मात्रा एक समान है ।

COMBEX "P.D." (कौम्बेक्स "पी०डी०")

मात्रा— १ से २ सी० सी० रोजाना (मांस द्वारा) ।

मु० अ०—(विटेमिन बी$_1$, रिबोफ्लेवीन, निकोटिनेमाइड, पैन्टोथेनिक ऐसिड, लिवर ऐक्सट्रैक्ट) ।

गुण—हर प्रकार के पाण्डुरोग, दुर्बलता, अरुचि और नाड़ीदौर्बल्य में बहुत लाभदायक है । भूख बढ़ाता है, रक्त में वृद्धि करता हैं और शक्ति प्रदान करता है ।

COREX "PFIZER" (कोरेक्स "फाइज़र")

मात्रा—१ ड्राम ४ बार चाटने के लिये ।

मु० अ०—(क्लोरफेनीरेमीन मैलिएट, कोडीन फौस्फेट, इफेड्रीन, सोडा साइट्रास, मैन्थौल) ।

गुण—हर प्रकार की खाँसी में लाभदायक है । बलग़म निकालता है और खांसी को शांत करता है ।

COMYCIN "GLAXO" (कोमाइसीन "ग्लैक्सो")

मात्रा—१ इंजेक्शन रोजाना या तीसरे चौथे दिन मांस में ।

मु० अ०—(स्ट्रैप्टोमाइसीन+डाइहाइड्रोस—ट्रैप्टोमाइसीन) ।

गुण—देखो "एम्बिस्ट्रीन" ।

नोट--यह टिकिया और सीरप के रूप में भी आता है। इन दोनों को अतिसार, अंत्रशोथ, पेचिश इत्यादि में प्रयोग करते हैं।

CORT-ASTHMA "INDON"
(कौर्ट-एज़्मा "इन्डौन")

मात्रा—१-३ टिकिया रोजाना।

मु० अ०—(प्रेडनीसोलोन, एमिनोफाइलीन, इफेड्रीन, फेनोबार्बीटोन)।

गुण—दमे में उपयोगी है। दौरे को तुरंत शांत करता है।

COSAVIL "HOECHST" (कौसेविल "हैक्स्ट")

मात्रा—१ टिकिया दिन में ३ बार।

मु० अ०—(ऐविल, ऐन्टीपायरीन, कैफीन)।

गुण—जुकाम के लिये बड़ी उसयोगी है बशर्ते कि इसे रोग के लक्षण प्रकट होते ही आरम्भ कर दिया जांय।

COSCOPIN "EVANS" (कौस्कोपिन "ईवन्स")

मात्रा—२-४ ड्राम ३-३ घंटे में।

मु० अ०—{नौस्केपीन, साइट्रिक एसिड, सोडा साइट्रेट, अमोनियम क्लोराइड, मीथिल हाइड्रौक्सी बैन्जोएट, मैन्थौल इत्यादि।

गुण—बार-बार उठने वाली सूखी खांसी में बहुत उपयोगी है। विशेषतया रात को उठने वाली खांसी और काली खांसी में।

COSOME "MERCK" (कौसोम "मर्क")

मात्रा--२-४ ड्राम ३-४ बार; बच्चों को ½-१ ड्राम २-३ बार।

मु० अ०—(डायोनीन, रेसेफेड्रीन, ऐक्स० थाइम लि०, स्पिरिट क्लोरोफॉर्म, सीरप)।

गुण—हर प्रकार की खांसी के लिए लाभदायक है। बार-बार उठने-

वाली खांसी को शान्त करता है, बलगम को पतला करके निकालता है। काली-खांसी के दौरों को कम करता है।

COSYLAN "P. D." (कौसीलन "पी० डी०")

मात्रा—½-१ ड्राम।

मु० अ०—(देखो "सीरप कौसिल्लेना कम्पाउण्ड")।

गुण—हर प्रकार की खांसी के लिए उत्तम औषध है। विशेषकर सूखी खांसी में।

CREMAFFIN "BOOTS" (क्रीमाफीन "बूट्स")

मात्रा—बच्चों को १ से २ ड्राम, बड़ों को ४ ड्राम प्रातःकाल और सोते समय।

मु० अ०—(क्रीम ऑफ मैग्नेसिया और लिक्विड पैरेफिन)।

गुण—खट्टी डकार और बच्चों के कब्ज के लिए बहुत उपयोगी है।

(CRYS-4, CRYS-8, CRYS-12 "SQUIBB"

(कृस-४, कृस-८, कृस-१२ "स्कुइब्ब")

मात्रा—साधारण संक्रमण में ४ लाख दिन में १-२ बार पर्याप्त होता है परन्तु तीव्र प्रकार के संक्रमण में रोज़ाना ८ या १२ लाख का इंजेक्शन देना पड़ता है। सोज़ाक में रोज़ाना ४ लाख का एक इंजेक्शन जब तक रोग शांत न हो देते रहें। परन्तु आत्शक में रोजाना ८ लाख का एक इंजेक्शन या ४-४ लाख के २ इंजेक्शन १० दिन तक देने चाहियें।

गुण—देखो "पेनिसिलीन"

CUTICURA OINTMENT

(क्युटिक्युरा ऑइन्टमेंट)

मात्रा—बाहरी प्रयोग के लिए।

मु० अ०—(क्लोरोफाइल, ऑयल रोज, वैस्लीन, वैक्स, **औक्सीक्वीनोलीन**, कार्बोलिक एसिड, पाइन ऑयल, सल्फर)।

गुण—चम्बल, कटी हुई और घिसी हुई जगह, मुँहासे और अनेक चर्म रोगों के लिए उपयोगी है।

CYSTONE "HIMALAYA"
(सिस्टोन "हिमालय")

मात्रा—१-३ टिकिया दिन में तीन बार; दर्द गुर्दे में १ टिकिया १-१ घंटे में।

मु० अ०—(पत्थर फोड़ी और पत्थर चाटी, शिलाजीत, तुलसी, गोखरू, बाला इत्यादि।

गुण—मूत्रकारक और अश्मरीहर। छोटी पथरियों को घोल कर निकाल देता है और मूत्र की जलन को शांत करता है।

CYSTOPURIN (सिस्टोप्युरीन)

मात्रा—१ से ३ टिकिया ३ बार जल में घोलकर।

मु० अ०—(हैग्जेमीन सोडियम-एसिटेट)।

गुण—मूत्र की दुर्गन्ध को हरने वाली और मूत्रकारक है। मूत्रकृच्छ्र, मूत्र में पीप आना, सोजाक आदि में उपयोगी है।

CYSTEX (सिस्टेक्स)

मात्रा—दो टिकिया भोजन के बाद ३ बार।

मु० अ०—(भूरी गोली—ऐक्स० बकु, ऐ० कौर्न सिल्क, ऐ० ट्रिटिकम, कैफीन, सोडियम बोरेट, पोटास बाइकार्ब, एट्रोपीन सल्फ; खाकी गोली—हैक्सेमीन, ऐक्स० नक्सवॉमिका, एसिड बैन्जोइक, एट्रोपीन सल्फ)।

गुण—गुर्दे, मसाने और बाय की चिकित्सा के लिए प्रयुक्त होती है। बेचैनी दूर करती है और शूल को शांत करती है।

विशेष—शीशी में २ रंग की टिकिया आती हैं (१) ग्रे (२) ब्राउन। पहले ५ दिन तक नं० १ की टिकिया और बाद में ३ दिन तक नं० २ की टिकिया प्रयोग करनी चाहियें। इसी प्रकार दौहराते रहें।

DACORTIN "MERCK" (डेकौर्टिन "मर्क")

मात्रा—२-१२ टिकिया रोजाना।

मु० अ०—(**PREDNISOLONE**)

गुण—रूमेटॉइड आर्थराइटिस श्वासरोग, हे-फीवर, रक्त-विकार, संक्रामक रोग, तीव्र प्रकार की हिपेटाइटिस (यकृत शोथ) त्वचा शोथ इत्यादि में लाभदायक है।

DAKIN'S DAMIANA PILLS
(डेकिन्स डमियाना पिल्स)

मात्रा—१-२ गोली ३ वार भोजन के बाद।

मु० अ०—(डमियाना, नक्सवॉमिका, फौस्फोरस, कैन्थ्राइडिस)

गुण—कामोद्दीपक, और बलकारक दुर्बलता और धातुक्षीणता में उपयोगी है।

विशेष—कभी-कभी इसके प्रयोग से मूत्रकृच्छ्र हो जाता है। ऐसी दशा में इसका प्रयोग बन्द कर देना चाहिए।

DARZIN "CHEMO PHARMA"
डार्जिन (केमो फार्मा)

मात्रा—साथ वाले पर्चे को पढ़िये।

मु० अ०—(सल्फेडायेजीन स्ट्रैप्टोमाइसीन, बिसमथ कार्ब, पैक्टिन, केओलीन)।

गुण—अतिसार और पेचिश में अत्युपयोगी है।

DARAPRIM COMPOUND "B. W."

(डेराप्रिम कंपाउन्ड "बी० डब्ल्यू")

मात्रा—१-२ टिकिया दिन में ३ बार।

मु० अ०—(डेराप्रिम+कुनीन हाइड्रोक्लोराइड)।

गुण—मलेरिया के लिये इसकी २ टिकिया १२-१२ घंटे में कुल ३ बार देना पर्याप्त समझा जाता है। मलेरिया की रोक-थाम के लिये डेराप्रिम (खालिस) की सप्ताह में १ टिकिया खा लेना काफी होता है। यह क्योंकि फीकी होती है इसे छोटे बच्चे आसानी से खा लेते हैं। इसे युकुनीन के साथ मिला कर दे सकते हैं।

DBI TABLETS "U. S. V."

(डी० बी० आई० टैब्लेट्स "यू० एस० वी०")

मात्रा—२-६ टिकिया रोजाना, भोजन के साथ।

मु० अ०—(N–B Phenethylbiguanide)

गुण—यह मुख्यतया मधुमेह रोग में उपयोगी है। इसके साथ-साथ यदि आवश्यक समझा जाय, इन्सुलीन के इंजेक्शन भी लगाये जा सकते हैं। बाज रोगियों में जिन्हें इन्सुलीन से लाभ नहीं पहुँचता इसका प्रयोग उपयोगी पाया गया है। इसे आरम्भ में छोटी मात्रा में देना चाहिये और धीरे-धीरे रोगी की दशा के अनुसार इसकी मात्रा बढ़ानी चाहिये।

D. D. D. LOTION (डी० डी० डी० लोशन)

मात्रा—बाहरी प्रयोग के लिए (लिक्विड)।

मु० अ०—(सैलिसिलिक एसिड, फिनौल, ऑयल विन्टरग्रीन, ग्लीसरीन, अल्कोहॉल)।

गुण—पामा, छाजन, खुजली, दाद और अनेक चर्म-रोगों पर उपयोगी है। यह हलकी और तेज़ २ प्रकार की आती है।

DECADRON "M. S. D." (डेकाड्रौन "मर्क शार्प")

मात्रा—टिकिया : १ टिकिया ३-४ बार रोजाना ।

इंजेक्शन : १ इंजेक्शन नस में देते रहें जब तक रक्तचाप ठीक न हो जाए; बाद में माँस में दें।

मु०अ०-(**DEXAMETHASONE SODIUM PHOSPHATE**)

गुण—जब संक्रामक रोगों के दौरान में रोगी को 'शौक" अर्थात् स्तब्धता हो जाती है और रक्तचाप बहुत कम हो जाता है या पैनिसिलीन इत्यादि के इंजेक्शन देने के परिणामस्वरूप रोगी को भयंकर प्रकार का शौक हो जाता है तब इसके इंजेक्शन देने से रोगी की जान बच जाती है। ऐसी दशा में इसका इंजेक्शन नस में दें। बाद में मांस में दे सकते हैं।

DELTA-BUTAZOLIDIN "GEIGY" (डेल्टा-ब्युटाज़ौलीडिन "गाइगी")

मात्रा—आरम्भ के कुछ दिनों तक इसकी २ टिकिया ३ बार दें। बाद में १ टिकिया दिन में ३ बार कर दें।

मु० अ०—(ब्युटाजोलीडिन+प्रेडनीसोन)

गुण—रूमेटॉइड-आर्थराइटिस, अस्थि-संधि शोथ, मांसल-आम-वात, स्नेह-पुटी-शोथ, कंडराशोथ और शूलयुक्त स्कंध-संलक्षण में उपयोगी है।

नोट—इसे हृदय, गुर्दे और जिगर के विकारों में तथा पैप्टिक अल्सर और ऑस्टिओ-पोरोसिस में नहीं देना चाहिये।

विशेष—यह हलकी और तेज दो प्रकार की आती है।

DELPHICOL "LEDERLE" (डेल्फीकौल "लैडर्ली")

मात्रा—३ चाय के चमचे दिन में ३ बार भोजन के बाद।

मु० अ०—(कोलीन क्लोराइड, एसीटिल मीथियोनीन, आइनोसिटौल, विटेमिन बी$_{12}$ सीरप)।

गुण—यह यकृत विकारों में (विशेषतया सिर्होसिस रोग) उपयोगी है। इसके प्रयोग के साथ रोगी को प्रोटीन जातीय भोजन पर्याप्त परिमाण में देना चाहिये।

DELTA CORTRIL "PFIZER"
(डेल्टा-कौर्ट्रिल "फाइजर")

मात्रा—४-६ टिकिया रोजाना या अधिक।

मु० अ०—(**PREDNISOLONE**)

गुण—यह रूमेटॉइड आर्थराइटिस, दमा, बाय का ज्वर, जोड़ों की सूजन, अपवृक्कता, पैम्फीगस, त्वचाशोथ, एक्जीमा, एलर्जी, और क्षयरोग, टायफॉइड, पेरिटोनाइटिस इत्यादि रोगों में प्रगट होने वाले अनेक विकारों को शान्त करने के लिये, इस्तैमाल होता है।

प्रथम के दो रोगों में गह बहुत उपयोगी सिद्ध हुई है।

नोट—इसके २ प्रकार के इंजेक्शन भी आते हैं (१) मांस में लगाने के लिये, जिसकी मात्रा रोजाना १ से १.५ सी० सी० है।

(२) जोड़ों के अन्दर लगाने के लिये, जिसकी मात्रा ०.५ से १ सी० सी० (१ से ३ सप्ताह के अन्तर से) है।

DELTA-CORLIN "GLAXO"
(डेल्टा-कौर्लिन "ग्लैक्सो")

मात्रा—४-६ टिकिया या न्यूनाधिक रोजाना।

मु० अ०—(**PREDNISONE ACETATE**)

गुण—रूमेटाइड-आर्थराइटिस, दमा, पैम्फीगस, ल्युपस, इत्यादि रोगों में बहुत लाभदायक सिद्ध हुआ है।

नोट—यह डेल्टा-एफकौर्लिन (Delta-Efcorlin) अर्थात् प्रेडनीसोलोन के रूप में भी आता है जिसके गुण इसी के समान हैं।

DEQUADIN LOZENGES "GLAXO"
(डीक्वाडीन लौजेन्जेज "ग्लैक्सो")

मात्रा—१ टिकिया २-२ घंटे में मुंह में डालकर धीरे-धीरे चूसते हैं।

मु० अ०—(Dequalinium Chloride)

गुण—मुंह, कंठ, जीभ, मसूड़े इत्यादि के संक्रामक रोगों में जैसे छाले, मुख पाक, कंठ शोथ इत्यादि इसकी टिकिया चूसने से बहुत लाभ होता है।

नोट—इसका पेन्ट भी आता है जिसे मुख और कंठ के रोगों में पेन्ट किया जाता है।

DERMO-QUINOL "E. INDIA"
(डर्मो-क्विनौल "ईस्ट इण्डिया")

बाहरी प्रयोग के लिये।

मु० अ०—(Iodochloroxy Quinoline Ind)

गुण—रोगाणुनाशक; एक्जीमा, शिर की खुश्की, इम्पैटिगो, खुजली आदि चर्म रोगों पर लगाई जाती है। यह बहुत लाभदायक औषध है। यह ४% और ८% दो प्रकार की आती है।

DESULAN "CILAG" (डेसुलन "सिलाग")

बाहरी प्रयोग के लिये।

मु० अ०—(सल्फोनेमाइड्स, मर्क० क्लोराइड, कार्बोहाइड्रेट वगैरा)

गुण—योनिशोथ और श्वेत प्रदर में उपयोगी है। १० से १४ दिन तक रोजाना शाम को एक टिकिया योनि में रख दिया करें।

DESTROL "KAMAL" (डेस्ट्रौल "कमल")

मात्रा—२ टिकिया २ बार रोजाना।

मु० अ०—(मोचरस, बीलकथ, सौंफ, पोदीना, कत्था, हींग, अफीम)

गुण—नया और पुराना अतिसार और पेचिश में लाभदायक है। बदहज्मी में इसे १ टिकिया की मात्रा में दिन में २ बार देना चाहिये। इसे सल्फेग्वानीडीन के साथ मिलाकर दे सकते हैं।

DIABETOX 'HIMALAYA' (डायबेटौक्स 'हिमालय')

मात्रा—१–३ टिकिया दिन में ३ बार।

मु० अ०—(जम्बोलन, अष्टवर्ग, शिलाजीत, मोती इत्यादि)

गुण—मधुमेह (ज्याबतीस) में विशेष उपयोगी है।

D. D. T. (डी० डी० टी०)

बाह्य प्रयोग के लिये।

गुण—यह तीव्र कीटाणुनाशक है। मच्छरों, मक्खियों और अन्य प्रकार के कीड़ों को मारने के लिये काम आता है। यह कई रूप में आता है जैसे पाउडर, लोशन, इमल्शन इत्यादि। यदि इसे रोजाना कमरों में स्प्रे कर दिया जाय तो सब मच्छर, मक्खी, झींगर, पतंगे इत्यादि मर जायेंगे। सिर की जूं मारने के लिए इसका इमल्शन १–२ बार बालों की जड़ों में मल लेना काफी होता है।

DETTOL (डेटौल)

मात्रा—बाहरी प्रयोग के लिए (लिक्विड)।

मु० अ०—(Chloroxylenols Terpineol Alcohol)

गुण—कीटाणु नाशक; चोट, कटी हुई जगह, डंक, छिली हुई जगह इत्यादि पर जल में हल्का करके लगाई जाती है। कंठ और मुख रोगों में इसे जल में मिलाकर कुल्ले किये जाते हैं। योनि और गर्भाशय के रोगों में इसके लोशन से डूश किया जाता है।

DEWITT'S KIDNEY PILLS
(डी विट्स किडनी पिल्स)

मात्रा—१ गोली दिन में ३ बार।

मु० अ०—(ऐक्स० पिचि, कैस्करा, मेथीलीन ब्लु, पोटास नाइट्रास, युवाअर्सी, ऑयल जुनिपर)

गुण—मूत्रकारक और शूलहर; कटिशूल, पार्श्व-शूल, सोजाक और अन्य प्रकार के मूत्र रोगों में लाभदायक है।

DEYPLEX "DEY'S" (डेप्लैक्स "डे'ज")

मात्रा—२ ड्राम २–३ बार भोजन से पूर्व या पश्चात्।

मु० अ०—(विटेमिन बी-कौम्पलैक्स, विटेमिन बी$_{12}$, मीथियोनीन, कोलीन, आइनोसिटौल, सोडाग्लीस्रोफौस्फेट, माल्ट ऐक्सट्रैक्ट)

गुण—अरूचि, अजीर्ण, दुर्बलता, यकृत विकार इत्यादि में उपयोगी है।

नोट :—इसके कैप्स्यूल और टिकिया भी आती हैं।

DIAL "CIBA" (डायल "सीबा")

मात्रा—१–२ टिकिया सोते समय (नींद के लिये) ½–१ टिकिया २–३ बार (शमक)

मु० अ०—(बार्बिट्युरिक ऐसिड से तैयार होता है)

गुण—निद्राकारक और शमक है। इसके सेवन करने से १५–४५ मिनट के बाद नींद आ जाती है। स्ट्रिक्नीन, कोकेन और स्थानिक सुन्न करने वाली औषधियों के विषैले लक्षणों को शान्त करने के लिए बड़ी उपयोगी है।

DIAMINE PENICILLIN (DUMEX)
(डायेमीन पेनिसिलीन "ड्यूमेक्स")

मात्रा—६ लाख यूनिट सप्ताह में २ बार कूल्हे के मांस में।

मु० अ०—(Benzathine Penicillin)

गुण—इसके गुण पेनिसिलीन की तरह हैं। इसमें यह विशेषता है कि इसके इजेक्शन का प्रभाव कम से कम ४ दिन तक रहता है। सोजाक और आतशक में यह विशेष उपयोगी है।

नोट :—यह १२ लाख यूनिट्स की भी आती हैं जिसे सप्ताह में एक बार लगा सकते हैं।

DIAMOX (डायमौक्स)

इस औषधि को लैडर्ली (अमरीका) कंपनी ने तैयार किया है प्रत्येक शीशी में २५० एम० जी० की टिकिया होती हैं।

मात्रा और विधि—१ टिकिया रोजाना दिन में १ से ३ बार।

गुण—यह प्रबल मूत्रकारक है। इनके प्रयोग से मूत्र का परिमाण कई गुना बढ़ जाता है। यह हर प्रकार के शोथ रोग में विशेषतया हृदयरोग के कारण उपयोगी सिद्ध हुई है। ग्लोकोमा (सब्ज मोतिया) के रोगी को भी दी जाती है। मृगी में भी उपयोगी सिद्ध हुई हैं।

DICHLOTRIDE "MERCK SHARP"
(डाइक्लोट्राइड "मर्कशार्प")

मात्रा—१ टिकिया दिन में १–३ बार।

मु० अ०—(Hydrochloro thiazide)

गुण—मूत्रकारक है। हर प्रकार के शोथ में अत्युपयोगी है। इसके प्रयोग से मूत्र का परिमाण कई गुना बढ़ जाता है।

DICRYSTICIN "SQUIBB"
(डाइक्रुस्टीसीन "स्कुइब्ब")

यह ३ प्रकार की आती है :—

(१) डाइक्रस्टीसीन–S :—इसमें प्रत्येक एक मात्रा वाली शीशी में ४ लाख प्रोकेन पेनिसिलीन "जी" और सोडियम पेनिसिलीन "जी" के साथ ½ ग्राम स्ट्रेप्टोमाइसीन सल्फेट होता है।

(२) डाइक्रस्टीसीन–S"८००" :—इसमें प्रत्येक एक मात्रा वाली शीशी में ८ लाख प्रोकेन पेनिसिलीन "जी" और सोडियम पेनिसिलीन "जी" के साथ ½ ग्राम स्ट्रेप्टोमाइसीन सल्फेट होता है।

(३) डाइक्रस्टीसीन–S फोर्ट :—इसमें प्रत्येक एक मात्रा वाली शीशी में ४ लाख प्रोकेन पेनिसिलीन "जी" और सोडियम पेनिसिलीन "जी" के साथ १ ग्राम स्ट्रेप्टोमाइसीन सल्फेट होता है।

मात्रा—रोगी की दशा के अनुसार इसे १२-१२ घंटे में या रोजाना १ बार प्रयोग करें। प्रत्येक शीशी में १.५ से २ सी० सी० डिस्टिल्ड वाटर प्रवेश करके शीशी को थोड़ी देर खूब हिलायें फिर मांस में इंजेक्शन लगा दें।

गुण—इसके गुण "कौम्बायोटिक" के समान हैं 'देखो'

DIGENE "BOOTS" (डाइजीन "बूट्स")

मात्रा—१ चाय का चमचा २–३ औंस जल में घोलकर।

मु० अ०—(मैग्नेसियम ट्राइसिलिकेट, एलुमिनियम हाइड्रौक्साइड, मैग्नेसियम औक्साइड, वैजिटेबिल-बिटर्स, आइल्स)

गुण—अजीर्ण, खट्टी डकार, अफारा और आमाशय के व्रण (जख्म) के लिये उपयोगी है।

DIGEPLEX "T. C. F." (डिजिप्लैक्स "टी० सी० एफ०")

मात्रा—१–२ ग्राम भोजन के तुरंत बाद दो बार।

मु० अ०—(डायस्टेस, पैप्सीन, विटेमिन बी–कॉम्पलैक्स, विटेमिन बी$_{१२}$ और शर्बत वगैरा)

गुण—अजीर्ण, भूख न लगना, प्रोटीन और कार्बोहाइड्रेट के ठीक प्रकार न पचने के कारण होने वाले विकार, अंत्र शोथ, और दुर्बलता में उपयोगी है ।

DIGOXIN "B. W." (डिजौक्सीन "बी० डबलू०")

मात्रा—१–२ टिकिया ।

मु० अ०—(डिजिटेलिस से तैयार होता है)

गुण—इसके गुण टिंचर डिजिटेलिस के समान हैं । हृदय की गति को नियमानुकूल करता है और मूत्र की मिकदार को बढ़ाता है। हृदय रोग के कारण साँस उखड़ना, शोथ और बेचैनी में बड़ी उपयोगी है ।

नोट: (१) अब कंपनी ने इसका नाम बदल कर लेनोक्सिन (Lanoxin) कर दिया है ।

DILOSYN "B. D. H." (डाइलोसीन "बी० डी० एच०")

मात्रा—टिकिया : १ टिकिया दिन में २ बार ।
सीरप : बड़ों को २ ड्राम, बच्चों को १ ड्राम २ बार ।

मु० अ०—(METHDILAZINE HYDROCHLORIDE)

गुण—यह अलर्जीनाशक और खुजली को शांत करने वाला है। पित्त उछलना, खुजली विशेषतया भग और गुदा की, एक्ज़ीमा तथा अन्य चर्म रोगों की खुजली इत्यादि में लाभदायक है ।

विशेष—इसकी टिकिया, शर्बत और खांसी के लिये एक्सपैक्टोरेन्ट आते हैं ।

DOSULFIN "GEIGY" (डोसल्फीन "गाइगी")

मात्रा—पहले दिन—२ टिकिया प्रातः, १ दोपहर को और १ शाम को

दूसरे दिन—१ टिकिया ३ बार

तीसरे दिन—१ टिकिया ३ बार, इसके बाद २ टिकिया रोजाना

शर्बत की मात्रा—२ से १० सी० सी० दिन में ३ बार आयु के अनुसार।

मु० अ०—(एक प्रकार की सल्फोनेमाइड)

गुण—निमोनिया, ब्रौंकोनिमोनिया, ब्रौन्काइटिस, पेचिश, मूत्राशय-शोथ तथा अन्य मूत्रयंत्र के रोग, कर्णशोथ, टौन्सिल्स का बढ़ जाना, स्तन-शोथ, पित्ताशय-शोथ, प्रौस्टेट ग्रंथि की सूजन, गन्दे घाव तथा कई प्रकार के त्वचा-विकार में उपयोगी है।

DILATRANE "GRIMAULT" (डाइलेट्रेन "ग्रीमाल्ट")

मात्रा—३ से ६ टिकिया रोजाना।

मु० अ०—(थ्योफाइलीन, इफेड्रीन, फीनोबार्बीटोन)

गुण—यह दमा (श्वास रोग) की प्रसिद्ध औषधि है। १-२ टिकिया खाने के २० मिनट के अन्दर ही दौरा शांत हो जाता है।

नोट—यह दो प्रकार की होती है (१) शीघ्र असर करने वाली, (२) देर में असर करने वाली।

DILANTIN SODIUM "P. D."

(डाइलेन्टीन सोडियम "पी० डी०")

मात्रा—१ टिकिया २-३ बार।

मु० अ०—(DIPHENYLHYDANTION SODIUM)

गुण—मृगी रोग में विशेष उपयोगी है।

DIONINDON "INDON" (डायोनिन्डौन "इन्डीन")

मात्रा—१ टिकिया १२-१२ घंटे में या अधिकतम मात्रा ४ टिकिया २४ घंटे में (६-६ घंटे में)

मु० अ०—(डायोनीन+फेनोबार्बीटल)

गुण—ऐसी खाँसी जो बहुत परेशान करती हो और बार-बार उठती हो या औप्रेशन के पश्चात् उठने वाली खाँसी में यह बहुत लाभदायक सिद्ध हुई है।

DIPHENAN "B. D. H." (डाइफेनन "बी० डी० एच")

मात्रा—१ टिकिया ३ बार।

मु० अ०—(P-BENZYLPHENYL-CARBAMATE)।

गुण—यह मुख्यत: गुदा और मलाशय में रहने वाले सूती कीड़ों (Thread-worms) के लिये उपयोगी है। ७ दिन लगातार प्रयोग करने के बाद कुछ दिनों के लिये इसका प्रयोग बन्द कर देना चाहिये।

DIPROCIN "ALEMBIC" (डिप्रोसीन "अलैम्बिक")

मात्रा—साधारणतया रोजाना एक इजेक्शन (मांस में)।

मु० अ०—(प्रोकेन पेनिसिलीन और डाइहाइड्रो-स्ट्रैप्टोमाइसीन)।

गुण—इसके गुण "कौम्बायोटिक" के समान हैं।

DONGRE'S BALAMRIT

(डोंगरे का बालामृत)

मात्रा—आयु के अनुसार।

मु० अ०—(कैल्सियम, शर्बत, रंग)।

गुण—यह दुर्बल बच्चों को हृष्ट-पुष्ट बनाता है। यह बड़ी प्रसिद्ध पेटेन्ट औषध है।

DUOGYNON "SCHERING"

(ड्योजीनौन "शेरिंग")

मात्रा—१ इंजेक्शन रोजाना २ दिन तक ।

मु० अ०—(प्रोजेस्टरोन २० mg+ओएस्ट्रेडियील बैन्जोएट २ mg)

गुण—दो दिन तक इसका रोज़ाना एक इंजेक्शन मांस में लगायें। यदि स्त्री गर्भवती है तो योनि से किसी प्रकार का रुधिर न बहेगा। अन्यथा ३ से ६ दिन के अंदर मासिक धर्म शुरू हो जायगा। अतः यह औषधि यह जानने के लिये कि स्त्री का मासिक धर्म वैसे ही बंद हो गया है या गर्भवती होने के कारण वहुत उपयोगी है।

विशेष—अब इसकी खाने की टिकिया भी आने लगी हैं जिन्हें २ दिन तक (१ टिकिया रोजाना) प्रयोग करना पड़ता है।

DUPLOMYCIN "DUMEX"

(डुप्लोमाइसीन "ड्युमैक्स")

मु० अ०—(स्ट्रैप्टोमाइसीन और डाइहाइड्रोस्ट्रैप्टोमाइसीन)।

इसकी मात्रा, अवयव ओर गुण एम्बिस्ट्रीन (Ambistryn) के समान हैं।

DURABOLIN "ORGANON"

(ड्युराबौलिन "और्गेनौन")

मात्रा—या तो २५mg का इंजेक्शन पन्द्रहवें दिन या १० mg का इंजेक्शन सातवें दिन मांस में।

मु० अ०—(NANDROLONE PHENYLPROPIONATE और ETHYL OLEATE)।

गुण—यह अत्युपयोगी औषधि है। जो बच्चे समय से पूर्व उत्पन्न हुये हों या जिन्हें भूख न लगती हो या जिनका वज़न न बढ़ता हो और दुबले पतले

ही रहते हों, उन्हें इसके इंजेक्शनों से बहुत लाभ होगा। नवजात शिशुओं को भी इसके इँजेक्शन (२ mg) ३-३ दिन के अन्तर से दिये जा सकते हैं।

इसके अतिरिक्त यह यकृत का सिर्होसिस, जीर्ण यकृत शोथ, वज़न का घट जाना, छाती का कैन्सर (जिसका औप्रेशन न हो सके), अस्थिभंग (देर में अच्छा होने वाला), शक्तिक्षीणता और दुर्बलता में भी उपयोगी है।

DURACILLIN "LILY" (ड्यूरासिलीन "लिलि")

मात्रा—एक इंजेक्शन हर १२ या २४ घंटे के अन्तर से मांस में।

मु० अ०—(प्रोकेन पैनिसिलीन और पैनिसिलीन "जी" क्रिस्टेलाइन पोटासियम)

गुण—इसके गुण साधारण पैनिसिलीन की तरह हैं इसमें केवल यह विशेषता है कि इसे २४ घण्टे में केवल एक बार लगाया जाता है।

EFCORLIN "GLAXO" (एफ्कौर्लीन "ग्लैक्सो")

यह ग्लैक्सो कंपनीं का तैयार किया हुआ हाइड्रोकोर्टीसीन (Hydro-Cortisone) है। यह निम्नलिखित रूपों में आता है–

(१) **एफ्कौर्लीन आई ड्रौप्स और आई आइन्टमेंट**–यह नेत्र रोगों में जैसे चोट लगना, सूजन, पीप पड़ जाना इत्यांदि में उपयोगी है।

(२) **एफ्कौर्लीन इंजेक्शन**–इसके इंजेक्शन गठिया, जोड़ों की सूजन इत्यादि में जोड़ों के अन्दर लगाये जाते हैं। प्लुरिसी रोग में जब प्लुरा में द्रव एकत्रित हो जाता है तब इसके इंजेक्शन लगाने से बहुत लाभ होता है।

(३) **एफ्कौर्लीन नेज़ल ड्रौप्स**–इसकी २-३ बूंद जुकाम, है फीवर आदि नाक के रोगों में ३-३ घण्टे में टपकाई जाती है।

(४) **एफ्कौर्लीन पेलेट्स**–यह मुंह के छालों में प्रयुक्त होता है दिन में ४ बार एक टिकिया मुँह में डाल लें। जब मुँह में किसी कारण मवाद पैदा हो गई हो तब इसे प्रयोग न करना चाहिये।

(५) **एफ्कौर्लीन स्किन लोशन और आइन्टमेंट**–यह चर्म रोगों में जैसे चर्म-शोथ, एक्जीमा, भग और गुदा की खुजली इत्यादि में उपयोगी है। ये दोनों "न्योमाइसीन" के साथ मिले हुये भी आते हैं।

(६) **एफकोर्लीन सौल्युबिल**–यह पाउडर होता है। जिसे २ सी० सी० डिस्टिल्ड वाटर में घोल लेते हैं। इसके मांस या नस में इन्जेक्शन लगाये जाते हैं। यह शौक (चोट, रक्तस्राव, जलना इत्यादि के कारण), निरन्तर दमा का दौरा, सीरम, पैनिसिलीन या अन्य औषधि के प्रयोग के फलस्वरूप होने वाले लक्षण या अन्य प्रकार की भयंकर अलर्जी में उपयोगी है।

ELE-B CAPSULES "U.S.V. (एली-बी कैप्स्यूल "यू०एस०वी०)

मात्रा—रोजाना १ या अधिक कैप्स्यूल।

मु० अ०—(विटेमिन-बी-काम्पलैक्स, विटेमिन बी$_{12}$, कोलीन, आइनोंसिटौल, साइट्रस-फ्लेवोनौइड कं०, लिवर (खुश्क किया हुआ) ईस्ट

गुण—यह अतिक्षोभ्यता, आमाश्यान्त्र विकार, बहुतंत्रिकाशोथ, हृद्-वाहिका दुष्क्रिया, अधीरता, अजीर्ण, अतिसार, बेरीबैरी, पैलाग्रा, कब्ज, रक्तक्षीणता इत्यादि रोगों में उपयोगी है। हाजमा बढ़ाता है भूख को उत्तेजित करता है। रक्तचाप को ठीक करता है।

ELKOSIN "CIBA" (एल्कोसिन "सीबा")

मात्रा—२ टिकिया ४-४ घंटे में (अधिक से अधिक रोजाना १६-२० टिकिया), १ चाय का चम्चा (सीरप का) दिन में ३ बार (बच्चों के लिये)

मु० अ०—(एक प्रकार की सल्फो-नेमाइड)

गुण—निमोनिया, ब्रोङ्काइक्टेसिस, फेफड़ों में फोड़ा बन जाना, विसर्प, **सोजाक, ब्रोन्काइटिस**, मस्तिष्कावरण शोथ, पेचिश (कीटाणु जन्य), मूत्राशय-**शोथ, कर्ण-शोथ** और कंठमूल-ग्रंथि-शोथ इत्यादि रोगो मे उपयोगी है।

ELIXIR BROMO–VALERIANATE "GABIL"

(इलिक्सर ब्रोमो-वेलिरियेनेट "गेबिल")

मात्रा—४ ड्राम २-३ बार।

मु० अ०–(ऐक्स० वेलिरियन, एसिड वेलिरियेनिक, अमोनियम कार्ब क्लोरल हाइड्रेट, ब्रोमाइड्स, सीरप औरंशाई)

गुण–उपशामक और निद्राजनक; हिस्टीरिया, निद्रानाश, चिड़चिड़ापन, मृगी, कंप, न्युरेस्थीनिया, भ्रम इत्यादि विकारों में बहुत उपयोगी है।

ELIXIR LACTOPEPTINE (इलिक्सर लैक्टोपैप्टीन)

मात्रा–२-४ ड्राम भोजन के बाद ।

मु० अ०–(पैप्सीन, डाइस्टेस, पैन्क्रियाटीन, लैक्टिक, और हाइड्रोक्लोरिक एसिड्स)

गुण–भूख और पाचन शक्ति बढ़ाता है । अब यह शायद उपलब्ध नहीं है ।

ELIXIR PEPTENZYME (इलिक्सर पैप्टेन्जाइम)

मात्रा–१-२ ड्राम।

मु० अ०–(ठीक पता नहीं)

गुण–अजीर्ण और अरुचि के लिए उपयोगी है । पोटास ब्रोमाइड, पोटास आयोडाइड आदि औषधियों को इसमें मिलाकर देने से उनका स्वाद सुधर जाता है। आजकल यह बाजार में नहीं मिलती ।

ELLIMAN'S EMBROCATION

(एलिमैन्स एम्ब्रोकेशन)

बाहरी प्रयोग के लिए ।

मु०अ०—(ऐसेटिक एसिड, आयल टर्पन्टाइन, कैम्फर, अण्डे की जर्दी, जल)

गुण—गठिया, बाय, दर्द कमर, मोच और हर प्रकार के दर्दों में इसकी मालिश से लाभ होता है।

विशेष—यह दो प्रकार का आता है। ("यूनिवर्सल" आदमियों के लिये और "रोयल" जानवरों के लिये)।

EMBEQUIN "M. B." (एम्बेक्विन "में बेकर")

मात्रा—१ टिकिया ३ बार।

मु० अ०—(DI-IODOHYDROXYQINOLINE)

गुण—नई और पुरानी दोनों प्रकार की पेचिस तथा अन्य अमीबा-जन्य रोगों में प्रयुक्त होता है।

EMBELIX "M. B." (ऐम्बेलिक्स "में बेकर")

मात्रा—२ ड्राम दिन में ३ बार।

मु० अ०—(अन्यूरीन, रिबोफ्लेवीन, निकोटिनिक ऐसिड, कैफीन, स्ट्रिक्नीन, फेरी एट अमोनिया साइट्रास, मैन्गानीज सल्फ, मीथिल हाइड्रौक्सी बेन्जोअस, ईथिल अल्कोहॉल)।

गुण—बलदायक, रक्तवर्द्धक; रोगों के बाद की कमजोरी, अरुचि, शक्ति-हीनता और सामान्य दौर्बल्य में उपयोगी है।

ENDRINE "WYETH" (एन्ड्रीन "वाइथ")

बाहरी प्रयोग के लिये।

मु० अ०—(इफेड्रीन, मैन्थौल, कैम्फर, यूकेलिपटौल, ओलियम रिसाइनी, लिक्विड पैरेफीन)।

गुण—जुकाम, नजला, दमा, खाँसी इत्यादि में इसे पिचकारी से नथनों में टपकाया जाता है।

विशेष—यह हलकी और तेज दो प्रकार की आती है।

ENGRAN "SQUIBB" (ऐनग्रैन "स्कुइब्ब")

मात्रा—रोजाना १ कैप्स्यूल ।

मु० अ०—(विटेमिन्स ए, डी, बी$_{१२}$, सी, बी-कौम्प्लैक्स, के, फौलिक एसिड और मिनरल्स)

गुण—जब कभी शरीर को विटेमिन्स और मिनरल्स की आवश्यकता हो जैसे गर्भावस्था और शिशु-उत्पत्ति के पश्चात् स्त्रियों को, इसके प्रयोग से लाभ होता है । यह हर प्रकार की दुर्बलता को दूर करता है ।

ENO'S FRUIT SALT (एनोज फ्रूट साल्ट)

मात्रा—१-२ ड्राम जल में डाल कर दिन में २-३ बार ।

मु० अ०—(सोडा बाईकार्ब, एसिड टार्टेरिक, सोडा बाइटार्टरेट, सोडा टार्टरेट) ।

गुण—कब्ज, अजीर्ण, अफारा इत्यादि में उपयोगी है ।

ENTEROCYCLINE "DEY'S" (एन्टरोसाइक्लीन "डेज्")

मात्रा—१ कैप्स्यूल ४-६ घंटे के अन्तर से (कुल ४-६ कैप्स्यूल रोजाना)

मु० अ०—(क्लोरम्फेनीकोल+टैट्रासाइक्लीन) ।

गुण—निमोनिया, कंठशोथ, ब्रौन्कोनिमोनिया, ब्रौन्काइटिस, कंठमूल-ग्रन्थि शोथ, काली खांसी, फोड़े फुंसी, मूत्र -यंत्र के संक्रामक विकार, मस्तिष्क शोथ, बेसीलरी पेचिश, आमाश्यान्त्र विकार, जननमूत्र-संक्रमण, रक्तविषाक्तता, अस्थि मज्जा शोथ, शल्य कर्म-संक्रमण, नेत्रों के विकार आदि अनेक रोगों में उपयोगी है ।

ENTROMYCETIN (एन्टरोमाइसेटीन)

मात्रा—१-२ कैप्स्यूल ४ से ६ घण्टे के अन्तर से ।

मु०अ०—(Chloromphenical)

गुण—इसके गुण 'क्लोरोमाइसेटीन' के समान है 'देखो' । इसकी आँख

की मरहम, कान में टपकाने का घोल, मांस में लगाने के इंजेक्शन और शर्बत तथा टिकिया वगैरा आती हैं।

ENTACYL "B. D. H." (एन्टेसील "बी० डी० एच०)

मात्रा—सूत्र कृमि के लिये १-४ चमचे रोजाना ७ दिन तक आयु के अनुसार। केंचुवे के लिये २-८ चाय के चमचे कुल एक बार आयु के अनुसार।

मु०अ०–(पिप्रेज़ीन साइट्रेट)

गुण–पेट के केचुवे और सूत्रकृमि नष्ट करने के लिये बहुत उपयोगी है।

नोट—इसकी टिकिया भी आती है जिसकी मात्रा बच्चों के लिये २-६ टिकिया रोजाना १ बार सात दिन तक आयु के अनुसार सूत्र कृमि के लिए और ३-१५ टिकिया केवल १ दिन एक मात्रा में आयु के अनुसार केचुवे के लिये।

ENTEROQUINOL "E. I." (एन्ट्रोक्वीनौल "ई० आई०")

मात्रा–१-२ टिकिया तीन बार।

म०अ०–(Iodochloroxyquinoline)

गुण–पेचिस (नई और पुरानी दोनों प्रकार की) और आँतों के अमिबा-जन्य दूसरे रोगों में विशेष उपयोगी है।

EPHAZONE (एफेजोन)

मात्रा–१-३ टिकिया रोजाना या दौरे के समय १-२ टिकिया।

मु०अ०–(इफेड्रीन हाइड्रोक्लोराइड इत्यादि)

गुण–हर प्रकार के श्वास रोग में बहुत उपयोगी है। १-२ टिकिया खाने से अक्सर दौरा शान्त हो जाता है। बिना दौरे के भी खाई जा सकती है।

EPHEDREX "ALEMBIC" (इफेड्रैक्स "अलैम्बिक")

मात्रा–१ ड्राम दिन ३ बार।

मु०अ०–(इफेड्रीन, कोडीन फौस्फेट, क्लोरफेनीरेमीन मेलियेट्, सीरप)

गुण–जुकाम, खांसी, काली खाँसी, पुरानी खाँसी और बार २ उठने वाली खांसी में बहुत उपयोगी है। इफेड्रैक्स N के कैप्स्यूल आते हैं जो खांसी और श्वास रोगों में उपयोगी सिद्ध हुये हैं।

ESTROPROGYN "UNICHEM" (एस्ट्रोप्रोजीन "यूनीकम")

मात्रा–४ टिकिया रोजाना ५ दिन तक।

मु०अ०–(Ethisterone+Ethinyl Estradiol)

गुण–रज-अदर्शन, स्वाभाविक गर्भस्राव, बांझपन और गर्भावस्था की जांच के लिये।

नोट—इसके १ सी०सी के इंजेक्शन भी आते हैं जिनमें एस्ट्रेडिऔल बैन्जोएट और औजस्टरोन होते हैं।

प्रारम्भिक रज-अदर्शन में–रोजाना १ इंजेक्शन लगातार ४ दिन तक, माहवारी शुरू होने के १८वें दिन से।

द्वितीय रज अदर्शन में–माहवारी शुरू होने से २०वें और २१वें दिन (अर्थात २ इंजेक्शन)।

स्वाभाविक गर्भस्राव में—१ इंजेक्शन रोजाना ७ दिन तक (जिस समय से पहला गर्भस्राव हुआ हो)

आपेक्षिक बाँझपन में–हर रज-दर्शन के समय एक इंजेक्शन २०वें दिन और एक इंजेक्शन २१वें दिन दें ३-४ मास तक या जब तक गर्भ न रहे।

गर्भावस्था की जाँच के लिये–दो दिन तक एक इंजेक्शन दें। दूसरे इंजेक्शन देने के ७२ घंटे के अंदर २ यदि माहवारी प्रकट न हो तो समझ लेना चाहिये कि स्त्री गर्भवती है। अन्यथा मासिक धर्म अवश्य हो जायगा।

ERBOLIN "GLAXO" (अर्बोलिन "ग्लैक्सो")

मात्रा–१ कैप्स्यूल २-३ बार ।

मु०अ०—(अर्गट)

गुण—बच्चा उत्पन्न होने के पश्चात् रक्तस्राव को रोकने और मैला जारी करने के लिए बहुत उपयोगी है ।

ERGOTAB (अर्गोटैब)

मात्रा–२ टिकिया ३ बार रोजाना गर्म जल के साथ ।

मु० अ०—(कुनीन हाइड्रो०, फेरस सल्फ ऐक्सी०, अर्गोटेमीन टार्टरेट, ग्वाकम रेजिन, पोटास परमैंगनेट, एलोज एँट मिर्ह)

गुण—नष्टार्तव, कष्टरज, श्वेत प्रदर आदि में उपयोगी है ।

ESANOFELE (इसेनोफील)

मात्रा—२ गोली दिन में ३ बार ।

मु० अ०—(क्वीनीन, आर्सेनिक, फैरि-साइट्रास, बिटर्स का ऐक्सट्रैक्ट)

गुण–मुख्यतया मलेरिया ज्वर में उपयोगी है ।

ESKAMEL "S. K." (एस्केमल "स्मिथ क्लाईन")

मात्रा—बाहरी प्रयोग के लिये, रोजाना १ बार ।

मु० अ०—(रिसौसिन, गंधक, हैक्साक्लोरोफीन)

गुण—मुहाँसों के लिये अत्युपयोगी है । मुँह को साबुन और जल से धोने के पश्चात तौलिये से पोंछ लें और फिर इस मरहम को लगा दें । मलने की आवश्यकता नहीं ।

ESIDREX "CIBA" (एसीड्रैक्स "सीबा")

मात्रा–आरम्भ में १-२ टिकिया (२५–५० m.g.) प्रातः जलपान के बाद और दूसरी मात्रा दोपहर के भोजन के बाद; बाद में ½–१ टिकिया रोजाना ।

मु० अ०—(हाइड्रोक्लोरोथायेजाइड)

गुण—हर प्रकार के शोथ रोग में चाहे वह किसी ही कारण से क्यों न हो उपयोगी है । इसके प्रयोग से मूत्र खूब टूट कर आता है। यह बढ़े हुये रक्तचाप को भी कम करता है ।

ESTOMYCIN "GLAXO" (एस्टोमाइसीन "ग्लैक्सो")

मात्रा—१ लाख यूनिट्स (बच्चों के लिए), ५ लाख यूनिट्स (जवानों के लिये) मांस में ।

मु० अ०—(एस्टोपन+स्ट्रेप्टोमाइसीन)

गुण—निमोनिया ब्रौंको-निमोनिया, प्लुरिसी तथा फेफड़ों के अन्य रोगों में लाभदायक है ।

ESTOPEN "GLAXO" (एस्टोपेन "ग्लैक्सो")

मात्रा—१ लाख यूनिट (बच्चों के लिये), ५ लाख यूनिट (जवानों के लिये) I. M.

मु० अ०—(पेनिसिलीन-जी-डाइइथिल··)

गुण-यह फेफड़ों के रोगों के लिये जैसे निमोनिया, ब्रौंको निमोनिया, ब्रौन्काइटिस, प्लुरिसी इत्यादि में बड़ी उपयोगी है।

ETOPLEX "U. S. V." (ई-टोप्लेक्स "यू० एस० वी०")

मात्रा—३० से १०० m. g. या अधिक ।

यह दो शक्ति का आता है ३० m.g. और १०० mg (प्रति कैप्स्यूल)

मु० अ०—विटेमिन "ई"

गुण—देखो विटेमिन "ई"

EUPEPTIN "RAPTAKOS" (यूपेप्टीन "रैप्टेकौस")

मात्रा—२ ग्राम भोजन से पूर्व ।

मु० अ०—(पैपेन, पैन्क्रियाटीन, डायस्टेस इत्यादि) ।

गुण—अरुचि, अजीर्ण, अफारा, अम्ल-पित्त और पेट और जिगर के दूसरे रोगों में उपयोगी है ।

नोट—प्रत्येक शीशी पर तारीख लिखी हुई होती है उससे पूर्व ही इसे प्रयोग करना चाहिये ।

EURAX "GEIGY" (यूरेक्स "गाइगी")

यह बाहर लगाने की क्रीम है।

मु० अ०—(Crotonyl-n-ethyl-o-toluidide)

गुण—यह हर प्रकार की खुजली, एक्जिमा, सोरायसिस और त्वचा के अनेक रोगों में लाभदायक सिद्ध हुई है ।

इसे ६-६ घण्टे के अन्तर मे त्वचा में लगाना चाहिए । यह हाइड्रोकोर्टीसोन के साथ मिली हुई भी आती है ।

FAREX "GLAXO" (फेरेक्स "ग्लैक्सो")

मात्रा—१-४ ड्राम आयु के अनुसार ।

मु० अ०—(यह एक प्रकार का खाद्य है जिसमें प्रोटीन, चर्बी, श्वेतसार आदि सभी उपस्थित हैं। इसमें विटेमिन "डी" भी मिली होती है।)

गुण—इसे रोगों में भोजन के रूप में दिया जा सकता है। इसे रूखा खा लें या फलों के अर्क, दूध आदि के साथ । यह विशेषतया बच्चों (१५ पौंड से अधिक वजन वालों) को दिया जाता है ।

FELLOWS SYRUP (फैलौज सीरप)

मात्रा—१–२ ड्राम दो तीन बार भोजन के बाद ।

मु० अ०—(हाइपोफौस्फाइट्स ऑफ क्वीनीन, स्ट्रिक्नीन, कैल्सियम, मैंग्नानीज, पोटासियम, और आयरन, शूगर, क्लोरोफार्म, अल्कोहाल)

गुण—न्युरस्थीनिया, पाण्डुरोग, धातु-क्षीणता, रोगों के बाद की दुर्बलता, और साधारण दुर्बलता में उपयोगी है ।

विशेष–दुर्बल और ऐसे व्यक्तियों को जिन्हें कब्ज रहता हो या जिनकी पाचन शक्ति कमजोर हो, इसे १५-२० बूँद से आरम्भ करना चाहिए।

FELSOL "A. F. D." (फैल्सौल "ए० एफ० डी०")

मु० अ०—(एनिळाइपायरीन, कैफीन)

गुण—विशेषतया दमे के लिये उपयोगी है। दौरा उठते समय ही एक पुड़िया से दौरा शांत हो जाता है।

FENOCIN "DUMEX" (फेनोसिन "ड्युमेक्स")

मात्रा—१–२ टिकिया (१३० mg) ४ बार।

मु० अ०—(पोटासियम पैनिसिलीन V)

गुण–सब प्रकार के संक्रमण में जैसे निमोनिया, ब्रौंको निमोनिया, खांसी, कंठ शोथ, कर्ण शोथ, साइनसाइटिस, फोड़े फुंसी, जख्म, सुजाक इत्यादि-उपयोगी है। बच्चों को ½–१ टिकिया दें।

विशेष—यह दो शक्ति की आती है (१) १३० mg वाली
(२) ६५ mg वाली

और सल्फा के साथ भी आती है।

FERILEX "T. C. F." (फैरिलैक्स "टी० सी० एफ०")

मात्रा—१–२ ड्राम ३–४ बार भोजन से पूर्व या पश्चात्।

मु० अ०—(लिवर ऐक्सट्रेक्ट, कैल्सियम लैक्टोफौस्फेट, सोडियम ग्लीसरोफौस्फेट, आयरन, कौपर, स्ट्रिक्नीन, मैन्गानीज, माल्ट, ग्लुकोस, सीरप इत्यादि।)

गुण—पाण्डुरोग, साधारण दुर्बलता और रोगों के वाद की दुर्बलता में उपयोगी है।

FERRADOL "P. D." (फैराडौल "पी० डी०")

मात्रा—२ ड्राम दिन में २–३ बार भोजन के बाद।

मु० अ०—(विटेमिन A विटेमिन D, विटेमिन B_1 विटेमिन B_2 निकोटिनेमाइड, फैरि एँट अमोनिया साइट्रास, माल्ट-ऐक्सट्रैक्ट)

गुण—पुष्टिकारक, बल और शक्ति प्रदान करने वाला और रक्तवर्द्धक है। पाण्डुरोग, और हर प्रकार की दुर्बलता में उपयोगी है।

FERRO-B-LIVER "UNICHEM" (फेरौ-बी-लिवर "यूनीकम")

मात्रा—२ ड्राम २-३ बार रोजाना।

मु० अ०—(फैरस ग्लुकोनेट, फैरस क्लोराइड, विटेमिन बी$_1$, विटेमिन बी$_2$, निकोटिनिक एसिड और निकोटिनेमाइड, कैल्सिफरोल, कैल्सियम हाइपोफौस्फाइट, लिवर कन्स०)

गुण—हर प्रकार की रक्त क्षीणता में उपयोगी है। बल प्रदान करता है। खून बढ़ाता है।

FERROPHYL "A. D." (फेरोफील "ए० डी०)

मात्रा—२-३ टिकिया २-३ बार।

मु० अ०—(फेरस ग्लुकोनेट, फौलिक ऐसिड, विटेमिन "सी" क्लोरोफील)

गुण—दुर्बलता, रक्ताल्पता, रोगों के बाद की कमजोरी इत्यादि में उपयोगी है।

FERSOLATE "GLAXO" (फर्सोलेट "ग्लैक्सो")

मात्रा—३ टिकिया रोजाना।

मु० अ०—(फैरस सल्फ ऐग्जीक्रेटस, कौपर, मैंगानीज)

गुण—रक्ताल्पता, दौर्बल्य आदि में उपयौगी है।

विशेष—यह तरल रूप में भी आती है।

FLAVOLUTAN "BOEHRINGER" (फ्लेवोल्युटन "बौहरिंगर")

मात्रा—एक ऐम्प्यूल रोजाना या तीसरे दिन मांस में।

मु० अ०—(प्रोजस्टरोन+विटेमिन "E") १०mg और २५ mg।

गुण—यह स्त्री जननेन्द्रियां संबंधी रोगों में उपयोगी है। गर्भस्राव के लक्षण प्रगट होते ही इसका १० mg का एक इंजेक्शन लगादें और जब तक

कि रक्तस्राव तथा अन्य लक्षण शांत न हो जायें रोजाना इंजेक्शन देते रहें। जिन स्त्रियों को बार-बार गर्भस्राव होता हो उन्हें इसके इंजेक्शन निरन्तर कई मास तक देने चाहियें।

रक्त प्रदर में भी इसके इंजेक्शन उपयोगी हैं।

FOLVITE "LEDERLE" (फौल्वाइट "लैडर्ली")

मात्रा–१–४ टिकिया रोजाना या अधिक।

मु० अ०–(फौलिक एसिड)

गुण––रक्ताल्पता और स्प्रू में उपयोगी है।

विशेष–इसकी १० सी० सी० कीं ईंजेक्शन की शीशी भी आती है जिसे १ सी० सी० रोजाना मांस द्वारा लगाया जाता है।

FILIBON "LEDERLE" (फिलीबौन ""लैडर्ली")

मात्रा–१ कैप्स्यूल रोजाना।

मु० अ०–(विटेमिन्स+अनेक धातु)

गुण–यह औषधि मुख्यतया गर्भवती स्त्रियों के लिये उपयोगी है इसमें वे सब तत्व उपस्थित हैं जिनकी स्त्रियों को गर्भावस्था तथा बच्चा उत्पन्न होने के उपरान्त आवश्यकता पड़ती है।

FORISTAL "CIBA" (फौरिस्टल "सीबा")

मात्रा—१ टिकिया ३ बार।

मु० अ०–(डाइमेथिन्डीन मेलिएट)

गुण—अलर्जी, पित्त उछलना, खुजली, बाज प्रकार का दमा इत्यादि में उपयोगी है।

FOLVON-F "LEDERLE" (फौल्वरौन-एफ "लैडर्ली")

मात्रा–१ कैप्सूल या २ ड्राम लिक्विड, दिन में ३ बार भोजन के बाद।

मु० अ०—(फौलिक एसिड, फैरस फ्युमीरेट)

गुण–पाण्डुरोग में उपयोगी है। रक्त पैदा करता है।

विशेष–इलिक्सर में फैरस फ्युमीरेट की बजाय फैरस ग्लुकोनेट होता है।

FORMO-CIBAZOL "CIBA" (फौर्मो-सीबाजौल "सीबा")

मात्रा–१–२ टिकिया दिन में ३ बार।

मु० अ०–(फौर्मेल्डीहाइड-सल्फेथायेजौल वगैरा)

गुण—आंतों के कीटाणुजन्य रोगों में उपयोगी है जैसे आंतों की सूजन, वेसीलरी प्रकार की पेचिश, बच्चों का अतिसार इत्यादि।

FULCINFORTE "I. C. I."

(फुल्सीन फोर्ट "आई० सी० आई०")

मात्रा–रोजाना ३–४ टिकिया।

गुण—यह दाद के लिये अकसीर है। ३–४ सप्ताह तक प्रयोग करना चाहिये। इस औषधि का मूल्य अधिक होने के कारण गरीब लोग इससे लाभ नहीं उठा सकते।

FURAMIDE COMPOUND "BOOTS"

(फ्युरामाइड कंपाऊन्ड "बूट्स")

मात्रा–२ टिकिया रोजाना ३ बार ५ दिन तक।

मु० अ०–(डाइलौक्सेनाइड फ्युरोट, स्ट्रैप्टोमाइसीन सल्फेट और क्लोरोक्वीन फौस्फेट)

गुण–अतिसार और पेचिस में बहुत उपयोगी सिद्ध हुई है।

FUROXONE "S. KLINE" (फ्युरौक्सोन "स्मिथ क्लाईन")

मात्रा–१ टिकिया (१००mg) दिन में ४ बार। बच्चों को ¼ से ½ टिकिया ४ बार।

मु० अ०–(फ्युराजोलीडोन)

गुण–साधारण अतिसार, दण्डाणुज प्रवाहिका (पेचिश), और जैवाणुक भोज्य-विषाक्तता (Food Poisoning) में उपयोगी है।

GERMEX (जर्मेक्स)

बाह्य प्रयोग के लिये (मरहम)

मु० अ०–एसिड कार्बोलिक, ऐ० सैलीसिलिक, ऐ बोरिक, कैम्फर, यूकेलिप्टस, जिन्क औक्साईड, सल्फानिलेमाइड)

गुण–एक्जिमा, खुजली, दाद, चोट, खरौंच, जख्म, घाव, फोड़े फुन्सी तथा अन्य प्रकार के चर्म रोगों में उपयोगी है।

GEROBION "MERCK" (जीरोबिअन "मर्क")

मात्रा—१–२ टिकिया (रोग निरोधक) ३–४ टिकिया (रोगहर) रोजाना

मु० अ०–(विटेमिन्स "ए", बी-कॉम्पलैक्स, सी, डी, ई, पी; लिपोट्रौपिक एजेन्ट्स, कोलीन, आइनोसिटौल)

गुण–अरुचि, घुमेर, अनिद्रा, काहिली, स्मरणशक्ति का कम हो जाना, चिड़चिड़ापन, किसी कार्य में मन न लगना, यकृत के पुराने विकार, वृद्धावस्था के विकार, इत्यादि में उपयोगी है।

नोट:–जीरोबिअन की दूसरी किस्म हार्मो-जीरोबिअन है। इसमें ३ हॉर्मोन्स मिले हुये होते हैं।

GETS IT CORN CURE (गैट्स-इट-कौर्न क्योर)

बाहरी प्रयोग के लिये।

मु० अ०–(एसिड सैलिसिलिक, जिन्क क्लोराइड, ईथर, कौलोडियन-फ्लैक्साइल, अल्कोहॉल)

गुण–आटन, मस्सों और गट्टों पर ब्रुश से लगाया जाता है।

GLAXO (ग्लैक्सो)

मात्रा—भिन्न-भिन्न आयु के लिये भिन्न-भिन्न मात्रा।

मु० अ०–(यह विशेष विधि से तैयार किया हुआ सूखा दूध होता है)

गुण–जिन बच्चों को छाती का दूध अनुकूल न पड़े उनके लिए यह दूध बड़ा अच्छा है।

GLAXENNA "GLAXO" (ग्लैक्सेना "ग्लैक्सो")

मात्रा–२ टिकिया सायंकाल के भोजन से १ घंटे पूर्व या २ घण्टे पश्चात् ।

मु० अ०–(SENNOSIDES A and B)

गुण–इसमें सनाय का सत होता है । कब्ज में उपयोगी है ।

GLYCODIN-TERPIN VASAK "ALEMBIC"
(ग्लाइकोडीन-टर्पिन वसाक "अलैम्बिक")

मात्रा–१ ड्राम ३–४ बार ।

मु० अ०–(ऐन्टीमनि टार्टरेट १।१६० ग्रेन, टर्पिन हाइड्रेट १।८ ग्रेन, कोडीन फौस्फेट १।८ ग्रेन, मैन्थाल१।२४ ग्रेन, सीरप टोलू १५ मि० सीरप वसाक काफी)

गुण—हर प्रकार की खांसी के लिए उपयोगी है ।

GONAZOLE "M. B." (गोनाजोल "एम० बी०")

मात्रा–४ टिकिया रोजाना आधा ग्लास जल के साथ ।

मु अ०–(सल्फेथायजोल और प्रोफ्लेवीन)

गुण—सोजाक के लिए बड़ी उपयोगी है ।

GRIMAULT'S SANTAL MIDY
(ग्रीमॉल्ट्स सैन्टल मिडि)

मात्रा–(१०–१२ कैप्स्यूल रोजाना)

मु० अ०–(आयल सैन्डल अर्थात् संदल का तेल)

गुण–सोजाक के लिए बड़ी उपयोगी है । पीप बन्द करती है और जलन को शांत करती है ।

GRIMAULT'S SYRUP OF LIME
(ग्रीमॉल्ट्स सीरप ऑफ लाइम)

मात्रा–½–१ औंस २ बार ।

मु० अ०–(कैल्सियम हाइपोफोस्फाइट और शायद मौर्फीन)

गुण–खांसी और जुकाम में बहुत उपयोगी है ।

GRYMIX "BOOTS" (ग्राइमिक्स "बूट्स")

मात्रा–१ से २ चाय के चमचे आवश्यकतानुसार या २–३ बार ।

मु० अ०—(सोडा बाईकार्ब, टिं० जिन्जीबेरिस, आयल कैरेवे, पीपरमिंट ऑयल, अल्कोहल शूगर)

गुण–यह बच्चों के अजीर्ण रोग और दांत निकलने के समय के विभिन्न विकारों में उपयोगी है । साधारण दस्तों में भी कुछ लाभ देता है ।

GRIPE MIXTURE (ग्राइप मिक्सचर)

मात्रा–१–२ ड्राम तक ।

मु० अ०–(सोडा बाइकार्ब, ऑयल ऐनिसि, ऑयल ऐनिथि, अल्कोहॉल, सीरप)

गुण–ग्राइप वाटर की तरह बच्चों के अनेक रोगों में उपयोगी है ।

विशेष–यह विभिन्न कारखानों का बना हुआ आता है । सदैव उत्तम कारखाने का प्रयोग करना चाहिए ।

GRIPE WATER "WOODWARD"
(ग्राइप वाटर "वुडवर्ड")

मात्रा–१ से २ ड्राम तक ।

मु० अ०—(सोडा बाइकार्ब, ऑयल ऐनिथी, अल्कोहॉल, सीरप)

गुण—इसके बनाने वाले ने इसे बच्चों के अनेक रोगों जैसे काली खांसी, कम्हेड़े, वमन, मतली, खट्टी डकार, अफारा, दांत निकलने के समय के विकार इत्यादि के लिए लिखा है ।

GRISOVIN-F P "GLAXO"
(ग्रीसोविन-एफ पी "ग्लैक्सो")

मात्रा–रोजाना ४ टिकिया (एक बार या एक-एक करके ४ बार)

मु० अ०–(GRISEOFULVIN)

गुण—यह मुख्यतया हर प्रकार के दाद के लिए प्रयुक्त होती है। रोग को दबाने के लिए इसे यथासंभव ४ सप्ताह तक इस्तेमाल करना चाहिए। इसे दाद के लिए अक्सीर कहा गया है।

GUANIMYCIN "GLAXO"

(ग्वानीमाइसीन 'ग्लैक्सो")

मात्रा–१ औंस ४–४ घण्टे में दिन में ४ बार भोजन से पूर्व।

मु० अ०––(स्ट्रैप्टोमाइसीन सल्फेट और सल्फेग्वानीडीन और केओलीन)

गुण––बेसीलरी डिसैन्ट्री (पेचिश), और आमाशय और अंत्र की सूजन में अत्युपयोगी है। इसे रोग के लक्षण प्रगट होते ही आरम्भ कर देना चाहिए।

GYNAE–C. V. P. CAPSULES "U. S. V."

(गाइनी-सी० वी० पी० कैप्स्यूल "यू० एस० वी०")

मात्रा—१–३ कैप्स्यूल रोजाना। आवश्यकता पड़ने पर ८ कैप्स्यूल तक।

मु० अ०––(साइट्रस बायोफ्लेवोनोयड कं०, विटेमिन "सी" और विटेमिन "के", फैरस ग्लुकोनेट, कैल्सियम लैक्टेट)।

गुण––जिन स्त्रियों में गर्भस्राव की आशंका होती है या जिन्हें गर्भावस्था में रक्तस्राव, मधुमेह और अति रक्तचाप की शिकायत होती है या बच्चा उत्पन्न होने के पश्चात् रक्तस्राव जारी रहता है उन्हें इसके प्रयोग से लाभ होता है।

गर्भपात और रक्तस्राव को रोकने के लिये यदि आवश्यकता हो तो इसकी मात्रा रोजाना ६ से ८ कैप्स्यूल कर देनी चाहिये। जिन स्त्रियों को बार-बार गर्भास्राव होता हो उन्हें इसे रोजाना १–२ कैप्स्यूल की मात्रा में ९ मास तक देना चाहिए।

GYNERGIN "SANDOZ" (गाइनर्जिन सैन्डोज)

मात्रा–२–४ टिकिया रोजाना या ½ से १ सी० सी० का इंजेक्शन (मांस या चर्म द्वारा)।

मु० अ०—(आर्गोटेमीन टार्टरेट)

गुण—प्रसव के बाद होने वाला रक्त-स्राव, रक्तप्रदर, असामयिक मासिक स्राव और आधा सीसी में उपयोगी है। आधासीसी में लक्षण प्रगट होते ही इसका ½ सी० सी० का इंजेक्शन लगायें; यदि एक घन्टे में शान्ति न हो तो ½ सी० सी० और लगायें। जब शूल तेज हो रहा हो और बमन, मतली आदि आरम्भ हो गई हों तो इसका ½ से १ सी० सी० का इंजेक्शन ½ से १ सी० सी० बेलाफोलीन के इंजेक्शन के साथ लगायें।

HADENSA (हेडेन्सा)

मात्रा—बाहरी प्रयोग के लिए।

मु० अ०—(कौर्वोसेप्ट, इक्थियोल, अन्ग्वंटम लेनि, एसिड बोरिक, ऑयल एरेकिडिस, वैसलीन)

गुण—यह जर्मनी की बनी हुई बवासीर की प्रसिद्ध औषध है। इसके प्रयोग से मस्से सिकुड़ने लगते हैं, शूल शांत हो जाता है और रुधिर बन्द हो जाता है। अब यह भारत में ही बनती है।

HALIBORANGE "A. H."

(हेलीबोरेंज "ए० एच०")

मात्रा—२ से ८ ड्राम दिन में दो बार।

मु० अ०—(विटेमिन "ए और डी२" ताजा संतरे का रस, विटेमिन "सी")।

गुण—पौष्टिक और बलदायक; खांसी, दुर्बलता, क्षीणता, बार २ जुकाम होना, रिकेट्स, दांत और अस्थियों की कमजोरी, इत्यादि में लाभदायक है। बच्चों तथा गर्भवती और स्तन का दूध पिलाने वाली स्त्रियों को विशेष उपकारी है।

HELMACID "GLAXO" ("हल्मेसिड ग्लैक्सो")

मात्रा—लगभग ६ ड्राम शर्बत या १२ टिकिया सोते समय (केंचुवों के

मु० अ०—(लिवर ऐक्सट्रैक्ट और विटेमिन $_{१२}$)

गुण—देखो लिवर ऐक्सट्रैक्ट (इंजेक्शन)

HIMRODS ASTHMA CURE
(हिमरौड्स ऐज्मा क्योर)

सूंघने के लिए।

मु० अ०—(लोबेलिया, स्ट्रैमोनियम, ब्लैक-टी, ऑयल एनिसी)

गुण—नजला, जुकाम, हे-फीवर और विशेषतया दमे के लिये उपयोगी है। डिब्बे के साथ जो टीन का टुकड़ा आता है उस पर जला हुआ कोयला रखकर उस पर थोड़ी सी औषध डाल कर जलाओ और धुएें को सूंघो। दौरे की अवस्था में आव २ घन्टे में और बिना दौरे के दिन में ३ बार। इसे सूंघने से दौरा तुरन्त शान्त हो जाता है।

HI-NUTRON 'HIND' (हाइ-न्युट्रौन 'हिन्द')

मात्रा—५ से १० सी० सी० जल में मिला कर दिन में कई बार।

मु० अ०—(यह मुर्गी के बच्चे से तैयार किया जाता है)

गुण—पौष्टिक, शक्तिवर्द्धक और उत्तेजक; रोगों में जब दुर्बलता बहुत बढ़ जाती है तो इसके प्रयोग से लाभ होता है।

HORLICKS MILK (हौर्लिक्स मिल्क)

मात्रा—भिन्न २ आयु में भिन्न २ (टीन पर लिखी होती है)

मु० अ०—(गाय का सुखाया हुआ दूध और गेहूँ और जौ के पोषक तत्व)

गुण—गाय और माता के दूध की बजाय बच्चों को दिया जाता है। इसके अतिरिक्त युवा-अवस्था वालों को भी यह ज्वरों, आमाशय और आंतों के रोगों और थकावट दूर करने के लिये दिया जाता है।

HORMOTONE (हौर्मोटोन)

मात्रा—१-२ टिकिया २-३ बार भोजन से पूर्व।

मु० अ०—(थाइरॉयड ग्लैंड, पिट्युट्री ग्लैंड, सुप्रारीनल ग्लैंड, गोनेड्स)।

गुण—यह स्त्री रोगों की प्रसिद्ध औषधि है। नष्टार्तव, कष्ट-रज, रक्त-प्रदर, श्वेत प्रदर और गर्भाशय-सम्बन्धी अन्य रोगों में उपयोगी है।

विशेष—यह २ प्रकार का आता है हौर्मोटोन और हौर्मोटोन "टी"।

HOSTACYLINE (हौस्टासाइक्लीन)

यह हैक्स्ट (Hoechst) कंपनी की बनी हुई टैट्रासाइक्लीन है। मात्रा और गुणों के लिये देखो 'टैट्रासीन"।

यह सीरप और ड्रौप्स की शक्ल में भी आती है।

HOSTACORTIN "HOECHST" (हौस्टाकौर्टिन 'हैक्स्ट")

यह प्रैडनीसोन का पेटंट नाम है।

गुणों के लिये देखो "प्रेडनीसोन"।

HOSTACORTIN "H" HOECHST (हौस्टाकौर्टिन "H")

यह प्रैडनीसोलोन का पेटंट नाम है।

गुणों के लिये देखो "प्रेडनीसोलोन"।

HUXLEY'S NER-VIGOUR (हक्सलेज नर-विगर)

मात्रा—१ ड्राम ३ बार भोजन के बाद।

मु० अ० -(ग्लीस्रोफौस्फेट्स ऑफ कैल्सियम, सोडियम, पोटासियम, मैंगनीज और आयरन, स्ट्रिक्नीन, विटेमिन बी१, कैल्सीफरोल, एसिड लैक्टिक)

गुण—हर प्रकार की मानसिक और शारीरिक दुर्बलता में उपयोगी है। इसके कुछ दिनों के प्रयोग से नाड़ी-शूल, वृद्धावस्था की दुर्बलता और पाण्डुरोग में सन्तोषजनक लाभ होता है।

विशेष—यह दो प्रकार का आता है सादा और "फौर्मेट्स" के साथ।

हाइड्रोकौर्टीसोन (HYDROCORTISONE)

मात्रा—१० से १५ एम० जी० (छोटे जोड़ों के लिये), २५ से ४० एम० जी० (बड़े जोड़ों के लिये)

गुण—जोड़ों की सूजन, गठिया, बाय में उपयोगी है।

नोट—(१) इसके इंजेक्शन जोड़ों में लगाये जाते हैं।

(२) इसकी त्वचा पर लगाने की मरहम और खाने की टिकिया, आँख में टपकाने का लोशन और डालने की मरहम, स्प्रे इत्यादि भी आते हैं।

ILOBAN "MERCK" (इलोबन "मर्क")

मात्रा—२ सी० सी० रोजाना या तीसरे चौथे दिन माँस में।

मु०अ०—(लिवर ऐक्सट्रैक्ट, विटेमिन बी$_{12}$, विटेमिन बी$_1$, रिबोफ्लेवीन, निकोटिनेमाइड)।

गुण—पाण्डुरोग, दौर्बल्य, अरुचि, नाड़ीशोथ, नाड़ीशूल, शक्तिहीनता, रोगों के बाद की कमजोरी, गर्भावस्था, यकृत के रोग इत्यादि में लाभदायक है।

ILOTYCIN "LILY" (इलोटाइसीन "लिलि")

मात्रा—रोजाना १-२ ग्राम।

मु० अ०—(**ERYTHROMYCIN**)

गुण—यह औषधि ऐसे रोगों में जो स्ट्रैप्टोकौकाइ, न्युमोकौकाइ, स्टेफीलोकौकाइ इत्यादि कीटाणुओं से उत्पन्न होते हैं, बहुत उपयोगी सिद्ध हुई है जैसे निमोनिया, कण्ठ-शोथ, अतिसार, मस्तिष्कावरण-शोथ, अपरसरोग, सेलुलाइटिस, फोड़े इत्यादि। डिफ्थीरिया में भी इसे डिफ्थीरिया ऐन्टीटौक्सीन के इंजेक्शन के साथ-साथ बहुत प्रयोग किया जाता है। साधारण मात्रा २ टिकिया दिन में ३ बार दें।

ILVICO "MERCK" (इल्विको "मर्क")

मात्रा—१-२ टिकिया ३ बार या १-२ ड्राम (शर्बत) ३-४ बार।

मु० अ०—(इल्विन, विटेमिन "सी", सैलीसिलेमाइड, क्वीनीन हाइड्रो०, कैफीन, आइसोप्रोफ़ील० (टिकिया में) शर्बत के अवयय कुछ भिन्न हैं।

गुण—यह जुकाम, खाँसी और इन्फ्लुयन्जा में बहुत उपयोगी है । परन्तु इसे रोग के लक्षण प्रगट होते ही आरम्भ कर देना चाहिये । ऐसा करने से रोग अकसर रुक जाता है ।

IMFERON "TATA FISON"
(इम्फेरन "टाटा फिसन")

मात्रा—२ सी० सी से ५ सी० सी० तक गहरा माँस में ।

मु० अ०—(**IRON DEXTRAN**)

गुण—यह रक्तक्षीणता (अनीमिया) में विशेष उपयोगी है । इसके प्रयोग से हीमोग्लोबीन के परिमाण में वृद्धि हो जाती है और यकृत, तिल्ली और अस्थि-मज्जा में आयरन की कमी पूरी हो जाती है । रोगी को अपने शरीर में बल और स्फूर्त्ति महसूस होने लगती है ।

नोट—इसे नस में दिया जा सकता है ।

INCRETONE "CARNRICK" ("इन्क्रीटोन कार्नरिक")

मात्रा—१-२ ड्राम भोजन से पूर्व ।

मु० अ०—(थाइरॉयड, पिट्युट्री, ओवेरी और टैस्टीज ग्रंथियों के सत, विटेमिन बी$_1$, फौस्फोरिक ऐसिड, टैरेक्सेकम, जंशियन, टिंचर कार्डेमम कं०) ।

गुण—बलकारक; शारीरिक और मानसिक दुर्बलता, अरुचि, धातु-क्षीणता और ज्वर, इन्फ्लुयन्जा, मलेरिया आदि रोगों के बाद की कमजोरी में उपयोगी है ।

INCREMIN "LEDERLE" (इन्क्रीमिन "लैडर्ली")

मात्रा—१-३ ड्राम रोजाना ।

मु० अ०—(आयरन, विटेमिन्स बी$_1$, बी$_6$, बी$_{12}$, लाइसीन, सौर्बीटौल)

गुण—यह बच्चों और जवानों को भूख बढ़ाने, बजन में वृद्धि करने और पाण्डुरोग के ठीक करने के लिये दिया जाता है । ऐसे बच्चे जो दुबले पतले हैं और जिनकी बढ़ौत नियमानुकूल न हो रही हो, इसके प्रयोग से अवश्य लाभ उठायेंगे ।

INTESTOPAN FORTE CAPSULES "SANDOZ"
(इन्टेस्टोपैन फोर्ट कैप्स्यूल्स 'सैन्डोज़")

मात्रा—पहले दिन २–२ कैप्स्यूल दिन में ३ बार।
बाद में १–१ कैप्स्यूल दिन में ३ बार।

गुण—अतिसार और पेचिस में अत्युपयोगी है।

नोट—बच्चों के लिये यह पीने की शक्ल में आता है जिसे इन्टेस्टोपैन सस्पैन्शन कहते हैं।

इसकी मात्रा आयु के अनुसार १–३ ड्राम दिन में ३ बार है।

(IODEX आयोडेक्स)

बाह्य प्रयोग के लिये।

मु० अ०—(५% आयोडीन की मरहम)।

गुण—गिल्टी, जोड़ों की सूजन, पुराने दर्द और कई चर्मरोगों के लिए उपयोगी है। इसे त्वचा में तब तक मलते रहें जब तक कि वह सब की सब जज्ब न हो जावे।

विशेष—यह सादा और "मीथिल सैलिसिलेट' के साथ आता है और इसकी लिक्विड, पैसरीज़ और सपोजीटरीज भी आती हैं।

IODOBESIN "ANGLO-FRENCH"
(आयडोबेसिन 'ऐंग्लो फ्रेंच")

मात्रा—२-४ टिकिया रोजाना।

मु० अ०—(यकृत, डिम्ब-ग्रंथि, पिट्युट्री-ग्रंथि, अण्डग्रंथि, थाइरॉयड-ग्रंथि, उपवृक्क-ग्रंथि के ऐक्सट्रैक्ट्स)।

गुण—मुटापा कम करने के लिये प्रयुक्त होती है। पहले १० दिन तक २ टिकिया रोजाना, बाद में १० दिन तक विश्राम लें।

IRGAFEN "GEIGY" (इर्गाफेन "गाइगी")

१-२ टिकिया ६-६ घंटे में।

मु० अ०—(एक प्रकार की सल्फोनेमाइड)

गुण—सल्फेनिलेमाइड या अन्य सल्फा श्रेणी की औषधियों के समान है। इसके प्रयोग से रक्तमेह, या मूत्रयन्त्र में कल्में बन जाना इत्यादि लक्षण पैदा नहीं होते।

नोट—इसकी आंख में लगाने की मरहम और इंजेक्शन भी आते हैं।

IRGAPYRIN "GEIGY" (इर्गापाइरीन "गाइगी")

मात्रा—३ या ५ सी० सी० का इंजेक्शन कूल्हे के माँस में गहरा (धीरे-धीरे) रोज़ाना या तीसरे दिन।

मात्रा—शूल और बाय का हरने वाला। आमवात, संधिवात, कटिशूल, नाड़ीशूल, गृध्रसी, नाड़ीशोथ आदि में उपयोगी है। इसकी टिकिया भी आती हैं जिसकी मात्रा ३-६ टिकिया रोजाना है।

विशेष—इसे दुर्बल व्यक्तियों और बूढ़ों को बड़ी सावधानी से देना चाहिये।

ISONEX "DUMEX" (आइसोनेक्स "ड्यूमेक्स")

मात्रा—५०-१०० M. G. की टिकिया दिन में ३ बार।

मु० अ०—(**ISONIAZID**)

गुण—यह क्षय रोग के लिये बड़ी उपयोगी सिद्ध हुई है। इसके प्रयोग के साथ-साथ स्ट्रेप्टोमाइसीन के इन्जेक्शन और "पास" का प्रयोग करना भी आवश्यक है।

KALZANA (कालज़ाना)

मात्रा—४-८ टिकिया रोजाना।

मु० अ०—(कैल्सियम-सोडियम लैक्टेट, लैक्टोस, टैल्कम, एसिड टार्टरिक, मैन्थौल, विटेमिन "डी")।

गुण—क्षय-रोग, रिकेट्स, अतिसार, रक्त-प्रदर, गर्भावस्था और दांतों को आसानी से निकालने के लिये प्रयोग करते हैं। संक्षेप में यह उन समस्त रोगों में दिया जाता है जिनमें कैल्सियम की आवश्यकता होती है।

KAPILIN "GLAXO" (कैपिलिन "ग्लैक्सो")

मात्रा—१ टिकिया दिन में कई बार या १ सी० सी० या १ सी० सी० का इन्जेक्शन।

मु० अ०—(एसिटोमिनेफ्थोन)

गुण—क्षय-रोग और मलेरिया के रक्तस्राव में, या जब क्वोनीन का प्रयोग किया जा रहा हो, और सर्व प्रकार के रक्तस्राव में उपयोगी है। पित्त उछलने, काली खांसी और बाज प्रकार की कमलबाई में भी लाभदायक सिद्ध हुई है। नवजात शिशु के रक्तस्राव और कमलवाई में इसका प्रयोग लाभदायक होता है। ऐसी दशा में बच्चा उत्पन्न होने से तुरन्त बाद बच्चे को इसकी ६ बूंद दे दें। एहतियातन माता को प्रसव से २ घंटे पूर्व इसकी एक मात्रा दे दें।

KASABIN "B. C." (कासेबिन "बी० सी०")

मात्रा—२ ड्राम दिन में २-३ बार।

मु० अ०—(अमोनियम बैन्जोयेट, थायोकौल, इफेड्रिन, बसाक इत्यादि)।

गुण—कफ निःसारक और कफ-नाशक; ऐसी खाँसी में विशेष उपयोगी है जिसमें कफ कम निकलता हो और खाँसी बार-बार और कष्ट के साथ उठती हो।

K_5 HAIR-TINCTURE "NORDMARK" (के$_5$ हेयर-टिंचर "नौर्डमार्क")

बालों के लिये।

मु० अ०—(ACETYLATED VITAMIN K_5, NICOTINIC ACID-BENZYLESTER, SALICYLIC ACID, ALCOHOL)

गुण—गंज और बालों का गिरना (रोगों के कारण या बुढ़ापे के कारण) में उपयोगी है। इसे पहले कुछ दिन तक रोजाना टटरी पर मला करें, बाद में सप्ताह में २-३ बार।

KAUFFMAN'S SULPHUR BITTERS
(कॉफ़मैन्स सल्फर बिटर्स)

मात्रा—२-४ ड्राम दिन में २-३ बार।

मु० अ०—(सल्फर, जंशियन, प्रूनी वर्जिनि, एलोज, यूपेटोरियम, टैनेसीटम, सनाय, पोडोफाइलम, केलेमस, जल लौर अल्कोहॉल)।

गुण—इसके निर्माता ने इसे अंजीरबेल, जुकाम, बाय, वातरोग, व्रण, ज्वर, मुंहासे, हर प्रकार का शूल, यकृत के विकार और अनेक प्रकार के चर्म-रोगों में उपयोगी लिखा है। यह वास्तव में है भी लाभदायक।

KENACOMB "SQUIBB" (केनाकौम्ब "स्कुइब्ब")

बाहरी प्रयोग के लिये।

मु० अ०—(TRIAMCINOLONE ACETONIDE, NEOMYCIN, GRAMICIDIN, NYSTATIN)

गुण—अनेक प्रकार के त्वचाशोथ, त्वचा के संक्रमण, बच्चों का एक्जीमा, खुजली, एक्जीमा जन्य त्वचाशोथ इत्यादि रोगों में अत्युपयोगी है।

KENACORT "SQUIBB" (केनाकौर्ट "स्कुइब्ब")

मात्रा—८ से ३२ एम० जी० (अधिक से अधिक ६० एम० जी०) **रोजाना** (आरम्भ में)।

१-२४ एम० जी० (दीर्घकाल तक देने के लिये)।

मु० अ०—(TRIAMCINOLONE)

गुण—श्वसनी-श्वास, अलर्जी, कुछ चर्म विकार, सोराइसिस, बाय का ज्वर, जुकाम, पित्त उछलना, रूमेटॉइड आर्थराइटिस, स्प्रू, ल्यूकीमिया इत्यादि में उपयोगी पाया गया है। श्वास रोग और बाज प्रकार की बाय में विशेष लाभकारी है।

KENALGESIC "SQUIBB" (केनलजेसिक "स्कुइब्ब")

मात्रा—१-२ टिकिया ३ बार।

मु० अ०—(केनाकौर्ट और ऐस्पिरीन)।

गुण—कई प्रकार के दर्द जैसे बाय, कटिशूल, गृध्रसी, मांस शूल, तंत्रिकाशूल इत्यादि में इसे प्रयोग किया जाता है।

KRUSCHEN SALT (क्रुशन साल्ट)

मात्रा—१/२-१ ड्राम १ गिलास गर्म जल में घोल कर प्रातःकाल।

मु० अ०—(सोडा सल्फ, सोडियम क्लोराइड, मैग सल्फ, पोटास आयोडाइड, पोटास सल्फ, पोटास क्लोराइड)।

गुण—मूत्रकारक और रेचक; यकृत के विकार, गठिया, बाय, कटि-शूल, चंबल, कब्ज, मोटापा और पुराने दर्दों में उपयोगी हैं।

KURAZOL (कूराजौल)

मात्रा—१ ड्राम ३ बार जल में मिलाकर।

मु० अ०—(थ्योफाइलीन, एफेड्रीन, कैफीन, सोडा बेन्जोअस, सोडा आयोडाइड, कैल्सियम हाइपोफौस्फाइट, एट्रोपीन सल्फ, हायोसीन और हायोसायेमीन हाइड्रोब्रोमाइड, अल्कॉहोल, सीरप)।

गुण—दमा, ऐसी खांसी जिसमें खाँसते-खाँसते साँस उखड़ने लगे, जुकाम और काली खाँसी में लाभदायक है।

LACTAGOL (लैक्टेगौल)

मात्रा—१ ड्राम ३ बार (सफूफ)।

मु० अ०—(कैल्सियम, फौस्फोरस और बिनौलों का सत)।

गुण—दुग्ध वर्द्धक और बलदायक; इसे गर्भावस्था और प्रसव के बाद, दोनों अवस्थाओं में दे सकते हैं। इसके सेवन से छाती का दूध बढ़ता है और जच्चा का स्वास्थ्य ठीक रहता है।

LACTO-CALAMINE "CROOKES"
(लैक्टो-कैलेमीन "क्रूक्स")

यह लोशन, क्रीम और पाउडर तीन शक्ल में आता है इसमें कैलेमीन और विच हैज़िल २ मुख्य पदार्थ होते हैं। चेहरे पर लोशन को लगाने

से मुंह की खुश्की दूर होती है और चेहरे का रंग निखरता है। गर्मी दानों पर इसका पाउडर उपयोगी है। इसे रोजाना चेहरे पर खूबसूरती बढ़ाने के लिये भी इस्तेमाल करते हैं।

LARGACTIL "M & B" (लार्गेक्टील "मे॰ बेकर")

मात्रा—७५ से १५० M. G. रोजाना।

मु॰ अ॰—(CHLORPROMAZINE HYDROCHLORIDE)

गुण—तीव्र प्रकार का शूल, मतली, हिचकी, वमन, खुजली, बेचैनी, चिंता, अति-ज्वर आदि विकारों में इसके प्रयोग से काफी लाभ होता है।

विशेष—यह टिकिया (१० और २५ ऐम॰ जी॰), शर्बत और १ और २ सी॰ सी॰ के इंजेक्शन, ३ रूपों में आता है।

नोट—कुछ रोगियों को इसके प्रयोग से तन्द्रा (गनूदगी), मुंह में खुशकी, निद्रानाश, रात्रि को डरना, उत्तेजना, कमलबाई, त्वचा पर रैश प्रगट होना, मूत्र का रंग बदल जाना इत्यादि लक्षण प्रगट हो जाते हैं। ऐसी दशा में इसका प्रयोग बन्द कर देना चाहिये।

LAXATIVE VEGETABLE PILLS
(लैक्सेटिव वेजिटेबिल पिल्स)

मात्रा—१ से ३ टिकिया सोते समय।

मु॰ अ॰—(ऐक्स॰ कौलोसिन्थ कं॰ १ ग्रेन, ऐक्स जैलप १/२ ग्रेन, लैप्टैन्डरिन १/२ ग्रेन, पौडोफिलि रेजिन १/४ ग्रेन, ऐक्स॰ हायोस्यामी १/४ ग्रेन, ऐक्स॰ टैरेक्सेसी १/४ ग्रेन और पीपरमिन्ट का तेल प्रत्येक टिकिया)।

गुण—कब्ज में सोते समय सेवन करने से प्रातः १-२ दस्त आ जाते हैं।

नोट—यह भिन्न-भिन्न कारखानों की बनी हुई आती है।

LAXIL "B. C." (लैक्सिल "बी॰ सी॰")

मात्रा—१-२ टिकिया सोते समय।

मु० अ०—(फिनौल्पथेलीन)

गुण—कब्ज में उपयोगी है।

LECIVIN "B. C." (लैसिविन "बी० सी०")

मात्रा—२-४ ड्राम भोजन के तुरन्त बाद।

मु० अ०—(लेसिथिन, माल्ट-ऐक्सट्रैक्ट, विटेमिन्स, सिन्कोना)

गुण—शारीरिक और मानसिक दूर्बलता, मालीकोलिया, अजीर्ण, अरुचि, कब्ज, वृद्धावस्था की कमजोरी, थकावट और रोगों के बाद की कमजोरी में उपयोगी है।

LEDERCORT "LEDERLE" (लैडरकौर्ट "लैडर्ली")

मात्रा—२ से ३०mg. रोजाना

मु० अ०—(TRIAMCINOLONE)

गुण—रूमेटौइड आर्थराइटिस, दमा, कुछ चर्म विकार, सोराइसिस, ल्युकीमिया, हौड्जकिन्स रोग, फेफड़ों का ऐम्फीजीमा, रूमेटिक ज्वर, गठिया, त्वचाशोथ, पित्त उछलना, शोथरोग, नेत्रों की सूजन आदि विकारों में उपयोगी है।

नोट—इसकी २ प्रकार की टिकिया आती हैं २ mg. वाली (गुलाबी) ४ mg. वाली (सफेद)।

LEDERFOL II "LEDERLE" (लैडफौल "लैडर्ली")

मात्रा—१-२ सी० सी० रोजाना या तीसरे दिन कूल्हे के मांस में।

मु० अ०—(विटेमिन बी$_{12}$+फौलिक एसिड)

गुण—यह हर प्रकार के पाण्डुरोग में उपयोगी है।

LEDERKYN "LEDERLE" (लेडर्कीन "लेडर्ली")

मात्रा—१ टिकिया रोजाना।

मु० अ०—(SULFAMETHOXY PYRIDAZINE)

गुण—यह सल्फा श्रेणी की नवीन आविष्कृत औषध है जिसकी मात्रा रोजाना कुल १ टिकिया है। यह इन रोगों में उपयोगी है; बेसीलरी पेचिश,

निमोनिया, ब्रौन्को निमोनिया, मूत्र प्रणाली तथा अन्य मूत्र यन्त्र के रोग, कर्णशोथ, कोमल तन्तुओं के रोग, ब्राज चर्म रोग इत्यादि।

LEDERPLEX "LEDERLE" (लैडप्लैक्स "लैडर्ली")

मात्रा—लिक्विड : १-२ ड्राम रोजाना।

कैप्स्यूल्स : रोजाना एक कैप्स्यूल।

इंजेक्शन : १-२ सी० सी० रोजाना या तीसरे दिन मांस में।

मु० अ०—(विटेमिन बी-कॉम्प्लैक्स)

गुण—देखो "विटेमिन-बी-कौम्प्लैक्स; अरुचि, अजीर्ण, दौर्बल्य, मुख-पाक, कब्ज, आमाशय और आंत के अनेक रोग इत्यादि में उपयोगी है।

LEDERMYCIN "LEDERLE" (लैडर्माइसीन "लैडर्ली")

मात्रा—१ कैप्स्यूल ४ बार (१५० एम. जी.) या एक कैप्स्यूल २ बार ३०० एम. जी.)।

मु० अ०—(**DEMETHYLCHLORTETRACYCLINE**)

गुण—यह फोड़े, मुंहासे, निमोनिया, ब्रौङ्कोनिमोनिया तथा अन्य सीने के रोग, कण्ठ तथा स्वरयन्त्र के रोग, मूत्राशय-शोथ, टौन्सिलाइटिस, कर्णशोथ, मूत्रयन्त्र के रोग, साइनेसाइटिस, समस्त शरीर पर फुंसियाँ निकल आना तथा अन्य सब प्रकार के संक्रामक रोगों में अत्युपयोगी है। यह २ किस्म का आता है १५० एम० जी० और ३०० एम० जी०।

LEPTADEN "ALARSIN" (लैप्टेडन "एलार्सिन")

मात्रा—२ टिकिया ३ बार ७ दिन तक। इसके बाद २ मास तक २ टिकिया रोजाना दें।

मु० अ०—(नामालूम)

गुण—बच्चा उत्पन्न होने के बाद स्तनों से दूध का कम निकलना या बिल्कुल न निकलना।

LIBRIUM "ROCHE" (लिब्रियम "रोश")

मात्रा—१ टिकिया आवश्यकतानुसार।

गुण—बेचैनी, घबराहट, भावात्मक तनाव और हर प्रकार **की चिंता को** शांत करने के लिये प्रयुक्त होता है चाहे कारण कुछ ही क्यों न हो।

LITTLE'S ORIENTAL BALM
(लिटिल्स ओरियन्टल बाम)

वाह्य प्रयोग के लिये (मरहम)

मु० अ०—(मैन्थौल, मीथिल सैलिसिलेट, वैसलीन इत्यादि)

गुण—हर प्रकार के दर्दों में इसकी मालिश करने से बड़ा नाभ होता है।

LIV. 52 (लिव ५२) हिमालय

मात्रा—२-३ टिकिया ३-४ वार।

मु० अ०—(कचरा, मकोह, कसुंद, अर्जुन, झाऊ, मंडूर भस्म **इत्यादि**)

गुण—यह यकृत-शोथ, यकृत का सिर्होसिस, कमलबाई, गर्भावस्था का शोथ तथा मलेरिया, टाइफॉइड, पेचिश इत्यादि के परिणाम स्वरूप होने वाले यकृत के विकारों में उपयोगी है।

नोट—बच्चों के लिये यह Liv. 52 Drops के रूप में आता है जिसे ५-२० बूंद की मात्रा में दिन में ३-४ बार दिया जाता है।

LIVER-CURE (JAMMI'S) (लिवर क्योर "जम्मी")

यह मदरास की बनी हुई एक आयुर्वेदिक औषधि है जो बच्चों के **यकृत** विकार के लिए बहुत प्रयुक्त होती है। यह दो प्रकार की आती है (१) सिम्पिल (२) कौम्प्लैक्स। प्रयोग विधि शीशी के साथ आती है।

LIVERGEN "STANDARD" (लिवरजन 'स्टैण्डर्ड")

मात्रा—१-३ ड्राम २ बार, आयु के अनुसार।

मु० अ०—(कालमेघ, खेतपापड़ा, कुलखैर, अजवाइन, मेथी, सोडियम फौस्फेट, सोडा-बैन्जोयेट, कैस्करा-सग्रेडा, बाइल-साल्ट्स)।

गुण—कमलवाई, स्वाभाविक कब्ज, अध पचे दस्त और जिगर बढ़ जाना इत्यादि में उपयोगी है। इसकी टिकिया भी आती हैं।

LIVIBRON "P. D." (लिविब्रौन पी० डी०)

मात्रा—१-२ ड्राम भोजन से पूर्व।

मु० अ०—(लिवर एक्सट्रैक्ट, विटेमिन बी$_1$, विटेमिन बी$_2$, फैरस सल्फेट, मैन्गानीज साइट्रेट, अल्कोहॉल)।

गुण—रक्तवर्द्धक और बलकारक; पाण्डुरोग, दौर्बल्य और रोगों के बाद की कमजोरी में उपयोगी है।

LIVOBEX "SANITEX" (लिबोबैक्स 'सेनिटेक्स")

मात्रा—१ कैप्सियूल दिन में २-३ बार।

मु० अ०—(लिवर-स्टमकऐक्सट्रैक्ट, विटेमिन बी$_1$, और बी$_2$, कैल्सियम पैन्टोथीनेट, न्यासिनेमाइड, विटेमिन बी$_6$ विटेमिन "सी", फौलिक एसिड, विटेमिन बी$_{12}$, फैरस ग्लुकोनेट)

गुण—पाण्डुरोग और हर प्रकार की दुर्बलता में अत्युपयोगी है। रक्तवर्द्धक और बलदायक है।

विशेष—यह बिना "आयरन" के भी आता है और इसकी लिक्विड और इंजेक्शन भी आते हैं। इंजेक्शन की मात्रा २ सी० सी० (मांस द्वारा) है। और लिक्विड की मात्रा ४ ड्राम दिन में २ बार है। लिक्विड दो प्रकार का आता है प्लेन और कम्पाउण्ड।

LIVO-B-COMPLEX 'UNICHEM" (लिवो-बी-कॉम्पलेक्स "यूनीकॅम")

मात्रा—१-२ ड्राम ३ बार भोजन के बाद।

मु० अ०—(विटेमिन बी-कॉम्पलैक्स बिना विटेमिन बी$_6$ के, कैल्सिफरौल, लिवर कन्सन्ट्रेट, लिकर सोडियम और पोटासियम ग्लीस्रोफौस्फेट, कैल्सियम ग्लीस्रोफौस्फेट, शर्बत)।

गुण—आम कमज़ोरी, जीर्ण या तीव्र रोग, यकृत के जीर्ण रोग, रक्तक्षीणता, बुढ़ापा, जीर्ण क्षयरोग, रिकेट्स, अस्थिमृदुता इत्यादि विकारों में उपयोगी है।

विशेष—यह विटेमिन बी$_{12}$, कोलीन, मीथियोनीन इत्यादि के साथ मिला हुआ भी आता है।

LIVOGEN "B. D. H." (लिवोजन "बी० डी० एच०")

मात्रा—१-२ ड्राम २-३ बार; पाण्डु रोग में १ औंस रोजाना।

मु० अ०—(लिवर एक्सट्रैक्ट, ऐक्स० ऑफ ईस्ट, बी$_1$, निकोटिनिक ऐसिड, विटेमिन बी$_{12}$, ग्लीस्रीन, अल्कोहॉल, वाटर)।

गुण—पाण्डु रोग और दौर्बल्य में उपयोगी है। भूख और पाचन शक्ति को बढ़ाती है कब्ज को हरती है।

नोट—इसके माँस में लगाने के इंजेक्शन भी आते हैं।

LIVOTONE "E. I." (लिवोटोन "ई० इंडिया")

मात्रा—बच्चों को १०-३० बूंद दो बार।

जवानों को १-२ ड्राम दो बार।

मु० अ०—(सोडियम फ्रौस्फेट, सो० बैन्जोएट, कैस्करा सग्रैडा, बाइल साल्ट्स, कालमेघ, कुलेखार, खेतपापडा, कुर्ची, अजवाइन, रन्धुनी, मेथी, अल्कॉहल, सीरप)।

गुण—यकृत विकार जैसे कामला, यकृतशोथ, पुराना कब्ज, बच्चों का सिर्होसिस, पित्ताशय के रोग इत्यादि में उपयोगी है।

LIVULES "ALEMBIC" (लिव्यूल्स "अलेंबिक")

मात्रा—१-२ कैप्स्यूल दिन में ३ बार।

मु० अ०—(प्रोटिओलाइज्ड लिवर, स्टमक पाउडर, विटेमिन बी कौम्पलैक्स, आयरन, विटेमिन "सी")।

गुण—हर प्रकार का पाण्डु रोग, दुर्बलता और रोगों के बाद की कमजोरी में उपयोगी है।

विशेष—यह विटेमिन बी$_{12}$, फौलिक ऐसिड और इन्ट्रिसिक फैक्टर के साथ भी आता है।

LOBELINE "SANDOZ" (लोबेलीन "सैन्डौज")

मात्रा—१-२ इंजेक्शन रोजाना।

मु० अ०—(लोबेलिया से तैयार होता है)

गुण—यह विशेषतया ऐसी दशा में प्रयोग किया जाता है जब विषपान, निमोनिया, फेफड़ों के अन्य रोग, डिफ्थीरिया आदि के कारण दम घुटने लगे या जब क्लोरोफॉर्म आदि बेहोश करने वाली औषधियाँ सुंघाते समय सांस रुकने की आशंका हो या जब नवजात शिशु सांस ही न ले।

LOCULA "E. I." (लोकुला "ई० आई०")

मात्रा—बाह्य प्रयोग के लिये।

मु० अ०—(सल्फेसिटामाइड का घोल)।

गुण—नेत्र रोग जैसे रोहे, आंख दुखना, व्रण इत्यादि में इसे टपकाने से बहुत लाभ होता है। नवीन रोग में इसे आरम्भ में १-१ घंटे में (३० प्रतिशत घोल) बाद में २-३ घंटे के अन्तर से टपकायें। पुराने रोग में दिन में ३ बार टपकाना काफी है। इसे कर्णस्राव में भी प्रयोग करते हैं।

नोट—यह १०, २०, और ३० प्रतिशत शक्ति का आता है। इसी प्रकार की इससे मिलती-जुलती अन्य कई औषधियाँ आती हैं जैसे सुप्रासिड, एल्बुसिड इत्यादि।

LUKOL "HIMALAYA" (ल्युकौल "हिमालय")

मात्रा—२-३ टिकिया २-३ बार।

मु० अ०—(लोह भस्म, अश्वगंध, अशोक, धाय के फूल, लोध्र, महारूखा. मेदा, सतावर)

गुण—यह श्वेतप्रदर और रक्त प्रदर में विशेष उपयोगी है। गर्भाशयिक रक्तस्राव को २-३ दिन में ही बन्द कर देता है बशर्ते कि गर्भाशय में कोई अन्य खराबी न हो।

LUDERMOL "SMITH" (ल्युडर्मौल "स्मिथ")

बाह्य प्रयोग के लिए।

मु० अ०—(बावची से तैयार होता है)।

गुण—शरीर के श्वेत दाग (ल्युकोडर्मा) के लिये बड़ा उपयोगी है। परन्तु कई मास तक प्रयोग करने के बाद लाभ प्रकट होता है।

विशेष—इसके इंजेक्शन भी आते है और लगाने की मरहम भी।

LUTOCYCLIN "CIBA" (ल्युटोसाइक्लीन "सीबा")

मात्रा—३-४ टिकिया रोजाना।

मु० अ०—(कौर्पस ल्युटियम से तैयार किया हुआ "प्रोजेस्टरोन")।

गुण—कष्टरज, रज-अदर्शन, रक्तप्रदर और गर्भाशय के अन्य रोगों में उपयोगी है। कष्टरज में इसे मासिक धर्म से एक सप्ताह पूर्व २-५ एम० जी० रोजाना की मात्रा में देना चाहिये और रज अदर्शन या अल्प-रज में २·५ एम० जी० रोजाना की मात्रा में २ से ५ दिम तक दें। परन्तु मासिक धर्म की तिथि से २-३ दिन पूर्व इसका प्रयोग बन्द कर दें। यदि गर्भावस्था में गर्भाशय से रक्त बहने लगे या गर्भपात का भय हो तो इसे रोजाना ५-१० एम० जी की मात्रा में मांस द्वारा देना चाहिये।

विशेष—यह टिकिया (५ एम० जी० और २५ एम० जी० प्रति टिकिया और एम्पूल्स ५, १० और २५ एम० जी० प्रति सी० सी०) के रूप में आता है। इसके इंजेक्शन मांस में लगाये जाते हैं।

MACALVIT "SANDOZ" (मैकलविट "सैन्डोज")

मात्रा—१-२ सी० सी० रोज या तीसरे दिन मांस में।

मु० अ०—(विटेमिन बी$_{12}$, विटेमिन डी$_2$ और कैलिसयम ग्लुकोनो-लैक्टोबिओनेट)।

गुण—सामान्य दुर्बलता, मनः श्रान्ति, कुछ चर्म विकार, अलर्जी, गर्भावस्था तथा दूध देने की अवधि, सूखा रोग, दन्त-क्षय तया अन्य औषधियों के साथ जुकाम और खांसी में उपयोगी है।

MACLEAN'S STOMACH POWDER
(मैकलीन्स स्टमक पाउडर)

मात्रा—१ ड्राम जल के साथ भोजन के बाद या आवश्यकतानुसार।

मु० अ०—(कैल्सियम कार्ब, मैग कार्ब पौण्डरस, सोडा बाइकार्ब, बिस्मथ कार्ब)।

गुण—अफारा, खट्टी डकार, मतली, अजीर्ण, पेट का दर्द इत्यादि में उपयोगी है।

MACRABIN "GLAXO" (मैक्राबिन "ग्लैक्सो")

मात्रा—
- १·२ ड्राम (लिक्विड) ३ बार।
- १-२ टिकिया रोजाना।
- २०-५० एम० जी० सप्ताह में २-३ बार (मांस में)।

मु० अ०—(विटेमिन $बी_{12}$)।

गुण—रक्तवर्धक और बलकारक है। स्प्रु, यकृत रोग, आधा सीसी, हर्पीज जौस्टर, नाड़ी शोथ, पाण्डुरोग, बच्चों की बढ़ौत में रुकावट होना तथा हर प्रकार की दुर्बलता में उपयोगी है। इसकी मात्रा ५०० से १००० एम० जी० (तीसरे चौथे दिन) तक बढ़ाई जा सकती है। नाड़ीशोथ या नाड़ीशूल में इसके साथ विटेमिन $बी_1$ (१०० एम० जी०) प्रति सी० सी० मिला कर प्रयोग करना अच्छा है। यह मैक्राबिन "एच" (Macrabin "H") के रूप में भी आता है।

MACRABERIN "GLAXO" (मैक्राबेरिन "ग्लैक्सो")

मात्रा—१–२ सी. सी. रोजाना (आरम्भ में), बाद में सप्ताह में २–३ बार, गहरा चर्म के नीचे या मांस में।

मु० अ०—(विटेमिन $बी_1$+विटेमिन $बी_{12}$)

गुण—जब रोगी को भूख न लगती हो, थोड़े से परिश्रम के बाद सांस फूल जाती हो, दुर्बलता के कारण पीलापन आ गया हो, पेट में शूल या बेचैनी मालूम होती हो, मतली, वमन, अतिसार या अफारा की शिकायत हो, या जोड़ों में या शरीर में दर्द रहता हो, तब इसके इन्जेक्शनों से लाभ होता है।

नोटः--शीशी में खुश्क पाउडर होता है जिसे ५ सी. सी. डिस्टिल्ड वाटर में घोल लेते हैं।

MEDOMIN "GEIGY" (मैडोमीन "गाइगी")

मात्रा—½–१ टिकिया या अधिक, सोने से आध घंटे पूर्व।

गुण—नींद लाने के लिये यह अत्युपयोगी है। ६–८ घंटे की नींद आ जाती है।

MADRIBON "ROCHE" (मैड्रीबौन "रोश")

मात्रा—०·५ ग्राम वाली एक टिकिया रोजाना। पहले दिन इसकी २ टिकिया दें।

मु० अ०—(एक प्रकार का सल्फोनेमाइड)

गुण—इसके गुण अन्य सल्फा श्रेणी की औषधियों के समान हैं परन्तु यह उनकी अपेक्षा अधिक उपयोगी है और रोजाना केवल १ टिकिया काफी होती है। इसे निमोनिया, ब्रोङ्को-निमोनिया, कंठ के तीव्र रोग, फोड़े-फुन्सी, मुंहासे, एक्जीमा, इम्पैटीगो, एरीसिपिलास, सेलुलाइटिस और सब प्रकार के संक्रामक रोगों में उपयोगी पाया गया है।

नोटः—यह बच्चों के लिये ड्रौप्स की शक्ल में आती है जिस की दैनिक मात्रा २ बूंद प्रति एक किलोग्राम वजन पर है।

MENDACO "KNOX" (मैन्डेको "नौक्स")

मात्रा—२ टिकिया दिन में २ बार।

मु० अ०—(पोटास आयोडाइड, ऐक्स० लोबेलिया इत्यादि)

गुण—दमा और खांसी में उपयोगी है।

MACRAFOLIN "GLAXO" (मैक्राफोलीन "ग्लैक्सो")

मात्रा—
- २–४ टिकिया रोजाना
- २–४ ड्राम रोजाना (लिक्विड)
- १ सी० सी० तीसरे दिन मांस में।

मु० अ०—(विटेमिन बी$_{12}$+फौलिक एसिड)

गुण—पाण्डुरोग (गर्भावस्था और स्प्रू रोग के कारण) अजीर्ण, मुंह और जीभ के छाले और दौर्बल्य में उपयोगी है।

नोटः—यह फैरस फ्युमेरेट के साथ टैब्लेट और सीरप के रूप में भी आता है।

MERSAGEL "GLAXO" (मर्सेजल "ग्लैक्सो")

बाह्य प्रयोग के लिये जेली।

मु० अ०—(PHENYL MERCURIC ACETATE)

गुण—यह धोबीज़ इच, दाद और पयास में उपयोगी है। इसे दिन में कई बार लगाना चाहिये।

MENSTRONE "C. D. C." (मैन्सट्रोन "सी० डी० सी०")

मात्रा—१-२ टिकिया ३ बार।

मु० अ०—(हर्मोन्स, थाइरॉइड, आयरन, कैल्सियम)।

गुण—स्त्री रोग जैसे मासिक धर्म का कम या अधिक होना या कष्ट के साथ होना इत्यादि के लिये उपयोगी है।

METHISCHOL "U. S. V." (मैथिस्कौल "यू० एस० वी०")

मात्रा—६-९ कैप्स्यूल या १ से १½ औन्स शर्बत रोजाना भोजन के साथ।

मु० अ०—(मीथियोनीन, कोलीन, आइनोसिटौल, लिवर और विटेमिन बी$_{१२}$)।

गुण—सिर्होसिस, जीव-विष संबंधी यकृत शोथ, यकृत का वसीय अपकर्षण, यकृत का नियमानुकूल कार्य न करना, ऐन्टी बायोटिक्स अथवा सल्फोनेमाइड श्रेणी की औषधियों का यकृत पर बुरा प्रभाव, आदि विकारों में उपयोगी है।

विशेष—इसके इंजेक्शन भी आते हैं जिन्हें २ सी० सी० की मात्रा में कूल्हे के मांस में धीरे-धीरे लगाया जाता है।

METHERGIN "SANDOZ" (मैथर्जिन "सैन्डोज")

मात्रा—½-१ सी० सी० (मांस या नस में)।

१-२ टिकिया २-३ बार।

मु० अ०—(**METHYLERGOMETRINE MALEATE**)

गुण—रक्त प्रदर, असामयिक गर्भाशयिक रक्तस्राव में १-२ टिकिया दिन में २-३ बार दें। प्रसवोत्तर रक्तस्राव को रोकने के लिये प्लेसन्टा बाहर आ जाने के बाद इसका इंजेक्शन दे दें।

MICOREN "GEIGY" (माकोरन "गाइगी")

मात्रा—इंजेक्शन : ०·५-३·५ सी० सी० रोजाना एक या कई बार (नस में या मांस में)।

पर्ल्स : ३-५ पर्ल्स रोजाना।

मु० अ०—(मालूम नहीं)।

गुण—श्वसन केन्द्र पर इसका टौनिक प्रभाव पड़ने के कारण श्वास ठीक प्रकार और गहरा आने लगता है। अतः कार्बन डाइऑक्साइड, अल्काहॉल, अफीम आदि विषों के प्रयोग से या औप्रेशन के बाद या हृदय या फेफड़ों के रोगों में या अन्य किसी कारण से श्वास क्रिया मंद पड़ जाती है और दम-कशी-सी होने लगती है तब इसे प्रयोग किया जाता है।

MIC 'ALEMBIC' ("मिक 'अलैम्बिक")

मात्रा—१-२ ड्राम तीन बार; कैप्स्यूल १-२ तीन बार, टिक्रिया २-४ टिकिया तीन बार।

मु० अ०—(एसीटिल, मीथियोनीन, आइनोसिटौल, कोलीन क्लोराइड, फौलिक एसिड, विटेमिन बी$_{12}$) कैप्स्यूल, लिक्विड और टिकिया तीनों के अवयव भिन्न २ हैं।

गुण—यकृत विकार, रक्तचाप का बढ़ जाना, कौरोनरी थ्रौम्बोसिस, और मधुमेह, पित्ताशय के रोग, मोटापा इत्यादि रोगों में प्रगट होने वाले विकारों में लाभदायक है। यह बढ़े हुये जिगर में विशेष उपयोगी है।

MINADEX 'GLAXO' (मिनाडेक्स 'ग्लैक्सो')

मात्रा—२ ड्राम दिन में २-३ बार भोजन के बाद।

मु० अ०—(फेरि अमोनिया साइट्रास, ग्लीसरोफ़ोस्फेट्स औफ कैल्सियम, सोडियम, पोटासियम और मैन्गानीज, कौपर, विटेमिन्स 'ए' और 'डी')

गुण—हर प्रकार की कमजोरी (विशेषतया रोगों के बाद) में लाभदायक है। बल और शक्ति बढ़ाता है और रक्त में वृद्धि करता है। बच्चों के लिए विशेष उपयोगी हैं।

MISTOL (मिस्टौल)

बाह्य प्रयोग के लिये।

मु० अ०—(कैम्फर, यूकेलिप्टौल, मैन्थौल, क्लोरब्युटेनौल, लिक्विड पैरेफीन)

गुण—नजले, जुकाम में २-४ बूंद नथनों में ३-४ बार टपकाने से फायदा करता है।

MISTURA BISMUTHI ET PEPSIN CO
(मिस्टुरा बिस्मथी एँट पेप्सीन को)

मात्रा—१-२ ड्राम।

मु० अ०—(पेप्सीन, बिस्मथ, नक्सवॉमिका, हाइड्रोसाइनिक डिल, औपियम, क्लौरिक ईथर)

गुण—शूल युक्त अजीर्ण, मतली और वमन इत्यादि आमाशय के विकारों में लाभदायक है। जिन व्यक्तियों को भोजन खाते ही जी मितलाने लगता हो या वमन और दस्त आने लगते हों या पेट में दर्द होने लगता हो उनके लिए यह विशेषतया उपयोगी है।

विशेष—यह दो प्रकार का आता है "ओपियम सहित" और "ओपियम रहित"।

MITIGAL BAYER (मिटिगल "बेयर")

बाह्य प्रयोग के लिए।

मु० अ०—(डायमेथिल-डाइफिनिलीन-डाइसल्फाइड)

गुण—यह खारिश के लिये अत्युपयोगी है। ३-४ दिन तक रोजाना मलने से रोग शांत हो जाता है। दाद पर भी लगाई जाती है।

विशेष—यह लिक्विड और ऑइन्टमेंट, दो रूप में आती है।

MIVETS "ALEMBIC" (मिवेट्स "अलम्बिक")

मात्रा—१-२ टिकिया रोजाना।

मु० अ०—(विटेमिन "ए", डी$_{२}$, विटेमिन बी-कॉम्पलैक्स, बी$_{१२}$, सी, फौलिक एसिड, ई, और आयरन, कौपर, जिन्क, कोबाल्ट, मैन्गानीज और मैगनेसियम के सल्फेट, पोटास आयोडाइड इत्यादि)

गुण—इसमें वे सब पदार्थ विद्यमान हैं जो शरीर को पुष्टि और बल प्रदान करते हैं। अतः यह गर्भावस्था, बुढ़ापा, आमाशय और आंत के बिकारों और हर प्रकार की दुर्बलता में उपयोगी है।

MIXOGEN "ORGANON" (मिक्सोजन "औगेंनौन")

मात्रा—१-२ टिकिया १ से तीन बार।

मु० अ०—(Ethinyloestradiol+Methyltestosterone)

गुण—रजोनिवृति के बिकारों को शांत करने के लिये इसकी १-२ टिकिया रोज दें।

जब छातियों से दूध निकलना बन्द हो जाय तो शुरू में २ टिकिया दिन में ३ बार ५ दिन तक और बाद में १ टिकिया ३ बार और ५ दिन तक दें।

जब किसी कारण छातियां दूध से भर जायं और परेशानी होने लगे तो इसकी १ टिकिया २-३ दिन दिन में ३ बार देने से बड़ा लाभ होता है।

MULTIVITE "B. D. H." (मल्टीवाइट "बी० डी० एच०")

मात्रा—२-४ टिकिया रोजाना, खाने के बाद।

मु० अ०—(विटेमिन्स 'ए', 'बी$_{१}$', 'सी' और 'डी')

गुण—विटेमिन्स के अभाव के कारण उत्पन्न होने वाले बिकारों जैसे भूख न लगना, शक्ति-हीनता, अजीर्ण, आमाशय और आंतों के रोग, बार

बार जुकाम होना, पाण्डु रोग, दुर्बलता, गर्भावस्था के विकार आदि में उपयोगी है।

नोट—यह मल्टीवाइट फोर्ट और मल्टीवाइट डेका ड्रौप्स (बच्चों के लिये) के रूप में आती है।

MULTIVITAPLEX "PFIZER"

(मल्टीविटाप्लैक्स "फाइजर")

मात्रा—साधा टिकिया : १-६ टिकिया रोजाना

फोर्ट कैप्स्यूल : १ कैप्स्यूल रोजाना।

इलिक्सर : १ ड्राम रोजाना

पीडियाड्रिक ड्रौप्स : ०·३ से ०·६ सी० सी० रोजाना

मु० अ०—(इसमें सब प्रकार की विटेमिन्स होती हैं)

गुण—यह रोग निरोधक और रोगमुक्ति दोनों के लिये प्रयुक्त होता है। जो रोग विटेमिन्स के अभाव से उत्पन्न होते हैं उनमें यह प्रयोग किया जाता है। इसे आमतौर पर इन रोगों में उपयोगी पाया गया है मधुमेह, पेट और आंत के रोग, पुराने कमजोरी पैदा करने वाले रोग, गर्भावस्था और दूध पिलाने वाली माताओं को, रोग से छुटकारा पाने के बाद, बहुमूत्र और ऐसे व्यक्तियों को जिन्हें पेट भर भोजन न मिलता हो या जिनके भोजन में विटेमिन्स का अभाव हो।

MUNOPEN "GLAXO" (म्युनोपन "ग्लैक्सो")

मात्रा—१ इंजेक्शन रोजाना मांस में।

मु० अ०—(प्रोकेन पैनिसिलीन G. I. P., बैन्जील पैनिसिलीन और पौलीडीन)

गुण—कान, नाक, कंठ आदि के संक्रमण, टौन्सिलाइटिस, ब्रौन्काइटिस, फोड़े फुन्सी, जुकाम, कर्णशोथ, शरीर के कोमल ऊतकों के संक्रमण और स्त्रियों के जननेन्द्रियों के संक्रामक रोगों में या जिन रोगों में पेनिसिलीन दी जाती है, उपयोगी है।

नोट : यह स्ट्रेप्टोमाइसोन के साथ मिली हुई भी आती है जिसका नाम म्युनोमाइसीन (Munomycin) है। यह श्वास सम्बन्धी अंगों के पुराने संक्रमणों और जननेंद्रियों के रोगों में विशेष उपयोगी है।

MYELADOL "UPJOHN" (माइलेडौल "अपजौन")

मात्रा—२ औंस रोजाना (बिना पानी मिलाये हुए)।

मु० अ०—(कौडलिवर ऑयल, ऐक्स० रेड बोन मेरो, माल्ट ऐक्सट्रैक्ट, फैरि एट अमोनिया साइट्रास, अल्कोहॉल)

गुण—बलवर्द्धक और पुष्टिकारक; पाण्डुरोग, दौर्बल्य, हड्डियों की कमजोरी और पुरानी खाँसी में उपयोगी है।

MYBACIN OINTMENT "GLAXO" (माइबेसिन ऑइन्टमेन्ट "ग्लैक्सो")

आँख और त्वचा की मरहम।

मु० अ०—(न्युमाइसीन, बेसीट्रेसिन, वैसलीन)

गुण—त्वचा रोग : इम्पेटिगो, फोड़े फुन्सी, संक्रान्त घाव और जले हुए स्थान, जख्म, एक्जिमाजन्य त्वचाशोथ इत्यादि।

नेत्र रोग : नेत्र श्लेष्मा शोथ (आँख दुखना), पलक शोथ, अश्रुकोष का संक्रमण।

विशेष—त्वचा और नेत्र की मरहम जुदा जुदा आती है।

MYDRINDON "INDON" (माइड्रिन्डौन "इन्डौन")

मात्रा—१ टिकिया दिन में २-३ वार।

मु० अ०—(Atropine Methonitrate)

गुण—पेट का शूल, वमन, ऐंठन इत्यादि में उपयोगी है। बच्चों के लिये इसकी छोटी टिकिया आती हैं। जो बच्चों के शूल में अत्युपयोगी सिद्ध हुई हैं। इन्हें २-३ घंटे के अन्तर से दे सकते हैं।

MYLOL "BOOTS" (माइलौल "बूट्स")

बाहर लगाने के लिये।

मु० अ०—(इसमें डाइ-मिथिल-थैलेट होता है)

गुण—यदि इसे शरीर के विभिन्न भागों पर किंचित मल लिया जाय तो मच्छर नहीं काट सकेंगे। इसे बच्चों से पृथक रखना चाहिये क्योंकि यह जहरीली औषधि है। इसे आँखों के निकट भी नहीं मलना चाहिये।

MYSTECLIN-V "SQUIBB" (मिस्टेक्लिन वी "स्कुइब्ब")

मात्रा—रोजाना ४ कैप्स्यूल (१ कैप्स्यूल ४ बार)

मु० अ०—(Mycostatin Tetracyclin)

गुण—निमोनिया, ब्रोंकोनिमोनिया, मस्तिष्कावरण-प्रशोथ, कर्णशोथ, कण्ठ-शोथ, मूत्राशय तथा मूत्र मार्ग के संक्रामक रोग, फोड़े, गर्भाशय आदि के रोग, सोजाक, पेचिश, काली खाँसी, अस्थिशोथ तथा अन्य सर्व प्रकार के संक्रामक रोगों में उपयोगी है।

नोट :—बच्चों के लिये मिस्टेक्लिन "१००-१००" कैप्स्यूल और पीडियाट्रिक ड्रौप्स आते हैं।

MYSOLINE "I. C. I." (माइसोलीन "आई० सी० आई०")

मात्रा—१ टिकिया रोजाना ३ बार।

मु० अ०—(Primidone)

गुण—यह मुख्यतया मृगी रोग में प्रयुक्त होती है। इनके रोजाना प्रयोग से रोग के दौरे पड़ने या तो बन्द हो जाते हैं या कम हो जाते हैं.

N. A. B. "M. & B.' (एन० ए० बी० "ऐम० एण्ड बी०")

मात्रा—एक इंजेक्शन नस द्वारा सप्ताह में एक बार।

मु० अ०—(आर्सेनिक से तैयार होता है)

गुण—आतशक, यौज (Yaws), लाहौरी जख्म और पुनराक्रमक ज्वर (Relapsing Fever) में उपयोगी है।

विशेष—इसके ०·१५, ०·३, ०·४५, ०·६, ०·७५ और ०·९ ग्राम के खुश्क ऐम्प्यूल्स आते है। प्रत्येक को ५ से १० सी० सी० डिस्टिल्ड बाटर में घोल लिया जाता है।

NAVITOL MALT COMPOUND "SQUIBB"
(नेविटौल माल्ट कंपाउण्ड "स्कुइब्ब")

मात्रा—बच्चों के लिये ४ ड्राम रोजाना बड़ों के लिए अधिक।

मु० अ०—(विटेमिन्स ए, बी$_1$, बी$_2$, डी, फैरस सल्फेट, न्यासिनेमाइड, शूगर इत्यादि)

गुण—बलदायक। पतले दुबले बच्चों को हृष्ट पुष्ट बनाता है। आम कमजोरी में उपयोगी है।

MEO-CLINESTROL "GLAXO"
(निओ-क्लिनेस्ट्रौल "ग्लैक्सो")

मात्रा—०·१ M. G. से ०·३ M. G. एक से तीन बार।

मु० अ०—डिनोइस्ट्रौल (Dienoestrol)।

गुण—रजोनिवृत्ति के विकार, रज-अदर्शन, गर्भस्राव की आशंका, पाण्डुरोग, रक्तप्रदर, प्रौस्टेट ग्रंथि का कैंसर आदि में लाभदायक है। इसके प्रयोग से मां की छाती से दूध निकलना बंद हो जाता है।

विशेष—इसकी ०·३, १·० और ५ MG, की टिकिया आती है।

NEBA SULF "PFIZER" (नीबा सल्फ "फाइजर")

यह औषधि ४ रूप में आती है।

१. आई ऑइन्टमेंट (न्योमाइसीन, बेसीट्रेसीन, सल्फासिटेमाइड)
२. स्किन ऑइन्टमेंट ,, ,, ,,
३. स्पिरिंक्लिग पाउडर ,, ,, ,,
४. इन्सटिलेशन ,, ,, ,,

(१) **आई ऑइन्टमेंट**—यह आंखों के संक्रामक रोगों में जैसे—जख्म, आंख आना, रोहे, पलक-शोथ इत्यादि में उपगोगी है।

(२) **स्किन आइन्टमेंट**—यह हर प्रकार के चर्म रोगों में जैसे इम्पेटिगो, फुंसियां, गैंग्रीन, जलना, जख्म, घाव इत्यादि, उपयोगी है।

(३) **स्पिरिविलग पाउडर**—यह छिड़कने का पाउडर होता है। यह विशेषतया, ऐसे चर्म विकारों में उपयोगी है जिनमें चर्म में स्राव होता हो जैसे एक्जीमा घाव इत्यादि ।

(४) **इन्सटिलेशन**—यह आँख, कान, नाक इत्यादि के रोगों में टपकाया जाता है जैसे कर्णस्राव, नेत्र शोथ, जुकाम, मूत्रमार्ग शोथ, घाव इत्यादि।

नोट :—हर प्रकार के नीबा-सल्फ में नियोमाइसीन (Neomycin) बेसीट्रेसीन (Bacitracin) और सल्फेसीटेमाइड (Sulphacetamide) पड़ती हैं।

NEO-EPININE "B. W."
(नियो-एपीनीन "बी० डबलु०")

मात्रा—½–१ टिकिया।

मू० अ०—(आइसोप्रीनेलीन सल्फेट)

गुण—दमे के लिये उपयोगी है। दौरे के समय एक टिकिया (अधिकतम मात्रा) जीभ के नीचे रखकर घुलने दें ।

NEOGADINE "R. B.' (निओगेडीन "आर० बी०")

मात्रा—४ ड्राम भोजन से पूर्व ।

मू० अ०—(आयोडाइज्ड पैप्टोन, कैल्सियम फौस्फेट, मैग्नेसियम क्लोराइड, फौस्फोरिक एसिड, सोडियम-आर्सिनेट, अल्कोहल, कैल्सीफरौल, विटेमिन्स (ए, बी१, और सी) सोडियम मीटा वैनेडेट)

गुण—क्षयरोग (प्रथम अवस्था), भूख न लगना, वजन घटना और मस्तिष्क और शारीरिक दुर्बलता में उपयोगी है। यह दो प्रकार का आता है। सादा और सल्फो ।

NEO-GYNERGIN "SANDOZ"
(निओ-गाइनर्जिन "सेन्डोज')

मात्रा—१ टिकिया दिन में ३ बार; इंजेक्शन ½–१ सी० सी० ।

मु० अ०—(अर्गोटेमीन और अर्गोमेट्रीन टार्टरेट्स)

गुण—प्रसव के बाद होनेवाला रक्तस्राव और गर्भाशय का नियमपूर्वक संकुचित न होना, रक्त प्रदर, मासिक धर्म का बार-बार बेवक्त होना इत्यादि विकारों में उपयोगी है। यदि गर्भस्राव के समय गर्भ का कुछ अंश रह जाय तो इसका इंजेक्शन लगा दें।

NEO-OCTINUM 'KNOLL'
(निओ-औक्टीनम "नौल")

मात्रा—१ इंजेक्शन आवश्यकतानुसार मांस में।

गुण—आमाशयिक शूल, आंत्रशूल, वृक्क शूल और यकृत शूल में अत्युपयोगी है। यदि एक इंजेक्शन से पर्याप्त लाभ न हो या एक बार शूल बन्द होकर पुनः शूल का दौरा पड़ जाय तो दूसरा इंजेक्शन २–३ घंटे के बाद लगाया जा सकता हैं।

NEO-SIOTRAT "A. D." (निओ-सायोट्रैट "एल्बर्ट")

मात्रा—२ सी० सी० मांस के अन्दर रोजाना या तीसरे दिन।

मु० अ०—(लिवर ऐक्सट्रैक्ट, फौलिक ऐसिड)

गुण—पाण्डुरोग और दुर्बलता में उपयोगी है।

NEO-NACLEX "GLAXO" (निओ-नेक्लेक्स "ग्लेक्सो")

मात्रा—आरम्भ में ५ एम० जी० की एक दो टिकिया रोजाना प्रातःकाल दें। ५-७ दिन के बाद २-३ दिन के अन्तर से देने लगें। अंत में रोजाना आधी टिकिया (२.५ mg) देने लगें।

मु० अ०—(Bendrofluazide)

गुण—यह हर प्रकार के शोथ रोग में उपयोगी है। मूत्र का परिमाण कई गुना कर देता है। सूजन को पटकाता है। अतिरक्तचाप को कम करने के लिये और छाती का दूध सुखाने के लिये भी प्रयुक्त होता है।

NEUROBION "MERCK" (न्यूरोबिऑन "मर्क")

मात्रा—१ इंजेक्शन रोजाना (आरम्भ में) तत्पश्चात् सप्ताह में २-३ बार (कूल्हे के मांस में)

मु० अ०—(विटेमिन बी$_1$ १०० mg, विटेमिन बी$_6$ १०० mg, विटेमिन बी$_{12}$ १०००mcg प्रति ३ सी० सी० के एम्प्यूल में)

गुण—हर प्रकार के बाय के शूल में उपयोगी है जैसे तंत्रिकाशूल, तंत्रिकाशोथ इत्यादि । आधा सीसी, हर्पीज जोस्टर में भी लाभदायक है।

NEOFEBRIN "NEOPHARMA' (निओफेब्रिन "निओ फार्मा")

मात्रा—१-२ टिकिया ४-६ घंटे के अन्तर से।

मु० अ०—(एमिडोपायरीन, कोडीन, कैफीन, विटेमिन "सी", मेथापायरीडीनफ्युमेरेट)

गुण—खांसी बुखार, जुकाम, शिरदर्द आदि में उपयोगी है।

NEURO PHOSPHATES (न्युरोफौस्फेट्स)

मात्रा—२ ड्राम ३ बार भोजन से पूर्व।

मु० अ०—(सोडियम, कैल्सियम और स्ट्रिक्नीन के ग्लीसरोफौस्फेट्स, अल्कोहॉल सहित)

गुण—बलवर्द्धक। ऐसे व्यक्तियों के लिये जो रोग से अभी मुक्त हुये हों या जो बूढ़े और अस्वस्थ हों या जिन्हें मानसिक परिश्रम अधिक करना पड़ता हो, यह विशेष उपयोगी है।

NEURO-TRASENTIN "CIBA" (न्युरोट्रेसेन्टीन "सीबा")

मात्रा—१-२ टिकया २-३ बार रोजाना।

मु० अ०—(Trasentin Phcnylethyl Barbituric Acid)

गुण—अन्जाइना पैक्टोरिस, आधा सीसी, दमा, गर्भावस्था की वमन, समुद्र और वायुयात्रा के विकार, कष्ट-रज, रजो-निवृत्ति के विकार, उत्तेजना या बेचैनी की अवस्था, चिड़चिड़ापन, खुजली, अनिद्रा (थकावट के कारण) इत्यादि में उपयोगी है।

NIVAQUIN "M. & B." (निवाक्वीन "में-बेकर")

मात्रा—२ टिकिया दिन में ३ बार या ३-४ टिकिया एक बार। (कुल १० टिकिया)

मु० अ०—(क्लोरोक्वीन सल्फेट)

गुण—यह औषधि मलेरिया ज्वर के लिये अत्युपयोगी सिद्ध हुई है। आमतौर पर १० टिकियों में ज्वर काबू में आ जाता है। इसे चढ़े हुए ज्वर में दे सकते हैं। गर्भावस्था में इसका प्रयोग वर्जित नहीं है। इसे खाली पेट नहीं देना चाहिये। इसके ५ सी० सी० के इंजेक्शन भी आते हैं।

NIVEMBIN "M. B." (निवम्बिन "में-बेकर")

मात्रा—१–२ टिकिया ३ बार, १ से तीन सप्ताह तक।

मु० अ०—((Chloroquine di idohydroxy quinoline)

गुण—पुरानी पेचिश या अन्य किसी कारण से एमिवियासिस रोग हो जाना या इसके साथ साथ मलेरिया हो जाना, में इसके प्रयोग से लाभ होता है।

NIXODERM "KNOX" (निक्सोडर्म "नौक्स")

बाहरी प्रयोग के लिये (मरहम)।

मु० अ०—(ऐसिड बैन्जोइक, ऐसिड सैलिसिलिक, टिटेनियम डाई-औक्साइड, केओलीन, सल्फर, मैन्थौल, पैरेफीन लिक्विड, वैसलीन)

गुण—चर्म रोग जैसे खारिश, एक्जिमा, दाद, मुंहासे, त्वचा का फटना, घिसट इत्यादि में उपयोगी है।

NOVALGIN "BAYER" (नोवल्जिन "बेयर")

मात्रा—१–२ टिकिया ३–४ बार। ड्रौप्स : ४–१० बूंद, ३–४ बार बच्चों को।

गुण—बाय, शूल और ज्वर को हरने वाली। ज्वर और हर स्थान के नाड़ीशूल में उपयोगी है।

विशेष—इसके २ और ५ सी० सी० के एम्प्यूल भी आते हैं जिन्हें चर्म, मांस या शिरा द्वारा लगाया जा सकता है। यह कुनीन के साथ मिली हुई भी आती है जो जुकाम, ज्वर, इन्फ्लुयन्जा में प्रयोग की जाती है।

NUMEROVITS "T. C. F." (न्युमरोविट्स "टी० सी० एफ०")

मात्रा—कैप्स्यूल : १–४ रोजाना।

ड्रौप्स : १०–२० बूंद रोजाना।

मु० अ०—कैप्स्यूल : (विटेमिन "ए", वि० डी$_2$, वि० "सी", वि० बी कॉम्पलैक्स, वि० बी$_{12}$, फौलिक एसिड)

ड्रौप्स : वि० ए, वि० डी$_2$, वि० बी-कौम्पलैक्स, वि० सी, लाइसीन, डी-सौर्बीटौल)

गुण—यह दोनों बलकारक, शक्तिवर्द्धक और पौष्टिक हैं। दुर्बलता, गर्भावस्था, दूध देने की अवधि और अनेक रोगों में जो विटेमिन्स के अभाव से उत्पन्न होते हैं, उपयोगी है।

NUPERCAINAL "CIBA" (न्युपर्केनल 'सीबा")

मरहम, लगाने के लिये।

मु० अ०—(सिन्कोकेन हाइड्रोक्लोर)

गुण—खुजली और शूल को शांत करती है। अर्शरोग, शय्याव्रण, भग की खुजली, दर्द कमर और कीट पतंग के काटे पर उपयोगी है। जिन व्यक्तियों का वीर्य समागम के समय शीघ्र निकल जाता हो उन्हें समागम से पूर्व इस मरहम को शिश्न के मुंड पर लगा लेना चाहिये।

OBESIN "C. D. C." (ओबेसीन "सी० डी सी०")

मात्रा—१ टिकिया दो बार (कभी-कभी तीन बार) एक ऐम्प्यूल तीसरे दिन।

मु० अ०—(थायरॉयड १·५ ग्रेन, पोटास आयोडाइड ½ ग्रेन, एस्टोजेनिक हॉर्मोन, डाइसोडियम मोनो मिथिलआर्सिनेट १।३२ ग्रेन प्रति टिकिया; ऐम्प्यूल में थायरॉयड और एन्टीरियर पिट्युट्री होता है)

गुण--मोटापा कम करने के लिये प्रयुक्त होती है। प्रथम बार २-३ सप्ताह तक २ टिकिया रोजाना दें। यदि अनुकूल पड़े तो २ सप्ताह तक इसका प्रयोग त्याग कर पुनः इसे सेवन करना आरम्भ कर दें। परन्तु मात्रा ४-५ टिकिया रोजाना कर दें।

विशेष—इसके इंजेक्शन भी आते हैं।

OKASA (ओकासा)

मात्रा—४-६ टिकिया रोजाना।

मु० अ०--(शरीर की कई ग्रंथियों के सत, लेसिथिन, विटेमिन बी$_1$, विटेमिन बी$_2$, विटेमिन "डी", योहिम्बीन, कोला, कैल्सियम फौस्फेट, ऐक्स० म्युर पुआमा)

गुण--नपुंसकता, बांझपन, धातुक्षीणता और स्त्री और पुरुषों के वीर्य और रज सम्बन्धी रोगों की प्रसिद्ध औषध है। बल, बुद्धि और आयु को बढ़ाती है।

विशेष--यह २ प्रकार की आती है "सिल्वर" पुरुषों के लिए, और "गोल्ड" स्त्रियों के लिए। पहले यह जर्मनी से आती थी अब भारत में ही तैयार होती है।

OMNADIN "NOECHST" (औम्नेडिन "हैक्स्ट")

मात्रा—१ इंजेक्शन रोजाना।

मु० अ०--(एल्ब्युमिन्स, लिपॉइड्स, फैट्स)

गुण--ऐसे ज्वर जिनका ठीक प्रकार निदान न हो सके, इन्फ्लुयन्जा, निमोनिया, टौंसिलाइटिस, खसरा, विसर्प रोग, कर्ण शोथ, मयादी ज्वर, जोड़ों की सूजन, इत्यादि में उपयोगी है।

OMNACILLIN "HOECHST"
(औम्नेसिलीन "हैक्स्ट")

मात्रा—१ इंजेक्शन रोजाना मांस में।

मु० अ०--(औम्नेडीन+प्रोकेन पेनिसिलीन जी+पेनिसिलीन जी सोडियम)

गुण—फोड़े फुंसी, मुंहासे, खांसी, निमोनिया, पुराना सोजाक, कर्ण-शोथ मसूड़े फूलना, बाज प्रकार के ज्वर, स्तन-प्रदाह, पित्ताशय-प्रदाह, इन्फ्लुयन्जा आदि रोगों में उपयोगी है।

OMNAMYCIN "HOECHST"
(औम्नेमाइसीन "हैक्क्स्ट")

मात्रा--१ इंजेक्शन रोजाना माँस में।

मु० अ०--(प्रोकेन पेनिसिलीन, औम्नेडीन, स्ट्रेप्टोमाइसीन)

गुण—यह औम्नेसिलीन से अधिक गुणकारी है। इसमें स्ट्रेप्टोमाइसीन के गुण भी हैं।

OPTALIDON "SANDOZ" (औप्टेलिडॉन "सैन्डोज")

मात्रा—१-२ टिकिया २-३ बार।

मु० अ०—(एमिडोपायरीन, कैफीन इत्यादि)

गुण—उत्तम प्रकार की शूलनाशक; हर प्रकार के दर्द (सर, दांत, बाय, मासिक धर्म, नाड़ी-प्रदाह, औप्रेशन इत्यादि) में उपयोगी है।

ORACYN-K "M & B" (ओरेसीन-के "ऐम० बी०")

मात्रा—१२५-२५० mg, ४ से ६ घंटे के अन्तर से।

¼-½ मात्रा बच्चों के लिये।

मु० अ०—(पोटासियम पेनिसिलीन 'वी')

गुण—सब प्रकार के संक्रमण में उपयोगी है जैसे निमोनिया, खाँसी, कंठशोथ, सुजाक, साइनसाइटिस, फुंसी, जख्म इत्यादि।

ORISOL "M. B." (औरसौल "एम० बी०")

मात्रा—½ से १½ सी० सी० जख्मों के चारों ओर पिचकारी द्वारा सप्ताह में एक बार।

मु० अ०—(बर्बरीन सल्फ)

गुण—ओरियन्टल सोर (लाहौरी या मुगलई जख्म) के लिए बहुत उपयोगी है।

ORISUL "CIBA" (औरीसुल "सीबा")

मात्रा—२ टिकिया दिन में २ बार २ दिन तक; बाद में १ टिकिया दिन में २ बार। १ वर्ष के बच्चे को १ टिकिया, ५ वर्ष तक के बच्चे को २ टिकिया और ५ वर्ष से १४ वर्ष तक के बच्चे को ३ टिकिया रोजाना दें।

गुण—यह निमोनिया, ब्रौन्काइटिस, कंठशोथ, टौन्सिल बढ़ जाना, कर्ण-शोथ, आन्त्रशोथ, पेचिस, मूत्रयंत्र और यकृत के संक्रमण, फोड़े फुंसी तथा अनेक रोगों में अत्युपयोगी सिद्ध हुआ है।

OSTELIN "GLAXO" (औस्टेलीन "ग्लैक्सो")

मात्रा—१-२ बूंद रोजाना (रोग निरोधक), १०–२० बूंद (रोग निवारक।

मु० अ०—(विटेमिन 'डी' १०००० यूनि० २० बूंद में)।

गुण—रिकेट्स, देर में दांत निकलना और अस्थियों और दांतों की रचना में किसी कारण रुकावट पड़ना, में उपयोगी है। विटेमिन 'डी' की गर्भवती और जच्चा को भी विशेष आवश्यकता होती है।

OSTELIN FORT "GLAXO"
(औस्टेलीन फोर्ट "ग्लैक्सो")

मात्रा—१ सी० सी० मांस द्वारा।

मु० अ०—(प्रत्येक सी० सी० में १५ M. G. कैल्सिफरौल होता है)

गुण—औस्टोमलेशिया (स्त्रियों की अस्थियों का कोमल पड़ जाना) रिकेट्स और 'टेटैनि' रोगों में उपयोगी है। इसका एक इंजेक्शन ही (कभी-कभी एक से अधिक ३–५ सप्ताह के बाद) पर्याप्त होता है। (रिकेट्स को रोकने के लिए।

OSTELIN HIGH POTENCY "GLAXO"
(औस्टेलीन हाई पोटेन्सी "ग्लैक्सो")

मात्रा—१ से ३ टिकिया रोजाना या ४ से १० टिकिया महीने में २–४ बार।

मु० अ०—(प्रत्येक टिकिया में ५०००० I. U. विटेमिन 'डी' होता है)

गुण—जोड़ों की सूजन, रिकेटस, औस्टोमलेशिया, हे फीबर, चर्म रोग और पैराथाइरौड टैटेनि में उपयोगी है।

OSTERMILK (औस्टरमिल्क)

मात्रा—प्रत्येक टीन पर लिखी हुई होती है।

मु० अ०—(गाय का दूध, सुखाया हुआ और आयरन और विटेमिन 'डी' मिश्रित और विशेष विधि से तैयार किया हुआ)

गुण—माँ के दूध के बजाय बच्चों को दिया जाता है। शीघ्र पचनीय और पुष्टिकारक है। टीन पर जो तारीख पड़ी हुई होती है उसके बाद उसे प्रयोग नहीं करना चाहिये।

OSTOCALCIUM "GLAXO"
(औस्टोकैल्सियम "ग्लैक्सो")

मात्रा—बच्चों को १–२ टिकिया और जवानों को २–३ टिकिया ३ बार।

मु० अ०—(विटेमिन 'डी', कैल्सियम फौस्फेट, कैल्सियम सोडियम लैक्टेट)

गुण—कैल्सियम के अभाव को पूरा करने के लिए, पित्त, एक्जिमा आदि चर्म रोग, टैटेनि, रक्तप्रदर, आधासीसी, दाँतों और अस्थियों की कमजोरी, क्षय-रोग इत्यादि में उपयोगी है।

नोट—इसका विटेमिन बी$_{12}$ मिश्रित सीरप भी आता है जो दुबले पतले बच्चों के लिये और रोगों के बाद की कमजोरी के लिये प्रयुक्त होता है।

OSTOMALT "GLAXO" औस्टोमाल्ट "ग्लैक्शो"

मात्रा—१-२ चाय के चमचे ३ बार, बच्चों को ¼ से १ चमचा १-२ बार।

मु० अ०—(माल्ट ऐक्सट्रैक्ट, सन्तरे का रस, विटेमिन 'ए' और 'डी', कैल्सियम ग्लीस्रोफौस्फेट)

गुण—पुष्टिकारक, शक्तिवर्धक और बच्चों की बढ़ौत और दांतों को दृढ़ करने में सहायक होता है। दुर्बलता, अरुचि, क्षयरोग और रोगों के बाद की कमजोरी में उपयोगी है। यह बच्चों के लिए अच्छा है।

OSSIVITE (औसीवाइट)

मात्रा—२ कैप्सूल दिन में दो बार भोजन के बाद।

मु० अ०—(बोन मील, बिटेमिन 'ए' और विटेमिन 'डी')

गुण—दाँत और हड्डियों को मजबूत करने वाली, गर्भवती और जच्चा दोनों के लिए उपयोगी है।

OVALTINE (ओवल्टीन)

मात्रा—२ ड्राम १-२ बार मीठे दूध में घोल कर।

मु० अ०—(दूध, कोका, लेसेथिन, माल्ट इत्यादि)

गुण—बलकारक, शक्तिवर्द्धक और उत्तेजक; चाय या कॉफी की बजाय प्रयोग की जा सकती है। ज्वरों, रोगों के बाद की कमजोरी, आम कमजोरी इत्यादि में उपयोगी है।

OVOCYCLIN "CIBA" (ओवोसाइक्लीन "सीबा")

मात्रा—१ सी० सी० (१ या ५ एम० जी०) मांस द्वारा या १ से ४ टिकिया दिन में ३–४ बार।

मु० अ०—(Oestradiol Dipropionate)

गुण—प्रारम्भिक रज-अदर्शन, कष्ट-रज, बाँझपन, रजोनिवृत्ति के विकार, भग की खुजली और अन्य विकार, श्वेत-प्रदर, बच्चों की सोजाकजन्य भग और योनि की सूजन, और वृद्धावस्था का योनि प्रदाह इत्यादि में उपयोगी है।

विशेष—यह २ रूप में आता है ओवोसाइक्लिन (१ और ५ एम० जी०) के ऐम्प्यूल्स, और टिकिया (१ एम० जी०) ।

PAM (DUMEX) (पाम "ड्युमैक्स")

मात्रा—१-४ सी०सी० रोजाना या तीसरे दिन (मांस में) ।

मु० अ०—(प्रोकेन पेनिसिलीन जी+२% एल्युमिनम मौनोस्टियेरेट तेल में ।

गुण—देखो "पेनिसिलीन" । यह विशेषतया आत्शक में उपयोगी है । कुल ७ से १० इंजेक्शन काफी होते हैं ।

PASONEX "DUMEX" (पासोनेक्स "ड्युमेक्स")

मात्रा—इसकी दैनिक मात्रा १४ से १६ ग्राम है (३ से ५ बार)

मु० अ०—(PAS+ISONIAZID)

गुण—यह हर प्रकार के क्षयरोग में उपयोगी है । इसके साथ-साथ स्ट्रैप्टोमाइसीन के इंजेक्शन भी देने चाहियें ।

PASUMA STRONG "MERCK" (पैसुमा स्ट्रौंग "मर्क")

मात्रा—१-२ टिकिया दिन में ३ बार, एक इन्जेक्शन रोजाना (मांस में)

मु० अ०—(मीथिल टैस्टोस्टरोन, स्ट्रिक्नीन ग्लीसरौ-फौस्फेट, रेसेफेड्रीन, कैफीन, टोकोफेरौल, योहिम्बीन (टिकियों में) "(टैस्टौस्टरौन प्रोप्योनेट टोकोफरोल, सोडियम मोनोमीथिल आर्सीनेट, योहिम्बीन, स्ट्रिक्नीन, अलकोहल (एम्प्यूल में)

गुण—वलवर्द्धक और वाजीकरण; स्वप्नदोष, थकावट, नपुंसकता, परिश्रांति, दुर्बलता तथा सर्व प्रकार के वीर्य दोषों में उपयोगी है ।

PEACOCK'S BROMIDES (पीकौक्स ब्रोमाइड्स)

मात्रा—१-२ ड्राम २-३ घण्टे के अन्तर से या दिन में ३ बार ।

मु० अ०—(प्रत्येक ड्राम में १५ ग्रेन ब्रोमाइड्स (पोटास, सोडियम और अमोनियम) होते हैं ।

गुण—शिर का दर्द, मृगी, कम्प, कम्हेड़े, हिस्टीरिया, उन्माद (साधारण) और शराब और तम्बाकू की उत्तेजना में उपयोगी है। बेचैनी को दूर करता है और नींद लाता है। आजकल इसका मिलना दुर्लभ है।

PELAZID "GLAXO" (पेलेजिड "ग्लैक्सो")

मात्रा—५० से १०० MG दिन में ३ बार।

मु० अ०—(ISONIAZID)

गुण—यह हर प्रकार के क्षय रोग (तपेदिक) में उपयोगी पाई गई है। इसके साथ २ स्ट्रैप्टोमाइसीन के इंजेक्शन देने चाहियें।

PELONIN "GLAXO" (पेलोनीन "ग्लैक्सो")

मात्रा—२ टिकिया से १० टिकिया रोजाना।

मु० अ०—(निकोटिनिक एसिड)

गुण—यह मुखरोग (मुंह आना, छाले, जीभ की सूजन, इत्यादि) पेलाग्रा, शराब का पागलपन, विन्सेन्ट्स डिसीज, रेनौड्स डिसीज, चिलब्लेन्स इत्यादि विकारों में लाभदायक है।

नोट:—इसके इंजेक्शन भी आते हैं जिन्हें मांस में लगाया जाता है।

विशेष:—कभी २ इसके प्रयोग से चेहरे और त्वचा का सुर्ख हो जाना, झनझनाहट, इत्यादि लक्षण प्रगट हो जाते हैं जो कुछ क्षण के बाद शांत हो जाते हैं।

PENICILLIN (पैनिसिलीन).

मात्रा—(१) प्रोकेन पेनिसिलीन "जी" ४ लाख यूनिट्स २४ घण्टे में या रोजाना २ बार।

(२) पैनिसिलीन जी क्रूस्टेलाइन: ५०००० यूनिट्स ३-३ घण्टे में या २ लाख से ५ लाख यूनिट्स ६-६ घण्टे में या ५ लाख १२-१२ घण्टे में या जैसे चिकित्सक उचित समझे।

(३) पैनिसिलीन टैब्लेट्स: प्रथम मात्रा ५ लाख यूनिट्स, बाद में एक लाख यूनिट्स ३-३ घण्टे के अन्तर से।

(४) पैनिसिलीन लौजेन्जज: १ टिकिया बार-बार चूसने के लिए।

(५) पैनिसिलीन ऑइन्टमेन्ट (चर्म रोगों के लिये) और पे० आई **ऑइन्टमेन्ट** (आँखों के लिये)।

(६) पैनिसिलीन इन ऑयल।

गुण—यह सैकड़ों रोगों में उपयोगी सिद्ध हुई है विशेषतया, सोजाक, निमोनिया, सैप्टीसीमिया (रक्त का विषाक्त हो जाना) पाइमिया, अस्थि-मज्जा-शोथ, पुनराक्रमक-ज्वर, शर्करार्बुद, घाव, जख्म, कर्ण-शोथ, प्रसूत-ज्वर, आत्शक, बाय का ज्वर, गैसगैंग्रीन, फोड़े, फुन्सी और कई प्रकार के चर्म रोग तथा रक्तविकार में।

नोट—(१) यह औषध अनेक कारखानों की बनी हुई भिन्न२ रूप में और भिन्न भिन्न नाम से आती है। प्रत्येक शीशी में २ लाख, ५ लाख और १० लाख यूनिट्स होते हैं। शीशी के ऊपर रबड़ की टोपी चढ़ी हुई होती है जिसमें इंजेक्शन की पिचकारी की सूई प्रविष्टि करके जितना डिस्टिल्ड वाटर या नौर्मल सैलाइन आवश्यक समझा जाय डाल दिया जाता है। प्रायः २ लाख से ५ लाख यूनिट्स के लिए अधिक से अधिक २ सी० सी० द्रव पर्याप्त होता है। अगर इंजेक्शन ३-३ घण्टे में लगाना हो तो जल अधिक मिला लिया जाय।

(२) प्रोकेन पैनिसिलीन "जी" की शीशी में आमतौर पर ४, ८, १२ और २० लाख यूनिट्स प्रति शीशी होती है।

PENTIDS "SQUIBB" (पैन्टिड्स "स्कुइब्ब")

मात्रा—२ लाख से ४ लाख यूनिट्स दिन में ३ बार।

मु० अ०—(पैनिसिलीन "जी" पोटासियम)

गुण—सब प्रकार के संक्रामक रोगों में उपयोगी है। जैसे कण्ठ-शोथ कर्ण शोथ, सुजाक, निमोनिया, खांसी, साइनसाइटिस, ब्रोंकोनिमोनिया इत्यादि।

विशेष—यह २ प्रकार की आती है। २ लाख और ४ लाख यूनिट; इसके अतिरिक्त यह सल्फा-औषधि मिश्रित भी आती है जिसे पैन्टिड-सल्फास कहते हैं।

PENTIDS-V "SQUIBB" (पैन्टिड्स-वी "स्कुइब्ब")

इसकी मात्रा, गुण आदि पैन्टिड्स के समान है परन्तु इसमें पैनिसिलीन "जी" पोटासियम की बजाय फिनौक्सी-मीथिल पैनिसिलीन कैल्सियम होता है।

PENITRIAD "M. B." (पेनिट्रायड "मे-बेकर")

मात्रा—आरम्भ में २ टिकिया, बाद में १ या २ टिकियां ४ से ६ घण्टे के अन्तर से। बच्चों को आधी मात्रा और ३ वर्ष से कम आयु के बच्चों को चौथाई मात्रा।

मु० अ०—(TRI SULPHONAMIDE-PENICILLN-V.-K.)

गुण—जिन रोगों में पैनिसिलीन और सल्फेडायेजीन या सल्फेथायजोल प्रयुक्त होती हैं उन्हीं रोगों में इसे भी दिया जा सकता है। जैसे नई य पुरानी ब्रोंकाइटिस, निमोनिया, मूत्रयंत्र के संक्रामक रोग इत्यादि। यह अनेक पूतिदोशों में लाभदायक है। इसमें पैनिसिलीन V सल्फ़ेडायजीन सल्फेडिमीडीन और सल्फेथायेजोल होते हैं।

PEPS (पैंप्स)

मात्रा—१ टिकिया बार २ चूसने के लिए।

मू० अ०—(ग्लीस्राइजा, शूगर, एनिसि ऑयल, पीपरमिन्ट ऑयल टाल्क, रेजिनस मैटर)

गुण—कंठ और फेफड़ों के रोगों के कारण उठने वाली खांसी में उपयोगी है।

PERANDREN "CIBA" (पैरन्ड्रीन "सीबा")

मात्रा—५ M.G. से ५० M.G. तक सप्ताह में २-३ बार मांस द्वारा ।

मु० अ०—(टैस्टोस्टरोन प्रोपिओनेट)

गुण—यह स्त्री और पुरुष दोनों के लिये प्रयोग किया जाता है । जन्खापन, नपुंसकता, समय से पूर्व बुढ़ापा आना, प्रौस्टेट ग्रंथि का बढ़ जाना, रात्रि में मूत्र निकल जाना, दुर्बलता, आदि में उपयोगी है।

स्त्रियों में इसे मासिक धर्म के विकार, रजोनिवृत्ति के विकार और दुग्ध ग्रंथि की पुरानी सूजन या कैन्सर में लाभदायक पाया गया है ।

नोट:—५, १० और २५ और ५० M.G. के इंजेक्शन के अतिरिक्त इसकी लगाने की मरहम और जीभ के नीचे रखकर चूसने की टिकिया इत्यादि भी आती है ।

PERIDECA "MERCK-S.D." (पेरिडेका "मर्क-शार्प डोम)

मात्रा—१ टिकिया दिन में ३ बार

मु० अ०—(DEXAMETHASONE+CYPROHEPTADINE)

गुण—पित्त उछलना, एक्जिमा तथा अन्य चर्म रोगों की खुजली, गुदा और भग की खुजली, प्रदाहिक चर्मरोग इत्यादि में बहुत लाभदायक है ।

PERTUSSIN (पर्टुसिन)

मात्रा—२ वर्ष के बच्चे को एक ड्राम।

गुण—(यह तीनों प्रकार के थाइम नामक पौदों का ऐक्सट्रैक्ट होता है)

गुण—काली खांसी में विशेष उपयोगी है।

PETROLAGAR (पैट्रोलागर)

मु० अ०—(पैरेफीन लिक्विड, अगर, गम, सैक्रीन, ग्लीसरीन, ऐसिड बैन्जोइक, वैनिलीन, जल)

गुण—यह मृदुविरेचक है। बवासीर और पुराने कब्ज में उपयोगी है।

विशेष—यह सादा, फिनौल्फथेलीन के साथ, मग्नेसियम हाइड्रेट के साथ और कैस्करा सग्रेडा के साथ आता है।

PHENERGAN "M. B." (फीनर्गन 'में-बेकर")

मात्रा—सोते समय २५ m.g. की एक टिकिया या अधिक और दिन में १० m.g. की टिकिया दिन में ३-४ बार।

बच्चों के लिये इसका इलिक्सर आता है जिसकी मात्रा १ ड्राम है।

मु० अ०—(PROMETHAZINE HYDROCHLORIDE)

गुण—अलर्जी, हे-फीवर, नाक बहना, शीतपित्त, खुजली, बाज प्रकार का दमा, एक्लैम्पशिया, सदमा, धनुस्तम्भ, एक्ज़ीमा, बाज प्रकार की वमन इत्यादि में उपयोगी है। नींद लाता है, खुजली को शांत करता है और शमक है।

नोट—इसकी क्रीम (चर्म रोगों पर या जले हुये पर लगाने के लिये) इंजेक्शन्स (मांस और नस में लगाने के लिये) और इलिक्सर भी आते हैं।

PHENSEDYL "M. B." (फेन्सेडील "में-बेकर")

मात्रा—१-२ ड्राम दिन में ३ बार (चाटलें या पीने से पूर्व जल मिलालें)

मु० अ०—(PROMETHAZINE, CODEINE PHOSPHATE, EPHEDRINE)

गुण—बार २ उठने वाली खांसी, काली खांसी, इन्फ्लुअन्जा के बाद होने वाली खांसी, दमे की खांसी, वगैरा में अत्युपयोगी सिद्ध हुई है।

PHILLIPS MILK OF MAGNESIA
(फिलिप्स मिल्क ऑफ मैग्नेसिया)

मात्रा—१-४ चाय के चमचे (तुर्शी के लिये) और १-२ औंस (दस्त लाने के लिए)

मु० अ०—(मैग्नेसियम हाइड्रोक्साइड)

गुण—अम्ल पित्त, मतली, वमन, हृदय की जलन और अजीर्ण में उपयोगी है। बच्चों को दूध में मिलाकर देने से दूध डालना रुक जाता है और अफारा, अजीर्ण आदि शान्त हो जाते हैं।

विशेष—इसकी खाने की टिकिया और दाँतों पर मलने का पेस्ट भी आता है।

PHOSFOMIN "SQUIBB" (फौस्फोमिन "स्कुइब्ब")

मात्रा—४ ड्राम दिन में ३ बार।

मु० अ०—(ग्लीसरोफौस्फेट्स ऑफ कैल्सियम, सोडियम, पोटासियम और मैंगानीज, विटेमिन-बी-कॉम्पलेक्स, विटेमिन बी$_{१२}$)

गुण—मानसिक, तांत्रिक और शारीरिक दुर्बलता और रक्ताल्पता में उपयोगी है।

PHOSPHOTON "CIPLA" (फॉस्फोटॉन "सिपला")

मात्रा—२ ड्राम दिन में ३ बार जल के साथ।

मु० अ०—(विटेमिन्स बी$_{१}$, बी$_{२}$, बी$_{६}$, न्यासिनेमाइड, ग्लुटेमिक एसिड, सोडियम ग्लीसरोफौस्फेट, ग्लीसरोफोस्फोरिक एसिड, सोडियम मेथिल आर्सोनेट, ऐक्स० कोला, स्ट्रिक्नीन, अल्कोहल)

गुण—मानसिक और शारीरिक कमजोरी, नवीन रोगों के बाद की कमजोरी, रक्तक्षीणता, थकावट, अरुचि, रोगों के परिणाम स्वरूप उत्पन्न होने वाला पाण्डुरोग इत्यादि में लाभदायक है।

विशेष—इसके २ सी०सी० के इंजेक्शन भी आते हैं जिन्हें त्वचा के नीचे या मांस में रोज या तीसरे दिन लगाया जाता है, इनमें सोडियम, कैल्सियम और आयरन के ग्लीसरो फौस्फेट्स, स्ट्रिक्नीन और सोडियम-मेने-मेथिल आर्सोनेट होते हैं।

PHOSPHO-LECITHEN "WAMPOULE'S"
(फोस्फोलेसिथीन "वम्पूल्स")

मात्रा—२ ड्राम जल के साथ तीन बार भोजन से पूर्व।

मु० अ०—(सोडियम ग्लीस्रोफौस्फेट ८ ग्रेन, पोटासियम ग्लीसरो० ४ ग्रेन, कैल्सियम ग्लीस्रो० ४ ग्रेन स्ट्रीक्नीन ग्लीस्रो० १।६ ग्रेन, लेसिथीन १।१६ ग्रेन, एवेनीन १।३० ग्रेन (प्रति औंस)

गुण—बलवर्द्धक है; आम कमजोरी, हिस्टीरिया और वातज रोगों में लाभदायक है। मानसिक काम करने वालों के लिए विशेष उपयोगी है। आजकल इसका मिलना दुर्लभ है।

PIRITIN "GLAXO" (पाइरीटिन "ग्लैक्सो")

मात्रा—½-१ टिकिया ३-४ बार

मु० अ०–(CHLORPHENIRAMINE MALEATE)

गुण–हे फीवर, जुकाम, अलर्जी, औषधियों या सीरम के प्रयोग से उत्पन्न होने वाली प्रतिक्रिया, पित्त उछलना, स्पर्श त्वचाशोथ, कीट पतंग के डंक से होने वाले प्रभाव, अलर्जिक एक्जीमा और गुदा और भग की खुजली के शांत करने के लिये उपयोगी है।

विशेष–इसकी डबल ताकत की टिकिया, १ सी०सी० के इंजेक्शन और खांसी के लिये ऐंक्सपेक्टोरेन्ट भी आते हैं।

PIPRELIX "BOOTS" (पिप्रेलिक्स "बूट्स")

मात्रा—६ ड्राम से १ औंस तक; बच्चों को ४ ड्राम।

मु० अ०—(पिप्रेजीन साइट्रेट)

गुण—यह विशेषतया कृमि रोगों में जैसे केंचुवे और सूत्रकृमि उपयोगी है। रात्रि को खाली पेट ६-७ ड्राम पी लेने से केचुवे मर कर बाहर आ जाते

हैं। कभी २ दूसरे दिन में इसे दोहराना पड़ता है। सूत्र कृमि रोग में इसे ७ दिन तक रोजाना देना पड़ता है।

जब इसे केंचुवे नष्ट करने के लिये प्रयोग किया जाय तो दूसरे दिन मैग सल्फ अवश्य दे देना चाहिये।

PLASTULES (प्लैस्ट्यूल्स)

मात्रा—१ कैप्स्यूल ३ बार।

मु० अ०—(फेरस सल्फ, ईस्ट ऐक्स्ट्रैक्ट (विटेमिन बी$_1$ और बी$_2$)

गुण—रक्तवर्द्धक और बलकारक; पाण्डुरोग और दुर्बलता में उपयोगी है।

विशेष—यह चार प्रकार का आता है (१) सादा (२) लिवर ऐक्सट्रैक्ट सहित (३) लिवर ऐक्सट्रैक्ट और फौलिक ऐसिड सहित (४) लिवर ऐक्स०, फौलिक ऐसिड और विटेमिन बी$_{12}$ सहित।

PILEX "HIMALYA" (पाइलैक्स "हिमालय")

बाह्य प्रयोग के लिये।

मु० अ०—(बकायन, रसौत, मैनाफल, कनेर, बायबंड़ग, निर्गुडी, चित्रक, निशोथ, कुकरौंदा, हड़ताल, कपूर)

गुण—बवासीर में उपयोगी है। मस्सों की सूजन कम करती है और शूल और खुजली को शांत करती है खून को बंद करती है।

नोट—इसकी खाने की टिकिया भी आती है जिसकी मात्रा २-३ टिकिया दिन में २-३ बार है। टिकिया और मरहम दोनों को साथ २ प्रयोग करना चाहिये।

PLEBEX "WYETH" (प्लीबेक्स "वाइथ")

मात्रा—इंजेक्शन—२ सी० सी० रोजाना या तीसरे दिन, माँस में।

लिक्विड—१-२ ड्राम दिन में ३ बार।

कैप्स्यूल—१ दिन में ३ बार।

मु० अ०—(विटेमिन-बी-कॉम्प्लेक्स)

गुण—देखो "विटेमिन बी-कॉम्प्लेक्स" । अजीर्ण, दुर्बलता, बेरी बेरी अरुचि, स्प्रु, गर्भावस्था की वमन, पाण्डुरोग, मुँह के छाले, शोथ आदि विकारों में उपयोगी है ।

POLYBION "MERCK" (पौलीबियौन "मर्क")

मात्रा—१ टिकिया ३ बार ।

मु० अ०—(विटेमिन बी-कॉम्पलैक्स+विटेमिन बी$_{१२}$)

गुण—देखो "विटेमिन बी-कॉम्प्लैक्स"; यह चर्म-विकार, अरुचि, अजीर्ण, मुखपाक, जीभशोथ, बड़ी आंत की सूजन, नाड़ीशोथ, नाड़ीशूल, बच्चों की बढ़ौत ठीक प्रकार न होना, गर्भावस्था की वमन इत्यादि में उपयोगी है । ऐन्टी-बायोटिक्स, सल्फौनेमाइड्स तथा स्ट्रैप्टोमाइसीन के प्रयोग के परिणाम स्वरूप होने वाले चर्म के विकारों तथा नाड़ी के विकारों में भी इस्तेमाल किया जाता है ।

POLYDIN "GLAXO" (पौलीडीन "ग्लैक्सो")

मात्रा—२ सी०सी० मांस या चर्म द्वारा (बच्चों को ½—१ सी०सी०)

मु० अ०—(पौलिवेलन्ट ऐन्टिजन)

गुण—जुकाम, ब्रौन्काइटिस, प्रसूत-ज्वर, इन्फ्लुयन्जा, निमोनिया और सब प्रकार के प्रादाहिक ज्वरों में उपयोगी है । इसे रोजाना (नवीन रोगों में) और साधारण रोगों में ३-३ दिन के अंतर से दें ।

PRAGMATAR "S-KLINE" (प्रैग्मैटर "स्मिथ क्लाईन")

मरहम का ट्यूब

मु० अ०—(सल्फर, सैलीसिलिक एसिड, सिटील-अल्कोहल-कोलटार)

गुण—दाद, बाज प्रकार का त्वचाशोथ और सर की खुश्की में बहुत लाभदायक है ।

PREDASIN "GLAXO" (प्रीडेसीन "ग्लैक्सो")

मात्रा—१-२ टिकिया दिन में ३ बार भोजन के बाद ।

मु० अ० (प्रेडनीसोन एसीटेट+एस्पिरीन)

गुण—कटिशूल, गृध्रसी, माँस शूल, नाड़ीशूल तथा अन्य प्रकार के शूलों में उपयोगी है । बाय के ज्वर में दिया जाता है ।

PREDSOLAN-H OINTMENT

(प्रेडसोलन-एच-ऑइन्टमेन्ट "ग्लैक्सो")

यह बाहरी प्रयोग के लिये है ।

मु० अ०–(प्रेडनीसोलोन, बिस्मथ सबगौल, टनिक एसिड, बैन्जोकेन)

गुण—बाह्य और आन्तरिक बवासीर (अर्शरोग) भग और गुदा की खुजली गुदाशोथ, इत्यादि में उपयोगी है । मस्सों की सूजन कम करती है और शूल को शांत करती है ।

PREPALIN "GLAXO" (प्रीपेलीन "ग्लैक्सो")

मात्रा—कैप्स्यूल ३-४ रोजाना; लिक्विड १२ बूँद ३-४ बार इंजेक्शन मांस द्वारा ३ से ७ दिन के अन्तर से ।

मु० अ०—(विटेमिन "ए")

गुण—यह रतौंध में बड़ी उपयोगी है । पुराने फेफड़ों के रोग, कुछ चर्म रोगों और गुर्दे और मसाने के कीटाणु-जन्य रोगों में भी लाभदायक है ।

PROGESTIN "B. D. H." (प्रोजेस्टीन "बी० डी० एच०")

मात्रा—१ सी० सी० (भिन्न-भिन्न शक्ति के)

मु० अ०—(कौर्पस ल्युटियम का हार्मोन)

गुण—गर्भाशय के विकार जैसे कष्ट-रज, रक्तप्रदर, गर्भपात, बांझपन, प्रसव के बाद की वेदनायें इत्यादि में उपयोगी है ।

PROLIFEX "B. I" (प्रौलीफेक्स "बी० आई०")

मात्रा—१-३ टिकिया २-३ बार ।

मु० अ०—(लिवर पाउडर, स्टमक पाउडर, विटेमिन बी-कौम्पलैक्स, विटेमिन 'सी', विटेमिन $बी_{१२}$, फौलिक एसिड, फैरस सल्फएग्जीकेटस, कौबाल्ट)

गुण—दौर्बल्य, हर प्रकार का पाण्डुरोग और विटेमिन बी-कौम्पलैक्स के अभाव से उत्पन्न होने वाले रोगों में उपयोगी है।

PROSTIGMIN "ROCHE" (प्रौस्टिग्मीन "रोश")

मात्रा—½–१ सी०सी० माँस या चर्म द्वारा।

गुण—औप्रेशन के बाद मल-मूत्र बन्द हो जाने पर १ इंजेक्शन ४-४ घंटे के अन्तर से १ से ३ दिन तक दें। अस्थिभंग के कारण शूल, ऐंठन, सख्ती आदि शाँत करने के लिये २ सी०सी० दिन में १-२ बार दें। इसके अतिरिक्त यह पोलिओ-माइलाइटिस, माँस पेशियों की ऐंठन और हृदय की धड़कन इत्यादि में उपयोगी है। जब २, ३, ४ मास तक मासिक धर्म रुक जाये और यह निश्चय न हो सके कि गर्भ है या नहीं तो रोजाना ३ दिन तक १-२ सी० सी० का इंजेक्शन लगायें। यदि गर्भ नहीं है तो अवश्य मासिक धर्म हो जायगा; यदि गर्भ है तो इस पर कोई हानिकारक प्रभाव नहीं पड़ेगा।

विशेष—इंजेक्शन के अतिरिक्त यह टिकिया, मरहम और आँखों में टपकाने की औषधि, के रूप में भी आती है।

PROTOVIT 'ROCHE" (प्रोटोविट "रोश")

मात्रा—जवानों के लिये २४ बूंद रोजाना, बच्चों के लिये १२ बूंद रोजाना } रोग निरोधक

जवानों के लिये २४ बूंद २-३ बार, बच्चों के लिये १२ बूंद २-३ बार } चिकित्सा

मु० अ०—(विटेमिन बी-कॉम्पलैक्स, बायोटीन, विटेमिन सी, डी और ई)

गुण—अपर्याप्त भोजन या पुराने रोगों के कारण शरीर में विटेमिन्स की कमी, दुर्बलता, अरुचि, थकावट, तंत्रिका-परिश्रांति, बच्चों की बढ़ौत नियमानुकूल न होना इत्यादि में उपयोगी है ।

PROTINULES "ALEMBIC" (प्रौटीन्यूल्स "अलंबिक")

मात्रा—½–१ औंस दिन में ३-४ बार, चाय, दूध या फलों के रस के साथ ।

मु० अ०—(मिल्क प्रोटीन, कार्बोहाइड्रेट्स, विटेमिन्स ए, डी$_{२}$, बी$_{१२}$, विटेमिन बी-कॉम्पलेक्स, आइनोसिटौल, बायोटीन)

गुण—यह पुष्टिकारक है । यह ऐसे विकारों में जिनमें प्रोटीन की आवश्यकता होती है प्रयुक्त होता है जैसे आमाशय-अंत्र के रोग, दीर्घकालिक ज्वर, सिर्होसिस, पाण्डुरोग, संक्रमण, शरीर का जल जाना, देर में भरने वाले जख्म और घाव, गर्भावस्था और उसके बाद की दशा में ।

PROTINEX "DUMEX" (प्रोटीनेक्स "ड्युमेक्स")

मात्रा—४ ड्राम तीन बार दूध या चाय के साथ ।

मु० अ०—(विटेमिन्स (लगभग सब), बायोटिन, कोलीन, आइनोसिटौल, फैरस ग्लुकोनेट, कैल्सियम ग्लीस्रो फौस्फेट्स, माल्ट ऐक्सट्रैक्ट इत्यादि)

गुण—इसे त्रुटिजन्य रोगों में और ऐसी दशा में जब किसी कारण शरीर का पोषण ठीक प्रकार न होता हो प्रयोग किया जाता है । तीव्र आघात, औप्रेशन, गर्भावस्था, बच्चा उत्पन्न होने के बाद, वृद्धावस्था, समस्त शरीर का जल जाना, दीर्घकालिक रोग, रोग से मुक्ति प्राप्त करने के बाद—इन सब हालतों में उपयोगी है ।

PTYCHO-PAPAIN "BENGAL" (टाइको-पैपेन "बंगाल")

मात्रा—१ ड्राम ३ बार भोजन के तुरन्त बाद ।

मु० अ०—(अजवाइन, यूकेलिप्टस, पैपेन, सोडियम-बेन्जोबीरेट, सुगन्धित औषधियां)

गुण—अन्त्र-शोथ, अजीर्ण, अतिसार, अम्ल-पित्त इत्यादि रोगों में उपयोगी है।

PYRIMESIN "E. I." (पाइरीमेसीन "ई० आई०")

मात्रा—२ टिकिया सोते समय और १ से २ टिकिया दिन में १-२ बार।

मु० अ०—(विटेमिन बी$_1$, बी$_6$ और "सी", फिनोबार्बीटोन)

गुण—गर्भावस्था की प्रातः कालिक वमन, मतली, यात्रा में आने वाली मतली और वमन इत्यादि में उपयोगी है।

नोटः—इसके इंजेक्शन भी आते हैं। जिन्हें दिन में १-२ बार लगाया जाता है।

PYREX "B. C." (पाइरेक्स "बी० सी०")

मात्रा—२ ड्राम दिन में तीन बार।

मु० अ०—(२ ड्राम में क्वीनीन बाईहाइड्रोक्लोराइड ३ ग्रेन, फैरिक-आर्सिनोसाइट्रेट १ ग्रेन, ऐक्सट्रैक्ट ऑफ नक्सवॉमिका १.५ ग्रेन, सिनेमिक-एल्डीहाइड १ मि० और अमोनिया क्लोराइड ३ ग्रेन होता है)

गुण—मलेरिया ज्वर, कालाजार, तिल्ली और जिगर का बढ़ जाना (मलेरिया आदि के कारण) और पाण्डुरोग में बहुत उपयोगी है।

QUAKER OATS (क्वेकर ओट्स)

मात्रा—२-४ ड्राम।

मु० अ०—(यह जई का दलिया होता है)

गुण—पौष्टिक खाद्य है इसे विभिन्न विधियों से तैयार करके प्रयोग करते हैं।

QINARSOL "CIPLA" (किनासौंल "सिपला")

मात्रा—२ टिकिया ३ बार।

मु० अ०---(कुनीन और आर्सेनिक का सालट)

गुण---नये और पुराने मलेरिया, इन्फ्लुअन्जा, जुकाम आदि में उपयोगी है।

विशेष---इसके इंजेक्शन भी आते हैं जिन्हें मांस में १-२ सी०सी० की मात्रा में रोजाना लगाया जाता है। इसका प्रभाव कुनीन की अपेक्षा अधिक तेज होता है।

QUINO-HAEMOGEN "B. I." (क्वीनो-हीमोजन "बी० आई०")

मात्रा—चढ़े हुए ज्वर में २-३ ड्राम तीन बार; ज्वर के बाद १-२ ड्राम ३ बार भोजन के बाद।

मु० अ०---(हीमोजन, क्वीनीन, आर्सेनिक, नक्सवॉमिका, अमोनियम क्लोराइड, सिनेमिक एल्डीहाइड)

गुण---मलेरिया के लिए बड़ी उपयोगी है। ज्वर को शांत करती है और यकृत और प्लीहा के कार्य को ठीक करती है। इसे चढ़े हुए ज्वर में भी दे सकते हैं।

QUMERESH (कुमरेश)

मात्रा---१०-१५ बूंद दो बार, बच्चों को २-५ बूंद।

मु० अ०—(कालमेघ, कुलियाखारा, अजवायन, घोसालता इत्यादि)

गुण—अजीर्ण और यकृत-रोगों के लिए उपयोगी है। बच्चों को विशेष उपकारी है। हरे सफेद दस्तों को भी ठीक करता है।

RASTINON "HOECHST" (रैस्टीनौन 'हैक्स्ट")

मात्रा---२ टिकिया दिन में ३ बार।

मु० अ०—(TOLBUTAMIDE)

गुण—यह मधुमेह के लिए विशेष उपयोगी है। यह अक्सर ऐसे रोगियों को मुफीद पड़ती है जिनकी आयु ४० वर्ष से ऊपर हो। ऐसे रोगियों में जो रोजाना ३० यूनिट्स से कम इन्सुलीन के इंजेक्शन ले रहे हों, यकायक

इन्सुलीन को छोड़ कर इसका प्रयोग आरम्भ किया जा सकता है। जिन रोगियों को न तो इन्सुलीन के इंजेक्शनों से और न ही रैस्टीनौन के प्रयोग से संतोषजनक लाभ मालूम होता है उन्हें इन दोनों को साथ-साथ देना अच्छा होता है ।

RESOCHIN "BAYER" (रैसोचिन "बेयर")

मात्रा—१ टिकिया दिन में ३ बार(३-४ दिन तक) या ३-४ टिकिया की १ मात्रा कुछ खाने के बाद ।

मु० अ०—(क्लोरोक्वीन CHLOROQUINE)

गुण—हर प्रकार के मलेरिया के लिए अत्युपयोगी है । इसे गर्भावस्था में, चढ़े हुये ज्वर में और बिना ज्वर के, तीनों दशाओं में दे सकते हैं। यह यकृत शोथ में भी उपयोगी सिद्ध हुई है ।

नोट—इसके ५ सी० सी० के इन्जेक्शन भी आते हैं जिन्हें नस या कूल्हे के मांस में लगाया जाता है।

RECOLVIN "STANDARD"
(रिकौविन "स्टैन्डर्ड")

मात्रा—३-४ ड्राम २-३ बार (दौरे में) या रोजाना २ ड्राम दो बार बिना दौरे के)

मु० अ०—(अपंग, स्ट्रैमोनियम, वसाक, कंटकारी, लिसोड़ा, पीपल, नागेश्वर, शहद, सोडा आयोडाइड, इफेड्रीन, केल्सियम हाइपो फौस्फाइट)

गुण—खांसी दमे के लिये उपयोगी है।

विशेष—यह दो प्रकार का आता है सादा और आर्सेनिक के साथ ।

RECTO-SEROL "C. D. C."
(रैक्टो-सिरोल "सी० डी० सी०")

मात्रा—बाहरी प्रयोग के लिये मरहम।

मु० अ०—(ऐक्स० हैमेमेलिडिस, एसिड बोरिक, लिकर ऐलम ऐसिटे-टटार्ट, फोर्मेल्डीहाइड, बाल्सम पीरु इत्यादि)।

गुण—अर्श (बवासीर) के लिए विशेष उपयोगी है। जलन और खुजली को शांत करती है और रक्त का बहना बन्द करती है।

REDISOL H "MERCK SHARP"
(रेडीसौल-एच "मर्कशार्प")

मात्रा—१ इन्जेक्शन (५००-१००० M. C. G.) रोजाना या तीसरे चौथे दिन मांस में।

मु० अ०—(Hydroxoco Balamin)

गुण—इसके गुणों के लिये देखो "विटेमिन बी$_{१२}$" और मैक्राबिन। यह ५०० और १०० mcg, दो प्रकार का आता है। रेडी सौल (सादा) के भी यही गुण हैं।

REDOXON "ROCHE" (रिडोक्शन "रोश")

मात्रा—३-४ टिकिया रोलाना, और २·२ सी० सी० और ५·३ सी० सी० के इंजेक्शन (चर्म, मांस या शिरा द्वारा)।

मु० अ०—(विटेमिन "सी")

गुण—विटेमिन "सी" देखो।

विशेष—इसकी टिकिया ५० एम० जी०, २०० एम० जी० और ५०० एम० जी० तीन प्रकार की आती हैं।

REVERIN 'HOECHST' (रेवरीन "हैक्स्ट")

यह एक प्रकार की टैट्रासाइक्लीन है जो पाउडर के रूप में (२७५ एम० जी० प्रति शीशी) आती है। इसे १० सी० सी० डिस्टिल्ड वाटर में घोलकर नस में रोजाना एक बार लगाते हैं। इसके गुण "टैट्रासीन' में देखो। इसका प्रभाव बहुत जल्द होता है।

ROVIGON "ROCHE" (रोवीगॉन "रोश")

मात्रा—३-४ टिकिया रोजाना।

मु० अ०—(विटेमिन 'ए' और विटेमिन 'ई')

गुण—यह मध्य आयु वाले और वृद्धों के लिये उपयोगी है। दुर्बलता को कम करता है। पुरुषों को सन्तान उत्पन्न करने योग्य बनाता है और स्त्रियों के रजोनिवृत्ति के विकारों को शान्त करता है।

ROY-PILLA (रौयपिला)

मात्रा—२–६ टिकिया रोजाना।

मु० अ०—(मालूम नहीं, शायद सर्पगन्धा से तैयार की जाती है।

गुण—मस्तिष्क के रोगों में (विशेषतया पागलपन) बहुत उपयोगी है। रक्तचाप को कम करती है। नींद लाती है।

RUBRAGRAN "SQUIBB" (रूब्रागैन "स्कुइब्ब")

मात्रा—१ कैप्स्यूल दिन में २ बार।

मु० अ०—(आयरन, विटेमिन बी$_{१२}$, फौलिक एसिड, विटेमिन 'सी')

गुण—यह हर प्रकार की रक्तक्षीणता में विशेषतया ऐसी दशा में जब इसका कारण आयरन (लोहा) का अभाव हो, उपयोगी है।

RUBRAPLEX "SQUIBB" (रूब्राप्लैक्स 'स्कुइब्ब')

मात्रा—१–२ ड्राम दिन में ३ बार।

मु० अ०—(आयरन, विटेमिन बी-कॉम्पलैक्स और विटेमिन बी$_{१२}$)

गुण—रक्तवर्द्धक और बलदायक; दुर्बलता और रक्ताल्पता में उपयोगी है।

विशेष—इसकी ५ और १० सी० सी० की इंजेक्शन की शीशी भी आती है जिसे १ सी० सी० की मात्रा में मांस में लगाया जाता है। इसके कैप्स्यूल्स भी आते हैं।

RUBRAMIN "SQUIBB" (रूब्रामिन "स्कुइब्ब")

मात्रा—१०० से १००० एम० सी० जी० रोजाना या तीसरे चौथे दिन (चर्म के नीचे और मांस में)

मु० अ०—(विटेमिन बी$_{१२}$)

गुण—रक्तवर्द्धक शूलनाशक और बलदायक। रक्ताल्पता, चेहरे का शूल, हर्पीज-जौस्टर, स्प्रू इत्यादि में उपयोगी है। देखो विटेमिन बी$_{१२}$ ।

RUBRATON ELIXIR "SQUIBB"
(रूब्राटॉन इलिक्सर "स्कुइब्ब")

मात्रा—१ ड्राम दिन में २-३ बार।

मु० अ०—(विटेमिन बी$_{१२}$, फौलिक एसिड, फेरिक अमोनिया साइट्रेट)

गुण—बलदायक, रक्तबर्द्धक; पाण्डुरोग, दुर्बलता, शक्तिहीनता तथा रोगों के बाद की कमजोरी में उपयोगी हैं।

नोट—बच्चों के लिये "रूब्राटॉन पिडियाट्रिक आता है जिसकी मात्रा १ ड्राम दिन में ३ बार है।

SALJON "SMITH" (सल्जौन 'स्मिथ"

मात्रा—१–२ टिकिया २–३ बार।

मु० अ०—(ऐस्पिरीन, फिनैस्टीन, कैफीन, कोडीन)

गुण—हर प्रकार के शूल को शान्त करता है जैसे सिर, कान, दांत आदि का शूल, बाय का शूल इत्यादि।

SALPERN "BOOTS" (सल्पर्न "बूट्स")

मात्रा—१–३ टिकिया २-३ बार दूध में घोलकर।

मु० अ०—(कैल्सियम सोडियम लैक्टेट और विटेमिन्स "डी" और 'सी')

गुण—ऐसे रोगों में जो कैल्सियम के अभाव से उत्पन्न होते हैं जैसे रक्तस्राव, दांतों और अस्थियों की कमजोरी, क्षय रोग इत्यादि, इसके प्रयोग से लाभ होता है। गर्भावस्था में उपयोगी है।

SANATOGEN (सैनेटोजन)

मात्रा—२ ड्राम दूध या जल में घोलकर ३–४ बार भोजन के बाद।

मु०अ०–(कैसीन सोडियम ग्लीसरोफौस्फेट)

गुण—यह बड़ी उपयोगी और प्रसिद्ध औषधि है। इसमें यह विशेषता है कि यह दुर्बल रोगी को भी शीघ्र हज्म हो जाती है। यह शारीरिक और मानसिक दुर्बलता को दूर करने वाली, खून बढ़ाने वाली, पाचक और शक्ति-वर्द्धक है। पाण्डु-रोग, नाड़ी दौर्बल्य, और रोगों के बाद की कमजोरी में प्रयोग की जाती है। लेखकों, विद्यार्थियों तथा ऐसे व्यक्तियों के लिए जिन्हें मानसिक परिश्रम अधिक करना पड़ता है यह विशेष उपयोगी है। अब इसके साथ विटेमिन्स मिली हुई भी आती है।

SANIMALT "SANITEX" (सेनीमाल्ट "सेनीटैक्स")

मात्रा—४ ड्राम दिन में ३ बार।

मु० अ०—(विटेमिन्स (ए, डी, विटेमिन बी-कॉम्प्लेक्स) कैल्सियम और सोडियम ग्लीसरोफौस्फेट्स, आयरन और कोबाल्ट ग्लुकोनेट, माल्ट ऐक्सट्रैक्ट)

गुण—यह शक्तिवर्द्धक और बलदायक है। रक्त बढ़ाता है और गर्भावस्था तथा अन्य कारणों से उत्पन्न होने वाले पाण्डुरोग तथा दुर्बलता में उपयोगी है।

SANI-VIDOL "SANITEX" (सेनी-विडौल "सैनीटैक्स")

मात्रा—४ ड्राम दिन में २–३ बार।

मु० अ०—(लिवर और स्प्लीन का ऐक्सट्रैक्ट, विटेमिन्स 'ए' और 'डी" कैल्सियम और सोडियम हाइपोफौस्फाइट्स, क्रुओसोट, ग्वाकौल, माल्ट ऐक्स०, ग्लुकोस, सीरप बाइल्ड चेरी, टिं० जंशियन कं०, सीरप)

गुण—बलदायक, शक्तिवर्द्धक और रक्तवर्द्धक; पुरानी खाँसी, क्षयरोग, दौर्बल्य, पाण्डुरोग इत्यादि में उमयोगी है।

SANMETTO (सन्मटो)

मात्रा—१ ड्राम जल के साथ ३-४ बार।

मु० अ०—(सन्दल, सा पल्मटो बेरीज और जी)

गुण—सोजाक, मूत्राशय तथा मूत्रमार्ग का शोथ और मूत्र-कृच्छ्र, मूत्राघात इत्यादि रोगों में उपयोगी है। आजकल इसका मिलना दुर्लभ है।

SARIDON "ROCHE" (सैरिडॉन "रोश")

मात्रा—१–२ टिकिया।

मु० अ०—(फिनेस्टीन, कैफीन, मर्सिडन, स्टार्च इत्यादि)

गुण—हर प्रकार के शूल जैसे आधासीसी, शिरशूल, दन्तशूल, कर्णशूल, कष्ट-रज, वक्ष-शूल, नाड़ी-शूल इत्यादि इसके प्रयोग से शांत हो जाते हैं। ज्वर कम करने और ज्वर की हड़फूटनी को शांत करने के लिए बड़ी उपयोगी है।

विशेष—चढ़े हुए ज्वर में इसके प्रयोग से कभी-कभी बहुत पसीने आते हैं। परन्तु इसकी एक ही टिकिया देने से बेचैनी और हड़फूटनी दूर हो जाती है।

SAVLON "I. C. I." (सेवलॉन "आई० सी० आई")

यह ४ प्रकार की आती है;

१. ऐन्टीसैप्टिक क्रीम।

२. लिक्विड ऐन्टीसैप्टिक।

३. ऐन्टीसैप्टिक लोजेन्जेज।

४. बेबी पाउडर।

मु० अ०—(CHLORHEXIDINE+CETRIMIDE)

गुण—यह रोगाणुरोधक है। खरोंच, घिसट, चोट, जख्म आदि पर लगाने से लाभ पहुंचाता है। लौजेन्जेज कण्ठ रोगों में चूसी जाती है और बेबी पाउडर बच्चों के शरीर पर छिड़कने के काम आता है।

SCABIZAN "ZANDU" (स्केबिजन "झंडू")

मात्रा—बाह्य प्रयोग के लिये।

मु० अ०—(सल्फर, जिन्क ऑक्साइड, सल्फेनिलेमाइड, बेन्जील बैन्जोएट, बेन्जील एसिटेट)

गुण—फुंसियों, खारिश और दूसरे चर्म-रोगों में बहुत उपयोगी है। ३-४ बार लगाने से खारिश जाती रहती है।

SCOTTS EMULSION (स्कौट्स इमल्शन)

मात्रा—१-४ ड्राम दिन में ३ बार खालिस या जल या दूध के साथ भोजन के बाद।

मु० अ०—(कौडलिवर ऑयल, कैल्सियम और सोडियम हाइपोफौस्फाइट्स)

गुण—पुरानी खांसी, बार-बार जुकाम होना, दौर्बल्य और गले और छाती के सभी कफ-रोगों में उपयोगी है। आजकल इसका मिलना दुर्लभ है।

SECLOMYCIN "GLAXO" (सेक्लोमाइसीन "ग्लैक्सो")

मात्रा और गुणों के लिए देखो "कौम्बायोटिक"

इसमें प्रोकेन पेनिसिलीन-जी, स्ट्रैप्टोमाइसीन और बैन्जीलपैनिसिलीन होती है। यह सादी और फोर्ट दो प्रकार की आती है।

SECLOPEN "GLAXO" (सेक्लोपन "ग्लैक्सो")

मात्रा—१ इंजेक्शन रोजाना मांस में।

मु० अ०—(३ लाख इ० यू० प्रोकेन पैनिसिलीन "जी"+१ लाख इ० यू० बेन्जील पैनिसिलीन)

गुण—देखो "पैनीसिलीन" यह अनेक प्रकार के संक्रामक रोगों में उपयोगी है जैसे निमोनिया, आत्शक, सुजाक, फोड़े फुंसी, नाक, कान और कंठ की सूजन, गंदे जख्म या घाव, इत्यादि।

SEDONAL "E. I." (सेडोनल "इ-इण्डिया")

मात्रा—१-२ टिकिया दिन में ३ बार।

मु० अ०—(एमिनोफाइलीन, एल्युमीनियम हाइड्रौक्साइड, फिनौबार्बीटोन)

गुण—श्वासरोग के लिये उपयोगी है। सांस की गति को ठीक करता है।

SEPTANILAM "GLAXO" (सैप्टेनीलम "ग्लैक्सो")

मात्रा—४ से ६ टिकिया रोजाना (अधिकतम मात्रा २० टिकिया रोजाना तीव्र रोग में)।

मु० अ०—(सल्फेनिलेमाइड का पेटेन्ट नाम है)

गुण—फोड़े फुंसी, खारिश, खाज, सैप्टीसीमिया, कण्ठ-प्रदाह, प्रसूतज्वर, बी-कोलाई जन्य रोग, गर्दन तोड़ ज्वर, सोजाक और कई रक्त और चर्म के विकारों में लाभदायक है।

SERPINA "HIMALAYA" (सरपीना "हिमालय")

मात्रा—१-२ टिकिया २-३ बार।

मु० अ०—(सर्पगन्धा)

गुण—पागलपन, हिस्टीरिया, प्रसूत-उन्माद, अतिरक्तचाप, अनिद्रा, बेचैनी आदि में उपयोगी है।

SEVICAINE "GLAXO" (सेविकेन "ग्लैक्सो")

मात्रा—१ सी०सी० से २ सी०सी० तक या अधिक।

मु० अ०—(प्रोकेन का २ प्रतिशत घोल)

गुण—जिस स्थान पर इसका इंजेक्शन लगाया जाता है वह सुन्न हो जाता है। इसे प्रायः दांत निकालने या छोटे-छोटे औप्रेशन करने के लिये प्रयोग

करते हैं । प्राय: १ सी० सी० एक दांत निकालने के लिये पर्याप्त होती है । दांत निकालने के लिये इसके साथ एड्रीनेलीन मिला लेना चाहिये ।

SEX–VIGOUR "C. D. C."
(सैक्स-विगर "सी० डी० सी०")

मात्रा—१ गोली ३ बार या एक ऐम्प्यूल रोजाना या तीसरे दिन (चर्म के नीचे) ।

मु० अ०—(टैस्टीज सिक्कम २ ग्रेन, थाइरोयड सिक्कम १।१० ग्रेन, कैल्सियम ग्लीस्रोफौस्फेट १ ग्रेन, योहिम्बीन १।८ ग्रेन, स्ट्रिक्नीन १।६४ ग्रेन, अस्वागन्ध १।२ ग्रेन, प्रौस्टेट सिक्कम १।२ ग्रेन, डमियाना १।२ ग्रेन प्रति टिकिया)

गुण—नपुंसकता, बांझपन, धातुक्षीणता, दुर्बलता और स्त्रियों और पुरुषों के रज और वीर्य सम्बन्धी अन्य रोगों में उपयोगी है ।

विशेष—यह दो प्रकार का आता है (१) मेल (पुरुषों के लिए) (२) फीमेल (स्त्रियों के लिए) इसके इंजेक्शन भी आते हैं ।

SHARKOFERROL "ALEMBIC"
(शार्कोफेरौल "अलेम्बिक")

मात्रा—१ बड़ा चमचा २-३ बार दूध के साथ भोजन के बाद ।

मु० अ०—(विटेमिन्स ए, डी, बी$_1$, बी$_2$, और न्यासिनेमाइड, आयरन ऑक्साइड, लाइम, पोटासियम और सोडियम के हाइपोफौस्फाइट्स, कौपर, मैंगानीज, माल्ट ऐक्सट्रैक्ट)

गुण—रक्तवर्द्धक, शक्तिदायक; दुर्बलता, फेफड़ों के रोगों के कारण होने वाली कमजोरी, गर्भावस्था, रिकेट्स, अस्थिमृदुता, शरीर का परिपोषण ठीक प्रकार न होना, भोजन में विटामिन्स का अभाव, इत्यादि में उपयोगी है । बच्चों की बढ़ौत में सहायक है । नेत्र के अनेक रोगों में लाभ पहुँचाती है ।

SINDOL (सिन्डौल)

मात्रा—१ पुड़िया या टिकिया आवश्यकतानुसार।

मु० अ०–(मालूम नहीं)

गुण—हर प्रकार के दर्दों जैसे आँख, सिर, दाँत या कान का दर्द, छाती, कमर या बाय का दर्द इत्यादि में अत्यन्त उपयोगी है।

SIOLAN "A. D." (सायोलन "ए० डी०")

मात्रा—२ से १० सी० सी० २ दिन छोड़कर मांस के अन्दर।

मु० अ०–(मिल्क प्रोटीन)

गुण—देखो मिल्क प्रोटीन इंजेक्शन।

विशेष—ये इंजेक्शन "आयोडीन" के साथ मिले हुए भी आते हैं।

SIOSTERAN "GEIGY" (सायौस्टरन "गाइगी")

मात्रा—१-२ टिकिया दिन में ३ बार।

मु० अ०—(5, 7-DICHLORO-8-HYDROXYQUINALDINE)

गुण—छोटी और बड़ी आँत की सूजन, आमाशय की सूजन जिस कारण रोगी को अतिसार और पेचिश हो जाती है, ग्रीष्म-अतिसार, अमीवियासिस इत्यादि रोगों में उपयोगी है।

SIOTRAT "A. D." (सायोट्रेट "ए० डी०")

मात्रा—२ सी०सी० रोजाना या दूसरे दिन मांस के अन्दर।

मु० अ०—(लिवर-ऐक्सट्रैक्ट, विटेमिन बी-कॉम्प्लैक्स)

गुण—देखो "लिवर ऐक्स्ट्रैक्ट"।

विशेष—यह सायोट्रैट और "सायो ट्रैटफोर्ट" दो प्रकार का होता है। इसकी लिक्विड भी आती है।

SIOVINA "A. D." (सायोविना "ए० डी०")

मात्रा—२ से ४ ऐम्पूल्स रोजाना (पीने के लिए) भोजन के बाद जल में।

मु० अ०—(लिवर और स्टमक ऐक्सट्रैक्ट, रैड-बोन मैरो, विटेमिन बी-कौम्पलैक्स, न्युक्लीनिक ऐसिड, आयरन, कौपर, मैंगनीज, अल्कोहॉल)

गुण—बलकारक, पौष्टिक, क्षुधावर्द्धक, और रक्तवर्द्धक है। भोजन के बाद जल में मिलाकर पिया जाता है ।

नोट—यह ५ और १० सी० सी० २ प्रकार के आते हैं।

SIQUIL "SQUIBB" (सीकुइल "स्कुइब्ब")

मात्रा—टिकिया (१० एम. जी. से १५० ऐम. जी. रोजाना) जवानों के लिये। इंजेक्शन (१ से ३ ऐम. जी. या अधिक ४-४ घंटे में (नस में) या ५-१० ऐम. जी. या अधिक ४-४ घंटे में (मांस में)

मु० अ०—(TRIFLUPROMAZINE HYDROCHLRIDE)

गुण—मतली, वमन, प्रसव की प्रथम और द्वितीय अवस्था में तथा शल्यक्रिया से पूर्व बेहोश करने वाली औषधियों के प्रभाव को बढ़ाने के लिये और रोगी को शांत करने के लिये, प्रलाप, उत्तेजना, घबराहट, और बेचैनी में उपयोगी है शराब की आदत को त्यागते समय उत्पन्न होने वाली बेचैनी, चिंता, अनिद्रा आदि को कम करने के लिये तथा अनेक मानसिक विकारों में भी लाभदायक है ।

नोट–(१) आमतौर पर इसकी रोजाना ३-४ टिकिया (१० ऐम० जी०) देना पर्याप्त होता है ।

नोट—(२) इसकी १० और २५ एम. जी. की टिकिया ३ और १० ऐम. जी. के १ सी० सी० के ऐम्पूल और १० और ५ सी० सी० की शीशी आती हैं ।

SIROLIN "ROCHE" (सिरोलीन "रोश")

मात्रा—३-६ ड्राम रोजाना ।

मु० अ०—(थियोकौल, सीरप औरेन्ज, अल्कोहॉल.

गुण—क्षयरोग की खांसी, काली खाँसी और निमोनिया, ब्रौनकाइटिस, इन्फ्लुयन्जा आदि रोगों की खांसी में उपयोगी है। बूढ़ों और बच्चों के लिए समान लाभदायक है।

SLOAN'S LINIMENT (स्लोन्स लिनिमेन्ट)

बाह्य प्रयोग के लिये।

मु० अ०—(लिकर अमोनिया फोर्ट, आयलपायनी ऐरोमेटिक, मीथल सैलिसिलेट, ऑयल टैरीबिन्थ, कैप्सीकम)

गुण—नाड़ीशूल, नाड़ीशोथ, गर्दन, छाती और कमर का दर्द, बाय, मोच, मसकोड़ इत्यादि के लिए उपयोगी है। जिस स्थान पर लगाना हो उसे अंगुलियों से अच्छी तरह मलकर ऊपर से तेल की फु री लगादें। इसे मलना नहीं चाहिये।

SODA-MINT TABLETS (सोडा मिन्ट टैब्लेट्स)

मात्रा—१-४ टिकिया जल के साथ।

मु० अ०—(सोडा बाईकार्ब, अमोनियम बाईकार्ब, आयल पीपरमिन्ट)

गुण—मतली और खट्टी डकार के लिये उपयोगी है।

विशेष—यह विभिन्न कारखानों की आती है।

SOLUSEPTASINE "M. B." (सौल्युसेप्टेसीन "एम० बी०")

मात्रा—५ से १० सी० सी० (नस या माँस द्वारा) १ से ४ बार रोजाना।

मु० अ०—(सौल्युसिन अर्थात् एक प्रकार का सल्फोनेमाइड)

गुण—फोड़े फुंसी, सैल्युलाइटिस, प्रसूत ज्वर, गर्दन तोड़ ज्वर, रक्त विकार, विषैले ज्वर आदि में उपयोगी है।

विशेष—इसके १० और २० प्रतिशत शक्ति के इंजेक्शन, और १० प्रतिशत शक्ति के घोल (कान में टपकाने के लिये, या नाक और कण्ठ के लिये) आते हैं।

SONALGIN "M. B." (सोनल्जिन "एम० बी०")

मात्रा—१-२ टिकिया २-३ बार।

मु० अ०—(ब्युटोफन और कोडीन)

गुण—ज्वर उतारने वाला, निद्राकारक और शूल नाशक है। हर प्रकार के दर्दों जैसे सिर, कान और दाँत का दर्द, मासिक धर्म और वाय का दर्द, नाड़ी-शोथ, नाड़ी-शूल इत्यादि में उपयोगी है। जब शूल के कारण नींद न आती हो तो सोते समय १-२ टिकिया गर्म जल या दूध के साथ खा लेनी चाहिये।

SONERGAN "M. B." (सोनर्गन "मे-बेकर")

मात्रा—१-२ टिकिया सोते समय।

मु० अ०—(PROMETHAZINE,BUTOBARBITONE)

गुण—निद्राकारक, शमक, वमनरोधी; जिस दिन बेहोश करने वाली औषधियों द्वारा ओप्रेशन होना हो उससे पहली रात्रि को इसकी दो टिकिया देने से रोगी की चिंता और भय कम हो जाते हैं और क्लोरोफार्म सुघाने में कठिनाई नहीं होती। इसके अतिरिक्त औप्रेशन के पश्चात् भी रोगी की वमन आदि की शिकायत नहीं रहती।

साधारण अनिद्रा रोग में सोने से पूर्व इसकी एक टिकिया निगल लेने से नींद आ जाती है।

SPASMO-CIBALGIN "CIBA" (स्पाज्मो-सिबल्जिन "सीबा")

मात्रा—१-२ टिकिया दिन में २-३ बार।

मु० अ०—(सिबल्जिन और ट्रेसेन्टीन)

गुण—आमाशय और आँतों की ऐंठन और शूल, वृक्कशूल, यकृतशूल कष्टरज, आधासीसी, अन्जाइना आदि रोगों में लाभदायक है ।

SPASMINDON "INDON" (स्पाज़्मिन्डौन "इन्डौन")

मात्रा—१-२ टिकिया २-३ बार ।

मु० अ०—(डायोनीन, एमिडोपाइरीन, फिनौल्फथेलीन, फेनोबार्बीटल, फिनेस्टीन, एट्रोपीन मेथोनाइट्रेट)

गुण—यह आमाशय, आँत्र, वृक्क तथा यकृत के शूल को हरता है।

नोट—इसके २ सी० सी० के माँस में लगाने वाले इंजेक्शन तथा पीने के ड्रौप्स भी आते हैं ।

SPECTROCIN "SQUIBB" (स्पेक्ट्रोसीन "स्कुइब्ब")

मात्रा—बाह्य प्रयोग के लिये ।

मु० अ०—(NEOMYCIN-GRAMICIDIN)

गुण—यह चर्म रोगों के लिये बड़ी उपयोगी मरहम है 'इम्पेटीगो' जैसा जिद्दी रोग इसके कुछ दिनों के प्रयोग से शाँत हो जाता है। इसे दिन में कई बार लगाना चाहिये ।

नोट—इसकी चूसने की टिकिया ओर नेत्रों में लगाने की मरहम भी आती है ।

SPEMAN "HIMALAYA" (स्पीमन "हिमालय")

मात्रा—२-३ टिकिया २ बार दूध के साथ ।

मु० अ०—(कई अंग्रेजी तथा देसी औषधियाँ)

गुण—स्वप्न-दोष (जिरियान मनी) में विशेष उपयोगी है। यह स्पीमन फोर्ट के रूप में भी आता है जो **२ टिकिया की मात्रा में प्रातः और शाम दूध के साथ दी जाती है ।**

STANEXMA "SMITH" (स्टेनेक्समा "स्मिथ")

बाहरी प्रयोग के लिए मरहम ।

मु० अ०—(एसिड सैलिसिलिक, एसिड बोरिक, फिनौल, लेनोलीन)

गुण—एक्जिमा तथा अन्य चर्म रोगों के लिए उपयोगी है ।

STANNOXYL "A. F. D." (स्टैनौक्सील "ए० एफ० डी")

मात्रा—४ से ८ टिकिया रोजाना (२-२ टिकिया की मात्रा में) ।

मु० अ०—(टिन धातु और टिन औक्साइड)

गुण—फोड़े फुंसी, मुंहासे आदि चर्म रोगों के लिये बड़ी उपयोगी है ।

STECLIN "SQUIBB" (स्टैक्लिन "स्कुइब्ब")

मात्रा—२००-३०० एम. जी. रोजाना (माँस में)

५०० एम. जी. १२-१२ घंटे में (नस में)

मु० अ०—(टैट्रासाइक्लीन हाइड्रोक्लोराइड क्रस्टेलीन)

गुण—यह निम्न प्रकार के सक्रामक रोगों में प्रयुक्त होता है । निमोनिया, टौन्सिलाइटिस, मुत्रयंत्र के रोग, सुजाक, मस्तिष्क के आवरणों की सूजन, फौड़े, उदरकला-शोथ, पेचिश, कान, कंठ और नेत्र की सूजन, ब्रौन्काईटिस, अस्थि-मज्जा शोथ, कुछ चर्म रोग जैसे इम्पेटिगो; साइनसाइटिस, रक्त का विषाक्त हो जाना इत्यादि २ ।

नोट—इसके ऐम्पूल आते हैं जिनमें पाउडर होता है । मांस वाले ऐम्प्यूल में २ सी०सी० डिस्टिल्ड वाटर और नस वाले ऐम्प्यूल में १० सी० सी० डिस्टिल्ड वाटर प्रविष्ट करके घोल तैयार कर लें और इंजेक्शन लगादें ।

विशेष—इसकी त्वचा पर लगाने की मरहम, आँख में लगाने की मरहम और बच्चों को पिलाने की औषधि भी आती है ।

STEEDMAN'S SOOTHING POWDERS (स्टीडमैंन्स सूदिंग पाउडर्स)

मात्रा—१ मास की आयु ($\frac{1}{3}$ पुड़िया) ३-६ मास की आयु ($\frac{1}{2}$ पुड़िया) इससे अधिक आयु में (१ पुड़िया)

मु० अ०—(कैलोमल, शूगर, स्टार्च)

गुण—बच्चों के दाँत निकलने के समय होने वाले विकारों में जैसे कम्हेड़े कम्प, अजीर्ण, वमन, मसूड़े फूलना, हरे लाल दस्त आना आदि में उपयोगी है।

STEROSAN "GEIGY" (स्टेरोसन "गाइगी")

यह त्वचा पर लगाने की मरहम है।

मु० अ०—(5 : 7–DICHLORO–8–HYDROXYQUINAL-DINE)

गुण—संक्रामक और पीपदार घाव, फुंसियाँ, घिसट, खरौच, कारबंकिल, फोड़े, अंगुल बेल, व्रण, बाज प्रकार का एक्जीमा, तथा अनेक कष्ट-साध्य चर्म रोगों के लिये अत्युपयोगी है। यह "हाइड्रोकौर्टीसोन" के साथ मिली हुई भी आती है।

इसे श्लेष्मिक कला या आँख में नहीं लगाना चाहिये।

STEMETIL "M. B." (स्टेमेटिल "में-बेकर")

मात्रा—५ से ३० M. G. रोजाना (टिकिया) या १ सी० सी० का इंजेक्शन (मांस में)

मु० अ०—(PROCHLOR PERAZINE)

गुण—आधासीमी, घुमेर, चक्कर, मतली और वमन के लिये उपयोगी है। आधासीसी के दौरे के लिये-(रोग निरोधक) १५–२० MG रोजाना।

(रोगनिवारक) दौरा आरम्भ होते ही २० MG की एक मात्रा दे द और यदि आवश्यकता पड़े तो २ घण्टे के बाद १० MG और दे दें। तेज दौरे में यदि वमन बार-बार आ रही हो तो एक इंजेक्शन लगादें।

STREPSILS "BOOTS" (स्ट्रेप्सील्स "बूट्स")

मात्रा—१ टिकिया हर २-३ घंटे के अन्तर से धीरे-धीरे चूसें।

मु० अ०–(DICHLOROBENZYL+AMYL-META-CRESOL)

गुण—कंठ रोगों की खांसी में विशेष उपयोगी है इसमें रोगाणु-रोधक गुण भी हैं। यह मुंह के छालों, कंठ शोथ, टौन्सिलाइटिस और दाँत निकालने के पश्चात मुंह की गन्दगी को दूर करने के लिये प्रयुक्त होती है।

SUCCUS CINERA MARITOMA "WALKER"
(सक्कस सिनेरा मारीटोमा "वाल्कर")

मात्रा–२-३ बूंद २-३ बार आँख में टपकाने के लिए (कई मास तक)।

मु० अ०––(सिनेरा मारीटोमा से तैयार होता है)

गुण—यह मोतियाबिन्द की मुख्य औषध है। यदि रोग के लक्षण प्रगट होते हीं इसका प्रयोग आरम्भ कर दिया जाय तो रोग रुक जाता है। बढ़े हुए रोग में इसके प्रयोग से कोई लाभ नहीं होगा। यह जर्मनी की बनी हुई भी आती है।

SUCRETS "MERCK SHARP" (सुक्रेट्स "मर्क शार्प")

मात्रा—१ टिकिया २–२ घण्टे में चसने के लिमें।

मु० अ०—(Helxyl Resorcinol)

गुण—कंठ रोगों के कारण उठने वाली खांसी में लाभदायक है।

STREPTO-PENICILLIN (स्ट्रैप्टो-पैनिसिलीन)

मात्रा—१ इंजेक्शन रोजाना मांस में।

मु० अ०—(प्रोकेन पैनिसिलीन जी. पैनिसिलीन जी सोडियम, स्ट्रैप्टोमाइसीन)

गुण—इसके गुणों के लिये देखो 'कॉम्बायोटिक' 1

STREPTOMYCIN (स्ट्रैप्टोमाइसीन)

मात्रा—½–१ ग्राम डिस्टिल्ड वाटर में घोलकर दिन में १ या २ बार या सप्ताह में २ बार (मांस में)।

गुण---रक्त का विषाक्त होना, पेचिश (बेसिलरी) एन्डोकार्डाइटिस, मूत्र के कीटाणु-जन्य रोग विशेषतया सूजाक, फेफड़ों के रोग (निमोनिया ब्रौन्को निमोनिया इत्यादि) क्षयरोग (विशेषतया) मैनिन्जाइटिस, प्लेग और अनेक रोगों में उपयोगी है। बच्चों के यकृत रोग (सिर्होसिस) में भी इसे प्रयोग किया जाता है। कभी-कभी इसको दीर्घकाल तक प्रयोग करने के बाद बहरापन हो जाता है।

नोट---अब यह डाइहाइड्रो-स्ट्रैप्टोमाइसीन के रूप में भी इस्तेमाल की जाती है। इसकी टिकिया भी आती हैं जिन्हें रोजाना (८–१० टिकिया) जल के साथ पेचिश तथा अन्य आंतों के रोगों में प्रयोग किया जाता है।

STREPTOTRIAD 'M. B.' (स्ट्रैप्टोट्राएड 'मे-बेकर')

मात्रा—३ टिकिया ३ बार (कुल ९)

बच्चों को ½–१½ टिकिया ३ बार आयु के अनुसार।

मु० अ०---(स्ट्रैप्टोमाइसीन+सल्फेथायजील+सल्फेडायेजीन+सल्फेमरेजीन)

गुण---बेसीलरी पेचिश में बड़ी उपयोगी है। २–३ दिन में ही रोग काबू में आ जाता है। आंतों के कुछ अन्य रोगों में भी लाभदायक है जैसे अंत्रशोथ, अतिसार इत्यादि।

STREPTONEX (स्ट्रैप्टोनेक्स)

यह स्ट्रैप्टोमाइसीन सल्फेट का पेटेंट नाम हैं "देखो स्ट्रैप्टोमाइसीन"

SUCCI-SALYL 'RAPTAKOS'

(सकी-सेलील 'रैप्टेकोस')

मात्रा---३–४ टिकिया दिन में ३ बार।

मु० अ०---(कैल्सियम सकीनेट, सोडियम सैलिसिलास)

गुण---संधिशोथ, गठिया, बाय आदि में उपयोगी है।

SYRUP METHIONINE WITH CHOLINE FORT 'A. D.'
(सीरप मीथियोनीन विद कोलीन फोर्ट 'एल्बर्ट')

मात्रा—१ ड्राम दिन में ३ बार (बच्चों को) बड़ों को २ ड्राम।

मु० अ०—(एसेटिल मीथियोनीन, कोलीन, बीटेन हाइड्रोजन साइट्रेट, फौलिक एसिड, बिटेमिन बी$_{१२}$, आइनोसिटौल)

गुण—यह विशेषतया बच्चों के यकृत विकार जैसे सिर्होसिस, यकृत की सूजन आदि में उपयोगी है। जवानों को भी दिया जाता है, यह सादा (Plain) भी आता है। उसमें बीटेन, फौलिक एसिड और विटेमिन बी$_{१२}$ नहीं होते।

STRYCITAL "SQUIBB" (स्ट्राइसिटल "स्कुइब्ब")

मात्रा—२–४ टिकिया ३-४ बार रोजाना।

मु० अ०—(स्ट्रैप्टोमाइसीन सल्फ और थेलीलसल्फेसीटेमाइड)

गुण—अतिसार और पेचिश में उपयोगी है।

STYPTOBION 'MERCK' (स्टिप्टोबिऔन 'मर्क')

मात्रा—१ टिकिया दिन में ३ बार (अधिकतम मात्रा ६ टिकिया रोजाना)।

मु० अ०—(विटेमिन्स 'सी' और 'के', रूटिन)

गुण—हर प्रकार के रक्तस्राव में बहुत उपयोगी है जैसे रक्तमेह, नकसीर, रक्त प्रदर, रक्त वमन, औप्रेशन के बाद रक्त बहना, मसूड़ों से रक्त आना, दांत निकलने के बाद रक्तस्राव होना इत्यादि।

नोट—इसके इन्जेक्शन भी आते हैं।

SUBAMYCIN "DEYS" (सूबामाइसीन "डेज़")

मात्रा–१ ग्राम दिन भर में (अर्थात् ६–६ घण्टे में एक कैप्स्यूल)

मु० अ०—(Tetracycline)

गुण—देखो 'टैट्रासीन' । निमोनिया, काली खाँसी, पेचिश, मूत्र यन्त्र के रोग, फोड़े, कारबंकिल, मस्तिष्कावरण-शोथ इत्यादि अनेक संक्रामक रोगों में उपयोगी है। यह कई रूप में आता है जैसे आँख की मरहम, बच्चों का शर्बत और ड्रौप्स, टिकिया इत्यादि।

SWAX "ALEMBIC" (स्वाक्स "अलैंबिक")

मात्रा—१–२ टिकिया दिन में २–३ बार।

मु० अ०—(इफेड्रीन, एमिनोफाइलीन, फिनोबार्बीटोन, कोडीन)

गुण—ऐसी खांसी जिसमें साँस उखड़ जाती हो, काली खांसी, पुरानी खांसी, जुकाम इत्यादि में उपयोगी है।

SYNTHOMYCETINE (सिन्थोमाइसेटीन)

मात्रा—१–२ कैप्स्यूल ४ से ६ घण्टे के अन्तर से।

मु० अ०—(क्लोरम्फेनिकौल 'Chloramphenicol')

गुण—इसके गुण 'क्लोरोमाईसेटीन' की तरह हैं। यह विशेषतया मयादी बुखार में उपयोगी है। इसके अतिरिक्त काली खांसी, सोजाक, पेचिश, निमोनिया आदि में भी प्रयुक्त होती है।

नोट :—(१) इसी प्रकार की औषधियाँ कुछ अन्य कारखानों ने भिन्न-भिन्न नामों से तैयार करना शुरू कर दिया है।

(२) यह कई शक्ल में आती है जैसे सीरप, इन्जेक्शन, मरहम, कान में डालने की दवा इत्यादि।

SYNERMYCIN "PFIZER" (साइनर्माइसीन "फाइजर")

मात्रा—१–२ कैप्स्यूल दिन में ४ बार।

मु० अ०—(Triacetyloleandomycin+Tetra cycline)

गुण—यह वैसे तो अनेक प्रकार के संक्रामक रोगों में लाभदायक है परंतु

यह विशेषतया निमोनिया, ब्रोंकों-निमोनिया, प्लुरिसी तथा सीने के रोग, कोमल तन्तुओं के रोग जैसे सैलुलाइटिस, त्वचा के रोग, अस्थियों के संक्रमण, फोड़े और ऐसे रोगों में जिनमें पेनिसिलीन, स्ट्रेप्टोमाइसीन फेल हो जाती है उपयोगी है।

नोट—इसके नस और मांस में लगाने के इंजेक्शन, सीरप और बच्चों के लिये ड्रौप्स भी आते हैं।

SYNOPEN 'GEIGY (साइनोपन "गाइगी")

मात्रा—१ टिकिया २–३ बार (६ टिकिया रोजाना तक)

मु० अ०—(N-dimethly-N-p-chloro-a-aminopyrine)

गुण—यात्रा में आने वाली वमन या जी मितलाना, शीतपित्त, कीट पतंग के डंक, गर्भावस्था की वमन, दमा, आधा सीसी, सीरम के इंजेक्शन से उत्पन्न होने वाले विकार, एक्जीमा, खुजली, जुकाम, एलर्जी इत्यादि में उपयोगी है।

नोट—इसके २ सी० सी० के इंजेक्शन और त्वचा पर लगाने की क्रीम भी आती है।

TAKA-COMBEX "P. D." (टेका-कॉम्बेक्स "पी० डी०")

मात्रा—१-२ कैप्स्यूल दिन में तीन बार भोजन के साथ।

मु० अ०—(टेकाडायस्टेस, विटेमिन बी-कौम्पलैक्स, विटेमिन 'सी' और लिवर ऐक्स०)

गुण—भूख न लगना, ज्वर, नाड़ी-शोथ, रोगों के बाद की कमजोरी और पेट और आंतों के रोगों में उपयोगी है।

नोट—इसका इलिक्सर भी आता है जिसकी मात्रा २ ड्राम है।

TAKAZYME "P. D." (टेकाजाइम "पी० डी०")

मात्रा—१-२ ड्राम भोजन के बाद।

मु० अ०–(टेका डायस्टेज, मैंगकार्ब, बिस्मथकार्ब, कैल्सियम कार्ब)

गुण—अम्लनाशक और श्वेतसार–पाचक; खट्टी डकार, अफारा, भोजन के बाद पेट में जलन या भारीपन मालूम होना और हर प्रकार के अजीर्ण में उपयोगी है।

TANDERIL "GEIGY" (टैन्डेरिल 'गाइगी")

मात्रा—२ टिकिया २–३ बार २-३ दिन तक या अधिक।

मु० अ०—(OXYPHENBOTAZONE)

गुण—चोट, संक्रमण, बाय, शल्य-चिकित्सा (ऑप्रेशन) या अन्य कारणों से, शरीर के किसी भाग में प्रदाह (सूजन) उत्पन्न होने में यह औषधि उपयोगी सिद्ध हुई है। इसके अतिरिक्त यह आँख, कान, नाक और गले की सूजन में भी प्रयुक्त होती है।

TARSOLON "HOECHST" (टार्सोलॉन "हैक्स्ट")

बाहर लगाने के लिये मरहम

मु० अ०—(प्रैडनीसोलोन और ट्युमेनोल–अमोनियम)

गुण—एर्लजिक एक्ज़ीमा, संस्पर्शत्वचा शोथ, खुजली, और कई प्रकार के चर्म रोगों में उपयोगी है।

TANNAFAX "B. W." (टैनाफैक्स)

बाह्य प्रयोग के लिये।

मु० अ०—(५ प्रतिशत टैनिक एसिड और ०·५ प्रतिशत एसिड कार्बोलिक क्रीम)

गुण—घाव, घिसट, खरोंच और विशेषतया जली हुई जगहों पर लगाने के काम आती है।

TEBAFEN "GEIGY" (टीबाफॅन "गाइगी")

मात्रा—२ टिकिया दिन में ३ बार।

मु० अ०—(NICOTINALDEHYDE, THIOSEMICARBAZONE और ISONIAZID)

गुण—यह विशेषतया क्षयरोग (T. B.) में इस्तेमाल होती है। इसके साथ साथ स्ट्रैप्टोमाइसीन का इंजेक्शन देना भी आवश्यक है। यदि रोगी को यकृत-शोथ हो तो इसे नहीं देना चाहिये।

TENTEX "HIMALAYA" (टेन्टेक्स "हिमालय")

मात्रा—१ टिकिया दिन में २ बार।

मु० अ०—(लोहा, मकरध्वज, मुश्क, खरैंटी, अश्वगंध, देवकपास, प्याज, सालब मिश्री, कौंच)

गुण—धातु पुष्ट और वाजीकरण; धातुक्षीणता, नपुंसकता, शीघ्रपतन और दौर्बल्य में उपयोगी है।

नोट—यह टेन्टेक्स फोर्ट के रूप में भी आता है जिसे स्त्री प्रसंग से पूर्व प्रयोग किया जाता है। मात्रा १-२ टिकिया है।

TERRAMYCIN "PFIZER" (टेरामाइसीन "फाइज़र")

मात्रा—१ कैंप्स्यूल ४ से ६ घण्टे के अन्तर से। अधिकतम मात्रा १६ कैप्स्यूल रोजाना।

मु० अ०—(OXYTETRACYCLINE)

गुण—यह विशेषया जननेन्द्रियों तथा मूत्रयंत्र के रोगों फेफड़ों के रोगों आमाशय और आँत के रोगों तथा संक्रामक रोगों में इस्तेमाल होता है। बच्चा उत्पन्न होने के बाद होने वाले स्त्रियों के विकारों, सुजाक, आत्शक, मसाने और गुर्दे के संक्रामक रोगों में इसके प्रयोग से बहुत लाभ होता है। अन्य औषधियों के साथ-साथ यह क्षय रोग में भी उपयोगो सिद्ध हुई है।

नोट—यह विटेमिन्स के साथ मिला हुआ भी आता है। इसके अतिरिक्त यह सीरप, बच्चों के लिये ड्रौप्स, माँस और नस में लगाने के इंजेक्शन, आंख और त्वचा पर लगाने की मरहम, कान में टपकाने का घोल, कंठ रोगों के

लिये चूसने की टिकिया, मरहम, घोल और पाउडर बनाने की टिकिया, योनि में लगाने की टिकिया की शक्ल में भी आता है।

TESTOVIRON "SCHERING" (टैस्टोविरोन "शेरिंग")

मात्रा—१ इंजेक्शन सप्ताह में २ बार माँस में।

मु०अ०—(टेस्टोस्टरोन प्रोपिओनेट)

गुण—इसके गुण "पैरन्ड्रीन" के समान हैं (देखो)

विशेष—यह "टैस्टाविरीन डिपो" के रूप में भी आता है जो ५०, १०० और २५० MG की शक्ति का होता है। इसके इंजेक्शन सप्ताह में १ बार या महीने में १-२ बार लगाये जाते हैं।

TETRACYN (टेट्रासीन "फाइजर")

मात्रा—दैनिक मात्रा १ ग्राम (६-६ घण्टे में एक कैप्स्यूल ठण्डे दूध के साथ)

मु० अ०—(TETRACYCLINE)

गुण—यह औषधि निमोनिया, काली खांसी, ब्रोङ्कोनिमोनिया, पेचिस, दस्त, मूत्राशय और मूत्रमार्ग का शोथ, फोड़े, अस्थि-शोथ, कारबंकिल, जख्म, टौन्सिलाइटिस, कंठ-शोथ, मस्तिष्कावरण-शोथ, सैप्टीसीमिया, विसर्प रोग और अनेक प्रकार के विषैले वरम और ज्वरों में अत्युपयोगी है।

नोट—इसके इंजेक्शन (माँस में तथा नस में) और आँख की मरहम भी आती है।

TETMOSOL "I. C. I."
(टेटमोसौल "आई० सी० आई०")

बाहर लगाने के लिये।

मु० अ०—(TETRAETHYL THIURAM-MONOSUL PHIDE)

गुण—यह खारिश के लिये विशेष उपयोगी है। इसका २५% शक्ति का घोल प्रयोग किया जाता है। प्रयोग से पूर्व रोगी साबुन से स्नान करके शरीर

को अच्छी प्रकार तौलिये से पोंछ लें। बाद में इसे दुगने जल से हल्का करके चेहरे को छोड़कर सारे शरीर पर मल लें। कुछ देर के बाद कपड़े पहन लें। ३ दिन तक इसी प्रकार लगायें।

नोट—इसका साबुन भी आता है जो खुजली के लिये उपयोगी है।

THALAZOLE "M. B." (थैलेज़ोल "मे-बेकर")

मात्रा—१½-२टिकिया ४ बार रोजाना।

मु० अ०-(PHTHALYL SULPHA THIAZOLE)

गुण—यह विशेषतया बेसीलरी प्रकार की पेचिश में उपयोगी है। इसके अतिरिक्त आंतों की सूजन और अन्य रोगों में भी उपयोगी है।

THERAGRAN "SQUIBB" (थेराग्रन "स्कुइब्ब")

मात्रा—१-२ कैप्स्यूल रोजाना।

मु० अ०—(विटेमिन्स "ए, डी, सी, बी$_1$, बी$_2$, बी$_6$, बी$_{12}$, कैल्सियम पैन्टोथीनेट, न्यासिनेमाइड")

गुण—विटेमिन्स के अभाव से उत्पन्न होने वाले रोग, दौर्बल्य, पेट भर कर भोजन न मिलना, कई प्रकार के ज्वर, रोगों से मुक्ति प्राप्त करने के बाद की कमजोरी, गर्भावस्था तथा दाँत, आँख, अस्थि, मुख, कंठ, जीभ, हृदय आदि के विकारों में इसके प्रयोग से लाभ होता है। बच्चों के लिये "थेराग्रन पीडियाट्रिक ड्रौप्स" आता है जिसकी दैनिक मात्रा ५-६ बूंद है।

THERMOGENE WOOL (थर्मोजीन वूल)

यह एक प्रकार की औषध मिश्रित रुई होती है जिसे सूजनों, निमोनिया, प्लुरिसि, ब्रोन्कोनिमोनिया, बाय, गठिया, कंठ-प्रदाह आदि में स्थानिक रूप से प्रयोग किया जाता है। इसके प्रयोग से शूल शान्त हो जाता है और वरम पटक जाता है।

THIAZAMIDE "M. B." (थायजेमाइड "एम० बी")

मात्रा—२ से ४ टिकिया दिन में कई बार, साधारण मात्रा एक टिकिया।

मु० अ०—(यह सल्फेथायज़ोल होता है)

गुण—सोजाक, निमोनिया, प्लेग, गर्दन तोड़ ज्वर, सैलुलाइटिस, फोड़े-फुंसी, खाज-खुजली, कंठ-प्रदाह, प्रसूत-ज्वर, कंठमूलग्रन्थि की सूजन और कई प्रकार के रक्त विकारों और चर्म रोगों में उपयोगी है।

विशेष—इसे एम० बी० ७६० भी कहते हैं।

THISIN "C. D. C." (थाइसिन "सी० डी० सी०")

मात्रा–१ सी० सी० रोजाना (माँस में)

मु० अ०—(आयोडीन, क्रुसोल, सल्फेनिक-एसिड-कैल्सियम, थाइमोल, कैम्फर, यूकेलिप्टस)

गुण—प्लुरिसि, इन्फ्लुअन्जा, क्षय-रोग इत्यादि में खांसी के लिये दिया जाता है। साधारण खाँसी और फेफड़ों के अन्य रोगों में भी उपयोगी है।

THISOL "C. D. C." (थाइसौल "सी० डी० सी०")

मात्रा—४ ड्राम दिन में ३ बार।

मु० अ०—(बसाक, थायौकॉल, इपिकाक, ऐन्टिमनी, कैल्सियम हाइपोफौस्फाइट, इफेड्रीन, अमोनिया क्लोराइड, विटेमिन 'ए', टोलु)

गुण–साधारण खाँसी, काली खांसी, जुकाम और प्रारम्भिक क्षय-रोग की खाँसी में उपयोगी है।

TIXYLIX "M. B." (टिक्सीलिक्स "ऐम० बी")

मात्रा—½–१ ड्राम (बच्चों के लिये) २-३ बार रोजाना।

मु० अ०—(प्रोमीथेज़ीन, फैल्कोडीन, फिनील प्रोपेनोलेमीन हाइड्रोक्लोर)

गुण—यह विशेषतया बच्चों की खाँसी में उपयोगी है।

THREPTIN GRANULES "RAPTAKOS" (थ्रेप्टिन ग्रैन्यूल्स "रेप्टेकौस")

मात्रा—रोजाना २ औंस या अधिक स्वयं या भोजन के साथ।

मु० अ०—(प्रोटीन, सक्रोस, विटेमिन बी$_1$, रिबोपलेवीन, निकोटिनेमाईड)

गुण—प्रोटीन के अभाव से उत्पन्न होने वाले विकारों में लाभदायक है। रक्ताल्पता, यकृत का सिर्होसिस, माँस-क्षय, दुर्बलता आदि में प्रयोग किया जाता है।

नोट—इसके बने हुए बिस्कुट भी आते हैं जो मयादी ज्वर, या अन्य रोगों में दिये जाते हैं।

TICARDA "HOECHST" (टिकार्डा "हैक्स्ट")

मात्रा—रोजाना एक टिकिया प्रातःकाल (कभी-कभी दूसरी टिकिया सोते समय भी)।

गुण—यह ऐसी खाँसी में जो बार-बार या तशन्नुज के साथ उठती हो या निरन्तर उठती रहे, अत्यन्त उपयोगी सिद्ध हुई है। एक टिकिया जल के साथ निगल लेने से ६ से १२ घण्टे तक खाँसी से कुछ चैन मिल जाता है। सोते समय १ टिकिया सेवन कर लेने से रोगी रात भर आराम से सो जाता है।

नोट—यह लिक्विड के रूप में भी आता है।

TIVITA "THEMIS" (टिविटा "थीमिस")

मात्रा—टिकियाः—रोजाना ३-४ टिकिया।

इंजेक्शनः रोजाना १-२ इंजेक्शन मांस में।

मु० अ०—(एड्रीनोक्रोम, मोनोसेमीकार्बेजोन, विटेमिन "सी", रूटिन, एसिटोमैनफ़थोन, डाइ-बेसिक कैल्सियम फौस्फेट (टिकियों में) और विटेमिन "सी", रूटिन सल्फेट, मैनाडियोन सोडियम बाइसल्फेट, बैन्जील अल्काहॉल (इंजेक्शन में)

गुण—हर प्रकार के रक्तस्राव में जैसे रक्तमेह, नाक या मसूड़ों से रक्त बहना, हीमोफाइलिया इत्यादि में उपयोगी है।

TINNOXYL "C. D. C." (टिनौक्सील "सी० डी० सी०")

मात्रा—४-८ टिकिया रोजाना।

मु० अ०—(टिन, टिन औक्साइड, ईस्ट)

गुण—अंजनयारी, फोड़े-फुंसी और चर्म रोगों में उपयोगी है। रक्त को शुद्ध करती है और खुजली शांत करती है।

नोट—इसके २ सी० सी० के इंजेक्शन भी आते है जिन्हें रोजाना या तीसरे दिन माँस में लगाया जाता है।

TRIPLE ANTIGEN "GLAXO"

(ट्रिपिल एन्टीजॅन "ग्लैक्सो")

मात्रा—१-१ माह के अन्तर से १ सी०सी० के ३ इंजेक्शन माँस मेंया चर्म के नीचे। २-३ वर्ष की आयु में १ सी० सी० का पुनः इंजेक्शन लगायें और जब बच्चा ५ वर्ष का हो जाय एक और इंजेक्शन लगा दें। इंजेक्शन ४-५ मास की आयु से ही आरम्भ करने चाहियें।

मु० अ०—(B-pertussis, डिफ्थीरिया टौक्सॉइड और टैंटेनस टौक्साइड)

गुण—यह काली खांसी, डिफ्थीरिया और टैंटेनस, तीनों रोगों में रोग क्षमता प्रदान करता है।

TROX "B. D. H" (ट्रौक्स "बी० डी० एच०")

मात्रा—१ टिकिया दिन में कई बार (चूसने के लिये)

मु० अ०—(TYROTHRICIN, BENZALKONIUM-CHLORIDE, XYLOCAINE)

गुण—यह रोगाणु रोधक है। गले के रोगों में जब शूल हो और खांसी उठती हो तब इसकी टिकिया चूसने से शान्ति मालूम होती है।

TUSSANOL (टसैनौल)

मात्रा—२ से ४ ड्राम दिन में ३-४ बार।

मु० अ०—(इफेड्रीन, ऐक्स० थाईम लि०, ग्लीसरीन, स्पिरिट, क्लोरोफॉर्म सीरप, अल्कोहल)

गुण—खाँसी, नजला, इन्फ्लुयन्जा, काली खाँसी वगैरा में उपयोगी है।

TRIREDISOL-H "M. S. D." (ट्राइरेडीसोल "एच" मर्कशार्प)

मात्रा—½–१ सी० सी० माँस में (अधिकतम मात्रा)

मु० अ०—(विटेमिन बी$_{1}$, बी$_{6}$, और बी$_{12}$)

गुण—यह हर प्रकार के रक्त क्षीणता अर्थात् पाण्डुरोग, सुसरि, मानसिक और शारीरिक थकाबट, अरुचि, नाड़ी-शोथ, बेरी-बेरी, जीभ की सूजन, गर्भावस्था की मतली और वमन, ऐक्स रे रोग, और आइसोनियाजिड (Isoniazid) के प्रयोग स्वरूप होने वाले नाड़ी शोथ में उपयोगी है।

नोट—यह २ शक्ति का आता है ५०० mcg और १००० mcg प्रति सी० सी०।

TOSSEX "SQUIBB" (टौसेक्स "स्कुइब्ब")

मात्रा—२–४ ड्राम ३-४ बार।

मु० अ०–(कार्बीटोपैन्टेन, टॅपिन हाइड्रेट, सोडियम साइट्रास)

गुण—खाँसी, (खुश्क और बार-बार उठने वाली) में अत्युपयोगी हैं।

UNALGEN "UNICHEM" (यूनल्ज़न् "यूनीकॅम")

मात्रा–१-२ टिकिया २-३ बार।

मु० अ०—(एनल्जिन, सेलीसिलेमाइड, कैल्सियम सकीनेट, विटेमिन "के")

गुण—बाय, रूमेटॉइड आर्थराइटिस, नाड़ीशोथ, नाड़ीशूल, गठिया, गृध्रसी, कटिशूल इत्यादि में उपयोगी है।

नोट–(१) इसके २ प्रकार के इंजेक्शन भी आते हैं जिन्हें माँस या नस में लगाया जाता है।

नोट–(२) यूनल्जन "HC" की टिकियों में एनल्जिन, फेनिल ब्युटाजोन, प्रेडनीसोन और हाइड्रौक्सीज़ीन हाइड्रोक्लोराइड होते हैं।

UNIDYS "UNICHEM" (यूनीडिस "यूनीकॅम")

मात्रा—१–२ टिकिया २-३ बार भोजन के बाद।

मु० अ०—(आयडोक्लोर हाइड्रौक्सीक्विन, बर्बरीन हाइडोक्लोराइड)

नोट—यूनीडिस कंपाऊंड में यह औषधियाँ होती हैं : (आयडोक्लोर हाइड्रौक्सीक्विन, सल्फेडिमिडीन, क्लोरोक्वीन, होमेट्रोपीन मीथिल ब्रोमाईड)

गुण—यूनीडिस टैब्लेट अमीबा-पेचिस और साधारण प्रकार के अतिसार में और यूनीडिस कं० टैब्लेट इन रोगों के अतिरिक्त अमीबिक यकृत शोथ और विद्रधि और बेसीलरी तथा अन्य सब प्रकार की पेचिस में उपयोगी है।

UNI-ENZYME "UNICHEM"
(यूनी-एन्ज़ाइम 'यूनीकॅम')

मात्रा—१–२ टिकिया २-३ बार भोजन के बाद।

मु० अ०—(डायस्टेस, पैप्सीन, पैन्क्रियाटीन विटेमिन्स बी$_1$ बी$_2$ और निकोटिनेमाइड, होमेट्रोपीन, मीथिल पौलीसिलोक्सेन, चारकोल, आयडोक्लोर हाइड्रोक्सीक्विन, डाइफेनी हाइड्रेमीन हाइड्रोक्लोराइड इत्यादि)

गुण—अफारा, अजीर्ण, पुराना आमाशय-शोथ, भोजन का ठीक प्रकार न पचना, भूख न लगना इत्यादि पेट और आंतों के विकारों में बहुत उपयोगी है।

URODONAL (यूरोडोनल)

मात्रा—३ ड्राम रोजाना (नवीन रोग में १½ औंस तक)

मु० अ०—(हैक्सेमीन, पिप्रेजीन, क्वीनिक ऐसिड, थ्योब्रोमीन, लीथियम कार्ब, सोडा बाइकार्ब, एसिड टार्टेरिक, एसिड साइट्रिक, सोडा साइट्रास, सोडा फौस्फेट)

गुण—गठिया-बाय, जोड़ों की सूजन, मोटापा, यकृत और वृक्क की पथरी मूत्र में रेग आना, आदि में उपयोगी है।

UTERONE "B. C." (यूट्रोन "बंगाल")

मात्रा—१–२ ड्राम दिन में ३ बार।

मु०अ०—(वाइबर्नम प्रूनीफोलियम, अशोक, ब्रोमाइड्स, हायोसाइमस, एरोमेटिक्स, विटेमिन सी और डी, लैक्सेटिब्ज)

गुण—मासिक धर्म के विकार, गर्भाशय और डिंब-ग्रंथि की सूजन, श्वेत प्रदर, गर्भाशयिक रक्तस्राव आदि में उपयोगी हैं।

UROXYL "C. D. C." (यूरौक्सील "सी० डी० सी०")

मात्रा—१ ड्राम २ औंस जल के साथ ३ बार।

मु० अ०—(पिप्रेजीन, सोडा-बेन्जोएट, यूरोट्रोपीन, लीथियम साइट्रेट, क्वीनिक ऐसिड, थ्योब्रौमिन, पोटास नाइट्रेट, सल्फेनिलेमाइड)

गुण—मूत्र के कीटाणु-जन्य रोगों में उपयोगी है। पीप को बन्द करता है और दुर्गन्ध को हरता है। जोड़ों को सूजन, गठिया, बाय, मूत्राशय-प्रदाह और यकृत को पथरी में लाभदायक हैं।

विशेष—इसकी टिकिया और इंजेक्शन भी आते हैं।

UNI-VITE CUM CHOLINE "UNICHEM"
(यूनीवाइट कम कोलीन "यूनीकम")

मात्रा—१–२ ड्राम २-३ बार।

मु० अ०—(विटेमिन बी$_1$ बी$_2$, सी, डी, न्यासिन, फौलिक एसिड विटेमिन बी$_{12}$, पैन्थोनौल, कोलीन साइट्रेट, मीथिओनीन, आइनोसिटौल, लिवर ऐक्सट्रैक्ट)

गुण—अरुचि, कमल बाई, यकृतरोग (विशेषतया बच्चों के) वजन कम हो जाना, दुर्बलता और उदर के विकारों में उपयोगी है।

UNIDRINAL "UNICHEM"
(यूनीड्रीनल "यूनीकम")

मात्रा—१-२ टिकिया २ बार।

मु० अ०—(इफेड्रीन, कैफीन साइट्रास, फेनोबार्बीटोन, एमीनोफाइलीन)

गुण—श्वास रोग और पित्त को दमन करने के लिये प्रयुक्त होता है।

UNIMYCETIN (V F) "UNICHEM"
(यूनीमाइसीटीन (वी०-एफ०) "यूनीकॅम")

मात्रा—१-२ ग्राम (४-८ टिकिया या कैप्स्यूल) रोजाना ६-६ घंटे के अन्तर से।

मु० अ०—(क्लोरम्फेनिकौल, विटेमिन 'सी', विटेमिन बी-कौम्पलैक्स, फौलिक एसिड, मैनेडिओन सोडियम बाइसल्फाइट)

गुण—इसके गुण और प्रयोग क्लोरोमाइसेीन के समान है।

UNI-SPASMIN "UNICHEM"
(यूनीस्पाज्मीन "यूनीकम")

मात्रा—१–२ टिकिया २–३ बार।

मु० अ०—(होमेट्रोपीन, पेपेवरीन, फेनोबार्बीन, डायोनीन, एमिडो-पायरीन, फिनेसीन)

गुण—आमाशय, आंत्र, मूत्रयंत्र तथा गर्भाशय के शूल को शांत करता है। यंकृत शूल तथा बृक्कशूल में इसे २ टिकियों की मात्रा में गर्म जल से देना चाहिए।

नोट :—इसके २ सी० सी० के मांस में लगाने के इंजेक्शन भी आते हैं।

UNITHIBEN-V.F. "UNICHEM"
(यूनीथीबॅन-वी० एफ० "यूनीकम")

मात्रा—४ टिकिया सोते समय या २ प्रातः और २ सायंकाल।

मु० अ०—(थ्यासिटेजोन, आइसोनियाजाइड, विटेमिन्स बी$_1$, बी$_2$, बी$_6$ और न्यासीन, कैल्सीफरोल, क्लीजाइन हाइड्रोक्लोराईड)

गुण—क्षय रोग में विशेष उपयोगी है।

UNIVITE "UNICHEM" ("यूनीवाइट यूनीकम)"

मात्रा—ड्रौप्स : २–८ बूंद बच्चों के लिये, १०–१५ बूंद जवानों के लिये (रोजाना)।

सीरप : १–२ ड्राम बच्चों के लिये, २–४ ड्राम जवानों के लिये रोजाना २ बार ।

टिकिया : १–२ टिकिया दिन में २ बार ।

मु० अ०—(विटेमिन्स ए, बी-कौम्पलैक्स, डी, सी, इत्यादि)

गुण—विटेमिन्स के अभाव से उत्पन्न होने वाले विकारों में उपयोगी है जैसे बच्चों की बढौत में कमी आना, दुर्बलता, रोगों से मुक्ति प्राप्त करने के बाद की कमजोरी, अजीर्ण, रक्त की कमी, जीर्ण रोग, हर प्रकार की शारीरिक तथा मानसिक कमजोरी इत्यादि इत्यादि ।

नोट—ड्रौप्स, टिकिया और सीरप, तीनों के अवयवों में भिन्नता है।

VALLERGAN "M. B." (वेलर्गन "एम० बी०")

मात्रा–१ टिकिया ३-४ बार ।

मु० अ०—(**TRIMEPRAZINE TARTRATE**)

गुण—किसी भी प्रकार की खुजली हो उसे यह शीघ्र शांत कर देती है ।

नोटः—बच्चों के लिए इसका बना हुआ शर्बत आता है ।

VEGANIN (वेगेनीन)

मात्रा–१–२ टिकिया १-३ बार ।

मु० अ०—(ऐस्पिरीन, फिनेस्टीन, कोडीन)

गुण—इन्फ्लुयन्जा, नजला-जुकाम, ज्वर और हर प्रकार के नाड़ी शूल जैसे दंतशूल, **कर्णशूल, नेत्र-शूल**, कष्ट-रज, शिरःशूल, बाय इत्यादि में उपयोगी है ।

VENO'S COUGH CURE (वेनोज कफ क्योर)

मात्रा—२ ड्राम (जवानों को), ५-१० बूंद (गोद के बच्चों को) ।

मु० अ०—(ऐक्स० सिल्ला लि०, ऐक्स० सिनेगा लि०, ऐक्स० ग्रिन्डीलिया

लि०, ऐक्स० इपिकाक लि०, टिं० कैप्सीकम, क्लोरोफार्म, ऑयल एनिसी, अमोनिया कार्ब, अमोनिया क्लोराइड, सोडा बेन्जोयट, कैम्फर)

गुण—खाँसी, जुकाम, ब्रौन्काइटिस, श्वासरोग और विशेषतया बच्चों की खाँसी में उपयोगी है।

VERINDON "INDON" (वेरिन्डौन "इन्डौन")

मात्रा—१-२ टिकिया दिन में २-३ बार।

मु० अ०—(ऐस्पिरीन, फिनैस्टीन, फेनोबार्बीटल और कैफीन)

गुण—शिर, दांत, कर्ण, इत्यादि के शूल को हरता है। बाय के दर्द में भी उपयोगी है।

VIASEPT "HOECHST" (वायासेप्ट "हैक्स्ट")

मात्रा—१ टिकिया रोजाना ५ दिन तक (रोग निरोधन)
१ टिकिया ३ बार ८ दिन तक (रोग-मुक्ति के लिये)

मु० अ०—(**GLYCOBIARSOL**)

गुण—आंतों के अमीबा जन्य रोगों में उपयोगी है जैसे पेचिश।

नोट—इसी कंपनी की एक दूसरी औषधि आती है जिसका नाम निओवायासैप्ट (Neoviasept) है, इसमें क्लोरोक्वीन और मिला होता है। यह ऐसी दशा में उपयोगी है जब "एमीबा' का हानिकारक प्रभाव आंतों के अतिरिक्त शरीर के अन्य अंगों में जैसे यकृत, तिल्ली, वृक्क, फेफड़े इत्यादि में भी फैल जाता है। यह आठ दिन तक दिया जाता है।

VICKS COUGH DROPS (विक्स कफ ड्रौप्स)

मात्रा—१ टिकिया दिन में कई बार (चूसने के लिए।)

मु० अ०—(मैन्थॉल, ऑयल यूकेलिप्टस, कैम्फर, थाइमौल, टिंचर टोलू, बैन्जील, अल्कोहॉल, कैरेमल, शूगर)

गुण—कंठ-रोगों में खाँसी के लिये उपयोगी है।

VICKS INHALER (विक्स-इन्हेलर)

मात्रा—बार २ नाक में सूंघने के लिए।

मु० अ०–(मैन्थॉल, कैम्फर, मेथिल सेलिसिलेट, ऑयल सीस-फ्रास, ऑयल पाइन इत्यादि)

गुण—नजला जुकाम में सूंघने के लिए प्रयोग किया जाता है।

VICKS VAPO-RUB (विक्स वेपो-रब)

यह मलने की मरहम होती है।

मु० अ०–(कैम्फर, मैन्थॉल, टेरीबिन्थ, यूकेलिप्टस, थाइमोल इत्यादि)

गुण—नजले जुकाम के लिए उपयोगी है। सोने के पूर्व किंचित मरहम को गर्दन और छाती पर मल लें, थोड़ी देर बाद थोड़ी सी और मरहम मल कर गर्म वस्त्र से ढक दें। जरा सी मरहम को नाक के अन्दर लगा लेने से नाक हल्की हो जाती है।

VI-DELTA "LEDERLE" (वाइ-डेल्टा "लेडर्ली)

मात्रा–१–२ चाय के चमचे रोजाना (बच्चों को)

मु० अ०–(विटेमिन 'ए' और वि० 'डी' का इमल्शन)

गुण—बच्चों को हृष्ट-पुष्ट करता है। रिकेट्स, दुर्बलता आदि में प्रयुक्त होता है।

VI-DAYLIN LIQ "ABBOTT" (वाइ-डेलीन लि० "एबट")

मात्रा—१–२ ड्राम रोजाना बच्चों की आयु के अनुसार।

मु० अ०–(विटेमिन ए–डी–बी$_{१}$ –बी$_{२}$ –बी$_{६}$–सी–बी$_{१२}$ निकोटिनेमाइड)

गुण–यह बच्चों को शक्ति प्रदान करने के जिए तथा उन्हें स्वस्थ रखने के लिये बड़ी उपयोगी है।

नोट—इसके 'ड्रौप्स' भी आते हैं जिसकी मात्रा ०·३ से ०·६ सी० सी० रोजाना है। और इसके सीरप और ड्रौप्स मिनरल के साथ भी आते हैं।

VI-STANNYL "A. F. D." (वाइ-स्टेनील "ए० एफ० डी०")

मात्रा—४-८ टिकिया रोजाना (फोड़े और फुंसी के लिये।

६ टिकिया दिन में ३ बार २ दिन तक (कद्दूदानों के लिये)

मु० अ०—(स्टेनस ऑक्साइड, टिन पाउडर, न्यासिनेमाइड, मैन्गानीज ग्लीस्रोफौस्फेट)

गुण—फोड़े फुन्सी, मुंहासे इत्यादि चर्म रोगों में उपयोगी है। कद्दूदानों के लिये भी बड़ी मात्रा में प्रयुक्त की जाती है।

VIGRAN "SQUIBB" (विग्रन "स्कुइब्ब")

मात्रा—एक कैप्स्यूल रोजाना या इससे अधिक।

मु० अ०—(विटामिन्स ए, डी, सी, बी$_1$, बी$_2$, बी$_6$, बी$_{12}$, पैंटोथेनिक एसिड, न्यासिनेमाइड)

गुण—बलकारक है। वजन बढ़ाता है और शरीर की रोग-अवरोधक शक्ति में वृद्धि करता है। दुर्बलता, शक्तिहीनता आदि में उपयोगी है।

VINKOLA "STANDARD" (विन्कोला "स्टैन्डर्ड")

मात्रा—½-१ औंस दो बार भोजन के बाद।

मु० अ०—(कोला, नक्सवॉमिका, सिन्कोना, बिटर्स, कौपर, मैन्गानीज अल्कोहॉल और कैल्सियम, सोडियम, पोटासियम, आयरन के ग्लीस्रो-फौस्फेट्स)

गुण—हर प्रकार की दुर्बलता (विशेषतया रोगों के बाद) पाण्डु रोग, अजीर्ण आदि में उपयोगी है। गर्भावस्था और प्रसव के बाद इसका प्रगोग विशेष उपयोगी है। क्योंकि इसमें अल्कोहल होती हैं अतः

यह उत्तेजक और स्फूर्तिदायक भी है। यह औषध विटेमिन्स सहित भी आती है।

VINO-MALT "B. I." (वाइनोमाल्ट "बी॰ आई॰")

मात्रा—४ ड्राम भोजन के बाद २ बार।

मु॰ अ॰—(अल्कोहॉल, आयरन, पेंप्टोन, **ग्लीस्रोफोस्फेट्स**)

गुण—कमजोरी विशेषतया रोगों के बाद, पाचन **ठीक प्रकार न** होना, अरुचि, और बच्चा होने के बाद की कमजोरी में **उपयोगी है।**

VITONE C. ASOKE "STANDARD"
(विन्टोन कम अशोक "स्टैन्डर्ड")

मात्रा—२–३ ड्राम २ बार।

मु॰ अ॰—(अशोक, लोध्र, ऐक्स॰ हायोसायमस, ऐक्स॰ **वैलिरियन,** ओवेरियन ऐक्सट्रैक्ट, थाइरौड ऐक्सट्रैक्ट, ग्रेप वाइन)

गुण—श्वेत-प्रदर, रक्त-प्रदर, कष्ट-रज और रजोनिवृत्ति के विकार **आदि** में उपयोगी है।

विशेष—यह औषध कई प्रकार की आती है।

VI-SYNERAL "U. S. V." (वाइ-सिनरल "यू॰ एस॰ वि॰")

मात्रा—कैप्स्यूल : दोनों प्रकार के १–१ कैप्स्यूल रोजाना।

मु॰ अ॰–(१. विटेमिन्स ए, डी$_2$, विटेमिन बी-कॉम्पलैक्स, सी, ई और ईस्ट)

२. कैल्सियम, फौस्फोरस, आयरन, कोपर, **आयोडीन,** मैंगानीज, मैग्नेसियम, जिन्क और कोवाल्ट)

गुण—शल्य क्रिया, ज्वर, गर्भावस्था, अतिसार, पित्ताशय के विकार पेंप्टिक अलसर, मधुमेह, क्षयरोग, स्प्रू, अन्त्र-शोथ तथा **इसी प्रकार के** अन्य रोगों में जो विटेमिन्स तथा धातुओं की कमी हो जाया **करती है वह**

इन कैप्सूलों के प्रयोग से दूर हो जाती है और इस प्रकार शरीर पुनः अपनी पूर्व अवस्था को प्राप्त हो जाता है।

विशेष—इसकी चबाने की टिकिया, शर्बत, इंजेक्शन, ड्रौप्स और जीरियाटिक कं० भी आते हैं।

VITABS "KNOX" (वाइटेब्स "नौक्स")

मात्रा—२ टिकिया ३ बार।

मु० अ०—(फैरस सल्फ ड्राइड १½ ग्रेन, नक्सवॉमिका पाउडर $\frac{1}{16}$ ग्रेन, ऐक्सट्रैक्ट डमियाना पाउडर १½ ग्रेन प्रति टिकिया)

गुण—शारीरिक और स्नायविक दुर्बलता में उपयोगी है।

VITAMINETS FORTE "ROCHE"
(विटेमिनेट्स फोर्ट "रोश")

मात्रा–३ टिकिया रोजाना।

मु० अ०—(विटेमिन्स ए, $बी_{१}$, $बी_{२}$, $बी_{१२}$, निकोटिनेमाइड, $बी_{६}$, कैल्सियम पैंटोथिनेट, सी, डी और ई, आयरन, कैल्सियम, फौस्फोरस, मैंगानीज, मैग्नेसियम)

गुण—विटेमिन्स के अभाव से उत्पन्न होने वाले रोगों में उपयोगी है जैसे दुर्बलता, वजन कम होना, सुस्ती, रोग अवरोधक शक्ति का कम होना, अरुचि, शक्तिहीनता इत्यादि।

VITAPLEX "E. I." (विटाप्लेक्स "ई० आई")

मात्रा–१-२ ड्राम दिन में २ बार भोजन के बाद।

मु० अ०—(विटेमिन बी-कॉम्पलेक्स, कोलीन, मिथियोनीन, निकोटिनेमाइड, विटेमिन $बी_{१२}$, ऐक्सट्रैक्ट ऑफ ईस्ट)

गुण—यह हाजमे के लिये अच्छी औषधि है। जिन्हें भोजन करने के बाद अजीर्ण के लक्षण पैदा होने लगें और भोजन ठीक प्रकार न पचे या भूख न

लगे, उन्हें इसके प्रयोग से लाभ होगा। यह नाड़ी शोथ, नाड़ीशूल, वृद्धावस्था की कमजोरी, कब्ज और दौर्बल्य में भी उपयोगी है। इसकी टिकिया भी आती है जिनकी मात्रा १-२ टिकिया २-३ बार है।

VITAZYME "E. I." (विटाजाइम "ई० आई०")

मात्रा–२-३ ड्राम दिन में २ बार भोजन के बाद।

मु० अ०–(डायस्टेस, विटेमिन बी कॉम्प्लैक्स, पैप्सीन, ग्लीसरीन, एसिड हाइड्रोक्लोरिक, अल्कोहॉल)

गुण—भोजन को पचाने तथा भूख बढ़ाने के लिए उपयोगी है।

VITEOLIN "GLAXO" (विटिओलिन "ग्लैक्सो")

मात्रा–१ कैप्स्यूल रोजाना (३० या १०० एम० जी० वाला)

मु० अ०–(विटेमिन "ई")

गुण–यह विशेषतया गर्भपात को रोकने के लिए प्रयुक्त होता है। जिन स्त्रियों को बार-बार गर्भपात हो जाता हो उन्हें गर्भस्थिति के आरम्भ से ही १ कैप्स्यूल रोजाना शुरू कर देना चाहिये। जब किसी गर्भवती की योनि से रुधिर बहने लगे और गर्भपात का भय हो तो फौरन ४ कैप्स्यूल दे दें और ४-४ घंटे में ४ मात्रा तक देते रहें। बाद में एक कैप्स्यूल रोजाना दें।

नोट–यह ३ प्रकार का आता है, ६, ३० और १०० ऐम० जी०।

WATERBURY'S COMPOUND
(वाटरबरीज कम्पाउन्ड)

मात्रा–४ ड्राम दिन में ४ बार।

मु० अ०—(कौडलिवर ऑयल का सत, सोडियम और पोटासियम के हाइपोफोस्फाइट्स, माल्ट एक्सट्रैक्ट, लिवर, स्प्लीन, वाइल्ड चेरी, क्रूबोसोट, ग्वाकोल, यूकेलिप्टस, यर्बासंटा, जंशिअन, अल्कोहॉल, विटेमिन्स)

गुण—बलकारक और कफ नाशक; खाँसी, जुकाम और पुराने ज्वर, क्षयरोग, और निमोनिया आदि रोगों के बाद की अवस्था में उपयोगी है।

बलगम की उत्पत्ति को रोकता है, खाँसी को शाँत करता है और फेफड़ों को शक्ति प्रदान करता है। पीले लेबिल वाली हाज़मे और दुर्बलता के लिये होती है।

नोट—अब इसका फौर्मूला बदल दिया गया है। यह दो प्रकार का आता है। (१) खाँसी के लिये (२) हाजमे के लिये (विटेमिन युक्त)

WHEAT GERM OIL (व्हीट जर्म ऑयल)

मात्रा—१-३ कैप्स्यूल ३ बार।

मु० अ०—(विटेमिन "ई" (गहूँ के भ्रूण से)

गुण—देखो विटेमिन "ई"।

WILKINSONS SARSAPARILLA (विलकिनसन्स सारसपेरिला)

मात्रा—१-२ ड्राम दिन में ३ बार।

मु० अ०—(एक्सट्रैक्ट सारसा, पोटास आयोडाइड)

गुण—यह प्रसिद्ध रक्तशोधक औषध है। हर प्रकार के रक्त-विकारों जैसे उपदंश, चंबल, खुजली, फोड़े-फुंसी इत्यादि में उपयोगी है।

WILL'S ECZEMA CURE "BOOTS" (विल्स एक्जिमा क्योर "बूट्स")

बाहर लगाने की मरहम।

मु० अ०—(जिन्क ऑक्साइड, ऐसिड बोरिक, ऐसिड बैन्जोइक, ऑयल केडिनम, ऐसिड कार्बोलिक, वैस्लीन)

गुण—मुँहासे, एक्जिमा, अपरस और पुराने घावों पर लगाने के लिये उपयोगी है।

WINTOGENO "HUXLEY'S" (विन्टोजिनो "हक्सलेज")

टियूब में बाहर लगाने के लिये मरहम।

मु० अ०—(मैन्थौल, यूकेलिप्टौल, विन्टरग्रीन इत्यादि)

गुण–शिरशूल और हर प्रकार के नाड़ीशूल के लिये अत्यन्त लाभदायक है । जहां दर्द हो वहाँ इसे १-२ मिनट तक अच्छी तरह मल देनी चाहिये ।

WYAMIN CAPSULES "WYETH"
(वाएमिन कैप्स्यूल्स "वाइथ")

मात्रा—१-२ कैप्स्यूल जल के साथ भोजन के बाद ।

मु० अ०—(विटेमिन्स ए, बी, सी, डी और निकोटिनिक एसिड)

गुण—पाण्डुरोग, दुर्बलता और ऐसे रोगों में जिनका कारण विटेमिन्स का अभाव होता है, उपयोगी है ।

YEAST VITE "IRVING'S" (ईस्ट वाइट "इरविंग्स")

मात्रा—४-६ टिकिया रोजाना ।

मु० अ०—(ईस्ट, कैफीन, पोटास ब्रोमाइड, सोडा वाइकार्ब, मैंग कार्ब इत्यादि)

गुण—बनाने वाले ने इसे अनेक रोगों में अक्सीर बताया है जैसे दुर्बलता, अनिद्रा, कब्ज, अजीर्ण, फोड़े-फुंसी, ज्वर, पाण्डुरोग, शूल इत्यादि २ ।

ZAMBUK (ज़म्बक)

वाहर लगाने के लिए ।

मु० अ०—(ऑयल यूकेलिप्टस, राल, वैस्लीन, हार्डपैरेफीन, हरा रंग)

गुण—कटी और जली हुई जगह, फुन्सी, खाज, खुजली, जख्म, सूजन, डंक, दाद, चंबल, मुँहासे, अर्श और अनेक चर्म रोगों में उपयोगी कही जाती है ।

ZEPHROL "M. B." (ज़ेफ्रौल "एम० बी०")

मात्रा—१ ड्राम ४-४ घन्टे के अन्तर से (बिना जल के)

मु० अ०—इफेड्रीन हाइड्रोक्लोराइड, डायोनीन, टर्पिन हाइड्रेट, थायकौल, ग्लीसरीन, सीरप इत्यादि)

गुण—हर प्रकार की खाँसी में उपयोगी है। बच्चों को भी दी जा सकती है।

वृद्धावस्था में प्रयोग में आने वाली प्रमुख औषधियां

HORMONDRINE "CIPLA" (हौर्मोन्ड्रीन "सिपला")

टिकिया–१ टिक्रिया दिन में ३ बार।

इंजेक्शन–२५ एम० जी०×१ सी० सी० के ऐम्पूल सप्ताह में २ बार मांस में लगायें। समय से पूर्व बुढ़ापा आना और मानसिक और शारीरिक दुर्बलता में उपयोगी है।

UNI–TESTRON "UNI-CHEM"

(यूनी-टैस्ट्रौन "यूनी-कॅम")

इसकी मात्रा प्रयोग विधि और गुण "हौर्मोन्ड्रीन के समान हैं।

PARENDREN "CIBA" (पैरेन्ड्रॅन "सीबा")

इसकी टिकिया और ऐम्पूल दोनों प्रयोग किये जाते हैं। मात्रा और गुण "हौर्मोन्ड्रीन" के समान हैं।

HORMO-GEROBION "MERCK"

(हौर्मो-जेरोबिऔन "मर्क")

१ टिकिया दिन में ३ बार भोजन के बाद। स्मरण शक्ति का मंद पड़ जाना, चाल में अंतर आ जाना, सुस्ती रहना, किसी काम में मन न लगना, भूख कम लगना–इत्यादि में उपयोगी है।

ROVIGON "ROCHE" (रौवीगॉन-"रोश")

१ टिकिया ३–४ बार चबा लें। जब शरीर के अंगों के कार्यों में शिथिलता आ जाती है और बुढ़ापे की कमजोरी के लक्षण प्रगट होने लगते हैं तब इसके प्रयोग से लाभ पहुंचता है।

MIVETS "G" ALEMBIC (मिवेट्स-जी "एलंबिक")

इसकी एक टिकिया रोजाना काफी होती है । इसके गुण हौर्मो-जेरो-बिऔन के समान हैं ।

कृमिरोग "आँतों के कीड़े" मारने वाली औषधियाँ

PIPRELIX "BOOTS" (पिप्रीलिक्स "बूट्स")

केंचुवों के लिये : १ औंस (जवानों को)
६ ड्राम (बच्चों को)

सूत्र कृमि के लिए भी उपयोगी है ।

CRYSTOIDS "M. S. D." (कृस्टौइड्स "मर्क शार्प")

बच्चों के लिये ६ नारंगी गोलियों की शीशी और जवानों के लिये ५ लाल गोलियों की शीशी आती है। इसे शाम को हलका भोजन करने के बाद दूसरे दिन प्रातः जल के साथ निगल लें। ४ घंटे तक कुछ न खायें। यह हुकवर्म और केंचुवे के लिये विशेष उपयोगी है ।

VEROXIL "CROOKES" (वेरौक्सिल "क्रूक्स")

केंचुवे के लिये—जवानों और बड़े बच्चों को ६ वाफर्स रात्रि को ।

सूत्र कृमि के लिये—जवानों को २ वाफर्स रोजाना २ बार ७ दिन तक ।

ENTACYL "B. D. H." (एन्टेसिल "बी० डी० एच०")

इलिक्सर—८ ड्राम १ एक मात्रा में (केंचुवे के लिये)

टिकिया—१५ टिकिया एक मात्रा में (केंचुवे के लिये)

इलिक्सर—१ ड्राम से ४ ड्राम रोज़ाना बच्चों को आयु के अनुसार ७ दिन तक सूत्रकृमि के लिये ।

टिकिया—२-६ टिकिया रोजामा ७ दिन तक सूत्रकृमि के लिये ।

नोट—बच्चों को केंचुवे के लिये २-६ ड्राम की केवल १ मात्रा (आयु के अनुसार) दें ।

ASCARIDOL "BAYER" (एस्केरीडोल "बेयर")

१ गोली १–२ घंटे के अंतर से ३ बार (खाली पेट); उसके २ घंटे बाद दस्तावर दवा ले लें ।

NEO-BEDERMIN CAPSULES "BAYER" (निओ-बेडर्मिन कैप्स्यूल्स "बेयर")

इसकी प्रयोग विधि साथ वाले पर्चे पर पढ़िये । यह हुक वर्म और केंचुवे के लिये उपयोगी है ।

HETRAZON "LEDERLE" (हेट्रेज़न "लैडर्ली")

यह केंचुवे के लिये प्रयोग किया जाता है । प्रति ८ पौंड वजन पर १ टिकिया रोजाना ४ दिन तक दें । ८० पौंड जिसका वजन है उसे १० टिकिया रोज़ाना दें, इत्यादि ।

ANTEPAR "B. W." (ऐन्टीपार "बी० डब्लु")

सूत्रि कृमि के लिये—बड़ों को ४ ड्राम या ४ टिकिया रोजाना ७ दिन तक ।

बच्चों को १ ड्राम से ३ ड्राम या १-३ टिकिया रोज़ाना आयु के अनुसार।

केंचुवे के लिये—बड़ों को ८ ड्राम और बच्चों को ६ ड्राम रोज़ाना शाम को खाली पेट दें ।

BANOCIDE "B. W." (बेनोसाइड "बी० डब्लु")

यह केंचुवे के मारने के लिये प्रयुक्त होता है जवानों को ४ ड्राम और बच्चों को ½–२ ड्राम रोजाना ३ बार दें (७ दिन तक)।

TETRACAP "B. W." (टैट्राकैप बी० डब्लु") ।

यह हुकवर्म के लिये उपयोगी है। ३ कैप्स्यूल की एक मात्रा पर्याप्त होती है। दो दिन चर्बीदार पदार्थ बहुत कम दें और औषधि देने से एक दिन पूर्व शाम को मैगसल्फ दें और औषधि देने के २ घंटे बाद सोडा सल्फ दे।

SANIPAR "SANITEX" (सेनीपार "सेनीटैक्स")

यह केंचुवे और सूत्रकृमि के लिये उपयोगी है। इसे ½ से २ ड्राम रोजाना २-३ बार भोजन के बाद दें।

PIPRAN "ALEMBIC" (पिप्रन "अलंबिक")

यह केंचुवे और सूत्रिकृमि दोनों में लाभदायक है। मात्रा और प्रयोग विधि "हल्मेसिड" के समान है।

PINOCIDE SYRUP "SMITH"

(पाइनो साइड सीरप "स्मिथ")

सूत्र कृमि के लिये—२ वर्ष तक के बच्चे को ½ ड्राम २ बार।

२-३ वर्ष—½ ड्राम ३ बार।

४-६ वर्ष—१ ड्राम २ बार।

७-१३ वर्ष—१ ड्राम ३ बार।

जवानों को—२ ड्राम २ बार (रोजाना ७ दिन तक दें)

केंचुवे के लिये—६-८ ड्राम केवल १ मात्रा सोते समय।

HELMACID "GLAXO" (हल्मेसिड "ग्लैक्सो")

मूत्र कृमि के लिये—२ ड्राम सीरप या ४ टिकिया रोजाना २ बार सात दिन तक।

केंचुवे के लिये—६ ड्राम सीरप या १२ टिकिया शाम को।

CIPLAZAN "CIPLA" (सिप्लेजन "सिपला")

यह केंचुवे के लिये प्रयुक्त होता है। दो टिकिया ३ बार दें।

BITTER PILLS "E. I." (बिटर पिल्स "इ० आई०")

यह केंचुवे के लिये उपयोगी हैं। रात्रि को हल्का भोजन करें और सोते समय इसकी २ टिकिया निगल लें। ७ दिन के बाद पुनः ऐसा करें।

कर्णरोगों (जैसे कर्णशूल, कर्णस्राव) की औषधियाँ

CHLORAMPHYCIN EAR DROPS "KNOLL"
(क्लोरम्फाइसीन इयर ड्रौप्स "नौल")

कान को साफ करने के बाद इसकी २-३ बूंद दिन में २-३ बार टपकायें।

CHLOROMYCETIN EAR DROPS "P. D."

(क्लोरोमाइसेटीन इयर ड्रौप्स "पी० डी०")

बहते हुये कान में, साफ करने के बाद इसकी २-३ बूंद टपका कर रुई लगा दें।

TYOTOCIN "M. S. D." (टायोटोसीन "ऐम० एस० डी०")

२-३ बूंद कान में टपकायें। शूलनाशक है।

NEBASULF INSTILLATION "DUMEX"

(नेबासल्फ इन्सटिलेशन "ड्युमेक्स")

इसे रोजाना २-३ बार कान में टपकायें।

नोट—इसका लोशन तैयार करने के बाद १ सप्ताह तक काम दे सकता हैं।

ACHROMYCIN EAR SOLUTION "LEDERLE"

(एक्रोमाइसीन इयर सौल्युशन "लैडर्ली)

कर्ण–शोथ और कर्ण-स्राव में २-३ बूंद ३ बार टपकायें।

TERRAMYCIN OTIC SOLUTION "PFIZER"

(टेरामाइसीन ओटिक सौल्युशन "फाइजर")

बाह्य कर्ण के संक्रामक रोगों में इसकी ३–५ बूंद ३–३ घण्टे में टपकायें।

EFCORLIN-C-NEOMYCIN DROPS "GLAXO"

(एफ्कौर्लिन कम नियोमाइसीन ड्रौप्स "ग्लैक्सो")

२-३ बूंद २ या ३ घंटे के अन्तर से कान में टपकायें। कर्ण–शोथ और कर्णस्राव में उपयोगी है।

KEMICETINE OTOLOGICAL SOLUTION "CARLO"

(केमीसेटीन ओटोलौजीकल सौल्युशन "कार्लो")

कान में २-३ बार टपकायें।

SYNTHOMYCETIN EAR DROPS "LEPETIT"
(सिन्थोमाइसेटीन इयर ड्रौप्स "लेपेटिट")

इसके गुण और प्रयोग क्लोरोमाइसेटीन के समान हैं।

OTOSPARIN "B. W." (ओटोस्पेरिन "बी॰ डब्लु")

३-४ बूंद ३-४ बार कान में डालें।

DECADRON "M. S. D." (डेकाड्रौन "ऐम॰ एस॰ डी॰"

३-४ बूंद २-३ बार कान में टपकायें।

CILOPRINE "CILAG" (सिलोप्रीन "सिलाग")

३-५ बूंद ३ बार कान में डालें।

PILOCAR "FAIRDEAL" (पिलोकार "फेयरडील")

प्रयोग विधि साथ में लिखी होती है।

DROSYN "FAIRDEAL" (ड्रोसीन फेयरडील")

प्रयोग विधि साथ में लिखी होती है।

OTEK EAR DROPS "FAIRDEAL"
(ओटक इयर ड्रौप्स "फेयरडील")

कान से पीप बहने में बहुत लाभदायक है।

नेत्र रोगों की प्रमुख औषधियाँ

ARISTAMID EYE DROPS "G. R"
(ऐरिस्टेमिड आई ड्रौप्स "जो॰ आर")

पलक-शोथ, रोहे, नेत्र व्रण और आँख दुखने में उपयोगी है। १-२ बूंद २ घंटे में आँखों में टपकायें।

SPECTROCIN OPHTHALMIC OINTMENT "SQUIBB"
(स्पैक्ट्रोसिन औफ्थैल्मिक ऑइन्टमेन्ट "स्कुइब्ब")

अंजनयारी, पलक-शोथ और आँखों के जैवाणिक रोगों में उपयोगी है। २-३ बार लगायें।

STECLIN OPHTHALMIC OINTMENT "SQUIBB"
(स्टैक्लिन औफ्थेल्मिक ऑइन्टमेन्ट "स्कुइब्ब")

यह विशेषतया रोहों में उपयोगी है। २-३ बार लगायें।

MYSTECLIN-V "SQUIBB" (मिस्टेक्लिन-वी "स्कुइब्ब")

यह कनीनिका के व्रण और सूजन, नेत्राभिष्यन्द, पलक-शोथ इत्यादि में उपयोगी है। रोज़ाना ४ कैप्स्यूल दें।

AMBRAMYCIN EYE OINTMENT "LEPETIT"
(एम्ब्रामाईसीन आई ऑइन्टमेन्ट "लेपेटिट")

इसके गुण टेरामाइसीन या एक्रोमाइसीन आइ ऑइन्टमेन्ट की तरह है।

ALBUCID "SCHERING" (एलबुसिड "शेरिंग")

इसके ड्रौप्स (टपकाने की) और मरहम आती है। रोज़ाना ३ बार लगायें।

RESTECLIN "SQUIBB" (रैस्टिक्लीन "स्कुइब्ब")

इस मरहम के गुण स्टैक्लिन औफ्थेल्मिक मरहम के समान हैं।

MYSTREPTON "GLAXO" (मिस्ट्रेप्टौन "ग्लैक्सो")

इस मरहम को ऐसे नेत्र रोगों में प्रयोग करते हैं जिनमें पीप निकलती हो।

SYNTOPHTONE EYE DROPS "LEPETIT"
(सिन्टौफ्टोन आइ ड्रौप्स "लेपेटिट")

२-३ बूंद दिन में २-३ बार टपकायें।

BENTROFENE "CILAG" (बेन्ट्रोफ़ीन "सिलाग")

यह आँख आना, रोहे, और कौर्निया के वरम और जख्म के लिये उपयोगी है। १-२ बूँद ३-४ बार टपकायें।

DECARDON DROPS "M. S. D."
(डेकार्डन ड्रौप्स "मर्कशार्प")

१-२ बूंद ४ बार। आँखों के अनेक रोगों में उपयोगी है।

SANICULA DROPS "SANITEX" (सेनीकुला ड्रौप्स "सेनीटेक्स")

यह १०, २० और ३० प्रतिशत आता है। इसके गुण लोकुला के समान हैं।

CHLOROMYCETIN APLICAPS "P. D."
(क्लोरोमाईसेटिन ऐप्लीकैप्स "पी० डी०)

ये जलेटिन के बने हुये नोकीले कैप्स्यूल होते हैं जिन्हें दबाने से आसानी के साथ आँखों में मरहम डाली जा सकती है एक कैप्स्यूल एक बार दोनों आंखों में डालने के लिये पर्याप्त होता है। इसे रोज़ाना दो बार आँखों में लगाना चाहिये। गुणों के लिये देखो। "क्लोरोमाइसेटीन"

BROPTOL EYE OINTMENT "M. B."
(ब्रौप्टौल आई ऑइन्टमेन्ट "ऐम० बी०"

यह पलक-शोथ, आँख आना और आँख में चोट लगने से उत्पन्न होने वाले संक्रमण को रोकने के लिये उपयोगी है। आंख धोने के बाद इसे रोज़ाना २-३ बार आँख में लगायें।

ENTEROMYCETIN OPHTHALMIC OINTMENT "DEY"
(ऐन्टरोमाइसेटीन ऑफ्थैल्मिक ऑइन्टमेन्ट "डे")

इसके गुण क्लोरोमाइसेटीन की मरहम के समान हैं।

CORTOLA "E. I." (कौर्टोला "ई० आई०")

यह ड्रौप्स और मरहम दो रूप में आता है १ बूंद २–३ घंटे में टपकायें मरहम ३-४ बार लगायें ।

MYBACIN OINTMENT "GLAXO"
(माइबेसिन ऑइन्टमेन्ट "ग्लैक्सो")

आँख दुखना, पलकशोथ आदि में उपयोगी है ३–४ वार रोजाना लगायें।

TERRAMYCIN OPHTHALMIC OINTMENT "PFIZER"
(टेरामाइसीन औपथेल्मिक ऑइन्टमेन्ट "फाइजर")

नेत्र व्रण, पलक-शोथ, रोहे और आँख दुखने में रोजाना २–४ बार लगायें ।

ACHROMYCIN OPHTHALMIC OINTMENT "LEDERLE"
(एक्रोमाइसीन औपथेल्मिक ऑइन्टमेन्ट "लैडर्ली")

नेत्रव्रण, पलक-शोथ, रोहे, आँख आना और नेत्रों के संक्रामक रोगों में उपयोगी हैं ।

AUREOMYCIN OPHTHALMIC OINTMENT "LEDERLE"
(औरियोमाइसीन औपथेल्मिक ऑइन्टमेन्ट "लैडर्ली")

इसके गुण एक्रोमाइसीन की मरहम के समान है ।

CHLOROMYCETIN OPHTHALMIC OINTMENT "P. D."
(क्लोरोमाइसेटीन औपथेल्मिक ऑइन्टमेन्ट "पी० डी०")

नेत्रों के कीटाणुजन्य रोगों में, रोहे तथा आंख दुखने में उपयोगी है यह हाइड्रोकौर्टीसोन के साथ भी आती है ।

SYNTHOMYCETIN OPHTHALMIC OINTMENT "LEPETIT"

(सिन्थोमाइसेटिन औपथेल्मिक ऑइन्टमेन्ट "लेपेटिट")

इसके गुण क्लोरोमाइसेटिन के समान हैं।

CAMBISON EYE OINTMENT "HOECHST"

(कैम्बीसन आई ऑइन्टमेन्ट "हैक्स्ट")

पलक–शोथ, पलकों का एक्जिमा, नेत्र व्रण, आँख दुखना तथा अनेक नेत्र रोगों में उपयोगी है।

PENICILLIN EYE OINTMENT (पेनीसिलीन आई ऑइन्टमेन्ट)

रोजाना ३ बार लगायें–आँखों की लाली, रोहे, सूजन, पलक-शोथ आदि में उपयोगी है।

KEMICETINE OPHTHALMIC OINTMENT "CARLO"

(केमीसेटीन औपथेल्मिक ऑइन्टमेन्ट "कार्लो")

रोजाना ३ बार लगायें–आंखों की लाली, रोहे, सूजन, पलक-शोथ आदि में उपयोगी है।

DROSYN EYE DROPS "FAIRDEAL"

(ड्रोसीन आई ड्रौप्स "फेयरडील")

२–३ बार नेत्रों में टपकाये।

PILOCAR EYE DROPS "FAIRDEAL"

(पिलोकार आइ ड्रौप्स "फेयरडील")

इसमें पिलोकार्पीन होती है यह विशेषतया ग्लोकोमा और दृष्टिपटल–शोथ में उपयोगी है।

LOCULA 'E. I." (लोकूला 'ई० आई०")

यह १०, २० और ३० प्रतिशत ३ प्रकार का आता है। यह रोहों,

आँख दुखना, पलक–शोथ, नेत्रव्रण इत्यादि में उपयोगी है। इसे २–४ बूंद १–१ घंटे में या दिन में ३–४ बार टपकाना चाहिये।

EFCORLIN EYE OINTMENT "GLAXO"
EFCORLIN EYE OINTMENT "DROPS"
(एफ्कौर्लीन आई ऑइन्टमेन्ट और आई ड्रौप्स "ग्लैक्सो")

ड्रौप्स की १–२ बूंद २–२ घंटे में और मरहम ३–४ घंटे के अंतर से प्रयोग करें। अनेक नेत्र रोगों में उपयोगी है।

ARGENTUM OPHTHALMIC "CROOKES"
(आर्जेन्टम ऑफ्थेल्मिक "क्रूक्स")

नेत्र के साधारण रोगों में इसकी २–३ बूंद दिन में ३–४ बार टपकायें

SUBACORT OPHTHALMIC OINTMENT "DEY"
(सूबाकौर्ट औफ्थेल्मिक ऑइन्टमेन्ट "डे")

पलक–शोथ, नेत्रव्रण, आँख दुखना तथा नेत्रों के अनेक रोगों में उपयोगी है।

एक्जिमा की प्रमुख औषधियाँ

BETNOVATE "GLAXO" (बेटनोवेट "ग्लैक्सो")

रोजाना २ बार लगायें।

EFCORLIN SKIN OINTMENT "GLAXO"
(एफकौर्लिन स्किन ऑइन्टमेन्ट "ग्लैक्सो")

रोजाना २–३ बार लगायें।

CAMBISON "HOECHST" (कैम्बीसन "हैक्स्ट")

आरम्भ में रोजाना २–३ बार लगायें। बाद में १ बार।

CORTO-QUINOL "E. I." (कौर्टो-क्वीनौल "ई० आई०")

रोजाना २–३ बार लगायें।

TARSOLON "HOECHST" (टार्सोलन "हैक्स्ट")

आरम्भ में रोजाना २–३ बार लगाये। बाद में १ बार।

MILLICORTEN-VIOFORM "CIBA" (मिली कौर्टेन-वायो फॉर्म "सीबा")

दिन में कई बार पतली–पतली लगायें और ऊपर से गौज़ ढक दे।

STEROSAN-HYDRO "GEIGY" (स्टेरोसन-हाइड्रो "गाइगी")

रोजाना २–३ बार लगायें।

BRADEX-VIOFORM "CIBA" (ब्रेडेक्स-वायोफॉर्म "सीबा")

इसे रोजाना २ बार पतली–पतली लगायें।

STANEXMA "SMITH" (स्टेनेक्समा)

रोजाना २ बार लगायें।

EURAX-HYDROCORTISONE "GEIGY" (यूरेक्स-हाइड्रोकौर्टीसोन "गाइगी")

इसे रोजाना दो बार लगायें। यह बगैर हाइड्रोकौर्टीसोन के भी आती है।

MANTADIL CREAM "B. W." (मैन्टेडिल क्रीम "बी० डब्ल्यू०")

इसे रोजाना २–५ बार लगायें।

WILL'S ECZEMA OINTMENT "BOOTS"
(विल्स एक्जीमा ऑइन्टमेन्ट "बूट्स")

इस मरहम को रोजाना १-२ बार लगायें।

CORTISPARIN "B. W." (कौर्टीस्पैरिन "बी० ड०")

इसे बच्चों के रोग में अधिक उपयोगी पाया गया है।

SOFRADEX CREAM "LES" (सौफ्रेडेक्स क्रीम "लेस")

स्थान को साफ करके चंद दिन तक रोजाना २–४ बार लगायें। बाद में १ बार काफी है।

CORTO DERMA-N "CROOKES"
(कौर्टो डर्मा-एन "क्रूक्स")

इस मरहम को ३–४ बार लगायें।

LONGIFENE HC "UNICHEM" (लौंगीफीन HC "यूनीकॅम")

इसकी मरहम को लगायें और इसकी एक टिकिया दिन में २ बार दें।

KENALOG CREAM "SQUIBB" (केनालौग क्रीम "स्कुइब्ब")

इसे एक्जिमा पर रोजाना २-३ बार लगायें। या इसकी बजाय इससे उत्तम केनेलौग "S" प्रयोग करें।

KENACORT "SQUIBB" (केनाकोर्ट "स्कुइब्ब")

४ mg वाली टिकिया दिन में २ से ४ बार दें।

AVIL "HOECHST" (एविल "हैक्स्ट")

खुजली को शांत करने के लिये १ टिकिया २–३ बार दें और मरहम लगायें।

सुजाक की प्रमुख औषधियाँ

CRYSTAPEN "GLAXO"

यह एक प्रकार की पेनिसिलीन होती है। इसके २ लाख से ५ लाख यूनिट्स के इंजेक्शन १२-१२ घंटे में मांस में लगाये जाते हैं।

इसकी टिकिया भी आती हैं जिसकी मात्रा २ टिकिया ३ या ४ घंटे के अन्तर से हैं। यह भी सुजाक में उपयोगी सिद्ध हुई है।

BENAPEN FORTIFIED "GLAXO"
(बेनापॅन फौर्टीफाइड "ग्लैक्सो")

इसके एक इंजेक्शन से ही सुजाक में काफी लाभ होता है। ३–४ दिन के बाद दूसरा इंजेक्शन लगा दें। इंजेक्शन कूल्हे में गहरा लगाना चाहिये।

GONOZOLE "M. B." (गौनोज़ोल "एम० बी०")

२ टिकिया ४ बार ५ दिन तक। टिकियों को चूरा करके जल से निगल लें।

PROCAINE PENICILLIN-G FORTIFIED
(प्रोकेन पेनिसिलीन-जी फौर्टीफाईड)

रोजाना ४ लाख का एक इंजेक्शन मांस में लगायें। यदि रोग पुराना और दुःसाध्य है तो ८ लाख के इंजेक्शन दीर्घ काल तक दें।

PENTIDS "SQUIBB" (पैन्टिड्स "स्कुइब्ब")

इसमें प्रति टिकिया २ लाख पेनिसिलीन जी पोटासियम यूनिट्स होते हैं। इसकी २–३ दिन तक रोजाना ३ टिकिया दे।

AMBISTRYN "SQUIBB" (ऐम्बिस्ट्रीन "स्कुइम्ब")

एक इंजेक्शन मांस में लगायें, आवश्यकता पड़ने पर दोहरायें। इसे उस समय प्रयोग किया जाता है जब पेनिसिलीन अनुकूल न पड़े या असफल रहे।

STREPTO-PENICILLIN (स्ट्रेप्टो-पेनिसिलीन)

जैसे "कौम्बायोटिक", सैक्लोमाइसीन, डाइक्रस्टीसीन, डाइप्रोसीन इत्यादि। जब पेनिसिलीन या स्ट्रेप्टोमाइसीन के पृथक प्रयोग से पर्याप्त लाभ न हो तब इन्हें इस्तेमाल किया जाता है। इनका रोजाना १ इंजेक्शन मांस में लगाया जाता है।

MYSTECLIN-V 'SQUIBB' (मिस्टेक्लिन-वी "स्कुइब्ब")

१ कैप्स्यूल ४-४ घंटे में (कुल ४ कैप्स्यूल रोजाना)

TERRAMYCIN "PFIZER" (टैरामाइसीन "फाइजर")

२ कैप्स्यूल ६-६ घंटे में दिन में ४ बार।

AMPICILLIN "CIPLA" (ऐम्पीसिलीन "सिपला")

१ कैप्स्यूल ६-६ घंटे में।

DIAPEN "DUMEX" (डायेपेन "ड्युमेक्स")

चौथे दिन इसका इंजेक्शन दें। कुल २ इंजेक्शन पर्याप्त होते हैं।

नींद लानेवाली औषधियाँ

DORIDEN "CIBA" (डौरिडन "सीबा")

१ या २ टिकिया सोते समय।

TRICLORYL TABLETS "GLAXO"
(ट्राइक्लोरील टैब्लेट्स "ग्लैक्सो")

सोने के ३० मिनट पूर्व २ टिकिया या २ ड्राम सीरप ले लें।

DIAL "CIBA" (डायल "सीबा")

रात को सोने से पूर्व १–२ टिकिया ले लें।

MEDOMIN "GEIGY" (मेडोमीन "गाइगी")

सोने से ½ घंटे पूर्व ½–१ टिकिया चाय या उष्ण जल के साथ निगल लें।

CIPLONAL "CIPLA" (सिप्लोनल "सिपला")

१–२ टिकिया सोते समय (निद्रानाश, बेचैनी इत्यादि के लिये)

SONERYL "M. B." (सोनेरील "में-बेकर")

सोने से ½ घंटे पूर्व २ टिकिया जल से निगल लें।

SONALGIN "M. B." (सोनल्जिन "में-बेकर")

सोने से ½ घंटा पूर्व २ टिकिया गर्म जल से निगल लें (जब शूल हो)

CARBRITAL "P. D." (कार्बीटल "पी० डी०")

१ टिकिया सोने से पूर्व गर्म जल के साथ।

MYANESIN "B. D. H." (मायेनेसिन "बी० डी० एच०")

सोने से आधा घंटा पूर्व २ टिकिया निगल लें।

PROTAMYL "M. B." (प्रोटेमील "एम० बी०")

सोते समय २–४ टिकिया जल से निगल लें।

SONERGAN "M. B." (सोनर्गन "एम० बी०")

साधारण अनिद्रा रोग में इसकी १ टिकिया (कभी-कभी २ टिकिया) सोते समय देने से ६-१० घंटे की नींद आ जाती हैं।

VESPARAX "UNI-CHEM" (वैस्पेरैक्स "यूनी-कम")

१–२ टिकिया सोते समय दें।

GARDENAL "M. B." (गार्डीनल "एम० बी०")

१ ग्रेन की टिकिया सोते समय।

खुजली, पित्त उछलना तथा अलर्जी की प्रमुख औषधियां

BENADRYL CAPSULES "P. D."
(बेनेड्रील कैप्स्यूल्स "पी० डी०")

१-१ कैप्स्यूल ३-४; बार; स्थानिक रूप से इसकी मरहम लगायें।

ANETHAINE OINTMENT "GLAXO"
(एनीथेन ऑइन्टमेन्ट "ग्लैक्सो")

दिन में कई बार लगायें। यह शूल को भी शांत करती है।

THEPHORIN "ROCHE"
(थेफोरिन "रोश")

१० से ३० mg रोजाना; इसकी मात्रा ७५ mg रोजाना तक बढ़ाई जा सकती है। इसकी मरहम भी लगाई जाती है।

PHENERGAN CREAM "M. B."
(फेनर्गन क्रीम "एम० बी०")

इसे हलका-हलका मलकर ऊपर से गौजा और पट्टी बांध दें। इसकी टिकिया भी उपयोगी है।

CALADRYL CREAM "P. D." (कैलेड्रील क्रीम "पी० डी०")

इसे रोजाना १–२ बार लगायें। इसका लोशन भी आता है। यह डंक, और पित्त की खुजली को शाँत करती है।

BETNELAN "GLAXO" (बेटनीलन "ग्लैक्सो")

१–२ टिकिया ३-४ बार रोजाना १-२ दिन तक। इसके बाद मात्रा धीरे-धीरे घटा दें।

VALLERGAN "M. B." (वैलर्गन "एम० बी०")

१ टिकिया रोजाना ३–४ बार। बच्चों को इसका सीरप १५ से ३० बूंद की मात्रा में रोजाना ३-४ बार दें। यह बच्चों के एक्जीमा की खुजली को शाँत करता है।

BETNOVATE SKIN OINTMENT "GLAXO"
(बेटनोवेट स्किन ऑइन्टमेन्ट "ग्लैक्सो")

एक्जीमा की खुजली और भग और गुदा की खुजली को शाँत करती है। २-३ बार लगायें।

PERIDECA 'M. S. D. (पैरीडेका "एम० एस० डी०")

१ टिकिया दिन में ३ बार।

MITIGAL "BAYER" (मिटिगल "बेयर")

यह खुजली के स्थान पर मली जाती है।

AVIL "HOECHST" (एविल "हैक्स्ट")

१ टिकिया (२५ M. G.) २-३ बार भोजन के बाद।

½–१ ऐम्प्यूल मांस में १ या २ बार।

½–१½ ड्राम (सीरप) २-३ बार।

नोट—इसकी मरहम भी आती है। जिसे रोजाना १-२ बार लगाया जाता है।

EFCORLIN SKIN OINTMENT "GLAXO" (एफकौर्लिन स्किन औइन्टमेन्ट "ग्लैक्सो")

यह मरहम निओमाइसीन के साथ मिली हुई भी आती है। सादा मरहम गुदा और भग की खुजली और एक्जीमा की खुजली को शाँत करने के लिये प्रयुक्त होती है।

नोट—इसका लोशन भी आता है।

PANTOPHYLL "A. F. D." (पैन्टोफिल "ए० एफ० डी०")

इसे आक्रांत भाग पर १-२ बार लगायें।

NUPERCAINAL "CIBA" (न्युपर्केनल "सीबा")

इसे रोजाना २-३ बार लगाये (खुजली)

ANTISTINE "CIBA" (ऐन्टिस्टीन "सीबा")

यह टिकिया, इंजेक्शन और क्रीम ३ रूप में आती है।

१ टिकिया रोजाना ३ बार दें।

½–१ एम्प्यूल (माँस में) १-३ बार दें।

क्रीम को २-३ बार रोज लगायें।

HISTANTIN "B. W." (हिस्टेन्टिन "बी० डब्लु०")

१–६ टिकिया रोजाना ६-६ घंटे में जल के साथ भोजन के बाद। इसकी क्रीम को आक्रांत भाग पर लगायें।

SYNOPEN "GEIGY" (साइनोपन "गाइगी")

टिकिया—३–६ टिकिया रोजाना।

इंजेक्शन—तीव्र रोग में १ इंजेक्शन मांस में दें।

मरहम—रोजाना ३–४ बार हलका-हलका मल दें।

ANTHISAN "M. B." (ऐन्थीसन "में-बेकर")

टिकिया—१ टिकिया (१०० mg) २–३ बार।

इलिक्सर—½–२ ड्राम ३–४ बार रोजाना । बच्चों को आयु के अनुसार दें ।

इंजेक्शन—½–१ एम्प्यूल मांस या नस द्वारा (तीव्र आक्रमण में)

क्रीम—रोजाना २–३ बार लगायें। इसे एक्जोमेंटस त्वचा पर या बहुत बड़ी फटी हुई त्वचा पर नहीं लगाना चाहिये ।

FORISTAL "CIBA" (फोरिस्टल "सीबा")

१ टिकिया ३ बार रोजाना । बच्चों को ½ टिकिया १–३ बार।

DILOSYN TABLET (B. D. H.) (डाइलोसीन टैब्लेट "बी० डी० एच०")

टिकिया—१ टिकिया दिन में २ बार ।

सीरप—२ ड्राम दिन में २ बार।

LONGIFENE "UNICHEM" (लौंगीफीन "यूनीकम")

१ टिकिया दिन में २ बार भोजन के बाद।

TETMOSOL SOLUTION "I. C. I." (टैटमोसौल सौल्युशन "आई० सी० आई०")

साबुन से स्नान करने के बाद इसे शरीर पर मलें। इसका साबुन भी आता है ।

KENACORT "SQUIBB" (केनाकौर्ट "स्कुइब्ब")

१ टिकिया (४ mg) रोजाना ३–४ बार दें । (खुजली और पित्त को शाँत करने के लिये)

KENAMINA "SQUIBB" (केनामिना "स्कुइब्ब")

१–२ टिकिया ६–६ घंटे में ।

AMBODRYL KAPSEALS "P. D." (ऐम्बोड्रील कैप्सील्स "पी० डी०")

१ कैप्स्यूल १-३ बार ।

ALERGIN "CIPLA" (एलर्जिन "सिपला")

१ टिकिया २–३ बार ।

ANDANTOL "G. R." (एन्डेन्टौल "(जर्मन")

टिकिया—१ टिकिया ३–४ बार ।

सीरप—१ औंस २–३ बार ।

इंजेक्शन—१ इंजेक्शन १–२ बार मांस या नस में ।

PERIACTIN "M. S. D." (पीरियाक्टिन "एम० एस० डी०")

२–१० ड्राम रोजाना । बच्चों को १ ड्राम दिन में २–३ बार आयु के अनुसार ।

SOVENTOL "KNOLL" (सोवेन्टौल "नौल")

इसके इंजेक्शन चर्म के नीचे या माँस में दिन में १–२ बार लगाये जाते हैं ।

शोथ (सूजन) की प्रमुख औषधियाँ

NEO-NACLEX "GLAXO" (निओ-नैक्लेक्स "ग्लैक्सो")

आरम्भ में ५ mg की एक टिकिया प्रातः रोजाना दें । ५–७ दिन के पश्चात् २–३ दिन टिकिया बंद कर दें । फिर २ से ५ mg रोजाना देते रहें ।

NEPHRIL "PFIZER" (नेफ्रिल "फाइजर")

$\frac{1}{2}$–२ टिकिया रोजाना एक बार।

HYGROTIN "GEIGY" (हाइग्रोटिन "गाइगी")

१–२ टिकिया रोजाना जब तक शोथ ठीक न हो जाय। बाद में $\frac{1}{2}$ टिकिया तीसरे दिन दें।

MERCLORAN "P. D." (मर्कलोरन "पी० डी०")

१–४ टिकिया रोजाना अर्थात् १ टिकिया ४ बार दें।

DIAMOX "LEDERLE" (डायेमौक्स "लैडर्ली")

१ से १$\frac{1}{2}$ टिकिया रोजाना प्रातः समय दो दिन तक। फिर १ दिन के लिए औषधि न दें। बाद में पुनः २ दिन तक १ से १$\frac{1}{2}$ टिकिया दें।

NEPTAL "M. B." (नैप्टल "एम० बी०")

आरम्भ में रोजाना १ सी० सी० का इंजेक्शन (माँस में) दें बाद में २ सी० सी० का इंजेक्शन रोजाना या तीसरे दिन देने लगें। इसकी टिकिया की मात्रा रोजाना १–२ टिकिया है।

NAVIDREX "CIBA" (नेवीड्रेक्स "सीबा")

रोजाना २ टिकिया जलपान के बाद।

ESIDREX "CIBA" (एसीड्रेक्स "सीबा")

२५ से ७५ mg रोजाना। पहली मात्रा प्रातः जलपान के बाद दें और जरूरत पड़े तो दूसरी मात्रा दोपहर के भोजन के बाद।

FOVANE "PFIZER" (फोवेन "फाइजर")

आरम्भ में १–२ दिन तक २ टिकिया रोजाना प्रातः जलपान के बाद। बाद में $\frac{1}{2}$–१ टिकिया रोजाना।

MERSALYL (मर्सेलील)

१–२ सी० सी० के इंजेक्शन रोजाना कई दिन तक ।

LASIX "HOECHST" (लेसिक्स "हैक्स्ट")

१ टिकिया तीसरे दिन से २-३ टिकिया रोजाना तक ।

APRINOX "BOOTS" (एप्रीनौक्स "बूट्स")

५–१० mg (१–२ बड़ी टिकिया) रोज १ बार या तीसरे दिन ।

DI-ADEMIL "SQUIBB" (डाइ-एडेमिल "स्कुइब्ब")

आरम्भ में इसकी २ टिकिया प्रातः और २ दोपहर से पूर्व दें । बाद में रोजाना १ से ४ टिकिया दें ।

CAFFEINE SODI-BENZOATE (कैफीन सोडाई-बैन्जोएट)

१ इंजेक्शन (२ सी० सी०×५ ग्रेन) चर्म के नीचे लगायें ।

ALDACTONE-A "SEARLE" (एलडैक्टोन-ए "सर्ल")

१–२ टिकिया ४ बार । हर प्रकार के शोथ में लाभदायक है ।

DYTIDE "S. K." (डाइटाईड "एस० के०")

१ टिकिया की मात्रा में प्रयोग करें ।

दमा की प्रमुख औषधियां

FRANOL "WINTHROP" (फ्रेनौल "विन्थ्रौप")

१ टिकिया दिन में २-३ बार ।

DELTA CORTRIL "PFIZER" (डेल्टाकौर्ट्रिल "फाइजर")

१–२ टिकिया ३ बार।

DELTA-EFCORLIN "GLAXO" (डेल्टा-एफकौर्लिन "ग्लैक्सो")

१–२ टिकिया २–३ बार।

BETNELAN "GLAXO" (बेटनीलन 'ग्लैक्सो")

१–२ टिकिया ३–४ बार। बाद में धीरे-धीरे मात्रा कम कर दें।

KENACORT "SQUIBB" (केनाकौर्ट "स्कुइब्ब")

८–१६ mg रोजाना आरम्भ में, बादमें २–८ mg रोज दें।

RECOLVIN "STANDARD" (रिकौल्विन 'स्टैन्डर्ड')

दौरे में : ३–४ ड्राम दिन में ३ बार।

बिना दौरे के : २ ड्राम दिन में २ बार।

UNIDRINAL "UNICHEM" (यूनीड्रीनल "यूनीकम")

½–२ टिकिया २–३ बार या १–२ टिकिया सोते समय।

ASPASAN "HOECHST" (ऐस्पेसन "हैक्स्ट")

दौरा आरम्भ होते ही एक टिकिया दें (D वाली) सोते समय १ टिकिया दें (N वाली)

SWAX "ALEMBIC" (स्वाक्स 'अलैंबिक")

१ टिकिया दिन में ३ बार।

ALERGIN "CIPLA" (एलर्जिन "सिपला")

दौरे में १ टिकिया दें। दिन भर में ३-४ टिकिया दे सकते हैं।

ASMATONE 'E. I." (एज्मेटोन "ई० आई०")

५–१० मिल्स ३ बार।

CARDIAZOL-EPHEDRINE (कार्डियाजौल-इफेड्रीन)

इसका इंजेक्शन मांस में दें।

AMINOPHYLLINE (एमिनोफाइलीन)

२ सी० सी० का इंजेक्शन माँस में

१० सी० सी० नस में।

MERLON-R. A. "A. F. D."
(मर्लोन-आर०ए० "ए० एफ० डी०")

१–२ टिकिया (दौरे में)

MERLON-S. A. "A. F. D."
(मर्लोन-ऐस० ए० "ए० एफ० डी०")

१–२ टिकिया (मर्लोन–आर० ए० देने के बाद)

PFRPHYLLON "HOMBURG" (परफाइलौन "हौम्बर्ग")

२ टिकिया दिन में २–३ बार

१ ऐम्प्यूल मांस में या नस में (दौरे में)

NEO-EPININE "B. W." (निओ-एपीनीन "बी० ड०")

½–१ टिकिया दौरे के लक्षण प्रगट होते ही जीभ के नीचे रखकर घुलने दें। इसका स्प्रे भी आता है जिसे सूंघा जाता है।

SP ASMOLYSIN "STANDARD" (स्पाज्मोलाइसीन 'स्टैन्डर्ड)

१ टिकिया दौरे में।

ADREDRINE "ORGASYN" (एडरेडरीन "ऑर्गेसीन")

१ टिकिया २-३ बार।

ANTISMAT "T. C. F." (ऐन्टीस्मैट "टी० सी० एफ०")

१ टिकिया १–३ बार रोजाना।

ASMAC "WANDER" (ऐज्मक "वन्डर")

दौरे में १ टिकिया दें। ३ घंटे के बाद पुनः दे सकते हैं।

THEOPHENAL "CHEMOPHARMA"
(थिओफेनल "केमो फार्मा")

१ टिकिया रोजाना २–३ बार।

ASMOFYLIN "G. D." (एजमोफाइलीन "जी० डी०")

२ ड्राम तोन बार। दमे के दौरे में दो-दो घंटे में दें।

HOSTACORLIN "HOECHST" (हौस्टाकौर्लिन "हैक्स्ट")

१–२ टिकिया २-३ बार

THEOMAC "MAC" (थ्योमैक "मैक")

१ टिकिया २–३ बार

LEDERCORT "LEDERLE" (लैडरकोर्ट "लैडर्ली")

तीव्र रोग में ८–१६ mg जल के साथ दें।

SEDONAL "E. I." (सेडोनल "ई० आई०")

१–२ टिकिया दिन में दो-तीन बार। खांसी और दमा में।

ASTHMINDON "INDON" (एजमिन्डौन "इन्डौन")

दौरे में १–२ टिकिया

बिना दौरे के १ टिकिया सोते समय

AMINOCO "KNOX" (एमिनोको "नौक्स")

२ टिकिया ४ बार रोजाना (खाँसी और दमा दोनों में)

FYDALEX "BOOTS" (फाइडेलेक्स "बूट्स"))

१ टिकिया जीभ के नीचे एक मिनट तक रक्खें। जब अदरक का स्वाद मालूम होने लगे तब उसे निगल लें। २४ घंटे में ३–४ टिकिया प्रयोग की जा सकती है।

RELIEF FOR ASTHMA "BOOTS"
(रिलीफ फार ऐज्मा "बूट्स")

½ ड्राम पाउडर को किसी प्लेट पर रख कर जला लें और उसके धुएँ को गहरी सांस से सूंघें। रोजाना ३–४ बार ऐसा कर सकते हैं।

AFRAN "HOECHST" (एफरन "हैक्स्ट")

आरंभ में रोजाना ४–६ टिकिया दें। धीरे धीरे मात्रा घटाकर रोजाना १–३ टिकिया कर दें। पुराने रोग के लिये उपयोगी है।

CORTASTHMA "INDON" (कौर्टेज्मा "इन्डौन")

दौरे में १ टिकिया दें।

THEOCORT INDON (थ्योकौर्ट "इन्डौन")

रात्रि के दौरे को रोकने के लिये इसकी १ टिकिया खा लें।

PASPAT "LUITPOLD" (पैस्पट "ल्युटपोल्ड")

एक एम्प्यूल को हर पाँचवें दिन खुरची हुई त्वचा में सावधानी से मल दिया करें।

अतिसार तथा पेचिस की प्रमुख औषधियाँ

CHLOROSTREP "P .D." (क्लोरौस्ट्रैप "पी० डी०")

२–३ केपसील्स ६-६ घंटे में

THALOCID "E. I." (थैलौसिड "ई० आई०")

४ टिकिया चार-चार घंटे में; यह बेसीलरी पेचिश तथा कोलन में जख्म बन जाने में उपयोगी है।

EN TOZINE "WINTHROP" (एन्टोजाईन "विन्थ्रौप")

गुण, मात्रा तथा प्रयोग विधि पैकट के साथ वाले परचे पर पढ़िये।

STREPTOTRIAD "M. B." (स्ट्रैप्टोट्रायड 'ऐम० बी०")

तीव्र रोग में ३ टिकिया तीन बार दें। बेसीलरी पेचिश में उपयोगी है।

STREPTOCETIN "M. B." (स्ट्रैप्टोसेटीन "ऐम० बी०")

१ कैप्स्यूल चार-चार घंटे में दें।

DIODOQUIN "SEARLE" (डायडोक्विन "सर्ल")

विशेषतया अमीबिक पेचिश में उपयोगी है। १ टिकिया ३ बार दें।

DIAREX "HIMALYA" (डायरेक्स "हिमालय")

१–२ टिकिया रोजाना ३ बार। यह 'डायरेक्सप्लस' भी आता है जिसे पुराने रोगों में अधिक उपयोगी कहा जाता है।

NEO-VIASEPT "HOECHST" (निओ-वायेसेप्ट "हैक्स्ट")

२ टिकिया ३ बार आठ दिन तक। यह अमीबा-जन्य विकारों में उपयोगी है।

QUINO-BAEL "STANDARD" (क्वीनो-बेल "स्टैन्डर्ड")

२–३ चाय के चमचे दो-तीन बार। आंतों के पुराने रोगों में।

DYSENTRINDON "INDON" (डिसैन्ट्रिन्डौन "इन्डौन")

२ टिकिया ३ बार ८ दिन तक।

CREMOMYCIN "M. S. D." (क्रीमोमाइसीन "एम० एस० डी०")

यह हर प्रकार अतिसार में अत्युपयोगी सिद्ध हुई है। २४ घंटे में रोग पर काबू पा लिया जाता है। ४ ड्राम दिन में ४-६ बार।

CREMOSUXIDINE "M. S. D."
(क्रीमोसक्सीडीन "एम० एस० डी०")

यह हर प्रकार के अतिसार में उपयोगी है। रोग शीघ्र काबू में आ जाता

है । इसे १½–२ बड़े चमचे की मात्रा में ६ बार देना चाहिये ।

VIODOCLOR "THERAP" (वायोडोक्लोर "थेराप्युटिक्स")

२ टिकिया दिन में ३ बार । दोनों प्रकार की पेचिश, ग्रीष्म-अतिसार कोलन-शोथ आदि में उपयोगी है।

INTESTOPHAN "SANDOZ" (इन्टेस्टोफैन "सैन्डोज़")

साधारण रोगों में २ टिकिया ३ बार दें। तीव्र रोगों में इसके कैप्स्यूल प्रयोग करें । पहले दिन ६ और बाद में ३ रोजाना दें । बच्चों के लिये यह पीने की शक्ल में आता है।

CHLORO-PECTIDIN SUSPENSION "CALCUTTA-C" (क्लोरो-पैक्टीडीन सस्पैन्शन "कलकत्ता कं०")

मात्रा और प्रयोग विधि शीशी पर देखो ।

ENTERINDON "INDON" (एन्टरिन्डॉन "इन्डौन")

अतिसार और बच्चों के हरे दस्तों में उपयोगी है ।

PESULIN "CADILA" (पेसुलिन 'केडीला')

२–४ ड्राम तीन बार । अतिसार में विशेष उपयोगी है ।

CHARCO-PECTIN "SIGMA" (चार्को-पेक्टिन "सिग्मा")

२–४ टिकिया ३–४ बार ।

STREPTOMAGNA "WYETH" (स्ट्रैप्टोमैग्ना "वाइथ")

४ ड्राम रोजाना तीन बार।

ENTOCARB "HIND" (एन्टोकार्ब 'हिन्द')

३–४ टिकिया आरम्भ में, बाद में २–३ टिकिया चार-चार घंटे में । यह विशेषतया अतिसार और अन्त्र-शोथ में उपयोगी है ।

GUANIMYCIN SUPENSION FORTE "GLAXO"
(ग्वानीमाइसीन सस्पैन्शन फोर्ट "ग्लैक्सो")

½ औंस या अधिक चार-चार घंटे में। बच्चों को १–२ ड्राम चार-चार घंटे में।

ENTO-DESTO "KAMAL" (ऐन्टो-डेस्टो "कमल")

२ टिकिया दिन में ३ बार।

FUROXONE "SMITH K," (फरोक्सोन "स्मिथ क्लिन")

बच्चों को : ¼–½ टिकिया तीन बार।
जवानों को : १ टिकिया तीन बार।

UNI-DYS 'UNICHEM' (यूनीडिस "यूनीकम")

१–२ टिकिया रोजाना दो-तीन बार दें। "यूनिडिस कंपाउन्ड" दोनों प्रकार की पेचिश में उपयोगी है।

COMYCIN TABLETS "GLAXO"
(कोमाइसिन टैब्लेट्स "ग्लैक्सो")

रोजाना १० टिकिया (कई मात्रा में) बच्चों के लिये इसका सीरप आता है। मुख्यतया पेचिश में उपयोगी है।

ENTEROVIOFORM "CIBA" (एन्टरोवायोफॉर्म "सीबा")

२ टिकिया भोजन के बाद तीन बार।

ENTERO-QUINOL "E. I." (एन्टरो-क्वीनौल "ई० आई०")

२ टिकिया तीन बार भोजन के बाद दें। अमीबिक पेचिश, कोलन शोथ, ग्रीष्म-अतिसार आदि में उपयोगी है।

CARBO-GUANICIL "CILAG" (कार्बो-ग्वानीसिल 'सिलाग')

हर प्रकार के दस्तों में उपयोगी है। पहली मात्रा ३–४ टिकिया दें, बाद में २ टिकिया दो-दो घंटे में दें।

TYPHOSTREP "STANDARD" (टाइफोस्ट्रैप "स्टैन्डर्ड")

१–२ कैप्स्यूल ६-६ घंटे में।

SULFABENZIDE "B. I." (सल्फेबेन्जाइड "बी० आई०")

तीव्र रोग में आरंभ में ४ टिकिया की एक मात्रा दें तत्पश्चात् चार-चार घंटे में २–२ टिकिया दो दिन तक दें। यह दण्डाणुज (Bacillary) पेचिश में उपयोगी है।

CHLOROMYCETIN "P. D." (क्लोरोमाइसेटीन "पी० डी०")

एक केप्स्यूल ४, ६ या ८ घंटे के अन्तर से दें। पेचिश और बच्चों के जठर-आंत्रशोथ में उपयोगी है। इसकी लिक्विड भी आती है जो बच्चों को दी जाती है।

ENTEROMYCETIN "DEY" (एन्टरोमाइसेटीन 'डे')

इसके गुण क्लोरोमाइसेटीन के समान हैं।

इसके कैप्स्यूल और पल्मीटेट (बच्चों के लिये) आते हैं।

STREPTOGUIN "DEY" (स्ट्रैप्टोग्विन 'डे')

इसकी मात्रा १ औंस ४–४ घंटे में है। इसकी प्रयोग विधि शीशी पर पढ़िये। यह पेचिश में उपयोगी है।

MEXAFORM 'CIBA' (मैक्साफौर्म "सीबा")

इसकी मात्रा २ टिकिया तीन बार है। यह अतिसार और पेचिश दोनों में लाभदायक है। बच्चों की आयु के अनुसार १–३ टिकिया रोजाना देनी चाहिये।

FURAMIDE CO "BOOTS" (फ्युरामाइड को "बूट्स")

२ टिकिया तीन बार ५ दिन तक। अतिसार और पेचिश में उपयोगी है।

SIOSTERON "GEIGY" (सायोस्टरौन "गाइगी")

१–२ टिकिया दिन में तीन बार। अतिसार में विशेषतया उपयोगी है।

DARZINE 'CHEMO-P' (डारजीन 'केमो')

२–३ टिकिया तीन बार। यह टिकिया और पाउडर दोनों शक्ल में आती है।

HUMATIN "P. D" (ह्यूमेटीन "पी० डी०")

कैप्स्यूल : २–६ ग्राम (८–२४ कैप्स्यूल) रोजाना। यह बेसीलरी पेचिश में उपयोगी है।

BASIPLON"KHANDELWAL" (बेसीप्लौन "खंडेलवाल")

कैप्स्यूल : २ कैप्स्यूल (आरंभ में) बाद में १–२ कैप्स्यूल ६–६ घंटे में

सस्पैन्शन : २ ड्राम (आरंभ में) बाद में १–२ ड्राम ६–६ घंटे में।

नोट—बच्चों को दोनों की आधी मात्रा दें।

QUIXALIN "SQUIBB" (क्विक्सेलीन "स्कुइब्ब")

बैसीलरी पेचिश और अतिसार में उपयोगी है। १–२ टिकिया तीन-चार बार दें।

CHLORAMBIN "A. F. D." (क्लोरैम्बीन "ए० एफ० डी०")

२ टिकिया दिन में तीन बार ८–१० दिन तक। एक सप्ताह के पश्चात् यदि आवश्यक हो फिर ८–१० दिन तक दें। पुराने रोगों में उपयोगी है।

STRYCITAL "SQUIBB" (स्ट्राइसिटल "स्कुइब्ब")

विशेषतया अतिसार में उपयोगी है। २–४ टिकिया दिन में तीन-चार बार दें। बच्चों को रोजाना ४–६ टिकिया (½–१ टिकिया ३–४ बार) दें।

ENTERO-PRISTINA "CARLO"
(एन्टरो-पिरिस्टिना 'कार्लो')

इसे २–४ ड्राम की मात्रा में दिन में तीन बार दें।

SULPHO-QUINO BAEL "STANDARD"
(सल्फो-क्वीनो बेल "स्टैन्डर्ड")

२–३ ड्राम दिन में तीन बार।

बाल रोगों की प्रमुख औषधियां

INCREMIN DROPS "LEDERLE" (इन्क्रीमिन ड्रौप्स "लैडर्ले")

इसकी मात्रा रोजाना १०–२० बूंद है। यह ऐसे बच्चो के लिये विशेष उपयोगी है जिन्हें भूख कम लगती हो, बढ़ौत नियमानुकूल न हो और जिनका वजन न बढ़ता हो।

VI-DELTA 'LEDERLE' (वाइ-डेल्टा 'लैडर्ले')

इसकी मात्रा रोजाना १–२ ड्राम है। यह बच्चों की बढ़ौत में सहायता देता है और उनके दांतों और हड्डियों को मजबूत बनाता है। टैटेनी को रोकता है और रिकेट्स में उपयोगी है।

MULTIVITAPLEX PEDIATRIC DROPS "PFIZER"
(मल्टीविटाप्लैक्स पीडियाट्रिक ड्रौप्स "फाइजर")

इसकी मात्रा ०·३ से ०·६ ml रोजाना है। बच्चों को शक्ति प्रदान करता है भूख और वजन बढ़ाता है।

TRICLORYL SYRUP "GLAXO"
(ट्राइक्लोरील सीरप "ग्लैक्सो")

$\frac{1}{4}$–$\frac{1}{2}$ ड्राम छोटे बच्चों को नींद लाने के लिये सोने से १ घंटे पूर्व।

$\frac{1}{2}$–२ ड्राम बड़े बच्चों को नींद लाने के लिये सोने से १ घंटे पूर्व।

$\frac{1}{2}$–१ ड्राम दिन में २-३ बार। बेचैनी, बार-बार चिल्लाना, पेट में शूल, काली खाँसी और कमेड़े और दाँत निकलने के समय के विकार।

UNIVITE DROPS & SYRUP "UNICHEM"
(यूनीवाइट ड्रौप्स और सीरप "यूनीकम")

ड्रौप्स : ५–१० बूंद एक बार रोजाना।

सीरप : १–२ ड्राम दो बार रोजाना।

यह रिकेट्स सूखिया रोग और दुर्बलता में उपयोगी है।

LYSIMIN 'EMSONS' (लाइसीमिन 'एमसन्स')

प्रयोग विधि शीशी पर लिखी होती है।

SYROFIG "S. S." (सीरोफिग 'ऐस० ऐस०')

यह कब्ज में उपयोगी है इसकी मात्रा १ वर्ष के वच्चे को $\frac{1}{2}$ ड्राम, १–६ वर्ष के वच्चे को १ ड्राम और बड़े बच्चों को २ ड्राम है।

TIXYLIX "M. B." (टिक्सीलिक्स "ऐम० बी०")

यह बच्चों की खाँसी में उपयोगी है। १–२ वर्ष $\frac{1}{2}$ ड्राम, २–५ वर्ष १ ड्राम और ५–१० वर्ष के वच्चे को १–२ ड्राम, २–३ बार बिना जल मिलाये दें।

DELPHICOL "LEDERLE" (डेल्फीकौल "लैडर्ली")

१ ड्राम दिन में तीन बार दें। यकृत रोगों में उपयोगी है।

KIM "DEYS" (किम "डेज़")

१ ड्राम दो-तीन बार रोजाना; यकृत रोगों के लिये।

LIVOTONE "E. I." (लिवोटोन "ई० आई०")

इसकी मात्रा १०–३० बूंद रोजाना २ बार भोजन के बाद है। कामला, कब्ज, यकृत शोथ, अरुचि और सिर्होसिस (साधारण) आदि में उपयोगी है।

NEO-OCTINUM "KNOLL" (निओ-औक्टीनम "नौल")

इसकी लिक्विड की ३–४ बूंद या चौथाई टिकिया बच्चों के पेट के दर्द में दी जाती है।

MECOSIN "SENITEX" (मेकोसिन "सेनीटेक्स")

यह यकृतशोथ और सिर्होसिस में उपयोगी है। ½–१ ड्राम की मात्रा में रोजाना तीन बार देना चाहिये।

SIGMATHION "SIGMA" (सिग्माथिअन "सिग्मा")

१–२ ड्राम तीन बार; यह सिर्होसिस, यकृत शोथ तथा यकृत के अन्य विकारों में उपयोगी है।

NEO-METHIDIN "NEOPHARMA"
(निओ-मेथीडिन "निओफार्मा")

इसका सीरप बच्चों के सिर्होसिस, यकृत विकारों में उपयोगी है।

मात्रा आयु के अनुसार ½–१ ड्राम दिन में दो बार है।

COLIBIL "C. CHEMICAL" (कौलिबिल "कैल-कैमीकल")

मात्रा और गुणों के लिये साथ वाला परचा पढ़िये।

KINETONE "BOOTS" (किनेटोन "बूट्स")

½–१ ड्राम तीन बार; यह बच्चों को ताकत देता है।

ABDEC DROPS "P. D." (एब्डेक ड्रौप्स "पी० डी०")

रोजाना ५–१० बूंद जीभ पर टपकायें या दूध में मिला कर दें। दुबले पतले बच्चों को शक्ति प्रदान करता है।

COMYCIN SYRUP "GLAXO" (कोमाइसीन सीरप "ग्लैक्सो")

यह अतिसार और पेचिश में दी जाती हैं। तीन वर्ष के बच्चे को १ ड्राम ४ बार, बड़े बच्चों को (१० से कम) २ ड्राम दो-तीन बार दें।

ADEXOLIN LIQUID "GLAXO"
(एडेक्सोलिन लिक्विड "ग्लैक्सो")

बच्चों के रिकेट्स, सूखिया रोग तथा दुर्बलता में उपयोगी है। छोटे गोद के बच्चों को २–३ बूंद और बड़े बच्चों को ४–५ बूंद दिन में चार बार (दूध के साथ) दें।

TONOFERON DROPS "E. I." (टौनोफेरन ड्रौप्स "ई० आई०")

५–१० बूंद दूध या जल में दो–तीन बार दें।

यह बच्चों की बढ़ौत और वजन बढ़ाने में सहायता देता है और भूख बढ़ाता है।

NOVALGIN "HOECHST" (नोवल्जिन "हैक्स्ट")

बच्चों के लिये इसके ड्रौप्स आते हैं। छोटे बच्चों को ४–१० बूंद और बड़े बच्चों को १२–१८ बूंद दिन में तीन-चार बार जल या शहद के साथ दें। पेट और आंत के शूल में उपयोगी है।

MYDRINDON "INDON" (माइड्रिन्डौन "इन्डौन")

इसकी बच्चों के लिये छोटी २ टिकिया आती हैं। आयु के अनुसार

१–२ टिकिया दो-दो घंटे में दें। (पेट और आंत के शूल और वमन के लिये)

BECADEX DROPS "GLAXO" (बीकाडैक्स ड्रौप्स "ग्लैक्सो")

रोजाना १५ बूंद दें। बच्चों को हृष्ट-पुष्ट करता है।

MIC LIQUID "ALEMBIC" (मिक लिक्विड "अलंबिक")

बच्चों को आयु के अनुसार ½–१ ड्राम की मात्रा में दें। यकृत विकार जैसे यकृत की सूजन, सिर्होसिस इत्यादि में उपयोगी।

VI-MAGNA "LEDERLE" (वाइ-मैग्ना "लैडर्ली")

०·३–०·६ ml रोजाना। दुर्बल और रोगी बच्चों को ताकत देने के लिये।

ORABOLIN DROPS "ORGANON"

(औराबोलिन ड्रौप्स "ओर्गेनौन")

भूख और वजन बढ़ाता है और बच्चों को हृष्टपुष्ट करता है। मात्रा शीशी पर देखें।

MACRAVIRON PED "SMITH" (मैक्राविरौन पीडिया "स्मिथ")

भूख और वजन बढ़ाने तथा रक्त की वृद्धि करने के लिये १ ड्राम २–३ बार दें।

PIPTAL PEDIATRIC "CHEMO PHARMA"

(पिपटल पीडियाट्रिक "केमोफार्मा")

गुण और मात्रा के लिये शीशी के साथ वाला परचा पढ़िये।

GRIPE WATER (ग्राईप वाटर)

१–२ ड्राम २–३ बार। यह बच्चों के दांत निकलने के समय के विकार जैसे शूल, अतिसार, वमन इत्यादि में उपयोगी है।

ACHROMYCIN PEDIATRIC DROPS "LEDERLEY"

(एक्रोमाइसीन पोडियाट्रिक ड्रौप्स "लैडर्ली")

इसकी दैनिक मात्रा १०–२० mg शरीर के प्रति पौंड भार पर है। इसके गुण टेरामाइसीन के रामान है।

TERRAMYCIN PEDIATRIC DROPS "PFIZER"

(टेरामाईसीन पोडियाट्रिक ड्रौप्स "फाइज़र")

इसकी मात्रा ४–६ बूंद से १४–१८ बूंद ६–६ घंटे में है। यह निमोनिया, फेफड़ों के अनेक रोग, पेचिश, दस्त, तथा अनेक संक्रामक रोगों में उपयोगी है।

LEDERMYCIN PEDIATRIC DROPS "LEDERLEY"

(लेडर्माइसीन पोडियाट्रिक ड्रौप्स "लैडर्ली")

इसकी मात्रा १–२ बूंद प्रति पौंड भार पर रोजाना है। इसके गुण टेरामाईसीन के समान है।

VI-SYNERAL VITAMIN DROPS "U. S. V."

(वाइ-सिनेरल विटेमिन ड्रौप्स "यू० एस० वी०")

०·६ ml यानी लगभग ७–८ बूंद रोजाना; यह वच्चों को मोटा ताजा करता है और संक्रामक रोगों से रक्षा करता है।

NEO-FERRUM INFANTS "CROOKES"

(निओ-फेरम इन्फैन्ट्स "क्रूक्स")

२–१५ बूंद तीन बार आयु के अनुसार। यह बलदायक है।

THERAGRAN "SQUIBB" (थेराग्रान "स्कुइब्ब")

इसकी बच्चों के लिये पीने की दवा आती है (बच्चों को हृष्ट पुष्ट करने के लिये)

LEVOMYCETIN POWDER "NEOPHARMA"
(लेवोमाइसेटीन पाउडर "निओफार्मा")

यह मयादी ज्वर, काली खाँसी, पेचिश, निमोनिया आदि में उपयोगी है। इसे जल, दूध या फलों के जूस में दे सकते हैं जो मेजर शीशी के साथ आता है उसमें ७५ mg क्लोरमफेनीकौल होता है। इसकी मात्रा (दिन भर में) २५–५० mg प्रति किलो शरीर के भार पर है।

MULTIVITE DECA DROPS "B. D. H."
(मल्टीवाइट डेका ड्रौप्स "बी० डी० एच०")

यह बच्चों को हृष्ट पुष्ट करता है और दांतों और अस्थियों को मजबूत बनाता है। इसकी रोजाना मात्रा ०.३ से ०·६ ml है।

COSCOPIN PEDIATRIC DROPS "EVANS"
(कौस्कोपिन पोडियाट्रिक ड्रौप्स "ईवन्स")

यह बच्चों की खांसी के लिये उपयोगी, मात्रा के लिये शीशी के साथ वाले कागज को देखें।

VALLERGAN SYRUP "M. B."
(वेलर्गन सीरप "ऐम० बी०")

यह चर्मशोथ, पुराना शीतपित्त, कमळवाइ, चिकन पौक्स इत्यादि रोगों की खुजली शांत करने के लिये दिया जाता हैं। इसकी मात्रा २०–३० बुंद ३–४ बार है।

UNEOMYCIN "UNICHEM" (यूनियोमाइसीन "यूनीकम")

यह बच्चों के हर प्रकार के अतिसार में उपयोगी है। मात्रा शीशी पर देखें।

OSTOCALCIUM-B$_{12}$ SYRUP "GLAXO"
(औस्टोकैल्शियम-बी$_{१२}$ सीरप "ग्लैक्सो")

इसकी मात्रा ½–१ ड्राम हैं। यह बच्चों की हड्डी और दांतों को मजबूत बनाता है और भूख बढ़ाता है।

CHLOROSTREP SUSPENSION "P.D."
(क्लोरोस्ट्रैप सस्पैन्शन "पी० डी०")

छोटे बच्चों को १ ड्राम और बड़े बच्चों को १–२ ड्राम रोजाना चार बार दें। दस्त और पेचिस में उपयोगी है।

CHLOROMYCETIN PALMITATE "P. D."
(क्लोरोमाइसेटीन पल्मीटेट "पी० डी०")

½–१ ड्राम ६–६ घंटे के अन्तर से कुल ४ बार रोजाना। मयादी ज्वर, काली खांसी, पेचिश और फेफड़ों के रोगों में उपयोगी है।

BETNESOL DROPS "GLAXO"
(बेटनेसौल ड्रौप्स "ग्लैक्सो")

गोद के बच्चों को . २–३ बूंद रोजाना शरीर के प्रति किलोग्राम वज़न पर।

८ वर्ष से ऊपर के बच्चों को : २०–४० बूंद तीन बार १-२ दिन
„ „ २०–१० बूंद तीन बार २ दिन
„ „ १०–५ बूंद तीन बार अगले २ दिन

३–७ वर्ष के बच्चों को इससे आधी मात्रा दें।

यह तीव्र दमा, तीव्र एक्जिमा, पित्त उछलना, शरीर का जल जाना, अर्लाजिक अवस्था और संक्रामक रोगों, रक्तविषाक्तता और शल्यकर्म, क्षय रोग और टाइफॉइड आदि रोगों में उत्पन्न होने वाली स्तब्धता में—उपयोगी है।

INTESTOPAN-SUSPENSION "SANDOZ"
(इन्टैस्टोपैन-सस्पैन्शन "सैन्डोज़")

अतिसार और पेचिश में इसे आयु के अनुसार १–३ ड्राम की मात्रा में रोजाना तीन बार दें।

SPASMINDON PEDIATRIC DROPS "INDON"
(स्पाजमिन्डौन पीडियाट्रिक ड्रौप्स "इन्डौन")

यह पेट और आंत के शूल को शांत करता है इसकी मात्रा इस प्रकार है :

१ वर्ष तक	:	६–१२ बूंद २–३ बार
२–३ वर्षतक	:	१८ „ „ „
३–६ वर्ष	:	२४ „ „ „

रक्तस्राव (खून बहना) की प्रमुख औषधियां

CALCIUM CUM VITAMIN "C"
(कैल्शियम कम विटेमिन "सी")

१० सी० सी० का इंजेक्शन धीरे-धीरे नस में दें।

GYNERGEN "SANDOZ" (गाइनर्जन "सैन्डोज़")

रक्त प्रदर के लिये १ टिकिया रोजाना तीन बार दें। प्रसव के बाद के रक्तस्राव को बन्द करने के लिये ½–१ इंजेक्शन लगा दें।

NEO-GYNEGEN "SANDOZ" (निओ-गाइनर्जन "सैन्डोज़")

रक्त प्रदर के लिये १ टिकिया तीन बार दें। प्रसव के बाद के रक्त-स्राव में १ इंजेक्शन मांस या नस में दें।

SYNTOCINON "SANDOZ" (सिन्टोसिनौन "सैन्डोज़")

५–१० यूनिट्स का इंजेक्शन मांस में या नस में या चर्म के नीचे (प्रसव के रक्तस्राव में)

SYNKAVIT "ROCHE" (सिङ्कविट "रोश")

१–२ टिकिया रोजाना तीन बार; इसके एम्प्यूल्स भी आते हैं। इन्हें रोजाना १ से ३ बार लगाया जा सकता है (मांस, नस या चर्म द्वारा)

CLAUDEN "LUITPOLD" (क्लौडन "ल्युटपोल्ड")

टिकिया : १–२ टिकिया ३–४ बार दें।

इंजेक्शन : १० सी० सी० नस या मांस में।

HEMOSTIC TABLETS "ALEMBIC" (हिमौस्टिक टैब्लेट्स "एलेबिक")

१–२ टिकिया २–३ बार।

TIVITA (टीविटा)

१–२ टिकिया २–३ बार। या इसके इंजेक्शन दिन में २–३ बार मांस में लगायें।

STADREN "MILNEX" (स्टैंडरन "मिल्नेक्स")

इसकी टिकिया अधिक लाभदायक सिद्ध नहीं हुई। अतः इसके इंजेक्शन (मांस में) १–२ या अधिक सी० सी० २–२ घंटे में या रोजाना २–३ बार लगाने चाहिये।

RUTIZONE "SIGMA" (र्युटीजोन "सिग्मा")

इसकी १–२ टिकिया रोजाना तीन बार दें। हर प्रकार के रक्तस्राव को रोकता है।

SIGMACHROME "SIGMA" (सिग्माक्रोम "सिग्मा")

१–२ सी० सी० दिन में एक या दो बार दें। (मांस में) तीव्र प्रकार के रक्तस्राब में मात्रा बढ़ाई जा सकती है।

ORO-HEMOSTIN "B. I." (औरो-हिमौस्टीन "बी० आई")

१–२ टिकिया तीन बार।

MORPHINE (मौर्फीन)

इसके १ सी० सी० के ऐम्पयूल आते हैं। एक इंजेक्शन चर्म के नीचे दें। इसका बार-बार देना ठीक नहीं है। और १/४ से १/२ ग्रेन से अधिक न दें।

TESTAFORM "B.D.H." (टेस्टाफॉर्म 'बी०डी०एच०")

टिकिया : १० एम० जी० रोजाना २ बार जब तक रक्तस्राव जारी रहे (रक्तप्रदर)।

इंजेक्शन : १० एम० जी० का इंजेक्शन सप्ताह में दो बार।

STYPTOBION "MERCK" (स्टिप्टोब्यौन "मर्क")

१ टिकिया तीन बार, तीव्र रोगों में रोजागा ६ टिकिया तक दी जा सकती हैं। या २ सी० सी० का इंजेक्शन धीरे-धीरे नस मे या कूल्हे के मांस में गहरा लगा दें।

GYNAE C. V. P. CAPSULES "U.S.V."
(गाइनी-सी० वी० पी० कैप्स्यूल्स "यू० एस० वी०")

इसे स्त्री रोगों में जैसे रक्तप्रदर, असामयिक गर्भाशयिक रक्तस्राव

या गर्भस्राव के कारण रक्त बहना—में प्रयोग किया जाता है। मात्रा ३ से ८ कैंपस्यूल रोजाना है।

ERBOLIN "GLAXO" (अर्बोलिन "ग्लैक्सो")

इसे गर्भाशयिक रक्तस्राव को रोकने के लिये प्रयोग किया जाता है विशेषतया बच्चा उत्पन्न होने के बाद के रक्तस्राव में। १ टिकिया दिन में २–३ बार दें।

KAPILIN "GLAXO" (कैपिलिन "ग्लैक्सो")

नवजात शिशु के रक्तस्राव में कैप्लिन लिक्विड की ६ बूंद रोज दें। आंतों से या फेफड़ों से खून आने में इसकी १ टिकिया या १ सी० सी० लिक्विड रोजाना २–३ बार दें। आवश्यकता पड़ने पर इंजेक्शन दे दें।

LUTOFORM "B.D.H." (ल्युटोफॉर्म "बी०डी०एच०")

२५ mg रोजाना जबतक आराम न हो (गर्भाशयिक रक्तस्राव के लिये) इसके साथ-साथ टेस्टाफॉर्म १० mg की २ टिकिया रोजाना या १० mg का इंजेक्शन सप्ताह में २ बार दें।

LECORENA "KAMAL" (लेकोरेना "कमल")

१ टिकिया २ बार। गर्भाशयिक रक्तस्राव के लिये।

STYPTINDON (स्टिपटिन्डौन)

१–२ टिकिया २–३ बार।

LUKOL "HIMALYA" (ल्युकौल "हिमालय")

२–३ टिकिया तीन बार गर्भाशयिक रक्तस्राव में।

UNI-TRISTERON (UNI-CHEM)
(यूनी-टिस्टरौन "यूनी-कम")

१ इंजेक्शन रोजाना मांस में लगायें; गर्भाशयिक रक्तस्राव को रोकने के लिये।

मतली और वमन की प्रमुख औषधियां

MARZINE "B.W" (मर्जीन "बी० ड०")

गर्भावस्था की वमन में १ टिकिया तीन बार भोजन से पूर्व दें। अन्य प्रकार की मतली और वमन में १ टिकियां तीन बार दें। यात्रा आरम्भ करने से पूर्व इसकी १ टिकिया खा लेने से वमन नहीं होने पाती।

NEODOXYN "CIPLA" (निओडौक्सिन 'सिपला")

१–२ टिकिया २–३ बार। या आवश्यकतानुसार इसका १–२ सी० सी० का इंजेक्शन दे दें (मांस में)। गर्भावस्था की वमन में विशेषतया उययोगी है ;

GLADOXIN "GLAXO" (ग्लैडौक्सिन "ग्लैक्सो")

गर्भावस्था तथा ल्युकीमिया आदि रोगों में होनेवाली वमन में उपयोगी है। १ टिकिया ३–४ बार दें। इसके इंजेक्शन भी आते हैं।

KATEMESIN "R.B." (कंटेमेसिन "आर० बी०")

हर प्रकार की वमन को बन्द करती है। विशेषतया गर्भावस्था की वमन को।

इसकी रोग निरोधक मात्रा १ टिकिया रोजाना और चिकत्सीय मात्रा ३–४ टिकिया रोजाना है। इसके इंजेक्शन भी आते हैं।

ANCOLOXIN "B.D.H." (एन्कौलौक्सिन "बी०डी०एच०")

२ टिकिया सोते समय। गर्भावस्था की वमन के लिये उपयोगी है।

BENADON "ROCHE" (बेनाडौन "रोश")

गर्भावस्था की वमन में ३–४ टिकिया या १–२ इंजेक्शन रोजाना दें।

PYRIMESIN "E.I." (पाइरीमेसिन "ई० आई०")

हर प्रकार की मतली और वमन को शांत करता है। २ टिकिया सोते समय और १–२ टिकिया दिन में दें।

AVOMINE "M.B." (एवोमीन "एम० बी०")

यात्रा आरंभ करने से २ घंटे पूर्व १ टिकिया लें। अन्य प्रकार की वमन में रोजाना १–२ बार १ टिकिया सेवन करें।

LARGACTIL "M.B." (लार्गेक्टिल "एम० बी०")

१ टिकिया या १ ड्राम सीरप दिन में ३ बार दें।

AMOXIN "ALEMBIC" (एमौक्सिन "एलंबिक")

१ टिकिया ३ बार। प्रथम मात्रा प्रातः उठते समय दें।

PREGNIDOXIN 'UNI' प्रेगनिडौक्सिन "यूनी"

सोते समय १–२ टिकिया दें। या इंजेक्शन १–२ बार लगा दें।

DRAMAMINE "SEARLE" (ड्रामेमीन "सर्ल")

यह घुमेर, मतली और वमन को शान्त करता है। मात्रा १–२ टिकिया रोजाना।

SIQUIL "SQUIBB" (सिकुइल "स्कुइब्ब")

गर्भावस्था की वमन और मतली को शान्त करने के लिये प्रातः उठते समय १० mg की एक टिकिया दें। अन्य प्रकार की वमन में ५-१० mg का मांस में इंजेक्शन लगायें।

STEMETIL "M.B." (स्टेमेटिल "एम० बी०")

१–२ टिकिया २–३ बार। हर प्रकार की वमन और मतली को शान्त करती है।

BETHADOXIN-12 'EVANS' (बीथाडौक्सि–१२ "ईवन्स")

इसके २ सी० सी० के एम्प्यूल आते हैं। यह विशेषतया गर्भावस्था की मतली और वमन के लिये उपयोगी है।

बवासीर की प्रमुख औषधियाँ

PROCTOSONE "E.I." (प्रौक्टोसोन "ई०आई०")

रोज़ना ३ बार लगायें।

PREDSOLAN-H OINTMENT "GLAXO"
(प्रेडसोलन-एच आइन्टमेन्ट "ग्लैक्सो")

प्रातः, और सायंकाल, और टट्टी जाने से पूर्व और पश्चात् लगायें।

HADENSA हेडेन्सा

इसे मस्सों पर रोजाना २ बार लगायें।

HAEMOCURA 'GERMAN-R' (हीमोक्युरा "जर्मन-रे")

इसे रोजाना कई बार लगायें।

ANETHAINE OINTMENT "GLAXO"
(ऐनीथेन आइन्टमेन्ट "ग्लैक्सो")

बवासीर का शूल और बेचैनी को दूर करती है। रोजाना कई बार लगायें।

NUPERCAINAL "CIBA" (न्युपरकेनल "सीबा")

२-३ बार मस्सों पर लगायें (शूल और बेचैनी के लिये)

PROCTOSEDYL 'F. INDIAN"
(प्रौक्टोसेडील "फ्रैंको इंडियन")

रोजाना २ बार लगायें

RECTO-SEROL "CONTINENTAL"
(रेक्टो-सेरौल "कौन्टीनेन्टल")

रक्त स्राव को रोकती है, सूजन कम करती है, रोजाना २ बार लगायें।

PILEX OINTMENT "HIMALYA"
(पाइलेक्स आइन्टमेन्ट 'हिमालय")

रोजाना २ बार लगायें । इसके साथ पाइलेक्स की २–३ टिकिया २-बार सेवन करें ।

DR BALLIN'S PYLO OINTMENT & TABLETS "S. S,"
(डा॰ बेलिन्स पाइलो आइन्टमेन्ट और टिकिया "ऐस॰ ऐस॰")

उष्ण जल से धोने के बाद दिन में २ बार मरहम लगायें इसके साथ २ रोजाना प्रातः उठते ही२–३ टिकिया खा लिया करें ।

APPLICATION ऐप्लीकेशन

प्रातः और सायंकाल और टट्टी जाने के बाद इस मरहम को लगायें

जुकाम, खांसाकी प्रमुख औषधियाँ

VIKORYL "ALEMBIC" (विकोरील "अलंबिक")

यह नजला जुकाम में उपयोगी है । १ टिकिया ३-४ बार दें ।

CARBOTUSS "SQUIBB" (कार्बोटस "स्कुइब्ब")

जुकाम आरंभ होते ही इसकी १–२ टिकिया लें बाद में १ टिकिया ४ बार रोजाना लें ।

EPHEDREX-N "ALEMBIC" (इफेड्रेक्स-एन "अलंबिक")

यह जुकाम की खांसी, दमे की खांसी और ऐसी खांसी में जो बार २ उठती हो, उपयोगी है। मात्रा : १-२ कैंप्स्यूल ३-४ बार है।

TIXYLIX "M. B." (**टिक्सीलिक्स "एम० बी"**)

यह बच्चों की खांसी में विशेष उपयोगी है । २ वर्ष तक के बच्चे को ½ चाय का चमचा तथा बड़े बच्चों को आयु के अनुरूप १–२ चाय के चम्चे २-३ बार दें ।

TRISTINA 'MAC' (**ट्रिसटिना 'मैक"**)

मात्रा और प्रयोग विधि शीशी पर पढ़िये; या १–२ ड्राम दिन में ३ बार दें।

REFAGAN "BAYER" (**रेफेगन "बेयर"**)

१ टिकिया ३ बार जुकाम के लिये ।

CRESIVAL "BAYER" (**क्रैसीवल "बेयर"**)

यह सादा और फोर्ट २ प्रकार का आता है । खांसी के लिये बहुत उपयोगी है ।

PHENSEDYL "M.B." (**फेन्सेडिल "ऐम० बी०"**)

१ ड्राम ३-४ बार चाटने के लिये ।

PRIATAN COUGH SYRUP "KNOLL"
(प्रियाटन कफ सीरप "नौल")

१-२ ड्राम दिन में कई बार खांसी जुकाम के लिये ।

SOVENTOL EXPECTORANT "KNOLL"
(सोवेन्टौल ऐक्सपैक्टोरेन्ट "नौल")

१-२ ड्राम दिन में ३-४ बार, जुकाम और खांसी के लिये ।

COSCOPIN "EVANS" (**कौस्कोपिन "ईवन्स"**)

४ ड्राम दिन में ३ बार (बार २ उठने वाली खांसी)

१ टिकिया दिन में कई बार चूसें (गले की खाँसी)

CODYLEX "A.F.D." (कौडोलेक्स "ए० एफ० डी०")

२ ड्राम ४-४ घंटे में (फेफडों के संक्रामक रोगों की खांसी और खुश्क खांसी)

SYRUP PERTUSSIS "A. F. D."

(सीरप पर्टुसिस "ए० एफ० डी०")

६ मास से १ वर्ष : ½ १ ड्राम काली खांसी में
बड़े बच्चों को : २-४ ड्राम।

DILOSYN EXPECTORANT "B.D.H."

(डाइलोसीन ऐक्सपैक्टोरेन्ट "बी०डी०एच०")

१-२ ड्राम रोजाना ३-४ बार।

PECTAMOL LINCTUS "B.D.H."

(पैक्टेमौल लिंकटस "बी० डी० एच०")

१-२ ड्राम ३ बार रोजाना और २ ड्राम सोते समय।

SYRUP COCILLANA CO "B.D.H."

(सीरप कौसीलेना को "बी० डी० एच०")

½-१ ड्राम दिन में ३ बार विशेषतया सूखी खांसी में।

NAPHEX SEDATIVE "NAPHA"

(नेफेक्स सेडेटिव "नेफा")

१–२ ड्राम तीन बार (बार २ उठने वाली खांसी में

RESPEROSIN II "O. R. C. L."

(रेस्परोसिन "२" ओ० आर० सी० अल")

२ ड्राम ३ बार।

ANARYL EXPECTORANT "ORGASYN"
(ऐनेरील ऐक्सपैक्टोरन्ट "और्गेसीन")

बलगम पतला करती है, और खांसी को शांत करती है। मात्रा शीशी पर देखें।

KHASINOL "T.C.F." (खासीनौल "टी०सी०एफ०")

२ ड्राम, ३ बार।

RESPENYL "CROOKES" (रेस्पेनील "क्रूक्स")

१ टिकिया २-२ घंटे में कुल ६ टिकिया। जब बलगम मुश्किल से निकलता हो।

COSOME "MERCK" (कौसोम "मर्क")

२-३ ड्राम ३-४ बार। बच्चों को ¼–१ ड्राम आयु के अनुसार।

B.I. COUGH SYRUP (बी० आई० कॉफ सीरप)

२ ड्राम दिन में ३ बार।

CHESTON "CIPLA" (चेस्टॉन "सिपला")

१-२ ड्राम ३ बार

COFCUR SYRUP (UNICHEM)
(कौफकर सीरप "यूनीकम")

१-२ ड्राम २-४ बार।

EPHEDREX "ALEMBIC" (इफेड्रक्स "अलंबिक")

१ ड्राम ३ बार। बच्चों को ¼ ड्राम।
इफेड्रक्स "N" के कैप्स्यूल आते हैं १ कैप्स्यूल रोजाना २-३ बार दें।

ZEET EXPECTORANT "ALEMBIC"
(जीट ऐक्सपैक्टोरेन्ट "अलैंबिक")

१-२ ड्राम ३-४ बार।

ZIP COUGH SYRUP "SMITH"
(जिप कॉफ सीरप "स्मिथ")

२-३ ड्राम ३ बार।

ANTAMINE EXPECTORANT "CHEMO PHARMA"
(ऐन्टेमीन ऐक्सपेक्टोरैन्ट "केमो फार्मा")

बलगम को निकलता है। मात्रा शीशी पर लिखी होती है ।

ALERNYL EXPECTORANT "SIGMA"
(एलर्नील ऐक्सपैक्टोरेन्ट "सिग्मा")

१-२ ड्राम ३ बार।

PATMOL "R.B." (पैटमौल "आर० बी०")

१-२ ड्राम ४-४ घंटे में, जुकाम, ज्वर, खांसी में।

STREPSILS "BOOTS" (स्ट्रेप्सील्स "बूट्स")

१ टिकिया रोजाना कई बार चूसें। मुँह और कंठ के संक्रमण का दमन करने के लिये लाभ दायक है ।

GRIMAULT LINCTUS (ग्रीमाल्ट लिंकटस)

५ ml (१-१½ ड्राम) ३-४ बार चाटें !

ZEPHROL "M &B" (जेफ्रौल "एम० बी०")

१ ड्राम ३-४ बार चाटें। बच्चों के लिये भी उपयोगी है।

TUSSANOL "M &H" (टसेनौल "एम० एच०")

२ ड्राम दिन में ३ बार।

GLYCODIN TERP VASAKA "ALEMBIC"
(ग्लाइकोडिन टर्प वसाक "अलंबिक")

१ ड्राम ३-४ बार। १-६ वर्ष : १/४ ड्राम
६-१२ वर्ष: १/२ ड्राम

SELVIGON "HOMBURG"
(सेल्वीगौन "हौम्बर्ग)

टिकिया: १—२ ३ बार

ड्रौप्स: १०-२० बूंद। ३ बार

सीरप: २—४ड्राम ; बच्चों को २०-६० बूंद, ३ माह तक: ५-१० बूंद } ३ बार

HI-KOF "HIND" (हाई कॉफ "हिन्द")

१ ड्राम दिन में ३ बार

१ टिकया ३-४ बार चूसें या चाब कर पानी से निगल ले।

KAFBIN CUM CODEINE "E. I."
(कफबिन कम कोडीन "ई० इं०")

१-२ ड्राम ३ बार।

BENADRYL SYRUP ",P. D."
(बेनेड्रील सीरप "पी० डी०")

१-२ ड्राम ३-४ बार (बच्चों की खांसी में)

१-२ ड्राम ३-३ घंटे में (जवानों के लिये "बैनेड्रील ऐक्सपेक्टोरेन्ट")

COSYLON "P.D." (कौसीलन "पी० डी०")

१/२-१ ड्राम तीन बार (खुश्क बार २ उठने वाली खांसी में)।

DIONINDON "INDON" (डायोनिन्डौन "इन्डौन")

१ टिकिया १२-१२ घंटे में या तीन बार; यह बार बार उठने वाली खांसी को शांत करती है

BENZOCIN LOZENGES "ALEMBIC"

(बैन्जोसिन लौजेन्जेज़ "अलैंबिक")

१ टिकिया रोजाना ३-४ बार मुँह में डाल कर चूसें (कंठ रोगों की शूल युक्त खाँसी में)।

DEQUADIN LOZENGES "GLAXO"

(डीक्वाडिन लौजेन्जेज "ग्लैक्सो")

१ लौजेन्ज दिन में ४ बार चूसें (कंठ-रोगों में)।

TROX "B.D.H" (ट्रौक्स "बी० डी० एच०")

१ टिकिया रोजाना कई बार चूसें (गले की पीड़ा युक्त बार २ उठने वाली खाँसी में)

TOSSEX SYRUP "SQUIBB"

(टौसेक्स सीरप "स्कुइब्ब")

२-४ ड्राम, ३-४ बार ; बच्चों को ½-१ ड्राम (कष्टदायक खांसी को शांत करने के लिये)।

SIROLIN "ROCHE" (सिरोलिन "रोश")

३-६ ड्राम रोजानाः बच्चों को २-३ ड्राम रोजाना।

SANDOZ COUGH SYRUP (सैन्डोज़ कॉफ़ सीरप)

४ ड्राम ३-४ बार रोजाना।

TYROZETS "M.S.D." (टाइरोजेट्स "ऐम० एस० डी०")

१ टिकिया कई बार चूसें (कंठ रोगों की शूल युक्त खांसी में)।

SUCRETS "M.S.D." (सुक्रेट्स "ऐम० ऐस० डी०")

१ टिकिया कई बार चूसें (कंठ रोगों की खांसी में)।

ETHNINE 'GLAXO" (ईथनीन "ग्लैक्सो")

१-२ ड्राम ३-४ बार (बार २ उठने वाली कष्ट दायक खांसी में)

PIRITON EXPECTORANT "GLAXO"

(पाइरीटन एक्सपेक्टोरेन्ट "ग्लैक्सो")

१-२ ड्राम ३-४ बार चाटलें (खांसी जुकाम में)।

RIOSOL "STANDARD" (रायोसौल "स्टैन्डर्ड")

२-४ ड्राम, ३ बार।

VALLEDRINE "M.B." (वैलेड्रीन "एम० बी०")

यह ऐसी खांसी में उपयोगी है जिसमें रोगी को बार २ खांसना पड़े और बलगम न निकले। यह काली खांसी के दौरों को भी कम करती है। १-२ ड्राम रोजाना २-३ बार चाटलें

ZEPHROL "M.B." (जेफ्रोल "एम० बी०")

इसकी मात्रा १ ड्राम ४-४ घंटे में है। हर प्रकार की खांसी में उपयोगी है।

WHOOPIL "OPIL" (हूपिल "औपिल")

विशेषतया काली खांसी में उपयोगी है। मात्रा ४-७ बूंद रोजाना ३-४ बार है।

VICK'S FORMULA 44 (विक्स फौर्मूला ४४)

यह १-२ ड्राम की मात्रा में ३-३ घंटे में या रोजाना ४ बार दिया जाता

है । बलगम को निकालता है और बार २ उठने वाली खांसी को शांत करता है । इसे गोद के बच्चों को नहीं देना चाहिये क्योंकि इसमें मौर्फीन होती है ।

NEOFEBRIN "NEO-PHARMA"

(नियोफेब्रिन "नियो-फार्मा")

जुकाम में विशेष-उपयोगी है, ज्वर और दर्द को शांत करती है और खाँसी को कम करती है । १-२ टिकिया ४ से ६ घंटे के अंतर से ।

COSAVIL "HOECHST" **(कौसेविल "हैक्स्ट")**

१-२ टिकिया २-३ बार (जुकाम के लिये, रोग के आरम्भ में)

मासिक धर्म को जारी करने वाली प्रमुख औषधियाँ

SECRODYL "B.D.H" **(सेक्रोडील "बी० डी० एच०")**

१ टिकिया दिन में २ बार २ दिन तक दें । ६-७ दिन के अंदर २ मासिक धर्म शुरू हो जायगा यदि वह कुछ दिनों से ही बंद है ।

SECROSTERON "B. D. H."

(सेक्रौस्टरोन "बी० डी० एच०")

मासिक धर्म के पन्द्रहवें दिन से छब्बीसवें दिन तक रोजाना ३ बार दें ।

इसके साथ २ डाइलोफौर्म की ०·०५ mg वाली एक टिकिया २ बार मासिक धर्म काल के पहले २६ दिन तक लगातार देते रहें (जब मासिक धर्म चन्द माह से नहीं हुआ हो) ।

OESTROFORM (ओएस्ट्रोफॉर्म)

५ mg का इंजेक्शन सप्ताह में २ बार; २ सप्ताह का अन्तर देकर पुनः इस क्रिया को दौहरायें जब तक कि मासिक धर्म जारी न हो जाय

DYLOFORM "B.D.H." (डाइलौफॉर्म "बी०डी०एच०")

प्रारंभिक नष्टार्त्तव में २ सप्ताह तक उसकी ०·०५mg वाली टिकिया रोजाना ३ बार दें। तत्पश्चात् २ सप्ताह तक औषधि बंद करके पुनः इस क्रिया को दौहरायें और जब तक कि मासिक धर्म आरंभ न हो जाय प्रत्येक मास ऐसा ही करते रहें ।

NEO-APIOLINE "GRIMAULT"
(निऔ-एपिऔलीन "ग्रीमाल्ट")

रोजाना २-३ कैप्स्यूल ।

ESTROPROGYN "UNICHEM"
(एस्ट्रोप्रोजीन "यूनीकम")

यदि २-४ मास से ही मासिक धर्म बंद हो गया है तो इसकी १ टिकिया २ दिन तक दें। यदि स्त्री गर्भवती नहीं है तो ६-७ दिन में मासिक धर्म हो जायगा। इसके इंजेक्शन भी आते हैं।

ERGACAP "MERCURY" (अर्गाकैप "मर्करी")

मासिक धर्म का कम होना या देर में होना, दोनों के लिये उपयोगी है । १-२ कैप्स्यूल २-३ बार दें ।

ESTROID "UNI-CHEM" (एस्ट्रौइड "यूनी-कम")

१-२ टिकिया २ बार भोजन के बाद। यदि मासिक धर्म आरंभ ही नहीं हुआ तब "एस्ट्रौइड फोर्ट" देना चाहिये।

LUTOVOCYCLIN "CIBA"

(ल्युट-ओवोसाइक्लीन "सीबा)

१ एम्प्यूल रोजाना दो दिन तक माँस में दें। इसे ३ सप्ताह के बाद दोहरायें और यह सिलसिला चंद माह तक जारी रक्खें (जब कुछ दिनों से मासिक धर्म बंद हो गया हो)

OVOCYCLIN "CIBA" (ओवोसाइक्लीन "सीबा")

५ एम. जी. वाला एक ऐम्प्यूल सप्ताह में १ बार लगायें या "एटीसाइक्लीन" (०·०५ एम. जी. की टिकिया) रोजाना १ बार दें।

गर्भावस्था की पहचान की औषधियाँ

SECRODYL "B.D.H" (सेक्रोडील "बी०डी०एच०")

स्त्री को २ दिन तक २–२ टिकिया (१ टिकिया दिन में २ बार) दें। यदि स्त्री गर्भवती है तो मासिक धर्म नहीं होगा वर्ना १ सप्ताह के अन्दर ही मासिक धर्म शुरू हो जायगा।

ESTROPROGYN "UNI-CHEM"
(ऐस्ट्रोप्रोजिन "यूनी-कम")

स्त्री को इसकी १ टिकिया २ दिन तक दें। यदि स्त्री गर्भवती है तो **मासिक धर्म** नहीं होगा वर्ना ६–७ दिन के अन्दर-अन्दर हो जायगा।

DUOGYNON "SCHERING" (ड्योजीनौन "शेरिंग")

इसकी १ टिकिया या इंजेक्शन २ दिन तक दें। यदि गर्भ है तो योनि से किसी प्रकार रुधिर नहीं बहेगा अन्यथा ३-६ दिन के अन्दर मासिक धर्म शुरू हो जायगा।

LUTOOVOCYCLIN "CIBA"
(ल्युटोओवोसाइक्लीन "सीबा")

१ ऐम्प्यूल २ या ३ दिन तक लगायें। यदि एक सप्ताह के अन्दर मासिक **धर्म जारी** न हो तो समझ लो कि स्त्री गर्भवती है।

नपुंसकता, वीर्य रोग, स्वप्न दोष आदि की औषधियाँ

TENTEX "HIMALYA" (टेन्टेक्स "हिमालय")

यह कामोद्दीपक और **बलकारक है**। **नपुंसकता**, कामवासना में कमी **आ जाना** और तांत्रिक दुर्बलता में लाभदायक है। १–२ टिकिया दिन में २ बार कई सप्ताह तक दें। यदि रोग बढ़ा हुआ है तो टेन्टेक्स फोर्ट प्रयोग करें।

SPEMAN "HIMALYA" (स्पीमन "हिमालय")

२-३ टिकिया प्रातः और सायंकाल संभवतः दूध के साथ दें। यह स्वप्न दोष में उपयोगी हैं। यदि रोग बढ़ा हुआ हो तो "स्पीमन फोर्ट" को प्रयोग करें।

PASUMA STRONG "MERCK" (पेसुमा स्ट्रौंग "मर्क")

इसकी टिकिया और ऐम्प्यूल आते हैं। टिकिया की मात्रा १–२ टिकिया ३ बार और इंजेक्शन रोजाना (माँस में)। यह मैथुन शक्ति को बढ़ाता है और परिश्रांति को दूर करता है।

UNI-TESTRON "UNICHEM" (यूनी-टेस्ट्रौन "यूनी कम")

इसके गुण भी पेरन्ड्रीन के समान हैं। इसके इंजेक्शन २५ mg के आते हैं और सप्ताह में २-३ बार लगाये जाते हैं।

PHOSPHOTON YOHIMBINE "CIPLA" (फौस्फोटॉन-योहिम्बीन "सिपला")

मैथुन शक्ति का कम हो जाना और दुर्बलता में २ सी०सी० के इंजेक्शन तीसरे दिन चर्म के नीचे या माँस में दें।

TESTAFORM "B. D. H." (टैस्टाफॉर्म "बी० डी० एच०)

यह पैरन्ड्रीन के समान गुण रखता है। नपुंसकता में इसके ५०mg के इंजेक्शन सप्ताह में २ बार और समय से पूर्व बुढ़ापा आने में २५ mg के इंजेक्शन सप्ताह में १ बार दें।

AQUAVIRON "I. SCHERING"
(ऐक्वाविरौन १ "शेरिंग")

एक इंजेक्शन सप्ताह में २ बार मांस में ।

ANDREST "WYETH" (ऐन्ड्रेस्ट "वाईथ")

इसके गुण पैरन्ड्रीन के समान हैं । इसके इंजेक्शन सप्ताह में २ बार लगायें ।

DAMIANA COMPOUND "B.D.H."
(डमियाना कंपाऊंड "बी०डी०एच०")

यह कामोद्दीपक और बलदायक है । १ टिकिया रोजाना ३ बार दें ।

TESTANON "ORGANON" (टैस्टेनौन "ओर्गेनौन")

१ इंजेक्शन सप्ताह में २ नार ।

PERANDREN "CIBA" (पैरन्ड्रीन "सीबा")

इसकी मरहम, टिकिया और इजेक्शन आते हैं । जन्खापन, नपुंसकता और कामवासना का मंद पड़ जाना तथा लैंगिक कमजोरी में सप्ताह में २ बार इसके इंजेक्शन (माँस में) लगायें । समय से पूर्व बुढ़ापे के लक्षण प्रगट होने में १० या २५ mg के इंजेक्शन सप्ताह में २-३ बार लगायें । इसकी मरहम शिश्न पर मली जाती है ।

TESTOSTERINDON "INDON"
(टैस्टौस्टेरिन्डौन "इंडौन")

इसके गुण भी पैरन्ड्रीन के समान हैं । इसके केवल २५ mg के ऐम्प्यूल आते हैं । एक इंजेक्शन सप्ताह में २ बार लगाया जाता है ।

HORNBY TABLETS "S. S."
(हौर्नबी टैब्लेट्स "स्मिथ")

यह काम शक्ति को बढ़ाने और बल प्रदान करने के लिये प्रयुक्त होती है। १ टिकिया से २ टिकिया रोजाना २ बार दें।

ANTUITRIN 'P.D.' (ऐन्ट्युटरीन "पी० डी०")

१००-५०० यूनिट्स चर्म के नीचे या माँस में सप्ताह में २ बार (नपुंसकता, जन्खापन इत्यादि में)।

TESTOPHOS (टैस्टोफौस)

१–२ टिकिया रोजाना २ सप्ताह तक।

ANERTAN "BOEHRINGER" (एनर्टन 'बोर्हरिंगर")

पहला इंजेक्शन १० एम०जी० का माँस में दें, बाद में सप्ताह में २.बार २५ एम०जी० के इंजेक्शन देते रहें।

HORMONDRINE "CIPLA" (हौर्मोन्ड्रीन "सिपला")

इसके २५ और १०० mg शक्ति के १ सी०सी० के इंजेक्शन आते हैं। सप्ताह में २ बार मांस में लगायें। (नपुंसकता के लिये)

TRIOLANDREN "CIBA" (ट्रायोलेन्ड्रेन "सीबा")

१ एम्प्यूल १०० या २५० mg का मांस में १ बार गहरा लगायें। (स्त्री संभोग की इच्छा बढ़ाने और पुरुष के लिंग में दृढ़ता लाने के लिये)।

आमाशय और आंत के शूल के लिये औषधियाँ

UNI-SPASMIN "UNICHEM"
(यूनी-स्पाज़मिन "यूनीकम")

१-२ टिकिया २-३ बार शूल आरम्भ होते ही

या

२ सी०सी० का इंजेक्शन माँस में लगा दें।

SPASMINDON "INDON" (स्पाज़्मिन्डौन "इन्डौन")

१ टिकिया गर्म जल के साथ दें जब शूल हो या १ इंजेक्शन (२ सी० सी०) मांस में लगायें।

BELLADENAL 'SANDOZ" (बेलाडिनल "सैन्डोज़")

$\frac{1}{2}$–१ टिकिया ३ बार गर्म जल से।

PROFENIL "CROOKES" (प्रोफेनिल "क्रूक्स")

२ टिकिया २–३ बार गर्म जल से।

SPASMO-CIBALGIN "CIBA" (स्पास्मो सिबल्जिन "सीबा")

१ टिकिया ३ बार।

BELLAFOLINE "SANDOZ" (बेलाफोलीन "सैन्डोज़")

साधारण शूल में इसके इंजेक्शन (चर्म के नीचे या मांस में) से लाभ हो जाता है।

BARALGAN "HOECHST" (बेराल्गन "हैक्स्ट")

१ इंजेक्शन या १–२ टिकिया दिन में १–२ बार।

NEO-OCTINUM "KNOLL" (निओ-औक्टीनम "नौल")

१ इंजेक्शन माँस में लगायें। इसे सिकुइल (१ सी०सी०) के साथ मिला कर भी दे सकते हैं।

PETHIDINE HYDROCHLORIDE

(पेथीडीन हाइड्रोक्लोराइड)

५०–१०० mg की टिकिया या ५०–१०० mg का इंजेक्शन, चर्म के नीचे या मांस में।

ANTRENYL "CIBA" (एन्ट्रेनील "सीबा")

१–२ टिकिया या १५–३० बूंद ४ बार रोजाना। पेट और आँत के जख्म में इसे भोजन से $\frac{1}{2}$ घंटे पूर्व प्रयोग करें।

DILAUDID "KNOLL" (डिलौडिड "नौल")

१ इंजेक्शन दिन में १–२ बार चर्म के नीचे।

MORPHINE-ATROPINE (मौर्फीन-एट्रोपीन)

१ इंजेक्शन चर्म के नीचे। इसके बार–बार प्रयोग करने से आदत पड़ जाती है।

AVAFORTAN "KHANDELWAL" (एवाफौर्टन "खंडेलवाल")

१ एम्प्यूल धीरे-धीरे नस में या मांस में। तीव्र शूल में २ एम्प्यूल लगा दें। साधारण शूल में १–२ टिकिया २–३ बार दें।

NEURO-TRASENTIN "CIBA"
(न्युरो-ट्रेसेन्टिन "सीबा")

१–२ टिकिया २–३ बार।

BARDASE "P. D." (बारडेस "पी० डी०")

१–२ टिकिया या १–२ चाय के चमचे दिन में ३ बार (भारी भोजन खाने से या भोजन ठीक प्रकार हजम न होने से उत्पन्न होने वाला शूल)।

NOVALGIN "HOECHST" (नोवल्जिन "हैक्स्ट")

यकृत शूल में इसके २ सी०सी० या ५ सी०सी० के इंजेक्शन से लाभ होता है। रोजाना २–३ इंजेक्शन लगाये जा सकते हैं।

कब्ज़ की प्रमुख औषधियाँ

CASTOPHENE (कैस्टोफ़ीन)

१–२ टिकिया सोते समय।

VACULAX (वैकुलैक्स)

१–२ टिकिया सोते समय ।

LAXIL "B. C." (लैक्सिल "बी० सी०")

१–२ टिकिया सोते समय ।

DULCOLAX "BOEHRINGER"

(डल्कोलैक्स "बौरिंगर")

सोते समय २ टिकिया निगल लें ।

PURSENNID "SANDOZ" (पर्सेनिड "सैन्डोज़")

सोते समय २ टिकिया निगल लें ।

SENEGRAN "B. D. H." (सेनीग्रैन "बी० डी० एच०")

कब्ज और बवासीर में मुलायम पाखाना लाने के लिये इसे सोने से पूर्व १–२ चाय के चमचे की मात्रा में जल के साथ दें ।

LAXINDON "INDON" (लैक्सिन्डौन "इन्डौन")

१–२ टिकिया सोते समय ।

PETROLAGAR "WYETH" (पेट्रोलागर "वाईथ")

यह पुराने कब्ज में विशेषपयोगी है । बच्चों, बूढ़ों और गर्भवती स्त्रियों को अधिक अनुकूल पड़ता है ।

CREMAFFIN "BOOTS" (क्रीमाफ़िन "बूट्स")

यह हल्की दस्तावर है । बच्चों और गर्भवती स्त्रियों को उपकारी है । जवानों को १–४ ड्राम और बच्चों को ½ ड्राम से २ ड्राम की मात्रा में दें (प्रातः और सायंकाल दो बार) ।

B. I. CHOL "B. I." (बी० आइ० कौल० "बी० आइ०")

१–२ टिकिया खाली पेट रोजाना १–२ बार । स्वाभाविक कब्ज और अजीर्ण जो यकृत के कारण हैं, में उपयोगी है ।

MYCOL "A. F. D." (माइकौल "ए० एफ० डी०")

अस्थाई या जीर्ण दोनों प्रकार के कब्ज में उपयोगी है। १-२ टिकिया रोजाना दें।

JULAX "T. C. F." (जूलैक्स "टी० सी० एफ०")

सोते समय १ टिकिया ले लें।

TAXINE "DE CHANE" (टैक्सीन 'डी चेन")

सोते समय १–२ टिकिया ।

LAXAMIN "E. I." (लैक्सेमिन "ई० आ०")

२–३ टिकिया सोने से पूर्व ।

BILEDASE 'PHILIPS" (बाइलडेस "फिलिप्स")

मात्रा तथा प्रयोग-विधि पैकेट पर पढ़िये ।

BICOLATES (बाइकोलेट्स)

यकृत के कार्य को उत्तेजित करने और पित्त की वृद्धि करने के लिये उपयोगी है। १–२ टिकिया सोने से पूर्व या १ टिकिया ३ बार भोजन से पूर्व प्रयोग करें ।

EUCOAL "CIPLA" (यूकोल "सिपला")

कब्ज, अफरा, अजीर्ण आदि में इसे १–२ टिकिया की मात्रा में दो बार भोजन के बाद दें।

B-COLAX 'CIPLA" (बी-कोलैक्स "सिपला")

जब पित्त कम बनने से कब्ज, दर्द सर, अजीर्ण आदि विकार प्रगट हों तब इसे १-२ टिकिया की मात्रा में सोते समय दें।

CARBINDON 'INDON" (कार्बिन्डौन "इंडौन")

साधारण कब्ज, जिसके साथ-साथ गैस और अफारे की शिकायत हो, में उपयोगी है। सोते समय १–२ टिकिया दें।

TRIFOLAXIN "STANDARD" (ट्राइफोलैक्सिन "स्टैन्डर्ड")

१–२ टिकिया सोते समय जल या दूध से निगलें।

SENNATAB "SMITH" (सेनाटैब "स्मिथ")

२ टिकिया या अधिक, सोते समय ले लें। यह गर्भवती स्त्री, वृद्धों और बच्चों को बिना हानि दे सकते हैं।

गठिया, बाय, तथा दर्दों की प्रमुख-औषधियां

IRGAPYRINE "GEIGY" (इर्गापाइरीन "गाइगी")

हर प्रकार की बाय, जोड़ों की सूजन और दर्द में बहुत उपयोगी है। ज्वर और सूजन कम करती है। रोजाना ४–६ टिकिया दें। या ३ सी० सी० या ५ सी० सी० के कूल्हे में इंजेक्शन दें।

IODOPAN BETINE "LEPETIT"
(आयडोपैन बेटीन "लैपेटिट")

मात्रा तथा प्रयोग विधि पैकट पर पढ़िये।

C-CINCHOVIT "WANDER" (सी-सिन्कोविट "वन्डर")

मात्रा तथा प्रयोग विधि पैकट पर पढ़िये।

PETHIDINE HYDROCHLORIDE
(पेथीडीन हाइड्रोक्लोराइड)

यह हर प्रकार के दर्दों में बहुत लाभदायक है। इसके इंजेक्शन भी आते हैं।

मात्रा—१ टिकिया आवश्यकतानुसार।

इस दवा पर लाइसेंस है।

COLCHICINDON "INDON" (कौल्चीसिन्डौन "इन्डौन")

यह मुख्यतया गठिया में उपयोगी है।

NEUROBION "MERCK" (न्युरोबिऔन "मर्क")

वाय के दर्द में उपयोगी है। आरम्भ में रोजाना १ इंजेक्शन (माँस में) दें। बाद में सप्ताह में २-३ बार लगायें।

RUMALYA "HIMALAYA" (रूमाल्या "हिमालय")

यह बाय तथा जोड़ों की सूजन में उपयोगी है। नाड़ी शोथ और गृध्रसी में भी लाभदायक है।

नवीन रोग में ३ टिकिया ३ बार और पुराने रोग में १-२ टिकिया २-३ बार। दर्दों पर इसकी क्रीम मली जाती है

PYRACORTIN FORTE "HOECHST"
(पाइराकौर्टीन फ़ोर्ट "हैक्स्ट")

बाय के विकारों में उपयोगी है। आरम्भ में कुछ दिन तक १ टिकिया ३-४ बार दें। बाद में मात्रा धीरे-धीरे घटा दें।

HOSTACORTIN "HOECHST" (हौस्टाक्रौटिन "हैक्स्ट")

बाय के विकारों में १ टिकिया ३ बार। धीरे-धीरे मात्रा घटा दें। इसे $\frac{१}{४}$–$\frac{१}{२}$ टिकिया की मात्रा में ऐस्पिरीन ५ ग्रेन के साथ बहुत प्रयोग किया जाता है।

NISONE "LEPATIT" (नाइसोन "लैपेटिट")

यह प्रेडनीसोन है। १ टिकिया ३ बार। धीरे-धीरे मात्रा घटा दें।

MYANESIN "B. D. H." (मायेनेसिन "बी० डी० एच०")

२ टिकिया या ४ ड्राम इलक्सर ४ बार दें। बाय के दर्द में उपयोगी है।

BUTARIN "THEMIS" (ब्युटेरिन "थीमिस")

जोड़ों की सूजन और शूल को शांत करता है और ज्वर को कम करता है। गठिया बाय में उपयोगी है मात्रा १–२ टिकिया दिन में २–३ बार है। इसके इंजेक्शन भी आते हैं।

RHEUMIN "E. I." (रिह्यू मिन "ई० आई०")

बाय का ज्वर, गठिया, नाड़ीसूल, नाड़ी शोथ, श्याटिका, जोड़ों की सूजन कमर का दर्द आदि में उपयोगी है। रोजाना २–४ टिकिया दें।

ALACID "B. I." (एलेसिड "बी० आई०")

१–२ टिकिया २–३ बार दर्दों में उपयोगी है।

ANALGIN (एनेल्जिन)

१-२ टिकिया २-३ बार। बाय और दूसरे दर्दों में उपयोगी है।

DOLVIRAN "BAYER" (डौलविरन "बेयर")

शिरोशूल, दंतशूल, कर्णशूल तथा अन्य प्रकार के शूल में १ टिकिया ३ बार दें।

UNALGEN "UNI-CHEM" (यूनेल्जिन "यूनीकम")

गठिया, बाय, रूमेटॉयड आर्थराइटिस, नाड़ीशोथ और नाड़ी शूल में सूजन को पटकाती है, शूल को हरती है और ज्वर को शांत करती है। इसके इंजेक्शन भी आते हैं। १-२ टिकिया ३-४ बार दें।

NOVALGIN "HOECHST" (नोवल्जिन "हैक्स्ट")

हर प्रकार का शूल, जैसे कटिशूल, नाड़ी-शूल, यकृत शूल, वृक्क शूल, दांत, कान, शिर आदि का शूल इसके प्रयोग से शांत हो जाता है। इसे १-२ टिकिया की मात्रा में ३-४ बार दें। इसके २ सी० सी० और ५ सी० सी० के इंजेक्शन भी आते हैं।

COMPRAL "BAYER" (कौम्परल "बेयर")

दर्दों के लिये १ टिकिया ३ बार प्रयोग करें।

CODRAL "B. W." (कौडरल "बी० ड०")

नाड़ी शूल, मासिक धर्म का शूल, बाय, संधिशोथ, कटिशूल, दंतशूल, इन्फ्लुयन्जा और जुकाम में इसके देने से ज्वर और शूल शांत हो जाते हैं। दिन में १-२ टिकिया २-३ बार दें।

PHYSEPTONE "B. W." (फाइसेप्टोन "बी० ड०")

यह प्रबल शूल नाशक है। इसे पुराने रोगों में जैसे कैन्सर, संधि शोथ इत्यादि शूल को शांत करने के लिये प्रयोग करते हैं। तीव्र रोगों के शूल को शांत करने के लिये इसके इंजेक्शन लगाते हैं।

BUTAZOLIDIN "GEIGY" (ब्युटाजौलीडिन "गाइगी")

गठिया का आक्रमण, बाय का ज्वर, माँस शूल और संधिशोथ में उपयोगी है। ज्वर, सूजन और शूल को हरता है। मात्रा २-४ टिकिया (सफेद) या ४-८ टिकिया (लाल) रोजाना है। इसके इंजेक्शन भी आते हैं।

DELTA-BUTAZOLIDIN "GEIGY"
(डेल्टा-ब्युटाजौलीडिन "गाइगी")

इसके प्रयोग ब्युटाजौलिडीन के समान हैं।

CAFIMIDON "CIPLA" (कैफ़ीमिडौन "सिपला")

हर प्रकार के दर्दों में उपयोगी है। ज्वर और शूल नाशक है। १-२ टिकिया दिन में २-३ बार दें।

ANACIN (एनेसिन)

१–२ टिकिया ३ बार। जुकाम, ज्वर तथा दर्दों में उपयोगी है।

ASPRO (ऐस्प्रो)

१–२ टिकिया २–३ बार। जुकाम, ज्वर तथा दर्दों में उपयोगी है।

AVEDON 'SQUIBB" (एवीडन "स्कुइब्ब")

दर्दों को शांत करता है। मात्रा १-२ टिकिया है।

ALGESIN "ALEMBIC" (एल्जेसिन "अलैंबिक")

दर्द कमर, जोड़ों की सूजन, गठिया इत्यादि विकारों में लाभदायक है।

INDOCID "M. S. D." (इन्डोसिड "एम० एस० डी०")

यह गठिया, आमबात, अस्थि-संधि शोथ इत्यादि में उपयोगी है। आरम्भ में १ कैप्स्यूल रोजाना ३ बार दें। धीरे-धीरे ८ कैप्स्यूल रोजाना कर दें।

VERINDON "INDON" (वेरिन्डौन "इन्डौन")

दर्दों में १–२ टिकिया रोज़ाना २–३ बार दें।

CODOPYRIN "GLAXO" (कौडोपाईरीन "ग्लैक्सो")

हर प्रकार के दर्दों में इसकी १ टिकिया दिन में २–३ बार दें। शूल को शांत करती है और ज्वर उतारती है। इसे तेज ज्वरों में और वृद्धों को न देना अच्छा है।

SONALGIN "M. B." (सोनेल्जिन "एम० बी०")

यह नाड़ीशूल, नाड़ी शोथ, संधिशोथ, दंतशूल, इन्फ्लुयन्जा और शूल के कारण अनिद्रा रोग में उपयोगी है। मात्रा १-२ टिकिया है।

CIBALGIN "CIBA" (सिबैल्जिन "सिपला")

इसे हर प्रकार के दर्दों में १–२ टिकिया की मात्रा में दिन में २ बार दें।

PHENASCODIN "CIPLA" (फीनेस्कोडीन "सिपला")

सब प्रकार के दर्दों में उपयोगी है। इसकी मात्रा १–२ टिकिया २–३ बार है।

TREUPEL "GERMAN" (ट्रियुपॅल "जर्मन")

यह हर प्रकार के दर्दों में उपयोगी है जसे कान, शिर, दांत, आंख

इत्यादि का दर्द, ज्वर, बाय, जुकाम, मासिक धर्म का दर्द इत्यादि। मात्रा १ टिकिया २-३ बार।

RELAXYL "FRANCO" (रिलैक्सील "फ्रैन्को")

यह मोच, मसकोड़, कमर का दर्द तथा मांसशूल में उपयोगी है। इसे हल्का-हल्का मलें।

EQUAGESIC "WYETH" (ईक्वेजेसिक 'वाईथ")

यह ऐसे विकारों में विशेष उपयोगी है जब दर्द के साथ चिन्ता भी हो।

PREDASIN "GLAXO" (प्रीडेसिन "ग्लैक्सो")

कमर, ग्रघृसि, नाड़ी, बाय, कान, दांत, शिर आदि सब प्रकार के दर्दों में उपयोगी है। मात्रा १ टिकिया २-३ बार।

DEXA-BUTARIN 'THEMIS" (डेक्सा-ब्युटेरिन "थीमिस")

यह पुराने बाय के दर्दों में उपयोगी है १ टिकिया ३ बार।

MAC'S LINIMENT "MAC" (मैक्स लिनीमेंट "मैक")

दर्द के स्थान पर इसे २-३ बार मलें।

RUBRIMENT "GERMAN" (रूब्रीमेंट "जर्मन")

इसे दर्द के स्थान पर हल्का-हल्का उस समय तक मलते रहें जब तक त्वचा खुश्क न हो जाय।

COLCHIPIRINE "HOUDE" (कौल्चीपाइरीन "हाऊड")

गठिया बाय में उपयोगी है। प्रयोग बिधि परचे पर पढ़िये।

BUTASOLONE 'INDON" (ब्युटासोलोन "इन्डौन")

गठिया बाय में उपयोगी है प्रयोग विधि परचे पर पढ़िये।

THERAPHEN (थेराफॅन)

इसके ३ सी० सी० और ५ सी० सी के इंजेक्शन आते हैं। आरम्भ

में १ इंजेक्शन ३ सी० सी० का दें। बाद में तीसरे चौथे दिन ५ सी० सी० दें। गठिया बाय, कमर आदि के दर्दों में उपयोगी है।

OSADRIN "KNOLL" (औसेड्रिन "नौल")

मात्रा और गुणों के लिये पैकट को पढ़ें।

ANALGIN (एनल्जिन)

१-२ टिकिया ३ बार। दर्दों को शांत करता है।

दाद की प्रमुख औषधियां

GRIS VIN "GLAXO" (ग्रीसोविन "ग्लैक्सो")

२ टिकिया २ बार रोजाना लगभग ४ सप्ताह तक। सख्त रोग में ८ टिकिया रोज दी जा सकती हैं। टिकिया भोजन के बा देनी चाहिये।

DEROBIN OINTMENT "GLAXO"
(डेरोबिन ऑइन्टमेन्ट "ग्लैक्सो")

इसे रोजना दाद पर लगायें और ऊपर से गौज ढक दें।

MERSAGEL "GLAXO" (मर्सेगल "ग्लैक्स")

दिन में कई बार लगायें और हल्का-हल्का मल दें।

MULTIFUNGIN "KNOLL" (मल्टीफंगिन "नौल")

इस मरहम को रोजाना २-३ बार लगाय।

FULCIN FORTE 'I. C. I.'
(फुल्सिन फोर्ट "आइ० सी० आई०")

रोजाना ४ टिकिया जल के साथ। इसे ४ सप्ताह तक प्रयोग करें।

MYCOZOL 'P. D." (माइकोजौंल "पी० डी०")

यह मरहम और लिक्विड २ शक्ल में आती है। यह विशेषतया टाँगों के दाद के लिये उपयोगी है।

KEMP'S RINGWORM OINTMENT
(कैम्प्स रिंगवर्म आइन्टनेन्ट)

इसे रोजाना दाद पर मलें।

TINEAFAX "B. W." (टीनियाफैक्स "बी० ड०")

दाद पर रोजाना १–२ बार लगायें।

RING RING "DABUR" (रिंग रिंग "डाबर")

रोजाना १ बार लगायें।

यकृत रोगों की प्रमुख औषधियां

KIM SYRUP "DEY'S" किम सीरप ("डेज")

यकृत के विकार जैसे सिर्होसिस, बसा अन्तर्निवेश इत्यादि में उपयोगी है। मात्रा जवानों के लिये २–३ ड्राम ३–४ बार रोजाना और बच्चों के लिये १ ड्राम ३ बार है।

RIPASON "T. T. K." (रिपेसन "टी० टी० के०")

इसकी १० सी०सी० की इंजेक्शन की शीशी आती है (नस में लगाने के लिये)। यह पुराने यकृत शोथ और सिर्होसिस में उपयोगी है।

CHOLAMINE "CIPLA" (कौलेमीन "सिपला")

पित्ताशय की सूजन, यकृत का ठीक प्रकार कार्य न करना, कब्ज आदि विकारों में उपयोगी है। इसे १–२ टिकिया की मात्रा में भोजन के बाद दें।

MECHOSITOL "CIPLA" (मेकोसिटौल "सिपला")

यक्कृत के अनेक विकारों में जैसे सिर्होसिस, संक्रामक यक्कृतशोथ, यक्कृत का ठीक प्रकार कार्य न करना इत्यादि में उपयोगी है।

इसकी मात्रा ४ ड्राम दिन में ३ बार है ।

CIRROSINE "CIPLA" (सिरोसीन "सिपला")

यह यक्कृत-शोथ, सिर्होसिस (आरम्भिक) और यक्कृत की गड़बड़ में उपयोगी है। इसकी मात्रा २–४ ड्राम दिन में २ बार भोजन के बाद है ।

NEO-METHIDIN "NEO-PHARMA"
(निओ-मेथीडीन "निओ-फार्मा")

यह संक्रामक यक्कृतशोथ, सिर्होसिस, यक्कृत के कार्य में सुस्ती आ जाना, इत्यादि में उपयोगी है।

मात्रा—२–४ टिकिया (३-४ बार) या २ ड्राम सीरप २ बार। इसके इंजेक्शन भी आते हैं।

UNIVITE C̄ CHOLINE "U-CHEM"
(यूनीवाइट कम कोलीन "यू० केम")

संक्रामक यक्कृतशोथ, कमलबाई और अनेक प्रकार के सिर्होसिस में उपयोगी है।

मात्रा—२–३ ड्राम ३ बार भोजन के बाद ।

DESICOL "P. D." (डेसीकौल "पी० डी०")

१–३ कैप्सील्स ३ बार भोजन के तुरन्त बाद दें। जब पित्त कम बनने के कारण कब्ज, अरुचि, अजीर्ण इत्यादि विकार उत्पन्न हो जायं और पित्ताशय में पुराना रोग हो जाय।

LIVOTONE "E.I" (लिबोटोन "ई०आई०")

यक्कृत का ठीक प्रकार कार्य न करना, कमलबाई, यक्कृत शोथ, अरुचि, जीर्ण कब्ज, बच्चों के यक्कृत विकार इत्यादि में उपयोगी है ।

मात्रा—१½–३ ड्राम २ बार भोजन के बाद।

LIVERGEN "STANDARD" (लिवरजन "स्टैन्डर्ड")

इसके गुण लिवोटोन के समान हैं २-३ ड्राम २-३ बार दें। इसकी टिकिया भी आती है।

METHISCHOL "U. S. V."
(मेथिस्कौल "यू० एस० वी०")

विषाक्त यकृतशोथ, यकृत की दुष्क्रिया, बाज औषधियों का यकृत पर हानिकारक प्रभाव, सिर्होसिस इत्यादि विकारों में उपयोगी है।

मात्रा—६–९ कैप्स्यूल या १–१½ औंस सीरप रोजाना।

HEPACHOLIN "STNDARAD"
(हेपा कौलीन "स्टैन्डर्ड")

मात्रा और प्रयोग विधि शीशी पर पढ़िये।

CHOLIVIN "O. R. C. L."
(कौलिविन "ओ० आर० सी० एल०")

मात्रा और प्रयोग विधि शीशी पर पढ़ें।

DELPHICOL "LEDERLE"
(हेल्फीकौल "लेडर्ली")

सिर्होसिस तथा यकृत के अन्य विकारों में उपयोगी है। ३ ड्राम दिन में ३ बार भोजन के बाद दें।

MIC "ALEMBIC" (मिक "अलंबिक")

सिर्होसिस, यकृतशोथ, वसा-अन्तर्निवेश आदि में उपयोगी है।

मात्रा—१–२ कैप्स्यूल ३ बार या २–४ टिकिया ३ बार या १-२ ड्राम (लिक्विड) ३ बार।

LIV. 25 "HIMALAYA" (लिव ५२ "हिमालय")

यह सिर्होसिस, यकृतशोथ (संक्रामक और विषाक्त), बच्चों के यकृत विकार, कमल बाइ, रोगों के कारण यकृत के कार्यों में दोष उत्पन्न हो जाना इत्यादि में उपयोगी है ।

मात्रा—२-३ टिकिया ३-४ बार । बच्चों को इसकी लिक्विड १५–२० बूंद दिन में २-३ बार दें ।

(कुमारेश "ओ० आर० सी० एल०")
QUMARESH "O. R. C. L."

यकृत के साधारण विकारों में विशेषतया बच्चों के, उपयोगी है। बड़ों के लिये १०–१५ बूंद, बच्चों के लिये १–५ बूंद दें।

(हिकौसीटन "स्कुइब्ब")
HICOSITON "SQUIBB"

सिर्होसिस तथा यकृत के अन्य विकारों में उपयोगी है। मात्रा ४ ड्राम दिन में ३ बार।

परिशिष्ट नं० १

पर्याय

(औषधियों के भिन्न-भिन्न नाम)

(SYNONYMS)

A

Acid Nicotinic—Pelonin.

Auri et Sodii Thiosulphas—Sanocrysin.

Aneurine Hydrochloride—Vitamin B_1—Thiamine Hydrochloride.

Anethum—Dill—Anethi Fructus.

Arsenic Trioxide—Arsenic—White Arsenic—Acid Arsenic.

Aristol—Thymol Iodide.

Arsenic Triodide—Arsenious Iodide.

Arsphenamin—Arsenobenzol—Salvarsan 606.

Acetarsol—Acetarsone—Stovarsol.

Antimonii et Potassii Tartras—Antimony Tartrate—Tartar Emetic.

Antimony et Sodii Tartras—Sodium Antimony tartrate.

Acriflavin—Euflavine.

Acid Boric—Boracic Acid.

Acacia—Acacia Gummi., Gum acacia.

Acacia Pulvis—Powdered Acacia.

Aluminium Silicate—Kaolin.

Amphetamine—Benzedrine.

Amylum—Starch.

Acid Oleic—Hydrogen oleate.

Adeps—Lard—Adeps Praeparata.

Adeps Lanae—Wool Fat—Anhydrous Lanolin.

Adeps Lanae Hydrosus—Lanolin.

Amylocain Hydrochloride—Stovaine.

Aconite—Monk's Hood.

Adrenaline—Epinephrine—Suprarenin—Adnephrine.

Adrenaline Inhalent—Nebala Adrenaline Aromatica.

Aurantii Cortex Recens—Fresh Bitter Orange Peel.

Aurantii Cortex Siccatus—Dried Bitter Organge Peel.

Aurantii Dulcis Cortex—Sweet Orange Peel.

Acid Hydrocyanic Dil—Dilute Prussic Acid.

Aloes Pulvis—Powdered Aloes.

Acid Tannic—Tannin—Digallic Acid.

Aqua Destillata—Distilled Water.

Antuitrin—S—Gonan—Pregnyl—Prolan—Gonadotro-phinum.

Aminophyllin—Cardophyllin—Euphyllin.

Amidopyrine—Aminopyrine—Pyramidon.

Acetanilidum—Antifebrin.

Aspirin—Acid Acetylsalicylicum, XAXA.

Acid Hydrochloric—Acid Muriatic—Spirit of Salt.

Acid Sulphuric Aromatic—Elixir of Vitriol.

Argenti Nitras—Silver Nitrate—Lunar Caustic.

Argenti Nitras Induratus—Toughened Caustic.

Argento Proteinum—Argentum Proteinicum Forte—Strong Silver Protein—Protargol.

Argentum Proteinicum Mite—Argyrol—Mild Protargin.

Albargin—Silver Gelatose.

Ammonium Chloride—Sal Ammoniac.

Alumen—Alum.

Alcohol 90%—Spirit Rectified.

Aether Solvens—Sulphuric Ether—Ethylic Ether.

Allobarbitone—Dial.

Ammoniated Mercury—Hydrargyri Ammoniata—White Precipitate.

Antipyrin—Phenazonum.

Acetophenetidin—Phenacetin.

Acid Carbolic-Phenol.

Ammonium Ichthosulphonate-Ichthyol.

Avloclor—Chloro quine Phosphate.

B

Barbitonum—Barbitone—Barbital—Veronal—Malonurea.

Barbitonum Sodium—Soluble Barbital—Medinal—Veronal Sodium—Barbitone Sodium.

Bedome—Vitamin B_1—Berin—

Blaud's Pill—Pil Ferri.

Butobarbital—Soneryl.

Belladonna Herba—Belladonna Folium—Belladonna Leaf—Deadly Nights Leaves.

Belladonna Praeparata—Pulvis Belladonna—Powdered Belladonna Leaf.

Belladonna Radix—Belladonna Root.

Benzocain—Anaesthesine.

Benzoinum—Gum Benjamin.

Butacaine Sulph—Butyn.

Benzedrine—Amphetamine.

Betanaphtol—Naphthol.

Brilliant Green—Viride Nitens.

Borax—Sodium Borate.

Boracic Acid—Boric Acid.

Blue Vitriol—Copper Sulph—Cupri Sulphas.

Blue Pill—Pil Hydrargyri.

Benzyl Benzoate—Spasmodin.

Biotin—Vitamin H

Bismuth Carbonate—Bismuth Oxcarbonate.

" Oxychloride—Bismuth Subchloride.

Bismuth Subgallate—Dermatol.

Bismuth Beta—Naptholate—Orphol.

Bismuth Tribromophenas—XEROFORM.

Bal—Dimercaprol.

Bromethol—Avertin.

B. I. P. P.—Pasta Bismuthi et Idoformi.

Blistering Plaster—Emplastrum Cantharidin.

C

Chlotride—Chlorothiazide,

Cincophen—Quinophan—Atophan—Agotan.

Capsicum—Small chillies—Guinea Pepper—Capsici Fructus.

Caryophyllum—Cloves.

Carum—Caraway.

Chiniofon—Quinoxyl—Yatren.

Cinnamonomum—Cinnamon Bark.

Calx Chlorinata—Chlorinated Lime—Chloride of Lime—Bleaching Powder.

Cardiazol, Cartaxol—Leptazol—Corasol.

Calcii Iodobehenas—Sajodin.

Cresol—Cresyl Hydrate.

Cignolin—Dithranol.

Cera flava—Yellow Bees Wax.

Cera Alba—White Bees Wax.

Cocus—Cochineal.

Cinchocaine Hydrochloride—Nupercaine—Percaine.

Creosotum—Creosote.

Creosotum Carb—Creosotal.

Carbo Ligni—Wood Charcoal.

Cascara Sagrada—Sacred Bark.

Colocynth—Bitter Apple.

Croton oil—Oleum Tiglii.

Caffeine—Theine—Guranine.

Collodium Salicylicum—Corn Paint.

Calcii Carbonas—Precipitated Calcium Carbonate.

Creta—Creta Praeparata—Chalk.

Calcii Hydras—Slaked Lime.
Calx Sodica—Soda Lime.
Chalk—Creta Praeparata.
Chalk Mixture—Mistura Creta.
Copper Sulph—Cupri Sulphas—Blue Vitriol.
Corn Syrup—Glucose Liquid.
Corrosive Sublimate—Hydragyri Perchloride.
Carbamide—Urea.
Calamina—Prepared Calamina—Calamina Praeparata.
Codeina, Codein—Methylmorphine.
Cannabis Indica—Indian Hemp.
Chloralamide—Chloralformamidum.
Chlorbutol—Chloretone.
Carbromalum—Adalin.
Carbachol—Doryl—Moryl.
Collodium Belladonna—Emplastrum Belladonna fluid.
Cyclobarbitone—Phanodorm.
Colophony—Rosin—Resin.
Coramine—Nikethamide—Anacardone.
Cortone—Cortisone Acetate, Corlin.
Cream of Tartar—Pot. Tartras Acidus.

D

Deltacortril—Delta Efcorlin—Prednisolone.
Deltacortone—Prednisone—Delta Corlin.
Derobin—Dithranol.
Diphananum—Butolan.
Diastase—Amylase.
Dial—Diallylbarbituric Acid.
Dionin—Ethylmorphine Hydrochloride.
Diamorphine Hydrochloride—Heroin Hydrochloride.

Dichlotride—Hydrochlorothiazide.
Digitalis Folia—Digitalis Leaf.
Digitalis Folii Pulvis—Powdered Digitalis Leaf.
Dermatol Bismuth Subgallate.
Digitalis Praeparata—Powdered Digitalis.
Diuretin—Theobromine et Sodii Salicylas.
Doca—Percorten.
Di-Sodium Methylarsenas—Arrhenal.
Dextrose—Grape Sugar—Anhydrous Dextrose.
Dover's Powder—Pulv. Ipecac Comp.
Duotal—Guaiacol Carb.
Donovan's Solution—Liquor Arseni-et-Hydrargyri Iodidi.

E

Elixir of Vitriol—Acid Sulphuric Aromatic.
Emplastrum Cantharidin—Blistering Plaster.
Extract of Suprarenal Cortex—Cortin—Eucartone.
Exalgin—Methylacetanilide.
Extract Fellis Bovini—Fell Bovinum Purificatum.
Euphyllin—Cardophyllin—Aminophyllin.
Ethocaine Borate—Borocaine.
Essential Oils Mixture—Tomb's Mixture.
Ethyl—Morphine Hydrochloride—Dionine.
Euflavine—Acriflavine.
Epinephrine—Adrenaline.
Eticyclin—Ethinyloestradiol.

F

Ferrum—Iron.
Ferri et Ammonii Citras—Iron at Ammonium Citrate.
Ferri et Potassi Tartras—Ferrum Tartaratum.
Foeniculum—Fennel.

Filix Mass—Male Fern.
Ferrier's Snuff—Insufflatio Bismuthi et Morphine.
Fowler's Solution—Liquor Arsenicalis.
Friar's Balsam—Tinc Benzoin Comp.

G

Gladoxin—Vitamin B_6.
Glycyrrhiza—Liquorice.
Glucose Liquid—Corn Syrup.
Guaiacol Benzoas—Benzosol.
Grape Sugar—Dextrose—Glucose.
Glauber's Salt—Soda Sulph.
Gluside—Saccharin.
Guaiacol Cinnamate—Styracol.
Guaiacol Carb—Duotal.
Grey Powder—Hydrarg cum creta.
Gregory's Powder—Pulv Rhei Compound.
Grey Oil—Injectio Hydrargyri Fortis.
Goulard's Lotion—Liq. Plumbi Subacetatis Dil.
Goulard's Extract—Liq. Plumbi Subacetatis Fort.
Gynergen—Ergotamine Tartrate.

H

Helmacid—Piperazine Citrate.
Heroin Hydrochloride—Diamorphine Hydrochloride.
Hexobarbitone—Hexobarbital—Evipan.
Hexobarbitone Sodium—Evipan Sodium—Cyclonal Sodium.
Hamamelis—Hamameldis Folia—Witch Hazel Leaves.
Hexamine—Urotropine—Methenamina.
Hexoestrol—Synthovo.
Hydrargyrum—Mercury—Quick Silver.
Hydrargyrum Cum Creta—Grey Powder.

Hydrous Dextrose—Medicinal Glucose—Purificd Glucose.

Hyoscyamus— Henbane Leaves.

Hyoscine Hydrobromide—Scopolamine Hydrobromide.

Hoffmann's Anodyne—Spirit Aether Co.

Henbane Leaves—Hyoscyamus.

Hydrargyri Oleate—Oleated Mercury.

Hydrastis Rhizome—Golden Seal.

Hydrargyri Iodidi Rubrum—Red Iodide of Mercury—Biniodide of Mercury—Mercuric Iodide.

Hydrargyri Iodidi Viride Green Iodide of Mercury.

Hydrargyri Oxide Flava—Yellow Oxide of Mercury.

Hydrargyri Perchloride—Mercuric Chloride—Corrosive Sublimate.

Hydrargyri Subchloride—Calomel—Mercurous Chloride.

Hydrocortisone—Hydrocortone—Efcorlin.

I

Injectio Hydrargyri Fortis—Grey Oil.

Iodum—Iodine.

Insufflatio Bismuthi et Morphine—Ferrier's Snuff.

Ichthammol—Ichthyol—Ammonium Ichthosulphonate.

Ipecacuanha Radix-Hippo—Ipecacuanha Root.

Ipecacuanha Pulvis—Powdered Ipecacuanha.

Ipomoea—Scammony Root.

Ipomoea Resina—Scammony Resin.

Injectio Sodii Chloridi Composita—Ringer's Solution for Injection.

Indian Hemp—Cannabis Indica.

Iodipin—Lipiodol.

K

Kataplasma Kaolin—Kaolin Poultice.

Kaolin—Aluminium Silicate.
Krameria—Rhatany Root.
Kerocaine—Procaine Hydrochloride—Novocaine.

L

Lapis Divinus—Cuprum Aluminatum.
Lecithin—Ovo—Lecithin.
Laevulose—Fructose.
Limonis Cortex Siccatus—Dried Lemon Peel.
Lactoflavin—Riboflavine.
Lactose—Milk Sugar.
Lassar's Paste—Zinc Paste—Pasta Zinci Oxidi Comp.
Linseed Meal—Contused Linseed.
Liquid Petrolatum—Liquid Paraffin.
Liver of Sulphur—Sulphurated Potash.
Leptazol—Metrazol—Cardiazol—Cartazol.
Limonis Cortex Recens—Fresh Lemon Peel.
Liquor Epispasticus—Blistering Liquid.
Liquor Arsenicalis—Fowler's Solution.
Liquor Arseni-et-Hydrargyri Iodidi—Donovan's Solution.
Liquor Acidi Hypochlorosi Co.—EUSOL.
Liquor Iodi Fortis—Tinc Iodi Fort—Liniment Iodine.
Liquor Iodi Mitis—Tinc Iodi Mitis.
Liquor Iodi Aquosus—Lugol's Solution—Liq Iodi Co.
Liuqor Formaldehydi—Formalin—Formol.
Liquor Quinine Ammoniata—Tinc Quinine Ammoniata.
Liquor Sodii Chlorinata—Dakin's Solution.
Liquor Saponis Aethereus—Aether Soap.
Liquor Thymolis Co.—Liquor Antisepticus.
Liquor Ammonia Dilutus—Liquor Ammonia—Ammonia Solution.

Liquor Ammonia Fort—Strong Solution of Ammonia.
Liquor Ammonia Acetatis Dil—Mindererus Solution.
Liquor Calcii Hydroxidi—Liquor Calcis—Lime Water.
Liquor Magnesii Citratis—Lemonade Purgative.
Liquor Plumbi Subacetatis Fort—Goulard's Extract—Strong Solution of Lead.
Liquor Bromidi Comp.—Bromidia.
Liquor Glycerylis Trinitratis—Solution of Nitroglycerin—Liq Trinitrini.
Liquor Magnesii Bicarbonatis—Fluid Magnesia.
Liquor Plumbi Subacetatis Dil—Goulard's Lotion or Water.
,, Picis Carbonis—Liquor Carbonis Detergens.
Liquor Ferri et Ammonia Acetatis—Basham's Mixture.
Liniment Aconite Oleosum—Liniment A,B.C.
Liniment Camphor Co—Liniment Camphor Ammoniata.
Liniment Exsiccans—Bassarin Paste.
Liniment Camphor—Camphor Oil.
Liniment Calcis—Carron Oil.
Lotio Ammonii Chloridi—Lotio Evaporans.
Lotio Calcis Sulphurata—Vleminckx's Solution.
Litharge—Plumbi Oxide.
Lugol's Solution—Liquor Iodi Co.
Lunar Caustic—Silver Nitrate—Argenti Nitras.
Lutocyclin—Progesterone.

M

Macrabin—Vitamin B_{12}—Redisol—Rubramin.
Magnesii Carb Ponderosus—Heavy Mganesium Carb.
Magnesii Carb Levis—Light Magnesium Carb.
Magnesii Oxidum Ponderosum—Magnesia Ponderosa—Heavy Magnesia—Heavy Magnesium Oxide.

Melleril—Thioridazine.

Mercuric Chloride—Hydrargyri Perchloride—Corrosive Sublimate.

Mercurous Chloride—Hydrargyri Subchloride—Calomel.

Mercuric Iodide—Hydrargyri Iodidi Rubrum.

Mercury—Hydrargyrum—Quicksilver.

Mothergin Mothylergometrine Maleate.

Mesantoin—Methoin.

Migrainine—Antipyrin Caffeine—Citricum.

Methylsulyhonal—Trional.

Milk of Sulphur—Sulphur Praecipitatum.

Milk Sugar—Sugar of Milk—Saccharum Lactis.

Methylacetanilide—Exalgin.

Magnesii Sulphas—Mag Sulph—Epsom Salts.

Magnesii Trisilicas—Magsorbent.

Male Fern—Filix Mas.

Mel Depuratum—Purified Honey.

Methylphenobarbiton—Prominal.

Methyl Valerianate—Validol.

Methyltestosteron—Perandren (Tablet).

Methyl Salicylas—Artificial Oil of Wintergreen.

Menaphthon—Menadione—Kapilin—Prokyavit.

Methylene Blue—Methylthionine Chloride.

Mistura Alba—white Mixture.

Mistura Rubra—Red Mixture.

Mistura Creta—Chalk Mixture.

Mistura Magnesii Hydroxide—Cream of Magnesia.

Mepacrine Metahnosulphonas—Atebrin Musonate.

Mepacrine Hydrochloride—Atebrin—Quinacrine.

Mitigal—Mesulphenum.

Myristica—Nutmeg.

M & B 125—Proseptasine.
M & B 693—Sulphapyridine—Dagenan.
M & B 760—Thiazamide.
M & B 782—Propamidinc.

N

Nicotinic Acid—Pelonin.
Nicotinic Acid Amide—Niacinamide—Nacotinamide.
Neoarsphenamine—Novarsenobenzol—Neosalvarsan—Novarsenobenzene—914.
Neostibosan—Von Heyden 693 B.
Nikethamide—Cormine—Anacardone—Corvotone.
Novocaine—Procaine Hydrochloride. Kerocain.
Nitroglycerin—Trinitrini.
Nux Vomica—Poison Nut.

O

Omum Water—Aqua Ptychotis.
Oleum—Oil.
Oleum Chaulmoogra—Gynocardia Oil.
Opium—Pulveratum—Powdered Opium—Pulvis Opii,
Oleum Chenopodii—American Wormseed Oil.
Oleum Santali—Oil of Sandalwood.
Oleum Iodisatum—Lipiodol—Iodipin.
Oleum Ricini—Castor oil.
Oleum Tiglii—Croton oil.
Oleum Cinnamomi—Oil of Cinnamon,
Oleum Caryophylli—Oil of Cloves.
Oleum Sinapis Volatile—Volatile oil of Mustard.
Oleum Lavandula—Oil of Lavender.
Oleum Menthae Piperitae—Oil of Peppermint.

Oleum Myristica—Oil of Nutmeg.
Oleum Gossypii Seminis—Cotton Seed oil.
Oleum Amygdalae—Almond oil.
Oleum Lini—Linseed oil.
Oleum Arachis—Ground Nut oil.
Oleum Selachoidei—Shark Liver oil.
Oleum Morrhuae—Cod Liver oil.
Oleum Terebinth—Oil of Turpentine.
Oleum Theobromatis—CACO BUTTER.
Oleum Cari– Oil of Caraway.
Oleum Anethi—Oil of Dill.
Oleum Limonis oil of Lemon·
Oleum Cadinum—Oil of Cade—Juniper Tar oil.
Oleum Cajuputi—Oil of Cajuput.
Orthocaine—Orthoform.
Oestriol—Theelol.
Oestradiolis Dipropionas—Ovocyclin P.
Oestronum—Theelin.
Ovocyclin—Oestradiol.
Oxytocin—Pitocin.
Oxophenarsine Hydrochloride—Mepharside.

P

Panama bark—Quillaiae Cortex.
Paregoric—Tinc Camphor Co—Tinc opii Ammoniata.
Peanut-Oil—Oleum Arachis, Ground Nut oil.
Percaine—Nupercaine.
Pereorten—Doca.
Petroleum Jelly – Paraffin Molle Album—White Vaseline.
Picrororhiza—Kutki.

Poison Nut—Nux Vomica.

Proguanil—paludrine.

Prokyavit—Kapilin-Menaphthone.

Ptychotis oil—Oleum Ajowan.

Paraffinum Molle Flavum—Yellow Soft Paraffin—Yellow Vaseline.

Paraffinum Durum—Hard Paraffin, Paraffin Wax.

Paraffinum Molle Album—Petrolem Jelly.

Paraffin Wax—Hard Paraffin.

Pentobarbiton Sodium—Pentobarbital Sodium-Nembutal.

Pentothal Sodium—Thiopentone Sodium.

Pethidine Hydrochloride—Demerol—Dolantin.

Phenazoni Salicylas—Salipyrin—Antipyrin Salicylas.

Phenacetin—Acetophenetidin.

Phenazone—Phenazonum—Antipyrin.

Phenobarbitonum—Phenobarbital—Luminal—Gardenal.

Phenolphthalin—Purgen.

Phenobarbitonum Sodium—Luminal Sodium—Gardenal Sodium.

Phenytoinum Sodium—Dilantin Sodium—Solantoin.

Physostigmine Salicylas—Eserine Salicylas.

Pituitrin—Pituitary Extract—Ext Pituitary Liquid.

Picrotox—Picrotoxinum—Cocculin.

Pil Hydrargyri Cum Creta et opii—Hutchinson's Pill.

Pil Digitalis Co—Guy's Pill.

Pil Ferri Carbonatis—Pilula Ferri—Blaud's Pill.

Pil Hydrargyri—Blue Pill.

Pil Hydrargyri Subchloridi—Plummer's Pill.

Potass Guaiacosulphonas—Thiocol.

Prednisolone—Delta-Efcorlin—Deltacortril.

Prednisone—Delta Corlin—Deltacortone.

Procaine Hydrochloride—Ethocainc Hydrochloride—Novo caine.

Progynon B—Oleo um—Estradiol Benzoate.

Podophyllin Resina—Podophyllin—Vegetable Calomel.

Progesterone—Progestin,—Prolution—Lipolutin—Lutocyclin.

Potass Tartras Acidus—Pot Bitrate—Cream of Tartar.

Pulve Barii Sulph Comp—Barium Meal Shadow.

Pulvis Calcis Chlorinata et Acidi Borici—Eupad.

Pulvis Ipecac et opii—Pulve Ipecac Co—Dover's Powder.

Pulvis Pancreatis Comp—Peptonising Powder.

Pulvis Effervescens Comp—Seidlitz Powder.

Pulvis Glycyrrhiza Comp—Pulvis Pectoralis.

Pulvis Soda Tartrate Effervescens—Seidlitz Powder.

Pulvis Rhei Comp—Grcgory's Powder.

Prunus Serotina—Pruni Virginia Cortex—Wild Cherry Bark.

Pyramidon—Amidopyrine.

Pigment Iodi Co—Mandl's Paint.

Pigmentam Iodoformi—Whitehead's Varnish.

Phenol—Acid Carbolic.

Picric Acid—Trinitrophen.

Pix Carbonis Praeparata—Prepared Coal Tar.

Pix Liquida—Wood Tar—Pine Tar—Stockholm Tar.

Proflavine Hemisulphas—Neutral Proflavine Sulphas.

Potassa Sulphurata—Liver of Sulphur—Sulphurated potash.

Prontosil Rubrum—Sulphamidochrysoidin.

Proseptasine—M & B 125.

Para—Aminobenzoic Acid—PABA.

Para—Amino—Salicylic Acid—PAS.

Pyridoxine Hydrochloride=Vitamin B_6—Gladoxin.

Pamaquin—Plasmochin—Plasmoquin—Praequine.

Proguanil—Paludrine.

Plumbi Acetas—Lead Acetate—Sugar of Lead.
Plumbi oxidum—Litharge.
Potassii Hydroxide—Caustic Potash—Potassa Caustica.
Phenyl Alcohol—Acid Carbolic—Phenol.

Q

Quinine Bisulph Quinine Acid Sulph,
Quinine Ethyl Carb—Euquinine.
Quinine Bismuth Iodide—Quinostab,
Quiniodochlorum —Enteroquinol—Entero—Vioform.
Quinine Di—Hydrochloride—Quin Bi—Hydrochloride.
Quillaia—Panama Bark.
Quick Silver—Mercury.
Quinoxyl—Yatren—Chiniofon.
Quinostab—Quinine Bismuth Iodide.
Quinine et Urea Hydrochloride—Urea Quinine.
Quassia—Quassia Lignum.
Quassia Pulvis—Powdercd quassia.
Quinacrine—Mepacrine Hydrochloride.

R

Resorcin—Resorcinol.
Rennin—Rennet.
Rhei Pulvis—Powdered Rhubarb.
Riboflavine—Lactoflavin.
Rhatany Root—Krameria.
Rochelle Salt—Soda et Pot Tartras—Soda Tartrate.
Red Mixture—Mistura Rubra.

S

Saccharum Lactis—Lactose—Milk Sugar.
Saccharinum—Gluside—Saccharine.

Sandosten—Thenalidine Tartrate.
Sapo Animalis—Curd Soap—Sodium Stearate.
Sapo Durus—Castile Soap—Sodium oleate.
Sapo Duri Pulvis—Powdered Hard Soap.
Sapo Mollis—Green Soap.
Scott's ointment—Ung Hydrargyri Comp.
Silver Protein—Protargol.
Sesame oil—Teel oil.
Slaked Lime—Calcii Hydras.
Scopolamine Hydrobromide—Hyoscine Hydrobromide.
Soap Bark—Panama Bark.
Sacred Bark—Cascara Sagrada.
Salol—Phenyl Salicylate.
Scoparium—Broom Tops.
Sedaspirin—Acetyl—Bromo—Salicylic Acid.
Scilla—Squill.
Senna Fructus—Senna Fruits—Senna Pods.
Sal Ammoniac—Ammonium Chloride
Saltpetre—Potass Nitras.
Soda Sulph Exiccatus—Anhdrous Sodium Sulphate.
Soda Sulph—Glauber's Salt.
Sodii et Potassi Tartras—Soda Tartrate—Rochelle Salt.
Sodii Aminarsonas—Soamin—Atoxyl.
Sodii Aurothiomalas—Myocrisin.
Sodii Chloride—Common Salt.
" Hydroxide—Caustic Soda.
" Chaulmoogras—Sodii Gynocardate.
" Hydnocarpus—Alepol.
" Cacodylas—Sodium Cacodylate—Sodium Dimethyl arsonate.
" Phosphas Acidus—Sodium Biphosphas.

Sodium Borate—Borax.
Sodium Stearate—Curd Soap Animalis.
Spirit Capillaries—Spt. Resorcinolis.
Spt. of Sal Volatile—Spt. Ammonia Aromatic.
Spt. Aether Nitrosi—Sweet Spirit of Nitre.
Spirit Aetheris Comp—Hoffman's Anodyne.
Spirit Ammonia Aromatic—Spirit of Sal Volatile.
Spirit of Salt—Acid Hydrochloric.
Spirit Chloroform—Chloric Ether.
Spirit Frumenti—Whisky.
Spirit Vinum Gallici—Brandy,
Suprarenin—Adrenaline—Epinephrine.
Styracol—Guaiacol Cinnamate.
Stockholm Tar—Pix Liquida—Pine Tar—Wood Tar.
Sugar of Lead—Plumbi Acetas—Lead Acetate.
Stibosan—Von Heyden 471.
Styrax Praeparatus—Prepared Storax.
Sucrose—Saccharum Purifactum—Cane Sugar—Refined Sugar.
Succinylsulphathiazol—Sulphasuxidine.
Sulfasuxidine—Succinylsulfathiazole.
Sulphonal—Sulphonemethane.
Sulphapyridine—Dagenan—M & B 693.
Sulphanilamid—Prontosil Album—Sulphonamide P—Streptocide—Sulfanil.
Sulfathalidine—Phthaly Sulfathiazole—Thalazole.
Sulphacetamide—Albucid.
Sulphadimidine—Sulphamezathine.
Sulphathiazol—Cibazol—Thiazamide—M B 760
Sulphur Sublimatum—Sublimed Sulphur—Flowers of sulphur.
Sulphurated Potash—Liver of Sulphur.
Sulphur Praecipitatum—Milk of Sulphur.

Sulpharphenamin—Sulfarsenal—Sulpharsenobenzene.
Sulfanil—Sulphonilamid.
Syrup Pruni Serotina—Syrup Pruni Virginia.
Syrup Ferri Phosphatis Co—Parish's Food—Parish Syrup—Chemical Food.
Syrup Ferri Phosph Cum Quinine et Strychnine—Easton Syrup.
Syrup Calci Hypophosphite—Syrup of Serotini.
Syrup Pruni Virgini—Syrup Pruni Serotini.

T

Tabella Codeine Co—Tablet of Aspirin, Phenacetin, Codeine.
Tannin—Acid Tannic.
Tartar Emetic—Antimony—Tartaratum—Antimony et Pot Tartras.
Tartarated Soda—Soda et Potass Tartras.
Thalazole—Phthalysulphathiazole.
Tetracyn—Tetracycline—
Terramycin—Oxytetracycline.
Theine—Caffeine—Guranine
Thiamine Hydrochloride—Vitamin B_1.
Theophylline—Theocin.
Theophylline et Soda Acetate—Theocin Sodium Acetate.
Theobromine et Sodii Acetas—Agurin.
Theobromine et Calcium Salicylate—Calcium Diuretin—Theocalcine.
Thymol Iodide—Aristol.
Thional—Methylsulphonal.
Thyroideum Siccum—Thyroid Extract.
Thiocol—Potass Guaiacosulphonas.
Tinc Antiperiodica—Tinc Warburg's.

Tinc Benzoin Comp—Friar's Balsam.
Tinc Opii—Laudanum.
Tinc Opii Camphorata—Tinc Camphor Com—Paregoric Elixlr.
Tinc Warhurg's—Tinc Antiperiodica.
Tocopherol—Vitamin E.
Toughened Caustic—Argenti Nitras Induratus.
Turpethum—Indian Jalap.

U

Unguentum Kaolin—Kaolin Mass.
Unguentum Hydrargyri—Blue ointment.
Unguentum Hydrargyri Compound—Scott's ointment.
Unguentum Hydrargyri Nitratis—Citrine ointment.
Unguentum Hydrargyri Subchloride—Calomel ointment.
Unguentum Hydrargyri Subchloride Co—Calomel cream.
Unguentum Hydrargyri Ammoniata—White Precipitate ointment.
Unguentum Plumbi oleatis—Diachylon ointment.
Unguentum Conii—Hembock ointment.
Unguentum Sulphuris Co—Wilkinson's ointment.
Unna's paste—Gelatinum Zinci.
Urea—Carbamide.
Urea Quinine—Quinine et Urea Hydrochloride.

V

Validol—Menthyl Valerianate.
Ventriculin—Desiccated Stomach.
Verital—Pholedrine.
Viola Cryystallina—Medicinal Gention Violet—Crystal Violet.
Vioform—Iodochlorhydroxy Quinoline.
Vitriol (Blue)—Copper Sulph, Cnpri Sulphas.

Vitriol (White)—Zinc Sulph.
Veronal—Barbitone.
Viburnum—Black Haw.
Vitamin A—Anti infective Factor.
Vitamin B_1—Aneurin Hydrochloride—Thiamine Hydrochloride.
Vitamin B_2—Lactoflavin—Riboflavine
Vitamin B_6—Pyridoxine Hydrochloride
Vitamin H—Biotin.
Vitamin C—Acid Ascorbic—Cevitamic Acid.
Vitamin D_2—Calciferol.
Vitamin E—Tocopherol.
Vitamin K—Koagulation Vitamin, Menaphthon.
Vleminckx's Solution—Lotio Calcis Sulphurata.
Vegetable Calomel—Podophyllin.
Vegetable Trocar—Apocynum.
Vienna Paste—Pasta Potass et Calcis.

W

Warburg's Tincture—Tinc Antiperiodica.
Washing Soda—Sodium Carbonate.
White Vitriol—Zinc Sulph.
White Precipitate—Hydrargyri Ammoniata—Ammoniated. mercury.
White Arsenic—Arsenic.
Whitehead's Varnish—Pigment Iodoformi.
Wild Cherry Bark—Pruni Virginia Cortex.
Witch Hazel—Hamamelis—Hamamelidis
Wood Charcoal—Carbo Ligni.
Wool Fat—Adeps Lanae—Anhydrous Lanolin.
Wood Tar—Pix Liquida—Tar—Stockhelm Tar.
White Mixture—Mistura Alba.

X

Xeroform—Bismuthi Tribromophenas.

Y

Yatren—Chiniofon—Quinoxyl.
Yellow Oxide of Mercury—Hydrargyri Oxide Flava.

Z

Zingiber—Ginger.
ZIPP—Zinc Iodoform Paraffin Paste.
Zinc Sulph—White Vitriol
Zinc Oxide—Chinese White.

परिशिष्ट नं० २

भिन्न-भिन्न प्रसिद्ध कारखानों द्वारा भिन्न-भिन्न नामों से तैयार किये हुए लिवर ऐक्सट्रैक्ट्स, विटेमिन्स, प्रोकेन पैनिसिलीन, मिल्क इंजेक्शन्स इत्यादि ।

की

सूची

विटेमिन 'ए' VITAMIN 'A'

वाइटल्फा	Vitalpha	Lepetit	ड्रौप्स, एम्प्यूल्स
एरोविट	Arovit	Roche	टिकिया, लिक्विड, एम्प्यूल्स
एल्फालिन	Alphalin	Lily	कैप्स्यूल्स
एवोलियम	Avoleum	B.D.H.	लिक्विड, कैप्स्यूल्स
एवीमिन	Avimin	C.D.C.	गोली, कैप्स्यूल्स और एम्प्यूल्स
डोहाइफ्रौल 'ए'	Dohyfrol-A	Philips	एम्प्यूल्स
मास्सिव 'ए'	Massive 'A'	Unichem	एम्प्यूल्स
प्रीपेलिन	Prepalin	Glaxo	लिक्विड, कैप्स्यूल्स, एम्प्यूल्स
सुपर 'ए' विटेमिन कन्सन्ट	Super 'A' Vitamin Concent	Upjohn	१५सी०सी०की शीशी और कैप्स्यूल
एवीनल	Avinal	Alembic	टिकिया, एम्प्यूल्स
कैरोफ्रल	Carofral	Duphar	ड्रौप्स, टिकिया, इंजेक्शन्स (ए०)
ए-विट	A-Vit	B.I.	एम्प्यूल्स

नोट :—यह विटेमिन विशेष प्रकार की मछली के यकृत के तेल से तैयार की जाती है। इसकी दैनिक आवश्यकता १ वर्ष से कम आयु के बच्चे को १५०० यूनिट्स, १-६ वर्ष वाले को १५००-३००० यू०, ६-१२ वर्ष वाले को ३००० से ५००० यू० और जवानों को ५००० यू० है।

विटेमिन 'बी'१ VITAMIN 'B'$_1$

एन्युरेक्स	Aneurex	Evans	१० सी० सी०
एनूरन	Anuran	E. India	१ सी० सी० (ए०) १० सी० सी० (शीशी)

बीटैक्सिन	Betaxin	Bayer	टिकिया, ए०
एन्युविट	Aneuvit	B.D.H.	१० सी० सी० की शीशी
बिनर्वा	Benerva	Roche	१० सी०सी० की शीशी टिकिया (१०, ५०, १०० एम० जी०)
बेरिन	Berin	Glaxo	एम्प्यूल्स, टिकिया १० सी० सी० की शीशी
बीटाबिऑन	Betabion	Merck	टिकिया, शीशी (१० सी० सी०)
बीटामिड	Betamid	Cipla	टिकिया, शीशी (१० सी० सी०)
बी-वाइमिन	B-Vimin	C.D.C.	टिकिया, ए०, शीशी (५ और १० सी० सी०)
बीटेलिन 'एस'	Betalin 'S'	Lily	इलिक्सर, शीशी (१० सी० सी०)
डोहाइफ्रौल 'बी'१	Dohyfrol-B_1	Philips	१० सी०सी०
न्युरो-बी	Nuro-B	B.I.	ए० और शीशी (१० सी० सी०)
बीडोम	Bedome	M.S.D.	५ और १० सी० सी०
वाइबीटा	Vibeta	Lepetit	टिकिया
यूनी-बी-कन्स	Uni-B-Conc	Unichem	१० सी० सी०
विटेज़न	Vitazan	Zandoo	टिकिया, ए० और १० सी० सी० (शीशी)
बिवीकौम	Bivicom	Comteck	१० सी० सी०, टिकिया
ड्युविट बी१	Duvit B_1	Dumex	१० सी० सी० (शीशी)
वाइबिन	Vibin	Sanitex	एम्प्यूल्स और १० सी० सी० (शीशी)

विटाबिन	Vitabin	B.C.P.W.	टिकिया
बीटामैक	Betamac	Mac	टिकिया, १० सी० सी०
बीविट	Bevit	Duphar	१० सी० सी०

नोट :—यह विटेमिन तीन रूप में आती है (१) एम्प्यूल, (२) टिकिया, (३) ५ और १० सी० सी० की इंजेक्शन की शीशियां। ५ और १० सी० सी० की शीशियों में से १ या अधिक सी० सी० औषधि पिचकारी में भरकर इंन्जेक्शन लगा देते हैं। प्रत्येक सी० सी० में २५, ५० या १०० एम० जी० (M.G.) विटेमिन बी$_2$ होती है। इन्जेक्शन माँस, चर्म और नस, तीनों प्रकार लगाये जाते हैं। टिकियों में ५, १०, ५० और १०० एम० जी० प्रति टिकिया विटेमिन बी$_2$ होती है।

इसकी दैनिक आवश्यकता इस प्रकार है : १ वर्ष से कम आयु के बच्चे को ०·४ एम० जी०, १-६ वर्ष की आयु वाले को ०.४-०·९ एम० जी०, ६-१० वर्ष वाले को ०.९-१.३ एम० जी० और जवानों को १·२-२·३ एम० जी०। यह विटेमिन कृत्रिम विधि से तैयार की जाती है।

विटेमिन 'बी$_2$' (VITAMIN 'B$_2$')

बीफलेवीन	Beflavin	Roche	टिकिया, एम्प्यूल्स
रिबोफलेवीन	Riboflavin	Lily	टिकिया
वीबिन	Veebin	C.D.C.	टिकिया, एम्प्यूल्स
रिबोफ्लेवीन	Riboflavin	T.C.F.	ए० (२ सी० सी०) १० सी० सी० और टिकिया

नोट :—यह विटेमिन जल में घुलनशील और ऊष्मा-प्रतिरोधक है। यह दूध, यकृत (जिगर), खमीर, अंडे और शाक के हरे पत्तों में पाई जाती है। इसकी दैनिक आवश्यकता इस प्रकार है। १ वर्ष से कम आयु के बच्चे को ०·६ एम० जी०, १-६ वर्ष० ०·६-१.३ एम० जी०, ७-१२ वर्ष १·३-१·९ एम० जी० और जवानों के लिये १.९-३.३ एम० जी०।

विटेमिन 'बी$_६$' (VITAMIN 'B$_6$')

बेनडौन	Benadon	Roche	टिकिया, एम्प्यूल्स
हैक्सा-बीटालिन	Hexa-Betalin	Lily	टिकिया, एम्प्यूल्स और ५ सी० सी० की शीशी।
ग्लैडौक्सीन	Gladoxin	Glaxo	टिकिया, एम्प्यूल्स

नोट—यह विटेमिन चावल की भूसी (सांद्रित), खमीर और जानवरों की मांस पेशियों और गुर्दों में बहुतायत से पाई जाती है।

विटेमिन-बी-कौम्प्लैक्स "VITAMIN-B-COMPLEX"

बीकोजाइम	Bacozym	Roche	टिकिया, एम्प्यूल, सीरप
बीकोनेक्स	Beconex	Dumex	टिकिया, इंजेक्शन (१० सी० सी०)
बीप्लैक्स	Beplex	A.F.D.	टिकिया, इलिक्सर, ए०, १० सी० सी० की शीशी
बीविनल	Bivinal	Alembic	टिकिया, कैप्स्यूल्स
बीटेलिन कौम्प्लैक्स	Betalin-Complex	Lily	टिकिया, इलिक्सर, १० सी० सी० की शीशी
बी० आई० बी-कौम्प्लैक्स	B.I. B-Complex	B.I.	टिकिया, ए०, १० सी० सी० की शीशी
बी-विटेमिन्स	B-Vitamins	A.D.	टिकिया, लिक्विड, इंजेक्शन्स
विटेमिडौन-बी-कौम्प्लैक्स	Vitamindon B-Complex	A.D.	टिकिया इंजेक्शन्स

डोहाइफौल-बी-कौम्प्लेक्स	Dohyfrol B-Complex	Philips	इंजेक्शन
लैडरप्लैक्स	Lederplex	Lederle	कैप्स्यूल्स, लिक्विड, इंजेक्शन्स,
पौलीब्यौन	Polybion	Merck	टिकिया, इंजेक्शन्स
टोटेलीन-बी	Totalin-B	Cipla	सीरप, इंजेक्शन, टिकिया
पान-बी-फोर्ट टैब्लैट्स	Panbe Forte Tab	R.B.	टिकिया
पानब्लैक्स	Panblex	Philips	इलिक्सर
बीटेलीन कम्पाउंड	Betalin Compound	Lily	टिकिया
बिरूप्लैक्स	Biruplex	Comteck	टिकिया, इलक्सर इंजेक्शन्स कैप्स्यूल
डेप्लक्स	Deyplex	Deys	कैप्स्यूल्स, टिकिया लिक्विड
बीकोफ्रल	Becofral	Duphar	टिकिया, इलिक्सर
सायोप्लैक्स	Sioplex	A. David	इंजेक्शन्स, इलिक्सर
प्लीबेक्स	Plebex	J. Wyeth	कैप्स्यूल, १० सी०सी० (इंजेक्शन) इलिक्सर
यूनी-बी-कौम्प्लैक्स	Uni-B-Complex	Uni-Chem	टिकिया, इंजेक्शन
बाइबीलन	Vibelan	B.D.H.	टिकिया, १० सी०सी० (शीशी)
विटाप्लैक्स	Vitaplex	E.I.	टिकिया, इलिक्सर इंजेक्शन

विटाजन बी-कौम्प्लैक्स	Vitazan B-Complex	Zandoo	लिक्विड, इंजेक्शन्स
विटेलीन (बी-सी)	Vitalyn (B.C.)	C.D.C.	टिकिया, १० सी० सी० (शीशी)
विटबिन कौम्प्लैक्स	'Vitbin' Complex	Fairdeal	टिकिया, १० सी० सी की शीशी
वाइबीटौन	Vibiton	B.C.P.W.	लिक्विड
बीकौक्स	Becox	Sanitex	एम्प्यूल्स, १० सी० सी० की शीशी, टिकिया
बीजैक्टल	Bejectal	Abbott	१० सी० सी० (इंजेक्शन)
एनूरैक्स	Anurex	B.R.I.	१० सी० सी० (इंजेक्शन)

नोट—यह विटेमिन टिकिया, लिक्विड, ऐम्प्यूल्स, कैप्स्यूल्स और ५, १० और ३० सी० सी० की शीशी, के रूप में आती है। इसके २ सी० सी० की मात्रा में मांस में इंजेक्शन लगाये जाते हैं।

विटेमिन बी$_{१२}$ (VITAMIN B_{12})

बी-डोज़	Be-Douze	Grimault	एम्प्यूल्स
मेक्राबिन	Macrabin	Glaxo	टिकिया, एम्प्यूल्स, ५ सी०सी० (शीशी) और पीने वाली शीशी
रेडीसील	Redisol	M.S.D.	५ सी० सी० की शीशी

रूब्रामिन	Rubramin	Squibb	५ सी० सी० की शीशी
यूनी-बी$_{१२}$ फौर्ट	Uni-B_{12} Fort	Unichem	५ और १० सी० सी०
वाईबिन	Vibin	Philips	५ और १० सी० सी०
एनाकोबिन	Anacobin	B.D.H.	५ और १० सी० सी० इलिक्सर, टिकिया
विटेमिन्डौन बी$_{१२}$ फौर्ट	Vitamindon B_{12} Fort	Indon	५ सी० सी० (शीशी)
विटाडूज	Vitadouze	Dey's	५ सी० सी० (शीशी)
वाईओकोबीन	Wyocobion	Wyeth	५ सी० सी० (शीशी)
डोडीब्यौन फौर्ट	Dodebion forte	American	५ और १० सी० सी०
रूबीविट	Rubyvit	C-Pharma	५ सी० सी० (इं०) और इलिक्सर
कौबमैक	Cobmac	Mac	५ और १० सी० सी०
कौम्बी$_{१२}$	$Combi_{12}$	Comtec	५ और १० सी० सी०
विट बी$_{१२}$	Vit B_{12}	Vifor	५ और १० सी० सी०
कोबाविट	Cobavit	Duphar	५ और १० सी० सी०
सिपलामिन	Ciplamin	Cipla	५ और १० सी० सी०
साइकोबल	Cycobal	Alembic	५ सी० सी०
रैनविट बी$_{१२}$	Ranvit B_{12}	Lepetit	५ और १० सी० सी०
सायेनोमीन	Cyanomin	Therapeutic	५ और १० सी० सी०
विटेमिन बी$_{१२}$ इलिक्सर	Vitamin B_{12} Elixir	T.C.F.	लिक्विड

नोट:—यह विटेमिन लिक्विड, एम्प्यूल्स (१००, ५०० और १००० माइक्रोग्राम प्रति एम्प्यूल), ५ और १० सी० सी० की इंजेक्शन की शीशियाँ (५०, १००, ५००, और १००० माइक्रोग्राम प्रति सी० सी०) और टिकिया १० और ५० माइक्रोग्राम प्रति टिकिया) के रूप में आती है। यह यकृत और वृक्क में स्वाभाविक रूप से पाई जाती है।

विटेमिन बी$_{१२}$ और फौलिक एसिड (VITAMIN B_{12} WITH FOLIC ACID)

यूनी-बी$_{१२}$ कम फौलिक	Uni-B_{12} Cum Folic	Uni-Chem	१० सी० सी० (शीशी)
वाइरूब्रा-फौलिक	Virubra-Folic	Lepetit	कैप्स्यूल्स
निओ-हेपोरल कम फौलिक एसिड	Neo-Heporal Cum Folic Acid	C.D.C.	टिकिया
एनाफौलीन	Anafolin	B.D.H.	टिकिया, एम्प्यूल्स, १० सी०सी० (शीशी)
बेराफौल	Barafol	A.F.D.	टिकिया
मैक्राफौलीन	Macrafolin	Glaxo	लिक्विड, टिकिया ५ सी० सी० (इंजेक्शन)
विटकोफौल	Vitcofol	Fairdeal	५ सी० सी० (शीशी)
फौलीकौबिन	Folicobin	Sanitex	टिकिया, इन्जेक्शन, इलिक्सर, ड्रौप्स
फौलीनल	Folinal	Alembic	५ सी० सी० (शीशी)
बायोफौल$_{१२}$	Biofol$_{12}$	Mac	५ सी० सी० (ई०)
रूबिफौल	Rubifol	Comteck	ड्रौप्स, इलिक्सर, ५ और १० सी० सी०

विटेमिन 'सी' VITAMIN 'C'

एसकौर्बिसिन	Ascorbicin	Upjohn	टिकिया
सीबीऑन	Cebion	Merck	टिकिया, १० सी० सी० की शीशी
सीकौन	Cecon	Abbott	१० सी० सी० (ड्रौप्स)
सीलीन	Celin	Glaxo	टिकिया, एम्प्यूल्स

सीवीलट	Cevilat	Bayer	टिकिया, एम्प्यूल्स
सीटेमिड	Cetamid	Cipla	टिकिया, एम्प्यूल्स
सीटोपिल	Cetopil	Opil	टिकिया
सिविनल	Civinal	Alembic	टिकिया
स्वीमिन	Cvimin	C.D.C.	टिकिया, एम्प्यूल्स, सीरप
सायोसिन	Siocin	A. David	एम्प्यूल्स
रिडोक्सन	Redoxon	Roche	टिकिया और एम्प्यूल्स (२ और ५ सी० सी०)
सौर्वीसिन	Sorvicin	E. I.	टिकिया, और एम्प्यूल्स (१, २ और ५ सी० सी०)
स्कौर्मैक	Scormac	MAC	टिकिया
विटेज़न 'सी'	Vitazan 'C'	Zandoo	टिकिया, एम्प्यूल्स
सीविटेमिन	Cevitamin	I.M S.	एम्प्यूल्स
सीविटा	Civita	Sanitex	टिकिया, एम्प्यूल्स
विटासिन	Vitacin	B.C.P.W.	टिकिया
सेफ्रल	Cefral	Duphar	टिकिया, ए० और ५ सी सी० (शीशी)
एस्कैसिड	Ascacid	B.I.	टिकिया, ए०

नोट—इस विटेमिन की या तो खाने की टिकिया (५०, १००, २०० वा ५०० एम० जी० प्रति टिकिया) या १, २ और ५ सी० सी० के एम्प्यूल्स या ५ और १० सी० सी० की शीशी आती हैं जिनमें से १-२ सी० सी० औषधि निकाल कर मांस या नस में इंजेक्ट कर देते हैं। इसकी दैनिक आवश्यकता १ वर्ष की आयु तक ३० एम० जी०, १ से १२ वर्ष तक ३० से ७५ एम० जी० और जवानों के लिये ७५ से १०० एम० जी० है।

विटेमिन "डी" VITAMIN "D"

मैस्सिव-डी	Massive 'D'	Unichem	लिक्विड, १ सी० सी० के ऐम्प्यूल्स
औस्टेलीन	Ostelin	Glaxo	टिकिया, लिक्विड, एम्प्यूल्स
सुपर-डी-कन्स	Super D-Conc	Upjohn	पर्ल्स, लिक्विड और ५ और १० सी० सी० (शीशी)
वाइजेन्टौल	Vigantol	Bayer	लिक्विड, एम्प्यूल्स
वाइटड	Vitad	A. David	लिक्विड

नोट—यह विटेमिन अर्गोस्टरौल, दूध, ईस्ट आदि पर अल्ट्रा-वायलेट किरणों का प्रभाव पड़ने से तैयार होती है। इसकी दैनिक आवश्यकता प्रत्येक आयु वाले को ४०० से ८०० यूनिट्स है। यह कौडलिवर आॅयल, हैलीबट लिवर आॅयल, दूध, पनीर, माँस, मक्खन और अंडों के पीले भाग में बहुतायत से पाई जाती है।

विटेमिन "ए" और "डी" (VITAMIN A & D)

इरेडीन	Iradin	C.D.C.	टिकिया, इजेक्शन और पीने की शीशी
एडेक्सोलीन	Adexolin	Glaxo	लिक्विड और कैंप्स्यूल्स
डेकाडेक्सोलीन	Dekadexolin	Glaxo	एम्प्यूल्स (१ सी०सी०)
वाइडेल्टा	Vi-Delta	Lederle	इमल्शन
रेडियोस्टोलियम	Radiostolium	B.D.H.	लिक्विड, कैंप्स्यूल्स
विट-एड ड्रौप्स	Vit-ad (drops)	Unichem	पीने की शीशी
एल्फाडोल	Alphadol	Lepetit	लिक्विड

एडेस्ट्रिन	Adestrin	Alembic	सीरप
विटेमिन ए-डी-ड्रौप्स	Vitamin A-D Drops	Fairdeal	ड्रौप्स
एडी ड्रौप्स	Adi Drops	Atul	ड्रौप्स
सौफ्ट स्यूल्स-एडी	Soft sules-ad	Atul	कैप्स्यूल्स
एडीफ्रल	Adifral	Duphar	ड्रौप्स, टिकिया, इंजेक्शन्स

विटेमिन "ई" (VITAMIN "E")

ईविओन	Evion	Merck	एम्प्यूल्स, टिकिया
एफीनल	Ephynal	Roche	एम्प्यूल्स, टिकिया
ईवीमिन	Evimin	C.D.C.	एम्प्यूल्स, टिकिया
विटिओलिन	Viteolin	Glaxo	कैप्स्यूल्स
एप्रोलिन	Eprolin	Lily	कैप्स्यूल्स
ईटोप्लेक्स	Etoplex	American-P	कैप्स्यूल्स

नोट—यह विटेमिन हरे पत्तेदार शाक, कुछ तेल, गेहूँ, अण्डे इत्यादि में पाई जाती है। यह टिकिया या कैप्स्यूल्स (६, १०, ३० और १०० एम० जी० और एम्प्यूल्स (३० और १०० एम० जी०) के रूप में आती है।

विटेमिन "के" (VITAMIN "K")

डोहाइफ्रौल-के$_3$	Dohyfrol K_3	Philips	एम्प्यूल्स
केपीलिन	Kapilin	Glaxo	लिक्विड, टिकिया, एम्प्यूल्स
सिंकेविट	Synkavit	Roche	टिकिया, एम्प्यूल्स
वाइकोन	Vikon	Philips	कैप्स्यूल्स
क्वीमिन	Kvimin	C.D.C.	टिकिया, एम्प्यूल्स

नोट—इसकी टिकिया (१० एम० जी०) और एम्प्यूल्स (१० एम०

जी०×१ सी० सी०) आते हैं। हमारे भोजन में यह पर्याप्त परिमाण में मिलती है।

मल्टीविटेमिन्स MULTIVITAMINS

एब्डेक	Abdec	P.D.	ड्रौप्स, कैंप्स्यूल्स
ऑल्वाइट	Alvite	Alembic	लिक्विड, टिकिया
बीकाडैक्स	Becadex	Glaxo	टिकिया, ड्रौप्स, इंजेक्शन, कैप्स्यूल, सीरप
फौल्बेसीन	Folbesyn	Lederle	एम्प्यूल्स
प्रोटोविट	Protovit	Roche	ड्रौप्स (१५ सी०सी०)
विटेमिनेट्स	Vitaminets	Roche	टिकिया
मल्टीविटेमिन्डौन	Multivitamindon	Indon	टिकिया
मल्टीसेब्रिन	Multicebrin	Lily	कैप्स्यूल्स
मल्टीविटा-प्लेक्स	Multivitaplex	Dumex	कैंप्स्यूल, टिकिया, ड्रौप्स (बच्चों के लिये)
सोल्युपैन	Solupan	Cipla	शर्बत
यूनीवाइट	Univite	Unichem	शर्बत, ड्रौप्स, टिकिया
वायेमिन	Wyamin	Wyeth	कैंप्स्यूल्स
ड्रौपोविट	Dropovit	Geoffrey	लिक्विड
मल्टीवाइट	Multivite	B.D.H.	टिकिया
डीकैब्र	Decab	Chem-phar	ड्रौप्स, टिकिया, इंजेक्शन
वाइमैग्ना	Vi-magna	Lederle	सीरप, कैस्प्यूल्स
यूनीकैप	Unicap	Upjohn	कैंप्स्यूल्स
थीरेग्रन	Theragran	Squibb	कैंप्स्यूल्स, ड्रौप्स
वाइग्रन	Vigran	Squibb	कैंप्स्यूल्स

पानसेब्रिन	Pancebrin	Lily	१० सी. सी. (इं०)
विटेलिन	Vitalyn	C.D.C.	टिकिया, लिक्विड
विटापन	Vitapan	Cipla	टिकिया
मल्टीबिओन्टा	Multibionta	Merck	कैप्स्यूल्स
प्लुरीवाइट	Plurivite	Boots	कैप्स्यूल्स
एडको ड्रौप्स	Adcco's Drops	Adcco	ड्रौप्स
पानलीन	Panlyn	Cal chemical	लिक्विड
माइन्यूल्स	Minules	Wyeth	कैप्स्यूल्स
होवाइट	Hovite	Raptakos	लिक्विड
हेक्सेप्लक्स	Hexaplex	E.I.	टिकिया
पानविट	Panvit	B.I.	ड्रौप्स, इंजेक्शन और टिकिया
न्युमरोविट्स	Numerovits	T.C.F.	कैप्स्यूल्स
डेयालेट्स	Dayalets	Abbott	टिकिया
विटा-कैप्स	Vita-Kaps	Abbott	टिकिया
बेनेलिक्स	Benelix	A.F.D.	ड्रौप्स, इलिक्सर
मैक्सामैट्स	Maxamettes	A.F;D.	टिकिया
मैक्सामिन	Maxamin	A.F.D.	कैप्स्यूल्स
वाइ-सीनरल	Vi-Syneral	American	१० सी. सी. (इं०), ड्रौप्स, और कैप्स्यूल्स
वाइडक	Vydac	B.R.I.	टिकिया
एर्नविट	Enervit	Mac	टिकिया, ड्रौप्स
कौम्बीटोन	Combitone	Comteck	ड्रौप्स, लि०
डेवटौल	Devtol	Deys	ड्रौप्स
ड्यूफासौल	Duphasol	Duphar	ड्रौप्स, इंजेक्शन (१० सी० सी०)

पौलीविटीन	Polyvitin	Standard	कैप्स्यूल
ड्यूफर डेकाविट	Dupher decavit	Duphar	टिकिया
रैनविटौल	Ranvitol	Lepetit	टिकिया

प्रोकेन पैनिसिलीन PROCAINE PENICLLIN

सेक्लोपन	Seclopen	Glaxo	ग्लैक्सो
ड्युरासिलीन	Duracillin	Lily	लिलि
लैडर्सिलीन	Ledercillin	Lederle	लैडर्ली
एल्प्रौसिन	Alprocin	Alembic	अलंबिक
क्रुस्टीसिलीन	Crysticilllin	Squibb	स्कुइब्ब
पी० पी० एफ	PPF	Pfizer	फाइजर
पैनेकेनी	Penacain	Deys	डेज

नोट—प्रोकेन पैनिसिलिन को रोजाना एक बार (कभी-कभी दो बार) प्रयोग करना काफी होता है। यह ४ लाख, ८ लाख और १२ लाख यूनिट्स की शीशियों में आती है। इसमें १½ सी० सी० डिस्टिल्ड वाटर मिलाकर शीशी को अच्छी प्रकार हिला लेने से दूधिया इमल्शन बन जाता है। साधारणतया रोजना ४ लाख का इंजेक्शन पर्याप्त होता है परन्तु तीव्र रोगों में ६ या १२ लाख का इंजेक्शन दिया जा सकता है। २० लाख यूनिट्स की शीशी भी आती है। इसमें ५ सी० सी० के लगभग डिस्टिल्ड वाटर मिला लेने से ५ इंजेक्शन की औषधि तैयार हो जाती है।

पेनिसिलीन-स्ट्रैप्टोमाइसीन
PENICILLIN-STREPTOMYCIN

प्रोकेमाइसीन	Pro-K-Mycin	Cyanamid	सायेनेमिड
डाइक्रुस्टीसीन	Dicrysticin	Spuibb	स्कुइब्ब
कौम्बायोटिक	Combiotic	Pfizer	फाइजर
सैक्लोमाइसीन	Seclomycin	Glaxo	ग्लैक्सो

स्ट्रैप्टो-पैनिसि-लीन	Strepto-Pcnici-llin	Dumex	ड्युमेक्स
डिप्रोसिन	Diprocin	Alembic	अलंबिक

नोट—उपरोक्त औषधियों में प्रोकेन पैनिसिलीन-जी, और पैनिसिलीन सोडियम-जी के साथ स्ट्रैप्टोमाइसीन या डाइहाइड्रो-स्ट्रैप्टोमाइसीन मिला हुआ होता है। कुछ कारखानों ने स्ट्रैप्टोमाइशीन और डाइहाइड्रो-स्ट्रैप्टोगाइसीन दोनों मिला दी हैं। जैसे बाइस्ट्रेपन "Bistrepen" (अलंबिक)।

पैनिसिलीन टैब्लेट्स FENICILLIN TABLETS

पन्टिड्स	Pentids	Squibb	स्कुइब्ब
फैनोसिन	Fenocin	Pfizer	फाइजर
पैनिसिलीन टैब्लेट्स	Penicillin Tablets	Alembic	अलंबिक
क्रुस्टापन	Crystapen	Glaxo	ग्लैक्सो
पैन्टिड्स-वी	Pentids-V	Spuibb	स्कुइब्ब
ओरेसीन 'के'	Oracyn'K'	M-B	ऐम-वी
वेरीपन	Veripen	Alembic	अलंबिल
पैनीवोरल	Penivoral	F.I.P	एफ० आई० पी०

नोट—इन टिकियों में सोडियम या पोटासियस पैनिसिली 'जी' (२ लाख या ४ लाख यूनिट्स प्रति टिकिया) होती है। इसे पैनिसिलीन के इंजेक्शन की बजाय प्रयोग करते हैं। इसे भोजन से पूर्व देना चाहिये। इसकी मात्रा २ टिकिया (२ लाख वाली) या १ टिकिया (४ लाख वाली) ३—४ घण्टे के अन्तर से है। बच्चों को ½ से ¾ टिकिया ४—४ घण्टे में देनी चाहिये।

जिसमें सोडियम या पोटासियम पैनिसिलीन–जी की जगह पोटास-फेनौक्सीमीथिल पैनिसिलीन होता है उसे पैनिसिलीन-वी (Penicillin-V)

कहते हैं। फेनोसिन, ओरेसीन, वेरीपन और पैन्टिड्स-वी इसी श्रेणी में आती हैं यद्यपि पैन्टिड्स-वी में पोटास की जगह कैल्सियम होता है। दोनों प्रकार की टिकियों के गुणों में विशेष अन्तर नहीं होता।

पैनिसिलीन की टिकिया सल्फा श्रेणी के औषधियों के साथ मिली हुई भी आती हैं जैसे पैन्टिड सल्फास, पैनिट्रायड वगैरा

स्ट्रैप्टोमाइसीन डाइहाइड्रोस्ट्रैप्टोमाइसीन
STREPTOMYCIN-DIHYDROSTREPTOMYCIN

कोमाइसीन	Comycin	Glaxo	ग्लैक्सो
डुपलोमाइसीन	Duplomycin	Dumex	ड्युमक्स
एम्बिस्ट्रीन	Ambistryn	Squibb	स्कुइब्ब
कौस्ट्रेसिन	Costrecin	Alembic	अंलबिक

नोट—आरंभ में स्ट्रैप्टोमाइसीन का आविष्कार हुआ था उसके बाद डाइहाइड्रो-स्ट्रैप्टोमाइसीन आने लगी। अब दोनों संयुक्त रूप से आने लगी हैं। यह बहुधा क्षय रोग में प्रयुक्त होती है।

लिवर ऐक्सट्रैक्ट विद विटेमिन बी-कॉम्प्लैक्स
LIVER EXTRACT WITH VITAMIN B-COMPLEX

लिवोबैक्स	Livobex	Sanitex	२ सी० सी० और १० सी० सी०
लिवोजन	Livogen	B.D.H.	१० सी० सी०
बिलेमील	Belamyl	Squibb	५ सी० सी० (शीशी)
कौम्बेक्स	Combex	P.D.	१० सी० सी०
इलोबन	Iloban	Merck	१० सी० सी०
प्रोलेक्स-बी	Prolex-B	B.I.	१० सी० सी०
लिवर ऐक्सट्रैक्ट विद विटमिन बी कौम्पलैक्स	Livert-Ext With vit-B Complex	T.C.F.	१० सी० सी०

हाइपोबीटा २०	Hypobeta 20	M.S.D.	५ और १० सी० सी०
बीजैक्टल विद लिवर	Bejectal C Liver	Abbott	१० सी० सी०
सायोट्रैट विद बी-विटेमिन्स	Siotrat With B-Vitamins	A.D.	१० सी० सी०

नोट—उपरोक्त सूची में दिये हुये इंजेक्शनों में कुछ ऐसे हैं जिनमें लिवर ऐक्सट्रैक्ट और विटेमिन बी-कॉम्पलैक्स के अतिरिक्त विटेमिन बी$_{12}$ भी मिला हुआ है।

लिवर ऐक्सट्रैक्ट विद विटेमिन बी$_{१२}$

LIVER EXTRACT WITHIVITAMIN B_{12}

लिवाडैक्स	Livadex	B.D.H.	१० सी० सी०
पान हेपर विद बी$_{१२}$	Panhepar with vitamin B_{12}	Raptakos	१० सी० सी०
इंजेक्शियो हिपेटिस विद वि`मिन बी$_{१२}$	Injectio Hipatis C Vitamin B_{12}	Sanitex	१० सी० सी०
हेमोलन कम बी$_{१२}$	Hemolon Cum B_{12}	Alembic	१० सी० सी०

लिवर ऐक्सट्रैक्ट विद विटेमिन बी$_{१२}$ और फौलिक एसिड

LIVER EXTRACT WITH VIT B_{12} & FOLIC ACID

हैपोरल फोर्ट	Heporal Forte	C.D.C.	१० और ३० सी० सी०

पान हैपर (इम्प्रूव्ड)	PanHepar (Improved)	Raptakos	१० सी० सी०
हेपाफौलीन	Hepafolin	Cipla	१० सी० सी०
प्रोलेक्स फोर्ट	Prolex Forte	B.I.	१० सी० सी०
इन्जक्शियो हेपेटिस फोर्ट	Injectio Hepatis Forte	Sanitex	१० सी० सी०
यूनि-बी १२ फौलिक-कम लिवर	Uni-B 12 Folic C Liver	Unichem	१० सी० सी०
लैडरफौल (ii)	Lederfol (ii)	Lederle	१० सी० सी०
लिवर ऐक्सट्रैक्ट फोर्ट	Liver Ext Fort	T.C.F.	१० सी० सी०
हेपर १२	Hepar 12	Dumex	१० सी० सी०
सायोट्रैट फोर्ट	Siotrat Forte	A. David	२ सी० सी० के एम्प्यूल्स और १० सी० सी०
पर्नेविट	Pernavit	Neo-Pharma	१० सी० सी०
बैराफौल	Barafol	A.F.D.	१० सी० सी० १ सी० सी० (ए) टिकिया
फोलीब्यौन लिवर	Folibion-Liver	American	१० सी० सी०
हेप्टेमिन	Heptamin	Comteck	२ सी० सी० (ए) १० सी० सी०
हैपर रा फोर्ट	Hepar Ra Forte	Duphar	१० सी० सी० और ऐ० (२ सी० सी०)

एनीमिन्डीन	Anaemindon	Indon	५ और १० सी० सी०

क्लोरम्फेनीकौल CHLORAMPHENICOL

एन्ट्रोमाइसेटीन	Enteromycetin	Deys	डेज
क्लोरम्फाइसीन	Chloramphycin	Boehringer	बौहरिंगर
सिन्थोमाइसेटीन	Synthomycetin	Lepetit	लेपेटिट
यूनीमाइसेटीन	Unimycetin	Unichem	यूनीकम
क्लोरोमाइसेटीन	Chloromycetin	P.D.	पी० डी०
एल्कोफेनीकौल	Alcophenicol	Alembic	अलंबिक
केमीसेटीन	Kemicetine	Carlo	कार्लो
क्लोरोकैप्स	Chlorocaps	Comteck	कौम्टैक
वैनमाइसेटीन	Vanmycetin	Fairdeal	फेयरडील
विटामाइसेटीन	Vitamycetin	Manners	मैनर्स
गुरकोमाइसेटीन	Gurcomycetin	Gurco	गुर्को
लाइकासेटीन	Lykacetin	Lyka	लाइका
लेवोमाइसेटीन	Levomycetin	Archifar	आर्कीफर
क्लोरेमेक्स	Chloramex	Dumex	ड्युमेक्स

नोट—यह टाइफॉइड ज्वर के अतिरिक्त अनेक संक्रामक रोगों में प्रयुक्त होती है। यह कई रूप में आती है जैसे कैप्स्यूल, लिक्विड, आँखों की मरहम, कान में टपकाने की औषधि इत्यादि।

डाइ-आयोडोहाइड्रोक्सीक्वीनोलीन DI-IODOHYDROXYQUINOLINE

डाइनोक्विन	Dinoquin	बी० आई०	B. I.
एम्बीक्विन	Embequin	मे-बेकर	M, B.
डायोडोक्सीलिन	Diodoxylin	सिपला	Cipla

एन्टरो-क्वीनौल	Entero-Quinol	ई० आई०	E. I.
आयोडोक्वीनौल	Iodoquinol	स्टैन्डर्ड	Standard
एमीबिन्डौन	Amoebindon	इन्डौन	Indon
एलीडोक्विन	Alidoquin	अलंबिक	Alembic

नोट—ये पेचिश, अतिसार, अंत्रशोथ इत्यादि के लिए प्रयुक्त होती हैं। इनकी टिकिया आती हैं।

आइसोनिकोटिनिक एसिड हाइड्रेजाइड
ISONICOTINIC ACID HYDRAZIDE

पेलेजिड	Pelazid	Glaxo	ग्लैक्सो
बिडिलजाइड	Biddlezide	Biddles	बिडिलसावर
आइसोनैक्स	Isonex	Dumex	ड्युमेक्स
नाइड्रेजिड	Nydrazid	Squibb	स्कुइब्ब
टीबीजाइडड	Tibizide	A. David	ए. डेविड
आइसोनियेजाइड	Isoniazide	Grimault	ग्रीमाल्ट
आइसोनियेजिड	Isoniazid	B.I.	बी० आई०
एल्जाइड	Alzide	Alembic	अलंबिक
आइसोभल	Isobhal	Standard	स्टैन्डर्ड
आइसोनिण्डौन	Isonindon	Indon	इन्डौन
आइनेटैब्स	Inatabs	Neo-Pharma	निओ-फार्मा
सेनीजाइड	Sanizide	Sanitex	सेनीटैक्स
गुर्कोजिड	Gurcozid	Gurco	गुर्को

नोट—यह ओषधि क्षयरोग में बहुत प्रयुक्त होती है। प्रत्येक टिकिया ५० एम० जी और १०० एम० जी० ताकत की होती है।

मिल्क इन्जेक्शन्स MILK INJECTIONS

लैकोलन	Lakolan	Cipla	सिपला
लैक्टुमीन	Lactumin	B. C. P. W.	बंगाल कैमीकल

लैक्टोप्रोटीन	Lacto-Protein	B.I.	बंगाल इम्युनिटी
सायोलन	Siolan	A.D.	एल्बर्ट डेविड
एनिओलन	Aneolan	C.D.C.	सी० डी० सी०
एडकोलन	Adcolan	Adcco	एडको
हाइलेक्टीन	Hi-Lactein	Hind	हिन्द
जेओलन	Zaolan	Zandu	झंडु

नोट—ये इंजेक्शन दूध से तैयार किये जाते हैं और २ सी० सी०, ५ सी० सी० और १० सी० सी० के होते हैं। इन्हें तीसरे चौथे दिन कूल्हे में लगाया जाता है।

निकेथेमाइड NIKETHAMIDE

कोरेमीन	Coramine	Ciba	सीबा
कौर्वोटोन	Corvotone	Boots	बूट्स
एनेकार्डोन	Anacardone	B.D.H.	बी० डी० एच०
कार्डियामिड	Cardiamid	Cipla	सिपला
निकेटेमीन	Niketamin	C.D.C.	सी० डी० सी०
कौर्मिड	Cormid	Standard	स्टैन्डर्ड
न्यामीन	Niamine	E.I.	ई० आई०
कार्डीमौन	Cardimon	Brahmchari	ब्रह्मचारी

नोट एम्प्यूल और लिक्विड दोनों रूप में आता है। इंजेक्शन, नस, त्वचा और चर्म के नीचे, तीनों प्रकार लगाये जा सकते हैं।

प्रेडनीसोन PREDNISONE

डेल्टा-कौर्लिन	Delta-Corlin	ग्लैक्सो	Glaxo
डेल्टा कोर्टोन	Deltacortone	एम०एस०डी०	M.S.D.
निसोन	Nisone	लेपेटिट	Lepetit
हौस्टेकौर्टिन	Hostacortin	हैक्स्ट	Hoechst

नोट—इसके गुण और मात्रा प्रेडनीसोलोन के समान हैं।

प्रेडनीसोलोन PREDNISOLONE

डेकौर्टिन	Dacortin	मर्क	Merck
कोडल्कौर्टोन	Codelcortone	एम० एस० डी०	M.S.D.
डेल्टा-एफकौलिन	Delta-Elcorlin	ग्लैक्सो	Glaxo
डेल्टाकौर्ट्रिल	Deltacortril	फाइजर	Pfizer
प्रेनीलौन	Prenilon	थेराप्युटिक्स	Therapeutics
हौस्टेकौर्टिन "एच"	Hostacortin "H"	हैक्स्ट	Hoechst
एमीसोलोन	Amisolone	औगेंसिन	Orgasyn

नोट—यह टिकियों और इंजेक्शन के रूप में आती है। यह औषधि हाल में ही ईजाद हूई है। यह दमा, बाय का ज्वर, नेत्र-विकार चर्म शोथ, पेम्फीगस, अपवृक्कता और कई प्रकार की अलर्जी में अत्युपयोगी सिद्ध हुई है। इसके अतिरिक्त अनेक संक्रमण (Infections) रक्त-विषाक्तता, और क्षय-रोग, मयादीज्वर, चोट, जलना, यकृतरोग इत्यादि में होने वाली स्तब्धता (Shock) में बहुत लाभदायक है।

पिप्रेजीन PIPERAZINE

पिप्रेलिक्स	Piprelix	Boots	बूट्स	सीरप
एन्टीपार	Antepar	B.W.	बी. डबलू	लिक्विड, टिकिया
सेनीपार	Sanipar	Sanitex	सेनीटैक्स	सीरप
हल्मेसिड	Helmacid	Glaxo	ग्लैक्सो	सीरप, टिकिया
एन्टेसील	Entacyl	B.D.H.	बी.डी.एच.	इलिक्सर, टिकिया
पिपरन	Pipran	Alembic	अलंबिक	सीरप, टिकिया
आर्पीजीन	Arpezine	M.S.D.	एम. एस. डी.	सीरप
वर्मीसौल	Vermisol	Standard	स्टैन्डर्ड	सीरप
वेरोक्सील	Veroxil	Crookes	क्रूक्स	वाफर्स

पाइनोजन सीरप	Pinozan	Dey's	डेज	सीरप
पाइनोसाइड	Pinocide	Smith	स्मिथ	सीरप

नोट—यह औषधि अंत्रकृमिरोग (केंचुवे और सूत्रकृमि) के लिये अत्युपयोगी सिद्ध हुई है। भिन्न २ कारखानों ने इसे भिन्न २ नामों से तैयार किया है। इसकी टिकिया भी आती है और सीरप या इलिक्सर भी।

टेट्रासाइक्लीन TETRACYCLINE

टेट्रासीन	Tetracyn	Pfizer	फाइजर
एम्ब्रामाइसीन	Ambramycin	Lepetit	लेपेटिट
स्टेक्लिन	Steclin	Squibb	स्कुइब
हौस्टेसाइक्लीन	Hostacyclin	Hoechst	हैक्स्ट
एक्रोमाइसीन	Achromycin	Lederle	लैडर्ली
कौम्बीसाइक्लीन	Combicycline	Comteck	कौम्टेक
सूबामाइसीन	Subamycin	Dey's	डेज
एल्साइक्लिन	Alcyclin	Alembic	अलंबिक
विर्सामाइसीन	Virsamycin	Gurco	गुर्को
फेयरमाइसीन	Fairmycin	Fairdeal	फेयरडील
टेट्रामैक	Tetramac	Mac	मैक
यलामाइसीन	Yellamycin	Orient	ओरियन्ट
लाइकास्लिन	Lykaclin	Lyka	लाइका

नोट—यह संक्रामक रोगों में प्रयुक्त होने वाली प्रसिद्ध औषधि है। इसके कैप्स्यूल, इंन्जेक्शन (मांस और नस में) आँख में लगाने की मरहम, मुंह में चूसने की टिकिया, त्वचा पर लगाने की मरहम, बच्चों के लिये ड्रौप्स इत्यादि आते हैं।

टेट्रासाइक्लीन (TETRACYCLINE)
और
क्लौरम्फेनिकौल (CHLORAMPHENICOL)

एम्ब्रेसिन्थ	Ambrasynth	Lepetit	लेपेटिट

साइक्लोसेटीन	Cyclocetine	Ranbaxy	रनबख्शी
केमी-साइक्लीन	Kemi-cycline	Carlo	कार्लो
एन्ट्रोसाइक्लीन	Enterocycline	Dey's	डेज

ट्रैन्क्वीलाइसर्स TRANQUILLISERS

सेरीपैक्स	Serepax	Wyeth	वाईथ
एल्केमेट	Alcamate	Alembic	अलंबिक
मिलटाउन	Miltown	Wallace	वालेस
एनेटैन्सौल	Anatensol	Squibb	स्कुइब्ब
ईक्वेनिल	Equanil	Wyeth	वाईथ
लिब्रियम	Librium	Roche	रोश
मैप्रोफन	Meprophen	F.I.P.	एफ. आइ. पी.
मैप्रो	Mepro	Gurco	गुर्को
हैलाबक	Halabak	Carnrick	कार्नरिक
परट्रैनक्विल	Pertranquil	Lepetit	लैपेटिट
एस्केजीन	Eskazine	Smith kline	स्मिथ क्लाईन
पैनेडियौल	Penediol	Therapeutics	थेराप्युटिक्स
मैलेरिल	Melleril	Sandoz	सैन्डौज
सीक्विल	Siquil	Squibb	स्कुइब्ब

नोट—ट्रैन्क्वीलाइजर्स उन औषधियों को कहते हैं जो चिंता और तनाव का दमन करती हैं और शान्ति प्रदान करती है। जब मन अशांत हो, किसी प्रकार का भय या तनाव हो, चिंता ने घेर रक्खा हो, घरेलु या अन्य प्रकार के झगड़ों के कारण परेशानी हो इत्यादि, या वमन और मतली की शिकायत हो तब इन औषधियों के प्रयोग से बहुत लाभ होता है। यह प्रायः टिकियों की शक्ल में आती हैं सीक्विल के इन्जेक्शन भी आते हैं।

भिन्न-भिन्न प्रकार के डब्बों के प्लास्टर

एन्टीफ्लोजिस्टीन	Antiphlogistin	Denver	डैन्वर
बाइफ्लोजिस्टीन	Biphlogistin	B.I.	बी० आई०
एन्टीफ्लेमीन	Antiflamin	B.C.P.W.	बंगाल केमीकल
हाइफ्लोजिस्टीन	Hi-phlogistin	Hind	हिन्द
एन्टीकन्जेस्टीन	Anticongestin	H-Trust	हि० ट्रस्ट

नोट––डिब्बों को जल में उबाल कर, उनके अन्दर की लपसी को वस्त्र पर फैला कर सूजन, फोड़े, दर्द इत्यादि पर लगाते हैं और रूई और पट्टी बाँध देते हैं। १२ घण्टे के अन्तर से इसी विधि से लगाते रहते हैं।

परिशिष्ट नं० ३

सल्फाश्रेणी की औषधियों के दुष्परिणाम और उनकी चिकित्सा

आजकल सल्फा श्रेणी की औषधियों जैसे सीबाजौल, सल्फेनिलेमाइड, एम० बी० ६९३, सल्फेट्रायड, सल्फेडायज़ीन, सल्फेमीज़ाथीन, सल्फेवानिडीन इत्यादि का प्रयोग इस सीमा तक पहुँच गया है कि डाक्टरों, वैद्यों, हकीमों तथा अन्य चिकित्सालयों का तो जिक्र ही क्या, साधारण वे पढ़ा लिखा व्यक्ति भी इन्हें इस्तेमाल करने लगा है। जहाँ ये औषधियाँ अनेक रोगों में अत्यन्त लाभदायक सिद्ध हुई हैं वहाँ यह भी स्मरण रखना चाहिये कि उनके गलत प्रयोग से भयानक परिणाम निकल सकते हैं। यही कारण है कि भारत सरकार ने अन्य देशों की सरकारों की भाँति इन औषधियों की बिक्री और प्रयोग पर पाबन्दी लगाना उचित समझा है।

हम यहाँ इस विषय पर कुछ लिखना आवश्यक समझते हैं। इन औषधियों के प्रयोग से शरीर के अंगों तथा तन्तुओं पर कुछ प्रतिक्रियायें होती हैं। ऐसा या तो इन औषधियों के विषैले प्रभाव के कारण होता है अथवा रोगियों के वैयक्तिक स्वभाव या असहिष्णुता के कारण।

साधारण दुष्परिणाम—चक्कर, मतली, दिल धड़कना, सिर में दर्द होना, साधारण वमन, शरीर का वर्ण नीला सा पड़ जाना इत्यादि।

तीव्र दुष्परिणाम—शरीर का निरन्तर नीला सा रहना, साँस कष्ट के साथ आना, त्वचा पर विभिन्न प्रकार के रैश या छोटी-छोटी फुंसियाँ सी प्रगट होना, शरीर में शिथिलता अथवा दुर्बलता प्रतीत होना, तापमान का सामान्य से अधिक या कम हो जाना, शरीर में असाधारण रूप में अम्लता का बढ़ जाना, मूत्र का कम हो जाना या बिल्कुल बन्द हो जाना, मूत्र में रक्त आना, गुर्दों के स्थान पर पीड़ा होना, साधारण पसीने आना, रक्त में कमी आ जाना, रक्त के श्वेत कणों की संख्या में बहुत कमी आ जाना इत्यादि।

चिकित्सा—साधारण विषैले लक्षणों के लिये किसी विशेष चिकित्सा की आवश्यकता नहीं पड़ती। रोगी को काफी परिमाण में (२-३ सेर रोजाना) जल देने से तथा औषधि के साथ सोडा बाइकार्ब और ग्लुकोस मिलाकर देने से प्राय: ये लक्षण प्रगट नहीं होते। परन्तु जब तीव्र प्रकार के लक्षण प्रगट होने लगते हैं तब बड़ी सावधानी की आवश्यकता होती है।

ऐसी दशा में औषधि का प्रयोग बिल्कुल बन्द कर देना चाहिये। रोगी को जल खूब पिलाना चाहिये। ग्लुकोस और सोडा बाइकार्ब के मिश्रित घोल को नस द्वारा दें। आवश्यकता पड़ने पर नस में रक्त प्रविष्ट करें (Blood Transfusion)। रक्त की दशा को सुधारने के लिये लिवर ऐक्स्ट्रैक्ट, विटेमिन बी$_{12}$ और फौलिक एसिड के इंजेक्शन लगायें।

पूर्वोपाय—औषधियों के प्रयोग काल में निम्नलिखित बातें ध्यान में रखनी चाहियें :—

(१) शरीर का तापमान (Temperature) रोज़ाना लें ताकि मालूम हो सके कि औषधि के प्रयोग के परिणामस्वरूप तो कहीं ज्वर नहीं बढ़ गया।

(२) समय-समय पर जब औषधियाँ दीर्घकाल तक देनी पड़ें रक्त की परीक्षा कराते रहें ताकि मालूम हो सके कि रक्त के श्वेत कणों की संख्या क्या है और हीमोग्लोबीन के परिमाण में कुछ कमी तो नहीं आ गई।

(३) मूत्र की दशा को गौर से देखते रहें। उसमें कमी तो नहीं आ गई या उसमें रक्त तो नहीं आ रहा।

कौनसी सल्फा-औषधि किस-किस रोग में विशेष रूप से उपयोगी है ?

सल्फेपायरीडीन (Sulphapyridine) या एम० बी० ६९३—यह ऐसे रोगों में विशेष उपयोगी है जो न्युमोकौकस और गौनोकौकस नामक गोलाणुओं (Cocci) से उत्पन्न होते हैं जैसे सुजाक, निमोनिया, तानिका शोथ (मैनिन्जाइटिस) पेट की झिल्ली का शोथ (पैरीटोनाइटिस), गैस ग्रैंग्रीन, इत्यादि। इसमें यह दोष है कि यह खुश्की बहुत करती है और इसके प्रयोग से मतली, वमन और रक्तमेह की बहुत शिकायत होती है।

सल्फेडायेजीन और सल्फेमरेजीन (Sulphadiazine, Sulphamerazine)—अन्य सल्फा श्रेणी की औषधियों की अपेक्षा ये कम विषैली है। इनके प्रयोग से दुष्परिणाम कम देखने में आये हैं। ये स्ट्रैप्टोकौकस, स्टैफीलोकौकस, मैनिन्जोकौकस, न्युमोकौकस नामक जीवाणुओं से उत्पन्न होने वाले रोगों में विशेष लाभकारी हैं जैसे चर्म विकार, तानिका-शोथ, निमोनिया, गर्दन तोड़ ज्वर गर्भाशय तथा अन्य जननेन्द्रियों की सूजन इत्यादि। प्लेग में

सल्फेडायेजीन, सल्फेथायजोल से अधिक उपयोगी सिद्ध हुई है। सल्फेडायेजीन के प्रयोग से मतली, वमन, ज्वर इत्यादि कम देखने में आये हैं। सल्फेमरेजीन को सल्फेडायजीन की अपेक्षा कम मात्रा में और अधिक अन्तर से देना पड़ता है।

सल्फेथायजोल (Sulphathiazole)—यह ऐसे रोगों में जो स्टेफीलोकौक्साइ से उत्पन्न होते हैं विशेष उपयोगी है जैसे सैप्टीसीमिया (रक्त-पूतिता), कारबंकिल, सेलुलाइटिस, औस्टियो-माइलाइटिस (अस्थि मज्जा शोथ) फोड़े फुंसी, अनेक चर्म विकार इत्यादि। प्लेग, निमोनिया, सुजाक और गर्दन तोड़ ज्वर में भी यह बहुत उपयोगी है। यह शीघ्र अवशोषित हो जाती है और शीघ्र ही इसका निरसन हो जाता है। परन्तु इसके प्रयोग से त्वचा पर रैश और ज्वर—ये दो लक्षण अधिक प्रगट होते हैं। कभी-कभी रक्तमेह की शिकायत हो जाती है। मतली, वमन या सुस्ती आदि लक्षण बहुत कम प्रगट होते हैं।

सल्फेसिटेमाइड (Sulphacetamide)—यह विशेषतया नेत्र रोगों में प्रयुक्त होती है। आँखें आना, आँखों में जख्म बन जाना, पलकशोथ इत्यादि नेत्रों के विकारों में इसका २०-३० प्रतिशत घोल दिन में ३-४ बार टपकाया जाता है। इसी शक्ति के घोल को कर्णस्राव में भी डाला जाता है।

सल्फेनिलेमाइड (Sulphanilamide)—इसे ४ से ६ घंटे के अन्तर से प्रयोग करना चाहिये। यह ४ से ६ घंटे में अवशोषित हो जाती है और ४८ से ७२ घंटे में शरीर से पूर्णतः बाहर आ जाती है। यह गुर्दों को हानि पहुँचाती है और इसके प्रयोग से मूत्र में हीमोग्लोबीन (Haemoglobin) आने लगती है और हीमोग्लोबीन रक्तता रोग हो जाता है। यह दोषपूर्ण औषध है।

सल्फेडिमीडीन (Sulphadimidine) इसे सल्फेमीजेथीन (Sulphamezathine) भी कहते हैं। यह शीघ्र अवशोषित हो जाती है परन्तु धीरे-धीरे शरीर से बाहर आती है। यह सल्फेडायेजीन से कम दोषपूर्ण परन्तु उतनी ही उपयोगी है। साथ ही साथ इसकी मात्रा भी कम है।

सल्फेग्वानिडीन (Sulphaguanidine)—यह विशेषतया पेचिश, हैजा और कोलन शोथ में प्रयोग की जाती है। इसका प्रयोग २ सप्ताह से अधिक नहीं होना चाहिये। जितनी औषधि प्रयोग की जाती है उसका केवल $\frac{१}{३}$ भाग शरीर में अवशोषित होता है। इसके प्रयोग से आँखें दुखना, मूत्र का कम या बन्द हो जाना, पाण्डुरोग, रक्तमेह इत्यादि विकार उत्पन्न हो जाते हैं।

सक्सीनीलसल्फेथायजोल (Succinylsulphathiazole)–इसे सल्फेसक्सीडीन (Sulphasuxidine) भी कहते हैं। यह अधिक दोषपूर्ण नहीं। यह बहुत कम अवशोषित होती है। यह मुख्यतः अतिसार, पेचिश, अन्त्रशोथ, कोलनशोथ इत्यादि में प्रयुक्त होती है। इसके प्रयोग से कभी-कभी हल्का ज्वर मतली, अरुचि इत्यादि विकार उत्पन्न हो जाते हैं।

सल्फेथेलीडीन (Sulphathalidine)—इसके गुण सल्फेसक्सीडीन के समान हैं। अतिसार में यह उससे अधिक उपयोगी है और साथ-ही-साथ कम हानिकारक है।

नोट—हाल ही में कुछ निर्माणकर्त्ताओं ने नई प्रकार की सल्फेनिलेमाईड ईजाद की हैं जिनका सेवन रोजाना एक या दो बार किया जाता है। ये औषधियाँ सल्फेडायेजीन, सल्फेपाइरीडीन इत्यादि से कई गुणा अधिक उपयोगी हैं। बाज़ हालतों में ये पैनिसिलीन का काम करती हैं। इनकी विशेषता यह है कि १२ घंटे में केवल एक या दो टिकिया पर्याप्त होती हैं। हम इस प्रकार की कुछ औषधियों के नाम नीचे लिखते हैं।

(१) डोसल्फीन (Dosulfin)
(२) ओरीसल (Orisul)
(३) मैड्रीबौन (Madribon)
(४) मिडीकल (Midikel)
(५) लैडर्कीन (Lederkyn)

अनुक्रमणिका

(संक्षिप्त)